KB270388

조선 후기 서얼문학 연구

A Study on Suh-uls' Literature in the Late Chosun Dynasty

조선 후기 서얼문학 연구

A Study on Suh-uls' Literature in the Late Chosun Dynasty

저자 **김경숙**(金景淑, Kim, Kyung-Sook)은 1963년 서울에서 태어나 이화여대 국문과를 졸업하고 서울대에서 석사학위를 받고 이화여대에서 박사학위를 마쳤다. 이화여대·경기대·경원대에서 강의를 하였고, 한성대와 이화여대에서 박사후연구원을 지냈으며, 현재 한신대 학술연구교수로 재직하고 있다. 주요 논저로는 「18세기 전반 서얼문학 연구」, 「18세기 서얼문사 신유한의 의식세계」, 「신위-예술가의 감성으로 꽃피운 여성 인식」, 「신분변동야담 연구」, 『한문의 이해』(공저)가 있으며, 1999년 박사학위논문으로 제9회 羅孫學術賞을 수상하였다.

조선 후기 서얼문학 연구

1판 1쇄 인쇄 2005년 6월 20일
1판 1쇄 발행 2005년 6월 30일

지은이 / 김경숙
펴낸이 / 박성모
펴낸곳 / 소명출판
출판고문 / 김호영
등록 / 제13-522호
주소 / 137-878 서울시 서초구 서초동 1621-18 (란빌딩 1층)
대표전화 / (02) 585-7840
팩시밀리 / (02) 585-7848
somyong@korea.com / www.somyong.com

ⓒ 2005, 김경숙

값 27,000원

ISBN 89-5626-163-6 93810
이 저서는 2004년도 한국학술진흥재단의 지원에 의하여 연구되었음(KRF-2004-050-A00020).

조선 후기 서얼문학 연구

A Study on Suh-uls' Literature in the Late Chosun Dynasty

김경숙

소명출판

　어느덧 2005년 봄이 되었다. 저 먼 남쪽 지방에는 매화가 붉게 피어 있었다. 추위 속에서 피어나는 매화…… 고통을 이기고 희망을 품는 비유로 흔히 사용되는 표현이다. 그러나 이 너무도 의례적인 표현이, 찬바람 속에서 매화를 바라보게 되니, 주변의 빛과 대조되는 그 선명하게 붉은 빛만큼이나, 절절하게 느껴졌다. 서얼문학에 관심을 가지게 된 것이 10년 세월이 되었다. 그 서얼문학으로 박사논문을 쓴 지도 여러 해가 지났다. 그러나 내가 서얼문학을 위해 한 일은 무엇이었는지. 이 책으로나마 '서얼문학'에 위로가 되었으면 한다.

　매화를 유난히도 사랑하고, 매화의 붉은 빛보다 더 붉은 피가 가슴속에서 알알이 맺혀 결국은 한이 되었던 서얼문사들이 살다간 시대는 멀고멀게만 느껴지기도 한다. 고전의 향기 속에서 피어나는 문학의 아름다움으로 그 시대를 향수하기도 한다. 그러나 아름답게만 보기에는 저들의 삶이 너무도 고통스러웠던 것은 아닌지 모르겠다. 또한 조선후기

라는 옷을 벗어 던지고 21세기를 살아가는 지금 또 다른 모습의 서얼문
사들은 존재하고 있지 않은지 모를 일이다.

이 책은 우리 문학사에서 그다지 조명을 받지 못했던 서얼 문사들의
삶과 문학의 흔적에 관한 기록이다.

어느 시대 어느 공간에서나 억압과 차별이 존재하게 마련이지만 서
얼이라는 계층만큼 자신들의 잘못이 없는데도 불구하고 오랜 시간 동안
지속적인 차별 속에서 살아간 사람들도 드물 것이다. 서얼들은 조선 초
기부터 금고를 당하여 어느 한 사람이 서얼이 되면 그의 후손들도 영원
히 서얼이라는 족쇄에 매이게 되었고 이 족쇄에 연결된 수많은 서얼들
이 조선시대 전 기간을 걸쳐 끊임없이 생겨나 차별과 고뇌와 고통으로
얼룩진 삶을 살아갔다. 신분제 사회에서 상층의 기득권을 유지하기 위
해 다른 계층이 억압을 받는 것은 다반사였다. 그러나 '서(庶)'라는 말
속에는 그 피의 반은 상층이라는 의미가 숨어 있는 것이기에 서얼이라
는 위치는 독특했고 위·아래 계층으로부터 끊임없이 억압과 질시를 받
을 수밖에 없었다.

이런 상황에서 서얼들은 자신들의 존재를 그 학문적 혹은 문학적 성
취를 통해서 내세울 수밖에 없었다. 조선 전기부터 일가를 이룬 서얼들
이 다수 존재했으며 이들은 인맥·학맥으로 이어졌다. 특히 17세기 말
이후로는 집단적으로 단결된 힘을 발휘하기도 하였으며, 시문의 전문가
집단이라 할 수 있는 다수의 서얼문사들이 출현을 하여 자신들의 위상
을 정립해갔고 조선후기 문학사에서 무시할 수 없는 역량을 발휘하였다.

서얼문학은 서얼이라는 말을 빼고 보아도 문학 그 자체로서 훌륭하
다. 일반 사대부들의 문학과 견주어 조금도 손색이 없다. 그러나 서얼문
학을 그저 사대부 문학으로 본다면 그 문학만이 가지는 독특한 향기를
맡지 못하게 된다. 이는 다른 말로 표현하면 서얼만이 가지는 의식의
고유성에서 나온 향기이고 이 향기의 흐름은 서얼들이 조선초기부터 조
선후기까지 걸어간 길을 따라 나름의 빛을 이어갔다. 이를 제대로 규명

해내는 일이 앞으로도 남은 과제라고 생각한다.

예전에 학위 논문을 쓰던 어느 날 꿈을 꾸었는데, 옆집에 사는 누군지 모르는 아주머니가 골동품 상자를 열자 그 속에서 머리에 상투를 튼 노인이 살아나 신음을 하며 괴로움에 몸을 틀고 있었다. 그 때 나는 지금 서얼들을 대상으로 논문을 쓰는 것은 저들을 깨어나게 하는 것인데, 만약 그들의 삶과 문학을 사실과 다르게 쓴다면 혹은 해석을 내린다면, 그들은 저 꿈속의 노인 선비처럼 괴로움에 몸을 떨 것이라는 생각을 했다. 무엇보다도 그들에 대한 잘못된 평가는 그들을 무덤 속에서 끌어내어 다시 한번 매장하는 것이란 생각이 들었다.

그 당시는 그 노인이 내게 서얼문학에 관심을 가지도록 하였던 신유한(申維翰)처럼 생각되었지만 지금은 모든 서얼들이라는 생각이 든다. 비록 그 꿈이 논문에 대한 강박감에서 나온 내 무의식의 소산이었을지라도, 나는 그들이 내게 전하고자 했던 메시지를 읽어낼 수 있었다. 문학 연구는 문학을 있는 그대로 평가한다는 누구나 다 알지만 간과해서는 안 되는 기초 위에서 이루어지는 것이다. 그러나 우리는 우리 문학사라는 커다란 나무 전체를 조망하였던가. 조선시대뿐만 아니라 21세기라는 현대에도 여전히 기휘의 대상인 서얼이라는 단어에 얽힌 가지들을 쳐내지는 않았는지 뒤돌아볼 일이다. 우리가 사람은 누구나 다 귀하고 사랑받을 존재라고 주장하면서 유독 서얼이 이루어 놓은 문학 성과물에 대해서는 애써 지나치지는 않았는지 모르겠다. 나무의 뿌리, 줄기, 가지, 잎, 열매를 모두 관찰한 뒤에야 그 특성을 말할 수 있는 것이다. 그리고 한 방향이 아니라 둘레를 돌며 그 형상을 살펴야 할 것이다. 그러므로 서얼문학에 제 빛을 찾아주는 것은 우리 문학 전체를 살지게 하는 일이라고 생각하며, 여기에 이 책이 작은 도움이 되기를 바란다.

이 책은 1부와 2부로 구성되어 있다. 1부는 1999년에 나온 박사학위 논문이다. 그동안 이 논문을 고치고자 하였으나 말 그대로 그저 가지고 있다가 부끄러운 모습을 선보이게 되었다. 2부에 실린 세 편의 논문 중

첫 번째 논문은 박사학위논문에서 다루었던 김도수(金道洙)에 대해 좀더 깊이 있게 고찰하고자 하여 썼던 것이고, 두 번째 논문은 초림집단(椒林集團)이 일구어낸 시적 특성인 창신풍(創新風)에 관한 것이다. 세 번째 논문은 박사학위를 받기 이전에 썼던 것을 조금 다듬은 것으로 조선통신사(朝鮮通信使)에 제술관(製述官)과 서기(書記)로 참여했던 서얼들의 문학세계를 고찰한 것이다. 나름대로 열심히 썼던 기억은 있으나 역시 미흡하기에 너그럽게 읽히기를 바란다.

자료를 찾아 읽고 해석하고 의의를 부여하는 연구자의 길은 힘들기도 하지만 참 매력적이다. 그 글을 썼을 당시 그 작가의 심정이 그대로 전해져 와 그를 이해하고 그에 동화되기도 하며 그가 살았던 세상을 알아가기 때문이다. 이 길에 힘이 되어주신 이혜순 선생님, 송준호 선생님, 김태준 선생님, 조남권 선생님께 깊은 감사를 드린다. 흔쾌히 책을 출판해주신 박성모 사장님께도 감사를 드린다. 또한 늘 믿어주신 부모님께 감사하고 동반자라는 말을 실감나게 해주는 남편과 웃음을 주는 아이들에게도 고마움을 전한다.

2005년 3월
매화 향기 온 누리에 가득해질 그 날을 기대하며
김경숙

1부

서얼문사 집단의 형성과 그 문학적 전개

제 1 장

서론

  본고는 조선 후기 특히 18세기에 주로 활약했던 서얼들의 문학세계를 다루고자 한다. 서얼은 사대부 첩의 자손을 의미하며, 조선조 건국 초기 태종의 경쟁자로서 정쟁의 한 축이었던 이방석(李芳碩)과 정도전(鄭道傳)이 서출이었음을 이유로 하여 태종 이후 차별화된 계층으로 어느 한 사람이 서얼이 되면 그의 자손들은 영원히 서얼이 되며 금고를 당하였다.[1] 또한 처첩제가 암묵적으로 용인되던 조선조 사회에서 새로운 서얼이 지속적으로 생기고 이에 따라 서얼 가계가 꾸준히 확대 양산될 수밖에 없었다. 따라서 서얼이란 한 개인에 국한되지 않고 통시적인 집단성을 가진 개념이 된다. 서얼이란 명칭은 양첩자(良妾子)인 서자(庶子)와 천첩자(賤妾子)인 얼자(孽子)를 합친 것이지만, 천첩자의 경우 노비종모법(奴婢從母法)에 의해 노비가 되었으므로 서자와 얼자라는 용어의 구분은 그다지 의미가 없다.[2]

---

1) 『葵史』 권1(이이화, 『朝鮮庶孽關係資料集』, 여강출판사, 1985).
2) 지승종, 「조선 전기의 서얼 신분」, 『한국의 전통 사회와 신분 구조』(『한국사회사연구

사대부와의 혈연 관계로 인해 사대부에 의해 만들어지고 존속되었으면서도 사대부에 의해 철저히 차별받은 계층이었기에 서얼들의 의식세계는 사대부나 여타 신분과 다르리라고 일단 추론할 수 있다. 이들은 과거 응시의 기회도 박탈당하고, 청요직(清要職)은 물론이고 낮은 관직에도 오를 수 없게 되었으며, 성균관(成均館)에서조차 아무리 연배가 앞서도 서얼이라는 이유만으로 젊은 사대부의 뒤에 앉아 있어야 했다.3) 서얼들이 다만 서출이라는 이유만으로 능력을 발휘할 기회조차 주어지지 않는 현실에 깊은 회의와 반감을 갖게 되었으리란 것은 충분히 예상할 수 있는 바이다. 세상의 끝없는 괴로움을 전해야 한다며 자손을 낳는 괴로움을 토로하거나 저승의 관리는 문지(門地)를 논하지 않을 것이라는 시구는 이들 의식의 일단을 보여주는 한 예이다.4) 그럼에도 조선조 사회에서 입신양명은 문학적 소양을 길러 과거를 통하는 것이 가장 일반적인 현상이었고, 학문에 많은 관심을 가졌기에, 서얼들 또한 이 가치관에서 벗어나기는 힘들었을 것이고 자신들의 문학적 소양을 닦는 데 힘썼으리라고 여겨진다. 이 같은 전제 아래에서 본고는 서얼들의 문학세계와 의식세계를 고찰해보고자 한다.

한편 서얼이 조선 시대 전 기간에 걸쳐 존재했음에도 굳이 18세기 서얼을 문제삼는 이유는 이 시기에 이르러 비로소 서얼의 위상이 그 앞 시대와는 달라지게 되었고 그들의 자각도 커졌기 때문이다. 태종 이후 차별을 받으면서도 서서히 증가한 서얼들은 차차 서얼 가문을 이루거나

회논문집』 27집), 문학과지성사, 1991.
3) CD-ROM, 『조선왕조실록』 영조 49년 정월 25~27일. 경상도 서얼 황경혼이 京外의 학궁(學宮)에서는 序齒로 앉게 해줄 것을 상소하였다. 영조가 태학생(太學生)들을 불러 서얼을 통청하였는데도 태학에서 서치를 허락하지 않은 이유를 물었더니 김식이 '조정은 조정이고 향당은 향당이기에' 서얼들은 아무리 나이가 많아도 양반의 아래에 앉게 하였다고 대답하였다.
4) 『葵史』 권1 45장(『朝鮮庶孽關係資料集』, 88면), "進士臣李彙, 生子有詩曰, 生子人皆喜 吾心獨不然 世間無限苦 於汝又將傳. 故郡守臣權杖, 挽其友朴安期詩曰, 冥司不必論門地 好作修文朴舍人."

서얼 내에서의 사제 관계를 형성하기 시작하였으며, 사대부 못지 않게 문명을 떨친 문사들의 출현을 보기도 하였다. 그러나 이러한 현상은 단편적이고 개인적인 차원에서 이루어졌다. 그런데 18세기에 이르면 이러한 상황이 개선되어 서얼들은 집단을 이루게 되고 통청(通淸)운동을 통해 본격적으로 자신들의 목소리를 내게 된다.

서얼통청운동은 임란을 전후하여 시작되었는데 18세기 전반인 숙종·영조 기간에 이르면 가속화된다. 사대부들이 조금씩 시혜를 주던 방식으로 이루어지던 통청에 서얼들이 직접 주체적으로 가세하여 집단을 이루어 상소를 통해 자신들의 권리를 주장하게 된 것이다. 곡식을 내고 과거를 보아야 했던 임란 직후와 비한다면 현저한 개선을 보여 18세기 전반에 이르면 마침내 사대부들과 동등한 자격에서 과거를 보고, 벼슬에 진출할 수 있는 기회를 얻게 된다. 서얼들이 과거에 급제한 뒤 만족할 만큼의 벼슬길에 진출하였는가는 재론의 여지를 남기고 있지만, 가능성을 지니게 되었다는 점은 큰 의의를 지닌다고 할 수 있다. 이 같은 서얼의 사회적 진출에는 여러 가지 원인이 있겠지만 무엇보다도 우선 사대부 다섯 가운데 한 명은 서얼이라는 말이 나올 만큼 서얼이 수적으로 증가하여 세력을 키웠던 점을 꼽아야 할 것이다.

또한 17세기 말에서 18세기 초에 이르는 시기는 서얼 문사들이 본격적으로 출현한 시기이기도 하다. 학문을 업으로 삼고 문명(文名)을 날리던 서얼 문사들이 다수 출현하여 사회 집단을 이루게 되고 그 성가를 인정받게 되는데 그 대표적인 예가 시문의 전문성을 인정받아 조선통신사행에 제술관과 서기로 임명된 일이다. 이는 18세기 문학사에 새로운 문학 담당층의 출현을 알리는 것이라 할 수 있다. 곧, 사대부문학, 위항문학과 또 다른 범주로서의 서얼문학이 18세기 전반에 등장한 것이다.

조선 후기 서얼 문사의 출현은 동곽(東郭) 이현(李礥, 1653~1718)과 정진교(鄭震僑, 1660~?)의 세대로부터 잡을 수 있다. 이현은 문학적 역량을 인정받아 1711년 통신사에 제술관으로 참여했던 문사이고 정진교는 서얼

허통운동을 조직적으로 지휘했던 인물이다. 그러나 이들은 문집을 남기고 있지 않아 이들에 대해서는 다른 사람들의 기록과 일본에 사행을 가서 쓴 시문을 통해서만 알 수 있을 뿐이다. 이들이 집단을 이루어 시사 활동을 했는지는 알 수 없으나, 이들의 존재는 이 시기에 서얼 전체 집단에 영향을 끼칠 만큼의 역량을 지닌 뛰어난 서얼 문사가 출현였음을 잘 보여준다.

17세기 후반에 태어나 주로 18세기 전반에 활약한, 이현과 정진교의 다음 세대에 와서 그 생애와 문학세계에 관해 비교적 상세한 정보를 남기고 있는 본격적인 서얼 문사가 출현한다. 성몽량(成夢良, 1673~1735)·이세원(李世愿, 1674~1744)·신유한(申維翰, 1681~1752)·강백(姜栢, 1690~1777)·이정언(李廷彦, 1691~1743)·유후(柳逅, 1692~1780)와 김도수(金道洙, 1701~1733)[5] 등이 그들이다. 이들은 뛰어난 문학적 성취를 보여, 이미 당대에 사대부와 서얼로부터 문학적인 인정을 받고 있었다. 또한 이들은 집단을 이룬 문학 활동을 하기도 하여 이후 서얼들의 시사 활동과 집단 형성에 영향을 끼치기도 하였다.

이들을 중심으로 살펴본 바에 의하면 서얼들이 사대부로부터 인정을 받는 것은 오직 그 문학적 역량이 뛰어난 경우에만 한해서이다.[6] 조선

---

5) 김도수의 생몰연대에 대해서 임형택과 강전섭은 생년은 모르고 1742년에 사망했다 하였고, 진경환은 1699년~1733년으로 보았다(임형택, 「17世紀 閨房小說의 成立과 『倡善感義錄』」, 『東方學志』 57집, 연세대 국학연구원, 1988, 134면; 진경환, 「「倡善感義錄」의 作者 再論」, 『語文論集』 31집, 고려대 국어국문학연구회, 1992, 187면 참조). 그런데 『春洲遺稿』의 「上巡察使李公瑜書」에 따르면 1727년 겨울 직전에 20세 이후 벼슬하여 8년이 되었다고 하니 이때 나이가 27세나 28세였고 따라서 1700년 혹은 1701년에 태어난 것으로 보아야 할 것이다. 또한 『사마방목』에는 김도수가 1701년에 태어난 것으로 되어 있다. 그러므로 김도수의 생년은 1701년으로 볼 수 있을 것 같다. 사망한 해에 관해서는 자세히 고구할 수 없지만 『春洲遺稿』에서 연도를 규명할 수 있는 작품 중에서 가장 시기가 늦은 것이 1731년에 지어진 「松峴夜集序」이므로 1733년 사망설에 무리는 없는 듯하다.

6) 예로써 조홍렬(趙鴻烈)에 의하면 "전에 나의 돌아가신 백부 솔암자와 고암 이어르신이 목곡 이상서의 문에 함께 노닐었다. 상서공이 시도가 합치함으로써 허락하심이 특히 깊었다"(李世愿, 『顧菴遺稿』 「顧菴遺稿後序」, "昔, 我先伯父率菴子, 與顧菴李丈

조 사회 자체가 문을 업으로 삼아 과거를 보아 환로에 진출한다는 기본 특성을 지니고 있기도 하였지만 서얼들은 오직 문학적 역량으로 승부를 걸 수밖에 없었고, 그에 따라 17세기 후반부터 18세기 전반에는 대과에 급제한 서얼들이 외직의 말단 관리로나마 진출할 수 있었다. 조선조 후기에 이르러 과거 제도가 문란해졌음은 잘 알려진 사실인데 서얼들은 이를 비판하면서도 이외에는 별다른 방도를 찾을 수 없었던 불행한 현실에 놓여 있었던 것이다. 한편 벼슬길에 나아가지 않은 서얼들의 경우도 그들의 문학적 역량이 알려지면 존경을 받기도 하였다. 이러한 이유로 서얼들은 사대부들과도 친분을 맺게 되었고 활발히 교류하기도 하였는데, 장응두(張應斗, 1670~1730)[7]와 순암(順菴) 이병성(李秉成, 1676~1748), 이세원과 이기진(李箕鎭, 1687~1755)·김진상(金鎭商, 1684~1755), 신유한과 임정(任珽, 1694~1750)·최성대(崔成大)의 교류가 그 대표적인 예이다.

그런데 17세기 후반부터 18세기 전반까지 주로 활약했던 서얼들의 경우 그들의 문학적 역량이 당대 사대부나 후대 서얼들에 의해 인정받고 추앙받았던 것에 비해, 남기고 있는 문집은 드물다. 문집이 많이 남아 있지 않기에 서얼들의 삶과 문학을 고구하는 데 적지 않은 어려움을 주고 있다. 필자가 조사한 바에 의하면 이 시기 서얼들의 문집으로는

同遊牧谷李尙書門, 尙書公以詩道契許甚深")라고 하였는 바 시도가 합치함으로 인해 이세원과 조륜이 이기진과 친하게 지냈던 것으로 보인다.

　또한 이기진도 자신과 이세원이 마음을 같이 하는 사람이라고 표현하였다(이기진, 『牧谷集』(규장각소장본) 권1 「翌日諸客俱散 獨恭甫滯還 仍阻潦過十有三日 始覓舟歸 以野人載酒來農談 日西夕 分韻共賦 歷叙近日事 非以詩也」, "與我同心者, 棲山又居野").

7) 장응두가 사망한 연도는 이제까지 알려지지 않았다. 그런데 필자의 조사에 따르자면 장응두는 순암(順菴) 이병성(李秉成, 1676~1748)과 매우 절친한 사이였다. 『순암집(順菴集)』(규장각 소장본) 권3의 「朽橋三錄」은 순암이 1727년부터 1730년 사이에 쓴 시들로 이루어져있다. 여기에 「哭張弼文」이라 하여 순암이 쓴 장응두의 만시가 있다. 그런데 이 시의 바로 앞에 있는 「送別愼敬所赴燕」은 1730년 8월에 부고사(訃告使) 정사(正使)였던 신무일(愼無逸)에게 준 시이다. 그러므로 장응두의 몰년은 1730년 8월 이후라고 볼 수 있다.

이세원·조륜·신유한·강백·김도수의 것만이 전해지고 있다.8) 이러한 현상은 18세기 후반에 들어서도 그다지 나아지지 않아 서얼의 수에 비해 볼 때 남아 있는 문집의 수는 너무나 미미한 수준에 머무르고 있다. 그 원인은 여러 가지로 유추해 볼 수 있겠지만 일단 무엇보다도 서얼들이 말단 벼슬조차 제대로 하지 못하고 빈한한 삶을 살았던 데 기인하는 것으로 생각된다. 문집은 주로 자손이나 친우들에 의해 간행되는데, 서얼의 경우 경제적 여건이 열악했기 때문에 그것이 용이하지 않았던 것이다.

실례로 이세원과 그의 절친한 벗이었던 조륜(趙綸, ?~1738)의 경우는 사후 곧바로 문집이 간행되는데 이는 관직에 있었던 이기진이라는 든든한 후원자가 있었기에 가능했다. 조륜의 『솔암유고(率菴遺稿)』는 이기진이 1738년 교남(嶠南) 곧 영남 관찰사 시절에 간행되었고 이세원의 『고암유고(顧菴遺稿)』는 1746년 기영(箕營)에서 간행되었다. 신유한의 『청천집(靑泉集)』은 신유한 사후 18년인 1770년에 문생들에 의해 간행되었고 『청천선생속집(靑泉集先生續集)』은 100년 뒤 후손들에 의해 간행되었다. 김도수의 경우 문집 『춘주유고(春洲遺稿)』가 어느 시기에 간행되었는지 정확히 알 수는 없지만 현존하는 활자본이 고종 대에 간행된 것으로 미루어 김도수 사후 바로 간행되지는 않았으리라고 추정할 수 있다. 강백의 경우는 문집 간행이 매우 늦어져 1938년에 후손인 강신복(姜信福)이 수집해서 『우곡집(愚谷集)』을 간행하였다. 결국 서얼들의 문집은 신유한처럼 당대에 인정을 받아 문인들의 노력으로 문집이 간행되거나, 이세원과 조륜처럼 후원자에 의해 간행되거나, 신유한의 속집이나 강백의 문집처럼 오랜 세월이 지난 뒤 먼 후손들에 의해 간행되었던 것이다.9)

---

8) 물론 앞으로 더욱 자세히 고찰한다면 서얼에 누가 있었는가가 더 밝혀질 것이고 이에 따라 문집을 남기고 있는 서얼의 수도 늘어날 가능성이 있다.

9) 『靑泉集』에는 이기진의 사촌동생인 이주진(李周鎭)의 아들 이미(李瀰)가 쓴 서가 있는데, 이로써 이주진이 신유한의 문집 간행에 어느 정도 역할을 했으리란 추정을 할 수 있다. 또한 이기진의 후원에 의해 『솔암유고』와 『고암유고』가 간행된 점에서 이들 덕

그러므로 본 연구는 문집을 남긴 문사 가운데 이세원·신유한·강백·김도수 네 서얼 문사를 중심으로 서얼의 문학세계를 고찰하고자 한다.[10] 그러나 다만 문집을 남기고 있다고 하여 이들을 대상으로 삼은 것은 아니다. 문집을 남기고 있다는 사실 자체가 이미 그들의 상당한 문학적 성취와 당대적 고평을 가리키는 것이기도 하지만, 본고가 다루는 네 서얼 문사의 시문의 역량은 실제로 매우 뛰어나서 당대와 후대에 걸쳐 높은 인정을 받았다. 이기진은 이세원과 조륜에 대해 당대(唐代)의 네 문장가인 최륭(崔融)·이교(李嶠)·소미도(蘇味道)·두심언(杜審言) 등에게 뒤지지 않을 것이라고 하였다.[11] 남태제(南泰齊)는 "신유한의 시문이 다만 일세에 이름을 떨쳤을 뿐만 아니라 비록 바깥 오랑캐라 하더라도 그의 성명을 알고 있으며 (…중략…) 문장이 차천로(車天輅)보다 낫다"고[12] 하였고 홍계희(洪啓禧)는 "신유한의 문장은 옛날에도 또한 견줄 만한 이가 드물었다"고[13] 하였다. 이미(李瀰)는 『청천집』 서(序)에서 "애석하다. 옹으로 하여금 목릉성세를 당하여 중국사신을 접대하여 시를 주고받게 하였다면 간이(簡易)는 그의 앞에 오로지 아름답지 못하였을 것이고 오

수(德水) 이씨 집안이 서얼들의 문집 간행에 적잖은 역할을 했음을 알 수 있다.

10) 조륜의 경우 본 연구를 거의 완성할 때까지도 그가 서얼이라는 심증은 있었으나 확실한 증거는 없었다. 후에 『난실시화』에 조륜이 서얼임을 은근히 나타낸 문맥이 있는 것으로 인해 서얼임을 확인할 수 있었다. 곧, 조륜은 悠悠子 李熺의 庶婿로 보인다. 成海應, 『蘭室詩話』; 조종업 편, 『韓國詩話叢編』, 동서문화원, 1989, 704면, "悠悠子, 李熺 (…중략…) 其庶女爲金淸州履健妾, 屢從夫任之郡府, 以私財刻其集一卷, 又一婿趙綸, 亦能詩, 自號率菴, 有集一卷."

이 같은 사정으로 본고에서는 그의 시세계를 본격적으로 다루지는 못했다. 그러나 제3장에서 이세원이 조륜의 시에 행한 평을 고찰하면서 조륜의 문학세계에 대한 윤곽은 어느 정도 드러나리라고 여겨진다.

11) 『顧菴遺稿』「後序」, "若使兩君者, 遇國朝盛際, 得與皇華儐幕之掄, 則其方駕並驅, 鳴世擅場, 未必多讓於崔李輩."

12) 國史編纂委員會, 『朝鮮王朝實錄』, 탐구당, 1973. 『朝鮮王朝實錄』 권43 「영조실록三」 영조 27년 2월 辛未, 394면, "申維翰詩文不但擅名於一世, 雖外夷亦知姓名, (…중략…) 維翰之文勝於天輅."

13) 영조 27년 2월 신미, "維翰文章, 古亦罕倫."

산(五山)은 아래가 되었을 것이다"라고[14) 하였다. 이민덕(李敏德)은 시단에서 진주를 토하듯 뛰어난 시를 썼던 기치인 신유한이 죽었음을 애석해하였다.[15) 『청천집』을 보면 140명이 넘는 많은 사람들과 시문을 주고받고 창화하였으니 신유한이 당대에 이미 시문으로 인정을 받고 영향력을 행사했음을 알 수 있다. 이봉환 등의 후대 서얼들도 신유한과 김도수의 시문이 서얼들 중에서 가장 뛰어나다고 보고 있다.[16) 한편 강백은 당대에 최창대(崔昌大)로부터 인정을 받아 문명을 날렸고 이에 따라 시기도 받았다. 예로써 최창대가 국자감(國子監)을 맡았을 때 선비들에게 시험을 보았는데 강백의 시를 보고 크게 칭찬하였다.[17) 또한 강백은 영·정조대 과시계(科詩界)에서 신광수 이전에 가장 이름이 높았다고 한다.[18) 정약용은 「하일대주(夏日對酒)」에서 소과(小科)에 대해 읊으면서 "강백은 호탕한 입부리"라고도 하였다.[19)

이 같은 이들의 생애를, 추후 논의의 편의를 위하여, 우선 간단히 알아보도록 하자.

이세원(李世愿)은 전주 이씨의 한 파인 구성(駒城) 이씨로, 자는 계동(季

---

14) 『靑泉集』에서 李瀰가 쓴 「靑泉集序」, "惜乎, 使翁當穆陵盛際, 獲儐於皇華唱酬, 卽簡易不專美於前, 而五山爲之下風."
15) 張志淵 편, 『大東詩選』 권6(曹龍承 발행, 1978, 91면) 「挽申靑泉維翰 二首」, "雲漢收章海國空 圭壇獨幟折秋風 巫陽縱撼招魂竹 帝側無人可奈公. 無塵出水見芙蓉 不復人間長者容 落此咳珠驚世眼 方知大呂迭黃鐘."
16) 李鳳煥, 『雨念齋詩文鈔』(국립중앙도서관 소장본) 권8 「與子文」, "我愛足下者也, 又嘗勉之以學古文者也, 安得不仰喜必須明着眼力, 以足下才智將來成就, 豈在申周伯金士源下也."
17) 任璟 찬, 『玄湖瑣談』; 任廉 편저, 『暘葩談苑』, 아세아문화사, 1981, 721~722면, "崔崑崙昌大代金竹泉長國子, 嘗試士, 姜栢詩有仙舟未繫六鰲鬚, 若木花老金烏死之句, 大加稱, 賞貫珠揮場, 時爭名者, 作詩譏之曰人間豈有若木花, 長夜然後金烏死, 生子當如金達甫, 兒子昌大豚犬耳, 非但姜詩之見稱, 作詩者亦能文者也."
18) 이가원, 『韓國漢文學史』, 普成文化社, 1984, 342면 참조
19) 丁若鏞, 『增補 與猶堂全書』 一(경인문화사, 1970, 79면) 「夏日對酒」, "姜柏放豪嘴", 물론 이는 정약용이 과거의 폐단에 대해 읊으며 한 말이지만 강백이 과시를 잘했다는 점을 반증하는 자료로 가능하다. 강백은 젊은 시절에는 과시에 힘썼지만 벼슬길에 들고 귀양을 다녀온 뒤로는 다른 시풍을 보여준다.

何), 호는 고암(顧庵)이다. 경기도 용인에 살았는데 1721년 숙종 인산(因山) 날이나 1725년 경종 인산(因山)날을 즈음하여 향해(鄕解)에 뽑혔고,[20] 영조 5년인 1729년 식년시에 2등을 하여 진사가 되었으나 대과에 합격하거나 벼슬했다는 기록은 없다. 부친은 이상징(李商徵)으로 관직은 서부(西部)의 주부(主簿)를 지냈다.[21] 특히 조륜(趙綸)과 매우 친했고 심약로(沈若魯)와도 친분이 깊었다. 역시 용인에 살았던 목곡 이기진과 그 동생인 이규진(李奎鎭)과 절친했는데 이기진과 이규진은 택당(澤堂) 이식(李植, 1584~1647)의 증손이었다.[22] 이기진은 이세원이 '능시(能詩)'하다고 했다.[23] 두 사람의 친분은 약관시절부터 이어졌다고[24] 하니 동문수학한 사이일 가능성이 많다. 조륜도 이식의 손자인 이여(李畬, 1645~1718, 자 治甫, 호 睡谷)에게 어려서부터 수학했다고[25] 하니 이세원과 조륜과 이기진은 동문수학했을 가능성이 높다. 곧, 노론(老論)의 학맥과 연결되어 있다. 퇴어당(退漁堂) 김진상과 친밀한 관계였고 삼연(三淵) 김창흡(金昌翕, 1653~ 1722)과의 교분도 있었다. 이세원은 청빈(淸貧)과 한거(寒居)에 안존하여 그만의 독특한 시세계를 이룩했다. 이기진이 벼슬살이를 가거나 유람을 할 때 함께 다니며 산수를 유람하여 산수시의 일가를 이루었다.

신유한은 호를 청천(靑泉) 자를 주백(周伯)이라 하는데 1681년 경상도 밀성(密城)에서 태어났다. 1705년 25세로 진사시에 갑방으로 뽑혔다. 전에 지었던 「추황대부(秋篁對賦)」 등을 곤륜(崑崙) 최창대(崔昌大, 1669~1720)에게 보이어 칭찬을 받고, 이로부터 신유한의 명성이 자자하게 되었다. 특히 1712년에 지은 「제촉석루(題矗石樓)」는 당시 인구에 회자되었고 후에 촉

---

20) 『顧菴遺稿』「因山日參望哭禮於客官志哀」, "時余中鄕解."
21) CD-ROM, 『司馬榜目』, 서울시스템.
22) 李箕鎭, 『牧谷集』 권9 「家狀」.
23) 『牧谷集』 권7 「壬戌世遊錄序」, "能詩而赴速者, 李生世愿, 其客李溫."
24) 이기진은 이세원과 약관 때부터 사귀었음을 말했다. 『牧谷集』 권2 「李恭甫卽遠之日適此糜職無路臨葬作七絶五篇送托其子令納諸幽窆」, "到老歡情自弱冠 淡如水處臭如蘭 傷心臨歿相思字 長在床頭不忍看."
25) 『率菴遺稿』, 40면, "君名綸, 早歲出入於睡谷先生之門."

석루에 걸렸을 뿐 아니라[26] 현재까지도 신유한의 설화 속에서 읊어진다.[27] 33세인 1713년 증광시 갑과에 장원을 하였으나 벼슬을 얻지 못하다가 1719년 39세의 나이로 일본 통신사(通信使) 제술관(製述官)이 되어 일본에 다녀온 뒤로 벼슬길에 나아가 그 후 30여 년 간 벼슬길에서 부침을 계속하였다. 중앙에서는 봉상시(奉常寺)에 임명되기를 거듭했고, 외직으로는 주로 무장(茂長)·평해(平海)·연천(漣川)·영일(迎日) 등 외진 읍의 고을원 노릇을 하였다. 이때 현실의 모순과 백성들의 참상을 목도하였으나, 영남인이며 서얼이라는 신분적 열세로 인해 그리고 조선 후기라는 현실 자체의 모순으로 인해 어쩌지 못하는 자신의 한계 때문에 부단히 고민하였다.

신유한은 영남인으로는 황용서(黃龍瑞, 字는 天用)·이태수(李台壽, 字는 星卿) 이성일(李聖一, 字는 一之)·이천여(李天與)·김하구(金夏九)[28] 등과 친하였다. 이들은 신유한이 벼슬길에 나가기 전에 친하게 지냈던 인물들이다. 벼슬길에 나아가서는 소북·소론과 친분이 깊었는데 이는 당시에 남인과 소북·소론이 연합하였던 것, 나아가 특히 영남 서얼들이 소론과 힘을 합쳐 통청운동을 하였던 것과도 관련이 있다. 곧, 최창대·최수범(崔守範)·이종성(李宗城, 1692~1759) 등의 소론과, 최수경(崔守慶)·최성대(崔成大)·임정·임용(任瑢)·임박(任璞) 형제들, 남태량(南泰良)·남태기(南泰耆) 등의 소북, 노론출신이면서 소론으로 인식되었던 원경하(元景夏, 1698~1761)[29]와 그 부친인 원명구(元命龜) 등과 친분이 두터웠다. 최수범은 신

---

26) 『靑泉集先生續集』 권10 「年譜」.
27) 조동일, 『人物傳說의 의미와 기능』, 영남대 민족문화연구소, 1979, 161~186면 참조.
28) 김하구와 신유한은 1702년 야성에서 道義交를 맺었는데(『靑泉集先生續集』 권10 「年譜」) 후에 김하구는 靑松 찰방을 지냈다(『靑泉集先生續集』 권2 「答楸庵金鼎甫夏九」, "自接政報, 喜而不寐, 每向靑松驛, 問新莅之期").
29) 원경하에 대해 이이화는 남인이라고 하였고(이이화, 『조선 후기의 정치사상과 사회변동』, 한길사, 1994, 82면), 이종호는 노론이라고 하였다(이종호, 「靑泉의 現實認識과 思惟方式」, 『논문집』 11집, 안동대학, 1989, 15면). 그런데 필자가 실록을 찾아보니 다음과 같았다. 원경하는 효종의 딸인 淑敬 공주의 손자이다(영조 12년 9월 28일). 원경하는

유한과 동년 진사이며[30] 최창대의 종질이다.[31] 최수경은 최성대의 부친이다. 신유한과 소론과의 관계는 다음의 일화로 증명할 수 있다. 1714년 신유한이 서울에서 벼슬을 구하다 실패하고 겨울에 고향으로 돌아가다가 목천임(睦天任)을 방문했으나 만나지 못했다. 그 후 목천임이 신유한에게 시를 보냈었다. 그런데 신유한이 죽은 뒤 이 시를 목호룡(睦虎龍)의 시라고 임금에게 고하여 화를 입히려는 사람이 있었다. 이에 목천임의 시집을 임금에게 올린 뒤 화를 면할 수 있었다.[32] 이는 1755년의 일로 이때 노론들은 소론 여당을 몰아내기 위한 작업을 하였다. 경종 때와 무신란(戊申亂) 때의 인물들에 연결되는 준소들을 찾아내어 명맥을 끊는[33] 과정에서 소론과 친분이 두터웠던 영남 서얼 신유한마저 죽은 뒤에도 그물에 걸렸던 것이다. 반면 신유한은 노론과도 교유를 하였다. 곧, 김창흡·이병연·이주진·이미·이덕수 등과 친분이 있었다. 김창흡의 경우는 1714년에 처음 만났는데 김창흡이 신유한의 문학적 역량을 인정

영조가 주장한 탕평책을 지지해 노론 가운데 한 무리가 붕당을 없애려 했을 때 원경하 등 여러 사람이 이 본의를 이어받았으며(4년 9월 24일), 남인·소북을 등용할 것을 주장하거나(16년 6월 5일), 원경하는 영남을 수용 않음이 개탄스럽다고(18년 9월 18일) 했다. 이에 대해 실록은 원경하가 남인·소북과 결탁했고 송인명과 조현명에게 붙었으며 이천보와 구적이 되었다고 하거나(18년 8월 8일), 홍치중과 같은 당(4년 9월 24일)이며 남태제와 친하고(16년 8월 6일), 임정·吳光運·尹游 등과 친분이 있고(37년 5월 27일), 김춘택, 김용택(16년 11월 5일) 이기진(20년 1월 23일) 등과 사이가 나빴다고 한다. 또한 탕평을 지지한 원경하에 대한 영조의 신임은 절대적이었음을 실록 곳곳에서 알 수 있다. 나아가 효종·현종·숙종의 자손인 삼종혈맥으로 유일함을 내세운 영조가 효종의 공주의 손자인 원경하에 대해 각별했음도 이해할 수 있다. 이로 볼 때 원경하는 소론과 친분이 깊고 당시에 소론으로 인식되었다. 그러므로 그의 원래 출신이 어느 파이건에 상관없이 소론으로 보아도 무방하다고 여겨진다.

30) 『靑泉集』 권2 「舅氏於天安水仙亭 與崔注書守範相會 拈汾西七言律韻賦三篇 歸而 使余和之 篇成並寄崔 崔乃余同年 以其尊堂作郡天安來省云」.

31) 崔昌大, 『崑崙集』 권5(『한국문집총간』 183권) 「答從姪守範戲贈」.

32) 『靑泉集先生續集』 권10 「年譜」, "冬, 自京, 還向湖南, 訪睦天任不遇, 而後睦公送 詩見情矣. 先生歿後, 有構禍先生者, 以此詩謂之虎龍之詩告上, 以逆黨追坐, 至於禍 及泉壤之境, 筵臣力救明卞, 竟以睦天任詩集登覽獲伸, 當世權貴之期於擠陷, 至於此 極也."

33) 이이화, 『조선 후기의 정치사상과 사회변동』, 한길사, 1994, 57면 참조.

해 친분을 쌓게 되었다.34) 곧, 이렇듯 노론과의 친분은 신유한의 문학적 역량에 의한 것이었다.

강백은 호를 우곡(愚谷), 추수(秋水) 자를 자청(子青)이라고 한다. 강백은 진주(晋州) 강씨(姜氏)인데 그의 집안은 서울에 살면서 당파로는 남인(南人)에 속했던 경남(京南)이었다. 예로써 그의 재종숙인 강석빈(姜碩賓)35)은 숙종 17년인 1691년 남인이었던 윤영(尹鍈)이 지은 『동조록(同朝錄)』에 있는 남인 당직자 명단에 들어 있다.36) 15세에 국상(國庠)에 들었고 곤륜 최창대의 문에 노닐어 문명을 떨쳤다. 1714년 진사 일등을 하고 1719년 통신사 서기(書記)로 일본에 다녀왔으며, 1720년 홍치중(洪致中)의 막부에 백의종군을 한 뒤 1727년 대과에 장원을 하여 교위(校尉)·성균박사(成均博士)·전적(典籍) 등에 임명되었고 1728년 성환(成歡) 찰방(察訪)이 되어 벼슬길이 열리는 듯했다. 그러나 몇 달이 지나지 않아 일어난, '영남반란(嶺南叛亂)'로 규정되었던37) 무신란(戊申亂)에 연루되어 철산(鐵山)으로 유배를 가 5년 간 있었다. 이때 그의 4종형이었던 강박(姜樸)은 관직에서 은퇴하였다.38) 이로써 강백의 벼슬길은 끝을 맺었다.

강백의 생애는 3단계로 뚜렷이 구분된다. 이는 그가 무신란(戊申亂)에 연루되어 귀양을 다녀온 데에 기인한다. 1기는 젊은 시절 산수에 주유하며 벗들과 교유하던 시기로 1690년에서 1728년까지이다. 2기는 철산에서

---

34) 『青泉集先生續集』 권10 「年譜」, "與金三淵交懽, 先生往候夢窩金相國時, 三淵在座問誰也, 夢窩曰, 嶺南申青泉, 三淵因携手入夾室, 三日不出, 遂許曠世神交."

35) 『愚谷集』 권6 「行狀」, "再從叔, 晋善君諱碩賓."

36) 이수건, 「朝鮮後期 '嶺南'과 '京南'의 提携」, 『最新歷史學資料論文集』 2집(한국학연구원 편), 대제각, 1992, 834면 참조.

37) 이수건, 위의 글, 857면.

38) 무신란을 일으킨 이인좌는 경남 가운데서도 탁남이었고 강박의 경우는 허목 계열인 청남이었으나, 강박은 시국과 맞지 않는다는 이유에서 스스로 은퇴하였는데, 사실은 이인좌에게 동조하였던 서얼 李順觀의 본처 외조카였기 때문이다. 유봉학, 「18세기 南人 분열과 畿湖南人 學統의 성립」, 『한신대학 논문집』 1집, 1983, 6~8면; 심경호, 「菊圃 姜樸論」, 『조선 후기 한시 작가론』 1(소석이종찬교수취임기념논총간행위원회), 이회출판사, 1998, 492면 참조.

귀양을 살던 5년에 해당하는데 1728년부터 1732년까지이다. 3기는 귀양에서 풀려난 뒤 충청도 공주(公州) 녹천리(鹿川里) 우곡(愚谷)에 은거하며 살던 시기로 1732년부터 1777년 사망할 때까지이다. 1기는 젊은 시절 윤치(尹治)·이정언(李廷彦)·심약로(沈若魯) 등의 벗들과 산수에 노닐거나 은일하는 삶을 그리고 있다. 또한 그림에 대한 흥취가 깊다. 2기는 귀양살이의 슬픔을 드러낸다. 이때 귀양살이의 슬픔은 가족과 고향과 떨어져 타향살이를 하는 슬픔이다. 귀양 자체에 대한 원망을 드러내지는 않고 있다. 고향이 그리워 높은 산에 올라 바라보거나 사친과 망향의 정을 애절하게 나타내고 있다. 또한 귀양을 살던 철산 지방이 변방이기에 변방의 모습을 묘사한 시도 많다. 다음으로 귀양살이 때문에 불교에 대한 인식이 깊어졌다. 불교에 대한 관심은 전부터도 있었으나 귀양을 살면서 깊어져 이후 불교에 매우 의지한다. 이는 강백에게서 드러나는 독특한 특성이다. 3기에 이르면 강백은 유배에서 풀려난 뒤 벼슬에 뜻을 두지 않고 포의로 살면서 산수에 은거하고 불교에 심취하였다. 윤치·심약로·윤동흥(尹東興)·이정언 등과 친했고, 신광수(申光洙, 1712~1775)·홍정휴(洪鼎休)·계덕해(桂德海)·김득필(金得必) 등이 따랐다.

김도수는 호를 춘주(春洲) 자를 사원(士源)이라 한다. 본관은 청풍(清風)인데 "임금의 외척임을 삼가 두려워하였다"[39]는 말처럼 외척이었다. 그의 조부인 김우명(金佑明, 1619~1675)은 9남 4녀를 두었는데 장녀 곧 김도수의 큰 고모가 현종(顯宗)의 왕비였다. 따라서 김도수는 숙종과는 사촌(四寸) 사이가 되고 영조에게는 당숙이 된다. 그러나 부친인 김석순(金錫順)은 김우명의 열두 번째 아들로 서자였다.[40] 김석순은 중성(重城) 현감과[41] 적성(積誠) 현감을[42] 지냈다. 김도수는 1725년에 진사가 되었다.[43]

---

39) 『春洲遺稿』 권2 「上巡察使李公瑜書」, 「戚里謹畏」.
40) 『清風金氏世譜 利』, 國立圖書館 所藏本, 94~102면.
41) 『春洲遺稿』 권1 「八月二十三日」 原註, "時家君出宰重城而余在清平 賦詩寓懷."
42) 『清風金氏世譜 利』, 101면.
43) 『清風金氏世譜 利』, 102면.

그러나 벼슬은 이보다 일찍 시작하여 음관(蔭官)으로 20세인 1720년부터 환로에 나서 봉상시에 재직하고[44] 경양(景陽) 찰방을 지냈다.[45] 그 뒤 8년의 벼슬 생활을 청산하고 일찌감치 산수에 유람하였다.

김도수는 김창흡의 문인으로, 송시열의 문인인 송상기(宋相琦, 1657~1723)·김창흡의 문인인 이하곤(李夏坤, 1667~1724)·이덕수(李德壽, 1673~1744)와 친분이 깊었고, 이매(李梅, 1703~?)[46]와 송재복(宋載福)과 절친했으며 서얼인 홍서기(洪叙箕), 중인인 홍세태(洪世泰, 1653~1725)·정래교(鄭來僑, 1681~1757) 등과 노닐었으며, 이하곤의 아들인 이석표(李錫杓, 1704~?)와 김창협의 문인인 신청하(申靖夏, 1680~1715)의 아들인 신명빈(申明賓)과[47] 사귀었다. 또한 김도수가 1722년에 쓴 「기무장신사군주백유한(寄茂長申使君周伯維翰)」[48]을 보면 김도수와 신유한의 친분이 나타나는데 김도수와 신유한은 봉상시에 함께 근무했던 것으로 보인다. 한편 김도수는 조성기(趙聖期, 1638~1689)와 더불어 『창선감의록(倡善感義錄)』의 작자일 가능성이 거론되었으나 현재 『창선감의록』의 작자는 조성기이고 김도수의 경우는 조성기가 창작한 것을 한역했을 가능성이 많다는 것으로 의론이 좁혀져있다.[49]

그런데 본고가 주 대상으로 삼고 있는 이상의 네 서얼 문사들은 서얼이라는 공통점을 지니면서도 흥미롭게도 지역과 사색에서 서로 뚜렷이 구별되는 배경을 갖고 있다. 앞서 살폈듯이 이세원은 기호 지역인 용인

---

44) 『春洲遺稿』 권1 「太廟差祭夜記夢」.

45) 『春洲遺稿』 권2 「南遊記」, "丁未九月 余旣乞罷景陽."

46) 李梅는 자가 伯春이고 본관은 完山이다. 1763년 이전에 연천(連川)현감을 지냈으며 1763년 통신사행에 자제군관(子弟軍官)으로 참여하였다. 趙曮, 『海槎日記』, 205·568면 참조

47) 명빈(明賓)은 자(字)이고 이름은 확실하지 않다.

48) 『春洲遺稿』 권1, "故人出宰茂長邑 此時政我華山入 槖中無我一大篇 知君悵望五馬立 軒盖獨指南斗去 冕珮逶阻北闕揖 落盡官梅春應晚 謝絶詩魔夢猶及 遙想樽酒今夜月 自笑窮崖事幽蟄."

49) 임형택, 「17世紀 閨房小說의 成立과 『倡善感義錄』」, 『東方學志』 57집, 연세대 국학연구원, 1988; 진경환, 「「倡善感義錄」의 作者 再論」, 『語文論集』 31집, 고려대 국어국문학연구회, 1992 참조

에 살면서 이식의 문맥을 이었으며 송시열의 문인인 권상하의 강문문인과 관련이 있으니 노론이라 할 수 있다. 신유한은 영남 서얼이며 강백은 서울서 살았던 경남 서얼이고 김도수 역시 서울서 살았으며 노론인 청풍김씨 가문의 서얼이다.

그런데 이상 네 서얼문사의 생애를 재구하는 대목에서도 드러나는 바지만, 서얼에 관해서는 기본적인 사실조차도 그다지 조사되어 있지 않은 형편이다. 서얼에 어떤 사람들이 있었는지, 어떠한 삶을 살았는지조차 잘 알고 있지 못한 것이다. 기존의 연구를 살펴보면, 17세기 말에서 18세기 초반까지의 서얼들을 대상으로 한 논문은 거의 없다.[50] 신유한에 관한 연구가 약간 행해졌으나 신유한이 서얼인지 진위를 확정하기 곤란하다고 하거나 서얼이었을 것이라고 추론을 하였을 뿐 신유한의 문학을 서얼문학의 측면에서 다루지는 않았다.[51] 김도수는 앞서 말했던 『창선감의록』의 작자 여부에 관련해 다루어졌을 뿐이다.[52] 조선 후기 서얼에 대한 연구는 18세기 후반의 백탑시파를 집단적 개인적으로 다룬 논문들뿐이다.[53] 이세원 세대와 백탑시파를 이어주는 중간 세대인 이봉환(李鳳煥, 1710~1770)·이명계(李命啓, 1715~?) 등에 관한 연구도 사적인 맥락 속에서 언급되었을 뿐[54] 작가론적인 차원에서 상세히 밝혀지지는 않

---

50) 18세기 전반의 사대부 문학에 관한 연구도 18세기 후반이나 여타 시기에 비해 그다지 많지 않은 편이다.
51) 김영숙, 「申維翰 漢詩 硏究」, 영남대 석사논문, 1981; 김영숙, 「靑泉 申維翰論」, 『조선 후기 한시 작가론』 1(소석이종찬교수취임기념논총간행위원회), 이회출판사, 1998; 이종호, 「靑泉의 現實認識과 思惟方式」, 『논문집』 11집, 안동대학, 1989.
52) 임형택, 앞의 글; 진경환, 앞의 글.
53) 송준호, 「雅亭 李德懋 詩의 抒情樣式」, 『새국어교육』 29·30합집, 한국국어교육학회, 1979; 송준호, 「朝鮮朝 後期四家詩에 있어서 實學思想의 檢討」, 『조선조 후기문학과 실학사상』, 정음사, 1987; 김윤조, 「泠齋 柳得恭 詩硏究」, 성균관대 석사논문, 1985; 이혜순, 「李德懋의 入燕記 小考」, 『조선조 후기문학과 실학사상』, 정음사, 1987; 안대회, 「白塔詩派의 硏究」, 연세대 석사논문, 1987; 안대회, 「서얼시인의 계보와 시의 사적 전개」, 『문학과 사회집단』, 집문당, 1995; 오수경, 「18세기 서울 文人知識層의 性向」, 성균관대 박사논문, 1990.
54) 안대회, 「서얼시인의 계보와 시의 사적 전개」, 『문학과 사회집단』, 집문당, 1995.

있다. 다만 남옥(南玉, 1722~1770)에 관한 연구가 있을 뿐이나 이는 일본 통신사행 때의 창화필담을 다룬 것이다.[55] 한편 조선 후기 일본 통신사행에 대한 일련의 연구들은[56] 통신사 제술관과 서기들이 서얼이었다는 점에서 출발을 하고 있는데, 이는 서얼들을 우리 문학사의 전면으로 나서게 했다는 점에서 큰 의의를 지니는 것으로 판단된다. 그러나, 이 논문들은 서얼들의 개인 문집을 대상으로 하기보다는 통신사행에 관련된 자료들을 중심으로 하였다는 점에서 아쉬움을 남긴다. 또한 기존의 연구에서 서얼과 중인을 함께 취급하여 중서(中庶)라고 병칭하거나[57] 위항문학으로 함께 다루는 경우가 있는데[58] 서얼과 중인은 구별되어야 하며 서얼문학은 위항문학과 분리되어야 한다고 생각된다.[59]

18세기는 우리 문학사에서 독특한 개성과 특별한 의의를 지닌 시기로 공인받고 있다. 이 시기에 이르러 문학 창작이 융성하였으며, 문학론에 대한 의론이 다양해졌고, 새로운 문예의식도 대두하였다. 또한 위항문학이 꽃을 피웠고, 사대부와 위항인들을 막론하고 시사 활동을 활발

---

55) 김성진, 「南玉의 生涯와 日本에서의 筆談唱和」, 『한국한문학연구』 19집, 한국한문학회, 1996.

56) 김태준, 「儒敎的 文明性과 文學的 敎養 : 申維翰의 日本日記 『海游錄』을 중심으로」, 『비교 문학산고』, 민족문화문고간행회, 1985; 김태준·소재영·이혜순, 「18세기 일본 체험과 한일 문학의 교류 양상」, 『인문과학논문집』 18집, 숭실대, 1988; 이혜순, 「신유한의 해유록 연구」, 『인문과학논문집』 18집, 숭실대, 1988; 이혜순, 「18세기 조선 통신사의 일본 인식」, 『동방고전문학연구』, 1990; 이혜순, 「18세기 한일문사의 교류 양상」, 『대동문화연구』 26집, 성균관대 대동문화연구원, 1991; 이혜순, 「18세기 한·일문사의 창화시 연구」, 『한국한시연구』 2, 한국한시학회, 1994; 이혜순, 『조선 통신사의 문학』, 이화여대, 1996; 최박광, 「靑泉 申維翰과 日本」, 『논문집』 6집, 건국대 교육연구소, 1982; 최박광, 「18세기 韓日 간의 漢文學 교류 : 靑泉 申維翰과 新井白石」, 『전통문화연구』 1집, 명지대 한국전통문화연구소, 1983; 한태문, 「朝鮮後期 通信使 使行文學 硏究」, 부산대 박사논문, 1995.

57) 황재문, 「朝鮮後期 中人文學硏究의 問題點 解決을 위한 試論」, 서울대 석사논문, 1993. 황재문은 신유한과 최성대를 중인이라고 하였는데, 신유한은 서얼이며 최성대는 소론 출신의 사대부이다.

58) 구자균, 『朝鮮平民文學史』, 文潮社, 1948.

59) 그 근거는 본고 제2장과 제6장에서 상술한다.

히 하였으며, 아울러 새로운 사유 지반으로서의 실학이 흥륭한 시기이기도 하다. 특히나 중인층(위항인)이 활발한 창작 활동을 하였다는 사실은, 문학담당층이라는 측면에서 보자면, 그것이 중인으로까지 그 폭을 확장하였다는 것을 뜻하는바, 이러한 18세기의 초반에 서얼문학이 집단성과 전문성을 지니고 대두한 점으로써, 이 시기 문학사의 의미 있는 항목에 우리는 또 하나를 보탤 수 있을 것이다.

그런데 18세기의 전반과 후반은 정치적 문학적 층위 여러 면에서 서로 구별이 가능하다. 우선 숙종과 영조 초기에 격화되었던 당쟁은 영조 후기와 정조 연간인 18세기 후반에 이르러 탕평에 힘입어 가라앉게 되었다.60) 그리고 조선 후기 시단에서 저명한 문학 그룹은 "17세기 후반과 18세기 전반의 백악시단(白岳詩壇), 18세기 후반의 연암(燕岩) 그룹, 19세기 전반의 자하(紫霞)·추사(秋史)그룹으로 나눌 수 있다."61) 또한 조선 후기 비평사의 핵심 개념의 하나이며 위항문학의 근거가 되는 천기 개념은62) "17~18세기에 이론적 참신성과 활력을 가졌다면, 18세기 후반과 19세기 중반에 걸치는 기간 동안에 그 활력을 유지하고 있었다"는63) 차이점을 보인다. 아울러 18세기 후반이 새로운 문학적 성숙을 보였고 실학이 융성한 시대였다면 이를 가능하게 한 역량이 18세기 전반에 잉태되었을 것이다. 이런 점에서 18세기 전반기 서얼문학의 탐구는 서얼문학이라는 측면뿐만 아니라 18세기 전반 우리 문학사의 탐색에 한 도움을 줄 수 있으리라 생각한다.

이처럼 18세기 전반기에 우리 문화사와 문학사의 전면에 대두하기 시작한 서얼문사들의 문학세계를 고찰함에 있어, 본고는 우선 1부 제2

---

60) 이이화, 『조선 후기의 정치사상과 사회변동』, 한길사, 1994, 58~69면 참조.

61) 최숙인, 「연암그룹 시문학의 문예특성」, 『우리 한문학사의 새로운 조명』(이혜순·박무영 외), 집문당, 1999, 313면.

62) 임유경, 「조선 후기 천기론의 발달과 전개」, 『우리 한문학사의 새로운 조명』(이혜순·박무영 외), 집문당, 1999, 267~276면 참조.

63) 정우봉, 「19세기 詩論 硏究」, 고려대 박사논문, 1992, 19면.

장에서 서얼의 세력화에 대해 살피고 여러 문헌에서 서얼들을 찾아내어 그들의 과거급제·관직·친분관계 등을 중심으로 생애를 알아보고[64] 의식을 조망하고자 한다. 다음 제3장에서는 문학 특히 시에 대한 의론을 남긴 신유한과 이세원의 문학관을 중심으로 서얼문사들의 문학관을 정리하고자 한다. 이때 이세원의 문학관은 그가 비선(批選)하고 평한 조류의 『솔암유고』를 기본 자료로 삼게 될 것이다. 제4장과 제5장에서는 이세원의 『고암유고』, 신유한의 『청천집』·『청천선생속집』, 강백의 『우곡집』, 김도수의 『춘주유고』를 주 대상으로 하여 서얼들의 문학세계를 살피게 될 것이다. 서얼들은 사대부 가문에서 태어났으면서도 온전한 사대부로 대접받지 못했던 이유로 현실에 대해 양면적 대응 양상을 보이는바, 이를 비판적 현실 대응과 낭만적 현실 초월 둘로 범주화하여 그 각각의 세계를 조망하게 될 것이다. 이로써 그들이 지녔던 독특한 문학세계를 정리해보고자 한다. 끝으로 제6장에서는 18세기 서얼문학이 우리 문학사에서 점하는 위치와 의의를 파악해 보려 한다.

끝으로 본고가 대상으로 삼은 주요 자료의 내용과 판본에 대하여 밝혀두고자 한다.

이세원의 『고암유고』는 1권 1책으로 국립도서관 소장본이다. 1738년 가을에 기영(箕營)에서 개간(開刊)하였고 조홍렬이 후서(後序)를 썼다. 시가 182제 수록되어 있고 문은 시에 딸린 것 외에는 없다.

---

64) 서얼의 진위 여부를 가릴 수 있는 문헌은 『조선왕조실록』·『사마방목』·『기아』·『한산세고』·『조선서얼관계자료집』·족보 등이 있다. 그런데 『조선왕조실록』에 서얼이라는 명칭이 드러나는 경우는 그다지 많지 않고, 『사마방목』의 경우 본인의 전력이 허통으로 되어 있은 경우 확인이 용이하지만 서얼통청의 결과 이 용어가 사대부와 동일하게 유학으로 바뀌었고, 적형·적제·서제 등의 용어가 있는 경우도 확인할 수 있으나 이 역시 18세기에 들어 구분이 없어졌다. 다만 부형이 서얼임이 확실한 경우 가계를 추적할 수는 있었다. 『한산세고』는 주로 1710년에서 30년대에 태어난 일부의 서얼들을 다루었다. 『조선서얼관계자료집』도 고려 이래의 많은 서얼들을 밝혔으나 17세기 중반이후에 태어난 서얼들에 대한 자료는 얼마되지 않는다. 족보의 경우도 그 가문의 서얼에 대해 명기한 족보도 있으나 하지 않은 족보도 많으니 이는 후손들이 사회적 위신 때문에 없앤 것이라고 보인다.

신유한의 『청천집』은 국립도서관 소장본(6권 6책)과 규장각본(6권 3책)이 있다.[65] 권1에는 시 86제, 권2에는 시 98제, 권3에는 부 4편, 서(書) 29편, 권4에는 서(序) 17편, 기(記) 18편, 권5에 기(記) 8편, 발(跋) 5편, 전(傳), 찬(贊), 비(碑), 비명(碑銘) 각각1편씩, 제문(祭文) 13편, 권6에 애사(哀辭) 3편, 잡저(雜著) 22편이 있다. 『청천선생속집』은 12권 5책으로 국립도서관 소장본이다. 권1에는 시 61제, 송(誦) 22제, 소(疏) 1편이 있고 권2에는 서(書) 29편, 잡저(雜著)로 서(序) 7편, 후서(後敍), 자서(自叙) 각각 1편씩, 잡설(雜說) 1편, 기(記) 1편, 제문(祭文) 5편, 잠(箴), 명(銘), 주문(奏文)이 각각 1편씩, 상량문(上樑文), 묘지명(墓地銘)이 각 1편씩 있다. 권3에서 권6까지는 『해사동유록(海槎東游錄)』이고 권7에서 8까지는 『해유문견잡록(海游聞見雜錄)』이며 권9는 삼가호백평(三家狐白評)과 사행시증별시(使行時贈別詩)가 있다. 권10에서부터 권12는 친지들이 신유한에 대해 쓴 글들로, 권10은 부록(附錄), 연보(年譜), 권11은 행장(行狀), 세가(世家), 유사(遺事), 언행(言行), 묘지명 (墓地銘), 권12는 만(輓), 뇌(誄), 제문(祭文), 발(跋), 지(識), 후서(後叙)가 수록되어 있다.

강백의 『우곡집』은 6권 1책으로 국립도서관 소장본이다. 1938년 서울 수창사 정판인쇄소(壽昌社 精版印刷所)에서 발행했다. 여러 편의 서(序)는 발행 당시의 사람들이 썼다. 권1~권4에 시가 343제, 권5에 문 2편, 만사(輓詞) 9제, 권6에 시가 13제, 문 1편, 악부가행사(樂府歌行詞) 21제가 있다. 부록으로 행장(行狀), 묘지명(墓地銘), 묘갈명(墓碣銘), 제사(題辭), 발(跋)이 있는데 역시 발행 당시의 사람들이 쓴 것이다.

김도수의 『춘주유고』는 2권 1책으로 국립도서관 소장본이다. 1권에는 시가 202제 수록되었고, 2권에는 서(序) 4편, 기(記) 4편, 서(書) 2편, 애사(哀辭) 3편, 설(說) 3편, 전(傳) 2편, 제(題) 2편, 그리고 제문(祭文), 명(銘), 비(碑), 논(論)이 각각 1편씩 있다.

---

65) 이 두 판본은 체재나 내용에서 완전한 동일본이다. 본고가 이용한 것은 국립도서관 소장본인데, 다만 판본 사정상 권3은 규장각본을 이용하였다.

제2장

18세기 서얼문사의 위상과 의식

1. 서얼문사의 형성과 위상

1) 서얼의 사회적 진출과 세력화

사대부 첩의 자손인 서얼은 모계가 정당한 적자(嫡子)와 구별되어 서자(庶子)라 불리며 차별적 대우를 받았다. 적서 차별은 고려 때까지는 없던 것으로 태종(太宗)에서 명종(明宗) 대에 걸치면서 법적으로 완성되었는데 이를 서얼 금고법(庶孼 禁錮法)이라 한다. 서얼 금고법은 서얼을 청요직(淸要職)에 임명하는 것을 금했을 뿐 아니라 과거 응시의 기회도 박탈하고 급기야는 자자손손 서얼의 굴레에서 벗어나지 못하게 하였다.[1] 이 서얼 금고법은 한정된 관직 임용을 기득권자들이 독점하기 위한 성격이

___

[1] 『葵史』 권1 3~6장(이이화, 『朝鮮庶孼關係資料集』, 3~10면) 참조

짙었다. 곧 사대부 자체 내에서도 과거에 급제하고 관직에 나아가는 숫자가 제한되어 있었기에 계층적으로 한 단계 아래라 할 수 있는 서얼들을 제도권 내에 포용하지 않으려 했던 것이다. 한편 처첩제가 암묵적으로 용납되었던 조선조에서 서얼의 수가 지속적으로 증가하였을 것임은 명약관화하다. 아래 인용은 정진교(鄭震僑)의 상소 중의 일부로, 이와 같은 사실과 그로 인한 서얼들의 우울한 심사를 잘 보여준다.

> 그 후 돌고 돌아 한 마디가 한 마디보다 더 심해져 마침내 자손까지 영원히 금고하기에 이르렀습니다. 비록 재덕이 있다 하더라도 모두가 다 억눌리고 막히어 세상에 떨치지 못하고 물리쳐 버려져 사람에 함께 못하고 고개를 숙이며 두려워 숨을 죽임이 마치 큰 죄를 진 것 같아 다시는 부자의 은혜도 군신의 의리도 없고 인륜을 해치고 이치에 거슬림이 이보다 심한 것은 없습니다. 필부가 원망을 품어도 온화한 마음을 해치기에 족한데 하물며 그 수를 헤아리지 못하는 사람들이야 어떠하겠습니까?2)

이러한 제도적 장치가 느슨해지는 것은 선조(宣祖) 이후였고 임진왜란 이후 더욱 가속화되었다. 먼저 임란 10년쯤 전인 선조 16년(1583)에 이이 (李珥)가 건의하여 서얼에게 납속부거(納粟赴擧)를 허락하게 되었다. 곧,

> 오늘날의 급무는 사람의 마음이 즐겁게 따르는 것을 반드시 생각해야 하니 행한다면 가히 구제할 수 있을 것입니다. 서얼로 재능이 있으면서 폐하여 막힌 자들이 이미 백년이 지나는 동안 모두 울분을 품고 있으니, 이제 만약 곡식을 바쳐 벼슬길에 통함을 허락한다면 군량미를 갖출 수 있을 것입니다.3)

---

2) 『朝鮮王朝實錄』 권41 「영조실록」 권2 영조 즉위년 甲辰 12월 丙戌, 445면, "而厥後輾轉一節深於一節, 終至子孫永錮, 雖有才德, 率皆抑塞而不揚於世, 擯斥而不與於人, 垂頭屛氣如負大罪, 無復父子之恩, 君臣之義, 傷倫逆理, 莫此爲甚, 匹夫含寃, 足傷和氣, 況其麗不億者乎."

3) 『葵史』 권1 7장(『朝鮮庶孼關係資料集』, 11면), "今日急務, 必思人心樂從者, 而行之乃可濟也, 庶孼之有才廢錮者, 已過百年, 皆懷憤鬱, 今若許其納粟通仕路, 則軍食可辦矣."

라고 하였듯이 율곡이 서얼 허통을 주장한 것은 서얼을 허통시키려는 목적도 있었지만 보다는 군량미 부족 때문이었다. 어쨌든 이로 인해 서얼도 다시 과거에 나아갈 수 있는 전기가 마련되었다. 율곡의 이 건의는 선조에 의해 받아들여졌지만 조정의 심한 반대에 부딪히다가 본격적으로 시행된 것은 임란 시기였는데 이는 다름 아닌 극심한 군량미 부족 때문이었다. 인조(仁祖) 3년(1625)에 이르면 부제학(副提學) 최명길(崔鳴吉)과 심지원(沈之原)·김남중(金南重)·이성신(李省身)·이경용(李景容) 등이 상소하여 서얼이 등과한 뒤에 요직은 허락(許要)하고 청직은 허락하지 않기(不許淸)를 청하여 받아들여졌다. 여기서 요직이란 호(戶)·형(刑)·공(工) 삼조(三曹)의 낭청(郎廳)과 각 사(司)의 벼슬을 이른다. 그러나 이 제도가 바로 시행된 것은 아니었고 그 시행은 8년을 더 기다려야 했다. 인조 11년 다시 최명길의 청에 의해 비로소 서얼에게 요직이 직접적으로 제수되기에 이른다. 최명길에 의하면 서얼이 등과한 뒤에 제수되는 관직은 봉상시(奉常寺)와 교서관(校書館)의 서너 자리일 뿐으로 허요(許要)하기로 한 제도가 허지(虛地)에 귀속되고 있다는 것이었다. 이로 인해 드디어 신희계(辛喜季, 1606~?)·심일운(沈日運, 1596~?)·김굉(金宏)·이경희(李慶喜) 등이 형조와 공조의 정6품 좌랑(佐郎)에 제수되었다.4)

이때까지의 서얼 허통이 사대부 고위 관료들에 의해 주도되었다고 한다면, 숙종(肅宗) 이후에는 서얼 자신들에 의한 통청운동이 본격적이고 지속적으로 일어나게 된다. 곧, 숙종·영조 연간에 이르러 서얼들이 직접 나서서 자신들의 권리를 주장하게끔 된 것이다. 본격적인 서얼통청 운동은 숙종 21년(1695)에 시작된다.5) 영남 생원(生員) 남극정(南極井) 등

---

4) 『葵史』 권1 10~17장(『朝鮮庶孽關係資料集』, 18~33면) 참조.
5) 이것이 서얼 자신들에 의한 최초의 통청은 아니다. 후술할 영조 즉위년(1724) 정진교 등의 상소에 의하자면, 선조 초에 申賁 등 천여 명이 상소한 바 있었다. 이는 이이의 납속부거책보다도 앞서는 것이다. 그럼에도 이를 논외로 하는 것은 이 사건이 역사상 돌출적인 양상을 띠고 있기 때문이다. 신분 등의 상소는 후일 신유한 시의 한 모티프로 이용된다. 이에 대해서는 제4장 1절 1) 신분적 차별로 인한 고뇌 참조

988명이 상소하고 또 진사(進士) 유일상(柳日祥) 등도 상소하였는데, 남극정의 상소는 간절하면서도 당당하다.

　　문무 인재로 서얼에 있는 사람들 또한 적지 않은데 도리어 국가가 능히 취하여 쓰지 못하였을 뿐입니다. 이제 서얼로 문과에 오른 사람들은 거의 백여 사람밖에 되지 않고 무변은 백에 열 정도이니 그 가운데 어찌 뛰어난 재주로 벼슬을 하고 공을 섬길 만한 한두 명이 없겠습니까. 가령 반드시 기이한 재주가 되지는 않더라도 저들은 이미 벼슬길에 이름을 올리고 뜻은 나라를 위함에 있으므로 국가 또한 마땅히 그가 능한지 여부를 살펴서 나아가고 물러나게 하여 능력이 뛰어나거나 뛰어나지 않거나 모두 각자가 그 직분을 얻게 하는 것이 생각컨대 덕을 성하게 하는 일입니다. 어찌 반드시 문벌로 한정하여 한결로 아울러 버리고 물리치십니까. 한 부모가 여러 자식을 두어 젖을 먹여 기르기를 한 이불 속에서 하는데 혈맥이 이미 같기에 정과 사랑에 사이가 없습니다. 온 나라인즉 전하의 한 이불입니다. 저희와 사대부는 똑같이 전하의 갓난아이입니다. 저희가 전하께 우러러 호소하며 또한 균등하게 젖 먹여 기름의 은혜를 받고자 하는 것은 어찌 인정이 반드시 이르는 바가 아니겠습니까 (…중략…) 서얼을 금고하는 법은 다만 한 두 사람의 사사로운 의견에서 나온 것이니 우리 태조 대왕의 옛 제도도 아니고 또한 우리 태종 대왕의 본의도 아닙니다 (…중략…) 우리 동방에서 서얼을 통용한 것은 이미 수 천 년이 지났습니다. 그 통용하지 못한 것은 겨우 백여 년이니 이는 과연 어느 것이 가깝고 어느 것이 오래되었습니까6)

　　자신들도 사대부와 똑같이 임금의 적자이고 뛰어난 인재가 많으니

---

6) 『葵史』 권1 22~24장(『朝鮮庶孼關係資料集』, 41~45면), "文武人才之在庶孼者亦不小, 而顧國家不能取用焉耳, 今庶孼之得文科者殆不下百餘人, 而武弁則不啻什百焉, 其中豈無一二拔出之才, 可以爲任事功者哉, 藉令不必爲奇才, 彼旣發籍仕路, 志在報國, 則國家亦當考其能否, 而進退之, 使洪纖巨細各得其分, 顧乃盛德事也, 何必限之以門地, 一倂棄斥耶, 父母生累子, 乳養於一衾之內, 而血脈旣同, 情愛無間, 而一國卽殿下之一衾也, 臣等與士夫同是殿下之赤子也, 臣等之所以仰籲於殿下, 而亦欲均被其乳養之恩者豈非人情之所必至哉, (…중략…) 禁錮庶孼之法, 只出一二人私見, 旣非我太祖大王之舊制, 亦非我太宗大王之本意, (…중략…) 吾東方通用庶孼已過數千年矣, 其不得通用僅至百餘年, 則是果孰爲近而孰爲久耶."

마땅히 그 능력에 따라 등용해 줄 것을 요구하고 있는 것이다. 나아가 서얼허통을 반대하는 사람들을 비판하면서 서얼 금고법은 태조의 법도 아니고 태종의 본의도 아니었으며 더구나 동방에서 서얼을 통용한 지는 이미 수천 년이고 통용하지 못한 것은 겨우 근래 백여 년일 뿐이니 이를 없애도 무방하다는 것이다.

숙종 22년(1696)에는 이조판서(吏曹判書) 최석정(崔錫鼎)이 차자(箚子)를 올려 납속부거를 없앴는데7) 이는 서얼들이 곡식을 내지 않고도 과거를 볼 수 있게 된 것이니 과거 응시의 자격이 일반 사대부와 같게 된 것을 의미한다. 이로부터 숙종 34년(1708)에 이르러 서얼 호칭이 업무(業武), 업유(業儒)로 되었고 아들 손자는 유학(幼學)이라 기록하여도 무방하게 되었다.8)

그러나 이러한 서얼허통운동이 원활하게 진행된 것은 아니다. 기득권자들의 반발을 초래하였을 것임을 익히 짐작할 만하다. 서얼 허통을 반대하는 사람들이 많았음은 물론이고 허통을 찬성한다 하더라도 제약을 두고자 하였다. 예로써 숙종 22년(1696) 9월에는 유상운(柳尙運)의 주장에 따라 "서얼로 6품에 오른 사람을 아울러 3조(曹)에 허락하면 뒤섞여 어지러운 폐단이 있을 것이니 뚜렷이 일컬을 만한 사람이 있다면 전조(銓曹)에서 마땅히 공공의 의론을 따라 수용하"기로 하였다.9) 또한 23년 8월에는 중인과 서얼로 벼슬에 통한 사람은 찰방(察訪)을 지낸 후에 수령직을 제수하기로 하였다.10) 이렇게 서얼 허통을 허락하면서도 제약을 두었는데 그 제약의 범위 내에서마저도 실질적인 허통은 거의 이루어지지 않았다. 예컨대 영조 즉위년인 1724년에 서얼 진사 정진교(鄭震僑)가 올린 상소에 의하면 인조 11년 신희계·심일운·김굉·이경희 등이 형조와 공조의 안청에 제배(除拜)된 이후

---

7) 『葵史』 권1 25장(『朝鮮庶孽關係資料集』, 48면).

8) 이준구, 『朝鮮後期身分職役運動研究』, 일조각, 1993, 47면 참조.

9) 『朝鮮王朝實錄』 권39 「숙종실록」 권30 숙종 22년 丙子 9월 庚辰, 433면.

10) 『朝鮮王朝實錄』 권39 「숙종실록」 권31 숙종 23년 丁丑 8월 庚戌, 466면.

▲ 鄭敾, 「楊花津」, 개인 소장.
강가 절벽이 지금은 切頭山이라 불리는 잠두봉이다. 이정언과 벗들은 한강 하류로부터 강을 거슬러 잠두봉과 그 건너편 선유봉에 이르도록 뱃놀이를 하고, 그 모습을 그림과 시로 담았다.

　　肅廟朝에 李礥 한 사람만이 겨우 호조 낭청에 제배되었으나 무리가 일어나
이를 배척하므로 마침내 갈마들기에 이르러 오히려 이제까지 적료합니다.[11]

라 했는데 이현이 호조 낭청에 제수된 것은 숙종 23년(1697)의 일로, 인
조 11년(1633)과는 60여 년의 차이가 난다. 곧 60년 동안 요직에 등용된
서얼이 없었던 것이고 그 후 30년 가까이 된 영조 즉위년까지도 다시
요직에 등용된 서얼이 없었던 것이다.

　　그러하기에 정진교 등 서얼 260여 명이 다시 연서하여 상소를 올리기
에 이른 것이고 상소가 봉입되지 않자 영조의 수레가 문을 나섰을 때
장대 끝에 ‘곤궁한 사람이 원통함을 안고 있습니다[窮人抱寃]’이라는 글
을 쓴 종이를 매달고 길에 서서 영조의 눈에 띠고자 하였던 것이다.[12]
이러한 분위기에 힘입어 그 후로도 서얼허통운동은 계속되어 영조 12년
(1736)에는 주목(州牧)에 임명하는 데는 문지에 구애하지 말고 재능에 따
라 택하기로 하였고, 영조 15년(1739)에는 무변의 처음 벼슬길을 허통(許
通)하게 되었으며 17년(1741)에는 ‘오직 재주로 쓰겠다[惟才是用]’라고 하
게 되었고 28년(1752)에는 음관견복(蔭官甄復)의 길을 열었다.[13] 이와 같은
성과의 결과로 마침내 영조 48년(1772)에 영조가 서얼(庶孽) 금통청(禁通淸)
을 ‘이후에는 절대로 거리낌을 안지 말 것이다[此後切勿抱碍]’라 하기에
이르렀다.[14] 그러나 실제로 이는 서얼금고의 명목상 폐지에 지나지 않
았다. 서얼 제도 자체는 의연히 존재하고 있었고, 서얼들에 대한 실질적
이고 관습적인 차별도 이후 지속되었다.[15] 그러나 어쨌든 허통이 이루

---

11) 『朝鮮王朝實錄』 권41 「영조실록」 권2 즉위년 甲辰 12월, 445면. “肅廟朝李礥一人僅
　　拜戶郎而群起斥之竟至呈遞尙至今寂廖.”
12) 『朝鮮王朝實錄』 권41, 445면; 「葵史」에는 정진교 등 오천 명이 상소했다고 되어 있
　　다. 『葵史』 권1 45장(『朝鮮庶孽關係資料集』, 88면) 참조.
13) 『葵史』 권1 46~50장(『朝鮮庶孽關係資料集』, 90~97면).
14) 『葵史』 권1 57~58장(『朝鮮庶孽關係資料集』, 112~113면).
15) 이 조치 이후로도 19세기 막바지까지 서얼들의 통청운동은 계속되었고 그와 관련하
　　여 지배층의 대응도 강온을 거듭하며 이루어진 바 있다. 국사편찬위원회 편, 『한국사』

어진 것만은 부인할 수 없는 사실이었다. 이렇듯 개선과 반발을 거듭하면서 숙종·영조 연간에 서얼허통운동이 활발하였고, 영조 이후 마침내 서얼의 허통이 이루어졌다. 이는 임란 이후 지속된 사회적 변화에 기인하는 것으로, 곧 서얼의 세력이 강화된 것에 의한 것이다. 곧 남극정·정진교 등이 연대해서 대대적으로 상소를 올릴 수 있을 만큼 서얼이 수적으로 증가했고 그 세력 또한 무시할 수 없게 된 것이다.

서론에서 밝혔듯이 본고에서 주 대상으로 삼은 네 명의 서얼은 모두 그 당파가 다르다. 이는 서얼이 사대부에 의해 나타난 것이고 그 사대부들은 당파적 관계로 얽혀 있다는 점에서, 서얼들의 층위도 다양했으리란 점을 시사한다. 본고가 주 대상 시기로 삼은 17세기 후반에서 18세기 전반까지는 숙종에서 경종, 영조 30년까지에 해당한다. 당시는 노론과, 남인·소론이 갈라서 당파의 이익을 다투던 시기였다. 그렇다면 서얼들에게도 노론 서얼, 남인 서얼, 소론 서얼이 있었음은 당연하고 당쟁의 외중에서 이들의 행보도 달라졌을 것이다. 또한 이들 가운데는 문을 업으로 삼지 않고 상공업에 종사해 경제력을 갖춘 서얼들도 생겨났다. 그러므로 서얼을 단지 '서얼'이라는 단순 계층으로 묶어버리기는 어렵다. '서얼'이라는 공통점을 지니면서도 당파적 입장의 차이, 사대부적 입장을 견지했느냐 중인의 직역이나 상공업에 종사했느냐에 따라 다양한 여러 층위로 나뉠 수도 있기 때문이다.

서얼허통은 정권을 잡은 당파에 의해 지속적으로 추진되었다. 이는 서얼들의 세력이 증가한 이유도 있지만, 당쟁의 와중에서 당쟁자들은 수적으로 증가한 서얼들을 자신의 당파로 끌어들여 이익을 얻고자 하였기 때문이다. 그러나 당파적 입장이나 경제적 차이를 떠나서 모든 서얼이 같은 입장이었다고 할 수는 없다. 인조(仁祖) 대에는 반정으로 정권을 잡은 서인(西人)들이 서얼허통을 주장하였으니, 서얼들이 등과한 뒤 허요하

34, 탐구당, 1995, 56~64면 참조.

도록 하고 신희계 등을 좌랑에 제수하게 하였던 최명길이 그 대표적 예이다. 현종 15년 1674년 '갑인예송(甲寅禮訟)'으로 남인이 집권하자 서얼허통은 남인에 의해 전개되었다. 숙종 6년인 1680년의 '경신대출척'으로 서인은 정권을 잡고 있던 남인을 몰아냈다. 1683년에 서인들은 남인에 대한 보복에 대한 이견으로 온건파는 소론, 강경파는 노론으로 분리되었다. 1689년에는 남인 가문의 장희빈에 대한 노론들의 논란으로 인해 숙종은 송시열을 귀양보내고 남인을 재등장시켰다. 이에 노·소론은 환국을 기도하게 되는데 여기에 서얼, 중인이 참여하였다. 1694년에 인현왕후 복위 음모를 고변하였던 남인들은 모조리 삭직되고 노·소론 연립정권이 들어섰다. 그 다음해에 영남 서얼 남극정이 상소하였던 것이니, 서얼이 자신들의 힘으로 통청운동을 벌이게 된 것은 축적된 힘으로 소론을 도왔기 때문인 것이다. 나아가 서얼들의 납속부거를 폐지하고 명칭을 업유, 업무로 하게 힘을 썼던 최석정·유상운은 모두 소론측 당직자였다. 그러므로 영남 서얼들이 소론과 유대를 맺었음을 알 수 있다.

그런데 노론과 소론은 유림 사이에서 간격을 벌이며 남인보다도 서로 더 구적이 되었고, 후에 경종이 되는 세자와 영종이 되는 연잉군의 파로 갈리어 세자파는 남인·소론, 연잉군파는 노론으로 갈리었다. 소론은 정권을 잡은 뒤 서얼허통에 대해 제약을 두기 시작했다. 서얼은 전조(銓曹)의 의견에 따라 3조(曹)에 수용한다거나, 찰방을 지낸 후에야 수령에 임명하기로 한 등의 제약이다. 그러므로 숙종 36년 1710년에 노론이 집권을 하자 영남 서얼들은 노론과 결탁하기도 한 것으로 보인다.

이런 상태에서 1721년에는 경종이 즉위하고 소론 정권이 들어섰는데 소론은 노론을 축출하고자 일을 꾸며 1722년 영남 서얼인 목호룡(睦虎龍)으로 하여금 고변을 하게 한다. 곧, 노론들이 경종을 시해하려고 했었다는 것이다. 이는 목호룡이 노론에 결탁하여 연잉군 보호의 모의에 참여했다가 노론에게 배신을 당하자 소론 편에 서서 고변을 한 것이다. 이러한 고변을 꾀한 소론이 그 고변자로 영남의 서얼을 선택하였다는 것은 시사하는 바가 크다. 영남 서얼이 다시 소론과 힘을 합하게 된 것이다. 이로 인해 노론 소장세력들이 모두 복주되고 계속해서 노론4대신도 사사되어 노론 세력이 조정에서 완전히 제거되었다. 이와 선을 같이 하여 노론 서얼들의 입지가 적어지게 되었음을 쉽게 알 수 있다. 또한 이때 노론에 대한 조처를 두고 소론은 강경파인 준소와 온건파인 완소로 나뉜다.

1724년 경종이 죽고 들어선 영조는 소론의 손으로 소론을 제거하는 방법을 써서, 노론 정권이 들어서고 완소들은 들러리가 된다. 영조는 노론이 과격하고 세력이 거세지자 1727년 완소에게 정권을 넘긴다. 그런데 1728년 무신년에 정권에서 소외되었던 남인과 제거되었던 준소와 일부 소장 연합의 '이인좌의 난'이 일어나, 준소들은 명맥을 유지할 수 없을 정도로 피해를 입었다. 이로 인해 남인 서얼과 준소 서얼도 타격을 입었음을 유추할 수 있다. 영조는 당쟁의 폐해를 느끼고 탕평책으로 노·소론 연합을 추구해, 1749년 사도세자가 대리기무를 하기 전까지는, 강한 탕평책과 노론의 우세 속에 큰 정변이 없었다. 1728년 이후 서얼허통은 탕평정책과 강력한 왕권의 배경 속에서 이루어져 성과도 컸으니 그만큼 각 당파의 서얼들에게 기회가 돌아갈 가능성이 많았다.16)

서얼허통운동이 활발했던 또 하나의 이유는 서얼들을 무마하려는 의도에서 있었던 것으로 보인다. 곧, 영조 27년 1751년 2월에 이조참의 남태제(南泰齊), 이조판서 이천보(李天輔), 호조판서 홍계희(洪啓禧) 등은 신유한의 벼슬이 "처지에 연유하여 종4품 봉상시 첨정에 지나지 않는 것"17)을 말하며 정3품 봉상시 정(奉常寺 正)에 임명할 것을 영조에게 건의하고 있다. 홍계희는

---

16) 배재홍, 「조선 후기 서얼허통」, 경북대 대학원, 1984, 35~59면; 이이화, 『조선 후기의 정치와 사회변동』, 한길사, 1994, 33~57면; 정석종, 『조선 후기의 정치와 사상』, 한길사, 1995, 119~171면 참조

17) 『朝鮮王朝實錄』 권43 영조 27년 2월 辛未, 394면, "特坐於地處, 官不過奉常僉正, 誠爲可惜."

신유한의 문장은 옛날에도 또한 견줄 만한 이가 드뭅니다. 봉상시 정은 예전
에는 중요한 벼슬이라 칭하였는데 오늘날에는 통청하지 못한 자도 또한 이 벼
슬을 하는 경우가 있으니 만일 이 벼슬을 제수한다면 쇠퇴하는 세상을 용동시
킬 수 있을 것입니다.[18]

라고 하여 서얼인 신유한을 당상관(堂上官)인 봉상시 정에 임명한다면
세상을 용동시킬 것이라 했는바, 세상을 용동시킨다는 것은 서얼도 당
상관에 임명한다는 것을 보여주고자 하는 의도가 내면에 있는 것이다.
당시 신유한의 나이가 71세였으니 이 벼슬의 제수가 명목을 위한 것임
을 알 수 있는데 신유한은 이 벼슬을 받지 않았다.

2) 서얼문사의 전개와 현실적 위상

서얼통청운동이 본격적으로 일어나던 숙종·영조 연간 이전에도 이
미 서얼의 수는 많았고, 그 중 이름을 날린 인물들도 적지 않았다.『규사
현인록(葵史賢人錄)』과 남극정과 정진교의 상소를 통해 알 수 있는 서얼 문
사들은 다음과 같다. 성종(成宗) 이후 걸출했던 인물들은 성종 때의 어무적
(魚無迹, 연산군(燕山君)에서 중종(中宗) 때의 서봉(西峯) 유우(柳藕, 1473~1537),
중종(中宗) 대에 활약했던 조신(曹伸)·정화(鄭和)·안찬(安瓚, ?~1519)·윤광일
(尹光溢)·권위(權緯)·권경(權經)·이소재(履素齋) 이중호(李仲虎, 1512~1554)·박
경(朴耕), 명종(明宗) 대에 등과했던 양사언(楊士彦, 1517~1584)·양사준(楊士俊)·
권응인(權應仁)·이전인(李全仁)·송익필(宋翼弼, 1534~1599)·송한필(宋翰弼)·박
지엽(朴枝華, 1513~1592) 등이다.
이들 가운데 조신은 조위(曹偉)의 서제(庶弟), 정화는 문익공(文益公) 정

---

18)『朝鮮王朝實錄』권43 영조 27년 2월 辛未, 394면, "維翰文章, 古亦罕倫, 奉常正, 古
　　稱名宦, 今則未通淸者, 亦多爲之, 若除此則, 可以聳動衰世矣."

광필(鄭光弼)의 서자, 윤광일은 사인(士人)인 윤지(尹漬)의 서자, 권위와 권경 형제는 교리(校理)인 권경유(權景裕)의 서자, 이전인은 회재(晦齋) 이언적(李彦迪)의 서자로 당대에 서얼이 되었다. 송익필과 송한필은 그 아버지인 송사련(宋祀連)이 고상(故相) 안당(安瑭)의 얼매(孽妹)의 아들인 것으로 보아 조부 때부터 서얼인 것으로 보인다. 이로 볼 때 서얼은 조선조 사회의 특수성으로 인해 계속하여 나타났고 명종 이후로는 이미 서얼 가문이 생성되기 시작한 것으로 보인다. 또한 유우는 후생을 가르침에 힘썼고 천문·복서·음률·서화에 정묘했는데 이중호가 그의 문인이었다. 이중호는 효녕대군(孝寧大君)의 후손으로써 기묘(己卯)·을사(乙巳) 이후에 두문하고 학도들을 가르쳤는데 박응남(朴應男)·박잠(朴漸)·김근공·박지화·유조방 등이 그 문인이었다. 이로 볼 때 중종 때부터 이미 서얼들은 집단을 형성해 사제(師弟) 관계를 맺고 있었다. 이들 가운데 조신·정화·권응인·송익필·송한필·박지화 등은 혹은 문장으로 혹은 학문으로 이름이 났던 사람들이다.19)

조선 시대를 전후기로 나누며 또한 서얼허통의 주장이 나오기 시작한 선조(宣祖) 대에는 유조인(柳祖訒, 1522~1599)·안경창(安慶昌)·황원손(黃元孫·정심(鄭諶)·어숙권(魚叔權)·임기(林芑)·양대박(梁大樸, 1544~1592)·김근공(金謹恭, 1546~1568)·이산겸(李山謙)·홍계남(洪季男)·유극량(劉克良, ?~1592)·허징(許澂)·이재영(李再榮)·박희현(朴希賢)·이달(李達)·윤충원(尹忠源)·양경우(梁慶遇, 1568~?)·송희갑(宋希甲)·이대순(李大純)·최명룡(崔命龍, 1567~1621) 등을 꼽을 수 있다.

유조인은 유우의 아들이고 김근공은 진부목사(晉州牧使) 김창(金倡)의 서자, 윤충원은 윤원형(尹元衡)의 서자, 양경우는 양대박의 아들이며 송도(松都)의 서인(庶人)인 안경창과 황원손도 그 이전부터 서얼 가문이었던 것으로 보인다. 어숙권·임기·김근공·이달·이대순은 문장 혹은 학문

---

19) 『葵史』 권1 21~22장(『朝鮮庶孼關係資料集』, 40~41면) 「葵史賢人錄」 참조.

으로 이름이 났다. 양대박은 임란 때 의병장이었고 이산겸·홍계남·유극량은 임란 때 활약했다.

인조(仁祖) 대에는 양만고(梁萬古, 1574~?)·정충신(鄭忠信, 1576~1636)·유흥룡(柳興龍, 1577~1656)·이원형(李元亨)·권칙(權伐, 1599~?)·권정길(權井吉)·이기남(李箕男)·윤한(尹暵)·장훈(張曛)·신희계·심일운·김굉·이경희·박안기(朴安期, 1607~?)가 있고, 효종(孝宗)에서 현종(顯宗) 대에는 이지백(李知白)·우경석(禹敬錫)·유시번(柳時蕃)·이명빈(李明彬, 1620~?)·이명림(李明林)·송상민(宋尙敏, 1626~1679)·권해(權諧, 1627~?)·권순(權諄, 1632~?)·권의(權誼, 1635~?)가 있다.

양만고는 양사언의 아들이며, 권칙은 석주(石洲) 권필(權韠)의 서질(庶姪)이고, 이기남은 오성부원군(鰲城府院君) 이항복(李恒福)의 서자, 윤한은 오음(梧陰) 윤두수(尹斗壽)의 서자이며, 장훈은 옥성부원군(玉城府院君)의 서제, 신희계는 신응시(辛應時)의 서손(庶孫)이고 이지백은 영의정 이홍주(李弘冑)의 서손이며, 우경석은 감사(監司) 우복룡(禹伏龍)의 서자이고, 이명빈과 그 동생 이명림은 이보(李莆)의 서자로[20] 당대 혹은 그 아버지 대부터 서얼이 되었다. 유흥룡은 학문으로 뛰어났고 송상민은 송시열의 문인으로 송시열의 신원을 위해 상소하였다가 장살되었다. 정충신은 1624년 이괄(李适)의 난 때 대의(大義)를 일으켜 적을 섬멸했다.[21] 권정길은 병자호란 때 남한산성이 위급한 날 홀로 외로운 군대를 이끌고 성 아래의 적과 싸웠다. 그런데 권칙은 1636년 일본 통신사행의 이문학관이었고, 박안기와 이명빈은 각각 1643년과 1655년 통신사행의 독축관이었다.[22] 이로 볼 때 17세기에 들어 서얼들이 일본 사행에서 시문을 담당하는 전문가 집단으로 자리잡았음을 짐작할 수 있다.[23]

---

20) 『司馬榜目』. 이명빈과 이명림의 전력이 허통으로 되어 있다.
21) 南龍翼, 『箕雅』, 아세아문화사(영인본), 1980, 55면.
22) 이원식, 『朝鮮通信使』, 민음사, 1991, 39면.
23) 이에 대해서는 제4장의 3. 해외체험의 표출에서 자세히 논의될 것이다.

숙종(1674년 즉위) 이후 통청운동이 본격화된 시기 이후에 활약했던 서얼들 특히 17세기에서 18세기를 살았던 인물들은 다음과 같다. 이해의 편의를 위해 인명, 생몰년, 본관, 자, 호의 순서대로 나타낸다.

박호(朴滉), 신무(愼懋, 1629~?, 居昌, 勉哉, ?)), 이민계(李敏啓, 1637~1695, 完山), 남극정(南極井, 1639~?, 宜寧, 機仲, ?)), 남극두(南極斗), 성완(成琬, 1639~1710, 昌寧, 翠虛, 伯圭), 성경(成璟, 1641~?, 창녕, ?, 叔玉), 이휘(李翬, 1639~?, 牛峯), 이습(李習, ?, 우봉), 이학(李翯, 1660~?, 우봉), 유일상(柳日祥, 1642~?, 景輝, ?)), 이진(李震, 1647~?, 전주), 이수(李需, 1652~?, 전주), 박기량(朴其良, 1651~?, 밀양), 이현(李礥, 1653~1718, 安岳, 重叔, 東郭), 홍순연(洪舜衍, 1653~?)), 이함명(李咸命, 1653~1718, 완산), 이수명(李需命, 1658~1714, 완산), 이제명(李濟命, 1669~1735, 완산), 이상징(李商徵), 정진교(鄭震僑, 1660~?, 延日, 敬叔, ?)), 정진길(鄭震吉), 정진규(鄭震奎, 1672~?) 엄한중(嚴漢重, 1664~?, 영월, 子厚, ?)), 남성중(南聖重, 1666~?, 의령, 仲容, 泛叟), 박사연(朴師淵, ?, 羅州), 박사렴(朴師濂, ?, 나주), 김석천(金錫賤, ?, 淸風), 김석구(金錫耇), 김석제(金錫悌), 김석선(金錫善), 김석순(金錫順), 장응두(張應斗, 1670~1730, ?, 弼文, ?)), 장현두(張顯斗, ?, 宅文), 성몽량(成夢良, 1673~1735, 창녕, ?, 嘯軒), 성몽양(成夢陽), 성몽상(成夢祥), 성몽창(成夢昌), 홍림(洪霖, ?~)), 이세원(李世愿, 1674~1744, 驅城, 恭甫, 顧庵), 이세갑(李世甲), 조륜(趙綸, ?~1738, 漢陽, 聖言, 率菴), 유명윤(柳命潤, ?, 豊山), 유창윤(柳昌潤, 1672~?), 유항윤(柳恒潤, 1677~?, 풍산, 士恒, ?)), 유희윤(柳喜潤, 1680~?, 풍산, 士懼, ?)), 신유한(申維翰, 1681~1752, 寧海, 周伯, 靑泉), 신유정(申維楨), 장효회(張孝曾), 김시약(金時若, ?~1747), 이정지(李挺之, 1685~1718, 완산), 이최지(李最之, 1695~1744, 완산, 蓮心齋, 季良), 강백(姜栢, 1690~1777, 晉州, 子靑, 愚谷·一漚庵), 남도혁(南道赫, 1691~?, 의령, 晦伯, ?)), 이정언(李廷彦, 1691~1743, 완산, 美伯, ?)), 유후(柳逅, 1692~1780, 全州, 子相, ?)), 남한종(南漢宗, ?, 의령), 박사유(朴師游, 1697~1726, 潘南, 文卿, ?)), 김도준(金道浚, ?, 청풍) 김도홍(金道洪), 김도헌(金道瀗), 김도원(金道源), 김도황(金道滉), 김도렴(金道廉), 김도광(金道洸), 김도유(金道游), 김도수(金道洙, 1701~1733, 청풍, 士源, 春洲), 안정달(安廷炟, ?, 죽산), 이형(李馨, ?, 전주), 이익창(李益昌, ?, 완산), 이지완(李志完), 이필직(李必稷, ?, 韓山), 윤사원(尹師元, ?,

坡平), 정후교(鄭後僑, ?, 東萊), 이만정(李萬楨, ?, 全義), 신여규(申汝逵, ?, 平山), 전시흥(田始興, ?, 潭陽), 이사걸(李思傑, ?, 韓山), 정홍신(鄭弘信, ?, 草溪), 허휘(許彙, ?, 陽川), 윤중교(尹重敎, ?, 파평), 상경주(尙經周, ?, 木川), 조필달(曺必達), 상시창(尙時昌), 이위(李緯, ?, 牛峯), 김계운(金繼雲), 김하적(金夏廸), 허욱(許煜, ?, 陽川), 윤동후(尹東垕, ?, 파평), 상이창(尙履昌, ?, 목천), 홍서기(洪叙箕, ?, 南陽), 조성화(曺聖和), 상홍택(尙弘澤), 이제우(李濟雨, ?, 우봉).

한편 윤치(尹治, 1681~1729, 海平, 玄圃, 子精),[24] 심약로(沈若魯, 1697~?, 靑松, ?, 得甫), 윤동흥(尹東興, 1697~?) 등은 서얼일 가능성이 많지만 확실한 증거가 없는 인물들이다.

이들 가운데 남극정·유일상·정진교는 통청을 위해 상소를 했던 서얼들이다. 박호·신무·이현·홍림·이세원·김도수·신유한·김시약은 『규사현인록』에 나와 있다. 박호는 금양위(錦陽尉) 박미(朴瀰)의 서제로 이학(理學)으로 이름이 났었다. 김시약은 하담(荷潭) 김시양(金時讓, 1581~1643)의 서제인데 창성부사(昌城府使)로 정묘란(丁卯亂) 때 죽었고 올바른 행동이 있었다. 신무는 문학과 바른 행동으로 이름이 났는데 명곡(明谷) 최석정(崔錫鼎, 1646~1715)은 "지금 조정의 자문을 맡을 사람을 뽑는다면 이 사람이면 가하다"고 할 정도였다.[25] 또한 만언소(萬言疏)를 지었고 영사시(詠史詩) 백 편을 지었다.[26]

이민계는 인조 때 영의정을 지낸 백강(白江) 이경여(李敬輿, 1633~1688)의 서자였고 이함명·이수명·이제명은 그의 아들들이고 이정지와 이최지는 이수명의 아들들이다.[27] 이휘·이습·이학은 형제로 당대에 서얼이

---

24) 李天輔는 윤치의 문집인『玄圃集』『默窩詩卷』에 대해 언급하였으나, 두 문집 모두 현전하지 않는다. 李天輔, 『晋菴先生文集』(경인문화사 영인본, 1994, 511면)「玄圃集序」와 『晋菴先生文集』(경인문화사 영인본, 1994, 572면)「題默窩詩卷後」참조

25)『葵史』「葵史賢人錄」.

26) 崔昌大,『崑崙集』권5(『한국문집총간』183권, 93면)「愼勉哉懋懋」1, 2구, "憂時萬言疏 詠史百篇詩."

27) 유홍준,「凌壺觀 李麟祥의 生涯와 藝術」, 홍익대 석사논문, 1983, 3~4면과 54면「이인상 가계표」참조

되었다.28) 남극두는 남극정의 동생이다. 성경과 성완은 성후룡의 아들이고 성몽량부터 성몽창까지는 성경의 아들들이다.29) 이진과 이수는 이명빈의 아들들이다. 정진교와 정진길·정진규는 형제이다. 유명윤부터 유희윤은 형제인데 유일상의 아들들이다. 홍순연은 『사마방목』에 전력이 허통(許通)으로 되어 있는데 부친인 홍남립(洪南立)의 품계가 정3품 당하관인 통훈대부이며 역시 정3품인 승문원 판교(判校)를 지냈다는30) 점으로 미루어 당대에 서얼이 된 것으로 보인다. 이상징은 이세원의 부친인데 주부를 지냈다. 박사연·박사렴·박사유 세 형제는 반남 박씨로 부마인 금평도위(錦平都尉) 박필성(朴弼成, 1652~1747)의 서자였다.31) 특히 박사렴은 청장관 이덕무(李德懋, 1741~1793)의 외조부이다. 남성중은 남용익의 아들이고,32) 남한종은 남성중의 아들이다.33) 신유정은 신유한의 동생이고 장효증은 계매부(季妹夫)이다. 장현두는 장응두의 동생이다.34) 김석천·김석구·김석제·김석선·김석순은 청풍김씨로 형제인데 당대부터 서얼이 되었고 김도준부터 김도수는 형제와 사촌 사이다. 안정달·이형·이익창은 김석구와 김석선의 장인이다. 이지완부터 이위는 김도준의 형제와 누이들의 장인, 시아버지들이다. 김계운부터 이제우까지는 김도준 누이들의 남편이다. 허휘와 허욱, 윤중교와 윤동후, 상경주와 상이창, 이위와 이제우, 조필달과 조성화는 부자 관계이다. 홍서기는 병사(兵使)를 지낸 홍

---

28) 『사마방목』에 의하면 이들의 부친은 李有謙이며 이들에게는 嫡兄이 많고, 이휘의 전력이 허통으로 되어 있다.

29) 『昌寧成氏桑谷公派系譜』 권2, 49~50면; 申維翰, 『海遊錄』, 61면; 『桑韓塡箎集』 권1(京華書坊圭文館 發行, 1719); 『司馬榜目』.

30) 『司馬榜目』.

31) 『春洲遺稿』 권2 「朴文卿哀辭」; 『清風金氏世譜 利』 102면; 『사마방목』에서 박사유를 찾아보면 박사연과 박사렴은 형으로 되어 있고 朴師淹은 적형으로 되어 있는 것으로 미루어 세 명은 모두 서자이다.

32) 이혜순, 『조선 통신사의 문학』, 이화여대 출판부, 1996, 43면.

33) 『司馬榜目』. 『雨念齋詩文鈔』 권1 「南進士漢宗挽」, "有斐壺翁孫(빛나는 호곡옹의 손자 있네)."

34) 『順菴集』 권4 「贈別張宅文顯斗」, "宅文卽弼文之弟."

순민(洪舜民)의 서손(庶孫)이며 홍진웅(洪震雄)의 아들이다.35) 신유한·장응두·성몽량은 1719년 일본 통신사행에 제술관과 서기로 함께 갔는데 삼연 김창흡으로부터 "모두 내 마음속의 사람들이다"36)라는 말을 들을 정도로 문학적으로 인정을 받았던 것으로 보인다.

다음으로 아래의 서얼들은 18세기 전반에 태어나 18세기에 활약했던 인물들이다. 곧, 앞서 살핀 서얼들의 아들과 손자 세대라 할 수 있는 인물들이다. 이기상(李麒祥, 1706~1778, 완산, ?, 士長)·김인겸(金仁謙, 1707~1772)·계덕해(桂德海, 1708~1775)·이봉환(李鳳煥, 1710~1770)·이인상(李麟祥, 1710~1760)·이명계(李命啓, 1715~?)·이명철(李命哲)·이명화(李命和)·이희관(李喜觀, 1709~?)37)·신몽기(申夢騏, 1712~?)·신몽준(申夢駿, 1716~?)·원중거(元重擧, 1719~1790)·최익남(崔益男, 1720~1770)·남옥(南玉, 1722~1770)·남중(南重)·남토(南土)·이귀상(李龜祥, 1725~1758)·성대중(成大中, 1732~1812)·송병조(宋秉朝)·김상겸(金相謙) 등이 있다.

이인상·송병조·이귀상은 『규사현인록』에 나와있다. 송병조는 동춘(同春) 송준길(宋浚吉, 1606~1672)의 후손이다. 이인상은 대의(大義)를 지니고 뜻을 깨끗이 하였고 세상과 더불어 변하여 옮김을 즐겨하지 않았다. 『일몽고(一夢稿)』에 의하면 시문 전서 팔푼서 편지 글씨 그림 도장석에 뛰어났다고 한다. 이귀상은 송명흠(宋明欽, 1705~1768)을 스승으로 섬겼고 학문으로 이름이 나서 서울의 지체 높은 사람들이 자제를 보내어 배우

---

35) 『淸風金氏世譜 利』, 100~101면 참조; 『司馬榜目』.

36) 金昌翕, 『三淵集』 권16(『한국문집총간』 165권, 330~331면) 「通信使佐幕 凡四詞客 皆我意中人也 嚴居 念破浪萬里 一帆無恙 令人神思飛越 若與之齊橈也 聊寄四律 各有所屬 只可一覽而投水矣」. 위의 시에서 네 명이라고 하였는데, 신유한, 장응두, 성몽량을 제외한 나머지 한 명은 군관으로 통신사행에 참여했던 鄭後僑이다.

37) 이희관에 대해서는 李奎象, 『一夢稿』(『韓山世稿』 권29, 國立圖書館 소장본) 「幷世才彦錄」 「文苑錄」에 '李喜觀文科縣官詩鳴泮庠製有經學工夫'라 설명되어 있다. 그런데 이를 번역한 『18세기 조선인물지』, 민족문학사연구소 한문분과, 1997, 104면에서는 李義觀(1753~?)으로 되어 있다. 그런데 이봉환의 『雨念齋詩文鈔』를 보면 「題李士賓喜觀詩卷」 등의 詩題에서 알 수 있듯이 이희관은 李喜觀도 있었다. 또한 이봉환과 친한 벗이었다. 『사마방목』에도 이희관은 서울에 살았고 1709년 생으로 되어 있다.

게 하였으며 문에도 뛰어났다.

이명계·최익남·이봉환·남옥·남중·남토·김인겸·김상겸·성대중은 『일몽고(一夢稿)』「문원록(文苑錄)」에 서얼로 나타나 있다.[38] 이명계의 무리로 글을 잘한 사람들을 초림팔재사(椒林八才士)라 칭했다. 이명계와 남옥·남중·남토는 과문을 잘했는데 특히 남옥의 과부(科賦)는 신출귀몰하였다고 한다. 최익남과 이봉환은 칠언율시를 잘했는데 최익남은 운치가 기발하였고 이봉환은 칠언율시를 자세히 새기어 한 어구도 구차하게 놓지 않았으며, 노긍은 과책(科策) 과시(科詩) 과부(科賦)를 잘했는데, 정약용(丁若鏞)은 노긍의 시가 교묘함을 당긴다고 하였다.[39] 김인겸은 사려와 지식이 있었고 시를 읊으면 번번이 원숙하였다. 이희관의 시는 반상제(泮庠製)에서 울렸고 경학 공부가 있었다. 김상겸은 반초서(半草書)에 능했다. 성대중은 시문을 잘했는데 시는 유려하고 문은 지나치게 화려했으며 서화의 재주가 있었다고 한다.[40]

이기상과 이인상은 이정지의 아들이고,[41] 남옥·남중·남토는 남도혁의 아들이며,[42] 남옥은 유후의 손자며느리의 아버지이다.[43] 원중거도 서얼로 그의 집안은 문반의 명문이었으나 9대조부터 무반의 길로 들어서 몰락하게 되었다 한다.[44] 신몽기와 신몽준은 신유한의 아들이다.

---

38) 李奎象은 「文苑錄」에서 서얼문사들에 대한 기술을 이명계부터 시작하여 본문에서 밝힌 성대중에 이르고 다시 成海應, 成海運, 李璡, 尹可基, 朴齊家, 李德懋까지 이어서 하였다. 그런데 이봉환과 김인겸의 사이에 盧兢(1738~1790), 沈翼雲, 沈翔雲, 그리고 여항인 安祐에 대한 기술을 하였다. 곧, 서얼 문사들 사이에 이 네 문사를 함께 기술한 것이다. 이로 볼 때 이들 역시 서얼이었거나, 서얼과 친분을 유지하여 한 집단으로 인식되었을 가능성이 높다.

39) 丁若鏞, 『增補 與猶堂全書』 一(경인문화사, 1970, 79면) 「夏日對酒」, 79면, "盧兢抽巧腸."

40) 『一夢稿』(『韓山世稿』 권29, 國立圖書館 소장본), 41~45면 참조.

41) 유홍준, 「凌壺觀 李麟祥의 生涯와 藝術」, 홍익대 석사논문, 1983, 54면 참조.

42) 『司馬榜目』.

43) 成海應, 『蘭室詩話』(조종업 편, 『한국시화총편』 10, 705면) 「醉雪翁」, "秋月南公其孫之婦翁也"; 그런데 오수경은 남옥은 유후의 孫壻라했는데 이는 정정되어야 한다. 오수경, 「18세기 서울 文人知識層의 性向」, 성균관대 박사논문, 1990, 125면 참조.

이제껏 비교적 명성이 알려진 서얼들의 면면을 18세기에 이르기까지 살펴보았다. 그 다음 우리에게 궁금한 것은 이들 서얼이 어떤 사회적 위치 속에서 어떤 대우를 받으며 살아갔을까 하는 점이다. 이들의 사회적 위상은, 그들의 의식세계를 결정적으로 좌우했을 제도적 관습적 차별을 드러내주는 한 지표이기 때문이다. 서얼들의 현실적 위상을 살핌에 가장 용이하고 유효하게 생각되는 준거의 하나가 벼슬길이다. 이제 서얼들이 어떤 벼슬을 했는지 살펴보기로 하겠다. 필자가 조사한 바에 의하면, 허통이 이루어진 숙종 이후 서얼들의 과거급제와 관직은 다음과 같다.

신무는 1666년 식년시 진사이다.[45]

이휘는 1669년 식년 진사이고, 이학은 1683년 증광 진사이다.[46]

유일상은 1675년 증광시의 진사이다.[47]

이진은 1669년 식년 진사, 1679년 식시 문과에 급제했다.[48]

이수는 1684년 식년 생원이다.[49]

박기량은 1684년 식년 진사이다.[50]

이현은 1675년에 식년시에 생원, 1694년 별시에 문과장원, 1697년에 중시(重試)에 급제하고 정6품 호조좌랑(戶曹佐郎) 1699년 종4품의 황해도 안악군수(安岳郡守)를 역임했다.[51]

---

44) 오수경, 위의 논문, 105~110면 참조

45) 『司馬榜目』.

46) 『司馬榜目』.

47) 『司馬榜目』.

48) 『司馬榜目』.

49) 『司馬榜目』.

50) 『司馬榜目』.

51) 松田甲, 『韓日關係史』, 朝鮮總督府 發行, 1929, 108~111면; 『安岳 李氏 世譜』; 『司馬榜目』.

　　그런데 『사마방목』에는 1675년 식년시에 생원 3등을 하고 1694년 별시에 문과 장원을 한 것으로 나타나는데 『안악 이씨 세보』에는 1675년에 진사, 1693년에 문과 장원을 한 것으로 되어 있다.

이수명은 음보로 찰방을 지냈다.[52]

성몽량은 1702년 식년시 2등으로 진사가 되었다.[53]

홍순연은 1678년 증광시에 3등으로 생원이 되었고 1705년 증시(增試) 병과(丙科)에 급제했으며 1711년 종5품인 봉상판관(奉常判官)을 지냈다.[54]

엄한중은 1706년 정시(庭試) 병과에 급제했고 정7품의 비서성박사(秘書省博士), 종6품의 고창태수(高敞太守), 종4품의 첨정(僉正) 등을 지냈다.[55]

남성중은 1711년 일본 통신사행 당시 오위(五衛)에 속한 종6품의 부사과(副同果)였고[56] 후에 유원(柔遠)과 행마첨절제사(行馬僉節制使)를 지냈다.[57]

신유한은 1705년 진사시에 갑방으로 뽑히고 1713년 증광(增廣) 갑과(甲科)에 장원 1717년 종6품 비서저작랑(秘書著作郎), 1719년 제술관 겸 전한(製述官兼典翰)으로 일본에 갔다가 1720년 귀국하여 종9품 승문원(承文院) 부정자(副正字)에 임명되고 다시 종8품 성균관전적(成均館典籍)에 임명되었고, 1721년 봉상시 판관(判官), 1722년 종6품 무장(茂長) 현감, 1726년 첨정(僉正), 1727년 평해(平海) 군수, 1739년 연천(漣川) 현감, 1744년 봉상시 첨정, 1745년 영일(迎日) 현감, 1748년 경주 공도회 고시지임(慶州公都會考試之任)을 맡았다.[58]

김시약은 창성부사(昌城府使)를 지냈다.

장응두는 진사로 평생 벼슬을 하지 않았다.[59] 그런데 『사마방목』에

---

52) 유홍준, 「凌壺觀 李麟祥의 生涯와 藝術」, 홍익대 석사논문, 1983, 54면.

53) 張志淵 편, 『大東詩選』 권6; 『蓬島遺珠』 後篇, 吳下 玄洲朝文淵 著, 1719, 10면; 『司馬榜目』.

54) 任守幹, 『東槎日記』乾 신묘 통신사 좌목, 민족문화추진회 刊. 『해행총재』9; 중앙일보사 편, 『성씨의 고향』, 중앙일보사, 1989, 2200면; 『司馬榜目』.

55) 任守幹, 『東槎日記』; 중앙일보사 편, 『姓氏의 故鄕』, 1154~1156면; 『兩東唱和錄』 卷下, 浪速 日新堂藏版, 1712.

56) 任守幹, 『東槎日記』.

57) 『司馬榜目』.

58) 『靑泉先生續集』 권10 「年譜」, 『靑泉先生續集』 권11 「行狀」.

59) 松田甲, 『韓日關係史』; 『桑韓唱酬集』, 1719, 浪華 河間正胤 校閱. 장응두가 벼슬을 하지 않았음은 李秉成의 『順菴集』 권3 「哭張弼文」 1수의 4연 1구에 "枉惜斯翁終布

의하면 1721년 식년시에 2등으로 생원이 되었다.

이최지는 음보로 현감을 지냈다.[60]

강백은 1714년에 진사 1등을 하였고 1719년 통신사행을 다녀온 뒤 1720년에 홍치중(洪致中)의 막부에 진사백의(進士白衣)로 종사했다. 1727년 정시 장원을 하고 정5품에서 종6품 사이의 교위(校尉), 정7품 성균박사(成均博士), 전적(典籍), 종8품 충무위부사맹(忠武尉副司猛)을 거쳐 1728년 종6품의 성환(成歡) 찰방에 부임했다. 이인좌(李麟佐)의 난으로 인해 철산(鐵山)에서 5년 간 유배생활을 하고 풀려나와 정산(定山) 현감이 되었다.[61]

이정언은 1713년 증광시에 3등으로 생원이 되었고 예빈시의 종6품의 주부(主簿)를 지냈다.[62]

심약로는 1710년 증광시에 3등으로 진사가 되었고 1731년 만경(萬頃) 현감을 지냈다.[63]

유후는 진사에 급제하고 1748년에 종8품 봉사(奉事), 그 후 종9품 북부 참봉·안기(安奇) 찰방을 지냈다.[64]

박사유는 1719년 증광시 진사 2등, 1723년 별시 문과를 하였다.[65]

김도수는 1718년 벼슬길에 나아가 봉상시에 제직하고 경양(景陽) 찰방을 지냈다. 그 사이 1725년 증광시에 3등으로 진사가 되었는데 이미 이때 주부를 지냈었다.[66]

김인겸은 1753년 47세에 사마시에 합격했고 벼슬은 사행을 다녀온 뒤

褐"라고 한 데서 알 수 있다.

60) 유홍준, 앞의 논문, 54면.

61) 『桑韓唱酬集』; 『愚谷集』 권6 「行狀」.

62) 『凌壺集』 권1; 『司馬榜目』.

63) 『朝鮮王朝實錄』; 李世愿, 『顧菴遺稿』 「送沈得甫之任萬頃」; 『司馬榜目』.

64) 오수경, 「18세기 서울 文人知識層의 性向」, 성균관대 박사논문, 1990, 125면 참조; 『和韓唱和錄』 卷上, 3면; 이원식, 『朝鮮通信使』, 민음사, 1991, 193면.

65) 『司馬榜目』.

66) 金道洙, 『春洲遺稿』 「太廟差祭夜記夢」 「南遊記」 「上巡察使李公瑜書」 참조; 『司馬榜目』.

에 지평(砥平) 현감을 지냈다.[67]

계덕해는 1733년 식년시에 3등으로 진사가 되었고, 찰방을 지냈으며 67세인 1774년 별시에 장원을 하고 예조좌랑에 이르렀다.[68]

이봉환은 1733년 식년시에 2등으로 진사가 되었고 1748년 통신사행 당시는 봉사였으며, 봉상시와 장원서(掌苑署)에 제수되었고 양지(陽智) 현감을 지냈다.[69]

이인상은 26세에 진사가 되고 참봉, 음죽(陰竹) 현감을 지냈다.[70]

이명계는 1741년 식년시 진사 3등, 1754년 증시 문과를 하고, 신창(新昌) 현감·홍주진영(洪州鎭管) 병마절제도위를 지냈다.[71]

원중거는 1750년 사마시에 급제한 후 10여 년 뒤에 장흥고(長興庫) 봉사(奉使)를 맡고 1771년 송라(松羅) 찰방, 1776년 장서원 주부, 1790년 목천(木川) 현감을 지냈다.[72]

남옥은 1753년 문과에 급제하고 현감을 역임했으며 1763년 이후 군수를 지냈다.[73]

성대중은 1753년 생원, 1756년 정시문과에 별과로 급제하였다. 1784년 홍해(興海) 군수를 지냈고 뒤에 예외적으로 종3품 북청부사(北靑府使)가 되었다.[74]

송병조는 장수(長水) 찰방을 지냈다.[75]

---

67) 이민수 校註, 金仁謙, 『日東長遊歌』, 탐구당, 1981, 18~19면; 서정규, 「使行歌辭 硏究」, 경북대 교육대학원, 1986, 7~9면 참조.
68) 『鳳谷桂察訪遺集』; 『大東詩選』 권6; 『司馬榜目』.
69) 『大東詩選』 권6, 74면; 『和韓唱和錄』 卷上, 3면, 32면; 『雨念齋集』 권4; 『한국민족문화대백과사전』 17권, 정신문화연구원, 1991, 864면.
70) 『朝鮮庶孽關係資料集』, 264면.
71) 『和韓唱和錄』 卷上, 3면, 33면.
72) 오수경, 「18세기 서울 文人知識層의 性向」, 성균관대 박사논문, 1990, 105~110면.
73) 『大東詩選』 권6, 63면.
74) 『大東詩選』 권6, 57면; 成大中, 『青城集』 「해제」, 여강출판사, 1982; 『昌寧成氏桑谷公派系譜』 권2, 49~50면.
75) 『朝鮮庶孽關係資料集』, 265면.

이를 자세히 살펴보면 소과(小科)에는 대부분의 서얼들이 급제하였고, 대과(大科)에는 이현·홍순연·엄한중·신유한·강백·박사유·남옥·성대중·계덕해·이명계가 급제하였다. 또한 서얼들에게 제수된 관직은 대체로 종9품 참봉, 종8품 봉사·부사맹·전적, 정7품 비서성박사, 종6품 찰방·주부·부사과·태수·현감, 정6품 좌랑, 종5품 판관, 종4품 첨정·군수였다.

정3품 이상의 당상관(堂上官)에 든 서얼은 전혀 없었고 종3품에서 정6품까지의 당하관(堂下官)에 이현·홍순연·엄한중·신유한·남옥·성대중 등이 임명되었다. 성대중이 종3품의 북청부사가 된 것은 정조(正祖) 때의 일이었으므로 이현·홍순연·엄한중·신유한·남옥이 숙종·영조 기간에 당하관에 임명되었다. 그런데 당하관에 임명된 이들은 모두 대과에 급제하였던 인물들로 서얼들은 대과에 급제해야만 조금 더 높은 지위를 누릴 수 있었던 것으로 보인다.

결국 서얼들은 종9품에서 종4품까지에 임명되었는데 주로 종8품에서 종6품의 벼슬을 살았다고 할 수 있다. 또한 이들은 주로 종품(從品)의 벼슬을 살았고 정품(正品)은 이현의 정6품 호조좌랑, 강백의 정7품 성균박사 정도였다. 또한 1724년 정진교의 상소 이후 서얼들은 당하관에 임명되고 있다. 신유한이 1726년에 종4품 첨정에 임명된 이후 당하관에 임명되기 시작했다. 단합한 서얼들의 힘이 당하관으로 진출할 길을 연 것이라 하겠다. 그러나 이현을 제외하면 청요직에 임명된 것은 아니었다. 봉상시나 외직에 임명되었을 뿐 육조(六曹) 등의 요직에 오르지는 못했다. 그러므로 1772년에 영조가 서얼 금통청(禁通淸)을 폐지하기까지 그리고 폐지한 10여 년 뒤까지도 서얼들은 청요직이 아닌 당하관까지의 벼슬을 살았던 것이다. 나아가 정조 이후 당상관에 오른 서얼이 있는지는 앞으로 고구해야 할 문제이지만 정약용이 1804년 자신의 시에서 "서얼들은 많이 통곡하네"76)라고 한 것은 의미가 깊다.

2. 서얼문사 집단의 형성과 그 의식

　　불우한 지식인으로서의 서얼들은 조선 후기에 이르면 이미 그 수가 많아져서 다섯 가운데 한 명은 서얼이라 하게 되었다. 자연 그들은 같은 처지의 사람들 혹은 비슷한 처지의 사람끼리 모여서 집단을 형성하고 함께 즐기고 함께 슬퍼하게끔 되었다.

　　강백을 중심으로 한 서얼들도 이러한 집단을 형성했다. 강백은 서울서 태어나고 자랐는데77)『우곡집』소재의「행장」에 의하면 윤치·심약로·윤동흥·이정언 등과 시주(詩酒)로 서로 부르며 좇고 명산대천에 두루 유람하였다고78) 한다. 실제로『우곡집』을 살펴보면「심득보약로, 윤자정치와 함께 자운암에 머물며[與沈得甫若魯尹子精治宿紫雲庵]」·「이미백정언과 함께 백석에 가서[與李美伯廷彦往白石]」처럼 이들과 주고 받은 시와 이들과 함께 서울 근처의 산이나 강에 노닐면서 지은 시가 많다. 강백과 이정언은 강백이 7세 때 이정언의 모친을 뵈올 때 처음 만났다고 하니 서얼 집안끼리 친분을 유지하며 왕래하였음을 알 수 있고, 이후 강백과 이정언은 매일 서로 만났고 국상(國庠)에 함께 노닐었고 평생 지기로 지냈다.79) 또한 이정언의 아들인 이봉환이 강백에게 보낸 편지에 1716년 이래부터 강백과 이정언이 주고 받은 편지를 후에 이봉환이 보았고 읽을 때마다 그 우정에 떨리며 느낌이 있다고80) 하였다.81) 강백은

---

76) 丁若鏞,『增補 與猶堂全書』一(경인문화사, 1970, 79면)「夏日對酒」, "庶孼多痛哭."
77)『愚谷集』권3「新居五老谷幷五絶」;『愚谷集』권6「行狀」.
78) "朝廷友善則惟尹公治, 沈公若魯, 尹公東興, 李公廷彦也, 以詩酒相徵逐, 周遊名山大川."
79)『愚谷集』권5「李美伯廷彦挽」17수 기·승구, "吾年七歲拜尊堂 君髮齊眉戴絳囊"; 1수 1련 "靑衣紅帶日相尋 去去來來意不禁";『愚谷集』권5「李美伯廷彦挽」24수 기·승구, "周遊國庠展君行 大峴踰時北斗明"
80)『雨念齋詩文鈔』권8「簡姜丈」, "每覽執事丙申以來與家大人往復書牘, 輒犁然有感, 而少輩中絶無可與論此事者."

윤치와 젊어서부터 친하게 지내며 정의(情義)가 깊어 자신들을 관중과 포숙에 비유하였다.[82] 또한 이봉환이 부친을 대신하여 1729년 윤치가 49세로 죽은 뒤 쓴 「제윤현포(祭尹玄圃)」를 보면 이정언과 윤치가 안 지 이십년이 되었다 했으니, 1700년대 초반 윤치가 20대 후반일 때부터 서로 알았다는 뜻이다. 또한 두 사람의 집은 소 울음이 들릴 정도로 가까웠으며, 화조월석과 외로운 연기, 매화에 내린 눈을 당하면 두세 명 마음 맞는 사람과 더불어 산수에 노닐며 시를 꾀하고 술을 갖추었다고 한다.[83] 곧, 강백과 이정언 등은 젊은 시절 벼슬길에 나아가기 전부터 친분관계를 맺고 있었다. 이들 사이의 애틋한 정도 절절하게 잘 드러나 있다. 윤치가 병들어 죽기 직전에 이정언이 찾아가 안타까워하며 서로 슬퍼하는 심정과 윤치가 단구(丹邱)로부터 돌아오지 않은 심약로를 그리는 정이 드러나 있다.[84] 친한 네 벗 가운데 강백은 철산에 귀양가 있던 때라 만나고 싶어도 만날 수 없으니 아예 언급조차 못하고 있고 단구에 가 있는 심약로만이라도 만나고 싶어했으나 결국은 보지 못하고 죽어버린 슬픔이 절절하다. 강백 또한 이정언이 사망하자 제문 한 편과 만시 두 편을 썼는데, 그 중 한 편의 만시를 38수나 써서 자신의 간곡한 심정을 나타냈다.[85] 이로 볼 때 그들의 친분이 얼마나 두터웠는지를 알 수 있다.

---

81) 1716년은 강백이 1719년 통신사 서기로 일본에 다녀오고 1727년 벼슬길에 나아가기 훨씬 이전인바, 두 사람이 편지를 왕래하였던 것은 아마도 1716년 이래 두 사람이 서울에 같이 있지 못했던 시기가 많았기 때문으로 보인다. 곧 강백은 통신사·찰방·귀양·낙향 등의 생활을 하였고 이정언은 강원도 北平으로 낙향했었다.

82)『愚谷集』권5「祭尹子精治文」, "嗚呼子精少長携手終老, 徜佯勝地名山, 詩酒微逐, 情傾義篤, 可比管鮑云."

83)『雨念齋詩文鈔』권9「祭尹玄圃」, "余與君相識胎二十歲, 家相去亦一牛鳴地耳, 每當花晨月夕菰烟梅雪, 與二三人會心者, 陟躓沿洄, 謀詩具酒."

84)『雨念齋詩文鈔』권9「祭尹玄圃」, "己酉歲三月, 玄圃子病, 友人完山李某候之, 玄圃子臥東壁下, 綴綴微作語曰, 庶幾可以生也, 然自得此病來我心甚悲可怪也, 見其色黧黃氣涔涔語不能了, 歸甚憂之, 其數日後竟卒, 年四十九, 無子, 其宗族親友會哭之, 玄圃子病時, 思見其友沈得甫, 而得甫自丹邱未還, 玄圃子竟卒不果見, 悲哉."

85)『愚谷集』권5「李美伯廷彦挽」.

조륜의 『솔암유고(率菴遺稿)』의 「서(叙)」를 보면 선비가 태어나 자신을 알아주는 사람 하나를 얻으면 족한데, 이세원과 조륜이 바로 그러한 사이었고 나이도 비슷했다고 한다.[86] 또한 조륜은 윤치를 벗이라 부르고 심약로와 함께 노닐고 그의 병을 걱정할 정도로 절친한 사이였다.[87]

김도수는 박필성의 계자(季子)인 박사유(朴師游, 1697~?)와 절친했으니 김도수의 부인이 박사유의 백형(伯兄)인 박사연(朴師淵)의 딸로 인척 관계였다. 두 사람은 16세에 만나 절친한 사이가 되었고 박사유는 또한 심약로와 가장 서로 친하였다고 한다.[88] 강백 또한 박사유와 심약로와의 친분을 1730년 유배시에 「박문경사유를 그리며[思朴文卿師游]」에서[89] 읊고 있다. 또한 이세원도 「만경으로 부임하는 심득보를 보내며[送沈得甫之任萬頃]」에서[90] 만경(萬頃)에 벼슬살이 가는 자신의 벗 심약로를 떠나보내는 심정을 슬피 읊었다. 김도수는 큰 누이의 남편 곧 매형(妹兄)인 홍서기와도 친밀한 관계를 유지했다.

이로 볼 때 ① 이세원과 조륜, ② 강백·심약로·윤동흥·윤치·이정

---

86) "士生斯世, 得一人爲之知己亦足矣 (…중략…) 李肅甫趙聖言今之名於詩者也, 年相比也, 才相美也, (…중략…) 所謂得一人爲之知己亦足者乎."
87) 「中秋十五夕尹友子精治來訪旅次値余不在而歸」·「同沈得甫若魯遊三淸洞呼韻」·「悼玄圃子尹子精治」·「沈得甫病甚不食已累月矣愍然傷念用賦一律奉傳一椒」·「八月十五夜寄沈得甫」.
88) 『春洲遺稿』 권2 「朴文卿哀辭」, "錦平都尉朴公有季子曰師游, (…중략…) 余內子君之伯兄女, 余十六入君門, 君纔長吾二歲, 吾兒心愛君, 君亦兒心愛吾, 兩人皆兒心耳枕膝笑語, 豈復知有世態外飾乎, 故吾得君祥君自幼及壯無妄喜怒, 又不喜交游人, 而沈若魯得甫最相善."; 『청풍김씨세보 리』, 102면.
89) 『愚谷集』 권2 「思朴文卿師游」.
　　君歿已三載　그대 죽은 지 삼 년이어도,　　　吾心終不忘　내 마음에 끝내 못 잊네
　　時危名僇辱　때가 위태하니 이름은 욕을 당하고, 歲去跡蒼茫　세월 가니 자취 아득하여라
　　漠漠麒麟死　기린 죽어 막막하고,　　　　　蕭蕭荊刺長　가시나무 길어 쓸쓸하네
　　何能逢得甫　어찌 득보를 만나,　　　　　　相對話斜陽　해질녘 마주하고 말하리
90) 『顧菴遺稿』 「送沈得甫之任萬頃」.
　　聖世偏恩渥　聖世에 은혜 치우쳐,　　　　微官有數窠　낮은 관직에 몇몇 자리 있네
　　被他窮鬼逼　窮鬼에게 핍박되어,　　　　糜我故人多　나의 벗들 많이 매였네
　　別思鸎花晚　이별을 생각하는 늦은 봄,　　晉塵歲月過　소식을 기다리니 세월 가네
　　衡門吾獨守　가난한 집을 내 홀로 지키니,　誰與共婆娑　누구와 더불어 배회하리

언, ③김도수·박사유·홍서기로 엮어지는 그룹이 있었음을 알 수 있다. 다만, 본고의 주 고찰 대상인 이세원·신유한·강백·김도수는 신유한과 김도수의 경우를 제외하면 직접적인 교류를 보여주는 시문을 남기고 있지는 않다. 더욱이 신유한과 강백은 영남과 경남으로 영남 서얼과 남인이 연대했다는 공통점이 있고 1719년 통신사행에 제술관과 서기로 함께 했었는데 두 사람의 문집에는 서로 주고받은 시라든가 편지 등이 없다. 물론 강백의 경우『우곡집』을 보면 유배를 가기 전에만 자신의 벗들과 함께 한 시들이 남아 있고 유배를 다녀온 뒤 은거에 들어서는 인명이 거의 나타나지 않는다는 특성이 있기는 하다. 그러나 신유한의 경우『청천집』에 많은 문사들과 주고 받은 시문을 남기고 있으나 강백 집단과의 교류를 보여주는 작품이 없어 영남과 경남 사이에도 거리가 있었지 않나 유추해볼 수 있다. 또한 영남 반란이라 규정되었던 무신란에 연류되었던 강백과 교류한 시문을 문집을 편찬하는 과정에서 의도적으로 삭제했을 가능성도 배제할 수 없다. 이세원과 강백과 김도수의 경우도 박사유나 심약로와 서로 연결되어 있으나 이들이 직접 교류한 증거를 찾을 수 없다. 이세원과 김도수의 경우 굳이 변별점을 찾는다면 연령의 차이가 많고 서울 안과 서울 밖을 거주지로 했다는 차이가 있고, 이세원과 김도수와 강백은 노론과 경남이라는 차이가 있지만, 이들에게서 교류의 흔적이 보이지 않는 것도 이상하다. 또한 이기진의 족제(族弟)인 이주진(李周鎭, 1691~1749)과 신유한이 친했다고 이주진의 아들인 이미(李瀰)가 밝혔고, 신유한이 1719년 통신사 제술관이 되어 일본으로 떠날 때 이주진이 해낭(奚囊)과 환약을 주며 전별을 하였다.91) 이기진과 신유한의 교류나 이기진과 친했던 이세원과 신유한의 교류에 대한 증거물은 현재까지 없고『청천집』에서 이주진을 찾을 수도 없다.92) 그러나 이세

---

91)『海游錄』己亥 4월 11일, 2면, "李進士周鎭 以奚囊丸藥見餽."
92) 물론『청천집』의 문사들 가운데 자(字)만 있어서 이름을 밝힐 수 없는 사람들이 상당
    수 있는데 이주진이 그 가운데 한 사람일 수도 있다.

원이 심약로와 친분이 있었고, 조륜이 윤치와 심약로와 친했고, 박사유
는 강백과 심약로와 친분이 있었다는 점에서 네 서얼문사와 그 벗들이
서로 알고 지냈고 친분이 유지했을 가능성도 있다.

　이들이 사대부들과 교류한 모습을 살펴보면, 신유한은 임정·최성
대·목천임·남구만·최창대·이종성 등의 소론과 친하게 지냈는데 특
히 임정과 최성대와는 교분이 깊었다. 강백도 소론인 최창대의 문에 들
어 친분이 깊었다. 이세원은 노론인 이기진과 김진상과 친하게 지냈고,
김도수는 노론 명문 가문 출신답게 송시열의 문인인 송상기와 그 손자
들인 송백순·송영수·유척기(兪拓基, 1691~1767)·이유(李瑜)·홍상한(洪象
漢, 1701~1769) 등과 친분이 깊었고, 홍봉한(1713~1778)과의 교류도 있었다.
이외에도 오원(吳瑗, 1700~1740)은『월곡집』소재의 시에서 성몽량을 성자
(成子), 성로(成老)라 부르며 존경을 표시하고 친우(親友), 고인(故人)이라 일
컬으며 친분을 나타냈고93) 김도수와도 교분이 깊었으며 신유한과도 친
하게 지냈다. 이현의 경우는 졸수제 조성기(趙聖期, 1638~1689)와도 친분이
있었던 것으로 보인다.94)

　한편 이들의 이러한 경향은 다음 세대의 서얼 문사들에게도 영향을
미쳤다. 곧 아들 세대라 할 수 있는 18세기 중반에서 후반에 활약했던
서얼 문사들도 집단을 이루어 활동했다. 강백 집단의 일원인 이정언의
아들인 이봉환을 중심으로 한 집단이 그 대표적 예이다. 이봉환도 처지
가 같은 서얼끼리 문학 동인이랄 수 있는 집단을 통해 교유하였다. 이
봉환이 부친의 영향을 받았음은 명약관화하며 앞서 살핀 대로 강백과

---

93)『月谷集』「溪亭簡成老夢良」, “風薄空林冷十分　一甌村酒作微醺　圖書壁裏無塵氣
　　鷄犬籬邊有淡雲　古檜自生霜後色　淸琴不似世中聞　洛城親友來何晚　坐久山窓夕嶺
　　紛.”;「東亭同岸翁成老共賦」, “溪樓酒罷夕風寒　山雨霏霏入小欄　霜信蕭森聽木葉　秋
　　情牢落憶金丹　柴扉送客禽初返　巖徑携君菊欲團　珂馬九衢人正醉　豈知城外有林巒.”;
　　「夜夢賦詩屬成老覺而記首二句餘皆忘之遂足成六句將以寄贈」, “好在吾成子　騷壇罍
　　鑠翁　一官雲海遠　雙鬢歲華窮　古驛梅應好　寒天鴈不通　淸樽當皓月　安得故人同.”
94) 趙聖期,『拙修齋集』권2 詩, 여강출판사, 1984(「贈李重叔」,「送李重叔往忠原」,「贈
　　李重叔 二首」).

이정언 사이의 편지도 읽었다. 이는 나아가 그들 집단의 시문을 보고 영향받았을 것임을 의미한다. 먼저 『우념재시문초』를 보면 이봉환은 이명계·남옥·노긍·이희관·이인상·최익남과 친분이 두터웠다. 이들과는 함께 모여 시를 짓고 멀리 유람하러 다녔다. 예로써 이봉환은 자신의 거문고를 백아의 거문고에 비유하고 이희관을 지음(知音)이라 할 정도로 친분을 유지했다.95) 또한 이들은 당시에 "초림팔재사(椒林八才士)라 일컬어졌다. 산초(椒)의 맛이 매운데 맵다는 뜻의 상말이 얼(孼)과 음이 같았던"96) 때문이었다. 또한 이인상의 형인 이기상이 1739년에 이세원과 함께 해인사에 유람하였다는 점에서 이기상이 이세원과 친분이 있었고 그 영향을 받았을 가능성이 많다.97) 또한 이명계의 아들인 이진(李璡)은 이명계와 이봉환을 본받아 일대를 이루었고 윤가기(尹可基)·박제가(朴齊家, 1750~1805)·이덕무(李德懋) 등은 이진의 시법(詩法)을 본받았다 하니98) 서얼 문사들이 같은 처지의 사람들끼리 동병상련을 느끼어 교류하고 영향을 끼쳤음을 알 수 있다.

그렇다면 서얼들이 집단을 이루고 모인 것은 무슨 이유에서인지 살펴보도록 하겠다.

---

95) 『雨念齋詩文鈔』 권1 「題李士賓喜觀詩卷」, "我有古桐絃 云是伯牙琴 琴聲不寂廖 賴君能知音 一鼓峽月白 再鼓江雲深 翩翩雙白鶴 忽來舞中林."
96) 『一夢稿』(『韓山世稿』 권29, 國立圖書館 소장본) 「幷世才彦錄」 「文苑錄」, 41면, "命啓一隊人善文者, 稱椒林八才士, 椒之味烈烈, 字意諺言與孼音同."
97) 『顧菴遺稿』 「與朴仁伯萬元李士長麒祥 同作海印之遊 途中口占得光字」.
98) 『一夢稿』(『韓山世稿』 권29, 國立圖書館 소장본) 「幷世才彦錄」 「文苑錄」, 45~46면, "李璡 (…중략…) 蓋李鳳煥 創是體 璡父命啓 羽翼之 至璡輩 無不推波助瀾 (…중략…) 有尹可基 (…중략…) 朴齊家 (…중략…) 李德懋 (…중략…) 俱來李璡法"; 그런데 이덕무는 이규상과는 다른 주장을 하고 있다. 곧, 이덕무의 글을 볼 때 이덕무와 이진의 친분이 있었던 것은 사실이지만, 서로 뜻을 세운 바가 다르고 관섭함이 없으며, 자신은 趣를 주로 하며 靈하고자 하나 이진은 氣를 주로 하며 幻하다고 하였다(李德懋, 『靑莊館全書』 권16 「雅亭遺稿」 8 「尹曾若可基」, "某雖無狀 其所立意 與進玉大殊異 而無相關涉 (…중략…) 某主趣而欲靈進玉主氣而已幻"). 그러므로 이규상의 이야기는 이덕무에게는 해당되지 않는 것으로 보인다.

①「1729년 동짓달 7일 밤 꿈에 고인의 시로 말이 몹시 쓸쓸하고 맑아서 그 뜻이 있는 바를 알 수 없었다. 어떤 이는 '孤雲獨鳥'로 吾輩의 영락함을 비유하고 '落木風湍'으로 세상 사람들의 떠들썩함을 비유한 것이던가. 드디어 一律을 지어서 솔암에게 적어 드리어 감정하기를 바란다.」[99]

②吾輩가 그때에 책상자를 지고 방문하니, 당시에 문 밖에 신발이 언제나 가득했어라[100]

③吾輩가 당시에 뜻이 높아, 압록강 동쪽 천지를 넓게 여기었네[101]

④내 일찍이 잠자리같이 작은 배에 吾輩 두셋과 그림을 잘 그리는 한 사람을 싣고서 용호로부터 잠두 선유봉에 이르기까지 물길을 거슬러 그 煙雲과 水石의 기이함, 촌락과 대나무가 펼쳐짐을 모사하되, 吾輩가 복건 포의 차림새로 오르명 내리명하는 모습을 함께 그리고 각자 그 그림 위에 시를 지어서, 비록 다른 날 각각 다른 곳에 있더라도 한 번 화첩을 펼치면 서호를 그대로 본뜬 듯이 삼삼하여 吾輩가 예전에 노닐었음을 손가락으로 가리켜 보이고자 했을 뿐이다.[102]

⑤「옛사람이 혹 落花를 賦하는데 모두 능히 情態를 자세히 다하지 못하였다. 元靈이 일찍이 沈石田集을 보니 落花詩를 지은 것이 그 역량이 미칠 수 없었는데 과연 어찌 그러한지 끝내 모르겠다고 하였다. 봄의 차례가 이미 늦어 정원 가득히 모두 꽃이다. 吾輩는 모두 失意한 사람들이라 근심과 분개를 스스로 평정하지 못하는데 우연히 酬唱하여 각각 여러 편을 이루었으니 아마도 알지 못하겠어라 가장 失意한 지경이 가장 得意한 시를 얻었느지를.」[103]

---

99) 『顧菴遺稿』「己酉(1729)至月七日夜夢 若有記誦古人詩者語甚凄淸而莫知其意所存 或者 以孤雲獨鳥喩吾輩之飄零落木風湍 譬世人之啾喧乎 遂定成一律錄奉率庵以希勘破」.
100) 『愚谷集』권6「獨送伊川葬」, "吾輩當年負笈訪 當時恒滿戶外屨."
101) 『愚谷集』권3「湖上有懷」, "吾輩當時志尙駿 鴨東天地視恢恢."
102) 『雨念齋詩文鈔』권9「祭尹玄圃」, "余賞欲以一蜻蜓小舟載吾輩二三人及善畵者一人, 自龍湖至蠶頭仙遊峯順溯下上, 摸寫其煙雲水石之奇村落竹樹之鋪, 兼置吾輩幅巾布衣逍遙相羊之狀, 各使題其詩於其上, 雖異日各在別地, 一展卷森森一本西湖, 而持點吾輩前日遊耳."

⑥ 吾輩는 곤궁하여 낮은 곳에 있다. 그래서 志氣가 비속하여 능히 힘껏 스스로 떨쳐서 빼어남으로써 그 몸을 선하게 하고 성인의 도를 밝게 하지 못하니 어찌 슬프지 않으리오.104)

⑦ 吾輩는 오랑캐가 중화를 어지럽히는 시기에 태어나 구석진 지역에 살고 곤궁하여서 그 뜻을 펼칠 수 없으니 차라리 조수와 무리짓고 목석과 살면서 몸을 편안히 하고 천명을 세울 곳이라고 스스로 여기고 있으니 성인이 여기에 계시다면 장차 죄를 줄 것인가? 또한 오직 그 뜻을 슬퍼할 것인가?105)

⑧ 吾輩처럼 능히 남쪽 밭에 힘을 다하지 못하고 또한 시장에서 작은 이익도 경영하지 못하며 앉아서 늙으신 어버이의 굶주림을 보는 사람들이 부득이 이 일에 머리를 숙임은 또한 당연한 이치입니다.106)

⑨ 吾輩의 곤궁이 어찌 이런 정도에까지 이르렀습니까?107)

위의 예문은 이세원·강백·이봉환·이인상·이덕무가 쓴 시문이다. 여기서 일관되게 드러나는 단어는 '오배(吾輩)'이다. 곧, 서얼들은 '우리 무리'라 하여 자신들을 동류로 인식하는 집단의식을 보인다.

서얼들은 자신들의 집단이 영락하고, 실의하여 근심하며 분개함을 평정하지 못하는 사람들로, 궁하게 아래에 있고, 가난 때문에 머리를 수그리는 지경에 이르렀음을 한탄한다. 그러나 자신들은 뜻을 높이 한다고

---

103) 『雨念齋詩文鈔』 권1 「古人或賦落花而皆未能曲盡情態元靈以爲曾見沈石田集有賦落花詩其力量殆不可及云而竟未知果何如也春序已晏滿庭皆花吾輩皆失意之人愁慨不自定偶然酬唱各成幾篇抑未知最失意境得最得意詩否也」.

104) 李麟祥, 『凌壺集』(국립도서관 소장본) 권3 「西湖社約序」, "吾輩窮而在下, 而志氣卑俗, 不能痛自振拔, 以淑其身, 以明聖人之道, 豈不悲哉."

105) 李麟祥, 『凌壺集』 권3 「名山記序」, "吾輩生于夷狄亂華之日, 處于偏方而厄窮, 而無以見其志, 則寧與鳥獸爲群, 而木石與居, 自以爲安身立命之地, 使聖人而在焉, 將罪之歟 亦惟悲其志歟."

106) 李德懋, 『靑莊館全書』 「雅亭遺稿」 7 「文」 「與朴在先齊家書」, "吾輩不能盡力南畝, 亦不能刀錐於市門, 坐見老親之飢, 不得已, 屈首於此事, 亦常理也."

107) 李德懋, 『靑莊館全書』 권16 「雅亭遺稿」 8 「尹曾若可基」, "吾輩之窮 胡至於斯."

했다. 열의를 다하여 스승을 방문하여 학문에 정진하고, 몸을 맑게 하고 성인의 도를 밝게 하며, 높은 뜻을 지녀 세상을 넓게 여기었다. 곧, 이들은 시문(詩文)과 도(道)에 힘쓰며 자신들의 울분을 삭이고, 앞날에 대한 기대를 했다. 자신들의 처지에 대한 인식이 확실했기에 가장 실의한 지경에서 가장 득의한 시를 얻을 수 있다고 한 것이다.[108] 그래서 이인상은 이러한 모습이 슬프다고 했다. 현실과 이상의 차이에 서글펐던 것이다.

그러므로 이들은 깊은 유대관계를 맺었던 것이다. ④는 이봉환이 부친인 이정언을 대신해 쓴 글로, 이정언이 자신과 벗들이 노닐던 모습을 그림으로 그리고 시로 써서 훗날 헤어져 있어도 눈에 본 듯이 회상하고자 바라던 깊은 우정을 보이고 있다. 또한 이봉환도 이인상을 알게 된 뒤 이인상을 찾아가는 설레임을 나타내면서 뜻이 깊이 맞기에 만나 책을 읽고 그림을 그린다고 했다.[109] 곧, 이들은 서로에게 유대를 느끼고 우정을 나누었던 것이다.

다음으로 서얼들이 자신과 중인들에 대해 어떻게 생각했는지를 통해

---

108) 예로써 이봉환의 시는 당대에 다음과 같은 평가를 받았는데 이는 이봉환의 말처럼 失意한 경지에서 나올 수 있었던 묘미였다. "이봉환은 (…중략…) 시의 7언율시에 정밀하게 새기어 들어가는 말 하나도 구차하게 놓지 않으니 근세의 絶調이다. 그러나 氣味가 애타고 빠르며 風韻이 번거롭고 급하며 공교한 생각의 銳鋒은 수단이 뛰어나고 굳세나 각박하고 날카로운 데에 공교하게 흘러, 옮기어 입에 급히 올리면 곧 산초나무 알맹이가 혀에 맵고 눈을 막으면 신 바람이 눈동자를 쏘는 것 같으니 결코 中和가 양성하고 따를 것은 아니다. 봉환이 이 體를 만들었는데 오직 그만이 능했고 다른 사람들인 즉 호랑이를 그리는데 이루지 못하였다. 이른바 椒林 一隊가 봉환體를 우러러 따르지 않음이 없었으나 재주가 풍부한 사람은 겨우 졸함을 숨겼고 힘이 약한 사람은 마르고 말라 잘건지 못하고 말이 이치를 이루지 못하여 음울하고 괴이하며 외롭고 어그러져 귀신이 울고 도깨비가 웃는 것 같았다. 가시나무처럼 쌓인 기운이 그 빛을 괴이하고 어긋나게 뛰어오르도록 한 것이리라." 『韓山世稿』 「幷世才彦錄」, 41~42면, "李鳳煥 (…중략…) 詩之七律精刻, 入裏一語不苟措, 近世絶調, 然氣味焦殺, 風韻繁促, 巧思銳鋒, 手段則高強, 而巧流於刻銳, 轉爲急口, 則椒粒辣舌, 遮眼則酸風射眸, 決非中和之陶寫, 鳳煥創是體, 惟己能之, 他人則畫虎不成, 所謂椒林一隊, 莫景從於鳳煥體, 材富者僅藏拙, 力弱者枯槁彳亍, 語不成理, 幽怪孤詭, 如鬼哭魅笑, 無乃積枳之氣, 騰其光怪邪."
109) 『雨念齋詩文鈔』 권1 「寄李元靈麟祥」, "自得元靈氏 龍山幾試筇 如非深契合 未必數過從 至理經箱準 圓機繪墨濃 江霞不可食 何處欲明農."

서얼들의 계층의식을 살펴보고자 한다. 기존의 연구들을 보면 '중서(中庶)'라 하여 서얼과 중인을 함께 묶어 같이 다루는 경우가 많다. 그러나 서얼과 중인은 친분관계를 유지하기는 했어도 서로 다른 계층임을 밝히고 있다.

김도수는 홍세태(洪世泰)·정래교(鄭來僑)·정민교(鄭敏僑) 등의 중인과 매우 친밀하였고,110) 이현은 홍세태와 친했으며, 후대인 이봉환과 박경행은 홍신유와 친했다. 다음은 1725년 홍세태가 죽자 김도수가 그를 애도한 시이다.

吾友滄浪叟　　내 벗 창랑수는
淸詩動古今　　맑은 시로 고금에 드날렸건만
高名增白髮　　높은 이름에 흰머리털만 더했고
末路少黃金　　말로에 금전도 거의 없었네
曉月瘦仙夢　　새벽달에 파리한 신선 꿈만 꾸었고
秋風病驥心　　가을바람에 병든 천리마 같은 마음이었네
那堪鐘子死　　종자기가 죽은 것 어찌 참으리
將罷伯牙琴　　장차 백아의 거문고 파하리라

—「悼滄浪子」111)

여기서 먼저 눈에 띄는 점은 1701년에 태어난 김도수가 자신보다 44살이나 많은 홍세태를 벗이라 부른다는 점이다. 이는 정신적인 면에서 나이를 잊은 벗일 수도 있지만 그보다는 계층적으로 아래의 사람이기에 벗이라 부르는 것이 용납되었다고 볼 수 있다. 김도수는 홍세태가 시로

---

110) 김도수와 중인들의 친분 관계를 나타내는 시들은 다음과 같다. 「寄詩滄浪子洪道長世泰兼送白秋露」·「夜坐有懷寄滄浪子」·「悼滄浪子」·「立春日會宋百順載福書齋和鄭潤卿來僑」·「扶旺寺月夜與宋永受載福對飲次韻」·「雨後李平叔彦衡宋永受洪翼汝鳳漢鄭潤卿來訪對菊呼韻」·「臨津船上口占奉寄宋百順兼示鄭潤卿」.

111) 김도수의 『春洲遺稿』는 앞서 살폈듯이 권1은 시, 권2는 문으로 구성되어 있다. 그러므로 앞으로의 논의에서 김도수의 시는 특별한 경우를 제외하면 출전을 생략하기로 한다.

써 이름이 높았는데도 부질없이 늙어갔고 가난하게 살았음을 안타깝게 여겼다. 또한 쓸쓸한 새벽녘 야윈 신선 꿈을 꾸었다고 하고 역시 가을 바람이 소슬하게 불 때 병든 천리마 같은 마음을 지녔다고 하며, 신선 과 천리마처럼 뛰어난 인물이 파리하고 병들게 되었다고 하여 말년의 영락한 모습을 잘 나타냈다. 아무리 시를 잘 지었어도 그 이상 어쩔 수 없었기에 상황은 슬프고 사람은 여위고 병든 것이다. 이는 말년의 모습 을 형상화한 것이기는 해도 어쩌면 홍세태 생애 전반에 걸친 것일 수도 있다. 김도수는 비록 서얼과 중인으로 홍세태와 신분은 다르지만 영락 하고 쓸쓸히 사는 모습에서 동병상련을 느꼈던 것을 알 수 있다.

그런데 김도수가 홍세태와 친할 수 있었던 또 하나의 이유는 시문과 음악으로 통했기 때문이다. 곧, 미련에서 홍세태와 자신을 종자기와 백 아에 비유하여 홍세태가 죽자 자신도 백아가 거문고를 뜯지 않았던 것 을 따르리라고 했다. 이로 볼 때 김도수는 홍세태와 문학적 음악적 공 감대가 있었기 때문에 교유한 것이다. 그러므로 서얼들이 중인과 사귄 것은 집권 사대부사회로부터 차별받는 존재라는 공통점과 문학적 음악 적 공감대가 있었기 때문으로 이해할 수 있다.

그러나 서얼들에게는 자신들은 중인과 구별되는 사대부라는 의식이 있었고 사대부들도 서얼과 중인을 다르게 보았다. 서얼을 통청한 뒤에 중인은 어떻게 처리해야 하는가라는 숙종의 질문에 대해 서얼과 중인은 진실로 예로부터 현격히 다른데 중인은 이미 처리를 했는데 어찌 다시 거론하겠느냐는 이주진(李周鎭)의 대답은112) 사대부들이 서얼과 중인을 다르게 보았다는 증거이다. 또한 "이제 저 서얼은 벌열의 무리이지만 위 로는 사대부의 직을 얻지 못하고 아래로는 중인의 역을 차마 하지 못합 니다"는113) 사실은 서얼들이 자신들을 중인과는 다른 계층이라고 생각

---

112) 『疏奏要語』 18장(『朝鮮庶孽關係資料集』, 490면), "問, 旣通庶孽之後, 中人何以區
　　處耶, 曰, 庶孽與中人固嘗懸殊, 而中人則已有區處, 更何擧論耶."
113) 『疏奏要語』 19장(『朝鮮庶孽關係資料集』, 492면), "今夫庶孽自是閥閱之族, 而上不

했음을 알려준다.

김도수의 다음 글은 정민교(鄭敏僑)에 대한 애사(哀辭)로 중인에 대한 서얼의 의식을 보여준다.

　　나는 진사 정윤경이 질탕하며 호방한 운이 있음을 아껴 시문을 짓고 술마시는데 좇아 노닐었다. 인하여 그 아우인 계통과도 서로 알았으니 계통 또한 진사로 나와 더불어 같은 과거에 급제했고 그 사람이 뛰어나고 우아하며 묘하고 文辭를 능히 하여 진실로 아낄만 하였는데 윤경의 아우이기에 내가 더욱 그를 아꼈다. 나이 36세에 영남에서 객사하니 사대부가 애석해하며 윤경에게 곡하였다. 나는 진실로 그가 일찍 죽음을 슬퍼하고 윤경이 쇠로하여 홀로임을 더욱 슬퍼하였다. 아아, 창랑자가 죽은 이후 여항의 文華는 오직 윤경 형제에게 있어 배우는 사람들이 돌아감이 마치 온갖 물이 한 구렁으로 모이는 것 같았다. 윤경은 이미 늙었다. 나무에 비교하자면 윤경은 방금 먹은 열매라 광우리에 있음이 많고 계통은 먹지 않은 열매라 나무에 있음이 많으니 그 사람을 돕는 것이 더욱 좋다. 이런 이유로 여항의 선비들이 계통을 애석해함이 심하다. 그러나 문사는 계통에게 끝의 것이다. 계통은 어버이에게 효도하여 어버이를 섬김에 볼 만한 행동이 많았고, 집이 가난하여 이따금 방백과 귀인들을 좇아 노닐었는데 그 예의를 보면 나아가고 물러남이 일찍이 이익으로써 마음에 닿음이 없었고 재예를 지녔으면서도 거스리는 행동이나 거만한 덕은 하나도 없었다. 이것이 사대부가 계통을 중히 아끼는 이유이다.114)

김도수는 정래교를 아끼고 그의 아우인 정민교도 아꼈다고 한다. 이

得士夫之職, 下不忍爲中人之役."

114)『春洲遺稿』권2「鄭季通敏僑哀辭」, "余愛進士鄭潤卿跌宕有豪韻, 追遊於文酒中, 因與其弟季通相識, 季通亦進士, 與余同榜, 其人儁雅, 妙能爲文辭, 固可愛, 而潤卿之弟 余尤愛之, 年三十六, 客死於嶺南, 士大夫惜之, 哭於潤卿, 余固悲其夭枉, 而尤悲潤卿衰老甚孤也, 嗟乎, 自滄浪子歿, 閭巷文華獨在於潤卿兄弟, 學徒之歸者, 如百水而一壑焉, 潤卿旣老矣, 譬之於樹, 潤卿如方食之實, 其在筐者多, 季通如未食之實, 其在樹者多, 其資人者, 益長矣, 以是閭巷之士, 惜季通甚, 雖然, 文辭於季通末也, 季通孝於親, 事親多可觀行, 家貧往往從方伯貴人而遊, 觀其禮, 進退未嘗以利嬰於心, 挾才藝 而恔行傲德一無有, 此士大夫之所重愛季通也."

들은 문학적 능력도 뛰어나고 됨됨이도 좋기 때문에 김도수와 다른 사대부들이 이들을 아꼈다는 것이다. 또한 정민교가 죽자 사대부들이 애석해했고 여항의 선비들도 애석해했다고 한다. 이로 볼 때 사대부와 여항의 구별이 확연함을 알 수 있다. ‘여항문화(閭巷文華) · 여항지사(閭巷之士)’라는 용어와 사대부는 다른 차원에서 서술되고 있다. 홍세태 · 정래교 · 정민교 등은 여항의 뛰어난 문사로 여항의 문풍을 책임지고 있던 인물들인데, 사대부들은 이들을 존경하거나 본받고자 한 것이 아니라 그 인물이 아낄 만하기에 아꼈다는 것이니, 이는 계층적 우위에서 바라본 시각이다. 그리고 김도수 자신도 이들을 아꼈다고 하여 여항인과는 구별되는 사대부의 위치에서 이들과 교류하였음을 밝혔으니 자신을 사대부로 여김을 알 수 있다.

이렇듯 서얼과 중인들은 서로 다른 계층이라는 의식이 있었던 것으로 보이는바, 이에 대한 또 다른 증거가 중인 시문집과 전기집의 존재이다. 곧, 중인문학은 17세기 말부터 시작하여 18세기에 이르러 융성을 보았으니 1668년에 『육가잡영(六家雜詠)』이 간행된 것을 시작으로 하여, 18세기에는 『해동유주(海東遺珠)』 · 『소대풍요(昭代風謠)』 · 『풍요속선(風謠續選)』, 19세기에는 『풍요삼선(風謠三選)』 · 『호산외기(壺山外記)』 · 『이향견문록(里鄕見聞錄)』 · 『희조질사(熙朝軼事)』, 1917년에는 『일사유사(逸士遺事)』 등의 중인의 시문집과 전기집이 나왔다. 그런데 필자가 살펴본 바에 의하면 이렇듯 풍성한 18~19세기의 중인 관련 자료에 서얼은 한 사람도 들어 있지 않다. 당대에 문장으로서 이름이 높았던 서얼들이 한 사람도 들어 있지 않다는 것은 중인들 쪽에서도 서얼들을 다른 계층으로 인식했다는 증거라고 할 수 있다.115)

또한 남용익(南龍翼)은 자신이 1688년에 엮은 시선집 『기아(箕雅)』의 「기아목록」에 사대부들과 함께 정화 · 양사언 · 양사준 · 송익필 · 양대박 ·

---

115) 김경숙, 「18세기 朝鮮通信使 製述官 및 書記의 文學世界」, 『溫知論叢』 1집, 溫知學會, 1995, 117면 참조.

이달·윤충원·양경우·송희갑·양만고·권칙·이지백 등의 서얼들을
함께 포함하였고, 그 뒤에 우사(羽士) 3인, 납자(衲子) 19인, 잡류(雜流) 6인,
규수 7인을 덧붙였는데, 김효일(金孝一)·최대립(崔大立)·유희경(劉希慶)·
백대붕(白大鵬)·최기남(崔奇南)·정애남(鄭愛南) 등의 중인을 잡류 속에 넣
었으니,[116] 여기서 사대부들의 서얼과 중인에 대한 인식을 알 수 있다.[117]
　다음으로 중인과 서얼의 미묘한 관계에 대한 실례를 김도수보다 후
대인 원중거의 『승사록(乘槎錄)』에서 찾을 수 있다. 원중거는 1763년 일
본통신사행의 서기였는데 당시 역관이었던 기술직 중인과의 관계에 대
해 기술하였다.

　　대개 저들(일본인-인용자)이 세 사신 외는 세 수역과 상판사를 높이고 그 다
　음으로는 양의와 제술관이고 서기는 사원, 화원과 같이 하기에 서기, 사원, 화
　원은 매번 그 머무는 곳을 같이했는데 앞서의 역마을도 모두 그러했다. 우리
　넷(제술관과 서기-인용자)은 일찍이 한 역마을에서도 떨어지지 않고 혹은 제
　술관의 처소에 함께 들거나 혹은 서기의 처소에 함께 들었다.[118]

　곧, 제술관과 서기였던 서얼들은 일본사행에서 시문의 창화에 있어
주도적인 위치를 차지하고 일본인들의 숭앙을 받았지만 거처하는 곳의
대우에서는 중인들과 함께 취급되어 신분적 지위에 있어 중인들과 반목
할 만한 소지가 있었던 것으로 보인다. 이에 대한 대응으로 서얼들은
자신들에게 다른 처소가 배정되어도 항상 한 곳에 모였다는 것이다.
　또한 원중거가 일본 승려들과 한 문답에서도 서얼의 중인에 대한 의

---

116) 『箕雅』「箕雅目錄」 참조.
117) 서얼들은 집단화되었음에도 불구하고 자신들만의 시선집을 간행하지 않았다. 자신들
　　을 사대부라고 생각하고 사대부들로부터 인정받기를 바랐기에 따로이 서얼의 시선집
　　을 간행하여 자신들이 서얼임을 강조할 이유가 없었던 것이다.
118) 元重擧, 『乘槎錄』 권2 2월 16일, "蓋彼人, 三使臣外, 尊三首譯上判事, 其次, 良醫製
　　述官, 而書記比寫員畫員, 故書記寫員畫員每每同其舍次, 自前站皆然, 而吾四人未嘗
　　一站相離, 或同入製述官所, 或同入書記所."

식을 엿볼 수 있다.

> 일인 : 듣기에 귀국은 문교를 중시한다는데 네 분은 어찌 의역의 뒤에 계십니까?
> 원중거 : 네 사람이 비록 혹은 본직이 있다해도 사행에서는 막빈이라 직책이 없
> 고 의역 명칭의 원역은 사행에 속했기 때문에 귀국이 대하기를 이와 같
> 이 하는 것입니다. 본국에 있어서는 제술관과 서기가 강하니 대개 지나
> 며 호창하는 주현의 공급 또한 삼사신의 다음입니다.'
> 일인 : 그렇다면 사신도 또한 네 분을 빈례로 대우합니까?
> 원중거 : 사신의 몸에는 임금의 명령이 있습니다. 또 조정 청현의 관리이니 우리
> 무리가 감히 공경하지 않을 수 없습니다. 그러나 사신이 우리들을 대우하
> 기는 원역들과 매우 다릅니다. 그대들은 응당 들은 것이 없습니까?
> 일인 : 일찍이 보니 네 분은 사신과 더불어 함께 앉았고 원역은 서있었으며 네
> 분이 인사를 할 때 사신이 몸을 굽혀 사례하였으니, 이것인즉 그러한 것
> 이군요.119)

곧, 원중거에 따르면 일본에서에서 통신사행의 목적이 국서(國書) 전
달(傳達)에 있는 만큼 이 일의 중심적 역할을 수행하는 삼사신(三使臣)과
그들의 통역인 역관은 강호(江戶)의 막부(幕府)로부터 높은 대우를 받고,
서얼 문사들은 통신사행에서는 부수적인 위치였기에 그 다음의 대우를
받았다. 실제로 여러 기록을 통해 볼 때 "일본 사행에서 역관들은 상당
한 우대를 받아 삼사신 다음에 삼수역, 상통사, 그리고 제술관 순으로
삼서기는 거의 언급되지 않고 있다."120) 조선측은 문장을 통한 교화와
우월감을 중요하게 생각했지만 일본측은 조선사신의 행차를 통해 막부

---

119) 『乘槎錄』권2 3월 10일 江戶를 떠난 이후의 총괄편, "曰, 聞貴國重文敎, 四公何爲
處醫譯之後乎, 余曰, 四人雖或有本職, 在使行中則是幕賓無職責, 醫譯名稱員役而屬
於使行, 故貴國待之如此耳, 在本國則製述書記皆張, 盖行呼唱州縣供給亦亞於三使,
曰, 然則使臣亦待四公以貧禮乎, 曰, 使臣之身君命在焉, 且是朝廷淸顯之官, 吾輩不
敢不敬, 而使臣之待吾輩則與員役殊異, 君輩無應有聞矣, 曰, 曾見四公與使臣同坐,
而員役則立, 四公拜時使臣府身而謝, 此則然矣."
120) 이혜순, 『조선 통신사의 문학』, 이화여대 출판부, 1996, 399면.

의 위상을 높이려 했으며, 유학(儒學)이나 시문(詩文)이 큰 위치를 점하고 있지 못했기에 그러한 점이 있었던 것이다.

그러나 원중거에 의하면 조정의 청현의 직에 올라 있는 사대부인 사신(使臣), 제술관과 서기인 서얼문사, 그리고 역관(譯官) · 화원(畵員) · 사원(寫員) 등의 기술직 중인의 구별은 엄격했다. 조선에서는 지나가는 고을들에서 사신의 행차를 벽제하며 공급하는 것도 삼사신 다음이 서얼들이고, 사신들도 서얼문사를 대우하기를 원역들과는 다르게 한다고 하였다. 이에 대해 일본인은 사신과 제술관은 앉아 있고 원역들은 서 있으며 서얼문사들이 인사할 때 사신들도 몸을 굽혀 인사를 하니 삼사신 다음에 서얼 문사가 높은 위치임을 알겠다고 하였다. 원중거의 이 글을 통해 당시 신분 구조가 세 사신으로 대표되는 집권 사대부, 제술관과 서기인 서얼, 통역과 화원 등의 일을 맡은 중인으로 구별되고 있고, 서얼들이 자신은 중인과 신분적으로 다르고 더 상층임을 내세웠음을 알 수 있다.

원중거와 함께 서기로 갔던 김인겸의 『일동장유가(日東壯遊歌)』에도 당대에 서얼이 문신으로서 지닌 위치와 인식을 고찰해 볼 만한 일화가 있다. 곧, 정사(正使) 조엄(趙曮)이 동래부사(東萊府使) 시절부터 아끼던 토교(土校)인 선장(船長) 김구영(金九榮)과 원중거의 싸움이 나타난다. 토교란 지방의 군교(軍校)를 의미하는데, 군교는 중인과 같은 부류로 분류된다.121) 그러므로 원중거와 김구영의 반목은 서얼과 중인의 반목으로 볼 수 있다.

원자재 본진에 가/ 첨사 보러 돌아갈 제

---

121) 경아전층과 동등한 위상의 계층으로 파악될 수 있는 부류로 軍校가 있다. 군교는 중앙에서는 액예, 곧, 궁중의 사역에 任한 여러 명목의 구실아치와 각 영문에 있는 '영문소속'이라는 계급이 여기에 들며, 지방에서는 將校라고 이르는 부분이다. 또한 경아전들이 오랫동안 근무하다가 軍門의 장교가 된 뒤, 지방의 邊將으로 나가는 경우가 적지 않았다. 물론 군교와 경아전이 완전히 겹치는 것은 아니지만 사회적 위상이 동일한 것으로 인식되었으며, 그들의 직역이 상당 부분 겹친다. 강명관,『조선 후기 여항문학 연구』, 창작과비평사, 1997, 31면 참조.

일기선장 김구영이 / 안연(安然) 부동(不動)하고
마루에 높이 앉아 / 무례하기 심한지라
원자재 하처에 가 / 사령으로 부르라니
거역하고 아니오고 / 다섯 번째 겨우 와서
청죄도 아니하고 / 장에 들어 앉으려니
분함을 못 이기어 / "돌아가라" 호령하니
구영이 발악하고 / 불공한 말 많이 하니
하인 불러 분에(忿恚)하고 / 정사상께 아뢰오니
선장 불러 화해하니 / 할 일 없어 나올 적에
선장이 중로에서 / 자재의 소매 잡고
노기가 발발하여 / 무수히 후욕(詬辱)하니
사방(使房)에 고쳐뵈고 / 욕본 말 다 아뢰니
선장과 자재 종을 / 오도(五度)씩 결곤하니
자재가 절분(切忿)하여 / 삯말타고 올라갈 제
남시온 성사집이 / 북문에 와 보낼 제
불승강개하여 / 손목쥐고 눈물지니[122]

곧, 서얼로 문신이며 서기인 원중거에 대해 중인 토교로 선장이었던 김구영이 무례하게 굴었다. 이에 원중거가 김구영을 불러 야단치려 하니 불러도 오지 않고 여러 번 부르니 겨우 와서 더욱 무례하게 굴어, 원중거가 조엄에게 알려 야단치게 했으나 김구영이 원중거를 욕보였다. 이에 대한 해결책으로 조엄이 원중거의 종과 김구영에게 곤장을 쳤다.

원중거는 이런 처사가 자신과 토교를 대등하게 다룬 것이라고 화가 나 돌아가니 조엄이 편지를 하고 비장을 보내고 한 뒤 삼일만에 겨우 돌아와서 병을 핑계대고 누워버린다. 이에 김인겸이 "자재 설치 못한 것은, 아니 감이 옳"다며 나서서 조엄과 담판을 짓는다. 김인겸은 서기와 제술관은 "일대의 문장이요, 하물며 서기 노릇, 일시의 극선(極選)"[123]이고

---

122) 金仁謙, 이민수 역, 『日東壯遊歌』, 탐구당, 1981, 72~73면.
123) 金仁謙, 이민수 역, 위의 책, 83면.

▲ 원중거(左)와 김인겸(右)

· 劉維翰, 「元重擧 초상화」, 『東槎餘談』(일본국회도서관소장본). 1764년 2월 일본인 劉維翰이 그린 초상화로, 通信使 副使書記로 일본에 간 원중거를 東京에서 만나 필담을 나누는 자리에서 그렸다. 이 초상화를 보면 꼿꼿한 선비로서의 풍모가 느껴진다. 劉維翰은 당시 46세였던 원중거가 옥처럼 빼어나게 우아하며 수염이 적은 날카로운 얼굴이 맑고 깨끗하여 공경할 만하고 도학자의 풍모가 있다고 하였다.
· 劉維翰, 「金仁謙 초상화」, 『東槎餘談』(일본국회도서관소장본). 역시 1764년 2월 劉維翰이 그린 초상화로 당시 김인겸은 通信使 從事官書記였다. 59세였던 김인겸에 대해 劉維翰은 얼굴은 살이 찌고 검으며 눈은 둥글고 수염이 많은 모습을 하고 있으며 시골사람처럼 순박하고 도학자의 풍모가 있다고 하였다. 이 그림도 역시 그러한 김인겸의 모습을 잘 나타내고 있다.

"제 집에 있을 제는, 장교 하나 두루기를, 남의 일을 아니"[124]었는데 이번 행로에 이미 군관과 비장, 역관들이 서기들에게 거만하게 굴고 업신여긴 것은 여러 번 있던 일이라면서 다음과 같이 말한다.

> 서기 노릇하는 양반 / 비록 심히 세미細微)하나
> 임하(林下)에 독서하고 / 자호(字號)하는 선비로서
> 욕본 땅에 앉았다가 / 배 탄 후 또 욕 보면
> 하늘로 못 오르고 / 바다로 못 들지라

---

124) 金仁謙, 이민수 역, 위의 책, 84면.
125) 金仁謙, 이민수 역, 위의 책, 78면.

곧, 자신들은 서기 노릇을 하며 세미한 존재이지만 독서하고 자호하는 선비라는 것이다. 여기서 자신들은 독서하는 선비이기에 비장, 역관, 군관들보다 상위의 계층이라고 하는 의식을 볼 수 있다. 나아가 이현의 예를 들어

> 기해년126)통신 갈 제 / 제술관 이현이가
> 수역(首譯)을 꼬어들여 / 무수히 둘렀으되
> 그때의 사람들이 / 그르다 아니 하고
> 이현의 데려온 종 / 결곤(決棍)한 일 없아오니
> 국의(國儀)에 선비들은 / 사행에 가는 장교
> 못 처치하려니와 / 행중에 가는 서기
> 장교하나 두루고서 / 볼기 맞기 옳사올까127)

라고 하였으니, 1711년에는 통신사 제술관이었던 이현이 중인인 수역을 혼냈으나 사람들이 그르다고 하지 않았는데 이제 서기로 가면서 장교 하나 혼내고 종이 볼기를 맞았으니 그른 처사라는 것이다. 이로 인해 결국 조엄은 김구영을 다스리게 된다.

여기서 알 수 있는 것은 서얼과 중인들에게는 계층적 구별이 존재하였고, 서얼들은 이를 엄격하게 받아들였으나, 그럼에도 불구하고 그들의 관계가 이미 상하수직적일 수만은 없는 관계가 되었다는 점이다. 문(文)을 우위에 두던 조선조 사회에서 서얼 출신인 문사와 하급장교인 군교 사이의 반목이 팽팽하게 전개되고, 사대부 관료는 개인적 친분이 더 많은 하급장교를 감싸주고 있다. 또한 중인들도 명분상으로는 서얼들과

---

125) 金仁謙, 이민수 역, 위의 책, 78면.
126) 이는 1711년 辛卯년의 오류이다.
127) 金仁謙, 이민수 역, 앞의 책, 84~85면.

수직의 구별이 있지만 권력 없고 재력 없는 서얼문사들에 대해 복종적
이지만은 않았다. 1711년에는 이현이 수역을 혼내도 아무런 문제가 없
었지만 1763년에 이르러서는 반목이 일어나고 있는 것이다. 곧, 1711년
경에는 완전히 상하수직의 관계였지만 1763년경에 이르러서는 도전을
받고 있는 것이다. "서얼 문사들은 한쪽에서는 무관, 다른 한쪽에서는
역관들 사이에서 미묘한 심리적 대결"을[128] 하게 된 것이다. 미관말직
의 문신이었던 서얼들은 조선 후기에 이르자 위로는 고관들에게 치이고
아래로는 하급무관과 기술직 중인들에게 도전을 받게 되었다. 이는 조
선 후기 신분변동의 또 하나의 예라고 할 수 있어, "18세기 후반으로 가
면서 위항인들의 자신들의 신분에 대한 자각이 점점 심화되어 가고 있
었음을 보여주는 것"인데[129] 서얼들은 이를 거부감 없이 받아들이지 못
했던 것이다.

---

128) 이혜순, 『조선 통신사의 문학』, 이화여대 출판부, 1996, 398면.
129) 이혜순, 위의 책, 401면.

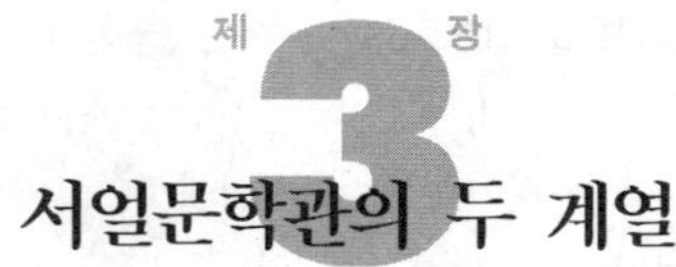

서얼문학관의 두 계열

1. 시경 전통의 계승과 확대

1) 감흥에의 충실과 '풍자(風刺)' 개념 중시

18세기 전반기는 다양한 문학적 조류가 나타난 시기였다. 17세기의 전통을 이어받아 지속시키기도 하고 극복해 나가기도 하며 다양한 문학론을 전개시켰다. 18세기 전반기 시단에서 시문의 역량을 인정받았던 신유한 역시 여러 글을 통해 문학론을 전개하였다.[1] 다음은 시문에 대한 신유한의 기본 인식을 보여주는 글이다.

---

[1] 신유한은 『靑泉集』의 「君馬黃曲 幷引」·「山有花曲 叙」·「景雲齋偈」·「答東萊伯書」·「杜機詩選叙」·「贈鄭幼觀瀾序」·「贈朴聖光履坤序」·「書孫仲深壽玄史記抄」·「題楚詞卷末」·「叙與尹學士洵論文事」·「詩書正宗書」 등의 시문과 『靑泉集先生續集』의 「答李基崇問目」·「汾陰古鼎後叙」·「李白詩序」·「離騷經後叙」·「自叙」·「雜說」 등의 글 그리고 『海遊錄』에서 문학에 대한 자신의 견해를 밝혔다.

시는 周나라의 風雅頌을 법으로 삼고 서는 唐堯이하 典謨訓命을 법으로 삼아 천하를 만세 동안 가르치니, 이는 궁실, 의상, 활과 화살, 배와 수레 등의 법제가 일정한 것과 같다. 천하가 이를 말미암아 뒤를 이으니 楚騷와 漢郊祀 古詩 19수가 시의 맏적자이고, 西漢 君臣의 詔制章奏가 書의 신주차례이다 (…중략…) 인생 세간에서 옥 먹음, 비단 입음, 기이하고 진귀한 것, 호색, 온갖 오락도 시서와 바꿀 수 없다. 이에 풍아송과 전모 각 체를 손으로 써서 합하여 한 권, 이소와 악부를 아울러 한 권, 서한 문장도 또한 한 권 만들어 모아서 제목하기를 '詩書正宗'이라 하였다.[2]

위의 예문에서 신유한은 시서는 인간 세상의 어느 것과도 바꿀 수 없는 소중한 것인데 주나라의 풍아송(『시경』)과 요순시대의 전모훈명(『서경』)이 시서의 법이라고 하였다.[3] 시문에 대한 이러한 인식은 『시경』과 『서경』을 모두 공자가 산정하였고 이들이 유교의 기본 경전이라는 점에서 신유한이 기본적으로 유자적 인식을 하고 있었음을 알게 한다. 또한 신유한은 『시경』과 『서경』의 뒤를 이은 것으로 한나라 시대에 이루어진 초소(「이소」)와 교사(악부) 그리고 서한시대 군신의 조제장주를 꼽았고 이들을 엮어서 '시서의 바른 종통'이라고 하였다.

그런데 신유한이 시서의 바른 종통이라 일컫는 시문들은 모두 진한 이전의 글들로 '고문(古文)'이라는 공통점을 지니지만, 『시경』에 이어 초사를 주장한 점은 일반적인 문학론이라고 할 수는 없다. 초사는 중국문학에서 『시경』 못지 않은 권위를 누리며 문학적 전범으로 작용해왔다. 『시경』이 짧은 노래라면 초사는 긴 노래로서, 『시경』이 시(詩)와 악부(樂

---

2) 『靑泉集』 권6 「詩書正宗書」, "詩取周之風雅頌爲法, 書取唐堯以下典謨訓命爲法, 以詔天下萬世, 是如宮室衣裳弧矢舟車, 法制一定, 天下由之, 嗣而楚騷漢郊・祀古詩十九首, 詩之家嫡也, 西漢君臣詔制章奏, 書之昭穆也, (…중략…) 人生世間, 食玉被錦奇珍好色, 百種娛樂, 無以易詩書, 於是手書風雅頌典謨各體, 合作一卷, 騷辭樂府倂一卷, 西漢文章亦一卷, 總而目曰詩書正宗."
3) 신유한은 다른 글에서도 고문은 『시경』과 『서경』을 가장 높이고 이들이 천하에 있어 뛰어나게 곤륜이 된다고 하였다. 『靑泉集』 권4 「贈鄭幼觀瀾序」, "古文莫尙於詩書, 詩書之在天下, 卓然爲崑崙."

府)의 원천이라면, 초사는 사(辭)·부(賦)의 연원으로서 이후 문학사에 지대한 영향을 미쳤다. 그러나 우리 문학사에서는 다소 사정이 달라서, 시경은 유가 경전의 교과서로 절대시되었지만, 초사는 그렇지 못하여 본격적인 주석 작업에 있어 두 사례 정도가 발견될 뿐이다.[4] 그러므로 신유한이 『시경』의 맏적자로 초사와 악부를 주장한 이유가 어디에 있는지 살펴볼 필요가 있다.

다음의 글은 문학 특히 시에 대한 신유한의 견해를 단적으로 보여주는 예라고 할 수 있다.

尙論을 잘하는 사람이 '시가 망했어도 시는 초에 있다'고 하였다. 대저 삼백편이 뜻을 내린 이래 진시황의 불에 곤란해졌는데, 그 사이 봉역 산천은 병이 없고 사람은 날로 많아져 여염의 젊은 여자들이 재잘거리며 시가를 노래하고 북치는 것과 사대부들로 뛰어나고 문채나서 거문고 타고 생황 부는 자들은 사광이라 총명함을 폐하지 않으니 어찌 시가 망하겠는가. 시는 마음의 소리이니, 이제 저 物華가 내 마음을 쳐서 느끼게 함이 소리가 되는데, 다양하게 돌이켜 마음에 들어와 기쁘면 발을 구르며 춤추고 슬프면 눈물 콧물을 흘리니, 이것은 새새끼 소리와 틀려 흥이 나고 무리지을 수 있는 것이며 또 원망하는 것인저.

슬프도다. 천하의 시인들이 붓과 묵을 잡고 章句를 노래하여 빛나는 봄의 화려함, 쓸쓸한 가을의 소리를 지어 경망히 나는 絲(악기)를 잡고 너는 생황을 얻어, 함지와 동정의 들에 베풀어 원망하는 자 원망하고 생각하는 자 생각하며 상령과 해약이 나부끼어 춤추며 날개짓하게 하는 자라고 스스로 견주지만, 모두 능하지 않으니 무슨 이유인가. 정감의 근원이 통하지 않아서 저들이 잡은 것은 虛器이기 때문이다. 내 아노니 시가 망했다는 것은 오로지 이런 이유에서이다.[5]

---

4) 윤주필, 「楚辭收容의 문학적 전개와 비판적 역사의식」, 『韓國漢文學硏究』 9·10合輯, 한국한문학회, 1987, 424면 참조.

5) 『靑泉集』 권6 「題楚詞卷末」, "善乎尙論者曰, 詩亡而詩在楚, 夫自三百篇之降, 指窮於祖龍之火, 其間封域山川亡恙, 人若日以夥, 閭閻紅女唉喋謳哦枋鼓衣冠之逸焉斐焉而琴且篁者, 師曠不廢聰, 若之何詩亡云爾, 詩心聲也, 今夫物華之征吾心, 而觸之爲聲, 芒芒乎反入於心, 喜者蹈舞, 悲者涕泗, 其斯之異於鷇音, 而可以興可以群且怨乎哉, 悲夫, 天下之詩人, 執觚墨以鹽章句, 燁然而春華, 瑟然而秋聲, 沾沾焉我操其絲 爾得其笙, 自儗於張咸池洞庭之野, 而使怨者怨思者思, 湘靈海若之翩然而翼乎舞者 皆

신유한은 『시경』을 시의 전범으로 삼고 이를 계승한 것이 초사라고 하였다. 진시황의 분서갱유 이후에도 산천은 그대로 있으며 백성들은 증가하여 여염 젊은 여자들의 노래나 사대부의 뛰어난 작품이 모두 시가 되는데, 사대부는 여염의 노래를 잘 다듬으며, 또 사광처럼 소리의 미묘함을 잘 구별하는 음악가가 있으니 시는 망하지 않는다는 것이다. 시란 백성들의 생활로부터 나오는 것이다.

이어서 시란 마음의 소리인데 물화가 사람의 마음에 쳐들어 와서 느끼게 하는 것이 소리라고 하였다. 이는 자아가 그냥 있어도 세계가 자아에게 영향을 끼치는 것으로, 자아가 노력하지 않아도 절로 그렇게 된다는 것이다. 곧, 물화에 의해서 자연스럽게 일어나는 감흥이 소리, 곧 사람의 말과 글을 통해 발화되는 것이 시라는 뜻이다.6) 그런데 세상의 시인이란 사람들이 시를 짓고 악기를 타고 노래하면서 다른 사람들의 감정을 움직일 수 있다고 스스로 견주지만 이는 불가능하니, 그 이유는

莫之能何故, 情感之根未通, 而彼其所操者虛器也, 吾知夫所謂詩亡者, 職此之由歟.”
6) 신유한은 이와 유사한 주장을 최성대의 말을 빌려 하고 있다. 곧, 「筆園野話有述五十韻 幷序」에서 최성대가 했다는 말을 적고 자신도 이를 수긍하면서, 시는 天機인데 하늘과 땅의 모습이 사람에게 있으면 노래가 되어 말하며 웃고 우는 것이 잇닿았다 끊어졌다 하는 것은 천생이라고 하였다.
　『靑泉集』 권1「筆園野話有述五十韻 幷序」, “吾于詩 不以規矩 不以格律 不以聲容色澤, 而所把翫者天機也, 天之象, 日月星辰風雨霜露, 地之象, 山川草木鳥獸魚鼈, 孰陶鑄是, 孰磨光是, 孰居無事, 粲然而成象, 其在人而爲學士逸民任俠僧胡冶女嬬姬之歌言笑泣繹如班如者, 與夫物之千紅萬碧爛漫低昂自然而舒自然而動者, 色色天生, 種種天趣, 是皆可以興可以觀可以群且怨乎哉, 今吾所由之際, 無日而非詩, 詩何嘗有法, 亦何嘗有族有宗(나는 시를 規矩·格律·聲容·色澤으로 하지 않고 잡아 아끼는 바는 天機이다. 하늘의 모습은 日月星辰風雨霜露요 땅의 모습은 山川草木鳥獸魚鼈이니 누가 이를 만들었으며 누가 이를 갈고 빛나게 했는가. 누가 無事에 있게 하였는가. 찬연히 모습을 이루어 그것이 사람에게 있으면 學士 逸民 任俠 僧胡 冶女 嬬姬의 노래가 되어 말하며 웃고 우는 것이 잇닿기도 하고 끊이기도 하는 것은 저 사물의 천 가지 붉음과 만가지 푸르름이 난만히 낮았다 높았다 하여 자연히 펼치고 자연히 움직이는 것과 더불어 색마다 天生이고 가지가지가 하늘의 멋이니, 이는 모두 興할 수 있고 觀할 수 있으며 群할 수 있으며 또 怨하는 것이져. 이제 내가 말미암은 바의 사이에 시가 없던 날은 없었으니, 시에 어찌 일찍이 法이 있었고 어찌 일찍이 族이 있고 宗이 있었으리).”

감정의 근원에 통하지 않았기 때문이라고 했다. 그래서 시가 망했다고 하는 것이다.

그러나 시는 초에 남아 있는데 이는 굴원이 있었기에 가능하다고 본다. 굴원이 자신의 재능을 써보지 못하고 내쳐져서 슬픈 감정을 진실하게 표현하였기 때문이다. 후대에 초사를 읽는 사람들 또한 그 심정을 느끼니 이는 천일(天日) 곧, 하늘의 도가 온전하기 때문이라고 했다. 도가 하늘에 있는 것이 일(日)이고 사람에게 있는 것이 심(心)이니[7] 하늘의 도가 온전하다는 것은 사람의 마음도 온전하다는 것으로, 이는 굴원의 마음이 사심이 없고 순전함을 의미한다. 곧, 마음이 진실되기에 표현도 진실될 수 있었던 것이다.[8]

그래서 신유한은 시에 있어서 내용을 중요하게 생각한다. "자구(字句)의 풀이에 다만 본체를 밝혀 아는 것이 필요하니 본체가 밝혀지면 소리와 빛이 구별되고 소리와 빛이 구별되면 천기(天機)가 응하게 된다"라고[9] 하였으니 본체란 내용을 의미하는 것으로 시문을 읽을 때 내용을 먼저 파악하여야 한다는 것이다. 또한 사마천의 『사기(史記)』를 읽을 때

---

7) 『管子』「外言篇」樞言.

8) 「題楚詞卷末」, "楚大國也, 其風固已決決乎, 而屈三閭, 以彼其材, 遇彼其時, 結蘭衣芳而相羊於浦之日江之秋, 其聲易以悲, 捐環遺佩, 托思美人, 而其聲易以感, 感而興悲而賦, 抑菀之以暢, 磈磊之以寫, 今天下讀其詞者, 亡不凄凄泣數行下, 杳然神遊於澤蘭汀杜之間而弔且傷者, 彼於毫札, 孰肯弊弊然爲事, 然其怨而不怒, 哀而不愁, 直當鴈行乎風人者亡他, 其天日全矣, 吾斯見古詩盡在楚也(초는 대국이었고 그 풍속도 진실로 넓고 깊었다. 그런데 굴삼려가 그 재능으로 그때를 만나 난초와 맺고 향기를 옷입고 물가의 나날과 강가의 가을에 방황하니 소리는 슬프기 쉬웠고 패옥을 버리고 미인에 생각을 의탁하니 그 소리는 느끼기 쉬웠고 느껴 슬픔을 일으키어 시를 지었고 억울함을 펼치고 불평을 묘사하였다. 이제 천하에서 그 글을 읽는 사람들은 슬프고 슬퍼 눈물을 흘리고 그윽히 정신이 연못가 난초며 물가 팔배나무의 사이에 노닐어 조상하며 불쌍히 여기지 않는 사람이 없다. 저 붓으로 쓴 글에 누가 즐겨 마음과 힘을 기울여 일삼겠는가마는 그러나 그 원망하면서도 노하지 않고 슬퍼하면서도 근심하지 않음이 風人의 줄에 곧게 서게 된 것은 다른 이유가 아니다, 하늘의 도가 온전하기 때문이다. 나는 이에 古詩는 모두 초에 있음을 보았다)."

9) 『靑泉集』 권4 「贈鄭幼觀瀾序」, "字句之解, 而只要明得本體, 本體明則聲色別, 聲色別卽天機應."

형가(荆軻)의 전을 읽으면 비수를 들고 슬피 울고 싶어지고 항우(項羽)의 기록을 읽으면 소리질러 꾸짖고 싶어지는 것은[10] 누가 시켜서 그런 것이 아니라 "천기가 움직인 바"인데[11] 이는 의기(意氣)가 맞았기 때문이라고[12] 하여 역시 사람의 마음에 닿아서 마음을 절로 움직이는 내용을 중요하게 보았다.

그런데 세상의 유자들이 전해들은 것에 부화뇌동하여 시를 갈래짓고 '소'라 부르지만, 오랜 세월이 흐른 지금 시는 복고할 수 있는 것도 아니며 초나라 또한 망하였다.[13] 그러하니 굳이 부화뇌동하기보다는 진실된 시를 짓는 것이 중요하고 했다. 김사칙(金思則)에게 "지금 그대가 여기서 일어나 즐거우면 손바닥을 두드리고 화가 나면 눈초리가 찢어지고 아프면 근심하는 것이 모두 자연히 그런 것일 뿐이다"라고[14] 하였듯이 자연스런 감정의 발로를 표현하면 그것이 시가 되고 초사가 되는 것이다. 그래서 초사를 기다리지 않고 초사가 됨을 안다면 『시경』에 근접한 것이라 하였다.

결국 신유한은 시란 마음의 소리로, 정감의 근원을 통해 발흥되는 시가 중요하고, 초사가 그 모범이 되지만 현재의 시점에서는 초사를 따르려 하기보다는 지금 이 순간의 감정에 충실한 시를 쓰는 것이 진실된 시이자 현재의 초사라고 할 수 있으며, 이러한 시가 『시경』에 근접한 것이라고 여겼다.[15]

내 뜻하건대 삼백편 시는 사람의 뜻이니 대저 실 속에 허가 있음은 달이 물

---

10) 『靑泉集』 권6 「書孫仲深壽玄史記抄」, "讀荊卿, 卽欲提匕首悲歌, 讀項羽紀, 卽欲喑嗚叱咤."
11) 「書孫仲深壽玄史記抄」, "天機之所動也."
12) 「書孫仲深壽玄史記抄」, "其斯爲會心印."
13) 「題楚詞卷末」, "而世儒方且耳視族名曰騷, 而歧于詩, 於乎, 此其詩不可復古, 而楚亦在亡何有矣."
14) 「題楚詞卷末」, "今子起伏於斯, 歡而鼓掌, 怒而裂眦, 痛而疾首, 咸其自已也."
15) 「題楚詞卷末」, "夫待楚而楚, 非善楚也, 知不爲待楚而楚, 庶乎三百篇矣."

에 있음과 같고 허 속에 실이 있음은 거울이 사물을 비침과 같다.『장자』「소요유」「추수」제편이 모두 이 뜻을 얻었기에 문장의 최고이며, 「이소」한 편은 곧 천지개벽 이래 詩詞의 법을 시작한 조상이다. 그 소리와 음이 정성스럽고 온 마디가 순하고 간절함을 보니 한 글자도 애군우국과 지극한 정성으로 슬퍼함, 죽어도 다른 마음이 없음의 뜻에서 나오지 않음이 없다. 志行의 修潔을 쓸 때는 즉 佩蘭·餐菊·芙蓉의 옷이라 하고 군신이 이합하는 것을 말할 때면 아미·영수·황혼의 기약이라 하니 얼마나 말이 넓음인가. 이는 그 실 가운데 허가 있음이 달이 물에 있음과 같은 것으로 '옥규를 몰고 봉황을 타고서' 이하는 모두 우언이다. (…중략…) 그러므로 字字句句를 하나도 實語를 사용하지 않고 내용을 밝혔고 또 붙어 닿음도 없고 접하여 응함도 없는데 끝내는 구름을 헤치고 가림을 쓸어내 문득 청천백일이 있어 가리려도 못하는 것과 같다. 이는 허 가운데 실이 있음이 거울이 사물을 비침과 같은 것으로 문장의 묘를 도모하지 않았어도 이에 이르게 된 것이다.16)

신유한은『장자』와 「이소」가 시경의 뜻을 잘 계승한 작품이라고 보았다. 곧, 「이소」의 경우 정성스럽고 간절함을 통해 '애군과 우국·지극한 정성으로 슬퍼함·목숨을 잃어도 다른 마음이 없음'을 표현했다는 것이다. 이는 내용의 측면으로『시경』이 사회상을 반영하고 모순을 고발한 면을 계승한 것으로, 애군과 우국의 주제라 할 수 있고 정조(情調)면에서는 측달(惻怛)의 정조를 지닌다고 하겠다.

다음으로 신유한은 「이소」가 '실 속에 허가 있고 허 속에 실이 있는 듯한'『시경』의 표현법을 본받아, 직설적이지 않고 '가물(假物)'한 표현법

---

16)『靑泉集先生續集』권2 「離騷經後敍」, "吾意, 三百篇詩人之旨, 大抵實中有虛, 如月在水, 虛中有實, 如鏡照物, 莊子逍遙遊秋水諸篇, 皆得此意, 故文章最高, 離騷一篇, 卽天地開闢以來, 詩詞創法之祖, 觀其聲音情悃, 百節婉曲, 無一字不出於愛君憂國至誠惻怛失死靡他之意, 而叙志行修潔, 則曰佩蘭, 曰餐菊, 曰芙蓉衣, 道君臣離合則, 曰蛾眉, 曰靈修, 曰黃昏期, 何言之曠也, 是其實中有虛, 如月在水, 駟玉虯而乘鷖以下, 全是寓言, (…중략…) 然字字句句, 一不用實語道破, 又似無着落無接應, 而畢竟披雲掃翳, 便有靑天白日障蔽不得, 是其虛中有實, 如鏡照物, 不圖文章之妙至於斯也."

을 썼음을 높이 샀다. 곧, 위의 예문에서 지조와 행실을 닦고 깨끗이 함은 패란(佩蘭)·찬국(餐菊)·부용의(芙蓉衣)로, 군신이 헤어지고 모임은 아미(蛾眉)·영수(靈修)·황혼기(黃昏期)로 비유하니 이는 실 속에 허가 있는 것 같다고 하였고, 「이소」에서 "옥규를 몰고 봉황을 타고서" 이하의 부분은 모두 우언(寓言)을 썼다고 하였다. 신유한에 의하면 이는 다음과 같은 의미가 있다. 곧, 대개 전국시대의 선비들이 재능을 믿고 임금에게 팔리지 못하면 진(秦)·초(楚)·제(齊)·진(晉)으로 가기를 영척과 백리혜 같은 무리가 이루 다 셀 수 없었는데, 「이소」는 이를 유융(有娀)·질녀(姪女)·이요(二姚)·복비(虙妃)를 구하는 것에 가탁하여 마침내 때를 못 만나 떠돌아다니는 형상을 말하여 유하혜가 말한 '곧은 도로 임금을 섬기니 어찌 가서 세 번 쫓겨나지 않겠느냐'고 한 뜻을 보여준 것이라는 것이다.[17] 이는 『시경』의 남녀간의 사랑을 다룬 서정시의 표현을 본받은 면이 있음도 주목할 수 있다. 또한 「이소」에서 영분(靈氛)과 무함(巫咸)이 아뢰는 부분은 초를 떠나 다른 나라에 가라는 말을 권한 것인데 끝에 비로소 공중에서 말을 일으켜 문득 '고향을 엿보니 하인은 슬퍼하고 말은 그리워하며 머뭇거리네'라는 광경으로써 굴원이 초나라에서 동성부형(同姓父兄)의 신하가 되어 종묘와 더불어 기쁨과 슬픔을 같이 하였으니 나라에는 가히 떠날 만한 의가 없고 몸에는 가히 죽을 만한 절개가 있다는 것을 보여 인을 구해 인을 얻은 듯이 자처하였다는 것이다.[18] 그래서 위 예문의 마지막 부분에서 말하였듯이 허 가운데 실이 있음이 거울이 사물을 비침과 같아 문장의 묘를 도모하지 않았어도 이에 이르게 되었다는 것이다. 여기서 허 가운데 실이 있다는 것은 신유한이 말한

---

17) 「離騷經後敍」, "盖戰國之士, 負才能, 不得售於其君, 則之秦之楚, 適齊適晋, 如甯戚百里奚之流, 不可勝數, 故假物於有娀佚女二姚虙妃之求, 而到頭輒說遭迍不遇狀, 以見柳下惠所謂直道事君, 焉往而不三黜之意也."

18) 「離騷經後敍」, "靈氛巫咸之所告, 則又是詩人愛人者, 勸其去楚適他之詞, 而末迺空中起語, 忽以臨睨舊鄕僕悲馬懷睠跼光景, 以見己之於楚爲同姓父兄之臣, 與宗廟同休戚, 故國無可去之義, 身有可死之節, 自處以求仁得仁."

‘가물(假物)’로 비유적(比喩的)인 표현을 말하는 것으로 다른 말로 바꾸면 가탁(假託) 혹은 탁의(託意)라 하겠다.

이상과 같은 점들로 볼 때 신유한이 「이소」가 『시경』을 계승했다고 한 점은 측달의 정조를 실 속에 허가 있고 허 속에 실이 있는 듯한 『시경』의 표현법을 본받아 직설적이지 않게 표현했다는 점에서 가능하며 이는 주자가 『초사집주(楚辭集注)』에서 회남왕(淮南王) 유안(劉安)의 말을 빌려 한 평가와 일치한다. 곧, 주자는 굴원이 참소를 받아 내쳐져 능력을 써보지 못하고 근심스럽고 번잡한 마음을 하소연할 바를 몰라 「이소」를 지어 임금이 정도로 돌아가고 자신을 돌아오게 하기를 바랐다고 하면서 “회남왕 안이 말하기를 국풍은 호색하지만 음하지 않고 소아는 원망하고 헐뜯지만 어지럽지 않은데 「이소」는 이들을 겸했다고 할 만하다”[19]고 했다고 하였다. 그러므로 주자는 「이소」가 『시경』을 바탕으로 하면서 「국풍」과 「소아」의 문학적 성취를 겸했다고 한 것이다. 신유한의 의론 역시 이 맥락에 서 있는 것이니 『시경』을 시의 모범으로 보고 초사가 이를 바탕으로 하였다는 점은 신유한의 유자적 기본 인식이라고 할 만하다. 또한 초사적인 정조를 주장하고 그 표현법을 따른 것은 신유한이 신분적 갈등으로 인한 자신의 복잡한 감정을 굴원의 근심스럽고 번잡한 감정과 등가화하여 표현한 것이라고 할 수 있다.

그런데 신유한은 「이백시서(李白詩序)」를 통해서도 위와 유사한 주장을 하고 있다. 신유한에 의하면 이백은 기(氣)가 호탕하였던 사람이라고 한다. 이백이 살던 천보(天寶) 시절에 많은 학사 대부들이 양국충(楊國忠) 등에게 고개를 숙이고 드나들었지만 이백은 취해서 양비(楊妃)의 이름을 부르며 고력사(高力士)를 마부처럼 대우하고 천자를 천인처럼 보고 천

---

19) 朱熹 찬, 『楚辭集注』; 楊家駱 주편, 『楚辭注六種』, 世界書局, 1978, “屈原被讒, 憂心煩亂, 不知所愬, 乃作離騷, 上述唐虞三后之制, 下序桀紂羿澆之敗, 冀君覺悟反於正道而還己也, (…중략…) 淮南王安曰, 國風好色而不淫, 小雅怨誹而不亂, 若離騷者可謂謙之矣.”

대의 수레를 초개처럼 가벼이 여겼고 난파(鑾坡)에 있거나 야랑(夜郞)에서 귀양살이를 해도 기(氣)가 넓었다는 것이다. 이러한 이백의 가슴속은 만리 강하에서 바람이 울고 물결이 치는 것 같아 스스로 숨길 수 없어 시사(詩辭)를 통해 이를 나타냈고 자신의 마음을 선(仙)·주(酒)·아미(蛾眉)에 비유해 말하여 우흥(寓興)의 도구로 삼았다는 것이다. 결국 신유한은 이백이 당대의 상황으로 인해 비분강개한 자신의 심정을 선·주·아미 등에게 탁의하여 표현하였음을 좋아하였던 것이다.[20]

『시경』과 『초사』와 이백시에 대한 신유한의 논의는 기존의 시경론에 있어서 '하이풍자상(下以風刺上)'의 개념 곧, 아래에 있는 사람이 시를 통해 군왕이나 사회정치적 현실을 풍간하고 슬퍼한다는 의론과 유사하다. 이는 한(漢)·당(唐)시대의 시경론에 근접한 것으로 송(宋)대에 들어서면 주희(朱熹)에 의해 비판되었다. 주희는 '상이풍화하(上以風化下)'를 주장하고 이를 뒷받침하는 위계질서의 의식을 시경론에 투영하여 부자·군신·사회신분간의 상하관계에 형이상학적 근거를 부여하였다. 풍자를 강조하면 지배자의 죄악이나 과실이 아래에 있는 사람들에 의해 비판되는 것이므로 위계질서의 정당성이 자명하지 않으나, 풍화를 강조하면 백성들은 지배자를 비판할 능력이 없고 지배자의 잘못은 오직 지배자의 자성에 의해서만 고쳐진다는 의론이 성립한다.[21] 그러므로 서얼인 신유한이 봉건적 위계질서를 뒷받침하는 주자의 시경론을 따르지 않고 '하이풍자상'에 접맥되는 의론을 펼친 것은 신분적 질곡에서 번민하던 서얼의 문학의식이라고 할 수 있다.

---

20) 『靑泉集先生續集』 권2, "太白氣豪, 如楚狂接與東方曼倩之流, 猖狂自在, 與天下遨遊矣, 天寶之世, 學士大夫低眉於國忠林甫之門, 踵相磨也, 匹夫而承恩眷, 醉呼楊妃高力士, 待以僕御之役, 視萬乘猶褐夫, 薄千駟如草芥, 置之鑾坡, 投之夜郞, 而其氣洋洋然一太白也, 顧其胸中, 如萬里江河, 風鳴浪拍, 不能自匿, 發之於詩辭, 所贈酬者, 賀季眞元丹邱外, 又不欲雕黃耦白, 與高岑小兒爭名, 彼其曰仙曰酒曰蛾眉, 天地間不妨有此三物, 爲太白寓興具耳, 使太白而無是三者, 吾恐世界乾枯, 索然無色, 斯焉而謂太白癡人歟, 帑子歟."

21) 김홍규, 『朝鮮後期 詩經論과 詩意識』, 고려대 민족문화연구소, 1982, 8~32면 참조

풍화를 주장하는 주희의 시경론은 조선에서 16세기 후반부터 17세기 후반 사이에 정착되어 불가침의 권위를 가지게 되었다. 이에 대해 신흠(申欽, 1566~1628)·장유(張維, 1587~1638)·이수광(李睟光, 1563~1629)·허균(許筠, 1569~1618) 등이 부분적인 회의를 하였고, 윤휴(尹鑴, 1617~1680)·박세당(朴世堂, 1629~1703)·이익(李瀷, 1681~1763) 등이 권위주의적인 경학풍토와 시경론을 비판하고 이에 대한 새로운 접근을 모색하였다.

신유한은 앞서 예로 든 「제초사권말(題楚詞卷末)」에서 시는 마음의 소리라서, 흥이 나고 무리짓고 원망할 수 있는 것[可以興可以群且怨乎哉]이라고 말했다. 그런데 시경론에 있어서 『논어』의 "子曰 小子何莫學夫詩 詩可以興 可以觀 可以群 可以怨"의 해석에 있어 어느 것을 더 중요하게 여기는가, '가이원(可以怨)'을 '그릇된 통치를 원망함'으로 보느냐 '원망하되 성내지 않음'으로 보느냐에 따라 『시경』 전체에 대한 이해는 달라진다. 주자는 '흥·관'의 기능을 중요시하고 '가이원'도 후자의 것으로 주석했다.22) 또한 주희의 시경론에 대해 이견을 제출하고 독자적인 견해를 피력한 이익도 '원'을 제외하고 '흥·관·군'만을 말하여 치자를 중심으로 한 위로부터 아래로의 교화에 역점을 두었다.23) 그러나 신유한의 경우는 '흥·군·원'을 이야기하여 주희나 이익이 중요시한 '관'을 언급조차 하지 않았다. '흥·군·원'은 노래하고 시를 짓는 사람이면 누구나 접할 수 있는 경지이지만, '관'은 본다는 것이니 위에서 아래를 살펴본다는 의미이다. 그러므로 신유한은 시의 효용론보다는 일차적인 감정 발흥의 기능을 더 중요시한 것이라고 하겠고, 이는 조선 후기 시경론으로 편입되어도 무방하다고 보인다.

신유한은 「이소」가 애군우국의 내용을 측달의 정조와 가탁에 의한 표현미를 통해 잘 반영하였다는 이유로 「이소」를 '천지개벽 이래 시사(詩詞)의 법을 시작한 조상'으로 여겼다. 또한 이백도 당대의 상황으로 인

---

22) 김흥규, 위의 책, 11~12면, 29면 참조
23) 김흥규, 위의 책, 87~103면 참조

해 비분강개한 심정을 악부에서 탁의를 통해 나타냈음을 강조했다. 그러므로 신유한은 세상에서 이소를 좋아하는 사람으로 자신만한 사람이 없고 이소를 해석하는 사람도 자신만한 사람이 없으나 그러면서도 문(文)이 이소를 얻지 못한 사람으로 자신만한 사람이 없다고 하여,[24] 「이소」에 대한 애정과 「이소」를 닮은 사부(辭賦)와 악부를 쓰려고 노력하였던 점을 밝혔다.

「이소」를 위시한 초사에 대한 신유한의 논의는 우리 문학사에서 중요한 위치를 차지하고 있다. 곧, 현재까지 연구된 바에 의하면 신유한 이전까지 평론·평시·주석·비평 등에 초사를 수용한 문인들은 그리 많지 않다. 고려 이래 이규보(1168~1241)·김시습(1435~1493)·김정(1486~1521)·유성룡(1542~1607)·김상헌(1570~1652)·이선 등이 신유한 전대의 문인들이고 신유한과 당대에는 이익(1681~1763)이 있고 후대에는 김상숙(1717~1792)·이종휘(1731~1786)·정조(1752~1800)·이옥(1760경~1810경)·서기덕(1832~1903 이후)·장지연(1864~1921)이 있는데, 이규보의 「굴원불의사론(屈原不宜死論)」 김시습의 「회사부정의(懷沙賦正義)」·「감회삼편후서(感懷三篇後叙)」, 유성룡의 「이소(離騷)」 등이 신유한 이전에 초사에 관한 글들이다.[25] 또한 신유한에게서 나타나는 초사수용의 측면은 영조조(英祖朝) 사가(四家)로 신유한보다 뒷 세대인 이천보(1698~1761)·남유용(1698~1773)·오원(1700~1740)·황경원(1709~1787)에게서도 드러나, 이들은 『시경』과 초사를 동궤에 올려놓으려는 시도를 하였으며, 굴원의 지사적 면모를 강조하고, 세상과 잘 화합하지 못하고 곧고 깨끗하게 살려고 한 굴원의 의지를 부각시켰다. 또한 이천보가 중인인 정래교의 시를 일컬어 그 성조(聲調)가 강개하여 연조(燕趙)의 격축지사(擊筑之士)와 같다고 한 것, 김양택(金陽澤)과 황경원이 이천

---

24) 「離騷經後叙」, "世之好離騷者, 莫如我, 解離騷者, 莫如我, 而文不得離騷者, 亦莫如我."

25) 윤주필, 「楚辭收容의 문학적 전개와 비판적 역사의식」, 『韓國漢文學硏究』9·10合輯, 한국한문학회, 1987, 427~429면 참조.

보의 시에 나타나는 초사적 정조는 오랫동안 궁한 처지에 있었던 것과 세상에 대한 근심이 많기 때문이라고 한 점, 정조(正祖)가 이가환에게 나타나는 강개지사(慷慨之辭)는 집안이 오랫동안 낙척하였던 때문이라고 변호한 바는[26] 모두 개인이 불평의 처지에 처하였을 때 초사를 수용할 가능성이 많음을 보여준다. 그러므로 신유한의 초사수용은 18세기 한문학사의 한 전형을 열었다는 의의를 지닌다. 이로 볼 때 「이소」와 이를 포함한 초사를 수용하고 자세히 평가한 신유한의 「이소경후서(離騷經後叙)」·「제초사권말(題楚詞卷末)」 등은 18세기 문단에서 초사의 의의를 설파한 몇 안 되는 중요한 글 가운데 하나이며 신유한은 초사를 평가한 18세기 문인 가운데 가장 연배가 앞섰다는 의의를 지닌다.

2) 탁의(託意) 수법 애호와 수사 선호

신유한이 초사가 마음에서 우러난 정성스럽고 간절한 애군과 우국의 감정을 직설적이지 않고 탁의를 통해 표현했다고 한 점은 수사법의 차원이다. 여기서는 이에 대해 살펴보겠다.

> 저는 산남의 농가에서 태어났는데 땅이 편벽되고 누추하여 눈으로 고금 백가들의 글을 보지 못하다가 15세에『풍아』를 읽고 16세에『전모』를 읽고 17세에『논어』를 읽어 그 글자가 규장을 쪼아 음이 종과 경쇠 소리 같음을 좋아해 드디어 고인을 구절의 화려함 사이에서 구하고, 天理神解의 심오함이 있는 것을 다시는 알지 못했습니다. 성품은 또 융통성이 없이 좁아 스스로 말하기를 고인을 새겨 그리면 그 모습을 얻으리라고 하고 또한 생동하는 기백이 참되게 나옴이 있음을 알지 못했습니다. 좌씨·이소·양사마·반고의 말을 보고『시경』과 『서경』의 聲口에 합하는 것이 있으면 더욱 진귀한 것을 적어 소매에 넣고 다니며 경망스레 외우며 글이 이에 있다고 하였습니다. 이때를 당하여 향리에서 과

거 공부하는 소년이 『고문진보』·『사씨궤범』 등을 지니고 있었는데 문득 취하여 보고는 그 음절이 크게 다름을 이상하게 여겨 六藝의 이단이라 여겼습니다.

　20여 살에 이르러 명나라 왕세정과 이반룡의 글 여러 편을 얻어 옮기어 베끼는 사이 그 用字用句함이 『춘추좌씨전』 같고 漢나라의 글 같으면서 한 터럭도 『진보』와 『궤범』의 말씨를 따르지 않음을 보고는 경망히 기뻐하며 여러 학자를 청소하고 千古를 당기었으니 藝家의 영웅이라고 말했습니다. 대개 제가 본 바는 극히 협소하고 좋아하는 바는 편협하니 비록 옛날의 시문 중의 한 토막이나 좀먹은 책으로 『산해경』·『급총서』·『황정견』「석고문」 등의 무리는 또한 재물을 들여서라도 구하였으나 유가의 곡식 같은 말을 읽는 것은 좋아하지 않았으니 서술의 체였기 때문이었습니다.[27]

이 글은 1727년 겨울에 정2품 대제학이던 윤순(尹淳, 1680~1741)이 신유한을 불러 시문에 대해 논한 글의 일부분이다. 당시 문형의 위치에 있던 윤순이 신유한에게 '문사(文辭)의 벽(癖)'이 근래에 어떠하냐고 물으면서 시작된다.[28]

앞서 신유한이 진한 이전의 고문을 세상에서 가장 소중한 시서로 보았음을 살폈다. 그런데 신유한이 윤순에게 한 말을 보면 『시경』·『서경』·『논어』를 좋아한 것은 수사법에도 그 한 이유가 있었던 것으로 보인다. 글자가 규장을 쪼아 소리가 종소리나 경쇠소리 같아서 화려한 것에 경도되어 이를 본받으려 하였고, 『춘추좌씨전』·「이소」·사마상여·

---

27) 『靑泉集』 권6 「叙與尹學士淳論文事」, “維翰起山南農家, 地僻而陋, 目未覩古今百家之書, 十五讀風雅, 十六讀典謨, 十七讀論語, 喜其字琢圭璋, 音如鐘聲, 遂以求古人於句節聲華之間, 而不復知有天理神解之奧, 性又局狹, 自謂刻畫古人, 可得其眉髮形肖, 而亦不知有生動氣魄之眞出而見左氏離騷兩司馬班橡之言, 有合於詩書聲口者, 則錄其尤瑰瑋者, 寔諸懷袖, 沾沾諷誦曰文在是矣, 當是時有鄉里業擧少年持西山眞寶謝氏軌範等編, 輒取而寓目, 怪其音節大不類, 以爲是六藝之異端, 及年二十餘, 而得皇命王李之文數篇於傳寫間, 見其用字用句, 似左似漢, 一毫不襲眞寶軌範中口氣, 卽又沾沾喜曰掃百氏而挽千古, 其斯爲藝家英雄, 盖余所見極狹而所好極偏, 雖古之斷章蠹簡如山海經及家書黃庭石鼓之類, 亦貨而求之, 不喜讀儒家菽粟語, 所以爲敍述之體.”
28) 윤순은 1713년 증광시에 신유한이 장원을 할 때 同榜이었다는 인연이 있다. 『靑泉集先生續集』 권10 「年譜」, “登增廣甲科 (…중략…) 與尹白下淳同榜.”

사마천·반고의 말은 시서의 성구에 합하는 바를 좋아했다.29) 또한 앞서 「이소」가 '가물(假物)'과 '탁의'를 표현 방법으로 썼음을 살폈는데, 가물을 통한 탁의를 하기 때문에 구절이 화려해지는 것은 당연하다. 그래서 "「이소」는 천상의 음악이 천제의 뜰에서 온갖 즐거움을 울리는 것 같고, 가의의 「치안책」은30) 우(禹)가 용문을 뚫어 큰물이 달려 무너지는 것 같았다"31)고 말할 수 있는 것인데 「이소」에서는 천상의 음악과 같이 아름다운 성구로 되어 있는 표현력을 높이 산 것이고 「치안책」의 경우는 그 내용이 웅장한 기상을 담고 있음을 좋아했던 것 같다. 이로 볼 때 신유한이 수사의 화려함과 음악성을 좋아한 것은 탁의를 통해 아름다운 성구로 진실된 내용을 표현할 수 있었기 때문이었다고 보인다.

이에 반하여 황견(黃堅)의 『고문진보(古文眞寶)』와 사방득(謝枋得)의 『문장궤범(文章軌範)』에 대해서는 음절이 나쁘다는 이유로 이단이라고 여겼는데, 『문장궤범』은 한유·유종원·두목·원결·구양수·소순·소식·범중엄·왕안석 등 당송문인들 15가(家)의 글을 모은 것으로 한유의 글이 반 정도되니 신유한이 문장 형식을 그다지 선호하지 않았음을 알 수 있다. 이는 유가의 곡식 같은 말은 서술의 체였기 때문에 좋아하지 않았다는 데서도 드러난다. 결국 신유한은 수사의 화려함과 음악성을 좋아하고 이와 무리지어지지 않는 문장과 서술체를 싫어했던 것인데, 『문장궤범』을 봄으로써 당송 문인들의 글도 좋아하지 않게 되는 계기가 되었던 것으로 보인다.

이러한 경향으로 보아 신유한이 명대 전후칠자(明代前後七子)의 문학을 선호한 것은 당연한 순서였던 것으로 보인다. '문필진한 시필한위성당(文必秦漢 詩必漢魏盛唐)'을 주장한 명대 전후칠자의 문학을 신유한이 접

---

29) 앞서 시가 변하여 이소와 악부가 되었다고 한 것에 맞추어 "書는 변하여 좌구명과 사마천의 역사가 되었다(書變而左丘龍門之史)"(「贈鄭幼觀瀾序」)고 하였다.
30) 가의의 「치안책」은 서한시대 군신들의 조제장주 가운데 하나이다.
31) 『青泉集先生續集』 권2 「雜說」, "離騷如釣天帝庭, 百樂鏐鏘, 賈策如禹鑿龍門, 洚水奔崩."

한 것은 20여 살 때였다. 곧, 이반룡(李攀龍, 1514~1570)과 왕세정(王世貞, 1526~1590)의 글을 얻어 베끼는 사이 그 글자를 쓰고 구절을 쓰는 것이 『좌전』이나 한나라의 시문 같으면서 『진보』와 『궤범』의 말씨를 따르지 않음을 좋아하였다고 하였으니, 진한고문에 경도되어 가던 때에 진한고문을 주장한 명대 전후칠자의 글, 특히 후칠자(後七子)인 이반룡과 왕세정의 글이 자신이 좋아하는 진한문과 비슷하며 당송문(唐宋文)의 대표격인 『고문진보』와 『문장궤범』을 따르지 않은 것을 보고 선호하게 된 것같다. 나아가 명대 전후칠자의 시문을 일러 여러 학자를 청소하고 오랜 세월을 당기었으니 예가(藝家)의 영웅이라고 하였는데 여기서 여러 학자란 당송고문을 주장한 학자들을 의미한다. 또한 왕세정과 이반룡의 글을 전후칠자 가운데 처음으로 접했었던 이유도 있었겠지만 신유한은 이 두 문인을 특히 좋아했던 것으로 보인다. 이는 신유한의 문집에 이반룡과 왕세정 그 중에서도 특히 이반룡의 시에 차운한 시가 여러 편 남아 있음을 통해 알 수 있다.

그런데 신유한의 진한고문과 명대 전후칠자에 대한 경도는 당시 문단의 상황과 합치하지 않는다. 오히려 그보다는 앞선 세대의 문학 풍조에 맥이 닿아 있다. 명대 전후칠자의 작품과 창작론은 16세기 말에서 17세기 초에 조선 문단에 수용되어, 윤근수(尹根壽, 1537~1616)·신흠(申欽, 1566~1628)·조찬한(趙纘韓, 1572~1631)·김상헌(金尙憲, 1570~1652)·유몽인(柳夢寅, 1559~1623)·허목(許穆, 1595~1682)으로 이어지는 진한고문파(秦漢古文派)가[32] 성립되었는데 신유한의 문학은 이에 근접하고 있다. 신유한이 활약하던 18세기 전반기는 이식(李植, 1584~1647)·김창협(金昌協, 1651~1708)·이의현(李宜顯, 1669~1745)으로 대표되는 당송고문파(唐宋古文派)가 진한고문파를 비판하며 문단을 주도하던 때였다.

---

32) 김도련, 「古文의 성격과 전개양상」, 『韓國文學研究入門』, 지식산업사, 1982; 강명관,
「16세기 말 17세기 초 擬古文派의 수용과 秦漢古文派의 성립」, 『韓國漢文學研究』 18
집, 한국한문학회, 1995 참조.

그러므로 신유한이 상경을 한 뒤에 김창흡(金昌翕, 1653~1722)·최창대(崔昌大, 1669~1720)·윤순 등에 의해 시가 의고적(擬古的)이라는 지적을 받았음은 문단 상황으로 볼 때 예정된 순서였다. 특히 당시 신유한의 문명이 높았던 점에 비추어 당송고문파가 신유한의 진한고문적 특성을 비판하고 자신들의 문학 범주로 이끌고자 했던 것은 당연하다. 위의 예문에서 보이듯 1705년에 최창대는 신유한의 글에는 죽임과 살림이 스스로 있는데 어찌 남의 울타리 안에서 기숙하느냐고 하였고,[33] 김창흡은 1919년 봄에 신유한의 시를 이백의 시에 비교하여 "그대 시의 병(病)은 수주(守株)니 대개 태백을 좇아 방만스럽네"라고[34] 하였다.[35] 윤순이 1727년 신유한을 일부러 불러 시문에 대해 논하면서 신유한의 성품이 옛 것에 젖어 모방을 좋아한다고 한 것은 이와 같은 당송고문파의 전통에 선 것이다.

나아가 이들은 신유한에게 의고적인 취향을 고칠 방법을 제시했는데 최창대는 『당송팔대가문초(唐宋八大家文抄)』 가운데 권27과 28인 증공(曾鞏)의 『남풍집(南豊集)』을 보라고 하여[36] "송문(宋文)의 가장 쉬운 것으로"[37] 신유한의 문풍을 고쳐보도록 충고하였다. 윤순은 명대의 문인 가운데 양명학파인 손지(遜志) 방효유(方孝孺)와 양명(陽明) 왕수인(王守仁)이 뛰어났는데도 전후칠자가 『좌전』과 『사기』만을 알고 이들의 경지에 이르지 못했다고 비판하며 신유한과 전후칠자의 병이 같다고 하였다. 윤순의 이러한 입장은 이식(李植)이 명나라 산문에는 두 개의 길이 있는데 당송고문을 모범으로 하는 방효유와 왕수인이 가장 중정(中正)하다고 한

---

33) 「叙與尹學士淳論文事」, "旣三十三而登第, 始遊於崑崙學士之門, 學士曰汝文自有殺活, 何爲寄宿人笆籬下."
34) 「李白詩序」, "己亥春, 過三淵翁, 翁爲余言, 若詩病守株, 盖從太白爲汗漫."
35) 이는 진한고문이 아닌 이백 시와의 비교이기는 하지만 역시 의고적인 면을 비판하였고 이백의 악부를 염두에 둔 말이라는 점에서 일맥상통한다.
36) 「叙與尹學士淳論文事」, "指南豊集曰, 讀此可以醫病.";『靑泉集先生續集』권2「自叙」, "抽案上八大家文抄中曾南豊二卷, 授我曰, 試往讀此可以醫病."
37) 「自叙」, "初欲以宋文最易者, 一革吾狂簡."

것에[38] 이어진다.[39] 그러므로 신유한에게 도(道)에 노닐며 배우기를 독실히 하여 이(理)를 밝히면 사화(詞華)와 장구(章句)에 얽매이지 않아 진한고문에 빠지지 않을 것이라고 하였다.[40] 이는 한유의 고문이 공자의 도를 밝히려는 데 목적이 있었고 송대 문인은 '문이재도(文以載道)'를 주장한 것과 연관이 있다.[41] 이러한 비판은 역시 신유한의 진한고문에 경도된 의고적인 시풍을 비판하는 것으로 위의 윤순의 말을 거꾸로 되새겨 보면 당송고문파가 보기에 신유한의 시풍은 사화(詞華)와 장구(章句)를 중요시하는 것으로 보였던 것이다.

그런데 「서여윤학사순논문사(叙與尹學士淳論文事)」는 조선 후기 진한고문파와 당송고문파의 대립이라는 점에서 중요한 의의를 지닌다. 최창대·김창흡·윤순 등은 당대에 영향력을 행사하던 문인들이었고 최창대나 윤순은 과거(科擧)에도 영향을 미쳤다. 이러한 그들이 영남 출신의 서얼 문사에게 진한고문적 시풍을 고치고 당송고문으로 돌아올 것을 종용하였다. 이는 당대에 당송고문파가 주도적인 위치를 점하기는 했어도 여전히 진한고문파의 세력도 만만치 않았다는 추측을 하게 한다. 또한

---

38) 박영호, 「李植의 古文論」, 『한국의 漢文學』(이병주 편), 민음사, 1991, 764면 참조

39) 또한 윤순이 조선조 양명학의 독자성을 확보한 강화학파의 거두 鄭齊斗(1649~1736)가 죽은 뒤 그의 저서를 정리한 사람 가운데 한 명이라는 점은 시사하는 바가 크다. 김교빈, 「실심으로 살아간 양명학자들 / 강화학파」, 『조선 유학의 학파들』(한국사상사연구회 편저), 예문서원, 1996, 459면 참조

40) 「叙與尹學士淳論文事」, "卽以皇明言之, 方遜志王陽明超然爲上乘, 彼濟南諸公躍而呼曰吾左吾史與漢而已, 其不至者, 與子同病, 病者能言其病則病可爲也, 今子息心而游於道, 專精而篤於學, 勿以詞華視古訓, 勿以章句亂正理, 理明而學純, 則其言自底于靖, 卽左屈班馬將無以惱子之心思, 而子於是霍然良已(명나라를 예로 든다면 方遜志와 王陽明은 뛰어난 문장가였는데도 저 제남의 여러 공들이 뛰며 외치기를 '우리 『좌전』과 우리 『사기』가 한나라와 더불을 뿐이다'라고 했으니 그들이 이르지 못한 것은 그대와 같은 병이라오 병자가 자신의 병을 말할 수 있다면 병은 고칠 수 있으니 이제 그대가 마음을 쉬어 도에 노닐고 오로지 하며 배우기를 독실히 하여 詞華로 古訓을 보지말고 章句로 正理를 어지럽히지 않아 理가 밝아져 배움이 순전해지면 그 말이 아래로부터 다스려져서 좌구명·굴원·반고·사마천이 장차 그대의 심사를 어지럽히지 않을 것이며 그대는 이에 빨리 좋아질 것이오)."

41) 김도련, 「古文의 源流와 性格」, 『한국의 漢文學』, 800~804면 참조

신유한의 문명이 높고 이미 당대에 문사들에게 영향력을 행사했다는 반증이 된다.[42] 나아가 신유한은 일단은 이러한 비판을 수용하는 태도를 보이기는 했으나, 끝내 자신의 시풍을 고치지는 않았다.[43] 자신의 글의 '폐단'에 대해 변명을 하긴 하지만 오히려 이는 진심에서 우러나온 것이라고 보기는 힘들고 "나이 70이 되어도 좋아하기가 더욱 심하다"는[44] 말이나 "운어(韻語)는 「이소」 문장은 가의(賈誼)의 「치안책(治安策)」을 좋아하여 천 번이 넘게 읽으며 자고 먹기를 모두 잊었다"는[45] 말처럼 평생을 탐닉하였다.

그렇다면 신유한의 실제 시문풍은 어떠하였는지를 살펴볼 필요가 있는데, 이에 대한 자료가 최중순(崔重純)이 쓴 「행장」에 나타난다.

곤륜학사 최공 창대는 그 시를 논하여 漢唐의 風調라고 말하였고, 삼연처사 김공 창흡은[46] 그 부를 보고는 굴원과 송옥의 韻格이 있다고 하였으며, 창하 원공 경하는 그 문에 좌구명의 화려함, 반고와 사마천의 전아함, 왕세정과 이우린의 간결하고 오묘함이 있다고 칭찬하였다. 사천 이공 병연은 그의 가행·악부를 보고 漢魏의 담박함, 晋宋의 곡진함, 三唐의 굉려함이 있다고 하였다. 백

---

42) 진한고문과 당송고문에 대한 논의는 끊임없이 지속되고 좀더 세분화된다. 이봉환은 명나라 글 가운데 다섯 정맥으로 방효유·왕수인·왕신중·당순지·귀유광 등 양명학파와 당송파를, 邪路로 이반룡·이몽양·왕세정·원굉도 등의 전후칠자, 공안파와 전겸익을 들었다. 『雨念齋詩文鈔』 권10 「剳記」, "明文有五正脈, 遜志陽明遵巖荊川震川, 有五邪路, 滄溟空同弇州中郎牧齋, 切須愼看."

43) 「叙與尹學士淳論文事」, "如是者數年, 日聞所不聞, 乃悟唐宋諸君子源泉浩浩, 不畔於六經之旨, 而視濟南家風, 輒疎而僻之, 然所發於文者, 譬如飮藥而加病, 卒不能集于彼岸, 自崑崙歿後, 世無以文事見誨者, 駸駸歲且暮矣, 今幷與宿痾而空之, 作一痴田夫了此生耳(이와 같기를 몇 년에 날마다 듣지 못했던 바를 들으니 이에 당송 여러 군자들의 원천이 넓어서 육경의 뜻에서 떨어지지 않음을 깨닫고 제남가의 풍을 보니 문득 거칠고 편벽되었습니다. 그러나 문에 발해진 바는 비유하자면 약을 먹어 병에 더해진 것과 같아서 끝내 능히 저 언덕에 모이지 못했습니다. 곤륜이 돌아가신 뒤로는 세상에 文事로 가르침을 받음이 없었고 빠르게 세월은 저물어갔습니다. 이제 숙병과 더불으며 헛되이 있으며 어리석은 농부로 생을 마치려합니다)."

44) 「詩書正宗書」, "今行年七十, 好之逾甚."

45) 「雜說」, "獨嗜古文, 韻語則離騷, 文則賈傅治安策, 讀過千遍, 寢飯具忘."

46) 원문에는 金昌協으로 되어 있으나 이는 金昌翕의 오류이다.

하 윤공 순, 치재 임공 정, 남공 태량, 이공 미 등은 모두 西漢이후의 일인자라
고 하였다.[47)

최중순은 당대에 문장가로 이름난 문사들의 품평을 통해 신유한 시
문이 뛰어났음을 논증하였는데, 이를 통해 신유한 시문의 성격을 알 수
있다. 신유한의 시가 한당의 풍조를 지녔다는 최창대의 평은 신유한의
고시가 한당풍이란 뜻으로 이의 대표로는 고시와 악부를 들 수 있다.
김창흡의 평은 신유한이 초사적 풍취를 지닌 사부를 창작했다는 뜻으로
신유한의 문학관과 상통한다. 원경하가 칭찬한 점은 문에 해당하는 것
으로 이 역시 신유한의 문학론과 일치한다. 이병연이 가행·악부에 대
해 한 평가 역시 '시필한위성당'의 범주에서 벗어나지 않는다. 그러므로
신유한의 실제 시문풍은 '문필진한 시필한위성당(文必秦漢 詩必漢魏盛唐)'
을 주장한 진한고문파의 맥락에서 벗어나지 않음을 알 수 있다.

또한 1745년에 이미(李瀰)의 시권에 쓴 글을 보면 신유한의 일관된 태
도를 알 수 있다. 이미는 택당 이식의 후손으로, 집안의 인연으로 인해
어려서 신유한에게 수학을 하였고 『청천집』의 서(序), 신유한의 묘지명
(墓地銘)을 쓴 인물이다. 신유한은 이미의 시가 만당풍으로써 원(元)나라
말기의 풍조에 나아가 짙고 섬세함에 힘써 기이함을 얻었다고 비판하였
다. 재주는 아리따움을 지나쳤고 격조는 세밀함에 상하였으니 계속된다
면 정경(情境)에는 한계가 있고 지보(地步)는 좁아져서 장차 주막의 분바
른 낭자가 등불을 등지고 있는 형상을 면하기 어려울 것이라 하였다.
이를 고치기 위해서는 『시경』, 초사, 한위(漢魏)의 담박함, 진송(晉宋)의
곡진함을 취해 그 말이 적으면서도 뜻이 넓음과 예스러우면서도 생각이
깊음을 배우라고 하였다.[48) 곧, 신유한은 당송고문파의 맥을 잇는 이미

---

47) 『青泉集先生續集』 권11 「行狀」, “崑崙學士崔公昌大論其詩曰, 漢唐風調, 三淵處士
金公昌協得其賦曰, 屈宋韻格, 蒼霞元公景夏贊其文曰, 左氏之華, 班馬之典雅, 弇州
于鱗之簡奧, 槎川李公秉淵見其歌行樂府, 則曰, 漢魏之澹, 晉宋之婉, 三唐之宏麗, 白
下尹公淳, 厄齋任公珽, 南公泰良, 李公瀰, 皆言西漢後一人而已.”

의 글을 비판하였는데 신유한이 이미에게 권한 시들은 '시필한위성당(詩必漢魏盛唐)'을 주장한 명대 전후칠자와 맥을 같이 한다.

3) 기속(紀俗)에 대한 관심과 조선시(朝鮮詩) 주장

그렇다면 신유한 자신은 이러한 시의식을 어떻게 형상화하였는가를 살펴볼 필요가 있다. 신유한은 "시(詩)는 변하여 초(楚)의 이소(離騷)와 한(漢)의 악부(樂府)의 장구가 되었다"고 하여49) 『시경』에서 '초사'로 이어지는 전통이 후대에 '악부'를 통해 구현된다고 보았다. 이로 인해 자신도 악부를 다수 창작하였고 뿐만 아니라 사부(辭賦)·가행(歌行)·장시(長詩)도 상당수 창작하였는데 신유한은 악부와 가행을 따로이 구별하기보다는 한 범주로 보고 있다. 곧, 1749년경에 홍중일(洪重一)에게 쓴 편지에서 자신이 일생 동안 쓴 시를 '율시(律詩)·절구(絶句)·악부(樂府)·가행(歌行)'으로50) 분류해 말하고 있다. 부(賦)는 「추황대(秋篁對)」·「추회부(抽懷賦)」·「청향루부(淸香樓賦)」·「의적벽부(擬赤壁賦)」를 지었는데 1705년 신유한이 진사시에 갑방으로 뽑힌 뒤 처음으로 최창대에게 찾아가 보인 작품이 「추황대(秋篁對)」였으니 신유한 자신이 부(賦)를 자신의 대표작으로 여겼음을 알 수 있다. 이를 본 최창대도 칭찬하기를 그치지 않으며 "우리나라에 이러한 작품이 없은 지 오래되었다. 마땅히 「초사」와 더불어 나란히 선다"고51) 말하였다. 또한 신유한은 통신사행 중인 1719년 11

---

48) 『靑泉集』 권6 「題李仲浩瀰詩卷」, "卷中諸篇, 盖欲以晩唐滋味, 就元末風調, 務爲濃纖, 今所得亦已奇矣, 但念足下以靑春詞華, 有志於詩家, 則卽今病根, 才過於姸, 格傷於細, 若此不已, 竊恐情境有限, 地步漸窄, 將不免傳粉娘子背燈之態, 此將何爲, 願自今先取二南九騷, 漢魏之澹, 晉宋之婉, 學其言寡而旨遠, 貌古而思深, 服習日久, 自然聲宏, 而意廣, 可以爲唐, 可以爲艶詞姸調, 無所處而不當, 此乃好田地安歇處, 幸勿棄老漢之言, 乙丑春日題."
49) 『靑泉集』 권4 「贈鄭幼觀瀾序」, "詩變而楚騷漢樂府之章."
50) 『靑泉集』 권3 「答東萊伯書」, "一生塗鴉之墨, 懶於收緝, 詩而曰律曰絶曰樂府歌行."

월 22일 일본의 포기(浦崎)에서 담장로(湛長老)에게도 「추황대」에 관한 이
야기를 하였으니52) 이에 대한 긍지를 알 수 있다.

신유한이 창작한 악부의 경우는 대부분이 의고악부이며 기속악부(紀
俗樂府)도 몇 편 있다. 그런데 그의 일생을 전후기(前後期)로 나눌 때 의고
악부는 전기에 대부분 창작되었다. 가행의 경우는 전후기를 통하여 꾸
준히 창작되었다. 신유한은 또한 장시(長詩)를 많이 지었다. 예로써 1714
년에 지은 「우정에서 여러 날 즐거이 머문 뒤 장차 영남으로 향해 가려
하며 떠돌며 구경할 거리를 쓰다가 인하여 평생 품어온 심정을 80운으
로 써 손독우에게 드리네[到郵亭 留歡數日 將向嶺南 自敍道里游觀 因寫平生心
素 得八十韻 留孫督郵]」는 5언으로 된 80운의 장시이다. 그런데 40운, 50
운, 60운, 80운으로 이루어진 장시들도 대부분 전기에 창작되었다. 또한
악부시가 아닌 절구(絶句)나 율시(律詩) 등 근체시에서도 「이소」적인 표현
을 많이 사용하였다.53)

그런데 신유한의 악부론은 명대 전후칠자의 악부와 접맥된다. 명대
전후칠자는 "漢·晉以後 士大夫文人들이 詩壇을 장악한 이래로 間斷

---

51) 『靑泉集先生續集』 권10 「年譜」, "以前日所賦秋篁對諸篇, 往拜崑崙崔學士昌大, 公
稱賞不已曰, 東國無此作久矣, 當與楚辭幷列."

52) 『海遊錄』, 111면, "因謂長老曰, 不侫與此君有素, 蓋於密州舊庄, 手植百餘竿, 竹下
有泉, 曰靑泉, 泉傍有澗, 曰綠湄, 皆取義於竹, 而又自爲秋篁詞一篇以寓交情, 不圖蓬
瀛之窟復見愛竹如和尙者矣."

53) 신유한의 악부가행은 다음과 같다. 「憶秦娥」·「賦得邊馬有歸心次李滄溟韻三首」·
「長歌行」·「情詩」·「采蓮詞」·「何草不黃行」·「長安少年行」·「竹林風雨歌」·「君
馬黃曲」·「今日行」·「塞下曲」·「怨歌金鹿盧行呈鷄林李侍郞宗城」·「霖雨歎」·「歲
暮行贈李天與」·「通信副使竹裏南公泰耆 方乘月槎歷扶桑 謂余曾有偸桃之緣 願得
紀行詩篇 替作指南車 余今鬢髮星星矣 十洲佳處杳然如夢 强草日東竹枝詞七言三十
四首 以佐櫂謳 且曰珍重愼行李 必以所得於彼者 遞歌而和之也」·「奉李載允七歌
」·「淸江曲戲奉李秀才」·「郭皆春筆法歌」·「醉時歌奉盧積城丈」·「和星卿早春曲」
·「金沙曲寄初上人四絶」·「代贈春詞三十韻」·「醉歌行奉巵齋任長公珽」·「又作晦
洞逍遙歌奉任和仲璞」·「相隨歌二闋奉餞宜城金使君光遂赴任」·「贈梅妓」·「使節句
宣歌十絶句奉呈觀察使南公泰良」·「更和槎川翁見寄萊府七言歌」·「曺學士明采東
征歌」·「景雲齋歌」·「秋辭」·「屛風詩」·「渭陽詩四十韻」·「山南詩一百韻奉娥林鈴
閣」·「醉歌行贈李敬哉」·「醴泉之水歌」·「葛谷書齋歌」.

없이 漸增되어온 言語遊戲的 作風을 지양하고, 고대처럼 현실을 반영하는 작품을 씀으로써 儒家的 諷諫의 기능을 수행할 수 있는 시가의 부활을 도모하려는 목적"[54]을 지니고 있었다. 그래서 한·위 이전의 시체(詩體)를 다수 창작하였는데 그 가운데서도 악부를 많이 지었다. 특히 신유한이 좋아하였던 이반룡과 왕세정의 경우도 각각 고악부(古樂府) 220수와 의고악부(擬古樂府) 386수를 남기고 있는데, 명대 전후칠자의 작품은 대체로 육조시대의 작품보다 더 현실반영적이며, 하경명(何景明)과 이반룡의 작품은 사회구심력(社會求心力)을 강화시키는 방향으로 작가의식이 설정되어 있다.[55]

또한 신유한은 자신이 좋아한 이백의 시풍이 악부시에서 잘 발현된 것으로 보는데 이는 「횡강사(橫江詞)」·「추포가(秋浦歌)」·「동정(洞庭)」·「여산(廬山)」·「촉도(蜀道)」 등을 좋아하여 이를 읽으면 상쾌하여 대화(大化) 원기(元氣)가 있는 듯하니 "태백이 여기에 있도다"라고[56] 한 데서 알 수 있다. 그런데 이백과 명대 전후칠자의 악부는 조화가 되지 않는 듯이 보이기도 하지만, 호진형(胡震亨)에 의하면 이백은 악부에 조예가 깊어 고제(古題)라면 모의하지 않은 것이 없어, 본 뜻을 수용하기도 하고 번안하여 새로운 뜻을 나타내기도 하여 의고(擬古)의 묘(妙)를 곡진히 하였다.[57] 그러므로 신유한이 당(唐) 시인(詩人)인 이백의 악부를 받아들이는 데 문제가 없었던 것으로 보인다.

그러므로 신유한이 보기에 『시경』에서 유래된 사회반영과 고발의 전통이 초사와 악부를 통해 구현되고 이는 다시 명대 전후칠자의 악부로

---

54) 원종례, 「明代前後七子의 詩論 研究」, 서울대 박사논문, 1989, 187면.

55) 원종례, 위의 논문, 192~201면 참조.

56) 「李白詩序」, "而手書橫江詞秋浦歌洞庭廬山蜀道諸篇, 爽然如乘黃鵠而出宇宙, 俯視五嶽琪花, 種種自在, 莫非大化元氣, 卽府卷而屬兒曹曰, 太白在是矣."

57) 胡震亨, 『唐音癸籤』, 5면; 진옥경, 「李白 樂府詩 研究」, 서울대 박사논문, 1991, 19면에서 재인용. "太白於樂府最深, 古題無一弗擬, 或用本意, 或飜案另出新意, 合而若離離而實合, 曲盡擬古之妙."

이어진 것이다. 이로 인해 우리는 신유한 악부의 성격을 가히 짐작할 수 있다.[58] 앞서 살폈듯이 신유한은 '시가 변하여 초의 「이소」와 한의 악부가 되었다'고 하였는데 신유한에게 있어 악부는 초사와 동일 선상에서 초사를 계승한 시가였던 것이다. 『시경』과 악부의 중간에 초사를 넣어 '『시경』→ 초사 → 악부'로 이어지는 문학사의 구도를 주장한 것이다.

　　신유한이 『시경』의 전통을 바탕으로 하여 초사와 악부가 탁의를 통한 비유적인 표현과 아름다운 성구를 통해 사회상을 반영한다고 한 문학론은 다음 작품에서 그대로 드러난다.[59]

何草不黃	어느 풀인들 누래지지 않으며
何木不枯	어느 나무인들 마르지 않으리
何日不暘	어느 날인들 해가 뜨지 않으며
何人不吁	어느 누군들 탄식하지 않으리
諸君且勿吁	허나 그대들 잠시 탄식을 멈추게
水沽魚可食	물이 마르면 물고기를 먹을 수 있고
魚可食	물고기를 먹을 수 있으면
食魚不可無稻粟	물고기를 먹을 제는 밥이 없을 수 없네
年年餓骨臥秋草	해마다 굶어죽은 뼈가 가을 풀에 뒹굴고
烏飛啄腸繞高樹	까마귀 날아 장을 쪼아 먹고 높은 나무 돌 때
樹間行人見而泣	나무 사이로 지나가던 사람이 보고 울지만
死者亦不自言苦	죽은 자 또한 괴롭다 스스로 말하지 않네
擧頭望天天更高	머리 들어 하늘을 보니 하늘은 더욱 높고
雲師辟易豊隆怒	雲師는 물러나 피했고 豊隆은 화가 났네
豊隆豊隆何不擁篲入太微	풍융이여 풍융이여 어찌 비를 가지고 太微에 들어가
灑掃妖氣淸帝宇	妖氣를 씻어 천제의 집을 깨끗이 하지 않는가

---

58) 신유한을 비롯한 서얼들의 악부시의 성격에 관해서는 따로이 논의되어야 하리라고 생각한다.

59) 이는 김도수의 작품에도 그대로 적용된다. 김도수 역시 악부, 가행, 장시를 다수 창작하여 자신의 세계관을 드러냈다.

帝旁玉女淸蛾眉　　천제 곁의 玉女 맑고 아름다우며
調笑金宮獻歌舞　　金宮을 조롱하며 歌舞를 올리네
黃金如山白璧如土　　황금은 산처럼 백옥은 흙처럼 쌓였고
高樓入靑天　　높은 누각이 푸른 하늘에 들었네
大車迎春風　　큰 수레가 봄바람을 맞이하니
玳瑁琴琉璃鐘　　대모 거문고 유리 종 울리네
槽間有千里駿　　마굿간에는 천리준마가 있어
食之以黍稷　　기장을 먹이네
農人功農不食尙可　　農人은 농사에 功이 있어도 오히려 먹지 못하고
馬不食殺人　　말은 먹지도 않으며 사람을 잡네
閶闔九重那得通　　아홉 겹 대궐 문을 어찌 통과하나
愚夫欲訴虎豹嗔　　愚夫가 호소코자 하여도 虎豹 같은 문지기가 성내네
或言其人面如藍舌如簧　　어떤 이들은 말하길 그 사람 얼굴은 남빛이고
　　혀는 피리 같다 하네

天地何所公　　천지가 어느 곳에서 공평하며
日月何所光　　일월이 어느 곳에서 빛나리
鬼神何所監　　귀신이 어느 곳에서 살피며
聖賢何所藏　　聖賢은 어느 곳에 숨었는가
三年匹婦旱　　한낱 아낙네도 삼년 동안 가뭄을 들이고
五月孤臣霜　　외로운 신하는 오월에 서리를 내리니
吾縱言之亦已狂　　내가 멋대로 말한 것도 또한 미친 짓이네
風兮雲兮　　바람이여 구름이여
曷日能成雨　　어느 날에야 능히 비를 이루어
坐見西疇北隴禾黍翼翼　　앉아서 서쪽 두렁 북쪽 두둑에 벼와 기장이 무
　　성함을 보리

農歌長農歌長樂未央　　農歌가 길고 길어 즐거움이 다하지 않으며
四時和百物昌　　사철이 화락하고 온갖 사물이 창성하여
聖人壽萬歲　　聖人은 만세를 누리고
邦國以永康　　나라는 영원히 평강하리

―「何草不黃行」

이 시는 신유한이 벼슬길에 나아가기 전인 1710년대에 지은 악부 형식의 시이다. 「하초불황행」이란 제목은 『시경』 「소아(小雅)」편 「도인사지집(都人士之什)」장의 「하초불황(何草不黃)」장에서 유래한 것이다. 『시경』에서는 '어느 풀인들 누래지지 않겠는가'라고 하면서 백성들이 전쟁에 끌려나와 고달프게 진군하고 병들며 사람 대접을 못 받고 쉴 겨를이 없음을 풍자하였다.[60] 신유한은 이를 빌려와서 가뭄 때문에 백성들이 고통받는 것을 제시했다. 가뭄이 심해서 초목이 누렇게 말라죽고 웅덩이나 시내에 물이 없어져 물고기가 바닥에 드러나는 상황이 되자 사람마저 굶어 죽어 가는 것을 형상화하였다.

43구로 이루어진 이 시를 내용에 따라 나누면 다섯 단락으로 구분된다. 1단락은 1구에서 8구까지이며, 2단락은 9구에서 16구까지이며, 3단락은 16구에서 29구까지이며 4단락은 30구에서 35구까지이며 5단락은 36구에서 끝까지이다.

1단락은 제목의 내용을 충실히 설명한다. 가뭄이 심하자 초목이 말라죽고 물이 없어져 탄식하지만, 그래도 희망은 있다는 것이다. 물이 마르면 물고기가 바닥에 드러나니 물고기를 먹을 수 있고, 물고기를 먹은 뒤에는 곡식도 먹을 수 있게 된다는 것이다. 2단락은 가뭄으로 인한 절망을 이야기한다. 가뭄으로 인해 농사를 망쳐 굶어죽은 사람의 시체가 뒹굴고 까마귀가 이를 쪼아먹고 날아가는 현실은 너무도 참혹한데 죽은 사람이야 말이 없다지만 살아 있은 사람은 더욱 비참하고 슬프기 마련이다. 그런데 고개를 들어보니 가을 하늘은 더욱 높고 구름 한 점 없어비가 올 가망이 없다. 그래서 이렇게 된 원인은 천제의 집에 요기가 있기 때문이라고 생각하게 된다.

3단락에 이르러 신유한은 도가적 상상력을 한층 발휘하여 모순된 세

---

60) 『詩經』(富山房, 1975) 「小雅」 「何草不黃」장, "何草不黃 何日不行 何人不將 經營四
    方 何草不玄 何人不矜 哀我征夫 獨爲匪民 匪兕匪虎 率彼曠野 哀我征夫 朝夕不暇
    有芃者狐 率彼幽草 有棧之車 行彼周道."

태를 꼬집는다. 그에 의하면 세상이 잘못된 것은 천제 옆에 있는 옥녀가 요기를 내뿜기 때문이다. 천제를 미혹시켜 재물을 쌓아놓고 짐승인 말까지도 잘 먹인다. 그래서 실제로 농사를 짓고 공이 있는 농부들은 먹지 못하고 굶어죽으니 이야말로 살인하는 것이라고 하였다. 이는 백성 보기를 짐승처럼 여긴다는[61] 「모서(毛序)」의 해석과 상통한다. 대궐의 문을 통과해 천제께 아뢰려고 하여도 호랑이와 표범 같은 문지기에 막혀 갈 수가 없다고 했다. 이로 볼 때 천제의 귀와 눈을 막아 백성들을 굶어죽게 하는 것은 옥녀와 문지기라는 것이니, 옥녀와 문지기는 천제의 곁에 있는 측근들, 곧 집권층과 거기에 기생하는 관료 집단을 의미한다. 이들 때문에 천제가 세상을 바로 보지 못한다는 것은 앞으로 살펴보겠지만 신유한에게서 지속적으로 나타나는 비판인데 신유한은 도가적인 상상력을 펼치면서 또다시 이를 강조한 것이다. 또한 도가적 세계를 인간세계에 빗대어 천제를 임금에, 옥녀와 문지기를 집권층에 비유한 것은 앞서 '탁의를 통해 현실을 비유하고 악부를 통해 현실을 반영해야 한다'는 자신의 문학관을 실제 작품에서 그대로 적용한 예라고 할 수 있다.

4단락에서는 이러한 현실 때문에 천지는 어느 곳에서 공평하며 일월은 어느 곳에서 빛나며 귀신은 어느 곳에서 보며 성현은 어느 곳에 숨었는가라고 하며, 현실에 대한 불만과 이를 타개할 성현이 나타나기를 기대한다. 그러면서 희망을 말한다. 필부가 삼 년 동안 가뭄을 들게 하였다는 것은 『한서(漢書)』 「우정국전(于定國傳)」에 나오는 고사로, 젊어서 과부가 되고 아이도 잃어버린 효부(孝婦)가 시어머니를 극진히 모시자 시어머니가 효부를 위해 자살했는데 시어머니의 딸이 효부가 시어머니를 살해했다고 관에 고발해 결국은 태수가 효부를 죽이려 하자 효부가 통곡을 하고 효부가 죽은 뒤 삼 년 동안 가뭄이 들었다. 그 후 새로 온

---

61) "何草不黃, 下國刺幽王也, 四夷交侵, 中國背叛, 用兵不息, 視民如禽獸, 君子憂之, 故作是詩也."

태수가 소를 죽여 효부의 무덤에 제사하고 아뢰자 하늘에서 바로 비가
내렸다는 것이다. 외로운 신하가 오월에 서리를 내리게 한다는 것은 추
연(鄒衍)의 고사인데, 추연이 연나라 혜왕(惠王)에게 충성을 다했으나 좌
우에서 추연을 헐뜯자 왕이 추연을 옥에 가두니 추연이 하늘을 향해 통
곡하자 하늘에서 서리가 내렸다. 그러므로 이 두 고사는 모두 억울함을
당한 사람들이 결국에는 신원하게 된다는 의미이니, 천제의 곁에 있는
옥녀와 문지기가 언젠가는 사라지고 자신들의 호소가 천제에게 통하리
라는 희망을 나타낸 것이다. 한편 고신은 고신얼자(孤臣孼子)와 같은 말
로 임금에게서 소원한 신하와 서얼을 의미하는 것이니 신유한이 추연의
고사를 인용하며 굳이 고신이라고 한 것은 자신의 처지를 빗댄 것이며
효부는 시어머니에게 정성을 다했는데도 모함을 받았으니 서얼이 임금
에게 충성을 다하나 임금이 알지 못하는 것을 비유한 것이다. 그러므로
위 두 고사를 인용해 두 사람의 억울함이 신원된 것처럼 자신들도 억울
함을 풀 수 있게 되리란 비유도 함께 하고 있는 것이다.

　이어 5단락에서는 언젠가는 비가 내리어 농사가 잘되어 백성들이 농
가를 즐겁게 부르고 사철이 화락하고 성인은 만세를 누리고 나라는 영
원히 평안해지는 평화가 올 것이라고 하였다. 희망을 보이는 것이다.
『시경』「하초불황」장이 백성들이 고통받는 것을 탄식하는 비분으로 끝
을 맺는 것에 비해, 이를 빌려온 신유한은 희망을 내보인 것이다. 이는
신유한에게 희망이 있었기 때문이다. 젊은 시절 언젠가는 벼슬길에 나
아가 이상을 펼칠 수 있다는 생각을 지녔던 이유이다.

　다음으로 기속악부에 대해 살펴보겠다. 신유한은 이미 1712년에 최성
대(崔成大)의 「산유화녀가(山有花女歌)」를 읽고 「산유화곡(山有花曲)」을 지
었다. 이는 여성을 화자로 설정하고 조선의 풍속을 다룬 악부시였다.

　　향랑이 남긴 곡은 다만 시골 아이의 이와 뺨 사이에 있어 사람이 그 章句를
　　캘 수 없으니 심히 슬프다. 낭이 본디 천하여 글 하는 재주를 깨치지 못하여 이

노래를 만들 때 다만 거리의 거친 소리로 인하여 그 단정하고 엄숙하며 오로지 깨끗한 천성을 발하였으니 내가 또 이를 슬피 여겨 드디어 다시 그 뜻을 사용하여 그 말을 글로 지었다. 한나라 악부 九章 어린 천궁이의 怨에 빌미하여 산유화 九歌를 지으니 이 곡은 옛것에 합한다고는 감히 말할 수는 없지만 후에 강남에서 풍요를 모을 사람이 장차 또한 향랑의 怨曲으로 얻어서 늘어놓음이 있으리라.[62]

이는 「산유화곡」 서(序)의 일부분인데 자신이 왜 「산유화곡」을 지었는가 하는 이유를 설명하고 있다. 향랑이 글 하는 재주를 배우지 못했기 때문에 향랑의 단정하고 엄숙하고 깨끗한 천성이 거리의 거친 소리로 표현되어 글로 전해지지 않고 구전되기에 이를 슬퍼하여 「산유화곡」을 지었다는 것이다. 이는 민간의 풍속이나 백성의 정감을 제대로 된 글로 표현하고 기록하여 다른 사람들이 보게 하고 후대에 남기려는 의도를 반영한 것이다. 또한 기속악부(紀俗樂府)의 특성이 "민요풍의 노래이거나 백성의 질고와 생활실태, 여인의 규정, 남녀의 애정문제, 인정·풍속의 실상과 시비득실 등, 개인적 정감보다는 주로 사회적 정감을 대리로 읊었다"는[63] 점에서 「산유화곡」도 기속악부라고 할 수 있다.

이렇듯 기속악부에 대한 관심을 지니고 있던 신유한은 1719년 통신사행을 가서 기속악부랄 수 있는 풍요(風謠)를 세 편 지었다. 서얼들의 일생에서 통신사행은 매우 중요한 분수령이라고 할 수 있다. 해외 경험은 이들에게 세계를 바라보는 새로운 눈을 열도록 해주었기 때문인데 신유한의 경우 특히 그러하다. 더욱이 신유한은 통신사행을 다녀온 뒤 벼슬길에 나아가 이후 지속적인 관료 생활을 하였는데 자신이 가진 이상과 자신에게 주어진 현실의 차이로 인해 고민했음은 이미 앞서 살펴

---

62) 『靑泉集』 권2 「山有花曲」, "香娘遺曲, 但在郊童齒頰間, 人不得采其章句, 甚慨也, 娘素賤不解文藻, 其爲此曲, 只因巷里之嘔啞而發其端莊專精之天, 余又悲之, 遂復用其意而文其辭, 竊自幾於漢樂府九章蘼蕪之怨, 而爲山有花九歌, 是曲也不敢曰有合於古, 而後之采風於江南者, 將亦有以香娘怨曲, 得而陳之矣."
63) 박혜숙, 『形成期의 韓國樂府詩 研究』, 한길사, 1991, 71~72면.

▲ 鳥居淸忠, 「靑樓店頭圖」, 전 아자부미술관 소장. 일본 풍속화인 우키요에[浮世繪]로 청루의 기녀가 손님을 맞이하는 모습이다. 이 그림을 그린 도리이 기요타다가 활약한 시기가 1716년에서 1736년 사이이니 1719년 일본에 갔던 신유한이 본 기녀의 모습도 이러하였을 것이다.

본 바와 같다. 일본에서의 체험은 신유한에게 풍요에 대한 관심을 더욱 높여주는 계기가 되었던 것으로 보인다.

신유한은 통신사행 중에 「새신곡(賽神曲)」 10수와 「낭화여아곡(浪華女兒曲)」 30수, 그리고 「남창사(男娼詞)」 10수를 지었다. 「새신곡」은 백중날에 속어(俗語)를 듣고 지었는데 남녀의 정과 대마도의 풍습을 잘 묘사하고 있으며 화자(話者)를 여성으로 설정하고 있다. 「낭화여아곡」은 대판의 기생에 관한 노래인데 역시 화자를 여성으로 설정했고 「남창사」는 말그대로 일본에서 몹시 성행했던 남창에 관한 노래이다. 세 노래 모두 내용이 진솔하고 사대부들이 평소 읊기에 힘들었던 것이다.

다음은 「낭화여아곡소서(浪華女兒曲小序)」인데 신유한이 일본에서 기속악부를 지은 이유가 드러난다.

　내가 사신을 따라 대판에 이르러 그 산천초목, 주택, 저자, 남녀 의복이 빛나게 성함을 눈으로 보니 거의 천하의 기이한 구경거리였다. 또한 대판은 바다 오랑캐 여러 지역 가운데 큰 도회였다. 그들의 풍요와 습속은 거칠어 이렇다할 만한 것이 없었고 간간이 관사에서 통역의 말을 들어 이른바 창루의 화장한 미인의 무람 없는 여러 모습을 알게 되었으나 매우 추하여 입에 담을 수 없었다. 그러나 생각건대 예로부터 정욕의 근본은 남녀보다 심함이 없으니 화장하는 여인이 예쁘게 웃음이 거리의 노래로 나타나 모습을 움직이고 불처럼 달리며 질주하듯이 사지로 달려간다. 그러므로 예법을 제정하여 백성을 감화시키어 금수에 이르지 않게 함은 성왕의 정치와 교육에 있다. 이와 같지 않다면 중국에도 정풍, 위풍이 있으니, 덥고 거친 남방의 밖 오랑캐의 땅에서 교룡의 창자에 새 소리 같은 말을 하며 형제가 한 여인을 취하며 남녀가 함께 목욕하는 사람들을 또한 어찌 논하겠는가. 공자께서 나라를 위해 교화하여 말씀하시기를 '鄭聲을 내치라'고 하셨으나, 시경을 편찬할 때는 정풍·위풍을 채택하여 후세의 경계로 삼았다. 헤아려보면 육조와 삼당의 韻士들의 여인네를 생각하는 노래와 가사가 요염한 시편들은 모두 소리가 곱고 아름다워 음란한 소리로 亡傷하였으나 또한 각각 世敎를 밝혔을 뿐이다. 나는 비록 詞에 익숙하지 못하나 자못 통역의 말을 취하여 운을 붙여서 오랑캐 땅 신악부 무릇 30장을 갖추었다. 다른

날 돌아가 조정에 고하여 바라건대 풍요를 채집하는 군자로 하여금 이것을 보
고 이것을 징계하게 하리라.[64)]

이 글은 표면적으로 자신이 「낭화여아곡」을 지은 이유를 변명하고 있
다. 공자가 『시경』을 편찬할 때 정풍과 위풍을 채택한 것은 후세의 경계
로 삼기 위한 것이었다고 하면서, 풍요 채취는 세교(世敎)를 밝힌다는 확
고한 명분을 내세웠다. 『시경』의 시들이 천자가 바른 정치를 하도록 돕
기 위한 자료로 민간에서 모아졌던 사실과, 한(漢) 무제(武帝)가 처음에
악부를 설립하여 민간의 가요를 채집하여 민정(民政)을 살피고자 하였던
목적에 부합하는 주장이니, 신유한은 악부를 효용론(效用論)의 측면으로
도 살핀 것이다. 그런데 신유한의 이 효용론은 역시 백성들의 노래를
지배층에서 모아 보고 살피고자 했다는 의미이니, 앞서 시경론에서 '하
이풍자상(下以風刺上)'이라고 한 것과 같은 맥락이다.

그러나 위의 글이 담고 있는 내면적 의미는 여기서 한 걸음 더 나아
가고 있다. 신유한이 대판에 이르러보니 대판은 큰 도회지로 산천초목,
주택, 저자, 남녀 의복이 빛나게 성함이 천하의 기이한 구경거리였다.
또 통역을 통해 일본 창루의 형상에 대해 알게 되었다. 곧, 신유한은 일
본의 문물과 풍속에 관심이 있었던 것이다. 그래서 육조와 삼당의 운사
들의 여인네를 생각하는 노래와 가사가 요염한 시들이 음란하지만 소리
가 곱고 아름다웠던 것처럼, 일본의 음란해 보이는 풍속을 자신도 아름

---

64) 『靑泉集先生續集』 권4 「海槎東游錄」 第二, "余隨使者至大坂, 目睹其山川草木室
廬闤闠男女衣服炫燿之盛, 殆天下奇觀, 夫亦海灣諸區一大都會也, 至其風謠俗習, 穢
而亡徵, 間廳舘譯語, 得所謂娼樓粉黛褻狎諸狀, 陋甚不足置牙頰, 然念自古情欲之根,
莫深于男女, 卽使香奩倩笑, 發於巷俚嘔啞, 帖帖然形動而火馳, 走死地如鶩, 所以制
禮漸民而不格于禽獸者, 聖王之政敎在也, 不如是, 中國而有鄭衛, 抑何論炎荒之外,
卉服之鄕, 蛟腸鳥語麀聚而同浴者哉, 夫子敎爲邦曰, 放鄭聲, 刪詩則采鄭衛, 以存監
戒, 稽之六朝三唐韻士, 思婦謠辭冶篇靡靡, 皆桑濮之音亡傷也, 亦各徵其世敎已矣,
余雖不閑于詞, 頗取譯舌而韻之, 以備蠻荒新樂府凡三十章, 異日歸告朝廷, 庶幾令采
風之君子是膺是懲云."

답고 화려한 노래로 묘사했던 것이다. 곧, 사회적 정감을 대리로 읊었던 것이다. 이는 이국의 풍속에도 관심을 가졌고 나아가 이를 악부시 형태의 풍요로 수용할 만한 시적 능력이 있었기에 가능했던 것이다. 곧, 정몽주 이래 통신사들이 일본의 풍물을 묘사하긴 했어도 "대체로 그 곳 풍물을 기사화하여 썼을 뿐으로, 신유한처럼 그들의 풍속을 이해하면서 그것을 소재로 하는 악부시 형태의 아름다운 시를 남긴 사람은 없는 것으로 보인다"는[65] 의의를 찾을 수 있다.

기속악부라든가 풍요에 대한 관심은 조선의 고유성(固有性)에 대한 관심으로 이어졌는데 이에 대한 주장은 1741년에 간행된 『두기시집(杜機詩集)』에 쓴 「두기시선서(杜機詩選叙)」에서 가장 잘 드러나고 있다. 곧,

내가 어려서 시골 선생에게 시 짓기를 배우고자 청했다. 선생이 말씀하시길, "아아, 자네는 고생하지 말게. 기자의 나라에는 평소 시가 없어 모두 중국사람의 소리와 입을 빌리니 龜玆 나라 왕의 수레와 말이 되네. 杜甫를 새기나 이루지 못하여 망치고, 王維와 孟浩然을 그리나 비슷하지 않아 흐릿하고, 漢·魏·六朝에는 여뀌풀의 벌레가 해바라기와 제비꽃을 피하는 것과 같이 되니 그 까닭은 어찌 재주가 그렇게 시켰겠는가? 우리나라의 풍속과 말 때문이네"라고 하셨다. 내가 오직 이 말에 심복하여 시에 획책하였다.

머리가 세기 시작하는 나이에 서울에서 사집을 만나 고시, 근체시 백여 편을 읽으니 내 어찌 능히 시의 맛을 알겠는가마는 처음 곁눈질을 하니 입이 벌어지고 두 번째 읊으니 꿇어앉게 되고 세 번째 장단에 맞추니 일어나게 되어 갑자기 말하였다. "드물도다 드물도다. 자네가 古調를 지음에 하나도 「鐃歌」·「韰舞」·「子夜」·「烏棲」 등의 제목을 따르지 않았고, 짓고 읊은 산천·도시와 시골·백성과 사물 그리고 풍속은 또 진나라 서울·한나라 궁전·연나라와 조나라의 佳人·초나라 월나라의 名品을 따르지 않았고, 홀로 갈라진 나루터·거칠게 흙비 내리는 산모퉁이의 땅·오랑캐 소리의 상말·벌레와 새의 화사함·이 백성 저 백성을 망라하여 모으는 데 이바지했을 뿐이니 이는 단군 기자 이

---

65) 이혜순, 『조선 통신사의 문학』, 이화여대 출판부, 1996, 204면.

래의 혼돈을 여는 수단이네. 聲曲에 나아가서는 오랑캐의 것으로 중국의 것을 변화시켰네. 악부는 한·위에 못 박힌 것이 열에 두셋 정도가 합치하고 晋宋이 하는 열에 일곱 여덟이 그러하네.

가, 행, 근체는 왕유의 한적함, 맹호연의 담백함, 저광희와 위응물의 한가하고 곡진함, 유우석과 백거이의 많고 섬세함, 원진의 고움과 두목의 호탕함 등 가지가지가 모두 갖추어졌구려. 전체를 풀어보면 주남과 소남에 근본하여, 구가와 이소로써 만들고, 육대의 아리따움을 취하고, 삼당으로 덮어 가리었구려. 대개 化工의 오묘함으로써 홀로 인간의 참된 빛과 하늘의 향기를 얻어 마치 연꽃이 물에서 나오고 어린 천궁이 골짜기에 있는 것 같으니 이것은 무엇이 그렇게 시켰는가? 곧, 중국 해외 변방의 들녘의 정자와 누대, 풀에 파묻힌 무덤, 覇者의 자취, 제후의 遺業, 고운 머리털의 여인과 몽치 머리의 아이가 길에서 부르는 노래 거리에서 부르는 속요가 모두 하늘이 만들어낸 꽃, 비, 이슬, 향기와 다름이 아니니, 이것은 참됨을 가리어서 노님인져. 대저 중국을 빌려서 시를 짓는 것은 꿈같고 요술같아 하루아침에 다하여 없어질 것임을 나는 알고 있네. 오호라! 압록강 동쪽에서 古今에 글을 써온 사람들이 이 뜻을 알고 있는가? 이 길을 말미암았던가?"66)

신유한은 자신이 어려서 배운 시골 선생님의 말을 빌려 우리나라 사람이 중국의 성구를 빌려 시를 지을 때 나타나는 폐단을 지적했다. 기자의 나라라 표현한 우리나라에는 평소에 시가 없으니 중국사람의 성구

---

66)『靑泉集』권4「杜機詩選叙」, "余幼從鄕先生請學爲詩, 先生曰, 嗟女毋苦, 箕邦雅無詩, 悉假中國人聲口, 爲龜玆王車馬, 所以刻杜不成而儡, 畫王孟不似而葫蘆, 於漢魏六朝, 蔘蟲避葵菫, 豈才使然, 土風與方譯以也, 余惟服是言而畫于詩, 年二毛而遇士集京師, 得其古近百餘篇讀之, 余何能淄澠, 第一眄而呿, 再諷而跑, 三鼓而作, 率爾語曰希有希有, 子爲古調, 一不沿鐃歌鼙舞子夜烏棲等題, 所賦咏山川都鄙民物謠俗, 又不襲秦京漢殿趙佳人楚越名品, 獨網羅析津之墟, 荒霾嵎壞侏離諓蟲鳥史, 甲黔乙黎, 以供薈蕞已, 是檀箕以來闢混沌手段, 卽其聲曲, 用夷變夏, 樂府胝漢魏十合二三, 晋宋以下七八, 歌行近體, 而輞川之寂, 襄陽之澹, 儲韋閒婉, 劉白穠纖, 積之姸牧之豪, 種種具足, 繹其全則本之二南, 陶以九騷, 婀娜于六大, 陰映于三唐, 槩以化工之妙, 獨得人間眞色天香, 如菡萏出水, 蘼蕪在谷, 是誰之使, 卽海外天荒之埜, 亭臺虛墓, 覇跡侯塵, 鬈女魋竪, 塗歌巷俚, 莫非天生花雨露香, 其斯爲采眞之遊乎, 彼夫中國而爲詩者, 如夢如幻, 吾知其一朝澌減矣, 於戱, 鴨綠以東古今操觚家, 識此意乎, 由此塗乎."

를 빌린다. 그러나 이는 요체를 닮지 못하고 중국 서역에 있는 구자나
라의 음악이 수레가 울리듯 요란하였던 것처럼 된다. 자세히 살펴보면
두보를 새긴다는 것은 두보를 그대로 조각하듯이 두보의 시를 닮으려고
하는 것인데 결국은 두보처럼 되지 못하고 망치게 되니 본 모습을 잃게
된다는 뜻이고, 왕유나 맹호연을 그린다는 것도 역시 왕유나 맹호연의
시풍을 따르려한다는 것이지만 비슷하지 않아 모호하다는 뜻이다. 한·
위·육조에는 여뀌풀의 벌레가 해바라기와 제비꽃을 피하는 것 같다는
것은, 평상시의 습관에 안존하여 괴로운 고생을 모르는 것에 비유되는
여뀌풀의 벌레가 여뀌풀에만 익숙하여 해바라기와 제비꽃을 피하는 것
같이 한·위·육조의 문학을 좋은 줄 모르고 어렵게만 여겨 배척함을
말한 것이다. 그런데 이러한 점들은 모두 우리나라 사람의 재주가 적어
서 그렇게 된 것은 아니고 토풍과 말 때문이라는 것이다. 곧, 중국과 우
리는 풍습과 언어가 각자 다르기 때문에 우리가 중국의 성구를 빌려서
시를 하게 되면 시를 짓는 사람의 재주에 상관없이 위에 예로 든 폐단
이 일어나게 된다는 것이다.

그런데 1712년 32세에 서울에 가서 두기 최성대를 만나 최성대의 고
시와 근체시 백여 편을 읽어보게 되었다. 최성대가 옛곡조를 읊으면서
제목을 의고하지 않았고, 시구를 지을 때 사용한 지명·인명·풍속 등
도 중국의 것을 따르지 않고 우리의 것을 있는 그대로 사용하였으며,
소리와 곡조에 있어서도 우리 것으로서 중국의 것을 변화시켜 썼다고
칭찬하였다. 또한 가·행·근체시에 있어서 왕유·맹호연·저광희·위
응물 등 중국의 여러 대가들이 이룩한 풍취를 담아냈으며, 전체적으로
는『시경』에 근원을 하여 초사·육대·삼당의 특징을 지니어 인간의 참
된 빛과 하늘의 향기를 얻은 것과 같다고 했다. 그런데 최성대의 시가
중국의 시 형식을 빌렸으면서도 이러한 성과를 이룩한 것은 다름이 아
니라 우리나라의 고유한 삶을 고유한 언어로 표현했기 때문이라고 했
다. 이는 중국의 해외에 있는 우리의 산천과 지나간 자취 그리고 여염

의 아낙네와 아이들의 노래가 모두 꽃·비·이슬·향기처럼 하늘이 내
린 것이기 때문이라는 것이다. 다시 말해 중국의 시형식을 빌려 중국의
문자로 시를 지었어도 우리 고유의 것을 내용으로 삼았기 때문에 중국
시인들이 이룩한 성과를 이룰 수 있었다는 것이다.

여기서 우리의 산천과 역사와 백성 곧, 우리 것은 하늘이 내려준 고
귀하고 독립적인 것이며 중국과 우리는 대등하다는 인식을 엿볼 수 있
다. 결국 신유한에 의하면 하늘이 내린 참된 고유성을 자연스럽게 표출
한 시가 참된 시라는 것이다. 그래서 중국을 빌려서 시를 짓는 것은 꿈
같고 요술 같아 하루아침에 다하여 없어질 것이라 결론지었으니 이야말
로 조선의 고유성과 조선시에 대한 힘찬 주장이라 하겠다. 결국, 어려서
시골 선생님으로부터 우리나라의 풍속과 말 때문에 중국의 시문을 제대
로 할 수 없다는 말을 듣고 국가의 고유성에 대한 인식을 하였고, 젊은
시절 여기서 한 걸음 나아가 우리 고유의 것을 통해 시를 짓는다면 시
의 완성도를 이룰 수 있다는 사고를 하게 된 것이다.

신유한의 이러한 생각을 더욱 구체화시키는 계기가 된 것이 1719년
의 통신사행으로 보인다. 조선을 벗어난 해외체험은 자신을 비롯한 조
국을 돌아볼 좋은 기회가 되었을 것이다. 다음의 글을 보면 신유한은
조선뿐만 아니라 일본도 각각 자기 국가의 고유성(固有性)을 지니고 있
다는 의식을 보여준다.

일본의 시문 가운데 그 땅과 산수를 곧바로 읊은 것이 말하기를 秦山 楚水
洛陽 長安 吳越 燕蜀 등의 말을 하였으니, 읽어보면 일본이 됨을 알 수 없다.
그것은 그 지명과 사람의 호칭이 모두 이상하고 괴상하여 문장을 만들기 힘들
기에 중국의 것을 빌려 써서 문장이 조악한 것이다. 또 나라에 꾀꼬리와 까치
가 나지 않는데도 경치를 묘사하면서 꾀꼬리가 울고 까치가 떠든다라고 하며
음악에는 거문고와 비파를 쓰지 않는데도 敍事하면서 거문고를 타고 비파를
두들긴다고 하며 冠이 없는데도 머리싸개를 벗고 수건을 기울인다는 말을 쓰며
띠가 없는데도 비단 띠니 옥패니 하니, 모두 헛된 이름을 쓰고 능히 실정에 맞

는 글을 짓지 못함이다. 이는 곧 우리나라 사람도 또한 왕왕 범하는 것이다.[67]

　이는 언어와 문화가 다르면서 다른 나라의 글을 빌려 시문을 짓는 폐단을 지적한 것이다. 일본의 시문 가운데 자기 나라의 산수를 읊으면서도 중국 지명을 가져오고, 일본에 없는 새에 대해 말하고, 사용하지도 않는 거문고와 비파에 대해 말하며, 쓰지 않는 관에 대해 말하는 것은, 헛된 이름을 쓰는 것으로 실재에 맞지 않는 것이다. 그러므로 그런 시문을 읽어보면 일본의 것이라 여길 수 없다는 것이다.

　그런데 일본은 지명이라든가 사람의 호칭이 특이하기 때문에 이러한 일이 변명이 되기도 하지만, 조선의 경우는 일본에 비해 중국의 지명이나 인명과 크게 차이가 나지 않는데도 중국의 것을 시문에 올리는 일이 종종 있으니 변명의 여지도 없다고 그는 덧붙인다. 이 때문에 「두기시선서」에서 말했던 것처럼 중국의 시문을 닮으려 하나 흉내도 제대로 되지 않게 되는 것이다. 이러한 점에 대해 신유한은 반성을 하게 되었던 것으로 보인다. 그러므로 "이것은 일본 한시에 대한 논의이지만, 동시에 '조선 한시 선언'이라 간주할 수도 있다. 이와 유사한 주장은 고려조 승려 원담(元湛)과 최자의 대화에서 이미 보이고 있지만, 이러한 정신이 다시 부활한 것은 19세기 정약용 같은 실학자에게서인바, 신유한은 다산보다 거의 1세기 앞선 사람으로 한시가 조선시다워야 함을 암시하고 있어 주목된다"는[68] 점에서 의의가 크다.

　또한 예전부터 지니고 있던 의식이 일본 사행을 통해 더욱 촉발된 것으로 보인다. 다시 말해 해외 체험이 신유한의 사고에 영향을 끼쳐 그

---

67) 『靑泉集先生續集』 권8 「海游聞見雜錄」 下 「文學」, "日本詩文中, 直賦其地山水者, 曰秦山楚水洛陽長安吳越燕蜀等語, 讀之而不知爲日本也, 彼其地名人號皆殊怪, 難以爲文, 故假用中華, 以文其陋, 又如國不産鸎鵲, 而寫景曰鸎啼鵲噪, 樂不用琴瑟, 而敍事曰彈琴鼓瑟, 無冠而曰岸幘歃巾, 無帶而曰錦帶玉佩, 皆用虛名而不能作稱情之詞, 此則我國人亦往往犯矣."
68) 이혜순, 『조선 통신사의 문학』, 이화여대 출판부, 1996, 212면.

의 생각을 더욱 발전시키는 계기로 작용했으리라 보인다. 그 예로 일본의 관백(關白) 길종(吉宗)이 "일본인은 반드시 조선의 문자를 사모하지만 풍기가 각각 달라서 배워서 능히 할 수 없는 것이 있으니 스스로 일본의 글을 하는 것만 못하다. (…중략…) 성기(聲技)에 있어서는 각각 나라의 풍습이 있으니 이방의 음악이 어찌 그 귀를 즐겁게 하겠는가"라고[69] 하였다는 것을 신유한은 『해유록』에 기록하여 이러한 관점에 대한 수긍을 나타냈다. 또한 18세기 일본의 대표적 문인 학자인 신정백석(新井白石, 1657~1725)은 중국이나 조선의 문인들은 일본의 한시문(漢詩文)을 가리켜, 볼 것이 없다고 악평하지만, 중국이나 조선인에게 한시가 있듯이 일본에는 화가(和歌)가 있고 중국인이나 조선인은 도저히 이를 흉내낼 수 없다고 주장하여 문학적 자각을 보여준다.[70] 이로 볼 때 이미 일본에서도 18세기에 자국의 고유성에 대한 인식이 최고 통치자인 관백과 대표적 학자를 통해 나올 정도로 발전했는데, 이미 조선에서도 자리잡아 가던 이러한 사고를 지닌 서얼 문사를 통해 일본의 이 같은 모습이 조선에 소개되는 계기가 되었고, 조선의 문사도 이에 다시 촉발되어 자신의 사고를 더욱 발전시키게 되었던 것으로 보인다.

신유한의 「두기시선서」와 『해유록』의 글들은 조선시 선언인데, 이는 박지원(朴趾源, 1737~1805) · 이옥(李鈺) · 정약용(丁若鏞, 1762~1836)의 조선시와 조선풍 자각보다 훨씬 앞서 있다. 박지원은 「영처고서(嬰處稿序)」에서 우리의 자연풍토와 생활풍속이 중국과 다르며, 국가 규모도 작지 않고 생활전통에도 좋은 점이 있으니, "字其方言 韻其民謠"하여 조선의 풍토 · 역사·· 현실의 삶을 조선적인 사고와 감각에 충실하도록 표현함으로써 한시문학의 자국적 진실과 개성을 드러내야 하는데 그렇게 된 시가

---

69) 『海遊錄』, 85면, "日本人必慕朝鮮文字, 而風氣各各殊, 有不可學而能者, 不若自爲日本之文也 (…중략…) 至於聲技, 各有國俗, 異方之樂寧有悅其耳者."

70) 김태준, 「동아시아 문학의 自國主義와 中華主義의 위기」, 『日本學』 6집, 동국대 일본학연구소, 1987, 81~82면 참조

조선풍이라고 하였다. 이옥은 「이언인(俚諺引)」에서 중국 역대는 각 시대 특유의 시가 있고 고대 각 지역의 국가들에는 나름의 시가 있으니 이는 역사가 변천하고 지역마다 생활 풍토가 다르기 때문으로 조선 한양에 살며 중국의 것을 흉내내는 것은 망녕되다고 하였다. 정약용은 「노인일 쾌사육수(老人一快事六首)」에서 "나는 조선 사람이니, 즐겨 조선시를 쓰네 (…중략…) 배와 귤은 각자 맛이 다르니, 즐기고 좋아함이 오직 그 마땅하리"라고 하여 조선 사람 나름의 시를 쓰고 배와 귤의 맛이 다르듯이 조선시와 중국시는 대등한 관계로 존재하는 것임을 주장했다.[71]

이들의 이러한 주장은 신유한이 『해유록』에서 자국의 산수 지명과 문물을 자국의 언어로 표현하여야함을 주장하고 「두기시선서」를 통해 우리 고유의 삶을 고유한 언어로 표현한 것이 참되며 우리의 산천과 역사와 백성이 고귀하고 독립적이라고 한 주장과 맥을 같이한다. 그러므로 신유한과 서얼들의 주장은 조선 후기 조선시 선언의 단초를 열었다는 의의를 지닌다.

2. 당·송시풍의 추구

이세원과 그의 절친한 벗이었던 조륜은 당시(唐詩)와 두시(杜詩)를 추종하고 잘했던 것으로 보인다. 조홍렬에 의하면 이세원은 당시를 잘하고 조륜은 두시를 잘했다고 목곡 이기진이 평하였다.[72] 또한 이세원의 「야박두미(夜泊斗湄)」를 두고 삼연 김창흡이 "사당(似唐)"이라고 평했던 바 있

---

71) 이동환, 「朝鮮後期 漢詩에 있어서 民謠趣向의 擡頭」, 『한국한문학연구』 3·4집, 한국한문학연구회, 1974, 31~33면 참조.

72) 『顧菴遺稿』 「後序」, "趙君善學杜, 李君善學唐."

다.[73] 한편 이세원은 1739년 경상도 감영(監營)에서 새로 간행하는 이식(李植)의 『두시비해(杜詩批解)』에 참여하여 교정을 보았던 것으로 미루어[74] 상당히 두시에 조예가 깊었고 이에 대해 인정을 받고 있었던 것으로 보인다. 강백 집단도 당시(唐詩)를 좋아하고 전범으로 삼았던 것으로 보인다. 강백은 자신이 당시를 지니고 다니며 전범으로 삼았음을 시에서 밝히고 있다. 윤치를 찾아가서 쓴 시에서는 "소매에는 당시의 초고를 넣고, 가면서 한강의 꽃을 지나네"라고[75] 하였고 심약로, 윤치와 화악산에 노닐 때는 "가을 깊어 세 선비 서성을 나서니, 소매에는 당시 넣고 나아감에는 맑음을 갖추었네"라고[76] 하였으니 이들이 당시를 가지고 다니면서 전범으로 삼았음을 알 수 있다. 또한 강백은 최창대의 문에 노닐었고 최창대로부터 시를 잘한다고 칭찬을 받았음이 여러 문헌에서 보인다. 요컨대 이로 볼 때 이세원과 강백은 이미 당대에 당송고문파(唐宋古文派)였던 김창흡과 최창대로부터 인정을 받고 있었던 것이다.

이세원의 『고암유고』와 조륜의 『솔암유고』,[77] 그리고 강백의 『우곡집』을 살펴보면 이들 세 문사는 오언율시(五言律詩)와 칠언율시(七言律詩)를 압도적으로 많이 쓰고 있다. 특히 조륜의 경우는 전체 169제 가운데 142제가 율시이다.[78] 이러한 경향은 이들이 당시(唐詩)와 두시(杜詩)를 추종하였던 것과 무관하지 않다. 곧, 율시는 당대(唐代)에 신흥한 시체인데 두보의 1400여 수 가운데 오언율시는 630여 수이고 칠언율시는 150여 수이다. 더욱이 개원(開元)·천보(天寶) 연간에 오언율시는 번영의 시기로

---

73) 『顧菴遺稿』「夜泊斗湄」, "金三淵評曰, 似唐."
74) 『顧菴遺稿』「與朴仁伯萬元李士長麒祥同作海印之遊途中口占得光字」, "時嶺營新刊杜詩批解, 余方校正."
75) 『愚谷集』 권1「訪子精」, "袖有唐詩草, 行過漢水花."
76) 『愚谷集』 권1「與沈得甫若魯尹子精治入華岳」 2수, "秋深三士出西城, 袖有唐詩行具淸."
77) 규장각 소장본 1권 1책으로 東溪居士의 叙와 이세원의 後序가 있고 시는 총 169제이다.
78) 참고로 나머지 27제는 5언 절구 5제, 7언 절구 14제, 악부·가·고시를 합쳐서 8제이다.

들어섰고 칠언율시는 두보의 손에 이르러 완성되었다. 두보는 칠언율시의 제재를 확장해 자연경물 묘사와 정치비판과 일상생활의 체험도 썼는데, 이전의 수려하고 전아한 칠언율시와는 달리 웅장하고 비장하며, 청신하고 친밀한 작품도 있다.[79]

이렇듯 당시풍을 지닌 이세원은 조륜의 『솔암유고』에 행한 비평을 통해 자신의 문학관을 남겼다. 전술하였듯이 이세원과 조륜은 가장 친밀한 사이였다. 그런데 1738년 조륜이 먼저 세상을 떠나자 이세원은 이기진의 도움으로 조륜의 문집을 간행하기에 이른다. 이때 이세원은 『솔암유고』를 비선(批選)하면서 총 169제(題) 가운데 81제의 작품에 평을 하였는바, 이를 통해 이세원이 시를 평가하는 기준과 그의 문학관을 알 수 있다.

이세원은 『솔암유고』를 비선하며 시를 평가할 때 대략 4가지의 척도를 들어 말한 것으로 보인다. 첫째, 조륜 시의 완성도를 당송시(唐宋詩)에 비교하였고, 둘째, 시가 주는 느낌에 대해 말하였으며, 셋째, 시가 감정이나 상황 표현을 잘한 점을 평가하였고, 넷째, 조어력(造語力)을 높이 샀다. 이 가운데 앞 세 항목은 내용에 대한 것이고 마지막은 형식에 관한 것이다. 본 절에서는 이를 살펴보면서 이세원의 문학관을 고찰하고자 한다.

1) 장려한 우국정서의 표출

이세원이 조륜의 시를 당송시(唐宋詩)에 비교한 예를 살펴보면 다음과 같다.

> 당인의 호흡을 잃지 않았다[不失唐人口氣]. 「陵外訪友」
> 당인의 걸음과 달림을 잃지 않았다[不失唐人步驟]. 「歸路謁兵相」

---

79) 袁行霈, 박종혁 외 공역, 『中國詩歌藝術硏究』下, 아세아문화사, 1994, 334면 참조

　　묘사함이 서글프고 서글퍼 두보의 슬픈 샘과 그윽한 흐느낌을 얻었으나 말은
문득 범상하다[寫得慘黯少陵悲泉幽咽語便覺凡矣].「姪兒鴻烈服服闋後來見
在心之衷益不自抑聊述短篇五章」

　　당시와 같은 起語[或唐起語].「宿漢江舟上」

　　자못 老杜와 비슷하다[頗似老杜].「晚晴」

　　어찌 王昌齡과 李白에게 떨어지겠는가[何減王李].「塞上曲 3首」

　　왕창령과 岑參의 묘한 경지이다[王岑妙境].「夜坐」

　　陳與義와 혹사하다[酷似簡齋].「雨後出外城」

　　진여의의 높은 곳이다[簡齋高處].「新陽」

　　진여의의 말과 혹사하다[酷似簡齋語].「泝到楊花渡捨舟取節中路逢驟雨巾
衣敗墊漫成一律」

　　진여의도 능히 말하지 못했던 것이다[簡齋所不能道者].「晚晴登雨水臺」

　　한가하고 멀며 풍치 있음이 陳與義(陳師道)[80]와 陸游도 없었던 바이다[閑遠
有致陳陸所無].「此翁」

　　錢謙益의 높은 곳이다[錢郞[81]高處].「永嘉臺」

　　이 가운데 “不失唐人口氣·不失唐人步驟·寫得慘黯少陵悲泉幽咽語
便覺凡矣”는 시 전체를 평가한 말이고 나머지는 부분에 대한 평가이다.
이로 볼 때 이세원은 조륜의 시를 전체적인 느낌을 통해 평가하기보다
는 한두 구절 정도의 부분을 통해 비교하였음을 알 수 있다. 전체적으로
평가할 때는 당시와 두보(712~770)에 비교하여 전체의 풍격이 당시에 근
접했음을 밝히고 있다. 부분을 예로 들어 평가할 때는 왕창령(698~757),
이백(701~762), 잠참(715~770), 두보, 간재 진여의(陳與義, 1090~1138), 진사도
(1053~1101), 육유(1125~1210), 전겸익(1582~1664) 등의 인물을 끌어오고 있다.
　　이세원이 조륜의 시를 평가하면서 전범으로 뽑은 시인들을 살펴보면,
왕창령·이백·잠참·두보는 성당(盛唐)의 시인들이다. 당시는 고병(高棅,

---

80) 이세원이 말한 ‘陳’은 陳與義로 보이지만, ‘陳’이라는 한 글자가 진여의만 의미한다
　　고 주장하기에는 무리가 있어 보여 陳師道일 가능성도 배제하지 않았다.
81) 전겸익은 禮部侍郞을 지냈다.

1350~1423)이 『당시품휘(唐詩品彙)』에서 초당(初唐)·성당(盛唐)·중당(中唐)·만당(晚唐)으로 구별한 이래 대체로 그대로 구분되어 왔다. 고병은 성당의 대표적인 시인으로 이백·두보·맹호연·왕유·저광희·왕창령·고적·잠참·이기·상건을 들었는바,[82] 이세원이 이 가운데 취사선택하였음을 알 수 있다. 다음으로 진사도, 진여의, 육유는 송(宋)나라 때의 시인들로 진사도와 진여의는 송 강서시파(江西詩派)의 가장 뛰어난 시인들이고 육유는 남송(南宋) 때에 강서시파의 시풍을 바탕으로 하였던 남송사대가(南宋四大家)의 한 사람이다. 전겸익은 명말 청초의 시인으로 초기에는 성당을 배우다가 후에는 당송 제가들을 두루 배웠으니, 두보·북송(北宋) 소식(蘇軾)·육유를 대표로 들 수 있다. 이세원은 이들 가운데 특히 두보와 왕창령과 진여의를 여러 번 언급했으니 이들을 높이 샀음을 알 수 있다.

　이세원이 왕창령·이백·잠참·두보 등의 성당 시인들을 전범으로 삼았음을 볼 때 ‘不失唐人口氣’·‘不失唐人步驟’·‘或唐起語’ 등에서 의미한 당도 성당임을 유추할 수 있다.

<table>
<tr><td>南城壯百雉</td><td>남쪽 성은 높이 솟아 웅장하고</td></tr>
<tr><td>溟海傍無隔</td><td>큰 바다는 막힘이 없네</td></tr>
<tr><td>洲島互出沒</td><td>섬들은 번갈아 출몰하고</td></tr>
<tr><td>群雲鬱滿矚</td><td>무리진 구름은 눈 앞에 가득하네</td></tr>
<tr><td>南夷一布帆</td><td>남쪽 오랑캐의 돛배 한 척</td></tr>
<tr><td>維風卽瞬息</td><td>바람에 몰려옴이 순식간이니</td></tr>
<tr><td>昇平百年久</td><td>평화로운 세월 백년이나 됐어도</td></tr>
<tr><td>遠慮重徘徊</td><td>먼 앞날 염려하며 거듭 배회하시네</td></tr>
</table>

---

82) 高棅, 『唐詩品彙』(上海古籍出版社, 1982, 8면) 「唐詩品彙總序」, “開元天寶間, 則有李翰林之飄逸, 杜工部之沈鬱, 孟襄陽之淸雅, 王右丞之精緻, 儲光義之眞率, 王昌齡之聳俊, 高適岑參之悲壯, 李頎常建之超凡, 此盛唐之盛者也.”

이 시는 이세원이 '당인의 걸음과 달림을 잃지 않았다[不失唐人步驟]'
라고 평가한 조륜의 「돌아가는 길에 병상을 뵙고[歸路謁兵相]」의 앞부
분이다. 1연과 2연은 남쪽 성과 그 성의 배경으로 보이는 풍경을 보이는
그대로 웅장하게 묘사했다. 3연에 이르러 발상의 전환이 이는데 이는
남쪽 오랑캐의 배 때문이다. 조륜이 당시 부산·안동·경주 등을 다니
었던 것으로 미루어 배경이 되는 성은 부산 정도일 가능성이 크고 남쪽
오랑캐는 일본을 의미한다. 일본의 돛배가 빠른 바람을 타고 순식간에
몰려오는 것이다. 마음만 먹으면 언제라도 다시 쳐들어올 수 있는 것이
다. 그러므로 조륜은 백여 년 동안 지속된 평화가 위태롭다고 생각한다.
그래서 병상(兵相)이 배회하는 것을 백여 년 전 임란을 생각하고 앞으로
의 일을 근심하는 것이라고 보았다. 곧, 위의 시는 경물을 묘사하면서
시인의 감정을 개입시키고 있는데 시인의 감정은 단순히 개인적인 차원
은 아니다.83)

이세원이 전범으로 삼은 성당의 시는 당시 가운데서도 최상의 경지
로 평가된다.84) 그런데 진한고문을 주장한 명대 전후칠자도 '詩必漢魏
盛唐'을 주장하여 고체시는 한·위, 근체시는 성당을 이상적인 시로 생
각했다.85) 그러므로 우리나라의 경우 당송고문파거나 진한고문파이거나
에 상관없이 성당시를 최고의 경지로 인식했음에는 차이가 없다고 보인
다. 다만 성당시풍을 실제 시작에서 어떻게 구현했는가, 성당시풍에 따
른 비평을 어떠한 방식으로 했는가가 문제라고 여겨지는데, "한국 한시

---

83) 이는 '不失唐人口氣'라고 평한 『率菴遺稿』「陵外訪友」, "踏石緣江路 聞砧到野家
主人新酒熟 一宿話桑麻(돌을 밟으며 강을 따라가는 길, 다듬이 소리 들으며 野家에
이르네. 주인은 새 술을 익히고, 하룻밤 자며 야인의 사귐을 이야기하네)"나, '或唐起
語'라고 평한 「宿漢江舟上」, "歸客舟中坐 哀鴻漢上聞(돌아가는 객 배 안에 앉았는데,
슬픈 기러기 소리 한강가에서 들리네)"에도 그대로 적용되는데 이들 시에서는 시인의
감정이 좀더 개인적인 차원으로 접근되었다.
84) 高棅, 『唐詩品彙』(上海古籍出版社, 1982, 8면)「五言詩叙目」, "詩莫盛於唐 莫備於
盛唐."
85) 원종례, 「明代前後七子의 詩論 研究」, 서울대 박사논문, 1989, 81~85 참조.

에서 성당풍을 제대로 배운 것이 많지 않다"는[86] 의견에 견주어 이세원의 문학론은 자못 주목할 필요가 있다.

다음으로 이세원이 조륜 시의 부분을 들어 성당시와 비교·평가한 예를 살펴보겠다. 이세원은 "지는 해 옛성에 떨어지고, 모래 바람은 하늘을 흔드네"에[87] 대해 '어찌 왕창령과 이백에게 떨어지겠는가'라고 하였으니 조륜이 변새의 삭막한 풍경을 잘 묘사함이 왕창령과 이백보다 뒤지지 않는다는 의미이다. "높은 성에 달 지니, 사람의 말소리 근심스레 울린다"에[88] 대해서는 '왕창령과 잠참의 묘한 경지이다'라고 하였으니 지는 달이 높은 성에 비친다는 구절에 드러난 벗을 그리는 마음과 사람의 말이 흔들흔들 울린다는 구절에 나타난 근심하는 심정을 통해 변방에서의 그리움과 근심을 왕창령과 잠참처럼 오묘하게 표현했음을 평가했다. "남은 비 때때로 다시 떨어지고, 비긴 햇살 엷은 구름을 뚫네. 허리에 찬 도끼에 樵風이 차고, 배 나타나자 낚시 물결 둥그네"는[89] '자못 老杜와 비슷하다'고 했으니 맑고 높으며 시어를 정밀하게 구사함을 칭찬한 것이다. "내 아우 삼년상, 어느새 시간이 빨리 흘렀네. 안아 일으키다 얼굴 가리고 우니, 풍설이 뜰의 나무에서 우네"에[90] 대해서는 '묘사함이 서글프고 서글퍼 두보의 슬픈 샘과 그윽한 흐느낌을 얻었으나 말은 문득 범상하다'라고 했으니 삼년상을 마친 조카를 대하는 조륜의 심정이 가족과 헤어져 가족을 그리던 두보의 심정처럼 슬프고도 그윽한데, 이를 평범한 시어를 통해 표출했음을 평한 것이다.

그런데 왕창령과 이백과 잠참은 변새종군(邊塞從軍)과 규원(閨怨)의 시

---

86) 이종묵, 「朝鮮 前期 漢詩의 唐風에 대하여」, 『한국한문학연구』 18집, 한국한문학회, 1995, 220면.

87) 『率菴遺稿』 「塞上曲 3首」, "落日下古城 風沙搖大荒."

88) 『率菴遺稿』 「夜坐」, "落月臨高城 人語鍾搖搖."

89) 『率菴遺稿』 「晩晴」 수·함련, "餘霏時復落 斜照薄雲穿 腰斧樵風冷 形舟釣浪圓."

90) 「姪兒鴻烈服服関後來見在心之衷益不自抑聊述短篇五章」 1수 경·미련, "吾弟三年喪 介然駟馬隙 抱持而掩泣 風雪鳴庭木."

를 쓴 대표적 시인으로 변새의 기이한 경치를 묘사하고 변방의 시름을 나타내었으며, 전쟁의 본질을 깊이 인식하여 불만과 비평을 생산하여 끝내는 격렬하고 침통한 신악부를 이루었다.91) 특히 왕창령과 이백은 변새시파의 대작가로 일컬어지는데92) 이들의 시는 희환(喜歡)하며 호쾌하며 율시에 뛰어나다.93) 두보는 사회풍유시(社會諷喩詩)를 쓴 대표적인 시인으로, 전쟁으로 인해 당시 농촌에 일손이 모자라 고초를 겪는데도 관가에서는 조세를 거두어 백성들이 굶어죽고, 이에 비해 귀족들은 사치한 생활을 하는 것을 형상화하였다. 그의 사회시의 특색은 위로는 국난을 걱정하고 아래로는 백성의 궁곤을 애통해하는 것이었다.94) 결국 이세원은 성당시 가운데서도 현실인식이 깊은 변새종군시와 사회풍유시를 높이 사고 있음을 알 수 있다.

다음으로 조륜의 시를 강서시파와 비교한 예를 살펴보겠다. 이세원은 "뜰의 나무는 꽃이 진 뒤 높다랗고, 봉우리의 구름은 해가 진 뒤 머네"에95) 대해 '진여의도 능히 말하지 못했던 것이다'라고 하고, "숲의 노인 비가 개이니 다시 도끼질 하고, 못의 그림자는 저물녘 도리어 밝네"에96) 대해서는 '진여의와 혹사하다'고 했으니, 이는 정밀한 묘사와 맑고 심원한 정경에 대해 평한 것이다. "마음의 기약 아득히 밝은 달에 걸렸으니, 살쩍머리로 쓸쓸히 낙화 소리 듣네"에97) 대해서는 "한가하고 멀며 풍치 있음이 陳與義(陳師道)와 陸游도 없었던 바이다"라고 하였고 "만리 높이 나는 기러기 호탕하게 떠있고, 백년 된 산목에 정신이 움직이네"에98) 대해서는 '진여의의 높은 곳이다'라고 했으니, 한가하고 심원하면서도

---

91) 方瑜, 『唐詩形成的硏究』, 牧童出版社, 中華民國 64(1975), 131~141면 참조
92) 胡雲翼, 『宋詩硏究』, 商貿印書館, 1950, 8면.
93) 胡雲翼, 위의 책, 101면.
94) 方瑜, 『唐詩形成的硏究』, 牧童出版社, 中華民國 64(1975), 141~143면 참조
95) 「晩晴登雨水臺」 경련, "庭木岧嶢落花後, 嶺雲迢遞日沈時."
96) 「雨後出外城」 경련, "林老晴更斧, 池影暮還明."
97) 「此翁」 경련, "心期渺渺懸明月, 鬢髮蕭蕭聽落花."
98) 「新陽」 경련, "萬里雲鴻浮浩蕩, 百年山木動精神."

비장함을 평가한 것이다. 이처럼 이세원은 조류 시의 맑고 심원하며 한가하면서도 비장한 특색을, 이와 유사한 시풍을 지닌 진여의와 육유를 끌어와 높이 평가하고 있다.

마지막으로 명말청초의 전겸익과 비교한 예를 살펴보면, "시절이 평화로우니 전함은 앞 포구에 가로놓였고, 해 지니 옛성에서 이는 호드기 소리 서늘하네"에99) 대해서 전겸익의 높은 곳이라고 했다. 이 구절은 구름 낀 날 객로에서 궁한 신세임을 느끼고 고향을 생각하면서, 앞 포구를 바라보고 지은 것으로, 시절은 평화로운데 고향에 돌아가지 못하니 날이 저물어 옛성에서 들리는 호드기 소리가 더욱 쓸쓸하다는 것이다. 이제껏 살핀 성당 시인과 강서시파 시에 비교한 예들과 동일한 정서를 함축한다. 곧 이세원은 전겸익의 시풍 가운데 두보와 육유에 이어진 특징을 뽑아낸 것이다.

그런데 강서시파의 시조인 황정견은 모의(模擬)와 두보가 창시한 요율(拗律 ; 파율破律)을 좋아하고 용사에 힘쓰고 기(奇)를 좋아하며 경(硬)을 숭상하였으며 수사뿐만 아니라 뜻도 중요하게 여겼다. 그런데 '고인들이 미처 이르지 못했던 곳에 뜻을 머물게' 할 것을 주장하여 형식주의에 빠지게 되었다. 진사도는 처음에는 증공(曾鞏)의 문하에서 수업했지만 후에 황정견에게서 시를 배웠는데 황정견이 말하기를 진사도는 노두(老杜)의 구법을 깊이 체득하였다고 하였다. 곧, 두시의 정격을 올바로 배우려 애써 시율을 제대로 지키면서 힘있고 빼어난 시를 지으려 했다. 진여의는 북송이 망해 호남을 유락한 뒤 시절을 느끼면서 일을 어루만지고 강개하고 떨치었으며 기탁함이 아득하고 깊었다. 곧, 자연스럽고 개성적인 시를 썼으며 비장한 격정이 깃든 뛰어난 작품을 많이 썼다. 진여의의 시는 정밀하고 고심하여 고결하였으며, 맑고 심원하고 천천히 갔으며, 번거로움을 없애고 전고와 껄끄러움을 버렸다. 원(元)나라 방회(方回)는

---

99) 「永嘉臺」 경련, "時平戰艦橫前浦, 日落寒笳起古城."

『영규율수(瀛奎律髓)』에서 일조삼종설(一祖三宗說)을 세워 두보를 일조(一祖)라 하고 황정견과 진사도와 진여의를 삼종(三宗)이라 하였다. 육유는 두보가 매번 식사할 때 임금과 나라를 잊지 않던 것과 같은 풍이 있어 애국시인이라 일컬어졌으며, 두보와 잠참을 좋아하여 본받으려 하였다. 육유의 시는 기력이 호방하고 웅굉한데, 초년에는 법도에 얽매어 모방을 하였으나 중년에는 촉(蜀)으로 들어가 종군하며 창작세계를 확장시켜 우국의 열정을 가지고 격식에 얽매이지 않는 참신한 시를 썼고 만년에는 마음이 바라를 바를 따라 평담(平淡)한 시를 썼다.100) 그러므로 이세원은 진여의를 중심으로 하여 강서시파의 시풍을 정확히 파악하고 이를 조륜의 시와 비교하였던 것이다.

이로 볼 때 이세원이 높이 사는 시인들은 성당의 시인들과 송 강서시파의 시인들로, 성당의 시인들은 두보를 비롯하여 변새종군의 시를 썼으며, 강서시파의 시인들은 두보와 변새종군의 시를 쓴 시인들을 추종하여 이들을 자신들의 시세계 내에서 융합하였다. 그러므로 이세원이 비평의 전범으로 삼은 시는 성당과 그를 이은 강서시파의 시라고 보아도 무리가 없다.

또한 조륜의 일생은 두보, 진여의 및 육유의 삶과 닮아 있다.『솔암유고』를 보건대 조륜은 일생의 대부분을 주로 변새의 객지에서 보냈다. 그래서 그의 시는 타향살이의 슬픔과 행로의 서글픔 그리고 변새의 형상을 많이 담고 있다. 객지에서 고단한 삶을 보낸 조륜의 삶이 역시 이러한 삶을 살았던 두보, 진여의, 육유의 삶과 닮아 있기에 자연 조륜의 시풍이 이들과 접맥되었고 이세원 또한 이를 직시하였던 것으로 보인다.

이세원은 조륜의 시를 평가할 때 시가 주는 느낌에 대해서도 썼는데,

---

100) 梁崑,『宋詩派別論』, 商務印書館, 1938, 78~89면, 113~120면 : 胡雲翼,『宋詩硏究』, 商務印書館, 1959, 95~102면, 135~157면 : 周勳初 외, 중국문학연구회 고대문학분과 역,『중국문학비평사』, 이론과실천사, 1992, 172~179면 : 袁行霈,『中國詩歌藝術硏究』下, 327~329면 참조

이는 그 시가 지닌 풍격(風格)이라고 할 수 있다. 예를 들면 다음과 같다.

惝慄「淸心樓」
豪爽「重陽日別崔經歷道章」
意極辛苦語便俊爽「龍灣」
悲壯「龍灣」「奉送李鐘城重述之任之行」
爽亮少及「中秋十五夕尹友子精治來訪旅次値余不在而歸」
悲哉「偶然作」
傷哉「小姪訪余旅舍貧無以相守留數日告別余不敢挽矣懸燈數語仍復就枕
耿耿不能成寐曉起而送之門風雪蕭蕭鷄鳴不已」
篇篇鬱紆淸美「塞上曲 3首」

위의 예를 보면 이세원은 시가 주는 느낌을 요률(惝慄)·비장(悲壯)·
상(傷)·신고(辛苦)·울우(鬱紆) 등의 비장미(悲壯美)와 호상(豪爽)·준상(俊
爽)·상량(爽亮)·청미(淸美) 등의 상량미(爽亮美)로 표현하였다. 그런데 이
러한 비장미와 상량미는『문심조룡(文心雕龍)』의 '체성(體性)' 분류에 의하
면 장려(壯麗)에 해당한다. 곧, "작품이 주장하는 바가 탁월하고 작품의
규모가 웅대하며 문채가 특출한 경우이다."101) 또한 음유(陰柔)와 양강(陽
剛)으로 분류한 요뇌에 의하면 청미(淸美)를 제외하면 모두 양강에 해당
한다. 곧, "양강의 미를 얻은 것은 그 문장이 천둥과 번개같아 큰 바람
이 골짜기에서 나오는 듯하며, 높은 산의 가파른 절벽 같으며, 큰 강이
터짐 같고, 준마 기기가 내달림 같다."102) 조륜 시의 이러한 풍격은 또
한 조륜의 일생과 무관하지 않다. 앞서 고찰하였듯이 조륜의 일생은 두
보와 진여의와 육유의 삶과 닮아 있다. 두보가 웅혼하면서도 장려한 시
를 쓴 것이 경험에서 우러나온 것처럼 조륜 시 또한 경험에 의한 것이

---

101) 劉勰, 최동호 역,『文心雕龍』, 민음사, 1994, 343면.
102) 姚鼐,『復魯契非書』; 楊海明, 이종진 역,『唐宋詞風格論』, 新雅社, 1994, 249면에서
재인용, "其得於陽與剛之美者, 則其文, 如霆, 如雷, 如長風之出谷, 如崇山峻崖, 如決
大川, 如奔騏驥."

었고 이세원은 이를 포착한 것이다.

다음으로 이세원은 조륜의 시가 감정이나 상황 표현을 잘했음을 칭찬했는데 예를 들면 다음과 같다.

> 넓고 너그러운 말이라 시구를 읽는 사람들로 하여금 부끄러움을 알게 하기에 충분하다[寬緩說來足令當句者知愧].「彌串鎭瞭望亭」
> 쓸 데 없는 사람으로 하여금 부끄러움을 알게 하기에 족하다[足令匏繫者知愧].「沒雲臺」
> 꾸짖음이 이에 이르니 완고하게 달리는 것도 사나움을 그치게 할 수 있다[詆訶到此可令頑走戢暴].「車牛歌」
> 사람으로 하여금 춥고 떨려 뒤로 물러나게 한다[使人凜悚却走].「龍湫」
> 종이 위의 물결이 또한 능히 마음을 두근거리게 한다[紙上波瀾亦能心悸].「大灘」
>
> 고인이 이른바 좋은 시는 타향살이에 많이 있다고 한 것을 어찌 믿지 않겠는가[古人所謂好詩多在羈旅者詎不信歟].「除夕」
> 情思를 가히 생각할 수 있다[情思可念].「嘉山驛村逢立春」
> 몹시 슬픔이 사람을 움직이니 누가 능히 제대로 이해하리·몸소 경험하지 않았다면 이 말의 묘함을 알지 못하리[慘愴動人誰能解適·非親歷不知此語之妙].「泝到楊花渡捨舟取筇中路逢驟雨巾衣敗墊漫成一律」
> 쓸쓸함이 사람을 움직인다[寂寥動人].「漫題」
> 사람으로 하여금 차마 다시 읽지 못하게 한다[令人不忍再讀].「姪兒鴻烈服闋後來見在心之衷盆不自抑聊述短篇五章」

이는 시가 이를 읽는 사람에게 끼치는 영향에 관한 평가이다. 다시 말하면 독자(讀者)의 의경(意境)이라고 할 수 있다. 앞의 다섯 항목은 시를 읽는 사람들로 하여금 이성적인 면을 깨닫고 느끼게 하는 것으로 시의 효용성(效用性)의 측면이라 할 수 있다. 뒤의 항목들은 시를 읽음으로 인해 독자에게 일어나는 감정 이입(感情移入)의 측면이다. 시가 지닌 정서에 동화되어 그 감정을 그대로 느끼게 되는 것이다. 그런데 이세원이 칭찬한 조류 시를 통한 감정 이입은 슬프고 쓸쓸함이 주조를 이루고 있다.

"조정의 계책은 의대 안에서 절로 긴데, 他山은 의구하여 봉화 연기 푸르네"에[103] 대해서는 '넓고 너그러운 말이라 시구를 읽는 사람들로 하여금 부끄러움을 알게 하기에 충분하다'고 했다. 이 시는 압록강가에 있는 요망정(瞭望亭)에서 지은 것으로 요망정은 오랑캐의 동태를 살피는 정자이다. 그러므로 가슴속에 나라를 걱정하는 뜻을 품고 거친 변방의 풍경을 응시하는 모습이 사람들로 하여금 부끄러움을 느끼게 한다는 것이다. 「만제(漫題)」의 "삼 년을 여관밥에 담갔으니, 顔華는 운수와 더불어 화답하네. 서풍이 날마다 나뭇잎을 떨어뜨리니, 남쪽 성곽에서 저녁에 근심 이네"는[104] 객지 생활의 쓸쓸함을 그린 것인데 이에 대해 이세원은 '쓸쓸함이 사람을 움직인다'라고 평했다. 「조카 홍렬이 삼년상을 마치고 찾아오니 내 마음속의 생각을 더욱 억누를 수 없어서 애오라지 단편 다섯 장을 쓰네[姪兒鴻烈 服闋後來見 在心之衷益不自抑 聊述短篇五章]」의 4수는 동생이 죽어 자신에게 슬픔을 주었음을 다시 말하지 말아 죽은 이를 위하자고 다짐하면서, 동생은 이미 선영에 묻혔으니 혼백은 편안하리라고 하고, 자신은 세상에서 의지할 데 없이 식객이 되어 근심함을 말했는바,[105] 이세원은 이를 두고 '사람으로 하여금 차마 다시 읽지 못하게 한다'고 평가했다. 결국 이러한 면은 시인의 작품을 읽고 독자가 그 시의 의경에 동화되어 시인이 경험한 것을 독자도 작품을 통해 그대로 경험하는 것이다. 시인이 마음에서 진정으로 나타낸 것을 독자가 읽고 마음에 합하는 바가 있다는 것이다.

> 꿈속의 강산을 다섯 글자에 모두 말했다[夢裡江山五字道盡]. 「睡醒」
> 나그네살이의 황량함을 다섯 글자에 모두 말하였다[旅寓荒凉五字道盡]. 「題

---

103) 「彌串鎭瞭望亭」 전·결구, "廟算自長衣帶內 他山依舊狼烟靑."
104) 「漫題」 수·함련, "旅食淹三載 顔華與運酬 西風日墮葉 南郭暮生愁."
105) "百罹勿復陳 且爲亡者寬 先壟旣密邇 魂魄得所安 安知左右奉 不竝人世歡 我生無 依托 寄客良獨難."

僑居」

　열 글자가 정의 아픔을 가장 잘 나타냈다[十字最是情痛].「篤敬堂守歲」
　묘사함이 보내는 사람의 정태를 얻었다[寫得送者情態].「還渡浿江」
　자조어의 언어가 몹시 참되다[自嘲語口角甚眞].「閱船」
　또 좋다[又好].「閱船」
　황량한 말이 절로 좋다[荒凉語自佳].「歸寓作」
　적막한 말이 이르름이 또한 절로 있다[寂寞語亦自有致].「草堂口占」

　여기서는 시구의 표현이 잘되었음을 말하였다. 그런데 이 역시 황량함이라든가 보내는 사람의 정태라든가 적막함이라든가 하는 감정이나 상황 표현을 잘하고 있다는 평이다. 굳이 앞의 항목과 구별한 것은 이세원이 자신의 감정을 배제한 채 평가하였다는 차이점 때문이다. "妻兒와 오래 원망스레 헤어져 있으니, 세월을 돌아보며 감히 가난이 부끄럽네"는[106] 타향에 벼슬살이를 와서 새해를 맞이하자 느끼게 되는 슬픔을 말한 것인데 이에 대해서는 '열 글자가 정의 아픔을 가장 잘 나타냈다'고 하였다. "도롱이 입고 눈을 낚시함은 이미 분수가 아니거늘, 말 타고 채찍 잡으니 얼마나 몹시 미쳤는가"라고[107] 하여 변새의 바닷가에 와 있는 자신의 상심한 처지를 말한 것에 대해서는 '자조어의 언어가 몹시 참되다'고 하였다. 이로 볼 때 이세원은 조륜의 시가 그가 경험한 비장(悲壯)하고 애상(哀傷)하고 적막(寂寞)한 정(情)을 뛰어난 표현으로 묘사했다는 점을 높이 평가했다.

　결국 이세원은 조륜 시의 풍격을 장려한 양강미로 보았고, 독자의 측면에서는 시의 의경에 동화되어 변새에서 느낀 인생의 관조를 체험하는 효용성과 시의 주조를 이루는 슬프고 쓸쓸한 정조가 그대로 옮겨지는 감정 이입을 높이 평가했고, 평자로서는 한 구(句)나 연(聯)에서 비장함이 아름답게 표현되었음을 평가했다.

---

106)「篤敬堂守歲」미련, "妻兒長怨別 回日敢羞貧."
107)「閱船」경련, "披簑釣雪旣非分 騎馬擧鞭何太狂."

지금까지 살펴본 조륜시에 대한 이세원의 평가는 표현 대상에 내재한 정신, 본질 혹은 작가의 정신적 풍모를 뜻하는 신(神)의 개념에[108] 근접하고 있다. 객관경물을 묘사함에 있어 작가의 일정한 심미적 관점과 취향에 따라 그 대상을 변형시켜 하나의 예술적 형상을 창출함으로써 비로소 독자에게 풍부한 연상을 불러일으킨 것이니,[109] 조륜 시에서 작가의 심미적 관점은 비분과 쓸쓸함이라 할 수 있다.

2) 창신(創新)한 시어의 추구

지금껏 이세원이 비장한 현실 체험을 바탕으로 한 정신의 표현을 중요하게 생각했음을 살펴보았는데, 이세원은 그 외에 조어력(造語力)도 중요하게 생각하였다.

> 자못 말을 고른 것 같다[頗似選語]. 「小姪訪余旅舍貧無以相守留數日告別余不敢挽矣懸燈數語仍復就枕耿耿不能成寐曉起而送之門風雪蕭蕭鷄鳴不已」
> 泛자가 몹시 놀랍다[泛字甚警]. 「雲興寺」
> 長자는 매화와 버들의 정신이다[長字梅柳之神]. 「立春」
> 帆과 月 두 글자를 함께 쓴 것이 매우 새롭다[帆月二字合用甚新]. 「宿漢江舟上」
> 鸎燕을 백구 등의 글자의 예에 쓴 것이 매우 새롭다[鸎燕甚新如用白鷗等字例矣]. 「夕過閔察訪魯重寓舍」
> 耳와 曙가 몹시 새롭다[耳曙甚新]. 「林隱居八詠」
> 시를 볼 필요 없이 제목을 보면 이미 절로 같지 않다[不必見詩望其題語已自不同]. 「去去」
> 舞袖로 장삿말을 잘 나타냈다[舞袖用善賈語]. 「三浦商舶」

---

108) 정우봉, 「19세기 詩論 硏究」, 고려대 박사논문, 1992, 43면.
109) 정우봉, 위의 논문, 23면 참조

말은 좋은데 易자가 편하지 않으니 바꾸어 自자로 하는 것이 어떠할까?[語好而易字不帖換以自字如何]「題舊曆」

앵화가 가난을 싫어하지 않음은 평범한 말일 뿐이나 問자 하나를 보니 신령하고 기이함을 깨닫는다[鸎花不厭貧自是常語耳看一問字頓覺靈奇].「漫述」

奔자 하나가 황량하고 쓸쓸한 상황을 모두 말하였다[一奔字道盡荒凉蕭瑟之狀].「獉水橋頭別恭甫」

바로 아래 深자 하나로 물에서 잠을 상상할 수 있다[纔下一深字水宿可想].「浦口守風」

'자못 말을 고른 것 같다'에서 알 수 있듯이 이세원은 글자 하나 단어 하나를 새롭게 쓰는 것을 높이 평가했다. 이는 옛사람이 즐겨 썼거나 관습적으로 상용하는 표현을 떠나 시인이 자신만의 언어로 자신의 생각을 표현하는 것, 곧 창신(創新)이라 하겠다. 예컨대 "안개 긴 서리 氣色이 넉넉하고, 돛대의 달 많고 성하네"에서는[110] 범(帆)자와 월(月)자를 함께 쓴 것이 새롭다고 했는데, 보통 범(帆)자는 운범(雲帆)·풍범(風帆)·정범(征帆)·편범(片帆) 등으로, 월(月)자는 운월(雲月)·수월(水月)·풍월(風月)·연월(烟月)·효월(曉月) 등으로 많이 쓰이는 데 비하여 여기서는 범월(帆月)이라 하여 안개 긴 날 돛대 위로 비치는 달빛이 많음을 표현한 것을 칭찬한 것이다. 또한 "강물에 꾀꼬리와 제비 많이 섞여 나네"는[111] 보통 백구(白鷗)를 쓰는 데 비해 앵연(鸎燕)을 쓴 것이 몹시 새롭다고 하였다. 또한 "누항에 풀 우거지니 세상일 덜어버리고, 가난한 집에 꽃 피니 봄바람을 묻네"에[112] 대하여는 '앵화가 가난을 싫어하지 않음은 평범한 말일 뿐이나 문(問)자 하나를 보니 신령하고 기이함을 깨닫는다'라고 하여 평범한 시어가 '문(問)'자 하나로 인해 기이하게 됨을 말했다. "빈 누대에 잎 떨어진 나무 모이고, 황야에 시내 하나 달려간다"에[113] 대해서는 '분

---

110) 「宿漢江舟上」 함련, "烟霜饒氣色 帆月作紛紜."
111) 「夕過閱察訪魯重寓舍」 결구, "鸎燕交飛江水多."
112) 「漫述」, "陋巷草深捐世事 貧家花發問春風."

(奔)자 하나가 황량하고 쓸쓸한 상황을 모두 말하였다'라고 하여, 황야에서 시냇물이 빠르게 흘러가는 것을 강조해 벗과 이별하는 쓸쓸한 심정을 잘 비유했음을 칭찬했다. 곧, 글자 한 자를 어떻게 쓰느냐에 따라 시의 품격이 좌우됨을 말한 것이다.

그런데 이러한 창신(創新)은 강서시파와 연결지어 생각해 볼 수 있다. 강서시파는 글자를 기이하게 운용하여 첫째, 술어를 중심으로 평이한 글자를 기이하게 단련하거나 둘째, 조자(助字)의 사용에 힘을 기울이거나 셋째, 궁벽하고 어려운 글자를 사용하였다. 해동강서시파의 경우도 이러한 작법을 본받았다.114) 특히 조륜이 범월(帆月)·앵연(鸎燕) 등 평소 잘 쓰지 않는 조합을 한 것과, 문(問)·분(奔)·심(深) 등의 평이한 술어를 사용하여 시의 뜻을 기이하게 하거나 잘 표현했다는 이세원의 평가는 강서시파의 첫 번째 특징과 잘 부합된다.

그렇다면 이러한 새로운 표현이 가능했던 배경은 무엇인지를 살펴보겠다.

> 공묘하며·齊와 梁 사이의 호흡이 있다[工妙·有似齊梁間口氣]. 「詠刺繡老婆」
> 공묘하다[工妙]. 「曉」
> 조어함이 미묘하다[造語入微]. 「曉」
> 경치를 묘사함이 미묘하다[寫景入微]. 「鳳翔站候潮放船」
> 세미함을 가졌다[函細]. 「鳳翔站候潮放船」
> 기묘한 말[奇語]. 「暮坐懷李恭甫辛國輔」
> 우연한 奇語로 다시 얻을 수 없으리라[偶然奇語不可再得]. 「曉起」

이세원은 공묘(工妙)·기(奇)·미(微)·세(細) 등의 평가어를 쓰면서, 기이하며 공을 들였으며 세미하게 표현한 한두 구절을 칭찬하였다. 나아

---

113) 「燧水橋頭別恭甫」 경련, "空臺蕭木合 荒野一川奔."
114) 이종묵, 『海東江西詩派研究』, 태학사, 1995, 54~57면 참조.

가 이들이 억지로 만들어낸 것이 아니라 우연히 시인이 처한 상황에서 얻게 된 것임을 강조하고 있다. 예컨대 "누가 시집갈 옷을 보내어 잘 만들라 요구했나, 바늘을 던지고 때때로 불똥을 다시 욕하네"에[115] 대해서는 표현이 공묘하며 제(齊)와 양(梁) 사이의 호흡이 있는 듯하다고 했는데, 제(齊)와 양(梁)의 시풍은 기려(綺麗)한 수사와 성률의 조화를 중시하였다. 이 시구는 가난한 집의 노파가 원앙의 수를 놓으며 살아가는데 머리 희어져 이제 눈이 잘 안 보이는 것을 서글퍼하다가[116] 눈이 흐릿한 것이 오히려 등불이 흐릿한 때문이라고 탓하는 것을 묘사한 것이다. 가난한 노파의 서글픔과 분노를, 등불을 꾸짖는다는 말로 절묘하게 표현했고 애상의 격조를 드러나게 했으니, 조륜이 목격한 수놓는 노파의 비분(悲憤)한 심정을 잘 표현하고 있음을 공묘하다 한 것이다. 나아가 "가을 소리 먼 다듬이 소리에서 생기고, 새벽빛은 높은 가지에서 이네"는[117] '우연한 기어(奇語)로 다시는 얻을 수 없으리라'고 했다. 이는 객지에서 밤에 잠 못 이루고 여러 번 놀라 깼다가 새벽녘에 이르러 멀리서 들려오는 다듬이 소리를 듣고 그 소리가 가을 소리라고 느끼고 창 밖을 바라보니 먼동이 높은 가지 위에서 서서히 터 옴을 보며 쓴 구절이다. 그러므로 이는 실제로 체험을 한 뒤에야 쓸 수 있는 시구(詩句)로 기이하다는 것 역시 시인의 기이(奇異)한 경험(經驗)에서 가능했던 것이다. 결국 조륜의 "물새는 추운 곳에서 깨어나고, 등불은 깨끗한 곳에서 생기네"를[118] "우연한 경치 우연한 말"이라[119] 평가했듯이 경험(經驗)에 의해 우러나와 만들어지는 기묘(奇妙)함을 높이 보았다. 다시 말해 이는 관습적인 표현에 머물지 않고 억지로 만들지도 않으며 자신이 보고 느낀 것을

---

115) 「詠刺繡老婆」 전・결구, "誰遣嫁衣求妙製 抛鍼時復罵登花."
116) 「詠刺繡老婆」 기・승구, "鴛鴦繡法在貧家 頭白先悲眼臀紗."
117) 「曉起」 함련, "秋聲生遠杵 曙色起高柯."
118) 「阻風水宿」 함련, "水禽寒處起 燈火淨中生", 이는 강을 건너다 바람에 막혀 배를 숨기고 물가에서 하룻밤을 자면서 본 광경이다.
119) "偶然景偶然語."

새롭게 자신의 언어로 표현하는 것이다. 이러한 점은 구양수(歐陽修)가 매요신(梅堯臣)의 입을 빌려 말한 '의신어공(意新語工)'의 경지로, 앞 사람들이 말하지 않은 바를 이룬 것이니, 묘사하기 어려운 경치를 눈 앞에 있듯이 형용하여 다하지 않는 뜻을 포함한 것이다.[120]

시에서 새롭고 기이한 것만을 추구하다 보면 병폐에 빠지기 쉽다. 유협도 신기(新奇)에 대해 "낡은 요소를 제거해 버리고 혁신적인 새로움을 추구한 것으로서 위험하고도 괴이한 길로 빠지는 것을 면하기 어려운 경우"라고[121] 하였다. 그런데 조륜의 시가 기묘함을 추구하면서도 위험하고도 괴이한 길로 빠지는 것을 면한 것은, 이세원에 의하자면, 억지로 만들어낸 것이 아니라 경험을 바탕으로 했기 때문이다. 경험에서 우러나온다는 것은 실재를 썼다는 뜻이 된다. 굳이 의도하지 않아도 시인이 경험한 사실을 있는 그대로 나타내는 것 곧, '기실(紀實)'이다. 여기서 사실이란 실제 경험한 것과 시인이 직접 느낀 것 그리고 풍속이나 경치·역사적 사실이 모두 포함된다. 바꾸어 말하면 기실(紀實)을 묘사하는 방법은 기묘함을 추구하였는데 이는 이세원에 따르면 '세련(洗鍊)'된 표현이다. 이세원은 조륜의 「계림(鷄林)」을 평가하면서 '기실이세련(紀實而洗鍊)'이라고 했으니 이제까지 살핀 특징을 함축한 용어이다.

이러한 점은 두보와도 연결지을 수 있다. 진사도에 의하면 두보는 '우물이기(偶物而奇)', 곧 두보의 기이한 풍격의 시는 눈에 만나는 경물이 기이해서 절로 그렇게 된 것이다. 이는 풍격의 문제이기는 하지만 표현과도 관련 있다고 보인다. 또한 황정욱(黃廷彧)도 유배지에서 기이한 경물을 체험하면서 기이하고 웅장한 미학을 창출하였다.[122]

---

120) 周振甫, 『詩詞例話』(中國靑年出版社, 1962, 34면) 「意新語工」, "聖兪嘗語余曰, 詩家雖率意, 而造語亦難., 若意新語工, 得前人所未道者, 斯爲善也., 必能狀難寫之景, 如在目前, 含不盡之意, 見于言外, 然後爲至矣, (…중략…) 作者得于心, 覽者會以意, 殆難指稱以言也, 雖然, 亦可略道其仿佛, (…중략…) 賈島 '怪禽啼曠野, 落日恐行人,' 則道路辛苦, 羈愁旅思, 豈不見于言外乎."
121) 劉勰, 최동호 역, 『文心雕龍』, 민음사, 1994, 343면.

또한 이세원이 조륜 시의 새롭고 기이한 조어력 곧, 세련된 조어력을 칭찬하고 있는 점은 두보와 강서시파의 시풍(詩風)과 무관하지 않다. 곧, 두보는 안사의 난 전후의 변화하는 환경에 처하여 진정과 지성으로 특유의 새 의경을 창출하여 법고창신(變古創新)하였다.123) 강서시파는 진부한 표현이나 속된 말을 싫어하고 힘센 표현이나 특이한 말을 찾았는데 앞서 살폈듯이 황정견의 경우에 나타나는 시의 표현을 다지고 시법을 엄격히 지켜 한 마디 한 글자라도 가벼이 쓰지 않는 극단성은 진사도에 의해 극복되어 힘있고 빼어난 시가 되었고, 진여의는 빼어나고 특이한 표현을 추구하면서도 자연스럽고도 솔직한 개성적인 시를 썼다. 그러므로 조륜 시에서 보이는 기묘하면서도 자연스러운 창신의 표현은 굳이 비교하자면 두보와 진여의와 닮아 있다.124)

이러한 점에서 볼 때 이세원은 조륜 시의 기이한 조어력이 조륜의 실제 경험에서 우러나온 것이며 이는 두보와 진여의가 경험에서 우러난 창신하고 개성적인 시를 쓴 것과 같은 맥락에서 이해할 수 있음을 정확히 파악하고 있었다고 보인다. 그렇다면 이세원이 평가한 조륜의 기이한 조어력은 '형신(形神)'의 문제에서 살펴보면 '형'이라고 할 수 있다. 시적 대상의 외형적 특질을 기이한 조어력을 통해 표현한 것은 '형'의 문제이다. 그러나 여기서 나아가 기이한 조어력을 통한 실제 경험을 핍

---

122) 이종묵, 『海東江西詩派研究』, 태학사, 1995, 347~357면 참조.
123) 袁行霈, 七人 공역, 『中國詩歌藝術研究』, 아세아문화사, 1990, 72면 참조.
124) 그런데 논자에 따라서는 강서시파에 대한 의견을 달리하는데, 주훈초에 의하면 원회에 의해 두보가 祖가 되고 황정견·진사도·진여의가 宗으로 되었지만, 진여의의 시풍은 강서시파와는 다르며 두보도 같지 않은데, 그럼에도 불구하고 강서시파의 추종자들이 그들을 조종으로 받든 것은 형식기교상 개별적인 면에서 그들을 계승한 바도 있고 자기 유파의 위치를 높이고자 하였기 때문이라고 한다(周勳初, 중국문학연구회 고대문학분과 역, 『중국문학비평사』, 이론과실천사, 1992, 176면 참조). 이로 볼 때 굳이 나누자면 황정견·진사도와 두보·진여의는 구별이 될 수도 있다고 보인다. 그러나 이는 앞서 살폈듯이 여러 논자의 의론을 통해 볼 때 강서시파가 두보의 창신을 본받고자 했었기에 두보로부터 이어지는 선 위에 강서시파가 생겼고 강서시파 가운데서 진여의는 좀더 두보의 맥에 가깝다고 볼 수 있다.

진하게 묘사하였으니, 이는 형사(形似)의 기초 위에서 전신(傳神)을 추구한 것이다. 조륜의 시에 형과 신이 모두 갖추어져 있음을 평가한 것이다. 그런데 김창흡에 의하면 두보의 시에 형과 신이 겸비되어 있다고 하니125) 두보를 전범으로 삼아 시에 주력했던 이세원과 조륜에게 형신 겸비는 역시 두시풍의 맥락에서 이해할 수 있다.

결국, 조륜 시는 새롭고 기이한 표현만을 추구해 시가 단순히 기발한 묘사만으로 흐르게 하기보다는, 자신이 오랜 객지 생활을 통해 경험한 새롭고 기이한 표현을 쓸쓸하며 호방한 정조에 실어서 나타냈기 때문에 개성적이며 자연스러울 수 있었는데, 이를 문학사적 풍조로 굳이 구분하자면 두보로부터 시작해 진여의·육유로 이어지는 송대의 두시풍이 조륜의 시에서 구현된 것이고, 이세원이 조륜 시의 이러한 점을 자세하게 평가할 수 있었던 것은 기본적으로 이세원이 지닌 문학관이 이와 부합하였기 때문으로 보인다.

그런데 이세원의 비평의 경향은 조선에서는 택당(澤堂) 이식(李植)과 맥이 닿아 있다. 해동강서시파의 한 사람이었던 이행(李荇)에서 이원상(李元祥)·이섭(李涉)·이안성(李安性)과 사촌인 이안눌(李安訥)을 거쳐 당송고문파인 이식으로 그리고 이식의 증손인 이기진으로 이어지는 가계를126) 통해 이행의 시풍은 계속 발전하며 유지되었다고 할 수 있다. 이식은 선영이 있는 지평(경기도 양평)에 36세 때 택풍당(澤風堂)을 짓고 살았고 63세 때 외가가 있는 경기도 여강으로 내려갔다. 이후 이식의 가문은 이곳을 근거지로 하면서 벼슬길에 나갔다.

그런데 이기진의 문맥은 송시열(1607~1689)의 문인인 권상하(權尙夏, 1641~1721)의 강문(江門)으로도 이어져 있다. 곧, 이단하(李端夏, 1625~1689)·이단상(李端相, 1628~1669)·김만중(金萬重, 1637~1692)·권상하·김창협(1651

---

125) 정우봉, 「19세기 詩論 硏究」, 고려대 박사논문, 1992, 44면.
126) 『牧谷集』 권9 「行狀」; 李植, 『澤堂集 別集』 권17(『한국문집총간』 88권) 「澤癯居士自叙」.

~1708) 등이 송시열의 문인인데[127] 이단하가 이기진의 종조(從祖)이다.[128] 그런데 권상하는 청풍(淸風) 땅의 황강(黃江)에서 제자를 길러 이들을 강문학사라고 했는 바 이기진도 그 중의 일원이다.[129] 이세원과 조륜 또한 황려(黃驪) 지방에 살았고 이기진과 친하게 지냈던 점으로 미루어 권상하의 강문 문인인 가능성이 높다. 그런데 이들을 단순히 권상하의 강문문인으로만 치부할 수는 없다. 곧, 조륜은 어려서부터 이여(李畬)의 문하에 출입했는데 이여는 이식의 아들들인 이면하(李冕夏)·이신하(李紳夏)·이단하(李端夏) 가운데 이기진의 조부인 이신하의 아들이며[130] 이기진의 아버지 이번(李蕃)의 동생으로 이기진의 중부(仲父)이다.[131] 이번·이여·이당(李簹) 형제는 숙부인 외제 이단하에게서 수업을 받았고 이기진은 이여에게서 수업을 받았다. 곧, 이식—이단하—이여로 이어지는 학통을 이기진·이세원·조륜이 물려받았다. 여기에 권상하를 첨가하여 이들은 이여와 권상하로부터 학맥을 계승받았다고 할 수 있다. 그런데 송시열의 학통은 권상하에서 한원진으로 계승되어 호론(湖論)이 되고, 송시열의 문인이면서 이단상과 조성기의 문인이기도 한 김창협·김창흡 형제로부터 이재(李縡)—김원행(金元行)으로 계승되어 낙론(洛論)이 되었다고 한다.[132] 그런데『목곡집』을 보면 이기진은 호론인 윤봉조(尹鳳朝)뿐만 아니라 낙론인 이재·김원행·박필주(朴弼周) 등과 매우 친밀하였다. 그러므로 이기진·이세원·조륜의 경우는 낙론과 호론이 정확히 분열되기 전인 18세기 전반기 노론 산림의 학맥을 지닌다고 할 수 있다. 이와 같은 맥락을 통해서 해동강서시파였던 이행의 문학적 경향이 당송고문파인 이식

---

127) 한국사상연구회 편저,『조선유학의 학파들』, 예문서원, 1996, 216~218면 참조·
128)『牧谷集』권1「開心寺敬次從祖畏齋公韻」.
129)『一夢稿』(『韓山世稿』권29, 國立圖書館 소장본)「儒林錄」.
130) 李畬,『睡谷集』권10(『한국문집총간』153권)「德水李氏宗約」;『睡谷集』권11「伯父白谷公墓誌追録」「先父君自誌文續録」;『睡谷集』권13「先季父議政府左議政行狀」.
131)『牧谷集』권9「家狀」.
132) 유봉학,『燕巖一派 北學思想 研究』, 일지사, 1995, 32면.

을 거쳐 이세원에게까지 연결되는 계보가 파악되는 것이다.

이러한 사정으로 이세원은 1739년에 이식의 『두시비해(杜詩批解)』를 신간하는 일에 참여하게 된 것이다. 이식이 『두시비해』를 처음 탈고한 것은 인조 18년인 1640년이었다. 이식은 병자호란 이전에 명간본(明刊本) 두시를 교정과 비해하다가 전쟁 전후 일시 중지했고 다시 증보하여 1640년에 율시만을 끝내고 고시와 배율 부분을 끝내지 못했다. 그런데 1640년 이후 그때까지 비해해 왔던 명간본이 없어져 이식은 광해군 7년 인 1615년에 간행된 『찬주분류두시(纂註分類杜詩)』를 가지고 계속하여 비 해를 했는데, 이후 사람들에게 읽혀진 것은 이 후자의 것이었다. 이기진 이 우연히 이식이 비해한 명간본을 발견하여 경상도관찰사로 부임한 뒤 1739년 목판인쇄하였다. 그런데 이기진이 신간한 『두시비해』는 원래 이 식의 수고(手稿)와는 달리 편년체를 사용하고 『찬주분류두시』의 주석을 따르되 이식의 점말(點抹)을 참고하여 취사하였다.133) 그러므로 이세원 이 『두시비해』의 신간에 참여하여 '교정했다'는 것은 이식의 수고를 단 순히 간행하는 것이 아니라 재배치하고 취사하는 작업을 했다는 것을 의미한다. 곧, 깊숙히 간여한 것이다.

그런데 이식의 『두시비해』는 두시의 각 시, 각 어구를 단편화하여 비 평을 첨부하였고, 그 비평도 '용사조어(用事造語)'와 '허심풍영(虛心諷詠)' 을 두시의 가처(佳處)로 들고 있다.134) 이러한 경향은 이세원이 조륜의 시를 평가한 기준과 매우 흡사하다. 그렇다면 이러한 유사점이 이식과 이세원의 전반적인 문학관과 어떻게 연결되는가를 살펴보자. 이식과 이 세원은 생존시기에 있어 백여 년의 차이가 나며, 이식은 문벌출신임에 비해 이세원은 서얼이었다. 이식은 이조좌랑·대제학·대사헌·이조판 서 등을 역임하였다. 이에 비해 이세원은 벼슬길에 나아가지 못했고 오

---

133) 심경호, 「조선조의 杜詩集 간행에 관하여」, 『한국학보』 38, 일지사, 1985, 120~121면 참조
134) 심경호, 위의 글, 121~122면 참조.

히려 벼슬에의 의지를 접어두었다. 이러한 점은 두 사람 사이에 차이점
이 있으리란 점을 유추할 수 있다. 이식은 도의 유무에 나라의 흥패가
달려있다고 생각했고, 군자가 덕으로 나아가 수업한 결과로 수반되는
명·록은 받아들여야 한다고 했다. 이식에 의하면 글은 작자가 지닌 내
면세계의 직접적 표출인데, 사악한 마음 때문에 문풍이 잘못되면 사상,
학문의 위기가 온다는 것이다. 이식은 '비록 고인이 지금 세상에 태어난
다 해도 반드시 금지문(今之文)'을 할 것이라고 했는데, 이는 의고문파를
치기 위한 논리로, 금지문은 당송의 글이며 인의도덕을 근본으로 한 육
경(六經)이라고 본 것이다. 그러나 이세원에게는 도학적 면모는 없다. 오
히려 이세원은 경험을 통한 기이한 표현을 통해 내면의 감정에 충실할
것임을 주장하였으니 후대 실학자들의 금지문의 개념에 이식보다는 근
접해 있다. 이식은 송시(宋詩)에 대한 당시(唐詩)의 절대적 우위가 당연시
되던 시대에 살았기에 당시의 가치를 높이 보고 송시는 비록 대가가 많
지만 시의 정종이 아니므로 배울 필요가 없다고 하였다. 또한『시경』을
시를 배우는 전범으로 제시하면서 그 판단 근거를 주희의 권위에 두었
다. 이에 비해 이세원은 두보를 이은 송의 강서시파의 시를 전범으로
삼았고, 시의 판단 근거를 도학적인 면에서 찾지 않았다.135) 그러므로
이세원은 이식을 이었으면서도 그대로 답습하지 않았음을 알 수 있다.

　이식을 이은 송시열도 도학 아래의 문학을 주장하였고, 당송고문에
대해 어떠한 입장을 견지했는지는 확실하지 않지만, 이식의『두시비해』
가 "주자의 시론·이학에 근거하고 있음을 찬미했다"는136) 점에서 이식
의 문학관에 접맥된 당송고문에 대한 찬성의 한 단초를 볼 수 있다. 그
러므로 그의 문하에서 김창협·김창흡 등의 당송고문파가 나왔다는 점

---

135) 이식의 문학론에 대해서는 다음의 두 논문을 참조하였다. 최태림,「澤堂 李植의 詩
　　世界」, 단국대 박사논문, 1989; 우응순,「李植의 文學論 연구」,『韓國漢文學硏究』12
　　집, 한국한문학회, 1989.
136) 심경호, 앞의 글, 120면.

이 설명이 된다.[137] 더욱이 김창흡은 이식의 '금지문' 주장에서 한 걸음 더 나아가 진한고문파의 의고를 비판하고, "두보는 답습하는 뜻을 끊었기에 높이 되었다. 호걸한 선비라면 비록 문왕이 없더라도 또한 일어나리니 어찌 모의를 본뜨겠는가"[138]라고 하여 '창신'을 주장했다. 그러므로 이세원의 문학은 노론 산림 문학을 이었으면서도 도학적으로 흐르지 않았다는 의의를 지니며, 강서시파에서 이식을 거쳐 이룩된 창신의 개념을 보여준다. "창신의 시풍을 주창한 것은 17세기 이래 지속적으로 전개되어 왔는바, 김창협·김창흡·이용휴·박지원·박제가·이덕무 등으로 이어지는 新詩, 眞詩의 흐름이 그것"이라는 기존의 논의에[139] 이세원을 첨가할 수 있을 것이다. 김창협과 김창흡 다음의 위치에서 이세원은 창신의 흐름을 발전시킨 것이다.[140]

---

137) 물론 김창협 형제의 당송고문 주장은 송시열의 것과는 차이가 있지만, 이식에서 송시열 그리고 김창협 형제로 이어지는 사승관계로 볼 때 당송고문파의 추이가 드러난다.

138) 『三淵集』 권19 「答士敬別紙」, "杜老絶意蹈襲, 所以爲高也, 豪傑之士, 雖無文王亦興, 豈規規於模擬哉."

139) 정우봉, 「19세기 詩論 硏究」, 고려대 박사논문, 1992, 159면.

140) 그렇다면 같은 서얼임에도 신유한과 이세원의 문학관이 서로 다른 이유가 문제시된다. 특히나 두 문사는 각각 진한고문과 당송고문이라는 당대의 대립적 두 조류를 각기 대표하듯이 드러내 주고 있다. 그리고 신유한의 경우는 사회적인 면을 중시하였고, 이세원은 개인의 경험을 더욱 중시하였다. 이를 일견 각각 구세제민의 요소와 문예주의적 입장이라고 요약할 수도 있겠으나, 이세원의 경우를 단순히 문예주의적 입장이라고 하기는 어렵다. 사회로부터 유리된 개인의 낙척한 체험이 바탕이 되었기에 순문예주의적 입장과는 다르다. 곧, 사회적인 면과 개인적인 면에 치중하기는 했어도, 사회의 불합리에 대한 반응을 어느 방향으로 분출시켰느냐의 차이이다. 이는 김창흡, 이하곤의 문학관이 문예주의적인 것과는 다르다. 이 문제에 대해서는 이들의 문학세계를 자세히 살펴본 뒤 문학사적 의의를 밝히는 곳에서 언급하고자 한다.

제4장 서얼문학의 비판적 현실 대응 양상

1. 신분적 질곡의 형상화

1) 신분적 차별로 인한 고뇌

서얼들에 대한 제도적·인습적 차별은 그들의 삶과 문학에 많은 영향을 끼쳤을 것이다. 이에 대해 서얼들은 어떠한 인식을 갖고 어떻게 대응하였는지를 우선 살펴보자.

네 명의 서얼 문사 가운데 가장 연배가 앞선 이세원의 다음 시는 자신의 처지에 대한 인식이 처연하다.

三冬深坐度朝昏	밤낮으로 깊이 눌러 앉아 온 겨울을 보내니
懶性何曾復出門	게으른 성품에 어찌 다시 문을 나선적 있으리
一任人間知己少	세상에 나를 알아주는 이 거의 없다고 탓하니

却憐江上弊廬存　　도리어 강가에 낡은 집 있음이 어여뻐라
孤雲獨鳥元相賴　　조각 구름과 외로운 날새는 원래 서로 의지하나
落木風湍各自喧　　잎 진 나무와 바람부는 여울은 제각기 떠들썩하네
雪暎虛牕幽夢罷　　눈 비치는 빈 창에 그윽한 꿈 깨어보니
故人消息渺川原　　옛친구 소식은 물처럼 아득히 흘러가버렸네
　　—「1729년 冬至달 7일 밤 꿈에 고인의 시를 읊은 것 같은 자가 있었는데 말이 몹시 쓸쓸하고 맑아서 그 뜻이 있는 바를 알 수 없었다. 어떤 이는 '孤雲獨鳥'로 吾輩의 영락함을 비유하고 '落木風湍'으로 세상사람들의 떠들썩함을 비유한 것이던가. 드디어 一律을 지어서 솔암에게 적어 드리어 감정하기를 바란다.」1)

　이세원의 동지달 밤 꿈에 고인(古人)의 시를 기송(記誦)한 듯한 사람이 있었는데 말이 몹시 쓸쓸하고 맑았다고 한다. 아마도 이세원의 꿈에 나타난 사람 역시 이세원과 비슷한 처지에 있는 사람이었을 것이다. 또한 고인이란 어느 특정인을 의미하는 것이 아니다. 자신처럼 울울함을 품고 살아갔던 옛사람이면 누구라도 가능할 것이다.

　꿈에 고인이 나타났다거나 고인의 시를 읊었다는 것은 그만큼 현재 위치에 대한 불만이 간절했기 때문이다. 그러므로 삼동(三冬)은 계절적인 시간을 나타내기도 하지만 자신들의 처지가 겨울에 있는 것 같이 춥고 막막함을 의미한다. 문을 한 번도 나서지 않았다는 것은 문맥 그대로 게을러서가 아니라 문을 나설 만한 기회가 오지 않았던 때문이다. 이는 인간 세상에는 자신을 알아주는 사람이 거의 없다고 생각한 데서도 알 수 있다. 알아주는 사람이 없기 때문에 문을 나서서 세상에 나갈 일이 없는 것이다. 한편 강가에 짓고 사는 낡은 오두막은 자신들의 상황을 대변한다. 이세원은 1730년대 초반에 지은 「북산루에서 두시에 차운함[北山樓次杜韻]」에서도 자신의 처지를 서(書)와 검(劍)을 통해 입신하고자 하였으나 아무 것도 이루지 못하고 세월만 흘러 늙어 궁한 오두막에서 결국은 희

---

1)『顧菴遺稿』「己酉至月七日夜夢 若有記誦古人詩者語甚凄淸而莫知其意所存 或者以孤雲獨鳥喩吾輩之飄零落木風湍 譬世人之啾喧乎 遂定成一律錄奉率庵以希勘破」.

망을 잃고 있다고 했다.2) 이처럼 낡은 오두막이나 궁한 오두막은 넓은 세상에서 자신들이 소유한 단 하나의 작은 공간으로 그들의 어렵고 힘든 상황을 대변하는 말이다.

또한 자신들의 처지를 고운(孤雲)과 독조(獨鳥)로도 비유했는데, 고(孤)와 독(獨)은 남과 함께 못하는 외로운 처지, 세상과 함께 못하고 쓸쓸히 지내는 것을 나타낸다. 그러나 이세원이 말하는 고운과 독조는 외롭지만 하늘 높이 떠있는 구름이고 높이 나는 새이다. 꿈을 펼칠 수 있는 뛰어난 능력을 지닌 것으로 속인들과는 다르다. 이에 비해 지상에 있는 나무, 그것도 잎 떨어진 나무와 바람부는 여울은 내실이 없어도 떠들썩하다. 자신들처럼 능력이 있거나 뜻을 품고 있는 것이 아닌데도 요란한 것이다. 그러므로 고운독조 같은 자신들은 남들이 알아주지 않지만 서로의 존재와 능력을 알기 때문에 서로 의지하는 것이고, 그래서 '오배(吾輩)'라 하여 동류의식을 강조하고 '고인(故人)'이라 하여 같은 무리인 벗을 그리워하는 것이다. 그러나 그 벗은 너무나 멀리 떠나가 있어 시냇물이 흘러가 다시 안 오듯이 소식이 아득하다. 이세원의 외로움만 더하는 것이다.

서얼이 세상과 함께 못하는 외로운 존재가 되는 사정과 근거의 일단을, 이세원의 사후에 활약한 이덕무의 글에서 찾을 수 있다.

> 대저 우리나라의 서얼들은 조정에서는 크게 금하고 종족에서는 크게 치욕으로 여기고 中士들은 더불어 이야기하고 토론함을 부끄러워하며 下流들은 비웃으며 꾸짖으니 거의 사람의 무리에 나란히 하지 못한다. 어진 사람들은 욕을 입고 교활한 사람들은 죄에 빠지니 그 종적을 이룸이 대개 또한 어렵다.3)

---

2)「北山樓次杜韻」, "十年書劍無成客 久矣窮廬低白頭."
3) 李德懋,『靑莊館全書』권16「雅亭遺稿」8「族姪復初」, "夫東國之庶類者, 朝家之大禁, 宗族之大僇, 也, 中士恥與談討, 下流爲之嗤罵, 幾不齒於人類, 賢者蒙辱, 黠者陷辟, 其爲蹤跡, 盖亦難矣."

　조정이나 종족이나 중사나 하류 어디에서도 인정받거나 환영받지 못하는 신세이니, 외롭고 홀로라는 인식을 할 수밖에 없는 것이다. 또한 서얼 가운데 어진 사람은 욕을 입는다 했는데 이는 문을 일삼는 사람의 처지를 말한 것이고, 교활한 사람은 죄를 입는다고 했으니 이는 서양갑(徐羊甲, ?~1613)의 난(亂)이나 무신란(戊申亂) 등에 참여하여 무력으로 처지를 개선하려 했던 사람들을 의미하는 것으로 보인다. 결국 이러지도 저러지도 못하는 처지를 말한 것이다.

　다음으로 자신의 처지를 비판한 이세원의 「부평역(富平驛)」을[4] 읽어보자.

行至富平驛	가다 부평역에 이르러
借床欲投宿	잠자리를 빌려 투숙하려니
主翁怒而言	주인이 화내며 말하기를
似子吾見熟	"당신을 내 익히 본 것 같소
如非丐州縣	고을에 구걸하지 않으면
定是漁奴僕	노복들을 그물질하지
此輩吾所憎	이 무리를 내 증오하니
此室豈子築	이 집을 어찌 그대가 지은 것인가"
平生士族籍	평생 사족으로 살다가
到此便縮恧	여기에 이르러 위축되고 부끄러워
默默反自省	묵묵히 스스로 반성을 하니
未覺斯言辱	이 말이 욕이 됨을 느끼지 못하겠네
平居惰四體	평소 몸을 게을리 하여
以致數枵腹	여러 번 배를 곯았고
悲鳴似飢鳶	굶주린 솔개 같이 슬피 울었는데
浪得詩人目	부질없이 시인이란 명칭을 얻었네
乞憐走四方	동정을 빌면서 사방으로 다니며
冀幸得所欲	요행으로 원하는 바 얻기를 바랐네

---

4)『顧菴遺稿』.

偸盜僅一間　　도둑질과 겨우 한 칸 사이니
罪在不可贖　　죄를 면할 수 없으리
翁言實規箴　　주인의 말씀 진실로 잠언이니
感歎聊採錄　　감탄하며 애오라지 채록하네

　　이세원이 길을 가다 잠자리를 빌려 투숙하려니 집 주인이 화를 내며 이세원을 익히 본 것 같은데 고을에 구걸하지 않으면, 노복들을 그물질한다고 비난한다. 자신의 힘으로는 하는 일이 없이 고을에 빌어 살거나 그도 아니면 노복들의 노동력에 기대어 살아가는 무리들에 대한 증오 섞인 비난이다. 주인으로부터 비난을 받은 이세원은 이를 순순히 수긍하고 반성한다. 자신은 평생 사족의 문서에 올라 살아온 소위 선비인데, 명분을 내세워 시서만 일삼고 몸을 게을리 하여 의식주를 영위할 방도를 찾지 못하니 여러 번 배를 곯게 되었다. 또한 마치 굶주린 소리개처럼 슬피 울며 살아온 신세인데도 시를 지어 자신의 처지를 담아내었고 부질없이 시인이라는 명칭만을 얻었다. 다음으로 여기 저기 돌아다니면서 동정을 구하고 요행으로 원하는 바를 얻기를 바랐다. 곧, 경제적인 무능, 시인이란 명성의 허망함, 동정을 구함 등이 자신이 살아온 자취였고, 이처럼 스스로의 노력이 없이 남에게서 구한 자신의 행위는 도둑질과 별 차이가 없다고 반성하게 된 것이다. 그러므로 주인의 신랄한 비난이 욕일 수 없고, 자신의 죄도 면할 수 없다는 것이다.

　　이처럼 「부평역」은 선비로 태어나 시서를 일삼았지만, 벼슬길에 나아가지도 못하고 시인이란 이름만 허망하게 얻고서 떠돌아다니며 동정과 요행을 바라며 사는 자신의 처지가 스스로에게 도둑처럼 느껴지는 정황을 가슴 아프게 토로한 것이다. 이는 이세원이라는 서얼 개인에게만 국한된 문제라기보다는 환로에 진출하지 못하고 경제적으로 궁핍하였던 조선 후기 몰락 양반들이 겪었던 일반적 상황이라고 할 수 있다. 다만 이세원은 서얼이라 상대적으로 조건이 더 나빴기에 사대부

로서의 존립에 관련된 이 문제를 더욱 심각하게 느꼈으리라고 유추할
수 있다.

　이렇듯 서얼이 시인으로서 명성을 얻었으나 벼슬길에 나가지 못했을
때 취할 수 있었던 방법의 하나가 자신이 지은 글을 파는 것이었다.

> 　석강을 행하였다. 지경연 원경하가 말하기를, "국가에서 인재를 얻는 방법은
> 오직 과거에 있는데 근래에 선비들이 글을 읽지 않고 요행을 바라는 일만 일삼
> 고 있습니다. 이에 한 종류의 글을 파는 무리들이 사람을 그르치는 사례가 매
> 우 많습니다. 이런 폐단을 통렬히 금단하지 않을 수 없습니다. 南玉, 朴師灝,
> 申㬊의 부류들은 모두 글을 팔아 이름을 얻은 자들이니, 이들을 먼 곳으로 정
> 배시켜야 합니다"라고 하였다. 임금이 그대로 따랐다.5)

　이는 영조 22년(1746)의 실록에서 보이는 한 구절이다. 원경하에 의하
면 선비들이 글을 읽지 않고 과거에서 요행을 바라는데, 이를 가능하게
하는 것이 남옥·박사호·신억 등 글을 파는 한 무리가 있기 때문이라
는 것이다. 여기서 한 무리란 일종(一種)을 번역한 말인데 같은 종류 혹
은 같은 부족이라 할 수 있으니, 계층적 집단을 의미한다. 곧, 위 인용문
을 뒤집어보면 당시 과거 제도는 글을 사고 파는 것이 충분히 가능할
만큼 폐단에 빠져 있었는데, 문명은 있으나 과거를 통해 입신할 가능성
이 없는 한 계층의 사람들이 글을 팔았다는 것이다. 그리고 남옥을 위
시한 서얼이 다름 아닌 그들이라는 것이다. 서얼들은 자신들의 능력이
제대로 발휘될 수 없음을 알았기에, 과거 답안을 대신 작성해주고 경제
적 문제를 해결하고자 했던 것이다.

　신유한의 경우는 자신의 처지와 그 원인에 대한 인식을 좀더 깊이 표
현하였다. 서얼들은 과거를 보기는 했어도 벼슬길에 쉽사리 나아갈 수
없었다. 신유한 역시 대과에 급제하기 이전부터 이미 서울의 사대부들

---

5) CD-ROM, 『조선왕조실록』 영조 22년 3월 27일.

사이에서 문명이 높았으나 쉽사리 벼슬길에 오르지 못했다. 또한 1713년 증광시에 장원을 하였으나 역시 벼슬을 얻지 못하고 낙향하였다가 다음 해인 1714년 여름 다시 벼슬을 알아보러 상경을 하게 된다. 이때 지금의 경상북도 영일 지방인 야성(野城)에 들렀다가 지나온 삶을 돌아보고 자신의 심정을 다음과 같이 토로한다.

却笑沈沙璞　　모래 속의 박옥임을 비웃으니
那堪照乘珍　　해 비치는 보배를 어찌 감내하리
弊貂尋白屋　　해진 담비옷 입고 가난한 집을 찾아가고
羸馬避朱輪　　파리한 말 타고 고관의 수레를 피하네
鳳自梧桐集　　봉황은 절로 오동으로 모이지만
鶴應枳棘馴　　학은 응당 탱자나무 가시에도 길들여지리
心如葵向日　　마음은 해바라기 해를 향하듯 하지만
顏有菜生春　　얼굴엔 나물에 봄 생김이 있네
憔悴愁塡壑　　초췌히 구렁을 메울까 근심하고
棲遑惻問津　　떠도는 삶 나루 묻기 겁나네
茅飛洛西岸　　洛西의 언덕에 지푸라기 날리듯하고
蓬累海東堧　　海東의 끝에서 쑥대강이 구르듯하네
虺蝮行當徑　　살무사는 가는 길을 막고
豺狼近作隣　　승냥이와 이리는 이웃이네
出須防毒螫　　나가서는 독을 막아내야 하고
居則飽酸辛　　집에서는 괴롭고 쓰라림 삼키네
地僻連蠻貊　　지역이 편벽되어 오랑캐에 닿았고
風頹好訟囂　　풍속이 무너지니 걸핏하면 송사하네
瘴雲晴亦鬱　　장기 어린 구름은 개인 날도 음울하고
腥靄晝多陻　　비린내 나는 놀은 대낮에도 짙구나

— 「野城作客牢愁鬱結自叙平生六十韻」, 41～60구[6]

---

6) 『靑泉集』 권1.

신유한은 자신이 모래 속에 묻혀 있는 박옥 같아 남이 알아주지 않는 신세이기에 해진 담비옷을 입고 파리한 말을 타고 다닌다고 했다. 그러면서 백옥(白屋)을 찾아가고 주륜(朱輪)을 피한다고 했다. 백옥은 고대에 평민이 살던 집으로 가난한 집을 의미하고 주륜은 고관이 타고 다니던 수레이다. 곧, 백옥은 평민처럼 가난하고 어렵게 사는 사람들이고 주륜은 부귀영화를 누리는 사람들이다. 이로 볼 때 신유한은 백옥에 사는 사람들과 동류의식 혹은 동병상련을 느꼈고, 해 비치는 보배인 고관대작들과는 거리감을 느꼈음을 알 수 있다. 흰 것과 붉은 것은 그 색을 대비시켜 자신이 깨끗한 무리에 속함을 나타낸 것이다.

그런데 봉황이 저절로 오동에 모인다고 했다. 봉황은 성군이 나타나면 오동으로 모인다고 하니, 이는 당시가 태평한 시절 혹은 당시의 임금이 성군이란 뜻이 된다. 그래서 꿈이 있어 마음만은 해바라기가 해를 향하는 것 같이 한 가닥 희망을 버리지 않는다. 여기서 '해바라기가 해를 향한다'는 구절은 임금을 향한 마음을 나타냄과 동시에 자신이 서얼임을 가리키는 것이기도 하다. 선조(宣祖) 초년(初年)에 서얼인 신분(申濆) 등 1,600여 명이 글을 올려 원통함을 호소하니 선조가 읽고 감동하여 "해바라기가 해를 향하며 곁가지를 차별하지 않으니 인신(人臣)이 충성을 원하는데 어찌 반드시 정적(正嫡)이리오"라고[7] 하였다. 이후 해바라기는 서얼을 비유하는 말로 사용되었다. 신유한 역시 이를 알고 있었을 것이니 이로써 임금을 향한 마음 곧 벼슬하고자 하는 마음을 신분의 질곡과 더불어 은유하여 쓴 것이다.

그러나 학은 탱자나무 가시에도 길들여지리라고 했다. 학이란 선비를 비유하는 말이고, 탱자나무 가시에 길들여진다는 것은 고난을 의미한다. 그러므로 성군이 있는 시절이지만 학 같은 선비인 자신이 고난을 당하

---

7) 『葵史』 권1 6~7장(『朝鮮庶孽關係資料集』, 10~11면), "宣祖初年, 申濆等一千六百餘人上章籲寃, 宣廟覽之感動, 乃下敎曰, (…중략…) 葵藿向日, 不擇旁枝, 人臣願忠, 豈必正嫡."

고 있다는 것이다. 그래서 현실은 고통스럽고 자신의 얼굴에는 나물에 봄이 생기는 것 같다고 한다. 이는 나물이 봄이면 노랗고 푸른빛을 띠듯이 얼굴이 누렇게 떴다는 것이다. 곧, 굶주려서 부황이 났다는 의미이다. 이런 처지이기에 구덩이에 뒹굴까 걱정되고, 벼슬길을 구하러 떠돌아다니면서 나루터를 묻기가 겁나는 것이다.

그렇다면 신유한이 학 같은 선비인 자신이 고난을 당하는 원인을 어디서 찾고 있는지 살펴보자. 그는, 살무사가 자신이 가는 길을 막기도 하고 승냥과 이리는 자신과 이웃이라고 하였다. 살무사나 승냥이나 이리 등의 잔악한 동물이 자신의 앞길과 주위에서 장애가 되는 것이다. 그래서 나가면 그들이 뿜어내는 독을 막아야 하고 집에 있자니 괴롭고 쓰라린 것이다. 이로 볼 때 자신 혹은 서얼 계층의 진출을 가로막는 기득권을 가진 벼슬아치들을 잔악한 동물이라 했음을 알 수 있다. 땅이 편벽되고 풍속이 무너졌다는 것은 서얼을 차별하고 남인을 박대하는 현실을 비유한 것이라 할 수 있다. 장기 어린 구름이 개인 날에도 음울하고 비린내 나는 놀이 대낮에도 짙게 깔렸다고 하여 ‘장기 어린 구름’과 ‘비린내 나는 놀’ 때문에 밝음이 가려졌음을 말했다. 해로 상징되는 밝음이란 임금을 의미하니, 임금의 눈과 귀가 구름과 노을로 상징되는 인물들로 인해 분별력을 잃었다는 말이다. 이에 구름과 놀은 기득권층으로 볼 수 있다. 이로 볼 때 신유한은 서얼이 능력을 펼치지 못하는 것은 기득권을 가진 관리들이 임금의 분별력을 흐리게 하여 임금이 그 밝음을 제대로 펼치지 못하기 때문이라고 본 것이다.

당시의 전반적인 상황을 신유한은 1715년에 지은 「최사집성대의 이별시에 뒤에 화답한 서[追和崔士集成大別詩序]」에서 아래와 같이 토로하였다. 이는 1714년 여름 상경하여 벼슬을 구하였으나 역시 벼슬을 얻지 못하고 그 해 겨울 낙향을 한 사연을 담고 있다. 「야성에서 나그네 서러움에 가슴이 답답하여 내 평생의 일을 60운으로 쓰네[野城作客牢愁鬱結自叙平生六十韻]」가 서얼 자신에 관한 내용을 담았다면 이 글은 서얼 가족들의 고통을 포함하고 있다.

갑오 겨울 11월에 서울을 떠나 남쪽으로 돌아가려 하였다. 전대의 돈은 다하고 검은 말은 누래진 상황에서 해진 도포를 입고 처량하게 눈 내리고 서리 내리는 속으로 향했다. (…중략…) 산남에 이르니 집은 네 벽만이 서서 표류하며 유랑하여 서쪽으로는 강을 건너고 동쪽으로는 바다에 가까웠다. 형제 처자는 굶주린 빛이 서글피 있고 고향 사람으로 먼 사람은 입으로, 가까운 사람은 눈으로 서로 더불어 물리치며 비웃기를 쉬지 않았다. 이에 더욱 억울하여 편안치 않아 모습은 날마다 더욱 말라가고 정신은 날마다 더욱 낙담하여 이미 아울러 觚墨을 끊고 지쳐서 처음 더불어 노닐던 것을 잊어갔다.[8]

여름에 야성에서 서울로 올라와 벼슬자리를 얻으려 했으나 수개월 동안 관직도 구하지 못하고 명령도 받지 못하였다. '궁(窮)한 시름'만 쌓여가고 자신이 품고 있는 '의지(志意)'를 펼 기회조차 얻지 못한 것이다. 결국 여비는 다 떨어지고 옷은 해질 대로 해져 남루한 모습으로 눈 내리고 서리 내리는 겨울에 서울을 출발하여 고향으로 돌아갔다. 고향에 가니 집은 네 벽만 겨우 남은 상태이고 형제와 처자는 푸성귀만 먹어 누렇게 떠 있었다. 자신의 신세만도 처량한데 가족들의 모습은 더욱 서글펐던 것이다. 게다가 고향 사람들은 과거에 장원을 하고도 벼슬을 하기는커녕 가족들을 굶주리게 하는 신유한을 보고 비웃을 뿐이었다. 이에 몸은 야위어가고 정신도 낙담하게 되어 시문을 끊고 지냈다는 것이다.

謬倚詩書重　　그릇되이 시서를 중하게 의지하고
虛將翰墨親　　헛되이 붓과 먹을 친하게 거느렸네
齧經纔喚蠹　　經을 깨물며 겨우 좀을 부르고

<hr>

8)『靑泉集』권4「追和崔士集成大別詩序」, "甲午冬十一月, 余發京師, 且歸于南, 橐金匱玄馬黃, 敝袍凄然儵雪霜也, (…중략…) 夫余旣到山南, 而家四壁立, 漂流浪泊, 西渡江而東濱海, 兄弟妻孥, 凉凉有菜色, 鄕人之遠者以口近者以目, 相與擯笑不休, 乃益抑鬱亡聊, 貌日益枯, 神日益落, 業已倂謝觚墨, 而芒芒乎亡始之與遊."

披褐自懸鶉　　베옷 입었는데 절로 해진 옷이네
—「野城作客牢愁鬱結自叙平生六十韻」 93~96구

　　당시 상황은 신유한으로 하여금 자신의 처지를 자조하게까지 만들었
다. 시서에 의지하고 시문을 하였던 것을 그릇되고 헛되다고 하였으니
후회하고 한탄하였음을 알 수 있다. 경을 깨물며 좀을 부른다는 것은
책을 보았으나 아무 것도 할 수 없이 좀벌레 같은 신세가 되었음을 자
탄한 것이고 해진 베옷을 입었다는 것은 가난한 것을 나타낸 것이다.
시문을 일삼았으나 상황은 더욱 나빠졌다는 한탄이다.9) 그러나 시문을
일삼은 선비가 할 수 있는 다른 일이란 아무 것도 없었다. 그래서 이러
지도 저러지도 못하는 진퇴양난 속에서 "가난이 뼈 속까지 미치는"10)
현실에 절망하게 되었다.

　　신유한의 시문 속에서 우리는, 젊은 시절 능력도 있고 벼슬을 하려는
의지도 있지만 벼슬자리 하나 구하지 못해 울울해하는 서얼의 모습을
잘 볼 수 있다. 단지 서얼이라는 이유만으로 과거에 급제하고 문명이
높았어도 몇 년 동안 벼슬자리 하나 얻지 못하는 참담한 현실이 잘 드
러나 있다. 신분적 열세로 인해 능력을 펼칠 기회조차 얻을 수 없고 또
생활고에 시달려야 하는 데서 이중의 고뇌와 좌절감을 맛본 것이다.

　　다음으로 김도수의 경우를 살펴보도록 하겠다.

十五天中月　　십오일 하늘의 달
乍盈還自虧　　잠깐 찼다가 다시 절로 이지러지네
吾名亦已濫　　내 이름 또한 이미 넘치니
浮謗詎非宜　　뜬 비방 어찌 마땅하지 않으리
夙昔聰而慧　　예전에는 총명하고 지혜롭더니

---

9) 이러한 자각은 "身從三賦拙 家以六經貧"(『靑泉集先生續集』 권1 「初發靈川蔽廬慨
　　然有述示諸友」 1수 경련)이라고 한 데서도 드러난다.
10)「野城作客牢愁鬱結自叙平生六十韻」 7구, "窮到骨."

如今聾作痴 지금은 어둡고 어리석어라
當時魯連子 옛날 노중련
玉貌復誰知 옥 같은 모습 다시 누가 알리

— 「謾成」

김도수는 자신을 달에 비유하여, 달이 찼다가 이지러지는 것처럼 자신의 명성도 넘쳐흐르다가 비방을 받게 되었다고 했다. 자신에게 행해지는 비방이 근거 없이 뜬 비방이라고 했는데 이는 자신의 의지와는 상관없이 세상사람들이 떠들어대는 것이기 때문이다. 그러면서 자신을 노중련(魯仲連)에 비유해 자신은 임금에 대한 깊은 충성과 높은 절의를 지녔다고 했다. 그리고 표면적으로는 자신이 예전처럼 총명하거나 지혜롭지 않고 현재 어둡고 어리석기에 뜬 비방도 마땅하다고 하고 있다. 그러나 그 속에는 이런 자신을 비방하고 알아주지 않는 사람들에 대한 비난이 은연중에 숨어 있다.

> 그러나 족하가 나로 하여금 많이 사람을 접하고 수창하여 명예를 구하게 하고자 하지만 이는 나의 바람이 아닙니다. 나는 본래 시에 능하지 않은데도 외람되이 헛된 명성을 얻어 비록 일찍이 한 번도 세상의 시인들과 교유하거나 담론하지 않았는데도 시기하며 좋지 않게 보는 사람들이 진실로 이미 세상에 가득합니다.[11]

이 글은 김도수가 27세에 이매(李梅)에게 보낸 편지의 일부분이다. 김도수는 이미 젊은 나이부터 시로써 명성을 얻었는데, 위에 인용한 것처럼 그 자신이 많은 사람들을 접하거나 시를 수창하지 않았어도 명성은 높아갔고 그에 상응하여 김도수를 시기하고 좋지 않게 보는 사람들이

---

11) 『春洲遺稿』 권2 「答李伯春書」, "然足下意欲令僕多接人酬唱益求聲譽, 此非僕之願也, 僕本不能詩, 猥竊虛名, 雖曾無一番與世之詩人交遊談論, 而側目不好視者, 固已滿世矣."

늘어만 갔다. 그 원인은 무엇보다도 김도수가 서얼이었던 데에 기인하는 것으로 보인다. 예로써 신유한이 서울로 와서 명성을 얻자 남태량(南泰良)이 그를 욕보이려 하였듯이, 서얼이 문사로 이름을 얻거나 하면 사대부들이 질시하기가 쉬웠다.12) 이는 신분적 질서에 원인하는 것이다. 적서차별이 엄연한 사회에서 사대부 적자들은 시문을 통해 능력을 인정받고 제한된 관직을 얻으려 경쟁했는데, 여기에 서얼들도 뛰어들어 뛰어난 능력으로 명성을 얻게 되니, 경쟁이 더욱 치열해질 수밖에 없었다. 이를 신분적 우위와 기득권을 지니고 있던 일반 사대부들이 용납하기란 어려웠던 것이니, 시기와 욕보임이 일 수밖에 없었다.

2) 벼슬에의 열망과 좌절

네 명의 서얼 문사 가운데 젊은 시절 벼슬에의 의지를 가장 강하게 내보인 사람은 신유한이다.

高枕紅塵擁帝城	홍진에서 베개를 높이 하고 서울에 모여
相看盃酒意難平	술잔을 바라보니 뜻을 평정하기 힘드네
揮毫尙鬱風雲色	붓을 휘두르니 오히려 풍운의 기색에 억눌리고
擊劍遙連雨雪聲	검을 치니 멀리 눈비 소리에 이어지네
千里嶺鴻當歲暮	천리를 나는 산봉우리 위의 기러기는 세모를 맞았고
十年裘馬厭春明	십년 동안 갖옷과 말 지녔으니 봄의 화려함이 싫구나
祇今京洛招携地	단지 이제 선비 부르는 땅에서
嬴得平原重士名	선비 중히 여기는 평원군 가득차게 얻으리

—「洛中與李慈仁世擎同宿呼韻唱酬」13)

---

12) 안대회, 『朝鮮後期 詩話史 硏究』, 국학자료원, 1995, 270면.
13) 『靑泉集』 권1.

이 시는 신유한이 서울에서 벼슬을 구할 때, 이세경과 함께 어느 집에선가 유숙하면서 자신들의 처지를 생각하며 쓴 것이다. 높은 뜻을 지니고 서울에 올라왔지만 아무 것도 이룬 것이 없기에 그 처량한 심정을 담아낸 것이다. 기러기는 앞으로 천 리를 날아가야 하는데 벌써 세모를 맞았다고 하면서 날아온 시간도 오래 되었고 앞길도 험난함을 말하여 자신의 처지에 비유하였고, 또한 자신은 십 년 동안 갖옷을 입고 말을 타고 객지에서 떠돌아 옷은 해지고 꾀죄죄한 형상이라 봄의 화려함이 싫다고 하면서 자신의 우울한 심정을 토로했다. 그러나 신유한은 희망을 버리지 않으니 지금까지 고생을 했지만 끝내는 평원군을 만날 것이라 하였다. 평원군은 조(趙)나라의 왕자로 문객(門客)을 모았던 사람이다. 신유한은 평원군처럼 선비를 알아주는 사람을 만나 그를 통해서 임금에게 이어지기를 바랐던 것이다. 또한 이세경과 머물고 있는 집의 주인이 평원군 같은 인물이라는 기대감의 표현이기도 하다.

또한 신유한은 자신의 처지를 "두문불출한 양웅의 고난함, 기둥에 글을 쓴 사마상여의 가난함"이라[14] 하며 양웅(揚雄, B.C.53~18, 楊雄이라고도 함)과 사마상여(司馬相如, B.C.179~117)에 비교하기도 한다. 양웅은 서한(西漢) 시대 촉군(蜀郡) 사람으로 어려서부터 박학다식했고 깊이 생각하기를 좋아하여 사부(辭賦)에 능했다. 부귀를 부러워 않고 이름이 나기를 구하지 않았으며 성철(聖哲)의 글이 아니면 보지 않고 뜻이 아니면 부귀를 섬기지 않았다. 또한 두문불출하고 벼슬을 구하지 않았다. 사마상여의 부(賦)를 장하게 여기어 모방하였고 굴원의 글이 사마상여보다 뛰어난데도 쓰이지 못하여 「이소」를 짓고 강물에 빠져죽은 것을 슬퍼하여 군자가 때를 만나면 큰 일을 하지만 때를 못 만나면 칩거하는데 때를 만나고 못 만나는 것은 운명이라 여겼다. 40여 세에 수도로 가서 대사마인 왕음(王音)의 천거를 받고 왕에게 부를 지어바쳤으나 여러 임금을 섬기는 동

---

14) 「野城作客牢愁鬱結自叙平生六十韻」 87~88구, "閉關楊子困 題杜長卿貧."

안 제대로 벼슬을 하지 못했다.[15] 사마상여는 젊은 시절 매우 빈한하게 살았는데 장안으로 가면서 승선교를 지날 때 그 기둥에 네 필의 말이 끄는 높은 수레를 타지 않으면 그 다리를 지나지 않겠다고 썼다.[16] 결국 그가 지은 「자허부(子虛賦)」를 읽은 한무제에게 등용되어 마침내 뜻을 펼치고 현달하였다.[17] 그러므로 신유한은 자신을 양웅과 사마상여에 비교해 능력은 있으나 쓰이지 못하는 신세임을 말하면서 자신의 능력을 인정하고 임금에게 천거해줄 왕음 같은 사람과, 자신을 알아보고 써줄 한무제와 같은 임금을 기다리는 것이다.[18]

능력이 있으나 쓰이지 못한다는 의식은 신유한의 시에서 갑중검(匣中劍)의 이미지로 등장한다. 이는 강백과 이세원에게서는 나타나지 않으며, 김도수에게서는 보이지만 그 비중이 신유한만큼 크지 않다.[19] 신유한은

---

15) 古典硏究會 발행 『漢書』(汲古書院, 1973, 869~885면) 「漢書評林」 권87上 「揚雄傳」 제57上 참조.
16) 『辭源』, 商務印書館香港分館, 1987, 1849면, "漢司馬相如初西去長安 過昇仙橋 題柱曰 不乘高車駟馬 不過此橋."
17) 『漢書』 「漢書評林」 권57 「司馬相如傳」 제27上·下, 623~641면 참조.
18) 어진 임금에 대한 기대는 이 당시 시에 지속적으로 나타나는 요소로 신유한은 대를 쌓아놓고 어진 이를 초청하던 연나라 昭王을 그리기도 하였다(『靑泉集』 권2 「行到成歡驛奉和舅氏」, "明朝結客燕臺畔 誰是酣歌擊筑人"). 곧, 신유한이 생각한 어진 임금이란 소왕이나 한무제처럼 선비들의 능력을 알아보고 키워줄 줄 알던 임금인 것이다.
19) 예로써 김도수의 「與李伯春梅飮話」를 들 수 있다.

近與親舊絶 요즘 친구들과 끊기었어도　　緣病未暇尋 병으로 찾아갈 틈을 못 버네
伯春時獨來 백춘만이 때때로 홀로 와서는　　平昔照孤襟 전과 같이 외로운 심정 비추네
相將吐奇語 서로 기이한 말을 토하여　　　發此千古心 이 영원한 마음 꺼내게 되면
我琴掛之壁 내 거문고 벽에 걸려있어도　　虛籟生五音 허망한 소리 五音을 내고
我劍匣而藏 내 검을 상자에 넣어두어도　　夜夜有龍吟 밤마다 용의 울음이 있네
爲君解此物 그대 위해 이것들을 풀어　　　有酒且復斟 술 마시고 또 따르면
幽憂一以散 어두운 근심 한번에 흩어지니　移席就綠陰 자리를 옮겨 녹음으로 나아가
我歌君和之 내 노래하면 그대 화답하노니　明日亦如今 내일 또한 오늘과 같이 하세

김도수는 이 시에서 자신이 외롭고 병든 처지임을 말한다. 찾아오는 친구들도 없고 병이 든 자신도 찾아갈 겨를도 없다. 이는 알아주는 사람이 없고 처지도 영락해 있다는 것과 상통한다. 만약 그를 알아주는 사람들이 많고 그의 처지가 부귀하다면 절로 그를 방문할 것이기 때문이다. 그래도 이매만이 그를 방문하는 진정한 벗이다. 두 사람은 모두 기이한 말과 영원한 마음을 지닌 사람들이니, 자신들을 거문고와 검에 비유하였다.

갑중검 이미지의 시들을 주로 젊은 시절에 썼다. 이는 갑중검이 제 구실을 다하지 못하고 상자 속에 있는 검이라는 점에서 앞 시들과 그 주제의식이 일치한다. 갑중검 이미지는 신유한이 혼자서 읊은 것은 없고 대부분 친지들과 화답하는 가운데 읊은 시에서 등장한다. 신유한은 외숙인 창연(蒼淵) 김중겸(金重謙)과 자신과 벗들의 처지를 상자 속에서 울부짖는 검과 용에 비유하였다. 한편 신유한은 특히 1719년 통신사행을 다녀온 뒤 벼슬길에 나아간 1720년대 이후 곧, 40세 이후에는 갑중검의 이미지를 쓰지 않았다. 벼슬을 했기에 갑중검 이미지가 더 이상 필요하지 않았기 때문이다.

신유한이 벼슬길에 나아가지 못했던 30대 후반까지의 시에서 보이는 갑중검은 희망과 낙척이라는 두 개의 의미를 지닌다. 곧, 희망과 낙척을 교차하는 선상의 미묘한 심정을 지니면서 갑중검에 비유한 인물들이 뛰어나다는 것을 노래한다.[20)]

거문고는 연주되어야 하는데 벽에 걸려있고 검은 빛을 발하며 움직여야 하는데 상자 속에 들어 있다. 능력을 제대로 발휘하지 못하고 있는 것이다. 그래서 거문고는 허망하게 오음을 소리내고 검은 밤마다 용의 울음을 토해낸다. 용의 울음을 낸다는 것은 晝影劍과 騰空劍에서 유래한다. 이 검들은 전쟁이 일어나면 날고 달려서 군대가 있는 방향을 가르켜 주어 이기게 했는데 쓰이지 않을 때는 상자 속에서 龍虎의 울음을 토했다고 한다. 이로 볼 때 김도수가 말하는 검은 주영검이나 등공검처럼 뛰어난 寶劍인데 쓰이지 못해 용의 울음을 우는 검이다. 그런데 김도수와 이매는 자신들끼리 검과 거문고를 풀어 술마시고 노래하며 즐기며 근심을 없앤다. 자신들만이 알아주고 즐기면 되는 것이다. 이로 볼 때 김도수의 갑중검은 신유한과는 달리 고고한 이미지에 근접하고 있다.
20) 예로써 「復以前韻奉別李載允昆季赴洛中」·「香樓夜坐與一之敍懷爲賦七言短歌」·「道與洪上舍文饒叙別」·「奉和悔軒鄭伯英見贈」은 밝고 희망찬 분위기에서 갑중검을 노래한다. 「行到成歡驛奉和舅氏」는 희망과 낙척이 혼용되어 있지만 전반적으로 희망의 분위기가 우세하다. 이에 비해 「暮秋客夜 士集以二律見贈 自敍其落魄之思 因念吾旅懷不平 切切如風簷落木之響 感而和寄」·「中秋夕與士集會飮終南李上庠宅」 등은 낙척하고 우울한 분위기에서 갑중검을 노래한다. 또한 갑중검은 아니지만 劍이나 北斗의 劍이나 검과 관련된 龍을 읊은 시 가운데 「十六夜 余曁兩大雅 共登香樓翫月 時金子長黃天用諸君來會 酒酣放歌一曲 仍爲呼韻」은 희망을 지니고 있지만 「幽棲累月感念懷拈韻信手題詩贈華陽子」·「贈天與」·「到商山次內舅韻」 등은 낙척한 심사가 우세하다.

何處悲歌響　　　어디선가 슬픈 노래 울리고
秋風又颯然　　　가을 바람은 또 쌀쌀하네
夢回楓桂夜　　　꿈은 단풍나무 계수나무의 밤에 배회하고
吟望薜蘿天　　　읊조리며 벽라 사이의 하늘을 바라보네
北斗龍鳴匣　　　北斗 龍鳴匣이요
南山叩角篇　　　南山 叩角篇이라
把衫都市裡　　　도시 속에서 적삼 움켜쥐고
一笑蜋蛩緣　　　한바탕 웃어보세 노래기와 귀뚜라미 인연
　　　　—「暮秋客夜 士集以二律見贈 自敍其落魄之思 因念吾旅懷不平
　　　　　　　　　　切切如風簹落木之響 感而和寄」[21]

　　이 시는 제목에서 보이듯이 신유한의 절친한 벗인 최성대가 늦은 가을날 신유한에게 시를 보내어 낙백한 심사와 그들이 불평을 품은 것이 너무도 간절함을 읊은 것에 대한 화답시이다. 이때는 아직 신유한과 최성대가 본격적으로 벼슬길에 나아가기 이전이었다.[22] 어디선가 울린다는 슬픈 노래는 낙백한 심사를 담고 있는 최성대의 시를 가리킨다. 가을 바람은 또 쌀쌀하게 분다는 것은 최성대의 서글픈 시를 읊으며 심정이 상하는데 늦가을의 바람 소리마저 쓸쓸하여 사람의 심사를 더욱 괴롭히는 상황임을 의미한다. 그래서 꿈에 단풍나무와 계수나무를 배회한다고 했는데 이 두 나무는 가을의 나무이다. 특히 단풍나무는 시에서 으레 가을을 나타내는 관용어로 쓰이고 계수나무는 바람을 내놓는 나무이다.[23] 그러므로 가을에 바람을 일으키는 나무가 있는 밤에 꿈속에서 배회한다는 뜻이다. 시름에 겨워 잠 못 이루고 고향을 그리는 것이다. 벽라(薜蘿)는 덩굴풀로 벽려(薜荔)라고도 하는데 굴원(屈原)의 「구가(九歌)」에 의하면 산 속에 은거하는 사람이 입고 두르는 것이다.[24] 그러므로

---

21)『靑泉集』권1.
22) 최성대는 신분적으로 서얼은 아니었으나, 신유한과 매우 절친했고 이 시를 쓸 당시
　　낙척해있었다는 점에서 신유한이 갑중검 이미지의 시를 쓴 것으로 보인다.
23)『文選』南齊 孔德璋「北山移文」, "秋桂遺風 春蘿罷月."

벽라 사이의 하늘을 바라본다는 것은 고향에서 은거하듯이 지내던 일을 회상하며 고향을 그리워하는 것이다.

그러면서도 신유한과 최성대는 '북두용명갑'을 품고 있다. 자신들을 갑중에서 용의 울음을 내는 검이라 하였는바, 이들의 기상은 웅건하고 높으며[25] 이를 펼칠 수 있는 기회를 기다린다. 이는 '남산고각편'으로 부연된다. 고각이란 영척(甯戚)이 '飯牛車下 叩角而商歌'하자 제(齊) 환공(桓公)이 이를 듣고 등용한 고사를 가리킨다. 곧, 벼슬을 구하는 것이다. 이러한 자신들은 도시 속에서 친분을 유지하고 지낸다.[26] 그러면서 자신들의 신세를 생각하며 한바탕 허허롭게 웃어보니 자신들은 노래기와 귀뚜라미의 인연이라는 것이다. 쓸모 없고 보잘것없지만 서로에게 의지하면서 살아가는 인연인 것이다. 결국 자신들은 가을만큼이나 쌀쌀한 현실에서 보잘것없는 신세이지만 갑중검 같이 웅건한 기상을 지녔고 서로 친분을 유지하며 살아감을 노래한 것이다.[27]

김도수는 신유한처럼 벼슬에 대한 열망을 직접적으로 쓰지는 않았다. 이는 김도수가 이른 나이에 음보로 벼슬길에 나아갔던 데에 기인한다. 그러므로 자신을 알아주는 사람에 대한 기대는 벼슬길에서 무엇인가를 하고 싶은 열망을 통해 드러난다. 김도수가 벼슬길에 나아가서 하고자 하는 일이 무엇이었던가는 다음 시를 통해서 알 수 있다.

空山枏樹色蒼碧　　빈산의 남수 빛 푸르고 푸르어
獨立稜稜寒千尺　　홀로 추위 이기고 드높이 서 있는데
三足之烏且避過　　태양은 피해 지나가려 하고

---

24) 屈原, 『楚辭』「九歌」「山鬼」, "若有人兮山之阿 被薜荔兮帶女蘿."
25) 예로 「到商山次內舅韻」, "北斗時懸劍"이나 「行到成歡驛奉和舅氏」, "匣中雷雨鳴何壯 筆下江山助亦神"이라고 한 데서 높은 기상을 볼 수 있다.
26) 시 원문의 把衫은 把袂와 같은 뜻으로 보이는바, 파몌는 情感憂喜之流露를 의미한다.
27) 신유한과 그의 친지들이 낙척해 있음은 갑중검을 나타낸 모든 시들에서 보인다. 「復以前韻奉別李載允昆季赴洛中」에서는 이재윤이 서울로 떠나가며, 「行到成歡驛奉和舅氏」에서 외숙은 낮은 벼슬과 가난에 궁한 시름을 거느렸다.

義和却立長歎息　　희화는 물러서서 길게 탄식만 하네
山中幽客時來撫　　산중 그윽한 손 때로 와서 어루만지고
山下歸僧或相覓　　산 아래 돌아가는 스님 혹 찾는데
可憐道上喝死人　　가련하다 길 위에 더위 먹어 죽은 사람
珍樹蒼蒼曾不識　　좋은 나무 푸르름 알지 못하였구나
焉得將此數畝陰　　어찌하면 이 몇 이랑의 그늘을
移彼通衢與廣陌　　저 너른 길거리들로 옮겨
六月爛炎流金石　　쇠와 돌이 녹아나는 유월 찌는 더위에
一蔭東西南北客　　동서남북의 객을 모두 가려줄 수 있으리
―「栟樹行」

빈 산에 있는 푸르른 녹나무는 홀로 늠름하게 추위를 이기고 드높이 서있다. 푸르름으로 표상된 뛰어난 능력을 지닌 채 거친 세파에도 흔들림이 없는 것이다. 그러나 태양은 피해 지나가고 그 태양이 타는 마차를 부리는 희화는 탄식한다. 이는 태양이 녹나무에 머물어 빛을 내리지 않고 저물어가는 것을 의미한 것이니[28] 푸른 녹나무빛이 세상에 알려지지 않은 것이다. 그러나 산 속에 은일하여 사는 그윽한 객이나 산 아래서 돌아가는 승려는 이를 알고 찾아온다. 이들은 속인과는 달리 이상을 추구하는 사람들이라고 할 수 있으니 비범한 사람들이기에 비범한 나무의 능력을 아는 것이다. 또한 나무를 알아본 김도수 자신도 그윽한 객의 범주에 들어갈 수 있다.

그런데 속세에 사는 사람들은 가련하게도 나무가 있음을 알지 못하고 길 위에서 더위 먹어 죽었다고 했다. 유월 더위에 쇠와 돌이 녹아 흐른다 하여 세상이 사람 살기 힘든 상황임을 비유했다. 이는 나무의 푸르름이 없어 더위를 피할 수 없었기 때문이다. 그래서 자신은 나무를 사람들이 많이 사는 곳에 옮겨놓아 그 푸르름에서 나오는 그늘로써 동

---

28) 『楚辭』「離騷」, "朝發軔於蒼梧兮 夕余至乎縣圃 欲少留此靈瑣兮 日忽忽其將暮 吾令羲和弭節兮 望崦嵫而勿迫 路曼曼其脩遠兮 吾將上下而求索."

서남북으로 유랑하는 사람들을 가려주고 싶다고 했다.

여기서 푸르름을 지닌 나무는 바른 도(道) 혹은 제세구원(濟世救援)의 의지를 상징한 것으로 볼 수 있다. 바른 도는 현재도 존재하는 것이니 임금은 그 도로써 통치해야 하는 것이다. 그러나 이처럼 바른 도가 있음에도 불구하고 임금이 통치를 못하니 백성들은 바른 통치가 무엇인지 입어보지도 못한 채 이에 목말라 하며 찌는 더위와 같은 고통 속에서 살아간다. 그런데 김도수 자신은 백성을 그늘 속에서 편히 쉬게 할 바른 도리가 있음을 알지만, 이를 현실에 구현할 방법이 없다. 곧 그는 벼슬길에 나아가 임금에게 바른 도리가 있음을 알려 바른 통치로써 백성을 구하게 하고자 희망한 것이다.

다음으로 서얼들이 현실에서 고난을 겪는 이유를 어떻게 보고 있는가를 살펴보겠다. 아래는 이세원이 지은 「쇄략사가(刷略使歌)」의 「병인(幷引)」이다.

예전에 나는 중국사람이 지은 『쇄략사전』을 보았는데 그 의미는 대개 사람에게 분수 아닌데도 재물을 얻음이 있으면 쇄략사가 저승의 관리에게 뜻을 받아 한결로 사라지고 흩어지게 함을 일삼은 것이 수천은 되었으니 언어가 비록 사실이 아니지만 떨치어 발하는 것이 있다는 것이다. 元生 善興은 내가 예부터 알던 사람인데 그 선조 대에서는 부유했으나 원생에 이르러 가난함이 더욱 심해졌다. 원생이 개연히 업을 돌이키려는 뜻이 있어 조정의 귀인을 복종해 섬기어 노력과 수고로움을 피하지 않았으나 오랫동안 이룸이 없었다. 작년에 비로소 영덕의 광세감관이 되어 많은 금을 얻었는데 기이한 병에 걸려 치료했으나 효험이 없었다. 李上舍 中甫씨는 그의 외가 친척인데 나를 보고 그가 일어나지 못함을 걱정하였다. 내가 "걱정 마시오 이 사람은 쇄략사가 금을 묶은 것을 만난 것이니 금이 다하면 마땅히 나으리라"고 하였더니 이상사가 이상하게 여겨 말하기를 "쇄략사가 무엇이오"라고 하였다. 내가 인하여 그 이야기를 하고 더불어 한차례 웃었다. 올 가을에 내가 중원에 가서 원생을 보았더니 병은 다 나았고 금은 의사를 끌어오고 굿을 하는 데 써 없앴다고 하였다.29)

요컨대, 원선홍에게 재물을 얻음은 분수 밖의 일이었는데도 재물을 얻었으니 쇄략사가 이를 없애기 위해 병을 주었다는 것이다. 이 이야기는 분수 아니게 재물을 얻으면 결국은 고생 끝에 본래의 위치로 떨어진다는 것이다. 그런데 이세원에게 있어 이는 단순히 재물만의 의미는 아니었던 것으로 보인다. 자신의 분수가 아닌 것은 재물이든 관직이든 상관없이 자신에게 주어지지 않는다는 뜻이 깔려 있다. 「쇄략사가(刷略使歌)」에서 "내 홀로 이치를 취함이 있으니, 인생 만사 어느 것이 운명이 아니겠는가"30) "쇄략사가 혹시라도 내 분수 밖에 얻은 것을 성낼까 저어하노라"31)라고 하면서 자신의 처지를 빗대었다. 곧, 이세원은 쇄략사의 일을 내세워 자신의 처지가 운명인 것이고, 이 운명에서 벗어나 입신하거나 부귀하게 되더라도 결국은 쇄략사 때문에 험한 일을 당하여 다시금 지금과 같은 빈한한 처지로 떨어지고 말 것임을 말하였다. 이는 자신의 낙척한 처지가 운명 때문이라는 위안이면서, 동시에 인간의 힘으로는 운명을 벗어날 수 없으니 운명에 순응하여 살겠다는 뜻이기도 하다.

得意義皇枕	뜻을 얻은 희황시대 베개요
忘貧百結琴	가난을 잊은 백결선생 거문고네
窮通知有分	궁통에 분수 있음 아니
天地亦何心	천지는 또한 무슨 마음인가

　　　　　—「閑中偶閱西湖處士詩 讀孤山小隱爲題者 欣然有會於心
　　　　輒逐篇依韻賦之 非敢希蹤古人 聊寓景仰之私云爾」3수, 3·4연

---

29)『顧菴遺稿』「刷略使歌 幷引」, "昔年余觀中州人所爲刷略使傳者, 其意盖曰, 人有非分獲財, 刷略使受旨冥司, 一以銷散爲事屢數千, 言語雖不經實, 有激而發云, 元生善興, 余之舊識也, 其先富家, 至生貧瘁益甚, 生慨然有復業意, 服事朝貴不避勞勩, 久之無成, 昨年始得盈德礦稅監官獲百金, 旣而嬰奇疾治之不效, 李上舍中甫氏其外黨也, 見余憂其不起, 余曰, 勿憂, 此人遭刷略使括金, 金盡當瘳, 上舍異之曰, 刷略何物也, 余因擧其說, 相與一笑, 今年秋, 余適道中原, 歷見元生, 疾已而金耗於延醫賽神矣."
30) "吾獨取有理　人生萬事孰非命."
31) "刷略使或恐嚇我分外得."

이세원은 복희씨와 백결 선생을 끌어와, 자신은 득의함을 중요하게 여기니 복희씨처럼 속세와는 다른 사람이 되었고 가난하지만 이에 괘념치 않고 신라 때 백결 선생처럼 자신이 좋아하는 것을 즐기며 산다고 하였다. 세모에 부인이 곡식 없음을 한탄하자 백결은 삶과 죽음에는 운명이 있고 부귀는 하늘에 있어 오는 것을 막을 수 없고 가는 것을 따를 수 없으니 어찌 서러워하겠느냐고 하였다.[32] 이세원은 백결의 삶과 말을 자신의 처지에 빗대어 받아들인 것이다.[33] 이는 사람이 궁하거나 현달하는 것은 모두 하늘이 부여한 분수에 따른다는 체념적 운명론이다. 이로 인해 이세원은 자신이 능력이 없으니 현재의 상태를 한탄하지 않고 받아들여야 한다는 자괴감을 보이기도 한다.[34] 그러니 자신이 낙척하여 살아가는 것도 모두 하늘이 자신에게 부여해준 분수이기에 거역할 수 없다는 것이다. 그러면서 이세원은 하늘이 부여한 운명에 대해 한탄을 하기도 한다. '어찌하여 천지가 자신에게 이렇듯이 영락한 삶을 운명으로 부여했는가'라는 것이다.

신유한도 앞서 예로 든 「야성에서 나그네 서러움에 가슴이 답답하여 내 평생의 일을 60운으로 쓰네[野城作客牢愁鬱結自叙平生六十韻]」의 69~76

---

32) 金富軾, 『三國史記』 권48 「列傳」 제8, “百結先生不知何許人, 居狼山下, 家極貧, 衣百結若懸鶉, 時人號爲東里百結先生, 嘗慕榮啓期之爲人, 以琴自隨, 凡喜怒悲歡不平之事, 皆以琴宣之, 歲將暮, 隣里春粟, 其妻聞杵聲曰, 人皆有粟春之, 我獨無焉, 何以卒歲, 先生仰天嘆曰, 夫死生有命, 富貴在天, 其來也不可拒, 其往也不可追, 汝何傷乎吾爲汝, 作杵聲以慰之.”

33) 이세원의 이 시는 자신의 처지를 중국의 인물이 아니라 우리나라 고대의 인물에 비유하였다는 의의를 지닌다. 우리 한시의 대부분이 중국의 용사를 차용하고 있는 현실에서 이세원이 백결을 용사로 사용한 것은 표현면에서도 획기적인데 이는 18세기 후반에 이르러 조선풍이 풍미하게 되는 한 출발점이 될 수 있다. 뿐만 아니라 그가 『삼국사기』를 읽었음을 보여주는 자료이다. 특히 정약용이 『삼국사기』나 『國朝寶鑑』·『輿地勝覽』 등을 읽고 고사를 채취하여 시에 사용해야 한다고 주장했던 것(송재소, 『茶山詩研究』, 창작과비평사, 1986, 45면 참조)에 비해 한 세기나 앞선 표현이다.

34) 「雜詠用唐人韻」, “才俊正逢千載會 庸愚誰數一儒寒 優游聖世眞吾分 不恨荒年罄日餐(재주 뛰어나면 천년의 만남 이루나, 어리석으니 한 유자가 빈한함 누가 헤아리리. 聖世에 넉넉히 노님 진실로 내 분이니, 흉년에 음식 없음을 한하지 않네).”

구에서 다음과 같이 말한다.

靜數功名會　　공명이 모임을 조용히 헤아리고
冥思否泰因　　성쇠의 원인을 고요히 생각하니,
南征問鵬鳥　　남쪽 바닷길을 붕새에게 물은 사람도
西狩泣麒麟　　서쪽 사냥에서 잡힌 기린 때문에 운 분도 있었고
龜手吳封爵　　손 안 트는 약으로 오나라의 영주가 된 사람도
羊頭漢貴臣　　양 머리 요리로 한나라의 귀한 벼슬을 한 사람도 있었네
各隨其分定　　각각 분수 따라 정해지는 것이니
寧以所能掄　　어찌 그 능력으로 가릴 수 있으리

　　신유한은 공명과 성쇠에 대해 생각을 하며 예전의 여러 선인들을 예로 들었다. 남쪽 바다 가는 길을 붕새에게 물은 사람은 장자를 가리킨다. 붕(鵬)은 『장자(莊子)』「소요유(逍遙遊)」에 나오는 새로 남쪽 바다로 날아갈 때 파도를 일으키기를 3천리, 회오리바람을 타고 오르기를 9만리를 한 뒤에 날아간다고 한다. 바람 쌓인 것이 두텁지 않으면 큰 날개를 띄울 만한 힘이 없는데 9만리를 올라야 날개 밑에 충분한 바람이 쌓이기 때문이다.35) 그런데 남쪽바다로 가는 길을 붕에게 묻는다는 것은 세속의 번뇌에서 벗어나 멀리 떠나가고자 한 것을 의미한다. 서쪽으로 간 사냥에서 기린에 운다는 것은 『논어(論語)』「집주(集註)」「서설(序說)」에 나오는 공자(孔子)가 노(魯) 애공(哀公) 14년에 "魯西狩獲麟"36)하였다는 데서 차용하였다. 주자(朱子)의 주(註)에 의하면 자신을 알아주지 않음에 대한 탄식37)이라 하였다. 또한 공자가 이때 자신의 도가 다하였다고38) 하였다. 공자가 애공 11년에 노나라에 갔으나 노나라가 끝내 공자를 쓰지 못하였던 것39)을 말한 것이다. 결국 이는 장자와 공자가 그들의 능력에 합당

---

35) 안동림 역주, 『莊子』, 현암사, 1993, 27~29면 참조
36) 『論語』, 景文社, 1979, 3면.
37) 『論語』, 같은 면, "有莫我知之歎."
38) 『辭源』, 1091면, "吾道窮矣."

하게 쓰이지 못하였음을 말한 것이다.

다음으로 균수(龜手)는 『장자』「소요유」에 나온다. 송(宋)나라에 손 안 트는 약을 잘 만드는 사람이 있었는데 이 약을 손에 바르고 대대로 솜을 물에 빠는 일을 했다. 그런데 객(客)이 듣고 그 기술을 백금(百金)을 주고 샀다. 그는 오왕(吳王)을 찾아가 장군이 되어 겨울에 월(越)나라와 수전(水戰)을 할 때 이를 사용해 월나라의 군대를 무찔러 땅을 나누어받아 영주가 되었다. 곧, 약을 사용한 방법에 따라 솜 빠는 일을 하는 사람이 되기도 했고 영주가 되기도 했던 것이다.40) 능력을 어떻게 발휘했느냐에 따라 처지가 바뀐 것이다. 양두(羊頭)는 『후한서(後漢書)』「유현유분자열전(劉玄劉盆子列傳)」에 나오는데 벼슬을 외람되이 주는 것을 의미한다. 곧, 유현이 황제가 된 뒤에 조맹(趙萌)의 딸을 부인으로 삼은 뒤 조맹이 전권을 휘두르자 이를 간언하는 신하들을 유현이 죽여 그 후로는 신하들이 감히 간언하지 못했고 정사가 문란해져 많은 소인, 장사치, 궁중의 요리사, 부엌일 하는 사람들이 벼슬을 받게 되었다.41) 어지러운 때에 능력이 없는 인물들이 합당치 않게 벼슬을 한 것을 의미한다.

그러므로 능력이 있으며 뛰어난 현인이었던 장자나 공자는 끝내 쓰이지 못했던 것에 비해 손 트는데 바르는 약을 적절히 사용한 객과 요리를 잘했던 요리사는 높은 벼슬을 받았던 것이다. 신유한은 이 고사들을 인용하여 사람의 길은 각각 분수에 따라 정하여지지 능력에 따라 가려지는 것이 아님을 알게 되었다고 했다. 손 안 트는 약을 사용하여 오나라에 가서 입신한 객이나, 어지러운 시대에 시장의 장사꾼들이 벼슬을 한 것은 그들의 분수라는 것이다. 다시 말해 어떤 사람이 자신의 능력을 적절히 사용하는 것조차도 운명적으로 정해져 있다는 뜻이다. 이역시 체념으로 보아야 할 것이다.

---

39) 『論語』, 같은 면, "魯終不能用孔子."
40) 『莊子』, 41~42면 참조.
41) 范曄, 『後漢書』(경인문화사 영인본) 권11 「劉玄劉盆子列傳」 第一.

강백도 운명론적 인식을 보여준다.

明時不敢怨長沙　　태평성대에 유배 온 것 감히 원망 않으니
萬事其如天命何　　모든 일이 하늘의 운명이니 어찌 하리
丁歲曉星朝北闕　　정미년에는 새벽별 뜰 때 북궐에 조회하였는데
辛年落日坐漁家　　신해년에는 해질녘 어부의 집에 앉았네
微微隔浦何來雨　　나루 건너 어슴프레 어디선가 비오는데
簇簇滿峰都是花　　봉우리 가득 꽃 피었네
感激君恩隨處在　　상감의 은혜 곳에 따라 있으니
四年詩草一囊多　　사년 간의 시초가 주머니에 많네

―「海上與諸君賞花」[42]

강백은 젊은날 시문으로 이름을 날렸고 통신사행에 서기로 참여하기도 하였으나 벼슬길에는 제대로 나아가지 못했다. 1727년 37세의 나이로 대과에 급제한 뒤에야 벼슬길에 나아갔고 다음해에는 성환 찰방에 임명되어 희망을 지니고 환로에 진출하였다. 그러나 곧이어 일어난 이인좌의 난에 연루되어 철산에서 5년 간 귀양을 살았다. 귀양은 환로에 대해 품었던 그의 청운을 일시에 물거품으로 만들어버린 사건이었다. 그러므로 강백은 자신은 환로에 인연이 없으며 귀양을 온 것도 모두 정해진 운명 때문이라고 체념하게 되었던 것으로 보인다. 위의 시에서 강백은 자신이 가의(賈誼)처럼 귀양을 온 것은 하늘의 운명이기 때문에 원망하지 않는다고 했다. 그래서 1727년에는 새벽별을 보는 바쁜 벼슬살이를 하였는데 1728년에 귀양을 와서 4년이 된 1731년에는 해질녘에 고기잡는 집에 앉아 망연히 먼 경치를 바라볼 뿐이다. 비록 귀양을 왔을망정 좋은 경치를 바라볼 수 있고 시를 지을 수 있다는 점을 위안으로 삼아 이를 임금의 은혜라 했으니, 강백은 모든 것을 운명으로 받아들이고 체념을 한 것이다.

---

42) 『愚谷集』 권2.

山雨來還去　　산비 내렸다 그치고
蕭蕭西日時　　서녘에 쓸쓸히 해질 때
秋鴻氣猶健　　가을 기러기 기운은 오히려 꿋꿋한데
志士鬢先衰　　지사의 살쩍머리 먼저 희어지네
慷慨唐衢哭　　강개한 당구의 곡소리
流離蘷府詩　　기부에 유리해 지은 시
修身宜俟命　　修身은 운명을 기다림이 마땅하니
萬事化翁爲　　모든 일은 조화옹이 함이네

―「西行途中」1수[43]

　　이 시는 강백이 귀양에서 돌아와 공주에 은거하며 살 때 길을 떠나 지은 것이다. 공주를 떠나 온양, 과천을 지나고 임진나루를 건너 금천(金川)을 지나쳐 쓴 시이다. 산에 비 내렸다 그친 뒤 서녘으로 해가 쓸쓸히 지는 풍경을 끌어와 자신의 우울한 심사를 표현했고, 똑같이 길을 가는 신세이지만 기러기는 기운이 있어 보이는데 자신은 살쩍머리가 희어진다고 하여 늙고 기운도 쇠하였음을 나타냈다. 이는 자신의 생계가 졸하여 굶주리고 이제 소년시절 지녔던 호방함을 잃었으며 시서를 일삼던 것도 폐하고 떠돌며 근심하기 때문이다.[44] 그래서 강백은 자신을 당구(唐衢)에 비유하였다. 당구는 당나라 사람으로 글을 잘 하였으나 늙도록 이룸이 없었다. 곡을 잘했는데 그 소리가 애절하여 듣는 사람들이 눈물을 흘렸다고 한다. 또한 당구는 백거이(白居易)가 귀양감을 듣고 크게 곡했다고 한다. 곧, 강백은 능력이 있는 당구가 쓰이지 못하고 떠돌았던 것처럼 자신도 이룬 것 없이 이리저리 떠돌아다님을 비유한 것이다. 그래서 굶주린다고[45] 비유한 자신의 삶이 자신의 의지에 의해서가 아니라 운명과 조화옹에 의해 좌우됨을 말하여 체념을 한 것이다.[46]

---

43)『愚谷集』권3.
44)「西行途中」3수, “安排生計卒 剝落少年豪 事業詩書廢 生涯鞍馬勞.”
45)「西行途中」4수 미련, “飢餓眞吾分 經營計已非.”
46)『愚谷集』권4「偶書 1수」에서는 “此世已知長局捉 吾生自分不繁華”라고 하여 자신

결국 신유한이 "이생에 귀양사는 사람이 아니라면, 어디를 간들 떠도는 백성이 아니겠는가"라고[47] 하여, 자신의 삶이 고난스러운 것을 귀양살이하는 사람이기에 일어나는 것이라고 위안하였듯이 서얼들은 자신들의 처지가 운명이라 생각하였다. 천상에서 죄를 지었기에 이생에서 고통을 받고 있다거나 운명이기 때문이라고 생각하여 자신들의 어쩔 수 없는 신분적 열세에 대한 체념이자 위안을 삼은 것이다.

2. 사회제도와 세태 비판

1) 부패한 현실과 타락한 세태 비판

사회로부터 온당한 대접을 받지 못하고 있던 서얼들에게 당시 현실의 이런저런 면모는 아마도 예사롭지 않게 보였을 것이다. 여기서는 당시 사회 현실에 대해 그들이 어떤 눈길을 던지고 어떤 생각을 했는지 살펴보도록 하겠다. 다음은 이세원이 구걸하는 어린 아이를 보고 쓴 시로 사회적 현실에 대한 그의 인식의 일단을 보여준다.

小兒行乞立溪濱　　어린 아이 구걸하며 시냇가에 섰는데
赤脚履霜背負茵　　맨발로 서리 밟고 등에는 깔개 졌네
吾今濟爾無他術　　내 지금 너를 구할 다른 방법이 없어
只願三冬暖似春　　다만 겨울이 봄처럼 따뜻하길 바랄 뿐이네

―「乞兒行」

의 인생이 순탄하지 않았던 것을 운명으로 받아들였다.
47) 「野城作客牢愁鬱結自叙平生六十韻」, "此生非謫客 何往不流民."

구걸하는 어린 아이는 서리 내린 겨울인데도 맨발로 서 있으며 등에
깔개를 지고 있다. 신조차 신지 못하였고 몸을 누일 움막조차 없다. 비
록 짧은 표현이지만 어린 아이가 추위에 떨며 구걸하게끔 한 현실에의
비판의식이 드러나 있다. 아이가 구걸을 하게 만든 원인에 대한 직접적
인 제시는 없지만, 이세원 자신에게 아이를 구할 만한 방법이 없다고
한 데서 이 원인이 단순히 개인적인 차원이 아님을 알 수 있다. 곧, 이
는 아이와 같은 계층이 생겨나는 것을 방지하고 이 아이를 구걸에서 벗
어나게 할 아무런 방법이 없다는 것이니, 사회적인 해결책이 없음을 의
미한다. 그래서 개인적으로 바라는 것이 겨울이 봄처럼 따뜻하기만을
바란다고 하여 사회적 문제를 자연의 은혜를 통해 조금이나마 해결하고
자 하였다. 이는 이세원 자신이 벼슬을 하지 않았으며 빈한하게 살았기
에 그저 바라보고 탄식하는 일 외에는 아무 것도 할 수 없음을 말한 것
이다.

그러나 구걸하는 아이를 보고 썼다는 점에서 발상이 비슷한 윤현(尹
鉉, 1514~1578)의 「견걸아(見乞兒)」[48]와 비교할 때 이세원의 이 시는 한 걸

---

48) 임형택, 『李朝時代 敍事詩』, 창작과비평사, 1992, 70~71면, "해질 녘에 동냥하는 소
리 듣고, 바삐 문을 열고 나가 보니, 대문 밖의 두 어린 아이, 맨발에 몸짓조차 어릿어
릿, 한 아이는 묻는 말에 대답도 잘 않고, 부끄러운 듯 머리를 푹 숙이는데, 또 한 아이
손으로 가리키고, 눈물 글썽이며 들려주는 이야기, 이 도령은 바로 제 주인집 아들입죠,
주인집은 저번 돌림병에 걸려, 부모가 모두 한 달 새 돌아가시니, 하인들 뿔뿔이 흩어
지고, 오직 늙은 종 하나 남았으니, 바로 저의 어머니거든요, 어제 일찍 장터에 가신다
면서, 우리 두 사람보고 이르기를, 양식을 얻어서 저녁나절 돌아오겠노라, 문밖에 서서
어머니 언제 오시는가, 종일토록 앉았다 섰다, 해는 지고 저물어도 어머닌 오시잖아, 울
며불며 긴밤 지새우고, 아침에 주림을 견디지 못해, 고픈 배 안고 시방 여기 이르렀습
니다, 집의 동복을 불러 쌀을 내오라 시키니, 두 아이 얼굴에 희색이 떠오르는구나, 슬
프다, 양가의 자식으로, 어쩌다 이 지경에 이르렀는고, 천륜을 못 지킨 형편이니, 너희
들 믿을 것 무엇인고[日夕聞乞聲 倒裳出門視 門前兩兒子 跣足行루루 一兒問不應
低頭如有恥 一兒手指之 云是主家子 主家구時疫 父母同月死 家僮散亡盡 唯有一奴
婢 奴婢是我母 昨日早往市 向我兩人言 乞米暮當至 出門待母還 終日坐復起 日夕竟
不至 連夜啼未已 朝來不耐飢 乞食行到此 呼童將米來 亦能知喜色 可哀良家子 如何
一至是 天性具不保 爾更何所恃]."

음 더 나아간 바가 있다. 조선시대 서사시의 맥락에 서있는 「견걸아」는
시적인 형상화에 있어서 뛰어나지만, 윤현은 구걸하는 아이들을 보고,
모자와 노주(奴主)의 윤리를 함께 배반하게 만든 현실을 개탄하고 있을
뿐이다. 곧, 더 이상 인식의 진전은 없이 다만 개탄으로 끝날 뿐이다. 이
에 비해 이세원의 「걸아행」은 자신이 무엇인가를 하긴 해야 하는데 지
금은 하릴없이 날씨가 따뜻하기만을 바란다고 하여 해결책을 강구코자
하는 의지를 보였다는 데 의의가 있다.

良家小兒纔離乳	양가 어린 아이 겨우 젖떼었는데
名字前年入軍簿	이름이 지난해에 군적에 들었네
方今我國久昇平	바야흐로 이제 우리나라 오래 평화로우니
待汝成丁防北虜	네가 장정되기를 기다려 북쪽 오랑캐를 막으려네

—「良家兒」

　위의 시는, 조선 후기 삼정의 문란 가운데서도 극에 달하였던 군정의
문란을 다룬 것이다. 군정의 문제점 가운데 이세원이 포착한 것은 어린
아이를 군적에 올리는 폐단이었다. 양민의 아이가 겨우 젖을 떼었는데
이미 그 전년에 군적에 올랐다니 이는 태어나자마자 군적에 올랐다는
것이다. 군포를 받아내기 위해 관에서 갓난아이를 바로 군적에 올리는
소위 황구첨정(黃口簽丁)의 술책에 든 것이다. 이에 대해 이세원은 나라
가 오랫동안 평화로우니 아이가 장정이 되기를 기다려 그때나 쳐들어올
오랑캐를 미리 막으려 하는 것 같다고 비꼬아 풍자한다. 또한 오랫동안
평화롭다는 것도, 대외적으로 외침이 없다는 점에서야 그러하지만 갓난
아이를 군적에 올리는 등의 부정부패가 난무하는 현실이 결코 평화롭지
못하다는 점에서 아이러니적인 진술이다.
　다음으로 신유한의 경우를 살펴보겠는데 그는 세태를 중점적으로 비
판하였다.

내가 젊어 재능이 없으면서 함부로 서울서 산 지 이미 30여 년에 사방의 여러 선비들로 과거를 통해 나아가는 사람들과 익혔고 눈으로 친하게 지냈는데 경서는 앵무라 헛되이 말만 하고 藝는 치자나무와 밀랍이면서 좋은 값을 모칭하고, 저들이 모두 뛰고 뛰며 자만하고 용단과 부귀를 얻어서 일세에 교만하니 나는 이를 천하게 여기고 좇고자 않았는데 시세 변천의 흐름으로 여기고 과거에 응시한 사람들이 넘치었으니 모두 이것이다.[49]

곧, 신유한이 서울을 드나들면서 사방에서 모여든 여러 선비들을 만났고 과거를 보는 사람들과 친하지는 않아도 눈으로는 알 정도였다. 그런데 그들은 경서에 대해서는 앵무처럼 헛되이 말만 할 뿐 깊은 뜻을 알지 못했고 예에 대해서는 자신들이 잘 아는 것처럼 혹은 잘 하는 것처럼 하였으나 사실은 치자나무나 밀랍처럼 가짜였다. 그런데도 모칭하여 스스로를 높이고 부귀로 교만하게 굴며 이러한 것을 시대의 흐름으로 만들어갔다. 이러한 흐름에 편승한 사람들이 과거에 응시하고 붙고 하였던 것이다. 이는 ‘文墨之場과 貢擧之門’의 폐단으로, 사람마다 스스로를 팔고 스스로 으쓱거리며 구슬과 옥을 먼지와 모래로 더럽히는 것이었다.[50]

뿐만 아니라 과거의 폐단은 사람 사이의 사귐의 도리마저 망쳐놓았다.

날마다 도시 사이에서 보니 붉은 수레 타고 노리개를 찬 사람은 재물의 이익으로 사귐이 있고 유자의 옷을 입고 이야기하는 사람은 명성으로 사귐이 있고 또 그 아래로는 해침과 세력으로 사귐이 있어 저들이 기교를 부려 뇌물 꾸러미를 잡고 몸치장을 하여 중매인을 당하며, 아닌즉 오만히 귀함을 만들고 매우 허둥지둥하며 오합조산하는 자 늘 있었다.[51]

---

49) 『靑泉集先生續集』 권2 「贈李明俊敏眞歸家序」, “余少也, 謬以濫竽而穀於京, 旣三十餘年, 習與四方諸彦由科第而進者目親之, 以經則鸚鵡徒能言, 以藝則栀蠟冒善價, 彼皆趨躍自大, 得龍斷富貴, 驕一世, 吾斯之不願從, 以爲世運之波流, 而應擧者滔滔皆是也.”
50) 『靑泉集』 권3 「答李生敏德書」, “人人自鬻而自詉 (…중략…) 以塵沙汚珠玉.”
51) 『靑泉集先生續集』 권2 「寅賓閣集序」, “日於都市間, 見朱輪而佩者, 有貨利交, 服

　사람 사이의 사귐을 살펴보면 임금 아래 가장 높은 지위에 있는 붉은 수레를 타고 노리개를 찬 고관대작들은 재물의 이익으로 사귄다. 다음으로 유자의 옷을 입고 유교 경전을 이야기하는 선비들은 명성으로 사귄다. 아직 환로에 나아가지 않아 재물이 없는 대신에 명성이라도 얻으려는 것이다. 지도층이 이러하니 그 아래 있는 사람들도 이를 본받아 해침과 세력으로 사귄다. 이들은 기교를 부려 뇌물을 받고 몸치장을 하여 혼사를 정한다. 위로부터 아래까지 모두가 명리만을 추구하는 것이다. 곧, 당대 사람들이 부귀와 명예를 좇아 이를 얻기 위해 과거(科擧)와 교도(交道)가 문란해졌다.

　신유한은 다른 서얼들에 비해 벼슬살이를 오래 하였다. 곧, 1717년 비서저작랑이 된 이후 1748년 경주공도회고시지임(慶州 公都會 考試之任)을 맡을 때까지 30여 년 간 벼슬길에서 부침을 거듭하였다. 제2장에서 살폈듯이 서얼들은 당하관에도 못 미치는 미관말직을 전전했고 고을 수령으로 나가는 경우도 낙후된 읍으로 나가 외직을 맴돌 뿐이었다. 신유한도 이에서 크게 벗어나지 않지만, 다만 조금 높은 관직과 오랜 벼슬살이를 했다는 차이점이 있다. 그렇다면 고을살이를 통해 서얼들이 무엇을 느꼈는지 신유한을 통해 알아보도록 하자.

　땅은 사방이 20리이고 여러 산들이 무리지어 있어 죽순을 묶듯이 하였고 들은 조금도 없다 (…중략…) 백성은 띠풀을 엮어 살고 태워 묵정밭을 만드는데 땅은 여위어 黃唐으로 번갈아 밭 갈고 번갈아 쉰다. 심는 곡식은 콩과 보리인데 힘써 경작해도 능히 賦斂을 받들지 못한다. 시장의 가게에는 실·모시와 생선과 고기가 없고 백성은 거친 마를 입고, 채소 먹고 소금을 먹음은 淨行을 하는 優婆처럼 한다. 동산과 집에는 꽃과 과일이 없어 사람들이 복숭아와 오얏을 알지 못하고 봄에는 마를 먹고 여름에는 고무딸기를 먹고 가을에는 다래를 먹는다. 산을 파서 우물을 먹으나 그 샘은 걸러도 찌끼가 있으니 기침병에 걸리

儒而談者, 有名聲交, 又其下有慸勢交, 彼其設機巧以漁苞苴, 操膏沐以當賽修, 否則傲然生貴, 甚卒卒烏合而鳥散者, 恒也."

고 가래와 피를 뱉는다. 술은 쌀과 보리로 즙을 내고 짚으로 거르는데 좋아하
는 사람은 한 단지를 다하여 약으로 삼는다. 습속에 정이 없고 선비는 시서를
일삼지 않고 아전은 글과 장부에 익숙하지 않고 백성은 공예를 업 삼지 않고
오직 역에서 도망가는 것을 잘하여 일을 만나면 문득 물고기와 새처럼 흩어진
다 (…중략…). 내가 처음 도착했을 때 고삐를 잡은 사람이 바위가 휑뎅그레한
사이의 가시나무 울타리를 가리키며 “이곳이 현의 아문과 창고와 관아입니다”
라고 하였다. 가시나무를 헤치고 들어가 小屋에 앉아 보니 아전과 하인과 밥하
고 물긷는 십여 사람이 옷은 정강이도 가리지 못했고 모두 거하는 곳이 일정치
않고 새새끼처럼 먹었다. 놀라서 장부를 보니 民戶는 천인데 游士가 그 반이고
良賤役은 머릿수가 이천 남짓이었다. 그 땅은 풍년의 소출을 계산하면 역사,
조세, 부역 갚기를 열에 네다섯도 채우지 못했는데 격문은 털같고 날마다 채찍
하며 쌀과 돈과 중국 사신에게 공급하는 비용을 찾아 밖으로부터 떠들썩함이
달마다 빈 적이 없었다.[52]

위의 글은 신유한이 1739년 60세에 경기도(京畿道) 연천(漣川)으로 고을
살이를 나가서 쓴 글이다. 신유한은 연천 이외에도 무장(茂長), 평해(平海),
영일(迎日) 등으로 고을살이를 나갔는데, 고을살이에 관해 쓴 글들은 경
험을 토대로 했기 때문에 상세하며 문제점을 잘 지적하고 있다. 신유한
이 보기에 외읍들이 품고 있는 문제는 크게 네 가지였다. 첫째, 경제적
으로 너무도 열악하였다. 둘째, 선비는 시서를 일삼지 않고 관리들은 글
과 장부에 익숙하지 않았다. 셋째, 백성들은 살아갈 다른 방도를 구하지
않았다. 넷째, 조세와 부역이 과중하게 부과되었다. 이 사정을 좀더 자

---

52) 『靑泉集』 권4 「新莅漣川縣記」, “其地四方皆距二十里, 群山簇簇如束筍, 野無咫尺
(…중략) 居民結茅茨燒菑畬, 土瘟以黃唐, 遞耕遞休, 其種粟豆菽麥, 力作不能供賦斂,
市肆無絲枲魚肉, 民服麤麻, 笳蔬飡鹽如淨行優婆, 園宅無花果, 人不識桃李, 春食薯
蕷, 夏取覆盆子, 秋拾獼猴桃, 鑿山飮井, 其泉瀧而滓, 病嗽鳴痰血, 酒以粟麥汁, 芻而
濾之, 嗜者盡一瓵爲樂, 其俗無情, 士不事詩書, 吏不習文簿, 民不業工藝, 唯善於逋
役, 遇事輒魚鳥散, (…중략…) 余始至也, 執轡者指磊砢間一苞籬曰, 是爲縣衙門倉廩
廨宇, 披荊而入坐小屋, 見吏胥僕隷炊汲十餘人, 衣不掩脛, 皆鶉居鷇食, 駭而視籍, 爲
民戶者千而游士半之, 良賤額二千有奇, 算其地豐歲之出而更徭租賦, 十不滿四五, 部
檄如毛, 日撻而索米錢使星供給之費, 譁於外者月亡虛矣.”

세히 살펴보면 다음과 같다.

첫째, 외읍들은 주로 지리적인 열세에 놓인 곳이었다. 특히 연천은 사방이 산으로 둘러싸여 들이 없어서 백성들의 삶이 열악했다. 농사지을 땅도 없고 마실 물도 변변하지 않았다. 백성은 띠풀을 엮어 살고 산을 태워서 묵정밭을 만들며 심는 곡식은 주로 콩과 보리였다. 또한 계절별로 산에서 나는 산열매를 따먹었다. 영일도 "성 밖의 초가집 10여 채가 마치 벌집 같았고 성에 들어가니 관아는 승가람(僧伽藍) 같았다"라고[53] 기록되어 있는 데서 알 수 있다시피 마찬가지였다.

둘째, 선비와 벼슬아치들이 소임을 제대로 하지 못하였다. 곧, 연천이나 영일에서는 선비들이 시서를 일삼지 않거나 시서에 게을렀다. 관리들도 문서에 익숙하지 않았다. 장사(長沙)의 경우는 경제적으로는 조금 나은 곳이었지만, 대신 "고을의 삼로(三老), 면장(面長), 군수(軍帥), 이서(里胥)와 연리(椽吏)나 복예(僕隸) 같은 지위가 낮은 벼슬아치로 관의 좌우에 있는 사람들이 밤낮으로 은근히 거리낌없이 관의 이목을 더럽히기 힘써서 그 이익을 망라하여 이익이 개인에게 돌아가고 화가 일반에게 모였다."[54] 하급 관리들의 비리가 심했던 것이다.

셋째, 연천은 농사짓기가 나쁜 지역인데도 백성들이 공예를 업삼지 않고 영일도 부녀들이 뽕과 마를 다스리지 않는다. 대체 농작물을 찾거나 농사 이외의 다른 일을 해서 의식을 영위해야 하는데 그러하지 않으니 더욱 가난하게 살 수밖에 없는 것이다.

넷째, 이 항목이 신유한이 가장 개탄한 대목이다. 연천은 풍년의 소출로도 역사와 부역과 조세를 갚기를 열에 네다섯도 채우지 못했다. 이런 형편인데도 불구하고 설상가상으로 지리적인 여건으로 인해 중국 사신을 접대하는 비용마저 상당했다. 장사의 경우는 경제적으로 조금 낫다

---

53) 『靑泉集』 권5 「淸明閣記」, "城外十餘草戶若蜂窠, 入城而廨宇若僧伽藍."
54) 『靑泉集先生續集』 권2 「送金若礪夢佐赴任長沙序」, "鄕三老面長軍帥里胥, 廧夫若椽吏僕隸在官之左右者, 日夜蒠蒠然務塗官耳目而網羅其利, 利歸於私, 禍集於公."

는 점에 비례하여 조세가 과중하였고 가짓수도 많았다.55) 더구나 “구진 (舊陳), 속진(續陳)되는 밭을 세력 있고 교활한 사람들이 점유하여 납세에 서 숨겨버림이 많았으니”56) 백성들에게 부과되는 세금이 더 늘어날 수 밖에 없었다. 영일은 부역의 문제가 심각하여 “관은 오직 날로 황야의 백성을 채찍하고 때리어 영주(永州)의 부역을 받들었다”고57) 했으니 그 폐해가 어느 정도인지 알 수 있다.

신유한이 보기에 조세와 부역의 문제 중에서 가장 심각했던 것은 군 역(軍役)이었다. 연천의 경우는 민호(民戶)가 천인데 유사(游士)가 반이고 양천역(良賤役)의 머릿수가 2천 남짓이라 했으니, 군역을 충당할 인원이 모자랐다. 장사의 경우는 “양병(良兵)으로 해마다 빠진 것을 대신하는 사 람과 편오(編伍)로 달마다 얽어 보충하는 사람이 공정(空丁)을 얻음이 몇 백인데도 부족하였다.”58) 이러한 이유로 군정(軍政)의 문제점이 크게 부 각된다.

男輸女織五升麻	남자는 운반하고 여자는 베를 짠 오승 삼베를
軍稅年年送滿車	군세로 해마다 수레 가득 보내네
不分京司呵退急	분별 없는 경사에선 단번에 퇴짜 놓으니
千金子貸邸人家	천금 돈을 경저리 집에서 빌리네59)

위 시는 신유한이 평해군에 있던 시기 가운데 1731년에서 32년 사이 에60) 최성대에게 보낸 편지 속에서 군포의 문제에 대해 읊은 것이다.

---

55) 「送金若礪夢佐赴任長沙序」, “歲賦於民者, 爲米七千數百斛, 布五千數百疋, 日糶糶 米稻牟麥四千數百斛, 其稱貢米賑米敗船米荒年宿逋數, 數千有奇(백성에게 歲賦한 것은 쌀이 칠천수백 곡이고 布는 오천수백 필이고 날마다의 糶糶 米稻 牟麥은 4천수 백 곡이고, 그 헤아린 貢米 · 賑米 · 敗船米 · 荒年宿逋는 수가 수천남짓이었다).”

56) 「送金若礪夢佐赴任長沙序」, “田之爲舊陳續陳, 豪猾之所占, 多於納稅之區.”

57) 「靑明閣記」, “官唯日鞭笞荒野之氓以供永州之徭.”

58) 「送金若礪夢佐赴任長沙序」, “良兵之歲闕代者, 編伍之月鍊而補者, 得空丁累百而 不足.”

59) 『靑泉集』 권3 「與崔士集書」.

신유한에 의하면 그 해 봄의 재해(災害)로 인해 삼남은 농사를 망친 채 겨우 습기에서 벗어났지만 신유한의 친척을 포함한 많은 백성들이 굶주려 죽어갔다. 그러한데도 어김없이 군포를 바치러 상경해야 했다. 곧, 굶주린 백성의 수혈이 찌끼까지 다하여 남음이 없고 가정(苛政)과 학대(虐待)로 열에 다섯은 죽었음에도 불구하고 백성들은 군포를 마련하여 수송하러 상경하였던 것이다. 더구나 군포로 짠 삼베는 오승이라 했으니 400올로 된 최상급이었다. 부녀자들이 온 힘을 다하였음을 알 수 있다. 그러나 이렇듯 어렵게 군포를 가져갔음에도 불구하고 서울의 관리들은 그대로 받아들이지 않고 군포 가운데 정밀하지 않은 것이 있다고 물리쳤으니 이를 보충하기 위해 서울에 있는 경저리에게서 돈을 빌려서 바쳤다는[61] 것이다.[62]

이러한 상황은 「연천에 새로 부임해서 쓴 기[新莅漣川縣記]」에서 말하듯, 새집 속에 있는 백성들에게 함양처럼 큰 도시의 부역을 맡기어 그들로 하여금 허둥지둥 수레 끌채 아래의 망아지나 바퀴 자국에 괸 물 속의 물고기가 되게 하여 당장 목숨을 유지하는 것도 힘들게 하니 오직 성명(性命)이 급하여 우직함을 잃고 교활해지고 순박함을 상실하고 교묘해져 군적에서 피하기를 끓는 물과 불처럼 하게 만든다.[63] 그리하여 양

---

60) 신유한은 1727년부터 1732년까지 평해에 재임했는데, 이 글에 나오는 梧月樓가 1731년 신유한이 만든 것이라는(『靑泉集』 권4 「梧月樓記」 참조) 사실을 미루어 본다면, 최성대에게 보낸 이 편지는 1731년에서 32년 사이에 쓴 것이다.

61) 「與崔士集書」, "今春三朔, 熱山苦海, 莫非厄會, 今旣脫濕爲幸, (…중략…) 山南荐飢, 自我三族太半作溝中之鬼, 今又聞麥荒秧旱, 比前益甚, (…중략…) 飢氓髓血, 瀝盡無餘, 永蛇之虐而死者什五, 有以不精而退者, 貸錢以納, 而其報也又倍, 弟之六年髮白, 專被此毒."

62) 또한 부역에 시달리는 것은 일반 백성에 한정된 것만은 아니었다. 승려들도 부역에 시달려야 했는데 "三營의 紙役이 繁重하므로 승려가 능히 편히 살지 못하고[以三營之紙役繁重 僧不能聊生]"(『春洲遺稿』 권2 「南遊記」), 곰과 호랑이에게마저 고통받고 있다고 쌍계사 승려는 김도수에게 하소연했다.

63) 「新莅漣川縣記」, "是其用有巢之民, 而應咸陽之徭, 使境內愚夫愚婦, 遑遑爲轅下駒轍中魚, 惟性命是急, 以至於愚亡而黠, 朴喪而巧, 避軍籍如湯火."

(良)과 천(賤)을 속이고 거짓으로 도망하고 죽었다고 하며 이름을 꾸미고 문서를 비게 하는 무리가 열 집에 서넛은 되고[64] 힘이 지탱 못하면 달아난다.[65] 그리고 이 모든 원인을 관장(官長)에게 돌려 관장 보기를 원수처럼 하게 되었다.[66] 여기서 신유한은 누가 그렇게 만들었느냐고 반문한다.[67] 신유한이 보기에 백성들이 도탄에 빠지며 순박함을 잃고 관장을 미워하게 되는 것은 모두가 서울에 있는 관리들의 조세 부과가 과중하기 때문이다. 지방관인 신유한에게 서울 관리들은 백성의 사정은 아랑곳하지 않고 제 욕심만 채우는 사람들로 보였다. 곧, 오랜 세월을 외읍에서 보낸 신유한이 판단컨대 고을을 제대로 다스리지 못하는 것은 근본적으로는 구조적인 문제였던 것이다.

다음으로 강백의 경우를 살펴보겠다. 강백이 현실의 모순을 비판한 시는 철산으로 귀양을 간 뒤 나타나기 시작한다. 철산 지방에서 귀양살이를 하는 동안 강백은 그곳에서 엿볼 수 있는 실생활을 기록하였으니, 이는 강백의 유배가 극변(極邊)에 충군(充軍)하는 성격이었기에[68] 변방의 실생활을 경험할 수 있었기 때문이었다. 그 결과 5년 간의 귀양살이는 강백으로 하여금 현실을 바라보는 시각을 예리하게 만들었던 것으로 보인다.

書生都慷慨	서생은 모두 강개하여
起坐獨悲歌	일어나 앉아 홀로 슬피 노래하네
國勢防秋少	나라의 형세는 오랑캐 막을 힘 적은데
邊憂入夜多	변방의 근심은 밤에 많이 일어나네
烽烟通薊樹	봉화 연기는 계주에 통해 있고
獵火滿關河	사냥하는 불은 관하에 가득하네

---

64) 「送金若礪夢佐赴任長沙序」, "民之詐良詐賤, 僞逃僞死, 飾名虛籍之類, 十家而三四."
65) 「淸明閣記」, "力不支則逋."
66) 「新荏漣川縣記」, "視官長如仇讐";「淸明閣記」, "仇視其長."
67) 「新荏漣川縣記」, "孰使之然."
68) CD-ROM,『조선왕조실록』영조 4년 4월 9일.

聞道雲興舘	듣자니 운흥관에선
靑驄馱妓過	청총마에 기생 태워 지나간다네

—「塞上」[69]

　북방은 오랑캐와 국경을 맞대고 있는 곳이라 항상 긴장이 감돈다. 더구나 나라는 오랑캐를 방어할 힘이 부족하고 오랑캐들의 침입은 끊이지 않는다. 밤에 쳐들어오기를 잘 하는 오랑캐의 침범을 알리는 봉화 연기는 우리나라 사신들이 중국을 갈 때 지나가는 만주 땅인 계주에까지 통한다. 그래서 자신은 밤에 잠 못 이루고 앉아 있다. 그러나 정작 관하에는 사냥하는 불빛이 가득하다. 관리들이 오랑캐를 방어할 생각은 안하고 사냥에 여념이 없기 때문이다. 또한 기생을 데려다 유락을 즐기기에 여념이 없다. 서생인 자신도 나라의 안위를 걱정하는데 나라의 방어를 책임진 변방 관리들은 유흥에 빠진 것이다. 신유한이 비판했듯이 명리를 닦는 사람들이 과거를 통해 벼슬길로 나아가는 경우가 허다했는데, 이들이 관리가 되면 어떤 처신을 하는가를 위 시는 잘 보여주고 있는 것이다.

　이 변방 관리들에 대한 뼈저린 비판을 「철산에서 기악을 펼치는 것을 듣고[聞鐵山張妓樂]」[70]에서 볼 수 있다. 이 시 앞부분에서 강백은 관리의 아들이 오랑캐 방어에 써야 할 활들을 버려두고 기생들을 불러다 술을 마시며 사자춤과 처용무를 즐기며 노는 것을 묘사한다.[71] 이어 강백은 이에 대한 비판을 백성의 입을 통해 하고 있다.

下有白首卒	아래에 머리 센 병졸 있어
含悲擊畫鼓	슬픔을 머금고 畫鼓를 치네

---

69)『愚谷集』권2.

70)『愚谷集』권6.

71) “都護誰家子 少年寧邊府 官閒日無事 花開春晝午 雕弓貯虎韔 駿馬嘶庭樹 招邊反隣邑 滿座紅粧聚 金樽桂糖酒 繡幕獅子舞 處容袖何長 紅釭齊搖櫓 畫板抛綵毬 輕輕曳金縷 曲終爭纏頭 錦綺不知數.”

自言丙丁亂　　스스로 말하기를 丙子亂과 丁卯亂 때
父祖死邊土　　할아버님과 아버님이 변방의 땅에서 돌아가셨네

관리들과 그 아들들이 사냥을 하고 기생을 불러다 즐길 때 머리가 하얗게 센 병졸은 멀리 변방에 끌려와 북을 치며 장단을 맞춘다. 병졸이 자신의 조부와 부친이 병자란과 정묘란 때 오랑캐를 막다가 사망하였다고 스스로 말하는 데서 백성들의 분노를 읽을 수 있다. 이를 통해 강백은, 백성들은 나라를 지키다 죽어 갔는데 관리들은 향락에 빠져있음을 한탄한다. 이어 강백은

多愧爾烏帽　　너의 검은 모자 몹시 부끄러운 건
不如吾布衣　　나의 포의만 못하기 때문이네
布衣秖自賤　　포의는 스스로 천하기만 하지만
烏帽令人譏　　검은 모자는 남의 기롱을 받네

—「堠官」[72]

라 하며 직접 관리들을 비판한다. 자신과 같은 포의는 남을 해치지 않아 자신만 천하면 그만이지만 검은 모자를 쓴 관리들은 명리를 쫓기 때문에 남을 속이고 못살게 군다. 그래서 「변방에서[塞上]」와 「철산에서 기악을 펼치는 것을 듣고[聞鐵山張妓樂]」에서와 같은 남의 비판과 기롱을 받게 되는 것이다.[73] 또한 '너'와 '나'라는 표현을 통해 관리와 포의를 구분함에서 강백이 관리와 자신을 뚜렷하게 구별하게 되었음을 볼 수 있다.

宣沙把摠家門高　　선사포 파총 집의 문 높고
椵島監官氣岸豪　　가도의 감관 기가 높고 호탕해라

---

72) 『愚谷集』 권3.
73) 강백은 『愚谷集』 권2 「靑石谷」에서도 "中國匈奴大 朝廷宰相多"라고 하여 관리의
　　정점인 재상을 흉노에 빗댄 바 있다.

頷下木纓如卵大　　턱 아래 나무 갓끈 알처럼 크고
頭邊氈笠死友尾　　머리 근처 전립은 죽은 소 꼬리

—「宣沙浦」[74] 1수

屯軍勢大牧軍弱　　둔군 세력 크고 목군 약하니
相戰年年禁不得　　해마다 싸움을 금하지 못하네
誇道平生多讀書　　평생 독서함 많다고 과장해 말하지만
剪燈新語兼三略　　전등신화와 삼략이네

—「宣沙浦」3수

　　이 시가[75] 제목으로 삼은 선사포는 철산 앞에 있는 포구이고 가도는 철산 앞 바다에 떠 있는 작은 섬이다. 이곳은 중국과 국경을 맞대고 있는 변방이라는 점에서 지리적으로 중요했다. 특히 가도의 경우는 명나라 말기인 1621년에 청(淸) 태종(太宗)이 요동(遼東)을 공략하자, 쫓겨나 의주(義州)로 왔던 요동의 도사(都司) 모문룡(毛文龍)이 그 다음 해에 들어가 진을 쳤던 곳이었다. 조선에서는 처음에는 이를 이용해 보고자 했으나 청나라에 대항하는 이들의 힘이 갈수록 중과부적이 되어 가고 급기야는 노략군이 되어버리자 도리어 골칫거리가 되고 말았다. 이 사건은 1629년 모문룡이 죽음으로써 끝이 났다. 이러한 역사적 배경도 있었던 만큼 가도와 가도를 바라보고 있는 선사포는 지리적으로 중시되었고, 또한 서울에서 멀리 떨어진 곳이었기에 중앙의 힘이 덜 미쳤던 만큼 여기서 권력을 지닌 지방관들은 자연 위세를 떨칠 가능성이 높았다.

　　강백은 이러한 사정을 예리하게 포착하고 있다. 1수의 기구와 승구는 지방관의 위세가 대단함을 묘사했다. 파총이란 각 군영에 소속된 종4품의 벼슬로 그리 높은 벼슬은 아니며, 감관은 관청에서 돈이나 곡식을 거두어들이고 내주는 일을 맡은 벼슬아치인데 여기서는 가도에 있던 목

---

74)『愚谷集』권2.
75) 이 시는 모두 5수로 이루어졌다.

176　　조선 후기 서얼문학 연구

장을76) 감독하던 감목관을 이르는 것으로 보인다. 이러한 사람들이 대단한 위세를 떨치고 있었던 것이다. 강백은 전구와 결구에서 이에 대한 반전을 시도하는데, 감독관의 갓끈은 나무로 되어 있고 전립이 늘어뜨린 것은 죽은 소꼬리라는 것이다. 가도의 목장에서는 말을 길렀었는데 말꼬리도 아니라 죽은 소 꼬리로 전립을 늘어뜨리고 있으니 이들의 위세란 다름 아닌 허세에 지나지 않았다.

3수의 경우는 철산에 주둔한 둔군과 원래 철산에 있는 목군 사이의 반목을 다뤘다. 외지에서 온 세력 있는 주둔군과 토착민으로 구성된 힘 없는 군대 사이의 미묘한 감정 때문에 서로 싸우는지라 아무리 관에서 싸움을 금해도 소용이 없었다. 그러나 강백이 보기에 이 모두가 부질없는 일이다. 시에서 직접 표현은 하지 않았지만 오랑캐를 마주하고 있는 상황에서 같은 나라의 군대끼리 싸우는 것은 득이 되지 않기 때문이다. 그래서 3구와 4구에서 둔군과 목군이 독서함이 많다고 서로 자랑하지만 읽은 것이라고는 기껏 전기인 전등신화와 병서인 삼략뿐이라고 비판하고 있는 것이다.77)

이러한 비판의식은 백년 전 모문룡 사건이 있었던 역사적 유적지를 형상화한 시 「가도(椵島)」78)에서도 드러난다. 1수에서는 옛무덤 위로 구름이 왕래한다며 무상함을 읊고, 노을 빛은 깃발로 보이고 파도 소리는

---

76) 가도에는 목장이 있는데 여기서는 2백 44필의 말을 길렀다고 한다.『국역 신증동국여지승람』, 민족문화추진회, 1985, 513면, 519면 참조.

77) 또한 2수에서는 수탈에 대해 다루고 있는데 이 시는 수탈을 한 관과 수탈을 당한 부민을 함께 비판하고 있다는 특징을 보인다. 곧, 시 속 이동지는 재물이 제법 있는 노인인데 관가에 세금으로 백 섬을 바치고 빈털털이가 되었다. 그런데 재물을 빼앗긴 그가 하고 있는 대응이란 날마다 밭 가운데서 화를 내는 일뿐이다. 권력 없는 백성의 비애이긴 해도 강백이 그를 보는 시각은 따뜻하지 않다. 일반 백성과는 다르게 재물이 많은 사람이었기 때문이다. 이는, 이동지에게 해코지를 당할 수 있기 때문에 이웃에서 개나 닭을 풀어놓지 못한다는 데서 드러난다. "鬢邊金圈李同知 納粟官家一白石 赤身日日田中嗔 鷄犬隣家放不得(재산 있는 이동지, 관가에 백 섬을 바치고, 가난해져 날마다 밭 가운데서 성내니, 닭과 개 이웃집에서 내놓지 못하여라)."

78)『愚谷集』권2.

기병이 치는 북소리로 들린다면서 당시를 회상하며 "천심은 거tm릴 수 없는 것이니, 누가 더불어 공훈을 세우겠는가"라고[79] 하면서 가도에 있던 명나라군이 패한 것도 천심이니 어쩔 수 없다고 하였다. 가도의 명군이 패한 것이 천심이라면, 명이 망하고 청이 선 것도 천심으로 보는 바이니, 이는 그의 역사의식의 한 면을 보여준 것이라고 할 수 있다. 2수에서도 "천하에 남아가 다하였으니, 우리나라 또한 어찌하겠는가"라고[80] 하여, 명군이 패해 울고 오랑캐의 기병이 바람처럼 재빠르던 것을 역사의 승패로서 인정한다. 그러나 어쩔 수 없는 역사적 사실이라 하더라도 그에 대한 비분강개가 끓어오름 또한 강백으로서는 억누를 수 없는 사실이었다. 그래서 밭 속에서 옥이 나오고 무덤에 창과 징이 많은데도 이를 알아보고자 하는 사람도 없는 사실에 슬퍼한다. 3수에서도 귀신이 골짜기에서 울고 옛성 터가 어딘가에 있을 텐데도 청사(靑史)는 분명하지 않다고 하여 잊힌 역사를 슬퍼한다.

一島爲魚肉	섬 전체가 참살당하는데
單于夜听營	오랑캐는 밤에 웃으며 일 벌렸네
蒼黃爭赴水	황급히 다투어 물로 달려가고
痛哭盡登城	통곡하며 모두 성에 올랐네
磧血陰虹見	모래벌의 피에서 어두운 무지개가 나타나고
銀瓴怪氣多	은 동이에는 괴이한 기운 많다
淪亡勢必至	빠지고 망하는 형세가 반드시 이르니
天意匹夫爭	하늘의 뜻을 필부가 어찌 하리

—「椵島」 4수

4수에서는 무고한 백성들이 오랑캐에 의해 참살당한 것을 상기하고 있다. 특히 오랑캐가 밤에 웃으며 섬에 있는 사람들을 죽였다고 하면서

---

79) "天心不可逆 誰與樹功勳."
80) "天下男兒盡 高麗亦奈何."

함련에서 백성들이 황급히 도망가고 통곡하며 성 위로 오르는 것과 대조하여 더욱 비장함을 느끼게 했다. 이러한 결과로 백성들이 흘린 피가 스며든 모래벌에서는 어두운 무지개가 뜨고 당시 백성들의 피가 묻었던 동이에서는 괴이한 기운이 도는 것이다. 백년이나 된 옛일이지만 그 영향이 아직까지 계속된다는 것이다.

그렇다면 이는 누구의 탓인가. 미련에서 강백은 망하는 것은 반드시 이른다고 하면서 이러한 하늘의 뜻을 필부로서는 어찌 할 수 없다고 했다. 필부인 자신으로서는 어쩔 수 없이 한탄만 한다는 것인데, 이를 좀 더 깊이 읽자면 하늘의 뜻은 이미 정해졌는데 이를 거스르려 하다가 무고한 백성들을 참살당하게 한 장본인들을 비판하는 말이라고 볼 수도 있다. 곧, 명이 망하고 청이 선 것을 받아들이지 못한 사람들을 은연중에 비판한 것이다. 이로 볼 때 강백은 철산에 유배를 가서 있는 동안 역사의식에도 눈을 뜨게 되었다고 할 수 있겠다.

다음으로 강백이 유배에서 풀려난 뒤 말년에 낙향하여 살면서 체험을 바탕으로 쓴 시인 「전가십삼수(田家十三首)」81)를 살펴보겠다. 이 시는 제 1·2수만이 평화롭고 안정적일 뿐82) 3수에서 13수까지는 세금과 부역과 고리대에 시달리는 농민의 모습과 심정을 직설적으로 담아내고 있다.83)

嗒嗒嗟嗟婦子愁　　　탄식하고 탄식하는 부녀자의 근심
惡風連日吹禾頭　　　폭풍이 며칠째 벼 위에 불어대네
賣牛今歲輸官稅　　　소를 팔아 올해의 관세를 냈으니
明歲儵錢還買牛　　　내년에는 빚내어 다시 소를 사야 하리

---

81) 『愚谷集』 권6.

82) 밭의 특성에 따라 조와 벼를 심고, 이삭이 늘어지고 이파리가 자라는 밭 사이에 서서 날이 저물어도 밭을 바라보며, 이웃과 밭을 갈면서 이웃이 돌아간 뒤에도 혼자 남아 부엌신에게 제사하는 모습을 담고 있다. 곧, 농사일을 하는 과정이 평화롭고 희망차게 묘사되어 있다.

83) 제3·4·10·11·13수는 세금, 5수는 공물, 6수는 은결, 7수는 고리대, 8·9수는 군정, 12수는 관리의 횡포에 대해 다루었다.

이 시는 제3수인데 자연재해에 인재가 겹쳐 근심하는 모습이 나타난다. 곧, 폭풍이 몰아닥쳐 벼이삭이 떨어지는 것은 어쩔 수 없는 자연의 재앙이지만 관은 이 재앙에 대해 전혀 배려를 하지 않는다. 그래서 세금을 내기 위해 소를 팔아야 한다. 농사에 없어서는 안 되는데도 소를 파는 것은 그만큼 징세가 악착스러웠음을 말하는 것으로, 내년이 오면 농사를 짓기 위해 돈을 빌려 다시 소를 사야 하니 그야말로 악순환인 것이다. 이 이후 사건의 전개는 제7수에 자세히 나와 있는데 그 돈을 갚지 못해 이자가 눈덩이처럼 불어 처음에는 열 말이던 것이 일년이 지나자 한 섬이 된다. 그리고 돈을 빌려준 부옹은 매일 찾아와 독촉하는데 다시 소를 팔려 했으나 농사는 지어야 하니 할 수 없이 베틀 속에서 짜고 있던 포를 잘라 갚는다.[84] 그런데 그 포는 군포를 내기 위해 짜던 것이다. 이제 군포는 무엇으로 내야 하는가? 실로 악순환의 연속인 것이다.

生男夫婦泣相語	아들 낳은 부부 울며 서로 말하길
二匹木棉無出處	두 필의 무명이 나올 데 없다네
昨日已充騎步兵	어제 이미 기보병으로 충원됐다니
縣門顚倒抱兒去	현문으로 허둥지둥 아이를 안고 가네

위 시는 제8수인데 이세원의 「양가아(良家兒)」처럼 황구첨정의 문제를 다루었고, 다산(茶山)의 「애절양(哀絶陽)」을 연상시킨다. 아들을 낳은 농민 부부는 기뻐하기보다는 울면서 군포 걱정을 한다. 아이를 얻은 기쁨은 군포를 내야 할 걱정에 묻혀버렸으니 이는 황구첨정이 만연되어 있었기 때문이다. 또한 더 이상 무명이 나올 데가 없다는 것은 제7수에서처럼 고리대금을 무명으로 갚는 일이 비일비재했기 때문이다. 이와 같은 농민 부부의 우려는 들어맞아 아이는 바로 기보병에 충원되었고, 그 소식에 놀란 부부는 아이를 데리고 현문으로 달려간다. 아이가 군적에 오른

---

84) "十斗一年至一石 富翁日索臨門怒 欲賣畊牛春已深 機中截下木棉布."

것도 억울하지만 더 이상 두 필의 목면을 낼 방법이 없기 때문에 아이를 보이고서 호소라도 하려 한 것이다. 그러나 이 호소가 받아들여지지 않으리란 것은 능히 알 수 있는 바이다. 이세원이 「양가아(良家兒)」에서 황구첨정을 제3자의 입장에서 풍자와 아이러니를 통해 표현했다면, 강백은 여기서 한 걸음 더 나아가 황구첨정을 당한 백성이 당황해하는 모습을 사실적으로 표현했다. 특히 이 시는 「애절양(哀絶陽)」의 앞 부분을 연상시키는바 「애절양(哀絶陽)」의 성과가 있기까지는 이러한 종류의 시들이 앞을 이었던 것이라 하겠다.

이렇듯 관에 시달렸고 이에 대한 원망을 품고 있었기에 백성들이 관리들을 바라보는 시각은 다음 제12수에 보이듯이 매우 부정적이었다.

老吏窺人點若鼠　늙은 아전이 쥐처럼 사람을 엿보며
食儂酒食與禾黍　나의 술밥이며 곡식을 다 먹네
夜行晝伏那能知　밤에 다니고 낮에 엎드리니 어찌 알 수 있으리
太守無心相與處　태수는 무심히 서로 더불어 사네

백성들이 미워한 직접적인 대상은 아전이었다. 이는 그들이야말로 백성들과 실제로 부딪히면서 수탈을 자행한 장본인이었기 때문이다. 그래서 이 시에서 강백은 늙은 아전을 쥐에 비유하였다. 쥐처럼 사람들을 엿보고 조사하며 쥐처럼 음식이나 곡식을 뺏어 먹기 때문이다. 백성들이 힘들여 모은 것을 쥐처럼 도둑질해 간다고 하였다. 그러나 쥐가 밤에 몰래 다니고 낮에는 엎드려 있는 것처럼 아전 역시 은밀하게 행동하기 때문에 '나'는 이 '쥐'를 어찌 할 수 없다는 것이다. 그런데 아전을 징계해야 할 태수마저도 무심하게 아전과 더불어 산다고 하여, 아전의 악행을 알면서도 눈감아주는 혹은 그러면서 부추기는 고을원에 대한 비판을 하였다.

강백의 「전가십삼수(田家十三首)」는 사실적인 묘사를 통해 조선 후기 농촌사회의 모습을 여실히 보여주었다는 의의를 지닌다. 봄에 농사일을

시작하면서 부풀었던 백성들의 희망은 폭풍과 함께 사라져버리고, 관의 조세와 부역, 부민의 고리대로 야기되는 조직적이고 끈질긴 수탈로 인한 고통을 형상화하면서 백성들이 이에 항변하는 모습과 그 원인을 아전과 관장에게서 찾는 의식도 포착했다는 의의를 보여준다. 특히 백성들이 직접 원망을 쏟아내는 모습을 형상화한 점 역시 성과라 하겠다. 곧, 4수에서 세금으로 닭과 게를 내려던 농부는 "관리가 돈 찾으며 비록 두렵게 소리쳐도, 나는 농부이니 어찌 돈 있으리"라고[85] 절규한다. 백골징수를 다룬 9수에서 농부는 관에서 죽은 사람의 몫으로도 여전히 요구한 두 필을 이웃과 일족들에게 겨우 구해서 내고는 "죽은 사람은 한가로이 누웠고 산 사람은 근심하니, 어찌 산 아래 무덤에 가서 구하지 않는가"라고[86] 한탄한다.

곧, 강백은 일반 백성과 지배층의 중간에서 지배층의 시각으로 백성을 바라본 것이 아니라 자신을 일반 백성과 동일한 위치에 두고 그들의 시각으로 지배층과 현실을 바라보았다. 유배와 낙향의 경험으로 백성의 시각에 근접하여 지배층을 비판하게 된 것이다.

다음으로 김도수의 경우를 살펴보겠다.

鳶攫雞兒去	소리개가 병아리 채가네
東山高樹枝	동산 높은 나무 가지로
可憐九霄翼	가여워라 하늘 높이 날아야 할 날개가
飢來無不爲	굶주리니 아니 하는 일이 없구나
矜矜世上士	불쌍하고 불쌍한 세상 선비들
前頭難預期	앞날을 미리 기약하기 어렵네
惟自善終始	오직 스스로 시종을 잘하고
莫謾大其辭	부질없이 큰 소리 말게나

―「有諷」

---

85) "官吏索錢雖怕號 我是農家那得錢."
86) "死人閒臥生人愁 何不去徵山下暮."

이 시는 배고픈 소리개가 병아리를 채어 가는 것을 보고 이를 세상사에 빗대어 지은 것이다. 하늘에서 날아야 하는 소리개가 민가로 내려와 병아리를 채어가니, 자신의 위치와 할 일을 잊어버린 처지가 된 것이다. 그렇다면 '무불위(無不爲)'한 소리개는 명예와 이익을 위해서는 '무소불위(無所不爲)'했던 관리들이라고 할 수 있다. 다음으로 김도수는 자신과 같은 처지의 선비들에 대해서도 풍자를 하였다. 곧, 이 시는 소리개로 상징된 관리와 병아리로 상징된 선비라는 두 집단에 대한 풍자를 한 것이다. 그런데 선비들이 '불쌍하고 불쌍한' 것은 이들의 앞날이 어떻게 될 지 모르기 때문이다. 어느 순간에 병아리처럼 소리개에게 채어갈 수 있음을 암시한 것이다. 그러므로 병아리 같은 신세가 되지 않기 위해서는 시종을 잘하며 부질없이 큰 소리를 내지 말라고 하였다. 이는 병아리가 삐약삐약거리다가 소리개에게 발견되어 잡혀가듯이, 선비들도 괜히 나섰다가는 관리들의 그물에 걸려들게 되리니 몸조심을 잘 하라는 뜻이다. 그러므로 이 시는 관리들이 도리를 잊어버렸고 그로 인해 선비들이 목숨을 부지하는 것이 어렵게 된 세태를 풍자한 것이라 할 수 있다.

無等山前水	무등산 앞 물은
滔滔四橫流	넘쳐 사방으로 비껴 흐르네
寄語南遊人	말을 전하노니 남으로 노니는 사람
勿復踏光州	다시는 광주를 밟지 마오
山頭猛虎行	산머리에는 맹호가 다니고
水上長蛇遊	물 위에는 긴 뱀 노니네
麥黃委疇壠	보리 익었는데도 밭 두둑에 버려져
難爲農者秋	농자의 추수되기 어렵네
民有父不養	백성은 어버이 있으나 돌보지 못하고
民有子不收	백성은 자식 있어도 거두지 못하지만
天澤周萬物	하늘의 은혜는 만물에 두루하니
於爾豈盡劉	너희를 어찌 다 죽이기야 하리오

聖主剖符意   성주가 부절을 나누어주신 뜻은
本欲分民憂   본래는 백성의 근심 나누고자 함이거늘
君門遠萬里   임금 계신 대궐은 만리나 머니
何以達玉旒   어찌하면 상감께 알릴 수 있으리

─「光州雜詩」

　　김도수의 이 시는 은유로 가득 차 있다. 무등산 물이 넘쳐흐르고 호랑이와 긴 뱀이 노닌다는 것은 실제 상황이라기보다는 관의 가혹한 수탈을 비유한 것으로 보아야 할 것이다. 김도수의 경우는 벼슬살이를 비교적 오래 하였는데 이 시는 1727년 9월 이전 경양에서 찰방 벼슬을 살 때 남으로 무등산을 찾아가 쓴 것이다. 말단이나마 찰방이라는 관직에 있던 그의 눈에 비친 것은 백성으로 하여금 부모자식조차 돌보지 못하게 만드는 관의 횡포였다. 하늘의 은혜 혹은 임금의 은혜는 만물과 만백성에게 두루 미쳐져야 하는 것이니 백성들이 모두 죽게 내버려두지는 않을 것이라는 희망이 있기는 하다. 그러나 이는 하늘이 백성을 돌볼 수 있어야 가능한 것인데 현재는 그렇지 못하다. 임금이 부절을 나누어 지방관을 임명한 것은 백성의 근심을 덜고자 함인데 그 은혜가 미치도록 지방관이 선치를 하지 못한다는 것이다. 임금과 백성의 중간에서 양쪽을 연결해야 하는 지방관이 제구실을 못하고 아니 안 하고 있다. 그래서 백성이 고통받고 있다는 사실을 임금은 알지 못하고 이를 알리고자 해도 너무 멀기 때문에 닿을 수가 없다고 하였다. 곧, 임금의 바른 통치로 백성들이 봉양과 양육을 제대로 하기 위해서는 어진 임금과 더불어 바른 관리가 필요하다는 점을 역설하였다.

　　한편 강백과 김도수는 당쟁(黨爭)의 폐해(弊害)를 비판한 시를 남기고 있다. 이는 두 문사가 당쟁으로 직접적인 피해를 입었기 때문으로 보인다. 이들은 서얼이라는 공통점을 지녔으나 당파로는 노론과 경남이라는 차이점이 있다. 또한 숙종과 경종, 영조 시기라는 당쟁이 치열했던 기간을 공유하였으나 김도수가 당쟁에 관한 시를 남긴 시기는 주로 1723년에서 1727년 사이이고, 강백은 1728년 이후이다. 이런 이유로 김도수와 강백의 시를 순차적으로 살펴보면서, 당파적 입지가 달랐던 두 서얼이 당쟁에 대해 어떤 입장이었는지를 고찰해보도록 하겠다.

肅宗年間漢陽盛	숙종 때 한양은 번성하여
四月八日燈如星	사월초파일에 등이 별 같았네
吾家兄弟携美酒	우리 형제들 좋은 술 들고
每上終南之山亭	남산의 정자에 매번 올랐지
家家懸燈三四五	집집마다 등불 서너다섯 개 달아
燈光三萬八千戶	등불이 삼만팔천 호에 빛났네
都民無事樂太平	모든 백성이 무사하며 태평을 즐기고
醉飽但自爲歌舞	실컷 마시고 먹으며 다만 절로 노래하고 춤추었네
今夜蕭條臥窮峽	오늘밤 쓸쓸히 궁벽한 골짜기에 누웠다가
一燈自掛庭樹立	등 하나를 마당의 나무에 걸고 서자
樹枝有鵲驚飛去	나뭇가지의 까치가 놀라 날아가니
燈前獨思先王泣	등 앞에서 홀로 선왕을 생각하며 우네

—「燈夕吟」

김도수가 이 시를 쓴 시기는 1726년(영조 2년) 경으로 이즈음 그는 한양을 떠나 은거에 들어 있었다. 이 시는 자신의 우울한 처지를 숙종 때의 행복했던 처지와 대비시키고 있다. 숙종 때 사월 초파일에는 한양의 집집마다 등불을 세 개에서 다섯 개까지 내걸어 등불이 별처럼 빛났고 김도수는 형제들과 남산의 정자에 올라 술을 마셨다는 것이다. 그래서 김도수에게 그 시절은 모든 백성이 실컷 먹고 마시며 노래하고 춤추던 태평한 때로 기억된다. 그러나 지금은 서울을 떠나 궁벽한 골짜기에 은거해 있다가 사월 초파일을 맞이한다. 숙종 시기 대(對) 영조 시기, 한양 대(對) 궁협이라는 대비를 통해 시인의 쓸쓸함이 강조되어 있다. 다음으로 옛 시절이 생각나 정원의 나뭇가지에 등불 하나를 매다니 나무에 있던 까치가 놀라 달아난다. 적막하기 그지없는 풍경인 것이다. 이 역시 집 대(對) 나무, 김도수 대(對) 까치라는 구도가 성립한다. 밤에 나무에 깃들었다가 인기척에 놀라 날아가는 까치에, 집에서 살다 멀리 떠나온 자신을 대입시켜 자신이 까치처럼 외롭고 놀란 존재임을 암시했다. 이런 감상 때문에 등 앞에서 선왕을 생각하며 운다고 했으니, 선왕은 등불과 같은 존재였던 것이다. 선왕 시절의 행복했던 추억에 대한 그리움 때문에 선왕이 그리워진 것이다. 결국 이 시는 자신의 처지에 대한 자탄이라고 할 수 있는데, 그 원인에 대한 비판을 내면 깊숙이 숨기고 있다.

선왕에 대한 그리움을 쓴 김도수의 시들은 대체로 경종에서 영조 초기의 몇 년 사이에 지어졌다.[87] 그렇다면 김도수의 숙종에 대한 그리움은 어떤 이유를 가지고 있는지 살펴보자. 제2장에서 살폈듯이 숙종이 죽고 경종이 즉위하자 소론정권이 들어섰다. 이는 장희빈에 대한 처분에 대해 남인·소론과 노론의 의견이 엇갈렸고 이 선 상에서 세자였던 경종과 연잉군이었던 영조의 파로 갈렸던 데 기인한다. 4년 뒤에 영조가 즉위하자 노론 정권이 들어섰으나 영조는 자신의 왕권에 대해 위협을 느끼고 3년만인 1727년에 소론 정권을 세웠다. 그러므로 김도수의 일련의 시들은 경종 이후 노론과 남인·소론의 당쟁에서 김도수가 속한 노론이 입지를 잃고 소론정권이 들어선 시기에 자신의 심정을 담은 것

---

87) 선왕에 대한 그리움은 「送溫陽李太守」에서도 나타탄다. "聞子溫陽去　令我傷懷抱　先王沐浴廻　龍馭賓蒼昊　溫泉父老淚交鬚　春草離離生輦道　尋常過客猶沾巾　況乃其邦太守臣(그대가 온양으로 간다니, 내 회포가 상하네. 선왕이 목욕하고 돌아가실 때, 임금의 수레를 하늘 모시듯 하였네. 온천 노인 눈물이 수염과 합하고, 봄풀은 우거져 수레길에 생겼네. 심상하게 지나가는 객도 오히려 눈물이 수건을 적시는데, 하물며 그곳 태수된 신하야)." 곧, 이태수가 온양으로 수령이 되어 떠나자 김도수는 예전에 선왕이 온양으로 목욕하러 갔던 일을 생각해낸다. 이제 선왕이 죽어 온천 백성들은 슬퍼하고 수레가 오지 않아 수레길에 봄풀이 우거졌다. 그러므로 지나가는 객도 선왕을 생각하며 우니 그곳으로 태수되어 가는 신하야 오죽하겠느냐면서 선왕에 대한 그리움을 토로했다.

이라 할 수 있다.

華堂奏瓊瑟	화당에 옥비파 울리고
美人發淸歌	미인이 맑은 노래 부르네
淸歌未終曲	맑은 노래 곡이 끝나지 않았는데
紅淚雙滂沱	두 줄기 피눈물을 쏟네
結髮事君子	머리 올리고 군자를 섬겨
平生感恩多	평생 은혜에 감격함 많더니
奈何彼衆女	어찌 저 여자들
讒言巧相加	헐뜯는 말 교묘히 더하여
昔時懷中玉	지난날 품 안의 옥이
今日糞上花	오늘은 똥 위의 꽃 되었나

—「古風」

위는 악부체의 시로 규방 여인의 원망을 담고 있다. 미인이 머리를 올리고 군자를 섬겨 사랑을 받다가 이제는 다른 여인들의 헐뜯음 때문에 규방에서 홀로 지내며 피눈물을 흘리는 신세가 되었다고 묘사했다. 그런데 이 상황을 은유로 본다면, 미인을 김도수를 포함한 노론으로, 군자를 임금으로, 여러 여자들을 현재 권력을 잡고 있는 소론 관료들로 대비할 수 있고, 특히 여자들의 헐뜯음이란 당쟁으로 인한 시비로 볼 수 있다. 또한 미인이 예전에는 군자의 품안에 있었는데 지금은 똥 위로 떨어졌다고 하여 현재의 비참한 상황을 강조하였으니, 이는 자신의 처지를 빗댄 것이다. 곧, 김도수는 비록 서얼이지만 노론 명문가의 외척이기에 숙종 시절에는 그의 부친과 더불어 음보로 관직에 나아갔고, 대부분 노론들과 교유했는데, 경종 즉위 이후 소론의 득세와 노론의 실세로 인한 상황의 변화로 적지 않은 영향을 받은 것을 의미한 것이다. 그러면서도 자신은 여전히 꽃과 같은 존재라고 했다. 똥이라는 썩은 환경에서도 향기를 잃지 않고 꽃을 피우는 존재라는 것이다. 그러므로 이

시는 노론 외척 출신 서얼이던 김도수가, 당파의 입지 변화와 가문의
실세를 가져온 당쟁이 상대 당파의 비방으로부터 비롯하고 있다고 생각
하고 있음을 보여준다.

　당쟁(黨爭)으로 인해 죄 없는 사람들이 벌을 받는다는 생각도 김도수
의 시에서 발견되는 특징이다.

昔拜宋尙書	예전에 송상서를 뵈었는데
言笑一何雅	웃으며 말하심이 얼마나 우아하였는지
齷齪斯世上	악착같은 이 세상에
如玉君子者	옥 같은 군자셨네
…(중략)…	
南荒一竄謫	남쪽 황량한 곳으로 귀양을 갔지만
孤忱在宗社	외로운 정성은 종사에 있었네
已矣遽九泉	이미 구천으로 가셨으니
我涕汪然下	내 눈물 줄줄 흐르네

─「悼玉吾齋宋公相琦」

　이는 1723년에 송상기가 사망하자 애도한 시이다. 악착같은 세상에서
송상기는 옥 같은 군자였고 남쪽 황무지로 귀양을 가서도 종사를 근심
했다고 하여, 송상기가 세상을 잘못 만나 귀양을 갔으나 여전히 종사를
정성스럽게 생각한 충신이었음을 밝혔다. 이는 송상기의 유배가 잘못된
것임을 은근히 말한 것이다. 실제로 송상기는 노론 명문 출신으로 노론
사대신인 김창집과 종형제 사이었는데, 1721년 경종이 즉위하고 소론
정권이 들어서자 영의정 조태구(趙泰耈)가 숙종 때 올린 송상기의 소를
빌미로 삼은 것으로 인해, 강진으로 유배 가 1723년 그곳에서 사망하였
다.88) 그러므로 김도수의 시는 단순히 송상기를 애도한 시라기보다는

---

88) 신축년 겨울에 조태구가 왕대비의 언문교서를 봉환시킬 때 송상기가 병조판서로서
　　소장을 올려 자전의 교서에 나온 내용이 자전의 뜻과 어긋났다고 했다. 1721년에 영의

당시 소론 정권으로 인해 노론들이 핍박을 받은 것을 비판한 것이라고
할 수 있다.

또한 김도수는 「영안시(詠鴈詩)」의 자서에서 다음과 같이 말했다.

> 내가 한양에 살면서 매번 화산 옆에 살았는데 성능 총섭은 사람됨이 있었다.
> 1723년 여름에 죄가 없는데도 해서에 유배되었다가 겨울에 풀려나 지리산으로
> 가면서 내게 시를 청하는지라 이를 지어서 드렸다.[89]

김도수가 서울에 살 때면 화산 옆에 집을 두었다는 이야기를 한 것은
성능 총섭이 화산에 있었고 그래서 자신이 성능 총섭의 사람됨을 잘 안
다는 의미로 보인다. 총섭은 승려에게 주어진 벼슬이었는데,[90] 총섭인
성능이 귀양을 갔다가 풀려나 김도수에게 시를 청했다는 점으로 미루어
성능은 김도수와 개인적인 친분이 있거나 당파적 유대가 있었던 승려로
보인다. 그런데 1723년은 소론 정권이 잔여 노론을 유배보낸 시기였으
므로[91] 성능도 이에 연관되어 귀양을 갔을 가능성이 있다. 김도수가 성
능이 죄가 없는데도 귀양을 갔다고 하였던 것은 이런 맥락에서 이해할
수 있을 것 같다.

다음으로 강백의 경우를 살펴보겠다.

정이 된 조태구는 송상기의 상소가 자전의 뜻을 모함했다고 하여 그를 귀양보낼 것을
주장했다. CD-ROM, 『조선왕조실록』 경종 1년~경수 3년 「원임 이조판서 송상기의 졸
기」 참조

89) "余家漢陽, 每棲華山奇, 聖能摠攝爲人, 癸卯夏以非罪謫海西, 冬敕歸向智異山, 請
　余詩, 作此以贈."

90) 영조 1년 11월 11일에 용인 幼學 安梲이 상소하여, 성을 쌓고 창고 짓는 것을 옮기면
　서 義僧이 入番하는 규정을 각도에 하나의 총섭을 설치하여 통솔하게 하자고 청했고,
　영조 22년 12월 17일에는 유점사, 장안사, 표훈사 세 절의 승려들 가운데 총섭을 차출
　하여 평상시 승려들을 거느리고 있다가 다급할 때 거느리고 달려오도록 하라고 하였
　다. 이로 볼 때 총섭은 防守를 위해 승려에게 주어진 벼슬로 보인다. CD-ROM, 『조선왕
　조실록』 참조

91) 이이화, 『조선 후기의 정치사상과 사회변동』, 한길사, 1994, 78면.

靑山欲葬吾先生　　청산에 내 선생을 장례지내려니
樑木歌聲倍悽愴　　어진 이 죽어 부르는 노래 더욱 처량하네
蕭條隊外隻鷄奠　　쓸쓸한 무리 외에 닭 한 마리 제물
寂寞墳前大鳥仰　　적막한 무덤 앞에 큰 새 우러르네
人情不似舊雨來　　인정은 옛친구와 같지 않고
世事翻覆儒賢葬　　세상일은 뒤집히며 유현은 장사지내게 되었네
河南門外數尺雪　　이천 선생님의 문 밖에 눈이 수북히 쌓였을 때
吾輩當年負笈訪　　우리 무리가 그 해에 책가방을 지고 찾아뵈었지
當時恒滿戶外屨　　당시 문 밖에 신발이 항상 가득했으니
幾年工夫敬字上　　몇 년을 敬자를 공부했던가
生三事一大義在　　군·사·부 일체라는 대의 있으니
意謂從今隨几杖　　지금부터 어른을 따르려 생각했었네
斯文不幸出邪恕　　사문에 불행히도 어찌 형서 나와
毒手空然士禍釀　　독수로 헛되이 사화를 빚었나
群賢打盡一網來　　어진 이들을 일망타진했으니
天地猶喧五鬼謗　　천지는 간신의 비방으로 시끄러워라
人心反似鳥傷弓　　인심은 도리어 다친 새와 같으니
風雨誰能鷄獨唱　　비바람에 누가 어진 깨우침 줄 수 있으리
從前講學作忌諱　　종전의 강학은 꺼리게 되고
舊日薰陶今盡忘　　옛날의 가르침은 이제 다 잊었네
須看短阡卜窆日　　모름지기 짧은 무덤에 장사하는 날을 보라
一箇人無執綍向　　상엿줄 잡는 사람 하나도 없고
哀哀數子獨隨來　　슬피 우는 몇몇 아들만 따라오니
痛哭人間吾道喪　　인간에 유도가 상했음 통곡하네
思從泗水築高塋　　생각은 사수를 따라 높은 무덤 쌓고
肯泊西江起風浪　　즐겨 서강에 배대니 풍랑이 이네
空山謾見墓若斧　　부질없이 빈 산을 보니 무덤은 도끼 같고
墓途堪悲瞽失相　　무덤길에 슬픔을 참으니 소경이 길잡이를 잃었구나
師門敎人卽心學　　師門이 가르침은 곧 心學이라
禍福之間貴存養　　화복의 사이에 존심양성을 귀히 여기네

東京黨禍百代後	동경의 黨禍 오랜 뒤
今日寧無一郭亮	오늘 어찌 곽량 같은 사람 하나 없는가
悠悠豈是塞竇避	유유히 어찌 구멍 막아 피할 수 있으리
反縮吾知萬人遙	도리어 움츠리며 모든 사람 멀어졌네
回瞻世道出百怪	세도를 돌아보니 온갖 괴이함이 나니
入室操戈元一樣	남의 도로 그 사람을 공격함은 원래 한 모양이라네
龜山尙有老婆譏	양귀산도 오히려 노파 비난 있었으니
此外諸人何足望	이 밖의 모든 이는 무엇을 족히 바라리
三年築場義赦忽	과거 공부를 함에 의는 소홀하지 않았고
四科升堂曾不讓	사과(덕행, 언어, 정사, 문학)로 당에 오름을 일찍이 양보 않았네
端門黨碑幾時踣	대궐 문의 黨碑를 어느 때 무너뜨리리
哭望緇帷淚汪汪	소리내어 울며 孔門을 바라보니 눈물이 흥건하네

—「獨送伊川葬」[92)

이 시는 당쟁으로 인해 피해를 입은 상황을, 이천 정이(程頤)의 장례를 지내는 것에 은유하여 쓴 것이다. 서얼인 강백이 오랜 좌절 끝에 벼슬 길에 올랐을 즈음인 1728년에 무신란이 일어나 경남이었던 강백의 집안은 타격을 입었고 강백 자신도 귀양길에 올랐다. 무신란 자체가 정권에서 소외되었던 남인과 제거되었던 준소 그리고 일부 소장 연합에 의한 것이었고 따라서 무신란 평정이후 이들은 실세하였던 것이다. 그러므로 강백에게 당쟁은 폐해가 심각한 것으로 여겨졌다.

이 시는 단순히 당쟁을 비판한 것이라기보다는 정이천에 자신의 스승을 비유하여 당쟁으로 인한 폐해를 비판한 것이라고 할 수 있다. 곧, 표면적으로는 정이천의 장례가 초라하고 유도가 상했음을 말하고 있지만, 이와 똑같은 상황을 시공을 초월한 조선에 대입하고 있는 것이다. 예전에 정이천이 눈감고 오래 앉아 있을 때 유초(游酢)와 양시(楊時)가 눈

---

92) 『愚谷集』 권6.

이 세 척이나 쌓이도록 문밖에서 기다리고 섰던 것처럼, 자신들도 스승을 공경하며 책가방을 지고 찾아가 경(敬)자를 배우고 대의를 공부했었다. 그런데 정이천에게서 배운 형서가 사화를 일으켜 어진 사람들을 모두 축출하여 간신이 들끓게 되었던 것처럼, 조선에서도 유학을 배운 사대부들 사이에서 당화가 일어 인심은 겁을 내고 사람들은 가르침을 모두 잃게 되었다. 이는 당시 당쟁으로 인해 남인이 몰락함을 비유한 것이다. 그래서 정이천 같은 스승을 장례지내는데 따라오는 사람이 얼마 되지 않는다 하여 실세하였음을 말하고 유도가 상했다고 통곡한다. 스승의 죽음으로 자신은 마치 소경이 길잡이를 잃은 듯하여 앞으로 어찌해야 할 바를 모른다고 하였다. 사문의 가르침은 존심양성(存心養性)인데 이제 당파로 인해 잃어버렸으니 현재 곽량(郭亮) 같은 사람이 없다고 했다. 곽량은 후한(後漢) 사람인데, 당시에 황제를 세우고 또 독살할 정도로 권력을 휘둘렀던 권신 양기(梁冀)가 곽량의 스승인 이고(李固)를 죽이고 시체를 거두지 못하게 하였다. 곽량이 대궐에 글을 올려 시체를 수습하기를 청했고 이를 거절당하자 곡하며 상을 지키고 가지 않아 태후가 듣고 허락했다고 한다. 그러므로 곽량 같은 사람이 없다는 것은 양기 같은 신하가 발호하는 잘못된 세상에서 스승의 도를 지키고 스승을 위해 목숨을 내놓을 만한 사람이 없음을 한탄한 것이다.

이러한 세상에 온갖 괴이함이 일고 당파로 인해 남의 도를 가지고 상대방을 공격해 상처를 주지만 이는 어느 한 편만 옳다고 할 수 없는 것이다. 또한 양귀산조차 노파의 기롱을 받았던 것처럼 부당한 권력은 백성들의 비난을 받게 되니 당쟁은 서로를 부질없이 헐뜯는 것이라고 했다. 이같이 강백은 모든 폐해가 당쟁으로 인한 것이라고 보았고, 대궐문의 당비를 어느 때 무너뜨리느냐고 하여 당쟁이 없어지기를 바랐다.

2) 광정(匡正)의 모색과 속수무책의 자괴감

　신유한은 잘못된 세태를 바로 잡을 대안책을 선비의 도리와 수령들의 올바른 통치에서 찾고 있다. 먼저 선비의 도리를 살펴보면 신유한은 「이명준민진이 귀가함에 송별한 서[贈李明俊敏眞歸家序]」에서 다음과 같이 말한다.

> 　산림과 시골 서당에 혹 자태 뛰어나고 자질 좋으면서 천하의 기이한 책을 읽고 뜻은 홀로 옛군자의 바른 도리를 행하고 당세에 구합하지 않는 사람이 있으면 구하고자 하였다 (…중략…) 三代이하의 선비가 옛날을 본받지 않는 것은 모두 속여 만남에 익었기 때문이니 곧, 짐승을 많이 잡음을 왕양이 천하게 여긴 바라. 지금 그대가 이미 한결같은 마음을 씻고 닦아 세상의 經과 藝로 과거에 나아감을 싫어한다. 대저 그 읽은 바의 책은 옛성현이 아니던가. 지금 사람을 명리에서 구하기보다는 시서에서 고인을 스승 삼을진저.[93]

　이미 시문과 과거의 폐단에 대해 역설하였던 신유한은 이에 영합하지 않는 선비를 구하고자 하였다. 곧, 자태와 자질이 뛰어나면서 천하의 기서를 읽고 옛군자의 바른 도리를 행하는 사람이 바로 그러한 사람이라는 것이니 독서를 하며 성현을 본받을 것을 강조한 것이다. "삼황의 책과 육경은 성명(聖明)의 오래된 자취니 자취를 밟아 행하여 반 걸음을 잃지 않는다면"[94] 『춘추좌씨전(春秋左氏傳)』을 지은 좌구명(左丘明)과 굴원(屈原)과 사마광(司馬光)과 사마천(司馬遷)의 무리가 되는 것이며[95] "좌(左)로는 하늘을 밟고 달리던 사람이 노자·장자가 되었고 우(右)로는 둔

---

93) "山林鄕塾, 或有婉變眉髮, 氷玉襟懷, 讀天下奇書, 志獨行古君子德義而不苟合當世者與, 欲因而求之, (…중략…) 三代以下士之不法古, 皆習於詭遇, 卽獲禽多, 王良所鄙, 今君旣灑濯一心, 厭世之以經以藝而進於科第矣, 夫其所讀之書, 非古聖賢與, 與其求今人於名利, 曷若師古人於詩書."
94) 「寅賓閣集序」, "三墳六籍聖明之陳迹也, 踐迹而行不失跬武."
95) 「寅賓閣集序」, "是爲左丘三閭兩司馬之徒."

함을 가지런히 하며 빨리 가던 사람이 가의(賈誼)·동중서(董仲舒)·순자
(荀子)·양주(楊朱)가 되었으니 제자(諸子)는 즐겨 많이 도에 다가가 혹은
거기에 이르고 혹은 그러지 않았다."[96] 곧, 이들은 수레의 바퀴가 부딪
치고 사람의 어깨가 부딪치듯 도에 정진하였던 것이다. 그런데 삼대 이
하의 선비들이 속여 만남에 익어 정도를 따르지 않고 명성과 이익만을
구한다. 이로 말미암아 세상이 잘못되었는데, 이는 바르지 못한 방법으
로 짐승을 잡는 것을 왕양이 옳지 않게 여긴 것과 같은 이치로, 고인의
가르침을 멀리하였기 때문이다. 그러므로 시서에서 고인을 스승삼아야
하는 것이데, 이는 "발자취가 없는데 고삐가 간다면 거꾸러지며, 다침
없이 차도에 수레가 간다면 많이 험하고 험하리니"[97]궤적을 따라가야
하는 것이다. 곧 옛성현을 본받고 시서를 스승으로 삼아 당세에 구합하
지 말아야 한다고 주장한 것이다.[98]

　　다음으로 신유한은 선비의 도리를 저버리지 않은 수령들의 바른 통
치를 주장한다.

一年再易衣	일년에 두 번 옷 갈아입으며
一日兩炊飯	하루에 두 끼니 밥을 먹고는
此外了無求	이 외에는 마침내 구하는 게 없으면
訟庭秋草蔓	송사를 하는 마당에 가을풀이 퍼지리

—「送萬頃權使君相一莅任」[99]

이 시는 만경(萬頃)으로 고을살이 가는 권상일(權相一)을 송별한 총 9수
가운데 7수로 수령 개인의 처세에 대해 말했다. 수령이 지켜야 할 가장
큰 덕목은 청빈이다. 일년에 옷을 두 번만 갈아입고 하루에 밥을 두 번

---

96)「寅賓閣集序」, "左蹋空而騁者, 爲老氏莊生, 右整駕而趨者, 爲賈董荀楊, 諸子般紛
　　紛轂擊於道, 或至焉或否焉."
97)「寅賓閣集序」, "無縱而轡往卽顚躓　無傷而車道多崎嶇崎嶇."
98) 김도수도「與李伯春」에서 "世道日非古 所貴遠名譽"라고 하였다.
99)『靑泉集』권2.

만 먹는 청빈한 생활을 하라고 했으니 이리 한다면 물욕이 없어지고 이로 인해 백성에게서 요구할 필요가 없어지기 때문이다. 또한 백성에게 구하는 것이 없으면 백성을 괴롭히지 않을 수 있으니, 송사를 다루는 마당 곧, 관청에 사람들을 잡아들일 필요가 없어서 풀이 우거지게 되는 것이다. 곧, 요구하고 간섭하지 않아 백성이 자연 그대로 편안히 살게 하면서 봄바람이 부드럽게 불어와 풀이 절로 푸르게 자라나게 하는 것처럼[100] 없는 듯이 있는 좋은 목민관이 되라는 의미이다.[101] 이리 하면 귀뚜라미 소리 들리는 가을에 빈한한 아낙이 옷 없음을 근심하는 일이 없어질 것이다.[102] 그러므로 백성들이 권사군의 모습이 인자할지 아닐지를 근심하며 인자한 모습이기를 기대하는 마음을[103] 저버리지 말 것을 당부하였다.

다만 약려에게 경계하니 새벽부터 저녁까지 당에 앉아 이 백성들과 더불어 이익을 일으키고 해로움을 없애고 달마다 창고 쌀을 덜어 홀아비 과부를 기르고 고아와 홀로인 사람을 구휼하고 날마다 그 진실과 거짓을 살피며 간교함과 교활함을 징계하며 세력과 사나움을 금하여 위로는 조정이 삼가 가린 뜻을 저버리지 않으며 아래로는 평생 독서한 공을 저버리지 말진저.[104]

---

100) 「送萬頃權使君相一莅任」 5수 전·결구, "使君如春風 吹綠江山草."
101) 6수에서도 신유한은 권사군에게 백성들을 자연스럽게 그냥 두라고 권한다. 장자가 말에게 말하고 수초를 타고난 그대로 두었던 것처럼 백성들을 편안히 두고 속이지 말 것을 가르치라 했다. 말을 기르듯이 백성을 길러 백성들을 다독이고, 괴롭히지 않고 내버려두면 수초가 자라듯이 백성들도 편안히 잘 살 것이라는 뜻한 것이다. "莊周善言馬 水草任天姿 君非害馬者 敎以莫相欺(장자는 말에게 말하길 잘했고, 水草는 타고난 그대로 맡겼네. 그대는 말을 해치는 사람이 아니니, 서로 속이지 말라는 것으로 가르치게)."
102) 「送萬頃權使君相一莅任」 4수 기·승구, "秋堂聞蟋蟀 寒女念無衣."
103) 「送萬頃權使君相一莅任」 4수 전·결구, "湖氓相謂曰 但驗使君眉(호남의 백성들이 서로 일러 말하길, 다만 사군의 눈썹 보면 알 수 있으리)."
104) 「送金若礪夢佐赴任長沙序」, "第令若礪, 晨暮坐堂, 與斯民興利除害, 月捐其廩餼而養鰥寡恤孤獨, 日視其情僞而懲奸猾禁豪暴, 上不負朝廷愼簡之意, 下不負平生讀書之功夫."

위의 글은 신유한이 장사로 부임하는 김몽좌(金夢佐)에게 당부한 것으로 수령이 백성을 위해 해야 할 일에 대해 말했다. 새벽부터 저녁까지 당에 앉아서 백성들과 더불어 이익을 일으키고 해로움을 제거하고 배고프고 외로운 백성들을 구휼하라 했다. 수령이 근면하고 성실하며 백성을 구휼해야 할 것을 말한 것이다. 또한 참과 거짓을 살피며 간교함과 교활함을 징계하고 세력과 포악함을 금하라 했다. 그야말로 백성을 위한 입장에 서라는 충고이며 백성들이 편히 사는 것은 일차적으로 치자(治者)의 마음가짐에서 비롯하는 것이라는 뜻이다. 또한 이는 조정이 수령을 뽑아 외읍의 통치를 맡긴 뜻과[105] 사대부가 독서한 공을 저버리지 않는 것이라고 하였으니, 다시 한번 선비의 자세를 돌아보게 한다.

결국 신유한은 백성들의 참담함을 고치기 위해서는 선비가 독서를 통해 바른 도리를 닦을 것이며, 이러한 선비들이 관리가 되어 청빈과 근면과 성실로써 백성들을 구휼하여 백성들이 태평스럽게 살 수 있어야 함을 주장했다. 이는 글 하는 선비를 통해 이들이 정도를 체득하여 실천하기를 바라는 것이다. 곧, 독서를 평생의 업으로 알았던 사의식(士意識)의 발로이며, 지배층의 양식에 호소한 것이라 하겠다. 또한 신유한이 지배층의 양식에 호소할 수밖에 없었던 것은 자신의 경험에서 우러나온 것이며 이는 앞서 사회 현실과 세태를 비판할 때 시서와 과거와 교도(交道)가 잘못되고, 이러한 세태에 물든 서울 관리들의 부패 때문에 백성들이 고통받는다고 한 것과 연결된다.

그러므로 수령이 청빈한 생활을 하며 백성들을 잘 다스려야 한다고 신유한이 주장한 것은 경험에서 우러나온 것이다. 외읍의 관장을 역임하고 외읍의 참상을 직접 목도하였기에 자신의 능력으로 할 수 있는 최대한의 방법을 역설한 것으로 보인다. 곧, 이는 단순히 이상주의적 사고가 아니라 실생활의 경험에서 우러나온 것이며 자신도 이를 실천하려고

---

105) 김도수 또한 관리의 도리를 말하였는데 대궐을 지나며 관리들을 향해 "그대들은 임금의 음식을 배불리 먹으니, 太平心을 어기지 말라"고 하였다. 『春洲遺稿』「過闕下」.

노력하였으니,[106] 자신이 백성들을 위해 할 수 있는 한계 내에서 최상
점을 찾은 것이다.

　김도수는 백성이 편안할 수 있는 길을 군왕(君王)을 통해 찾으려는 기
대를 내보이고 있다.

> 『주역』의 「坤四」는 "천지가 변화하면 초목이 우거지고 천지가 닫히면 현인
> 이 숨는다"하였으니 아아 임금의 정치와 만물이 정을 통한다면 비록 궁하고 멀
> 며 끊어지고 구석진 곳에 있는 생물로 기린·봉황·거북·용 같은 것들도 모두
> 장차 자발적으로 나오리니 하물며 사람이야. (…중략…) 나는 비록 도원이 과연
> 있는지는 모르지만 난세에 숨은 백성이 도원과 같은 곳에 있음은 괴이하지 않
> 다. 아아 임금되는 자가 坤四의 뜻을 밝히고 碩鼠의 시를 슬피 여겨 백성을 사
> 랑하기를 애태우듯 하고 백성을 가까이 하기를 자식처럼 하여 곤충과 초목에
> 이르기까지 모두 은택을 입게 하다면, 장차 도원의 백성들이 넓은 길로 업고
> 지고 몸을 굽혀 공경하여 나오리니, 비록 기린·봉황·거북·용으로 궁하고 멀
> 며 끊어지고 구석진 곳에 있는 자들이라도 절로 이르지 않음이 없으리니, 이를
> 이르러 천지가 변화하여 초목이 또한 우거지는 것이라고 하는 것이다.[107]

　김도수는 난세에 백성이 도원에 숨어사는 것은 이상할 바 없다고 했
다. 백성들이 도원 같은 곳으로 숨어들지 않게 하기 위해서는 임금이
『주역』 곤사의 뜻과 『시경』의 석서시의 뜻을 깨달아야 한다는 것이다.
『주역』의 곤사란 「문언전(文言傳)」 제2(第二) 곤괘(坤卦) 문언(文言) 64(六四)

---

106) 예로써 신유한은 연천현감으로 있을 때, 흉년에 환곡을 거두면서 백성들에게 채찍을
　　사용하지 않았는데, 이를 암행어사가 아뢰어 경연 중에 칭찬받기도 하였다. 『青泉集』
　　권3 「與芝山李斯文爽書」, "向在漣峽時, 繡衣以吾荒年捧糴, 不用鞭扑, 至蒙筵中褒
　　獎."
107) 『春洲遺稿』 권2 「題桃源圖後」, "易之坤四曰, 天地變化, 草木蕃, 天地閉, 賢人隱,
　　嗟乎, 王者之政, 與庶物, 通其情, 則雖窮遠絶幽之物, 如麟鳳龜龍者, 皆將自出, 而況
　　人乎哉, (…중략…) 吾雖不知桃源之果有無, 而亂世隱民, 無怪有如桃源者矣, 嗚呼, 王
　　者有能深明坤四之義, 而悲碩鼠之詩, 愛民如傷, 親民如子, 以至昆虫草木, 咸被恩澤,
　　則將見桃源之民, 褓負偏傴, 於康莊之衢, 而雖如麟鳳龜龍之窮遠絶幽者, 無不自至,
　　此所謂, 天地變化, 草木亦蕃者也."

를 말한 것으로, 천지가 변화하면 초목이 우거지고 천지가 닫히면 현인이 숨으니 주머니를 여미듯이 하면 허물도 없고 칭찬도 없으니 삼가라고 하였다.[108] 곧, 언행을 신중히 하라는 의미이다. 이는 사람의 사회, 특히 임금의 정치에도 그대로 적용되는 것으로 임금이 언행을 신중히 하면 바른 정치를 할 수 있게 되는 것이다. 그러므로 임금의 정치가 만물과 정을 통하게 되는 것으로 이는 정치가 백성의 사정을 살펴 올바르게 된다는 의미이다. 석서의 시란 『시경』「위풍」의 편명으로 "큰 쥐여 큰 쥐여, 내 조를 먹지 마오, 오래 너를 모시었는데, 나를 즐겨 돌보지 않으니, 가서 장차 너를 떠나, 저 낙토(樂土)로 가려니, 낙토(樂土)여 낙토(樂土)여, 이에 내 곳을 얻으리라"고[109] 한 부분이다. 석서는 탐욕스럽고 남을 두려워하는 큰 쥐로 백성에게서 지나치게 거두어 백성의 것을 좀먹으며 정치를 제대로 하지 않는 임금을 비유한 것으로, 이 시는 가렴주구를 하는 탐욕스럽고 포악한 임금 때문에 백성이 견디지 못하고 떠나가는 것을 풍자한 것이다. 김도수는 곤사와 석서를 인용하여 임금이 백성을 애태우듯 사랑하고 자식처럼 가까이한다면 속세와 소식이 끊긴 도원의 백성들이나 멀고 끊어진 곳에 있는 기린이나 봉황도 모두 나타날 것이라 하여 임금이 바른 통치를 할 것을 주장한다. 결국 김도수는 백성이 평안하게 살기 위해서는 봉건제의 가장 윗지점인 임금으로부터 바른 통치가 이어져야 할 것임을 주장한 것이다.

김도수는 선비가 정도를 유지할 것을 주장하면서도 군왕의 바른 통치를 기대하고 있다. 군왕(君王)의 도리(道理)에 대한 기대는 김도수의 경우 끊임없이 나타나는 주제인데 이는 그가 외척인 청풍김씨 가문의 서얼이며 숙종과 사촌 사이라는 점에서 이해할 수 있다. 임금과의 혈연적

---

108) 『周易』「文言傳」第二 坤卦 六四, "天地變化, 草木蕃, 天地閉, 賢人隱, 易曰, 括囊, 无咎无譽, 蓋言謹."
109) 『詩傳』(明文堂, 1985)「魏風」, "碩鼠碩鼠 無食我黍 三歲貫女 莫我肯顧 逝將去女 適彼樂土 樂土樂土 爰得我所."

인 연결은 임금에 대한 기대를 높게 하는 요소가 되었을 것이다.

　현실의 문제에 대해 신유한과 김도수만이 대안책을 제시한 것은 이들이 벼슬에 대한 열망을 크게 지녔었고, 벼슬살이를 통해 문제점을 제대로 파악하고 있었던 데에 원인한다. 또한 대안책을 제시했다는 점은 현실에 대한 기대 내지는 희망을 조금이나마 지니고 있었기에 가능했다.

　그렇다면 서얼들은 자신들의 기대를 실현할 수 있었는지 또 이에 대해 어떠한 인식을 하였는지 살펴보도록 하겠다. 신유한은 자신이 걸어온 벼슬길의 삶을 다음과 같이 표현하였다.

> 이십 년 간 들어가면 太常의 油麵이요 나가면 俗吏의 상자 속이었는데 다만 名과 利 두 길에서 '不敢欺' 세 글자의 부절을 손에 얻었고 다행히 나라의 법에 저촉되지 않은 것은 또한 집사가 알아줌을 등지지 않은 것입니다. 나이가 이제 56세로 눈은 어둡고 이는 빠져 문득 거의 귀신을 향합니다. 시서예악은 이미 경제가의 이름난 재능이라 분수 밖의 일입니다.110)

　이 글은 56세 때 이종성에게 쓴 편지이다. 자신의 이십 년 간 벼슬살이는 내직으로 가면 태상직을 맡았을 뿐이고 외직으로 가면 세속의 관리가 되었을 뿐이라고 했다. 곧, 신유한은 1717년 비서저작랑에 임명된 이후 1749년 69세로 영천에 돌아갈 때까지 30년 동안 끊임없이 봉상시 판관이나 첨정 그리고 외진 지역의 현감 노릇을 하였다. 그러나 이 벼슬길에서 자신이 한 일이라고는 '감히 속이지 않았다'고 할 수 있고 벼슬을 살면서 나라의 법에 저촉되지 않은 것뿐이다. 곧, 젊은 시절 포부는 컸지만 다른 업적을 이룰 수는 없었고 다만 바른 도리를 다하는 것만은 어기지 않았다는 것이다. 그래서 시서예악에 나아가는 것은 이미 경제가들의 재능이고 자신의 분수 밖의 일이라고 했으니, 자신이 경제

---

110) 『靑泉集』 권3 「答李參議宗城書」, "二十年間, 入則太常油麵, 出則俗吏筐篋, 但於名利二途, 握得不敢欺三字符, 所以幸免於邦律, 亦不負執事之知矣, 年今五旬六, 眼暗齒缺, 便向七分鬼趣, 詩書禮樂, 旣是經濟家名器, 漠在分外."

가로서 백성들의 삶을 다스리지는 못했음을 말했다. 결국 태상직과 외
읍에 벼슬하면서 자신의 도리를 지켰지만, 그 이상은 할 수 없었음을
말했다.

三日不見山　　　　　　삼일을 산을 못보고
七日不見天　　　　　　칠일을 하늘을 못 보았네
濛濛雲霧塞宇宙　　　　자욱한 구름 안개는 우주를 가리고
但聞山崖吼石飛來泉　　절벽이 울며 돌이 소로 뛰어드는 소리만 들리더니
崖崩石裂怒奔溪　　　　낭떠러지 무너지자 돌이 깨져 세차게 시내로 달
　　　　　　　　　　　　려와
溪流百道爭騰驀　　　　시냇물 온갖 길로 다투어 뛰어오르네
高田失秔稌　　　　　　높이 있는 밭은 메벼와 찰벼를 잃고
下田生蛟蜓　　　　　　낮은 밭에는 교룡과 그리마 생겼네
農夫入室暗號咷　　　　농부 방에 들어가 몰래 울부짖는데
茅霤淅淅廚無烟　　　　띳집에 낙수 줄줄 흐르고 부엌에는 연기 없네
昨年東峽苦淋雨　　　　작년에는 동쪽 골짜기가 장마로 고통받아
烏鴉半啄溝中塡　　　　까마귀가 도랑의 시체를 반이나 쪼더니
今年三伏月罹畢　　　　올해 삼복에는 비까지 올 징조
猛雨劈破燒畬田　　　　사나운 비가 화전을 쪼개 없애니
不知天公作何意　　　　하늘은 무슨 뜻인지 모르겠어라
山氓有語眞可怜　　　　산골 백성의 말 참으로 가련하다
漣州太守老更拙　　　　연천 태수는 늙어가며 더욱 졸렬해
白頭臥閣愁空拳　　　　백두로 청사에 누워 빈주먹으로 근심만 하네
窮人命分惡　　　　　　궁한 사람의 운수 나빠
所向無糊饘　　　　　　가는 곳에 죽도 없으니
胡不遣之歸　　　　　　어찌 돌아가라 보내어
易以召杜賢　　　　　　召父와 杜母 같은 어진 이로 바꾸지 않는가
我歌此曲空長歎　　　　내 이 노래 부르며 헛되이 탄식하는데
風颯雨冥山悄然　　　　바람 몰아치고 비 휘뿌려 어둑한데 산은 초연할 뿐

—「霖雨歎」111)

이 시는 신유한이 경기도 연천현감을 지내던 1739년에서 43년 사이에 장마비가 오는 것을 탄식하며 지은 것이다. 삼일을 산이 안보이고 칠일을 하늘이 안보일 정도의 심한 장마로 인해 산사태가 나고 농사를 망치니 백성들은 울부짖고 끼니마저 잇지 못한다. 그 전해에도 장마로 시체가 구렁에 뒹굴었는데 올해조차 삼복에마저 사나운 비까지 내려 환전마저 앗아가는 더욱 심한 고통이 일어나니 백성들은 하늘을 원망하게 된다. 더구나 연천의 경우 화전을 일구어 농사를 짓는 곳이기에 절망감은 더욱 깊다. 이에 대해 신유한은 자신이 늙어가며 졸렬해 빈주먹으로 근심만 한다고 하여 자신이 백성을 위해 아무 것도 해줄 수 없음을 탄식한다. 이는 자신에 대한 자책(自責)으로 이어져 자신을 궁한 사람이라 하고, 궁한 사람인 자신의 운수가 나빠서 자신이 가는 곳에 죽도 없는 것이기에, 연천에 장마가 든 것은 자신 때문이라고 여긴다. 그래서 자신을 돌려보내고 통치를 잘했던 소부나 두모 같은 인물로 바꾼다면 장마가 그칠 것이라는 생각마저 하게 된다. 이는 인재로 고통받던 연천에 천재까지 겹친 것을 어찌할 수 없게 되자 괴로워하는 양심적(良心的) 지식인(知識人)의 모습이다. 곧, 속수무책으로 인한 자괴감에서 나온 것이라고 보인다.

이런 의식은 같은 시기에 쓴 「조강행(祖江行)」112)에서도 나타난다.

使君聞此意茫然	사군은 이 뜻을 듣고 나자 망연해져
沈吟落筆當秋天	괴로이 붓을 떨구고 가을하늘을 바라보네
爾不識三南一百古名州	그대 모르는가, 삼남의 이름난 많은 고을들에서
官娃掉頭抛金鈿	관기들 머리 흔들며 금비녀 내버리는 것을
坐思民生凋弊盡	앉아 생각하니 민생이 시들고 피폐함이 다하니
吾獨胡爲不種伽倻數畝田	내 홀로 무엇을 위해 가야산 몇 이랑 밭에 씨뿌리지 않나

---

111)『靑泉集』권2.
112)『靑泉集』권2.

　이는 「조강행(祖江行)」의 마지막 부분이다. 이 앞 부분에서 조강에서 배를 내린 신유한에게 강마을 노인은 조강이 전에는 번화하였으나, 가뭄과 장마가 빈번한 뒤 세사와 인정이 바뀌어 피폐해져 밥짓는 연기를 새벽별 보듯 함을 탄식한다. 이 시에서도 가난의 직접적인 원인은 가뭄과 장마 같은 천재지변이다. 그러나 이 시가 「임우탄(霖雨歎)」과 다른 점은 조강의 백성들은 피폐한데 삼남에서는 관기들이 금비녀를 내버리는 현실을 비교하여 백성들의 피폐함이 단지 천재지변 때문만이 아님을 역설한 것이다. 이러한 상황에서 신유한은 역시 자신은 아무 것도 할 수 없음을 느끼고 가야산으로 돌아가야 할 것을 생각하게 된다.

　이 두 시는 제3장에서 살핀 「하초불황행(何草不黃行)」과 여러모로 비교가 된다. 벼슬길에 나아가기 전에 쓴 「하초불황행(何草不黃行)」은 도가적 비유로 가득하며 희망을 보이고 있었다. 이에 반하여 벼슬길의 부침을 겪고 난 뒤에 쓴 「임우탄(霖雨歎)」과 「조강행(祖江行)」은 눈앞에 펼쳐진 현실을 도가적 상상력이나 비유가 아니라 현실 그대로의 언어로 쓰고 있으나 좌절을 보인다. 이십 년 간 벼슬살이를 한 육십 세(1739)가 넘은 노년에 지었기에 자신의 벼슬살이의 여정을 돌아보게 하였다는 점도 있다. 이는 신유한이 벼슬길에서 현실의 여러 면모를 직접 체험한 뒤 나온 사실성의 획득이라고 할 수 있다. 곧, 신유한은 젊은 시절 문란한 세태를 비판하며 벼슬에의 포부가 웅대했고 벼슬에 나아가자 의욕이 넘쳤다. 그러나 구조적으로 얽혀 있은 모순된 현실에서 말단 관리로서의 자신이 백성을 위해 할 수 있는 일이란 아무 것도 없음을 깨닫자 속수무책의 자괴감을 느끼고 벼슬길에서 물러나고자 하게 된 것이다.[113]

---

113) 그렇다면 그에게 남은 것은 무엇이었던가? 노년에 지은 『靑泉集』 권2 「立春夜坐次 駿兒韻」을 보면 다음과 같다. "天寒小屋一燈明 寥落琴書見故情 藥債經年酬更負 頭絲逐日鑷還生(날씨 추운 작은 집에 등불 하나 밝은데, 쓸쓸한 琴書에서 옛정을 본다, 해묵은 약값 빚을 갚고 다시 지고, 머리털을 날마다 뽑아도 다시 나네)." 곧, 젊은 시절 포부를 안고 들어섰던 벼슬길을 걸어온 뒤 그에게 남은 것은 작은 집에 요락한 거문고와 책 그리고 약값의 빚일 뿐이었다. 곧, 포부를 이루지도 못하였으며 벼슬을 하였어도

다음으로 김도수의 경우를 살펴보겠다.

欲送春風去	봄바람을 보내버리려 하니
其如花鳥何	꽃과 새는 어쩌리
東風不解意	동풍이 내 뜻을 알지 못하니
遊子空悲歌	나그네 공연히 슬피 노래하네
醉裏英雄在	취한 속 영웅 있고
閒中日月多	한가하니 시간 많네
自從學干祿	녹을 구함을 배운 뒤로
萬事一蹉跎	만사가 한결같이 어그러졌네

—「送春」

위의 시는 봄을 보내는 감상에서 발상하였다. 자신이 봄을 보내려 하는데 봄바람에 의지하던 꽃과 새는 어찌하느냐 했으니, 봄이 가고 계절이 바뀌면 꽃잎은 떨어지고 꽃에 노닐던 새도 있을 바를 잃어버리게 됨을 말한 것이다. 또한 나그네는 헛되이 슬프다고 했으니 꽃과 새를 바라보는 시인인 나그네의 심상이 이들을 남다르게 보지 않음을 알 수 있다. 꽃과 나그네의 심상이 접맥됨으로써 이 시는 단순히 봄을 보내는 감상에 머물고 있지만은 않다. 특히 경련에서 발상의 전환을 가져와 시점은 꽃의 것에서 시인의 것으로 바뀌게 된다. 이로 볼 때 꽃·새와 동풍의 관계도 단순히 자연물이 아니라 인간 사회의 관계로 대치된다. 특히 김도수가 임금에 대한 기대를 깊이 했다는 점에서 동풍은 사라진 군주 혹은 마음이 바뀌어 정권을 옮겨간 군주이고 꽃과 새는 그 군주에 의지하던 신하들이라고 할 수 있다. 그러므로 취한 속에 영웅이 있다는 것은 자신이 술에 취해야만 영웅처럼 느껴진다는 뜻이고 한가하니 시간이 많다는 것은 할 일이 없다는 의미이다. 이는 자신은 무엇인가 하고 싶은데 하지 못함을 말한 것이니, 구체적으로는 벼슬길에서 물러났음을

빈한하기는 마찬가지였던 것이다.

의미한다.114) 김도수는 미련에서 자신의 이러한 처지는 녹을 구하는 것을 배웠기 때문이라고 하였다. 벼슬길에 대한 가치를 두었으나, 봄처럼 떠나간 임금을 붙잡을 도리가 없으니, 좌절을 하게 되고, 만사가 어그러졌다고 하게 된 것이다.

强宦無滋味	억지로 하는 벼슬에 재미없고
山居有友生	산 속의 삶에 벗이 있네
樽中松月入	술잔으로 소나무와 달이 들어오고
堂下草虫鳴	당 아래에서 풀벌레 우네
縱遂南歸計	비록 남으로 돌아갈 계획 이루더라도
長懷北拱誠	임금을 우러르는 정성 길이 품으리
紛紛鐘鼓饗	번잡한 종고 제사
豈是海禽情	어찌 바닷새의 정이리

—「强宦」

김도수는 외척인 관계로 음보로 일찍 벼슬에 나아갔다. 그런데 벼슬에 대한 의지를 내보인 김도수가 정작 벼슬을 하면서 쓴 시는 매우 회의적이다. 자신의 벼슬은 억지로 하는 것이라 재미가 없으며 태상직을 맡아 지내는 종묘 제사는 번잡하다고 하였다. 그러면서 산수로 돌아가고자 하는 마음을 나타낸다. 산 속에서 살면서 술잔에 비치는 소나무와 달을 보고 집 밖에서 우는 풀벌레 소리를 들으며 한적하게 사는 삶을 그린다. 그러면서도 비록 자신이 남쪽으로 돌아간다 하더라도 임금을 우러르는 정성만은 길이 품을 것이라고 했다. 벼슬은 싫지만 임금을 향한 마음만은 변함이 없다는 뜻이 된다. 이는 벼슬길에 나아갔으나 봉상시에 근무해 자신이 원하는 뜻을 펼칠 수 없었던 데 기인하는 것으로 보인다.

---

114) 또한 이 경련은 보통 사람들은 쓰기 어려운 잘된 구절이라 할 수 있으니 김도수의 시적 능력을 가늠하게 한다.

我昔拂袂辭漢陽	내 옛날 소매를 떨치고 한양을 떠나
欲往仙山白雲長	흰 구름 늘어진 신선의 산으로 가려했으나
堯舜之主不易逢	요순 같은 임금 쉽게 만나지 못하니
故廻鞭轡走鵷行	짐짓 채찍과 고삐 돌려 조정에서 분주했네
籠中海鶴三年夢	새장 속 바다학으로 삼년을 꿈꾸고
架上秋鴈萬里心	시렁 위 가을 기러기로 만리를 그렸네
特地天恩馹路光	특별한 은혜에 역말 길 빛나니
敢憚魚龍江湖深	감히 어룡이 강호에 깊이 있음을 꺼리랴
誰言馬官一事無	마관에게 일이 없다고 누가 말하는가
不堪窮民庚癸呼	가난한 백성이 굶주림 호소함을 견디지 못하였네
嗚呼吾無救汝策	오호라 내게 너희를 구할 방책 없으니
空山可以退微軀	빈 산에만 이 몸이 물러날 수 있겠네

―「伽倻山行」

    이 시는 김도수가 1727년 가을 경양 찰방직을 그만두고 남유(南遊)에 올라 쓴 것이다. 예전에도 자신이 서울을 떠나 신선의 산으로 가려했었으나 요순과 같은 임금을 만나기가 쉽지 않은데 그런 임금이 있으니 차마 떠나지 못하고 조정에서 분주하게 지냈다고 했다. 그러나 자신은 새장 속에 갇힌 바다 학이며 시렁 위에 있는 가을 기러기 같은 신세가 되어 너른 바다와 만리 먼 하늘을 꿈꾸었다. 그래서 임금의 특별한 은혜로 벼슬을 그만두고 떠나게 되었으니, 어룡이 강호에 깊이 있어 풍우를 일으키듯이 앞으로 풍파를 만난다해도 걱정이 되지 않는다고 했다. 이에 대해 찰방 벼슬에 할 일이 없어서 떠난다고 말하는 사람도 있지만 이는 진실로 할 일이 없는 것이 아니라 할 일을 하지 못하기 때문이다. 다름이 아니라 가난한 백성들이 먹을 것이 떨어져 양식을 구하러 다니는 것을 차마 볼 수 없는데, 자신에게는 이들을 구해줄 만한 아무런 방법이 없다. 이로 볼 때 요순 같다던 임금은 허상이었고 자신이 새장 속에 갇혔다고 생각한 것도 자신의 뜻을 펼 수 없었기 때문임을 알 수 있

다. 이로 인해 속수무책으로 있을 수밖에 없었으니 자신이 미미한 존재
라는 자괴감이 나타나 벼슬을 버리고 떠나고자 한 것이다.

곧, 김도수는 임금에 대한 기대를 지녔는데 그 기대치는 요순 같이
어질면서 자신을 알아주는 임금이었다. 그러나 기대는 어긋나, 백성들은
굶주리고 자신은 봉상시나 찰방 정도의 낮은 벼슬을 살며 자신의 당파
는 내침을 당하였다. 이러한 이유로 자신은 가난한 백성들이 굶주림을
호소하여도 구해줄 수 없기에 벼슬에서 물러나겠다고 했다.

신유한은 미관말직을 전전하며 그 안에서 백성들을 위해 노력하고자
하였으나 여의치 않음에 좌절을 하여 자괴감을 나타냈고, 나아가 실제
경험을 통해 문제를 사실적으로 묘사했다. 이에 비해 김도수는 백성들
과 자신을 위해 임금에게 거는 기대가 컸고, 이로 인해 현실의 문제를
자신의 실제 경험을 통해 묘사하기보다는 비유적인 표현을 많이 구사하
였다는 차이점이 있다.

3. 해외 체험의 표출

1) 대안 현실로서의 해외 동경과 사행(使行)

서얼들은 제도적·인습적으로 자신들을 옭아매었던 조선에서는 자신
들의 능력을 마음껏 펼칠 수가 없었다. 현실은 능력 있는 자신들을 받
아줄 여건이 아니었기에, 현실과의 괴리에 대한 고뇌를 포기하고 침잠
하든가 아니면 다른 방법을 찾아보아야 하는 갈등을 겪게 마련이었다.
이때 한 방법으로 떠오른 것이 시선을 현실 밖으로 돌리는 것이었는데
이는 '우리 동방은 작다·내가 중원에서 태어났으면 나의 포부를 마음

껏 펼 수 있었을 것이다'라는 사고를 기본으로 하는 해외동경이었다. 신유한은 자신은 바다에 치우친 계림에서 용만에 이르는 좁은 곳에 살아, 높은 뜻을 닦지 못하고, 수레와 말을 타고 지팡이를 짚고 나막신을 신고서 집에 살거나 여행함이 나라 안에서 슬퍼하고 기뻐하며 모이고 흩어지니 마치 우물안 개구리 같다고 하였다.[115] 그래서 이 작은 나라에서는 할 만한 일이 없어서, 만약 굴원(屈源)이나 가의(賈誼) 같은 사람들을 여기서 다시 살게 하더라도 과거에 급제하는 일 외에는 할 바가 없을 것이라 하였다.[116] 이는 자신의 처지를 빗댄 것으로 대과(大科)에 장원을 했지만 그 이상 포부를 펼 만한 큰 일을 하지는 못했던 것을 말한 것이다.

그러므로 넓은 곳으로 나가보고 싶은 열망을 지니게 되는데, 이를 현실적으로 가능하게 한 것이 일본이나 중국으로의 사행(使行)이었다. 사행을 통해 멀고 넓은 곳으로 갈 수 있고 자신들의 바람을 부분적으로나마 실현할 수 있었다. 이러한 이유로 사행에 대한 서얼들의 기대는 남달라 자신들의 능력을 펼칠 수 있고 인정받을 수 있는 좋은 기회로 생각했다.

내 나이 17에 비로소 청천자를 좇아 노닐었는데 文章事를 말하기를 즐겨하지 않으며 말씀하시기를 "이는 나를 그르쳤네. 나로 하여금 강남 늙은 농부가 되게 하였더라면 어찌 다시 한양 여관에 깃들어 허둥거리겠는가? 대저 일세에 우환을 만나고 헐뜯음을 불러 곤액기궁하며 울울하여 뜻을 얻지 못하고 흰머리에 이르게 된 것은 모두 문장이 나를 그르친 것이오"라고 하였고 이따금 흐느끼며 눈물을 흘리셨다. 그가 즐겨 읽는 것은 屈原의 「遠游」였다. 내가 이상히 여겨 물어 말하기를 "원유만 홀로 문장이 아닌 것입니까. 선생님께서 어찌 읽기를 좋아하십니까?"하였더니 청천자가 숙이고 대답하지 않으셨다. 굴원은 시속이 핍박하고 험한 것을 비탄하여 더럽고 더러움에 허물을 벗고 허공을 밀치

---

115) 『青泉集先生續集』 권2 「送鏡城判官沈公赴任序」, "吾生也僻於海, 由鷄林而薄龍灣, 不修於鵬之背, 所以車輪馬足杖屨, 傴僂室家行旅, 悲歡聚散于其內者, 眇疹陷井之蛙."
116) 『青泉集先生續集』 권2 「雜說」, "我東狹矣, 藉令屈賈復生, 得一黃甲題名外, 無所爲矣, 令人於邑."

고 기를 다스려 생각이 한중·왕교와 더불어 사해의 바깥에 노닐고자 했다. 이제 청천자 또한 이 세상에 뜻을 얻지 못하셨다. 그 원망하고 근심스러운 마음이 멀리 굴원의 「원유」를 사모하니 그 뜻을 가히 슬프다 말할 수 있다.

戊戌(1718)년에 내가 泌州에 노닐어 마니산에 올라 바다의 물결이 아득함을 바라보고 또한 굴원의 「원유」를 생각했다. 청천자가 갑작이 글 하여 고별하여 말하기를 "내가 이제 작은 배를 타고 창해에 떠서 부상 일출하는 땅에 동으로 노닐어 徐福이 신선을 구하던 자취를 방문하니 또한 족히 근심을 즐겁게 하고 정을 펼 수 있을 것이오" 하셨다. 내가 그 노님을 씩씩하게 한 그의 글을 보니 오호라 청천자로 하여금 이 노님을 얻게 함은 아마 하늘이 그의 바람을 좇은 바이니 초연히 큰 바다에 떠서 노닐어 고래와 새우의 출몰함과 어룡이 북치고 움직이는 것을 보면 청천자의 심흉이 넓어져 그 말한 바의 悲哀歡樂을 마땅히 세탁하여 다시는 지니지 않으리라. 이때 청천자가 잡념 없이 조용하고 평온하게 기뻐하며 그 거칠고 더러운 기운을 제거하고 群仙에 높이 읍하고 우주를 멀리 바라보았으니 대저 굴원의 「원유」는 특히 寓言일 따름이니 어찌 청천자가 오늘날 노님과 같겠는가? 청천자가 비록 문장을 꺼리지만 능히 원유를 시로 짓지 않으시겠는가?

그 다음 해에 청천자가 동으로부터 돌아오셨다. 내가 가서 뵙고 한 마디를 나눌 사이 없이 먼저 해외에서 얻은 바를 물었더니 청천자가 웃으며 말씀하기를 "내가 이미 문장은 글자 하나 구절 하나도 그대에게 고할 만한 것이 없다고 말하지 않았던가. 오직 일본의 산천과 풍속이 내 주머니에 있을 뿐이라오"라고 하셨다. 내가 청하여 꺼내어 박다진과 부사산의 여러 賦를 얻어 읽으니 물 흐르는 듯 굴원의 남은 울림이 있었다. 청천자는 이 세상에 뜻을 얻지 못함으로써 깊이 문장을 미워하였으나 그러나 끝내 문장으로써 이름을 성하게 하고 해외에 원유하여 그 원망하고 근심스러운 마음을 楚騷에 의탁하여 장차 굴원과 더불어 후세에 함께 전해지게 되었으니 그러한즉 문장이 청천자를 그르친 것이 아니다. 「원유」를 즐겨 읽는 사람들은 가히 청천자의 뜻을 볼 수 있으리라.117)

---

117) 元景夏, 『蒼霞集』(國立圖書館 所藏) 권7「靑泉子海游錄序」, "余年十七始從靑泉子游, 不肯言文章事曰, 是誤我也, 使我爲江南老農夫, 豈復棲遑於漢陽旅舍乎, 夫離憂患招聘議於一世, 困厄奇窮, 鬱鬱不得意而至於白首者, 皆文章誤我也, 往往歔欷流涕然, 其所喜讀者屈子遠游, 余怪而問之曰, 遠游獨非文章乎, 夫子何喜獨也, 靑泉子俯而不答, 屈子悲歎時俗之迫阨, 蟬蛻於汚穢沈濁, 排空御氣, 思欲與韓衆王喬娛戱於四

이는 원경하(元景夏)가 신유한의 『해유록』에 서(序)한 글이다. 원경하는
1698년 생으로 1681년에 태어난 신유한보다 17세 아래이다. 원경하가
17세이고 신유한이 34세인 1714년 여름 야성(野城)에서 두 사람은 만났
다. 이후 두 사람은 죽을 때까지 친분을 유지했다. 젊은 유생인 원경하
는 신유한의 문명(文名)을 존경했는데 신유한은 문장이 자신을 그르쳤다
고 눈물을 흘렸다. 서얼이라는 신분 때문에 자신의 뛰어난 능력을 펼
수 없었기 때문이다. 신유한이 즐겨 읽는 것은 굴원의 「원유(遠游)」였다.
굴원은 시속을 비탄하여 허물을 벗고 사해의 밖에 노닐고자 했었다는 말
처럼 「원유(遠游)」에서 세속을 벗어나 사해에 노님을 그렸다. 자신의 뜻
이 세상에 부합되지 않아 결국은 멱라수에 빠져죽었는데 자신의 심사를
「이소(離騷)」·「구가(九歌)」·「원유(遠游)」·「어부(漁父)」 등에 담았다. 신유
한도 그 원망하고 근심스러운 마음을 가누지 못하여 굴원의 「원유(遠游)」
를 사모했던 것이다. 속박하는 현실을 벗어나 다른 곳 혹은 너른 곳을
꿈꾸었다. 그곳은 굴원이 그렸던 것처럼 현재 자신을 옭아매고 모함하
는 이곳이 아니라 이곳을 벗어난 바다 밖의 세계였던 것이다.

　그런데 신유한의 이 꿈이 현실이 되어 이 땅을 벗어날 수 있게 된 것
이다. 통신사(通信使) 제술관(製述官)이 되어 바다 건너 일본으로 가게 되
었다. 망망한 바다에 대한 기대감, 미지의 땅을 여행할 수 있는 즐거움

海之外, 今青泉子亦不得意於斯世矣, 其怨懟鬱悒之懷, 遠慕屈子之遠游, 其志可謂悲
也, 歲戊戌, 余游泌州登摩尼山, 望見海濤渺然, 亦思屈子之遠游, 青泉子忽以書告別
曰, 吾今乘扁舟泛滄海, 東游於扶桑日出之鄕, 訪徐子求仙之跡, 亦足以娛憂而舒情矣,
余見其書壯其游, 嗚呼使青泉子, 得此游者, 殆天所以從其願, 而超然浮游於瀛海, 見
其鯨蝦出沒魚龍鼓盪, 青泉子心胸可以恢廓, 其所謂悲哀歡樂當洗濯, 而無復有矣, 於
是青泉子虛靜恬愉, 除其麤穢之氣, 高揖群仙, 眇觀宇宙, 夫屈子遠游特寓言耳, 豈若
青泉子今日之游也哉, 青泉子雖諱文章, 能不賦遠游乎, 其翌年青泉子自東而返, 余往
見, 不暇交一言, 先問其海外所得, 青泉子笑曰, 吾已不言文章無一字一句可以告子者,
獨日本山川風俗藏吾橐中而已, 余請出而得其博多津富士山諸賦, 讀之飀飀乎有屈子
之遺響, 青泉子自以其不得意於斯世, 深嫉文章, 然而終以文字盛名, 遠游於海外, 其
怨懟鬱悒之懷, 托於楚騷, 將與屈子同傳於後世, 然則文章非誤青泉子, 其喜讀遠游者
亦可以見青泉子之志矣."

이 신유한의 울울한 마음을 어느 정도 펼 수 있게 해주었다. 이에 원경하는 신유한이 일본에 가게 된 것을 하늘이 그의 바람을 따른 것이라 여기고 그가 너른 바다를 건너갔다 오면 울울한 심사가 풀리리라 기뻐하였다. 원경하는 신유한이 일본에서 돌아온 다음 찾아가 굴원의 「원유(遠游)」에 견줄 만한 글을 구하였다. 이는 문(文)을 통해 성장하고 문을 통한 입지(立志)가 안 되자 문을 미워하였으나 결국 문(文)을 벗어날 수 없는 사대부들의 모습이었다. 또한 굴원의 「원유(遠游)」는 우언(寓言)이지만 신유한은 직접 경험하고 실질을 쓰게 되었다. 그러므로 원경하는 굴원의 「원유(遠游)」는 신유한의 경험이나 글만 같지 않으며 신유한의 글은 후세에 길이 전해지리라 하였다. 해외 경험을 뛰어나게 쓴 문(文)을 후세에 전하는 것으로 서얼 사대부의 울울한 심사와 처지를 보상받으리라 여긴 것이다.

▲ 羽川藤永, 「朝鮮人來朝圖」, 神戶시립박물관 소장. 조선통신사가 도쿄의 日本橋를 지나는 모습이다. 통신사의 화려한 행렬과 이를 구경하는 수많은 일본인의 질서 있는 모습이 인상적이다.

　　원경하의 글이 넓은 곳으로 나아가 울울한 심사를 풀고 오는 데 초점
이 맞춰져 있다면 홍세태(洪世泰)의 다음 시는 서얼들이 해외에서 문명
을 얻었음을 강조한다.

君有雄文早擅場	그대에게 웅장한 글 있어 일찍이 과장에서 드날렸으니
使居何地不超驤	어느 곳에 있더라도 뛰어나지 않으리오
周才小試桐鄕吏	두루 갖춘 재주를 지방직에 조금 시험하고
積毀難容戶部郎	쌓인 훼방은 호조의 낭관을 용납하기 어려웠네
萬事回看雙鬢短	만사를 돌아보니 살쩍머리 짧아졌고
高樓一臥大江長	높은 누대에 한번 누워 큰 강 같이 길이 했네
姓名獨掛扶桑日	성명은 부상의 해에 홀로 걸렸고
留作蠻兒口齒香	남긴 작품은 오랑캐 입의 향기가 되었네

—「李重叔挽」[118]

　　이는 홍세태가 쓴 동곽(東郭) 이현(李礥)의 만시(挽詩)이다. 이현은 제2
장에서 살폈듯이 1697년 숙종(肅宗) 23년에 인조(仁祖) 이후 서얼로서는
60여 년만에 처음으로 호조 좌랑이 되었고, 1711년 통신사행에 제술관
이었던 인물이다. 홍세태는 수련에서 이현의 글은 웅장하여 일찍부터
남보다 탁월했다고 하여 능력이 뛰어남을 강조했다. 그러므로 어떤 곳
에 살더라도 가장 뛰어날 것이라 하였다. 여기서 '어느 곳(何地)'이라는
것은 조선 안의 어떤 곳이 아니다. 조선뿐만 아니라 중국이나 일본 등
해외 여러 나라를 아우르는 말이다. 이는 조선에서는 능력을 마음껏 펼
수 없었음을 내포한 것이다. 함련은 이를 설명한다. 곧, 이현을 지극한
재주를 조금 시험했던 동향(桐鄕)의 관리라 했다. 동향은 춘추시대(春秋時
代) 동국(桐國)의 지명인데 한(漢)나라 때 주읍(朱邑)이라는 사람이 이곳에
색부(嗇夫) 곧, 낮은 벼슬로 부임하여 백성들에게 존경과 믿음을 받았다

---

118) 洪世泰,『柳下集』권6(임형택 편,『李朝後期 閭巷文學叢書』1권, 여강출판사, 1986),
　　261면.

고 한다. 그러므로 이현도 외읍(外邑)에 부임하여 자신의 능력을 발휘하며 백성들에게 존경과 신임을 받았다는 뜻이 된다. 그러나 '조금 시험(小試)'하였다는 것은 이현의 능력을 마음껏 발휘할 만한 여건이 되지 않았음을 의미한다. 또한 훼방이 쌓여 호조의 낭관으로 용납되기 어려웠다는 것은 1697년의 일을 의미한다. 곧, 이현이 호조 좌랑이 되었을 때 기득권층의 배척을 받아 교체되었음을 앞서 살펴보았었다. 이현은 능력이 있으나 그에 합당하게 쓰이지 못하였던 것이다.

이에 홍세태는 미련에서 이현의 능력이 해외 특히 일본에서 빛났음을 강조한다. 남보다 탁월한 능력을 지녔지만 일본에 가서야 진가를 발휘할 수 있었던 것을 애석하게 생각한 것이다. 한편 이현의 이름이 해 뜨는 곳인 부상의 태양에 걸려있다고 했으니 그의 이름이 태양처럼 빛난다는 것을 의미한다. 또한 남긴 작품이 오랑캐 입에 향기로 남았다면서 이현이 지은 시구를 경련에 가져와 증거로 삼았다. "萬事回看雙鬢短 高樓一臥大江長"은 이현이 지은 시의 한 부분으로 일본에서 절창이라 불렸음을 알게 한 것이다. 이는 일본인들을 시문으로 가르쳤다는 매우 큰 긍지를 나타낸다. 곧, 위안과 긍지를 삼은 것이다.

정래교(鄭來僑) 또한 성몽량이 일본에 다녀온 것에 대해 다음과 같이 말한다.

<blockquote>

卉服猶知愛嘯軒　　오랑캐들이 오히려 소헌을 아낄 줄 알아
千篇動筆巨濤飜　　천편 움직인 붓 큰 파도에 나부꼈네
東歸獨守窮廬死　　우리나라로 돌아와 궁한 오두막 홀로 지키다 죽으니
草沒古墳海上原　　풀삭은 옛무덤 바닷길에서나 찾으리

</blockquote>

성군 몽량은 뛰어나게 詩學이 있어 대문장이라 일컬어졌었고 소헌이라 자호하였다. 일찍이 서기로 일본에 가서 크게 울리고 돌아왔다. 두 사람은[119] 평소

---

119) 여기서 정래교가 말한 두 사람은 성몽량과 金萬最(자 澤甫, 호 嵐谷, 본관 광산)인데, 김만최는 위항시인이다.

에 아끼고 좋아한 사람이나 모두 궁하게 굶주리다 죽음을 면치 못하였다. 내가
항상 이를 슬퍼하였기에 아울러 쓴다.

—「病中感懷」 其五[120]

정래교의 시에 의하면 성몽량은 일본에 가서야 아낌을 받았는데 이
는 시문으로 인정을 받은 것이다. 그러나 사행을 마치고 돌아와서는 궁
한 오두막을 홀로 지키다 죽었으니 역시 능력에 맞게 인정을 받지도 쓰
이지도 못했다는 것이다. 이를 뒷받침하는 정래교의 설명에 의하면 성
몽량은 시학에 대문장(大文章)이라고 일컬어졌으나 조선에서는 쓰이지
못하다가 일본에서야 인정을 받고 다시 조선에 돌아와서 궁하게 살다
죽었다. 그러므로 서얼들이 능력을 인정받을 수 있는 곳은 조선이 아니
라 일본 등의 해외였다는 것이니, 이는 해외 체험에 대한 동경과 아울
러 오랑캐만도 못한 조선의 현실에 대한 비판을 담고 있는 것이다.

이러한 경향으로 인해 서얼들은 사행에 대한 열망은 컸다. 이봉환(李鳳
煥)이 서명응(徐命膺)에게 보낸 다음의 편지는 이를 알려주는 한 예이다.

오늘의 槎行은 丁卯년과 열두 해 남짓의 거리에 지나지 않습니다. 그때 응접
했던 사람들이 생각건대 많이 살아 있을 것이며 반드시 갈고 갈며 기다리고 있
을 것입니다. 무릇 우리 속관들로 글로써 종사하는 사람들은 진실로 가장 훌륭
한 인물들을 뽑아 사람과 글이 성함을 보여주어야 하니 남긴 구슬이 있다는 탄
식이 있게 해서는 안됨이 분명합니다. 成·申·李·金은 문채에 다합니다. 그
러나 집사의 공정함과 밝음으로 끝내 南·蔡 두 사람을 도외한 것은 진실로 깊
이 생각하여도 이해할 수 없는 바가 있습니다. 전에 꺼려한 것은 깨닫지 못한
것 아니나 이는 그 무리의 작고 작은 私地에 불과하며, 이 선발이 비록 작으나
이미 나라를 빛내는 것에 관련된다면 마땅히 이를 고려해서는 안됩니다. 대저
두 사람의 뛰어난 재능이 이미 성세에 궁하고 막힌 것을 면하지 못하니 또 다

---

120) 鄭來僑, 『浣巖集』(『李朝後期 閭巷文學叢書』 권1, 440면), "成君夢良蔚然有詩學, 稱
爲大手筆, 自號嘯軒, 曾以書記往日本大鳴而歸, 二君平日所愛好者而俱不免窮餓而
死, 意常哀之, 故並及之."

제1부 서얼문사 집단의 형성과 그 문학적 전개   213

른 나라에서 자랑하고 빛냄을 얻지 못한다면 이 두 사람에게는 무엇이 손해이 겠습니까마는 사신의 일인즉 험할 것입니다. 지난번 정묘의 사행에 李麟祥과 金益謙의 詞翰의 아름다움이 가히 평범한 무리보다 훨씬 뛰어나다 할 만한 데 도 정사께서 그 사사로운 정을 근심하시어 함께 가지 아니하고 저 같은 사람으 로 하여금 욕되게 그 빈자리를 대신하게 하셨으니 진실로 이는 李廣을 봉하지 않고 雍齒를 제후로 삼은 것입니다. 이런 까닭으로 일본 사관의 시회에서 시문 을 창화할 것이 빗처럼 어지러이 산적한 때를 당하여 머리를 긁으며 얼굴에 땀 을 흘리며 두 사람의 화려한 문채와 아름다운 글을 생각하나 얻을 수 없었습니 다. 이번 사행에 만약 이 같은 것을 면하지 못한다면 전후의 한이 어찌 다하겠 습니까?121)

  이는 1763년 통신사행의 제술관과 서기를 뽑는 문제에 관해 이봉환 이 당시 통신정사(通信正使)로 뽑혔던 서명응에게 보낸 편지이다. 이봉환 은 정묘 곧 1747년 사행에 서기로 다녀왔다. 이제 십여 년이 지나 다시 통신사가 떠나게 되었다. 그런데 시간상 거리가 그리 오래되지 않았기 에 당시 조선 통신사들을 접대했던 일본 사람들이 시문을 연마하며 다 시 통신사가 오기만을 기다리고 있을 것이다. 그러므로 제술관과 서기 처럼 시문으로 일본인들을 상대하는 사람들은 최고의 능력을 가진 사람 들을 뽑아 뛰어난 사람들을 뽑지 않고 남겼다는 후회가 있어서는 안 된 다는 것이다. 왜냐하면 당시 자신보다 뛰어난 이인상(李麟祥)·김익겸(金 益謙) 등이 가지 않고 자신이 가서 일본 사람들을 상대하느라 힘들었기

---

121)『雨念齋詩文鈔』권8「簡徐參議命膺」, "今之槎行距丁卯不過一紀有餘矣, 其時應接 者, 想多餘存, 亦必磨厲以待, 凡我參佐之以文事從者, 固當極一代之選, 以示人文之 盛, 不可使有遺珠之歎明矣, 成申李金, 儘乎斐, 然而以執事之公且明, 終置南蔡二子 於度外, 誠有所沈吟不可解者, 向日酢酢非不領會而此不過爲渠輩小小私地而已, 斯 選雖微旣係華國, 則宜不暇顧此, 夫以二子卓絶之藝旣, 不免窮閼於聖世又, 未得夸輝 於異邦, 則在二子何損焉, 而在使事則坎然耳, 記昔丁卯之役, 李麟祥金益謙, 詞翰之 美, 可謂出類拔萃, 而上价恤其私情, 不爲帶去, 而使如不按者, 忝代其斳, 眞所謂李廣 不封雍齒且侯也, 以是之故, 蠻舘之會, 每當詩債文逋棼然山積之時, 未嘗不搔首汗顔, 回想二君之華藻麗翰, 而不可得也, 今行若不免類乎此, 則前後之恨, 庸有旣乎."

때문이라는 것이다. 이인상과 김익겸이 가지 않고 자신이 갔던 것을 이광(李廣, ?~기원전 119년)과 옹치(雍齒)의 고사에 빗대어 이인상과 김익겸을 이광에 비교하고 자신을 옹치에 비교하였다. 이광은 한(漢) 문제(文帝) 때 흉노(匈奴)와 싸워 많은 공이 있었지만 제후에 봉해지지 못했던 인물이고, 옹치는 한(漢) 고조(高祖)와 오랜 원한이 있었는데도 고조가 장수들을 진정시켜 누르기 위해서 제후에 봉했던 인물이다. 곧 이봉환이 내세우는 표면적인 이유는 일본인들의 시문을 상대하여 조선의 인문이 성한 것을 보여주기 위해서는 최고의 문사를 뽑아야 한다는 것이다.

그러나 조금 더 자세히 살펴보면 이 글은 내면에 다른 뜻을 품고 있다. 이번 사행에 제술관과 서기로 성(成)·신(申)·이(李)·김(金) 네 사람이 뽑혔다. 물론 이들도 문채는 뛰어나지만 뛰어난 재능을 지닌 남옥(南玉)과 채희범(蔡希範)이 빠진 것은 실력을 갈며 기다리고 있을 일본인들을 상대하는데 손해라는 것이다. 여기서 남옥과 채희범도 이광과 비교됨을 알 수 있다. 흉노와 70여 회를 싸워 이긴 이광처럼 남옥과 채희범도 오랑캐 일본을 시문으로 진압하고 올 수 있다는 것이다. 이는 능력이 뛰어난데도 그에 걸맞는 대우를 못 받는 서얼 문사에 대한 비유이다. 이를 통해 겉으로는 일본인들의 시문 창화와 질문에 응답하기 위해서는 뛰어난 두 사람을 보내야 한다고 했지만 좀더 생각하면 사행에 자신과 친한 벗들이 갔으면 하는 바람이 얼마나 간절했는가를 알 수 있다. 성(成)·신(申)·이(李)·김(金) 네 사람도 역시 서얼이었을 것인데 이들을 옹치의 위치에 세우는 우를 범하면서까지 남옥과 채희범을 서기로 삼았으면 하는 열망을 드러낸다. 곧, 자신과 친한 벗들이 이 기회에 바다 건너 다른 세상을 체험하고 오기를 바라는 마음이 컸다.

이 편지가 어느 정도 효력을 발휘했는지는 모르지만 실제로 1763년의 사행에는 남옥이 제술관으로 참가하게 되고 새로이 원중거(元重擧)도 서기로 편입되어 처음의 네 사람 가운데 성대중(成大中)과 김인겸(金仁謙)만이 남았다. 처음 임명과 마지막 임명 사이에 여러 번 바뀜이 있었음을 알 수 있다.122) 이로 볼 때 당시 사행에 대한 열망이 얼마나 컸는지도 알 수 있다. 조선 삼천리 밖을 벗어날 기회가 거의 없었던 서얼들에게 어쩌면 이는 당연한 현상이었을지도 모른다. 또한 중국과 일본은 조선을 벗어난 미지의 세계이며 너른 곳이었을 뿐 아니라 적서차별이 없는 곳이었다. 이미 앞서 서얼들의 상소를 통해 살폈듯이 서얼금고법은 중국도 일본도 없는 조선만의 것이었다. 그러므로 차별이 없는 곳에서 동등한 인격적 대우를 받으며 자신들이 업으로 삼는 시문을 통해 능력을 마음껏 펼치고 싶었던 것이다.

서얼들이 해외에서 문명을 날리고 울울한 심사를 풀고 오는 것은 당대에 보편적이고 암묵적으로 받아들여진 현상이었다. 그러나 일반 사대부들에게서는 이러한 점을 찾아볼 수 없다. 최창대(崔昌大)는 1919년 통신사행을 떠나는 신유한에게 준 글에서 신유한이 문예가 뛰어난데도 세상의 나머지에 처하고 세상에서 액을 만난 지 오래되어 그 능력을 나타내지 못했었는데 이제 일본에 가게 된 것은 하늘이 이국에서 시문을 떨치고 국가의 성명을 드날리게 한 것이니 집안의 사사로움에 마음을 두지 말고 가라고 하였다.123) 이에 비해 같은 해 통신사 정사로 간 홍치중(洪致中)에게 준 글에서는 홍치중은 조정이 뽑은 능력 있는 사람이니 어렵게 여기지 않고 스스로를 잃지 않는다면 사행을 잘 수행하고 올 것이라고 했다.124) 종사관 이명언(李明彦)에게 준 글을 보면, 이명언이 오랑캐

---

122) 1763년 사행의 正使였던 趙曮에 의하면 처음에는 徐命膺·嚴璘·李得培를 세 사신으로 차출하였다가 떠날 무렵에 이르러 조엄·李仁培·金相翊으로 바뀌었다. 그런데 조엄은 子弟軍官만 새로 갈고 員役 이하는 서명응이 정했던 그대로 두었다 한다. 그러므로 제술관과 서기가 여러 번 바뀐 것은 서명응에 의해서였다. 趙曮, 『海槎日記』(『국역해행총재』 VII, 민족문화추진회, 1989), 18~19면 참조.

123) 崔昌大, 『崑崙集』 권12(『한국문집총간』 183권, 230면) 「答申生維翰 己亥」, "以足下高文絶藝, 畸於世阨於時久矣, 顧無所表見, 今日之行, 天使之振大雅於殊俗, 揚國家之聲名也, 毋以家私累其心, 專精於翰墨, 俾卉服之人, 永世傳誦, 服我右文之化, 則其有補於東漸之聲敎, 抑豈少哉."

124) 『崑崙集』 권6(『한국문집총간』 183권, 106면) 「送洪士能奉使日本序 己亥」, "士能恬間雅重, 鬱於朝望, 廩廩乎嚮用矣, 於是行也, 得吾說而存之, 不惟涉險而不自失, 雖進

가 사는 일본에 가게 되어 바다에서 고생을 하고 세월을 보내게 되었음이 안타깝다고 객이라 칭해진 사대부가 최창대에게 말했다.[125] 또한 이명언의 벗이었던 이하곤(李夏坤, 1667~1724) 역시 이명언에게 준 글에서, 강개한 선비인 이명언이 종사관으로 일본에 가게 되었는데 의와 기절을 중시하는 인물이기에 오랑캐를 심복시키리라 하였다. 또한 역관들이 금지된 무역을 함부로 하여 재화를 벌어 나라를 욕되게 하니 위엄과 어짊으로 그들을 다스리라 하였고, 이로 인해 오랑캐도 다스려져 나라의 위엄이 설 것을 기대하였다.[126] 이로 볼 때 해외, 특히 일본으로 사행을 떠나는 것은 사대부들에게는 고생길이며 위엄을 세우고 나라의 명예를 지켜야 할 문제였지만 서얼들에게는 희망이었던 것이었으며, 이는 당시에 전반적으로 인식된 사항이었음을 알 수 있다.

이러한 기회를 가능하게 한 것이 통신사(通信使)와 연행(燕行)이었다. 조선 서얼들은 17~18세기 일본 통신사행에서, 17세기 사행의 경우 명칭은 달랐지만, 제술관(製述官) 및 서기(書記)로 제수되었다. 곧, 신유한의 『해유록(海遊錄)』에 의하면 선조(宣廟) 때로부터 통신사를 보낼 때에는 국가에서 일광산(日光山)에 제(祭)를 바치는 전례가 있어 문신(文臣)인 독축관을 두어 그 뒤 백여 년 간은 독축관 겸 제술관을 두었었는데 1682년

而居卿相之位, 不疐不跲, 在難必濟, 坦然行之而無礙也."

125) 『崑崙集』 권6(『한국문집총간』 183권, 107면) 「送李季通明彦奉使日本序」, "漢山李季通, 充通信使從事, 將適日本, 客語余曰, 夫以李君之材望, 宜取先進用, 位於廟朝, 而通籍且十年, 迹困於郎署凡僚, 今又備下价之絶國, 犯溟海之險而從歲月之役, 吾誠爲之閔然."

126) 李夏坤, 『頭陀草』 책15(『한국문집총간』 권191, 490~491면) 「送日本從事官李季通明彦序」, "余友李君季通剛介士也, (…중략…) 今年以兵曹正郎, 充通信使從事官, 將赴日本, (…중략…) 季通爲人, 勇於爲義, 無毫髮苟且意, 嘗慕古人奇節, 以利害榮辱動其心者鮮, 如是足以鎭服猾夷而不辱君命可知, (…중략…) 自前商譯輩, 多闌出諸禁貨, 往往貽辱國家, 此不可不懲也, (…중략…) 或論之以邦憲, 或怵之以利害, 或導之以誠意, 則彼商譯輩亦人也, 豈不懷其惠慴其威, 而有所懲畏也哉, (…중략…) 又能推此道以往則雖蠻夷桀黠猾作者, 亦莫不服季通之忠信, 誦季通之名姓, 不敢以非義非禮之事加諸我, 可使國家有九鼎大呂之重, 此其效豈特止於感服數十輩商譯之心已乎."

부터 일광산의 치제를 폐지하여 제술관이라 하였다. 곧, 1607년에는 학
관(學官)이라 하였고 1636년에는 이문학관(吏文學官)이라 하여 권칙(權伏)
이 참여했고 43년과 55년에는 박안기(朴安期)와 이명빈(李明彬)이 각각 독
축관(讀祝官)이란 명칭으로 참여했고 1682년에 제술관으로 되었다. 서기
의 경우는 1636년 2명, 55년 3명, 82년 2명이던 것이 18세기에 이르러
세 명으로 고정되었는데 이는 각각 통신 정사(正使) · 부사(副使) · 종사(從
使)의 서기였다. 그리하여 18세기 이후에는 제술관 한 명과 서기 세 명
으로 한 번의 사행에 네 명의 문사가 참여하게 되었다. 그런데 통신사
행에서 제술관과 서기의 역할이 본격적으로 부각된 것은 17세기 후반부
터이다. 일본인들의 조선 문화 특히 시문에 대한 욕구는 대단하여 부러
워하고 사모하여 떼지어 다니며, 학사대인이라 부르면서 시문을 청하노
라 거리가 메이고 문이 막힐 지경이었다. 이에 응할 수 있는 문사의 필
요가 절실히 요청되었고 이 요구에 부응하여 시문에 능한 문사를 제술
관 및 서기로 선발한 것이다.127)

그런데 17~18세기 특히 18세기 제술관과 서기에는 서얼들이 임명되
는 것이 관례였던 것으로 보인다. 18세기에 조선통신사는 1711년, 1719
년, 1748년 그리고 1763년 등 네 차례에 걸쳐 일본에 파견되었는데 1711
년에 제술관은 이현(李礥)이었고 서기는 홍순연(洪舜衍) · 엄한중(嚴漢重) ·
남성중(南聖重)이었다. 1719년에는 신유한(申維翰) · 장응두(張應斗) · 성몽량
(成夢良) · 강백(姜栢)이었다. 1743년에는 박경행(朴敬行) · 이봉환(李鳳煥) ·
유후(柳逅) · 이명계(李命啓)였고, 1763년에는 남옥(南玉) · 성대중(成大中) ·
원중거(元重擧) · 김인겸(金仁謙)이었다. 그런데 1636년 이문학관 권칙,
1643년 독축관 박안기, 1655년 독축관 이명빈, 1682년 제술관 성완, 1711
년 제술관 이현, 1719년 제술관 신유한, 1764년 제술관 남옥은 모두 서
얼이었다. 다만 1748년 제술관이었던 박경행만은 서얼인지 아닌지 진위

---

127) 申維翰, 『海遊錄』, 조선연구회, 1915, 1~2면; 이원식, 『朝鮮通信使』, 민음사, 1991,
　　 39~41면 참조.

를 판가름하기 어렵고 현재까지의 정황으로 미루어 사대부 가문이던 그의 집안이 몰락하여 5대조부터 중인의 직역에 종사하였고 다시 부친 때부터 사대부로 진입하려고 소과 대과에 응시하였고 박경행 역시 이 길을 갔던 것으로 보인다.[128] 다음으로 서기들의 경우도 엄한중·장응두(1670~1730)[129]를 제외하면 모두 서얼로 밝혀졌다.[130] 엄한중과 장응두의

---

128) 다만 朴敬行의 경우는 『韓山世稿』「幷世才彦錄」에 '朴景行京城閭巷人 父道郁與景行俱文章'이라 하여 여항인이고 부친은 박도욱으로 되어 있다. 그런데 1748년 사행 때 시문창화집인 『선린풍아 후편』이나 『雨念齋詩文鈔』·『務安 朴氏 世譜 十三』(국립도서관 소장) 등에는 모두 朴敬行으로 되어 있는 데 비해 『한산세고』에만 朴景行으로 되어 있다. 그러나 부친의 이름이 똑같이 박도욱이란 점에서 동일 인물로 볼 수 있다.

  또한 강명관에 의하면, 이들 무안 박씨는 기술직 중인 가문이며 주로 역과로 진출했고 박경행의 증조부인 朴在新도 역과에 합격한 중인이라고 한다(강명관, 『조선 후기 여항문학 연구』, 창작과비평사, 1997, 26면 참조). 그러나 『무안 박씨 세보』를 보면 朴离(府使) → 崇仁(성종조 元從공신) → 朴範(종6품 부사과) → 朴世亨(정5품 사직) → 朴連壽(司馬軍資監正) → 朴大根(종9품 서부 참봉) → 朴爾淳(정6품 사과) → 朴元郞(종8품 부사맹) → 朴再興(同中樞) → 朴星瑞(동중추) → 박도욱(현령) → 박경행으로 이어지는 가계를 가지고 있다. 곧, 박리나 박숭인 대에는 문벌이다가 그 자손들은 청요직과는 거리가 멀게 되었다. 그런데 朴在新이란 인물은 족보에 없고 대신 박경행의 증조부인 박재흥의 형인 朴再新이 있어 동일 인물일 가능성이 있다.

  또한 『잡과방목』을 보면 박대근·박이순·박원랑·박재흥이 합격하였으며(『잡과방목』), 박성서는 과거 급제 여부없이 남부의 주부를 지냈으며 박도욱은 1702년 식년진사, 1728년 별시에 무과로 합격했고, 庶弟가 있는 것으로 보아(『사마방목』) 서얼은 아니었던 것으로 보인다. 그러므로 박경행 집안은 사대부 가문이다가 박대근 이후 중인의 직역에 종사하였고 다시 박도욱이 진사와 무과 급제를 하고 박경행이 문과를 보아 사대부 가문으로 진입하려 하였던 것이다.

  그렇다면 박경행이 서얼들이 위주로 가던 제술관으로 참여할 수 있었던 이유는 박경행의 집안이 애매한 위치에 있었던 때문이라고 할 수 있다. 또한 이 시기에 중인들의 통청운동도 거세었는데, 이에 대한 무마책으로 중인 가문출신인 박경행을 제술관에 임명했을 가능성도 있다.

129) 자를 弼文 호를 菊溪라 하는데 1719년 사행시 50세였다. 『桑韓唱酬集』권1, 10면. 또한 장응두는 이병연, 이병성 형제와 친했다. 『槎川詩鈔』(奎章閣所藏本)에 두 사람의 친분을 말해주는 시 두 수가 있다. 「昌道驛次弼文韻」, "飄飄仙嶽興 首路已淸佳 擁馬千峯起 逢人一逕斜 峽流高似雨 田穀白多花 過午鷄鳴處 倉村四五家."(『槎川詩鈔』上 40면) 「翠微臺呼韻元伯公美弼文鄭禹賓同」, "秋色知何在 吾家簷際峯 行追張鄭子 倚遍兩三松 落日江湖小 新霜澗壑濃 歸時須踏月 微白照吟笻."(『槎川詩鈔』上, 48면); 또한 이병연이 金化縣監으로 있을 때 동생인 李秉成이 부친을 모시고 가서 금강산 유람했는데 이때 장응두도 함께 갔다. 李秉成, 『順庵集』권2「東遊錄」, "八月陪家大人 自京

경우는 신분을 확인할 아무런 증거가 없지만 제술관이었던 이현·신유한이 서얼이었던 점으로 미루어 그 보다 낮은 단계인 서기였던 이들도 서얼이었을 것으로 보인다. 다만 중인일 가능성을 배제할 수는 없다.

그런데 18세기 통신사 제술관과 서기의 선발은 17세기보다 엄격했던 것으로 보인다. 곧, 제술관의 경우 17세기에는 권칙·박안기·이명빈·성완 등이 소과만 급제한 상태에서 통신 사행에 참여하였다. 권칙·박안기·이명빈은 각각 1636, 1643, 1655년 통신사행을 다녀온 뒤 1641, 1648, 1657년에 대과에 급제하였으나 성완은 대과에 급제하지 않았다.[131] 따라서 이들은 국내에서 높았던 문명만으로 통신사행에 선발될 수 있었던 것으로 보인다. 그러나 18세기에 이르면 사정은 달라져 이현은 1694년, 신유한은 1713년, 남옥은 1753년 문과에 급제한 뒤 1711년, 1719년, 1763년에 제술관으로 임명되었다는 차이점을 보인다. 또한 이현과 신유한은 장원을 하였다. 이런 점으로 보아 문명이 높으면서도 대과에 급제하여 대내외적 명분이 확실한 서얼들이 제술관으로 선발되었던 것으로 보인다. 박경행 역시 1742년 대과에 급제한 뒤 1748년 사행에 제술관으로 선발된 것으로 볼 수 있다.[132]

서기의 경우 17세기에는 1636년에 문홍적(文弘績)·문필(文㻶)이, 1643년에는 아무도 임명되지 않았고, 1655년에는 배욱(裵稶)·김자휘(金自輝)·박문원(朴文源), 1682년에는 임재(林梓) 이담령(李聃齡, 1652~?)이었는데 이담령만이 1679년 식년 진사로[133] 과거에 급제하였을 뿐이다. 일본에서의 문학적 교류에 이담령을 제외하고 다른 서기들이 거의 역할이 없었다는

發行 會家兄金化任所 入楓岳 遵東海 止於十六叔濮 歙谷任所 鄭元伯散 張弼文同.”
130) 이에 대해서는 본고의 제2장에서 다루었다.
131) 『司馬榜目』.
132) 본고가 자료로 삼은 『사마방목』의 경우 조선 후기 과거를 모두 자료화한 것은 아니기에 남옥이 급제한 1753년의 문과 방목이 빠져있다. 이에 남옥이 어떤 성적으로 문과에 급제했는가는 알 수 없으나 다른 세 제술관에 비추어 남옥 역시 장원을 했으리라고 추론된다.
133) 『司馬榜目』.

점은[134] 시사하는 바 크다. 그런데 이담령은 그의 시 한 수가 『소대풍요』에 들어 있은 점으로 미루어 중인이었던 것으로 보인다. 이에 비해 18세기 서기들은 남성중과 장응두를 제외하면 모두 사행 전에 소과에 급제했고, 홍순연과 엄한중은 대과에도 급제한 상태에서 서기로 선발되었다. 남성중은 남용익의 아들이라는 점에서 서기로 선발되었던 것으로 보이고 장응두는 사행을 다녀온 뒤 1721년에 소과에 급제했다.[135] 이들은 일본에서의 시문창화에 제술관과 더불어 주도적인 역할을 하였다. 이로 볼 때 서기의 선발은 17세기에는 큰 무게가 없었지만 18세기에 이르면 문명이 있으면서도 과거에 급제한 서얼 가운데서 이루어졌음을 알 수 있다.

결국 17~18세기 일본 통신사행에 참여한 제술관과 서기는, 제술관의 경우 17세기에는 소과에 급제한 문명 있는 서얼들이 선발되었지만 18세기에는 대과에 급제한 서얼들이 선발되었고, 서기의 경우 17세기에는 거의 과거에 급제하지 않은 사람들이었으나 18세기에는 소과에 급제한 문명 있는 서얼들이 선발되었다. 곧, 18세기에 이르면 제술관과 서기의 선발은 그 준거를 과거급제와 문명에 두고 보다 강화되었다. 이는 서얼들의 입장에서는 사행에 참여하려는 열망이 컸기에 경쟁이 치열했고 나라의 입장에서는 문학적 교류를 완벽하게 수행할 만한 서얼 문사를 뽑기 위함이었다.

연행(燕行)은 조선 후기에 빈번했다. 특히 18세기 전반만 살펴보더라도 1년에 1~3회 정도의 연행이 이루어졌다. 곧, 해마다 정기적으로 가는 삼절년공(三節年貢)이 있었고 이외에도 고부(告訃)나 사은(謝恩) 진하(進賀) 진위(陳慰) 진향(進香) 등 여러 이유로 인해 두세 번 추가되기도 하였던 것이다. 그러므로 18세기를 통해 네 차례 이루어진 통신사행에 비해 횟수도 훨씬 많았을 뿐 아니라 다녀온 인원도 많았다.

---

134) 이혜순, 『조선 통신사의 문학』, 이화여대 출판부, 1996, 37~42면 참조.
135) 서얼들의 과거급제 여부는 제2장에서 다루었기에 여기서는 상세히 언급하지 않는다.

서얼들은 연행에도 참가했던 것으로 보인다. 실례로 신유한은 56세인 1736년 3월의 진하 사은 연행사(進賀 謝恩, 燕行使)의 서장관(書狀官)으로 추천되었다.136) 그러나 부임하지 않아 그와 절친했던 임정(任珽)이 대신 갔다. 이봉환도 일본 사행을 다녀온 뒤에 연행에 참가했다. 『우념재시초』 권3에 연행 때에 썼던 것으로 여겨지는 시들이 「총수(葱秀)」·「팔도하(八渡河)」·「백탑(白塔)」·「심양(瀋陽)」·「산해관(山海關)」·「출정양문(出正陽門)」 등 50여 수 있다. 서얼들은 연행에서도 서기로 추천되었던 것 같다. 곧, 이봉환의 「출문(出門)」에 "문(文)은 서기(書記)로 시문(詩文)을 하는 기술이 되"137)었다고 하듯이 이봉환은 서기로 참여했다.

2) 문화적 자존의식의 허실

이렇듯 서얼들이 가보고자 꿈꾸는 조선 밖의 현실적인 다른 세상은 중국과 일본이었다. 그런데 이들은 이에 대한 열망을 마음껏 토로할 수는 없었던 것으로 보인다. 당시 중국은 한족의 명나라가 아닌 만주족이 지배하는 청나라이고 일본은 외람되이 천황을 칭하고 관백이 실질적인 권력을 행사하는 오랑캐의 나라였기 때문이다. 중국의 경우 조선에서는 명이 망한 이후 소중화의식이 팽배해 청에 대한 노골적인 반감을 지니고 있었고 일본은 왜란을 일으킨 장본인으로 원수시되었다. 현실과 이념은 차이가 있었다. 이에 대한 서얼들의 대처 양상을 신유한과 김도수의 글을 통해 알 수 있다.

---

136) 신유한이 연행서장관으로 추천된 것은 또 하나의 의의를 준다. 서장관의 경우는 적자 출신의 사대부들이 임명되던 자리였다. 그런데 서얼 출신인 신유한이 임명된 것은 그만큼 신유한의 문명이 높았고 일본에서의 성과가 높이 평가되었으며 적서의 차별도 어느 정도는 완화될 조짐이 보인 것이라 할 수 있다.

137) "文爲書記雕虫技."

이제 진신 잠조로부터 밖으로는 마을의 아이와 밭의 노인에 미치기까지 그 말하는 것은 중국의 산천·인민·세간의 풍속·물화·나라의 공물·五帝의 이음·三王이 임금 노릇했던 것·秦과 漢과 唐의 諸家, 어진 사람, 벼슬한 선비의 달린 자취가 역력하게 입술과 어금니 사이에 있으니 그것은 어째서인가? 그 읽는 바의 책이 모두 중국이기 때문이다. 중국의 책은 수가 매우 많은데 우리는 사서육경을 취한다. 주공은 우리의 스승이고 공맹은 우리의 법이며 낙민은 우리의 인도자이니 이것은 우리 또한 중국인인 것이다. 우리의 장보를 쓰고 우리의 소매가 넓은 봉액을 입고 음악은 二南의 것을 쓰고 무용은 九韶의 것을 쓰며 공자가 걸으면 더불어 걷고 안연이 추창하면 더불어 추창하니 이는 오직 중국인일 뿐이 아니라 거의 공자의 문인이다. 중국 사람들은 억만으로 헤아릴 만큼 많지만 사서육경을 읽지 않고 오랑캐 옷을 입고 짧은 옷차림으로 눈을 부릅뜨고 칼질을 일삼으니 저들은 이에 중국인이 아니다. 오호라 우리로 하여금 중국의 시서를 공부하고 중국의 의대를 입게 하여 넓고 넓은 큰 사람의 풍모를 갖추게 된 것은 기자 성인이 동쪽에 봉해진 뒤로부터이다. 우리 명나라 고황제의 천하에 빛나는 은총이 쇠하지 않으면 중국에는 성인이 있고 예악과 정벌이 천자로부터 올 것이다. 그렇지 않다면 천하가 춘추의 손잡이를 중국에 주지 않고 동방에 준 것이니 빛나고 빛나도다. 내가 또 듣건대 옛날의 현인은 소를 먹이다가도 재상이 되었고 양고기를 팔다가도 보좌관이 되었고 도살하고 물고기 잡던 사람도 천자의 스승이 되었으니 중국이 인재를 쓰는 데는 유감이 없는 것 같다. 그러나 노자는 고비사막으로 갔으며 사양은 바다 섬으로 들어갔으며 우리 공자께서도 九夷로 가서 살기를 생각하셨으니 지금의 천하에도 또한 중국을 버리고 방황하는 사람이 있는 것인가!

—「送李東望柱泰之燕序」138)

---

138)『靑泉集』권4, “今自搢紳簪組, 外以及閭竪田更, 其言中國山川, 人民謠俗, 物華方貢, 五帝之所連, 三王之所有, 秦漢唐諸家, 仁人任士, 所驅驟之蹟, 歷歷在脣牙間何也, 以其所讀之書, 皆中國也, 中國之書以萬數, 我必取六經四書, 周公我師, 孔孟我儀, 洛閩我先導, 是我亦中國人也, 巾吾章甫, 服吾逢掖, 絃用二南, 舞用九韶, 夫子步與步, 顔之趨與趨, 是不唯中國, 而殆洙泗人也, 中國之人以億計, 其不讀六經四書, 纓曼胡服, 短衣瞋目而事刃, 彼乃非中國人也, 嗚呼, 使吾而詩書中國, 衣帶中國, 泱泱乎大風也者, 自箕聖之東封肇焉與, 我明高皇帝光天之寵未衰, 中國有聖人, 禮樂征伐, 自天子出, 不然者, 天下以春秋之柄, 不與中國, 而與東方也章章哉, 吾又聞, 古之賢人, 飯牛而相, 鬻羊而輔, 屠漁者作天子師, 中國之用材也若亡憾者, 然老聃適流沙, 師

이 글은 신유한이 자신의 벗인 이주태(李柱泰)가 연경으로 사신을 따라가게 되자 써준 글이다. 연행에 대한 자신의 견해를 밝힌 것으로 앞부분에는 문화적 자존의식이 나타난다. 당시 조선에서는 귀하고 높은 벼슬을 하는 사람으로부터 여항의 어린아이에 이르기까지 말하는 바가 모두 중국의 산천과 문화와 역사와 인물에 있었다. 그 이유는 간명하다. 읽는 책이 모두 중국의 것이기 때문이다. 특히 중국의 수많은 책 가운데서도 사서육경을 읽는다. 이로 인해 공자와 맹자가 법이 되고 정주가 이끎이 되어 공자와 안연을 따르니 조선 사람은 공자의 문인이다. 그러므로 시서예악이 조선에 남아 있는 것이다. 오늘날의 시각으로 본다면 이 글의 앞부분은 당시 중국을 추종하는 세태를 비판하는 것처럼 여겨진다. 조선인이면서 조선의 것이 아닌 중국의 것을 말하고 추종하기 때문이다. 그러나 이 글의 논리는 이와 상반된다. 중국의 정통을 조선이 유지하고 있는 것을 높이 보고 있다. 이 판단을 뒷받침해 주는 논거가 '중국은 그러하지 못하다'는 것이다. 중국은 사서육경을 읽지 않고 갓끈을 없애고 오랑캐의 옷을 입고 오랑캐처럼 경망스럽게 행동한다. 그런데 중국에서 예전에 인재를 쓰는 것에는 원망이 생기지 않게 하여 소를 먹이고 양을 팔던 사람도 재상이 되었는데도 불구하고 노자나 공자처럼 자신의 뜻을 펴지 못한 사람이 있었다. 그런데 지금 천하는 오랑캐의 손에 들어갔는데도 노자나 공자처럼 중국을 버리고 방황하는 사람은 없다. 그러므로 중국은 오랑캐라 해도 무방한 것이다.

이 오랑캐의 나라에 신유한의 벗인 이주태가 사신을 따라 가게 되었다. 이주태는 신유한과 1705년 소과(小科) 식년시(進士試) 동년 진사였으나, 그 뒤 신유한이 대과에 합격한 뒤로도 합격지 못하고 낙척해 있었으며 이를 우울히 여겨 즐거워하지 않았다. 곧, 대과에 응시하여 입신의 꿈을 꾸었지만 여의치 못했던 것으로 보인다. 또한 자신을 알아주는 사

襄入于海, 吾夫子有九夷之思, 今之天下, 其亦有舍中國而彷徨者乎."

람이 없다고 여겼으니 자신의 능력에 대한 긍지도 엿볼 수 있다. 그러다가 사신을 따라 연경에 가게 되자 중국에 가서 문물을 크게 관찰하고 오리라 생각하였다.[139] 또한 이주태가 낙척해 있다가 중국에 가게 되었다는 점에서 너른 땅에 가서 그 울울한 심사를 풀고 오리라는 기대를 했음을 짐작할 수 있다.

그러나 신유한은 이를 문면에 내세우지 않았다. 오히려 중국을 관찰한다는 의미는 외국 문물에 대한 동경이 아니라 중국이 오랑캐이고 시서예악이 조선에 있음을 확인하는 경로로 변모되었다. 중국의 정통성을 잃어버린 곳에, 그 정통성을 지니고 있는 나라의, 능력은 있으나 쓰이지 못한 선비가 가서 능력을 발휘하여 중화의 정통이 조선에 있음을 확인시키는 과정을 통해, 자신의 존재를 부각시키라는 것이었다.[140] 이는 오랑캐가 세운 청의 수도에 가는 것을 동경하는 것은 조선 후기에 팽배했던 소중화의식에 위배되는 사고였기에 신유한이 그 방어책으로 문화적 자존의식을 역설한 것이었다고 할 수 있다.

결국, 신유한은 신분적인 열세로 인하여 중국과 일본을 동경하였고, 이러한 의식에 대한 논리적 방패로 당시 팽배하던 문화적 자존의식을 선택하였던 것으로 보인다.[141]

중국에 대한 문화적 자존의식은 1710년대에서 1747년에 이르기까지 연행을 가는 사람들에게 준 신유한의 글에서 지속적으로 드러난다.

---

139) 「送李東望柱泰之燕序」, "吾友李東望, 讀書於東方, 與余同年進士, 旣余登第, 而東望猶弊然褐也, 乃邑邑不樂, 以爲東方無知我者, 隨聘使燕都, 思一大觀於中國."
140) 「送李東望柱泰之燕序」, "余自國門, 出而觴之曰, 勉之矣, 燕都故帝城也, 土風多感慨聲, 子其麾金臺而集於市, 如遇擊筑者, 卽以我語呼之, 一呼而不應, 二呼而不應, 三出而歌曰秋風酸易水寒, 彼都人士, 脩劍如竿, 函中圖血, 糢糊咄嗟, 慶卿豎子魂有無, 歌竟彼必有聞其聲而泣數行下者, 詩書禮樂, 盡在東矣, 卽是中國知吾李東望矣."
141) 송시열이 주장한 尊周論은 관념적인 것이어서 尊明·北伐의 실천에 진정한 목적이 있었던 것이 아니라, 다분히 그 자신의 정치적 목적을 위한 명분론적 성격이 강했다는 점은 시사하는 바가 크다. 이영춘, 「尤菴 宋時烈의 尊周思想」, 『淸溪史學』 2, 한국정신문화연구원 청계사학회, 1985.

1736년 자신을 대신해 연행 서장관으로 가는 임정에게 준 글에서는 문화적인 비교를 더욱 적나라하게 한다. 명나라가 청나라에 무너지자 중국인들은 여진의 풍속을 따른다. 오랑캐 옷에 뭉치 상투를 하고 하루아침에 경망스럽게 예악을 버리고 청의 풍습을 따른다. 정통을 유지해온 문화를 저버렸기에 그들은 이제 중국인이 아니다. 그런데 공자는, 중국에서 오랑캐라 업수이 여겼던 진의 시와 서를 기록했다. 역시 오랑캐였던 오나라도 계찰이 노나라에 사신 간 이후 중국과 더불어 같이 하였다. 이는 화이(華夷)가 아니라 시비(是非)로써 출척을 엄하게 했던 데서 기인한다. 그러므로 만약 요동·심양·박연·계 같은 만주 지방에 나가 민요를 채록하여 진시(秦詩) 같은 것을 얻고, 사관(史官)을 헤아려 진서(秦誓) 같은 것을 얻고 노화아(魯花兒)이면서 어질기 계찰 같은 사람이 있으면 오랑캐라 하지 않고 중국이라 할 수 있다고 했다. 곧, 신유한이 청을 오랑캐라 보는 것은 지금 청에 진의 시와 서 같은 것이 없기 때문이지 그들이 근본부터 오랑캐이기 때문은 아니다. 같은 맥락에서 중국의 선비를 방문하여 도학은 왕문성과 설문청 같고 문장은 이반룡과 왕엄산 같은 사람이 있으면 황명의 가르침이 아직도 고쳐지지 않았고 뭉치 상투에 상하지 않았으니 중국이 중화임을 믿을 것이라고 했다. 그러나 애석하게도 당시 중국에서는 그러한 사람들을 찾을 수 없다는 것이다. 정통의 문화가 더 이상 지속되지 않는다고 판단한 것이다. 그러므로 중국은 중국이 아니라 오랑캐라고 했다. 대신 조선이 시서의 교화와 예의의 풍속으로 천하를 다스릴 수 있으니 자신은 옛중화의 백성이 됨을 행운으로 여긴다고 하였다.142) 결국 신유한은 조선이 문화적인 측면에서 중

---

142) 『靑泉集』권4「奉贐任書狀珽赴燕序」, "冠帶之士, 胡服椎髻, 卽一朝彈指之頃, 中國士大夫爲尼泗洛閩之後者, 亦沾沾棄禮樂而從之如影響焉, (…중략…) 孔子作春秋, 辨華夷至嚴, 然夷狄而進於中國則中國之, 春秋之世, 吳以剪髮文身之俗, 不齒於滕許之班, 其與齊侯會也, 夫差日好冠來, 孔子聞而異之曰不識冠而欲好冠, 夷之陋若此, 而自季札聘魯以後, 進而書爵書盟, 與中土侔矣, 天下之侮戎狄而擯者, 莫深于秦, 然孔子於詩錄終南黃鳥小戎兼葭諸篇, 於書錄秦書俾列于二南五誥之後, 蓋聖人黜陟之嚴,

화가 된다고 본 것이다.143)

다음은 김도수의 해외동경의식을 알아볼 수 있는 글이다.

내 평생 말하고자 했으나 감히 토하지 못했던 것을 그대 들어보시겠는가? 대
장부 태어나 온 세상에 뜻이 있으니 밑에서 쉬더라도 비록 태산과 큰 바다라도
족히 높고 깊음이 못되는데 이제 내가 보백과 더불어 동쪽 모퉁이 작은 나라에
서 태어나 천지가 커다라며 백성과 물화가 많음을 보지 못하고 항상 스스로 쪼
그리고 우물에 앉은 탄식이 있으니 어찌 족히 세상에 태어났다 이르겠습니까?
나로 하여금 대명의 시절에 태어나게 하여 鄕貢進士로써 計吏를 따라 서울로
올라가 천자의 얼굴을 우러러 바라보고 머리를 조아려 한번 흉중의 기이함을

不在華夷而在是非, 其是非也, 又不在俎豆冠裳儀度之細, 而所取者在焉, (…중략…)
今行而出遼瀋薄燕薊, 采民謠而得如秦詩, 稽史官而得如秦誓, 魯花兒而賢如季札者
在, 卽不稱戎狄而中國之可也, 又訪於中州之士, 道學如王文成, 薛文淸, 文章如李空
同, 王弇山者在, 卽又宣言曰, 皇明之敎, 尙不改爾, 無傷乎椎髻也, (…중략…) 以吾詩
書之化禮義之風, 可以爲政於天下, (…중략…) 吾儕老農, 左殤右餔, 足不離田圃, 而自
幸爲古中華氓已."

143) 또한 신유한은 1738년 冬至副使로 중국에 가게 된 金龍慶을 보내며 쓴 글에서는 은
의 정삭이 조선에서 끊이지 않은 것을 말하며 중국에 대한 조선의 우위론을 펼친다. 중
국은 달단이 송나라를 뺏은 88년과 여진이 명나라를 뺏은 지금까지 94년 동안 땅은 중
국이로대 천자가 없다는 것이다. 천자가 없기에 정삭의 법통도 없는 것이다. 그런데 중
국에서는 요순으로부터 3,725년 뒤에 고황제가 섰고 우리나라는 단군으로부터 똑같이
3,725년 뒤에 태조가 섰다. 그러므로 성인이 때를 준 것이 중국이나 조선이나 다름이 없
고 내외도 없이 같다. 더구나 조선은 삼백년을 하루같이 禮樂 冠帶 典章風敎를 힘써왔
지 중국처럼 끊이지 않았다. 또한 숭정 갑신 곧, 1644년 명이 망하고 청이 들어선 이후
로도 조선은 계속 명의 정삭을 쓰고 있다. 그러므로 은나라의 정삭이 중국이 아니라 조
선에 있다는 것이다. 신유한의 이 글에는 조선을 중국과 동등하게 볼 뿐만이 아니라 오
히려 중국에서는 지키지 못한 것을 우리가 지켰다는 우위론 마저 보인다. 또한 연도를
고구하는 것은 단군으로부터 시작하고 조선을 칭할 때는 기자 조선이라고 하고 있는데,
이로 볼 때 단군과 기자를 모두 우리의 시조로 보고 있다 하겠다.『靑泉集』 권4「奉送
冬至副使金參判龍慶赴燕序」, "自夫韃靼呑宋, 而八十八年, 無天子, 女眞簒明, 而今
又九十四年, 無天子, 中國而無天子, 則正朔之統何在, 公今觀於中國, 而智能英偉非
常之士, 必有讀易而知天道者, 公試就而問焉, 如其所對者妄, 公又告之曰, 自唐堯甲
辰三千七百二十五年, 而爲高皇帝元年戊申, 自檀君戊辰三千七百二十五年, 而爲我
太祖元年壬申, 大聖人膺期受命, 本無內外, 高皇帝錫號曰朝鮮, 而禮樂我冠帶我典章
風敎我, 至今三百年如一日, 後崇禎甲申而書正朔者, 其不在中國而在東方乎, 彼必有
服公言, 而慷慨彷徨者曰, 洪範稱紀不稱年, 殷之正朔在箕子朝鮮矣."

토해내 그 사대부와 더불어 예악을 강하고 시서를 이야기하고 그리고 폭건을 쓰고 푸른 당나귀를 타고 산수·숭산과 화산의 산들·운몽의 늪·동정의 커다 람·갈석의 웅장함을 두루 보는 것 이것이 내가 보고자 소망하는 바입니다. 대 명은 이미 망하였습니다. 비록 채찍을 휘둘러 가더라도 산하는 모두 어긋났으 니 장차 무엇을 가히 보겠습니까? 그러나 보백 또한 강개한 선비라 이제 연땅 을 가서 밟으매 반드시 탄식하며 옛날에 李牧이 장군이 되어 변방을 지키어 오 랑캐들이 감히 움직이지 못하고, 창국군이 소왕을 위해 원한을 갚고 치욕을 씻 고 충성이 하늘을 관통한 땅임을 생각하리니 보백이 어찌 통곡하지 않을 수 있 겠습니까? 내 또 듣기에 그대의 가는 길이 마땅히 이제묘를 지난다 하니 나를 위해 그 혼의 외로움을 한번 위로하여 드리고 이제 대명천하에는 다시는 채미 자가 없음을 말하여주오144)

이 글은 1724년에 연경으로 사신을 따라가는 홍우철(洪禹哲)에게 김도 수가 쓴 것이다. 김도수는 홍우철에게 대장부가 태어나 큰 뜻을 지니니 태산이나 바다도 높고 깊은 것이 못되는데, 오히려 동쪽 모퉁이의 작은 나라에서 태어나 넓은 천지와 많은 민물(民物)을 보지 못하니 우물에 앉 은 듯하다 하였다. 그렇다면 바라는 것은 무엇인가? 위 김도수의 글에 의하면 두 가지이다. 하나는 중국의 명승지를 두루 유람하는 것이고 다 른 하나는 중국 사대부와 대등한 위치에서 겨뤄보는 것이다. 첫째, 유람 을 하면서 장대한 경치를 바라보면 도움이 있으니 심금을 후련하게 하 는 것이다. 둘째, 중국에서 태어나거나 중국에 가서 천자가 보는 앞에서 중국 사대부들과 시서 예악을 함께 하고 가슴속에 있는 기이함을 토해

---

144) 『春洲遺稿』 권2 「送洪保伯禹哲赴燕序」, "吾平生有欲言而不敢吐者, 子其聽之乎, 大丈夫生而有八荒之志, 眠底雖泰山滄溟不足爲高且深, 今吾與保伯生於海隅彈丸之 邦, 不見天地之大民物之衆, 常自蹙蹙然有坐井之歎, 何足爲之生世乎, 使吾生於大明 之時, 以鄕貢進士, 隨計吏而上京, 瞻望天子之面, 稽首一吐出胸中之奇, 與其士大夫 講禮樂談詩書, 而以幅巾靑驢周覽山水嵩華之嶽雲夢之藪洞庭之大碣石之壯, 此吾所 願觀者, 大明今亡矣, 雖揮鞭而去, 山河盡非, 將何所可觀乎雖然保伯亦慷慨士也, 今 行躡燕土, 必嗟然想, 古李牧之爲將, 守邊胡虜不敢動, 昌國君之, 爲昭王, 報怨雪恥忠 誠貫天地, 保伯安得不痛哭乎, 吾又聞子之去路, 當過夷齊廟, 爲我一上慰其魂之孤, 說今大明天下, 無復有採薇者."

내는 것이다. '가슴속의 기이함을 토해낸다'는 것은 자신이 능력 있는 사람이라는 것을 전제로 한다. 곧, "어려서 시를 읽어 변물통정(辨物通情)을 간략히 알았고 서(書)를 읽어 옛 군신(君臣)의 때를 보았다"는[145] 것은 일견 겸손한 듯하지만 자신이 중국의 사대부들과 겨룰 충분한 능력이 있다는 것을 은연중에 나타낸 것이다. 그러므로 "천자의 정원에 한번 이르게 하여 흉중에 있는 것을 토하게 한다면 비록 곧 죽더라도 후회가 없다"고[146] 하게 된다. 넓고 백성과 물화가 번성하였으며 차별이 없는 세상에 진출하여 자신의 가슴속에 맺혀 있은 울분을 한번이라도 토해내고 싶은 것이다.

그러나 명나라가 망하였다고 하며 안타까움을 표시한다. 이목(李牧)은 전국시대(戰國時代) 조(趙)나라의 장군으로 흉노가 변방을 범하지 못하게 잘 방어했다. 창국군은 연(燕)나라 악의(樂毅)로 어질면서도 소왕 때 군사를 잘 다루어 조·촉·한·위·조나라의 군사를 거느리고 제나라를 대파하고 혜왕이 자신을 의심해도 충성을 다했다. 김도수는 이처럼 예전에 오랑캐를 잘 방어하고 무찔렀고 충성을 다했던 사람들을 열거하며 명분론을 내세운다.

그런데 신유한이 청이 지배하는 중국에 가서 옛 중화의 문명을 간직한 조선의 선비가 문명을 떨칠 것을 강조한 것에 비해 김도수는 명이 망해서 명의 선비들과 겨룰 수 없는 것을 안타까워 할 뿐 문화적 자존의식을 직설적으로 내보이지는 않는다는 차이점이 있다.

서얼들이 가보고 싶어하는 해외는 현존하는 곳인 데 반하여 그들이 그리는 이상의 세계는 이미 망한 명나라의 것이다. 이 대안책으로 나온, 조선이 명을 대신하여 문화적인 면에서 중화가 되어 중국의 정삭과 공자의 맥을 이어간다는 것은 중국과 거기서 파생된 문물만을 기저로 알고 있던 이들의 한계이다. 그러나 여기서 한 걸음 나아간다면 이제 청

---

145) 「南遊記」, "少讀詩, 略知辨物通情, 讀書, 觀古君臣之際."
146) 「南遊記」, "使一到天子之庭, 吐胸中之有, 雖朝暮死而無悔也."

이 지배하는 중국 대신에 조선이 중국보다 우위에 서서 중화가 된다는 사고이다. 예전에는 중국이 중화였고 조선은 이(夷)였으나 이제 중국은 이(夷)이고 조선이 중화인 것이다. 여기서 중화(中華)란, 중국이라기보다는 혹은 중국이 세계의 중심이라기보다는, 단지 '세계(世界)의 중심(中心)'이라는 뜻이 된다. 공맹의 도를 본받아 바른 도를 행하는 문화적으로 세계의 중심이 되는 나라인 것이다. 곧, 중국이 중화가 아니라 시(是)를 가진 곳이 중화 곧, 세계의 중심이 되는 것이다. 그러므로 조선이 중국에서 벗어나 자립적인 객체로 설 수 있다는 전거를 마련할 수 있는 계기가 될 수 있다.147)

그러나 조선이 자립적인 객체가 되기 위해서는 명을 추종하는 것에서 벗어나야 한다. 더불어 일본이나 청을 오랑캐로서가 아니라 조선과 동등한 객체로 인정할 수 있어야 한다. 조선도 중화가 되었듯이 청도

147) 김도수와 신유한에게서 나타나는 위와 같은 인식은 17세기 후반 이후 나타난 정통론과 소중화의식의 한 단면이라 할 수 있다. 주지하다시피 1644년 명이 망하고 청이 들어선 이후 역사학에서는 단군과 기자로부터 시작하는 정통론이 등장하여 小中華意識 · 尊我的華夷觀이 등장하였다. 기존 연구에 따르면 이는 주로 洪汝河(1620~1674), 宋時烈(1607~1689), 韓元震(1682~1751), 李瀷(1681~1763), 黃景源(1709~1787), 安鼎福(1712~1791), 金履安(1722~1791) 등에서 나타나고 북학파로 이어져 발전했다. 그런데 신유한과 김도수가 문화적 자존의식을 주장한 18세기 전반기는 홍여하와 송시열이 17세기 후반에 이를 주장한 뒤의 바로 다음 단계에 해당한다. 특히 신유한은 이익과 같은 해에 태어났고 한원진이 그 다음 해에 태어났다. 동년배인 것이다. 그리고 그 다음으로 김도수가 위치한다. 이로 볼 때 신유한과 김도수의 논의는 18세기 후반 북학파의 의론이 대두하기 이전 단계에 해당한다. 곧, 송시열은 성인 · 현인이 나온다면 지역에 관계없이 중화가 될 수 있다고 보았고, 한원진의 경우는 夷狄이 중국의 道 · 服 · 言 · 行을 각기 실천할 때 중국이 되는 것이라 하고 조선은 기자 이후 거의 중화와 다름없이 된 것으로 생각했다. 황경원은 禮義의 明 · 不明에 따라 中國과 夷狄이 되는 것이라 하여 「중국」의 개념이 族類나 地界와 무관한 유동적이면서 추상적인 개념으로 설정된다. 이러한 사고는 앞서 살폈듯이 신유한에게서 드러난 바인데 특히 신유한의 '중화가 중국이 아니라 세계의 중심'이란 개념은 후대인 황경원에게 맥이 닿아 있다. 이만열, 「十七 · 八世紀의 史書와 古代史 認識」, 『한국사연구』 10권, 보진재, 1974; 조영록, 「17~18세기 尊我的華夷觀의 한 視覺」, 『東國史學』 17, 東國史學會, 1982; 유봉학, 「北學思想의 形成과 그 性格」, 『한국사론』, 서울대 인문대 국사학과, 1982, 232~233면 참조; 정창열, 「實學의 歷史觀」, 『茶山의 政治經濟 思想』, 창작과비평사, 1990; 이성규, 「中華思想과 民族主義」, 『哲學』 37집, 한국철학회, 1992년 봄.

중화가 될 수 있고 일본도 중화가 될 수 있는 것이다. 그런데 이러한 단계로 발전하는 데서 서얼들의 사행이 영향을 끼쳤다고 보인다. 논리를 수정하기 위해서는 머리 속의 사고가 아니라 체험을 통한 전기가 필요했을 것이다. 앞의 글에서 신유한이 임정에게 가서 살피라고 하였던 바와 같이, 물론 이때 살피라고 한 것은 이념적인 면이지만, 가서 살피게 되면 이념도 이념이지만 문물을 보게 될 수밖에 없었다.

일본으로 사행을 떠나는 서얼들의 자세는 미지의 세계에 대한 부푼 기대를 지니고 있었으면서도, 한편으로는 일본은 조선보다 문명이 뒤떨어진 곳이라고 여겼다. 신유한의 경우 일본의 경치가 선경 같다고 여기고 이러한 곳에 이무기 같은 일본인이 산다는 것에 상당한 불만을 느꼈다. 또한 일본은 유교적 예법에 전혀 맞지 않으면서도 부국강병하다는 사실에 불만을 품었다.[148] 이는 신유한 혼자만의 생각은 아닐 것으로 서얼들은 오랑캐들을 교화해야 한다는 의식을 지니기도 했다.[149] 그러나

---

148) 이혜순, 『조선 통신사의 문학』, 이화여대 출판부, 1996, 189~193면 참조

149) 예로써 18세기 후반인 1763년 사행의 서기였던 원중거는 출발할 때부터 일본 학자의 만남에서 취할 자신들의 태도를 미리 확인했다. 예의의 나라 조선의 사람들이 莊敬함을 갖추고 관복을 단정히 하여 동작 위의를 잃지 않고 정주를 말하고 경서를 인용하면 좋을 것이라 하고(『乘槎錄』 권2 1764년 2월 16일에서 3월 10일까지 江戶에서 지낸 후의 총괄편, "初到釜山, 余謂兩友曰, 日本之人不知有程朱, 吾欲動引程朱以接之, 兄意如何, 兩友難之曰, 豈不好耶, 但彼所不知已獨言之, 必有岨峿不相合之弊矣, 不若依左傳世說, 雜詼諧以俳優蓄之之爲簡便矣, 余曰程朱之道, 吾安能知之耶, 但非此則吾無藉手藉口之語, 以吾鈍劣縱欲謔浪笑傲, 淋漓談讌平生所不能者, 顧何可强而能之耶, 且忠信篤敬委行蠻貊之要道, 藉使翩翩毫墨雜以才談以傳彼殊俗之笑嬉, 於吾心獨不愧乎, 吾以爲古所謂華國之稱不在於此矣, 以吾禮義朝鮮, 莊敬自持, 修飭官服, 不失動作威儀之則, 非程朱不語非經書不引, 顧不好耶, 至於詩文則, 才旣不逮, 必欲罨之"), 이를 실천하였다(『乘槎錄』 권2 2월 16일 이후의 총괄편, "於筆談於詩文必稱程朱必擧小學") : 원중거는 일본 문사들의 浮誇하는 태도를 비판하고 겸양해야 할 것을 주장하였다. 또한 주자를 헐뜯고 공격한 물씨 학파에 대해 강한 비판을 하고 일본 문사들과 논쟁을 벌였다. 원중거는 통신사행의 이점을 외교적 수행을 통해 변경이 편안하게 되는 것, 일본의 지세와 백성의 풍속을 살펴서 무사시에는 잘 인도하고 유사시에는 잘 제압할 수 있는 것, 일본 조정과 왕래함으로써 대마도의 폐해를 줄일 수 있는 것, 배의 사용을 익혀 천하에 통할 수 있는 것, 예속의 아름다움으로 이끌면 일본도 군자국이 되어 나라가 전쟁의 위협에서 벗어날 수 있다는 것 등 다섯 가지를 들었다. 이혜순,

실제로 일본과 청으로의 사행에서 부딪힌 가장 큰 문제는 오랑캐로 보고 있던 그들 나라의 사회적·경제적 발전상이었던 것으로 여겨진다. 아직 폐쇄적인 사회에서 살고 있던 조선인들에게 서구 문물을 받아들인 변화한 청과 일본은 놀라움의 대상이었을 것이다. 신유한의『해유록』과 원중거의『승사록』도처에서 일본의 발달상에 대한 자세한 묘사와 놀라움 그리고 관심이 발견된다.『해유록』1719년 9월 27일 일기를 보면 신유한이 강호에 도착하면서 본 것이 기술되어 있는데, 이를 읽으면 성의 웅장함, 인가의 번성함, 사람들의 질서정연함과 화려함 등 경제적인 발달을 느낄 수 있다.150) 서구와의 접촉으로 인해 발전된 문명을 접하고 혼란을 일으켰을 것이다. 특히 일본에 대해서는 '왜(倭)'라는 의식이 견고했고 청에 대해서도 '공자의 도를 저버린 오랑캐'라 생각했던 조선인들에게 일본과 중국의 발전된 문물은 혼란을 일으키기에 충분했을 것이다.

그런데 이에 대한 대응은 두 가지로 나타난다. 하나는 경험을 받아들이고 인식의 변화를 일으키는 것이다. 곧, 이러한 경험과 의식을 통해

『조선 통신사의 문학』, 이화여대 출판부, 1996, 280~303면 참조

150)『青泉集先生續集』권5「海槎東游錄」제3 九月二七日, "오른쪽은 큰 바다를 곁하고 왼쪽은 인가를 끼었는데 인가가 길가에 많아 한 줄 긴 띠와 같았고 갈수록 더욱 번성하였다. 10 리정도 가니 가마를 든 왜인이 이미 강호에 도착하였다 하였다. 바라보니 큰 성이 바다 머리의 제방 쪽에서 위압하는데 깎아지른 듯 하였다. 바닷물을 끌어들여 해자를 만들었는데 해자의 웅장하고 壯固함과 望樓의 높이 솟음이 이미 사람을 놀라게 하였다. 드디어 한 성문으로 들어가 큰 판교 두개를 건넜는데 모두 비단 가운데로 행하였다. 또 東門으로 나갔는데 모두 重城 甕城에 鐵關 金鎖가 있었고 해자에 다리를 지었는데 붉은 난간이 번갈아 비추었고 배가 다리 밑을 따라 水門을 나가 바다에 통할 수 있었다. 길을 낀 長廊은 모두 貨肆였다. 市에는 町이 있고 町에는 門이 있었다. 거리는 사통하고 평평하며 곧았다. 粉樓와 彫墻은 3층·2층이었는데 수키와와 마룻대가 서로 이어져 마치 짜놓은 비단 같았다. 관광하는 남녀가 거리를 매워 넘쳤는데 위로 보니 수놓은 듯한 집들의 대들보와 문미 사이에 여러 눈들이 섞여 모여 한 치의 빈틈도 없었다. 옷자락에는 꽃이 넘치고 주렴 자막은 빛나 전에 본 大板 倭京에 3배는 더하였다. 무릇 지난 판교 셋에 지나친 里門이 백여 개였다. 한 대문이 있어 금룡산이라 써있었다. 또 수백 보를 가서 使舘에 다다랐다. 舘名은 實相寺인데 다른 이름은 本誓寺이고 예전에는 東本願寺라 불렀다. 전부터 우리나라 信使는 반드시 여기에 숙소를 정했는데 올 봄에 화재가 나서 재가 되어 새로 수천 칸을 지었다."

서얼들이 국가의 고유성을 좀더 깊이 인식하는 것이다. 예로써 다음과 같은 이현(李礥)의 말은 해외를 경험한 서얼을 통해서야 가능한 사고였다. 이현은 1711년 대마도(對馬島)에 이르렀을 때 우삼방주(雨森芳洲)가 신정백석(新井白石)의 시집을 보여주고 서발(序跋)을 구하자 서문(序文)을 써 주었는데, 다음은 그 일부이다.

> 세상에서 사람을 논하기를 內外로 하고 시를 평하기를 고금으로 하는 자들은 모두 한 변두리에 낙척한 것이지 달론이 아니다. 땅으로서야 外가 內에 고루하지만 外로 內를 보면 內 또한 外이다. 세상으로서야 지금이 진실로 옛날에 미치지 못하지만 뒤에 지금을 본다면 지금도 또한 옛날이다. 어찌 內가 귀하고 外가 천하고 옛날이 영화롭고 지금이 더럽겠는가?151)

이는 물론 조선을 내(內)로 보고 일본을 외(外)로 봐서 동방의 변두리에 처한 일본 문사들에게 용기를 주기 위한 것이라 할 수 있다. 그러나 이는 단순히 상대방에 대한 의례적인 높임의 발언은 아닌 것으로 보인다. 일본의 번화함을 보고 난 뒤에야 가능한 사고였기 때문이다. 또한 이를 한번 더 생각해 본다면 중국과 조선의 관계에서도 같은 맥락을 성립시킬 수 있게 된다. 중국이 안이고 중심이라는 생각에서 벗어날 수 있는 것이다.152) 특히 문화적 자존의식으로 인해 청에 대한 자립성을 인식한 조선인들이 일본의 자립성에 대해서도 눈을 뜬 예라고 할 수 있다.

이현이 일본에서 지은 창화시에는 이런 생각이 많이 나타난다.

---

151) 李礥, 「白石詩集序」(송전갑, 『韓日關係史』, 여강출판사, 1985), 113면, "世之論人, 以內外, 評詩, 以古今者, 皆落於一邊, 非達論也, 以地則外固於內, 而以外視內, 則內亦外也, 以世則今固不逮於古, 而以後視今則, 今亦古也, 何內之貴而外之賤也."

152) "중화 중심의 절대성이 의심되고 조선문화의 낙후성이 인정될 때 그리고 淸의 문물이 긍정될 때 그 논리는 더 이상 지속될 수 없게 되는 것이고 논리 자체가 수정이 불가피해지는 것"인데 燕巖과 朴齊家 등의 北學派에 이르러 이루어졌다. 특히 이 계기로 작용한 것이 燕巖의 경우는 燕行이라고 한다. 유봉학, 「北學思想의 形成과 그 性格」, 『한국사론』, 서울대 인문대 국사학과, 1982, 233면과 243면 참조

休言千里不同風　천리에 바람이 같지 않다고 말하지 마오
文教何曾限日東　文教가 어찌 일찍이 日東에 경계를 지었으리요
持贈清詩知有意　맑은 시를 가져와 주니 뜻 있음을 알아
老夫肝膽自相通　노부의 간담이 절로 상통하네

—「次奉勘宜少年」153)

라고 하여 일본에도 중국이나 조선과 같은 바람이 불고 있음을 말했는
데 이는 독자성 혹은 주체성을 강조한 것이다.154) 또한 이는 내외, 신분
그리고 중화와 오랑캐가 모두 중요하다는 생각을 가능하게 했으리라 보
이는데, 이 바탕에는 자신이 고국에서 겪는 신분적 질곡에 대한 갈등이
놓여 있을 것이다.

또한 일본에도 이 시기에 자국의 고유성에 대한 인식이 있었다.

일본인은 반드시 조선의 문자를 사모하지만 風氣가 각각 달라서 배워서 능
히 할 수 없는 것이 있으니 스스로 일본의 글을 하는 것만 못하다 (…중략…)
聲技에 있어서는 각각 나라의 풍속이 있으니 다른 나라의 음악이 어찌 그 귀를
즐겁게 하겠는가155)

이는 일본의 최고 통치자인 길종(吉宗) 관백이 한 말로 신유한이 1719
년 9월 27일의 일기에 기록한 것이다.

청이 문화적 정통성을 잃었기에 이를 지키고 있는 조선이 청보다 우

---

153) 『兩東唱和錄』 卷上.

154) 나아가 『兩東唱和錄』에 나오는 이현의 창화시의 특성 가운데 하나가 노부로서 일인
들을 포용하고 있다는 점이다. 『兩東唱和錄』·『桑韓唱酬集』·『桑韓塤篪集』·『蓬島
遺珠』·『善隣風雅後篇』·『和韓唱和錄』·『長門癸甲問槎』 등의 창화집에 나타난 다
른 제술관과 서기의 시들에 비해 『兩東唱和錄』에서 이현은 일본인들의 시재를 인정해
주는 시를 매우 많이 짓고 있다. 『兩東唱和錄』은 상·하권으로 되어 있는데 상권만 하
더라도 이현의 28제의 시 가운데 10제의 시가 그러하다. 김경숙, 「18세기 조선통신사
제술관 및 서기의 문학사적 위치」, 『온지논총』 1집, 온지학회, 1995.

155) 申維翰, 『海遊錄』, 85면, "日本人必慕朝鮮文字, 而風氣各各殊, 有不可學而能者,
不若自爲日本之文也, (…중략…) 至於聲技, 各有國俗, 異方之樂寧有悅其耳者."

위에 서고, 비록 고대 중화의 맥을 지닌다는 한계를 안고 있긴 하더라도 현재의 중국에서 벗어날 계기가 된 것처럼, 반대로 야만시하였던 일본의 발달을 높게 보면서 그들의 주체성을 인식하게 될 때, 중화와 오랑캐란 구별을 떨치고 조선과 일본이 동등한 위치에 설 수 있다는 인식을 할 수 있게끔 되는 것이다.

그러나 서얼들이 이것만을 받아들이거나 주장하기는 한계가 있었던 것 같다. 혼란에 대한 대응 양상의 나머지 하나는 문화적 자존의식의 형태로 나타난다. 일본의 독자성을 인식하는 이면에는 일본에 대한 서얼들의 문화적 자존의식 또한 청에 대한 것 못지 않게 팽배하였다. 비록 일본이나 청이 서구의 문물을 받아들여 물질적으로는 발달을 하였을지라도, 정신적인 면 곧 정신적인 문화면에서는 중화의 정통을 이어가고 있는 조선과 감히 비교할 수도 없다는 것이었다.

欲識吾邦事　우리나라 일을 알고자 한다면
何難說與聽　말하여 들려주기 무엇이 어려우리
人皆從古禮　사람은 모두 古禮를 따르고
家自誦遺經　집집마다 스스로 경서를 읽네
衣尙殷時白　옷은 은나라 때의 흰색을 숭상하고
山連岱畎靑　산은 태산 골짜기의 푸름에 이어졌네
文名盡在此　文名이 모두 이에 있으니
方夏遜華名　중국은 중화 이름 양보해야 하리라[156]

이는 유후(柳逅)가 1748년 5월 강호(江戶)에서 일본인들에게 써 준 시로, 고례를 지키며 경서를 읽는 조선에 문명이 남아 있다고 했다. 문화에 대한 자부심의 표현인 것이다.

玄洲 : 공들은 중국의 땅에 들어가 본 적이 있습니까?

---

156) 曹命采, 『奉使日本時聞見錄』, 『국역해행총재』 X, 167면.

姜栢 : 우리나라의 煙霞水石의 모습과 예악 문물의 번성함이 중국에 양보하
지 않는데 하필이면 멀리 중국에 들어가겠습니까?[157]

이는 1719년 9월 16일 나고야에서 일본인 현주(玄洲)와 조선 사신들
사이에 있었던 문답 가운데 현주와 강백의 대화이다. 중국에 가보았느
냐는 현주의 물음에 강백이 조선의 경치와 예악 문물이 중국의 것보다
못하지 않은데 가볼 필요가 있느냐고 대답했다. 기회가 없어서 못 가보
았는데 가보고 싶다는 식의 대답이 아니다. 조선이 중국보다 못하지 않
으니 갈 필요가 없다는 것이다. 경치와 예악 문물이 중국보다 뒤지지
않다는 것은 조선의 독자성과 자주성을 역설한 것이면서 더불어 일본에
대한 조선의 우월성을 은연중에 강조한 것이다.

또한 1747년 통신사행에 부사로 가는 홍계희(洪啓禧)에게 신유한은 아
래 글을 써 주었다.

제가 도가 있는 나라에 태어나 시서와 예악과 관대와 읍양을 배우고 익혔고
오랑캐의 풍속을 알지 못했는데 나이 39세에 文事로 사신을 따라 저들의 지경
을 넘어 보았더니 여러 군에 학교와 제기가 없고 나라에 과거와 고과가 없으며
남자는 머리를 깎았고 여자는 이를 검게 하였으며 벼슬아치는 부모가 돌아가셔
도 겨를을 받지 않고 혼인에 종형제를 가리지 않으며 노래는 범패 같고 춤은
때리고 찌르는 것 같으며 언어는 새와 참새가 떠들썩하게 모인 것 같고 음식은
승려처럼 먹습니다. 저들의 조정에 들어가면 임금의 관복이 신료와 다름이 없
고 궁실과 마을의 집이 구별이 없으며 맨발로 오르는 자가 공경받고 비단을 끌
며 가는 자가 공경받습니다. (…중략…) 저는 이에 공자께서 오랑캐의 땅에 임
금이 있는 것은 중국의 여러 나라들이 망한 것만 같지 못하다라고 하신 가르침
에 더욱 탄복했습니다.[158]

---

157) 『蓬島遺珠』卷前篇, 11면, "稟, 玄洲, 公等有入中朝之地耶, 復, 耕牧子, 弊國煙霞
　　水石之觀, 禮樂文物之盛, 不讓中國何必遠入中邦也."
158) 『靑泉集』권4「奉送通信正使洪公啓禧往日本序」, "吾生於有道之國, 詩書禮樂, 冠
　　帶揖讓, 是講是肄, 生不識蠻夷之風, 行年三十九, 以文事承乏, 從使臣後涉彼疆, 而見
　　列郡無庠序俎豆, 國中無貢擧考課, 男剪髮女黑齒, 仕不給父母喪暇, 婚不擇從父兄弟,

위의 글에서 신유한이 비판하며 야만시하는 일본의 문화란 그야말로 문화에 해당하는 것이다. 상서나 조두 그리고 과거와 고과는 모두 유교 문화적인 소산이다. 남자가 머리를 깎거나 여자가 이를 검게 물들이는 것이나, 혼례와 상제, 노래와 언어, 음식, 임금과 신하가 차등 없이 옷을 입거나, 맨발로 다니는 것 등은 모두 문화적인 차이인 것이다. 이는 시각에 따라서는 전혀 문제시되지 않을 수도 있는 것들이다.[159] 그런데 신유한은 일본에 대한 조선의 우위성을 문화적인 면에서 찾으며 오랑캐의 땅에 임금이 있는 것이 중국의 여러 나라가 망한 것만도 못하다고 말한 것이다. 이는 신유한이 조선과 청의 관계에 대해 언급한 말과 비교할 수도 있다. 곧, 그는 연경으로 사신 가는 조명정에게 조선만이 "기자 성인의 가르침을 자손에게 남기고 글을 하는 사람은 주나라의 도를 본받아 서술하여 이아(二雅)를 숭상하고 오고(五誥)를 지켜 익혀 저작하는 바에 자못 옛 법도가 있어서 여러 중국의 망함과 같지 않다"고[160] 하였다. 중국에서는 여러 나라가 오랑캐에게 망했는데 조선은 계속하여 주(周)를 본받고 있었으니 조선이 우위라는 사고이다. 그러므로 문화적인 면에서 조선이 우위이고 그 다음이 청 그리고 일본이라는 도식적 사고를 볼 수 있다.

서얼들이 일본이나 중국에서 시문의 역량을 통해 인정받은 것도 문화적 능력이라고 할 수 있다. 신유한의 경우 시문의 능력에 대한 자부심이 대단하였고 일본에서 이를 마음껏 발휘할 수 있었다. 조선에서는 자신의 능력을 발휘할 만한 기회조차 없었는데 일본에서는 이 기회가 주어졌던

歌如梵貝, 舞如擊刺, 言語如鳥雀噪, 會食如僧尼飯, 入彼朝而其君冠服, 與臣僚無等, 宮室與州閭無別, 跣足而升者敬歟, 曳帛而趨者恭歟, (…중략…) 吾於是乎益歎夫子之敎曰, 夷狄之有君, 不如諸夏之亡也."

159) 신유한은 일본의 세습제에 대해 특히 비판적이었는데 이는 자신의 신분적 문제와 연결이 된다.

160) 『靑泉集』 권4 「送趙太史明鼎赴燕序」, "今世, 斯文剝盡矣, 獨吾鴨綠以東, 箕聖之敎, 碩果不食, 操觚者祖述姬周, 人矜二雅, 戶習五誥, 所著作, 頗有古法度, 不如諸夏之亡也."

것이다. 그러므로 문화적인 우월성을 더욱 확고하게 내세웠으리라고 보인다. 이 경우 문화적 자존의식은 서얼들의 경우 자기 방어적인 기제로 해석할 수 있다. 이러한 혼란의 경험은 알게 모르게 사행록(使行錄) 등의 기록을 통해 표출되었을 것인데 그 예로 들 수 있는 것이 일본에서의 경험을 사실적이고 자세하게 묘사한 신유한의『해유록(海游錄)』, 강백의『해사록(海槎錄)』,161) 남옥의『일관기(日觀記)』·『일관시고(日觀詩稿)』, 원중거의『승사록(乘槎錄)』, 성대중의『일본록(日本錄)』등의 기록과 서얼들의 문집(文集)에 나타나는 사행과 연관된 시문 등이다.

　서얼들의 이러한 기록과 사고가 당대 사대부들에게 영향을 끼쳤을 것임은 자명하다. 곧, 학계에서 연암(燕巖) 그룹이라 칭하는 일원 가운데 한 명인 성대중은 1763년 서기였는데 1719년 서기인 성몽량의 후손이고 성몽량은 1682년 제술관인 성완(成琬)의 후손이다. 성대중의『일본록』권2에는「청천해유록초(靑泉海遊錄鈔)」가 있는데 이는 신유한의『해유록』의「문견잡록(聞見雜錄)」을 그대로 옮긴 것이니 성대중이 신유한에게서 영향을 받았음을 알 수 있다. 1748년 서기인 이봉환의『우념재시문초(雨念齋詩文鈔)』를 보면, 같은 해 제술관인 박경행과 서기인 이명계와 친하게 지냈으며 특히 1763년 제술관인 남옥과는 매우 친하게 지내 주고 받은 시가 많다. 이덕무의『청장관전서(靑莊館全書)』를 보면 유후와 원중거에 대한 존경이 도처에 드러난다. 또한 이덕무의 벗이었던 윤가기는 동자 시절에 유후를 스승으로 모셨다.162) 남옥은 유후의 손자며느리의 아버지이다. 이덕무와 홍대용과 박제가의 일본 기록은 유후와 원중거와 성대중의 일본 기록을 참고하였다고 한다.163) 이로 볼 때 신유한을 위시한 서얼들의 기록을 연암그룹이 접했음은 의심의 여지가 없고 거기에

---

161) 강백의『해사록』은 현전하지 않는다. 그러나 당시에는 사대부들 사이에서 읽혀졌을 것임은 의심할 여지가 없다.
162)『靑莊館全書』권16「雅亭遺稿」8「尹曾若可基」, "卽吾兄童子時函丈."
163) 오수경,「18세기 서울 文人知識層의 性向」, 성균관대 박사논문, 1990 참조

나타난 번성한 문물에 대한 기록은 종래의 화이관(華夷觀)을 재고하게 하였을 것이다. 예로써 "홍대용과 박지원은 일본 문학의 융성을 과거제도의 폐해가 없는 데서 찾았고, 구체적으로 荻生徂徠·伊藤闇齋 등의 이름을 들고 있다. 또 이덕무는「청령국지(蜻蛉國志)」를 썼고 정약용은「일본인론(日本人論)」을 썼다."164) 남인계 서얼인 한치윤(韓致奫)은 유득공(柳得恭, 1749~?)과 친분이 있었고 이덕무의 영향을 받았으며『해동역사(海東繹史)』에 원중거『승사록』을 인용하였다. 1719년 기해사행시 창화집인『봉래유주(蓬島遺珠)』등의 서적을 보았으며, 신유한·강백·장응두의 창화시를 자신의 책에 소개하기도 하였다.165)

물론 서얼들의 기록과 사고만이 북학파에게 영향을 준 것은 아니겠지만 이를 무시할 수는 없을 것이다. 결국 연암을 위시한 실학파(實學派)의 문사(文士)들이 그들의 사상을 다져 나가는데, 그들보다 대체로 한 세대 앞선 시기까지의 연배인 제술관과 서기의 업적이 알게 모르게 크게 작용했음을 부정하기란 어렵다.

---

164) 김태준,「동아시아 문학의 自國主義와 中華主義의 위기」,『日本學』6집, 동국대 일본학연구소, 1987, 83면.
165) 하우봉,『朝鮮後期實學者의 日本觀研究』, 일지사, 1989, 270~283면 참조.

제 5 장

서얼문학의 낭만적 현실 초월 양상

1. 고고(孤高)한 정신세계의 지향

1) 고고(孤高)한 천품에 대한 자부

앞서 보았듯이 서얼들은 신분적 열세로 인해 능력과 현실 사이의 괴리에서 시달렸으며 자탄을 하기도 하고 세상을 원망하기도 하였다. 그러나 이들의 정신세계는 침강하여 있지만은 않았다. 이들은 끊임없이 자신들은 능력이 뛰어나다, 속배(俗輩)와는 달리 고고하다는 의식을 나타냈다. 환소(紈素)·빙상(氷霜)·매화(梅花)·고목(古木) 등에 자신들을 비유하면서 자존의식을 드높였다. 이는 현실에서의 좌절에 대한 반대급부로 나타난 현상으로 보인다. 곧, 현실의 압박이 크면 클수록 반대로 정신세계는 높은 곳을 지향했다.

이세원은 「고목(古木)」·「득구(得句)」·「옛 뜻을 조성언에게 보내며[古

意寄趙聖言]」·「한가하여 우연히 서호처사의 시를 보다가 '고산소은'이
라 제목한 시를 읽고 기쁘게 마음에 맞음이 있어 문득 그 운을 따라 시
를 지었으니 감히 고인을 따르고자 바라지는 않으나 애오라지 사모하여
우러르는 마음을 부쳤네[閑中偶閱西湖處士詩 讀孤山小隱爲題者 欣然有會於心
輒逐篇依韻賦之 非敢希蹤古人 聊寓景仰之私云爾]」 등을 통해 '춥고 마른 형
상으로 서 있는 고목, 막막한 자신, 희고 깨끗한 환소(紈素), 홀로 사는
자신' 등을 노래한다.

杈枒寒影古墻邊	가장귀 찬 그림자는 옛 담장 가에 드리우고
蟻穴中心鵲噪巓	개미굴은 속에 있고 까치는 꼭대기서 떠들어대네
寂默如悲頻閱世	고요함은 세상일 겪은 것을 슬퍼하는 듯
崢嶸尙欲上干天	높직한 건 그래도 하늘에 닿으려 하네
時將霧雨粧奇骨	때로 안개비로 뛰어난 골격을 단장하고
盡把春華與少年	봄꽃을 모두 갖다 소년에게 주었으니
莫道永爲人所棄	영원히 사람에게 버려졌다 말을 마라
龍眠筆下也堪傳	龍眠의 붓끝으로 또한 전할 만하리

—「古木」 1수

고목이 옛담장 가에 추운 그림자를 드리우며 서 있는데 나무 중심에
개미굴이 있고 소란한 까치만 가끔씩 앉았다 간다. 이는 고목의 가치를
알고 찾는 사람이 없이 소외되었다는 의미이니, 사람은커녕 둥지를 틀
고 사는 새조차 없이 나무에 소용이 없는 개미나 잡새만이 방문하는 것
이다.1) 함련을 보면 세상일을 겪은 것이 슬퍼서 조용히 있다고 했으니
이는 세상에서 고초를 당했다는 의미이다.2)

그래도 희망은 있다. 함련의 2구에서 높이 솟구치며 하늘에 오르기를

---

1) 2수의 수련에서도 "久無來客到枝邊 詎有巢禽占上巓(오랫동안 가지 옆에 찾는 사람
   없었으니, 어찌 새들이 꼭대기에 깃들일 수 있으리)"라고 하였다.
2) 2수의 함련 2구도 "枯形羞見艶陽天"라고 하였으니 뼈만 남은 늙고 병든 이미지이다.

바라고, 경련에서는 나무가 때로 안개비를 거느려 뛰어난 골격을 장식한다고 했다. 골격이 뛰어나다는 것은 자질이 뛰어나다는 의미이며, 안개비는 뿌옇고 음습한 이미지이기도 하지만 신비감을 주는 이미지이기도 하다. 그러므로 나무는 솟구치려는 의지를 지니고 있으며 뛰어난 골격을 신비로운 안개비로 장식하는 비범한 모습이다. 경련의 2구에서 봄꽃을 모두 소년에게 준다고 했는데, 자신은 고고하기 때문에 봄의 화려함은 필요가 없다는 것이다. 또한 이는 봄의 화려함이 싫다는 의미도 내포하고 있으니, 어린 소년에게 봄의 화려함을 주고 나이 들어 원숙한 자신은 고고하게 있겠다는 뜻이다.3) 그러므로 희망을 지닌 채 영원히 사람이 버렸다고는 생각지 않는다. 미련에서 용면의 붓 아래에서 전할 만하다고 했다. 용면은 북송(北宋)의 이공린(李公麟, 1049~1106)으로 옛 것을 좋아하고 박학하며 시에 뛰어났으며 백묘법(白描法)으로 안마(鞍馬)와 인물(人物)을 잘 그린 문인화가(文人畵家)이다.4) 백묘법은 채색을 하지 않고 선으로 그리는 화법이니, 옛 담장가에 그림자처럼 서 있는 고목의 기골을 나타내기에 아주 맞춤이다. 그러므로 용면처럼 뛰어난 화가에 의해 고목의 비범한 모습이 전해질 수 있으리라는 의미이다.

강백은 「매화(梅花)」·「매(梅) 1」·「매(梅) 2」·「백련(白蓮)」 등에서 매화(梅花)와 백련(白蓮)을 통해 고고함을 읊었다.

身與名俱隱	몸과 이름 모두 숨기고
天寒氷雪顔	추운 날씨에 빙설 얼굴
終非今世物	끝내 이 세상 물건 아니니
隨我入靑山	나를 따라 청산에 들었네

---

3) 또한 2수의 함련 1구에서 "冷影偏依端正月"이라 했으니 찬 모습이 팔월 보름달을 의지한다는 것은 어두운 밤에 하늘을 밝혀주는 달을 벗삼는다는 의미이다. 달을 의지할 수 있는 것은 가지가 높이 솟았기에 가능하다. 추운 밤 달을 벗삼을 수 있을 만큼 뾰족하고 높게 자란 것이다. 곧, 고고하다.

4) 이공린의 그림에 대해 王炎은 「題李伯時四天王圖詩」에서 "龍眼有巧手 幻出汗血馬(용면에게 교묘한 손 있어, 준마가 튀어나오는 듯하네)"라고 할 정도였다.

處地不肥饒	사는 땅 기름지고 넉넉지 않아
瘦枝才尺許	야윈 가지 겨우 한 자 남짓
幽懷與爾開	그윽한 회포 너와 열면서
相對如相語	마주 대하길 이야기하듯
淡淡元天性	담박함이 원래의 천성이라
疎疎復作花	성글게 몇 송이만 피었네
花之最窮者	꽃 중에 가장 궁한 것이니
宜爾在吾家	마땅하도다 나의 집에 있음이
花開日三四	꽃이 날마다 서너 송이씩 피니
意若故遲遲	그 뜻이 마치 고의로 늦추려는 듯하구나
知爾欲嬌我	네가 나를 아름답게 하려함을 내 아니
一花當一詩	꽃 하나에 시 하나씩 지어야겠네
身短氣偏枯	키는 작고 기는 아주 말라서
花開無艶色	꽃 피어도 요염한 모습 없어라
猶然天品高	그래도 천품은 높아
不惜陽春力	따뜻한 봄의 힘을 아끼지 않네

—「梅花」⁵⁾

　　매화는 몸과 이름을 모두 숨기고 추운 날씨에 빙설처럼 깨끗하게 산다고 하였다.⁶⁾ 이는 시련에 굴하지 않고 깨끗하며 높은 이미지를 지닌 것으로 본 것이다. 그래서 끝내 지금 세상의 물건이 아니라고 하였으니⁷⁾ 당대 세상 사람들처럼 부귀영화를 추구하지 않는다는 의미이다. 그런데 그 매화가 자신을 따라서 청산에 들었다고 했다.⁸⁾ 자신이 선택한 공간을 매화도 선택하였다는 뜻이며, 나아가 매화와 자신의 성품이 동일하다는 암시이다. 매화와 백련을 소재로 한 시들은 모두 강백이 5년

---

5)『愚谷集』권3.

6) 또한 「梅 1」의 2수 3연에서도 "性潔品高眞本色(성품은 깨끗하고 품성은 높으니 진실로 본색이요)"이라고 하였다.

7) 「白蓮」에서는 "高潔不諧今(고결하여 지금과 함께 하지 않는다)"이라고 했다.

8) 또한 「梅 2」에서는 "風雪山中隨我來(風雪 山中에 나를 따라 왔네)"라고 읊었다.

간의 귀양살이에서 풀려나와 은거에 들어간 이후에 창작되었다. 이로
인해 강백이 지은 매화에 관한 시들은 시공간(時空間)의 선택이 일관되
게 겨울과 깊은 산 속을 배경으로 하고 있는 것이다. 겨울은 매화가 꽃
을 피우는 계절이기에 매화와 연상되는 이미지이다. 그러나 공간의 경
우는 강백의 의지에 의해서 선택된 것이다. 겨울과 눈보라 치는 산 속
은 춥고 고통스러운 이미지를 지닌다. 곧, 사는 땅이 기름지고 넉넉하지
않다는 것처럼 자신의 공간이 풍족과는 거리가 먼 곳임을 나타낸다. 매
화야 원래 산에 있었을 텐데 자신이 살려고 들어간 산에 매화도 따라
온 것같이 느낀 것이다. 자신이 살고자 선택한 풍요롭지 못한 공간을
매화도 선택했다고 생각한 것이다. 겨우 한 자 남짓한 마른 가지라든가,
꽃 가운데 가장 궁하고, 키는 작고 기는 말랐다고 표현하였듯이 강백의
시에서 나타나는 매화는 늙고 병들고 꽃도 몇 개 피우지 못한다. 귀양

▲ 金弘道, 「老梅圖」, 개인 소장. 늙고 병든 매화 등걸이 풍설을 이기고 부풀어 올라 빙옥 같은 꽃을 피웠다.
매화는 문사들이 자신들의 고고함을 읊기에 너무도 적합한 소재였다.

살이 이후 노년의 자신의 모습과 동일하다. 사대부의 정원에서 가지 가득 꽃을 피우는 꽃나무가 아니다. 그래서 매화가 자신의 집에 있음은 마땅하다고 하였다. 더구나 매화는 천성이 원래 담박하기에 꽃이 피어도 요염한 모습이 없다. 화려함을 추구해 요염한 자태를 뽐내는 꽃들과는 다른 것이다. 이로 인해 매화는 깊은 산 속에서 풍설을 이기고 굴곡지고 귀진 나무에서 이미 늙은 몸이 도리어 부풀어올라[9] 성긴 채 꽃을 피운 것이다. 또한 타고난 품성이 높기에[10] 따뜻한 봄의 힘을 아끼지 않고 하루에 서너 송이씩 꽃을 피울 수 있는 것이다.

이 세상의 물건이 아니라거나 천품이 높다는 것은 부귀영화에 대해 망상이 없다는 뜻이다. 이는 매화와 백련을 읊은 다른 시에서도 지속적으로 드러나는데, 주문(朱門)에 깊이 듦은 그의 성품이 아니라는 말로써[11] 매화가 깨끗함은 권력을 멀리 하기 때문이라고 하였고, 권력 있는 곳에 온갖 꽃 고운데 매화는 요임금 때 양위를 받지 않았던 고사(高士)들인 소부(巢父)와 허유(許由)와 같아서 추운 나무에서도 고풍을 지니고 있다고 하였고[12] 백련을 보고도 고운 흰 깁이 소부와 허유의 마음이라고 하여[13] 연꽃의 고운 흰 빛을 소부와 허유의 마음처럼 깨끗한 것으로 보았다. 그래서 이제는 "비유하자면 맑고 절의 있는 산림의 선비이니 제왕이 비록 귀해도 능히 신하되지 않으리라" 하고[14] 자신 있게 읊는 것이다. 결국 강백은 매화와 백련을 자신과 물아일체의 경지에 두고 자아를 투사하여 자신은 고고하고 깨끗한 은일군자임을 나타냈다.

김도수는 「고수화(孤樹花)」·「야전학(野田鶴)」·「잡시(雜詩) 1」·「잡시(雜

---

9) 『愚谷集』 권3 「梅 1」 1수 수련, "已老一身還擁腫."
10) 「梅 1」 3수에서는 "經來辛苦終全性(신고를 겪어와도 끝내 성품을 온전히 하였다)"고 하였다.
11) 『愚谷集』 권4 「梅 2」, "朱門深入非渠性."
12) 「梅 1」 2수 함련, "金張貴勢千花艶 巢許高風一樹寒."
13) 『愚谷集』 권3 「白蓮」 경련 후구, "綺縠巢許心."
14) 「梅 1」 3수 미련, "譬若山林淸節士 帝王雖貴未能臣."

詩) 2」·「잡시(雜詩) 3」·「잡시(雜詩) 4」·「잡시(雜詩) 5」[15]·「남수행(枏樹行)」
등에서 죽(竹)·학(鶴)·고수화(孤樹花)·남수(枏樹)·봉황(鳳凰)·천마(天
馬)·거문고·쌍룡검 등을 통해 자신의 고고함을 읊었다.

寂寂看何物	적적할 때는 무엇을 보아야 하는가
蕭蕭叢竹林	시원한 총죽림이네
淸光兼鬱翠	맑은 빛에 울창한 비취빛을 겸했고
苦節復哀音	괴로운 절개에다 서글픈 소리 있네
自有幽人訪	자연 幽人의 방문 있으리니
無令雜鳥侵	잡새의 침범이 없도록 하라
秋蘭在空谷	秋蘭이 빈 골짜기에 있어
與爾共悲心	너와 더불어 슬픈 마음 함께 하노라

—「叢竹」

　김도수의 이 시는 대나무 떨기에 관한 것인데 시인은 대나무에 자아
를 투사하고 있다. 1구에서 시인은 적적함을 느낄 때는 무엇을 보아야
하는가라고 질문하였다. 적적하다는 것은 자신이 홀로 있다는 상황을 전
제로 한다. 이 '홀로 있다'는 상황은 이세원·강백·김도수의 시에서 지
속적으로 나타난다. 이렇게 서얼들의 시에서 지속적으로 '홀로 있다'
는 인식이 나타나는 것은 자신들의 처지가 외롭다고 느끼기 때문이다.
외로운 처지에 쓸쓸한 감정을 지니고 있기에 사물을 바라볼 때 밝고 화
려한 것보다는 자신처럼 어디인지 외로워 보이는 사물에 주의가 간 것이
다. 그래서 외롭고 쓸쓸한 '고수화(孤樹花)·야전학(野田鶴)·봉황(鳳凰)·천
마(天馬)·남수(枏樹)·역양동(嶧陽桐)[16]·쌍룡검(雙龍劍)·매화(梅花)·백련
(白蓮)·고목(古木)·환소(紈素)' 등을 노래하였다. 이들이 외롭고 쓸쓸한

---

15)『春洲遺稿』에는「雜詩」라는 시제의 시가 다섯 제 나온다. 편의를 위해 1~5로 구분
한다.
16) 역양동은『書經』의 嶧陽孤桐에서 온 말이다.

처지임은 현재 이들이 있는 공간에서도 드러난다. 들(「孤樹花」「野田鶴」),
빈 산(「枏樹行」), 비요(肥饒)하지 않은 청산(「梅花」), 바람불고 눈 내리는 산
속(「梅 2」), 빈 산과 빈 골짜기(「雜詩 5」), 산림(「梅 1」), 옛 담장 가(「古木」) 등
이다. 들은 아무 것도 없는 이미지이고, 산은 비어 있는 곳이거나 기름
지고 풍요롭지 않거나 눈보라 내리는 곳이며, 옛 담장 가도 오래되고
퇴락한 이미지이다. 곧, 이들이 처한 공간은 사람은 아무도 찾아오지 않
는 삭막한 곳이다. 결국 서얼들은 아무도 찾아오지 않는 삭막한 공간에
홀로 있는 동식물을 읊은 셈이다.

그런데 김도수는 적적함을 느낄 때 시
원한 대숲을 바라본다고 하였다. 이는 대
숲이 시원한 바람을 일으키기에 연상된
이미지이다. 또한 대나무의 특징은 맑은
빛과 울창한 비취빛으로, 맑고 밝고 푸르
름을 겸하고 있다. 고수화도 그윽한 향기
를 지니고 있다. 남수도 푸르고 푸른빛이
다. 이 맑고 푸른빛과 그윽한 향기는 범
상한 나무나 꽃은 지니기 힘든 것이다.
야전학도 훨훨 날며 푸른 바다를 천만
리나 날아간다는 학이다. 봉황이나 천마
는 보통 새와 말과는 다른 비범함을 지
녔다. 역양동은 천고음(千古音)을 간직하
고 쌍룡검은 밝은 빛이 도깨비를 달아나
게 한다.

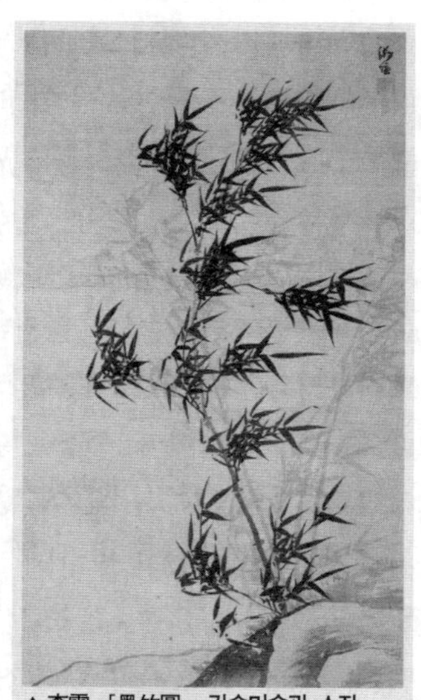

▲ 李霆, 「墨竹圖」, 간송미술관 소장.
바위 위에서 뻗어 나온 대나무. 바람에 흔
들리는 모습이지만 잡새는 앉지 못할 위엄
이 있어 보인다.

그러나 대숲에서 이는 시원한 바람 소리가 어느새 서글픈 소리로 들
리고 대나무의 꿋꿋함은 괴롭게 보인다. 이는 지금은 자신을 알아주는
사람이 없기 때문이다. 「잡시(雜詩) 5」에서 빈산에 높은 나무 많고 빈 골
짜기에 슬픈 바람 많다고 한 것이나,[17] 「잡시(雜詩) 3」에서 가을 바람이

서원(西園)에 드니 늙은 대나무가 조금 움직여 읊으며 빙설과 어둠을 합한다는 것이나,[18] 「야전학(野田鶴)」에서 학은 한 번 이별에 돌아갈 기약 없어 슬프고 원망하는 소리가 하늘을 뚫는다는 것이나,[19] 고수화는 곧고 맑게 괴로운 마음을 안고 영락하여 진흙 모래에 맡겨 있다는 것이나,[20] 지사(志士)는 강개하여 거문고를 어루만지지만 거문고 줄이 바로 끊겨 가락 높은 소리 통하지 않는다는 것은[21] 모두 일맥상통하는 것이다. 이들은 모두, 뛰어난 능력이 있으나 현재는 영락하여 있고 이로 인해 괴롭고 슬픈 자신의 심사가 투사된 것이다.

그러나 김도수에게 희망은 있다. 유인(幽人)이 찾아옴이 저절로 있으리라 했으니 이는 자신을 알아주는 사람이 있으리라는 기대이다. '유인'은 김도수의 시에서 지속적으로 나타나는 이미지이다. 다른 말로는 미인(美人)·중랑(中郞)·영중객(郢中客)으로 표현되기도 한다. 고수화를 가지고 가 미인의 집에 심고 싶다거나,[22] 중랑(中郞)이 지금 없으니 누가 다시 유음(幽音)을 알겠는가라고 하거나,[23] 영중객(郢中客)만이 능히 백설(白雪)을 노래하리라는 데서[24] 이 희망과 기대는 잘 드러난다. 미인은 꽃을 알아줄 수 있는 사람이다. 중랑은 후한 때의 학자인 채옹(蔡邕)으로 그의 명망이 높자 찾아오는 사람들이 많았다. 하루는 왕찬(王粲, 177~217)이 찾아오자 신을 거꾸로 신고 달려나가 맞이했다.[25] 곧, 왕찬이 뛰어난 인물임을 알아준 것이다. 영객(郢客)은 노래를 잘하는 사람이니 자신이 거문고를 탈 때 이 거문고가 숨기고 있는 천고음(千古音)을 이해하고 노래를 잘하는 사

---

17) "空山多喬木 空谷多悲風."
18) 「雜詩 3」 3수 수·함련 ,"秋風入西園 老竹微動吟 歲晏節彌勁 氷雪互交陰."
19) "一別無歸期 哀怨鳴徹天."
20) "貞靜抱苦心 零落委泥沙."
21) 「雜詩 5」, "慷慨撫絲桐 絲桐絃正絶 調高聲不通."
22) 「孤樹花」, "我欲將此花 歸種美人家."
23) 「雜詩 3」, "中郎今不在 誰復識幽音."
24) 「雜詩 4」, "嗚呼郢中客 到解歌白雪."
25) 『三國志』「魏書」권21「王粲傳」.

람이 있어 그 곡조에 맞는 노래 곧, 백설처럼 희고 깨끗한 노래를 불러
주기를 바라는 것이다. 곧, 자신을 알아줄 만한 뛰어난 인물을 기대하는
것이다. 그런데 자신을 알아주는 사람은 중랑이나 영객같이 신하의 입장
에 있는 사람일 수도 있지만 궁극적으로는 최고의 권위를 지닌 사람을
의미한다. 「고수화(孤樹花)」에서 말하는 미인은 말 그대로 미인일 수도 있
겠지만 그보다는 전통적으로 임금을 의미해온 미인으로 읽힌다. 「잡시(雜
詩) 3」에서 궁상(宮商)을 알았다고 했는데26) 궁상은 음률을 의미하기도 하
지만 군신(君臣)을 의미하기도 한다. 야전학의 슬픈 소리에 옥제(玉帝) 듣
고 응당 슬프리라고 했다.27) 곧 최고 권위자를 만나 자신의 울울한 처지
를 달래 보았으면 하는 바람이 드러나고 있는 것이다.

　　그러나 유인이 언제 방문할지 기약할 수 없는 현실은 여의치 않기 때
문에 슬픈 마음을 가지고 살게 된다. 그러면서도 한 가닥 위안으로 삼
는 것은 총죽과 비슷한 처지인 추란이 빈 골짜기에 살면서 슬픈 마음을
함께 한다는 점이다. 이는 동류의식이라고 할 수 있으니 자신과 처지가
비슷한 사람들이 자신처럼 살아가고 있다는 위안인 것이다.

　　김도수가 느끼는 현실의 문제점은 「잡시(雜詩) 3」 1수의 수련과 함련
에서 잘 나타난다.

　　　　玉階梧桐樹　　옥계의 오동나무는
　　　　本欲棲鳳凰　　본래 봉황이 깃들도록 함인데
　　　　胡爲群鳥萃　　어찌 뭇새들 모여
　　　　啾喞當朝陽　　지저귀며 아침해를 마주 대했는가

　　옥계란 대궐 안의 섬돌을 의미한다. 이곳은 봉황이 있어야 할 장소이
다. 그러나 여러 새들이 모여 있다. 여러 새는 범조(凡鳥)나 잡조(雜鳥)로

---

26) 「雜詩 3」 3수 경련, "宮商秖自知 虛籟藏其心."
27) 「野田鶴」, "玉帝聞應悲."

- (左)張承業, 「대나무와 학」, 고려대학교박물관 소장. 대나무 아래 고고하게 서서 초연히 먼 곳을 바라보는 학의 모습이다.
- (右)미상, 「群雀圖」, 국립중앙박물관 소장. 곡식을 먹기 위해 다투어 땅으로 내려오는 참새들의 모습이다.

보잘것없는 새들이다. 그런데 이들이 봉황 대신에 아침해를 대하고 있다. 곧, 능력에 맞지 않게 영화를 누리고 있는 것이다. 이러한 현실의 모순은 김도수에 있어 요순의 시대가 아득히 그쳤기 때문이다.28) 요순 같은 훌륭한 임금의 치세가 지금 그치고 없기 때문이다. 다른 말로 하자면 "미인이 너를 좋아하지 않는다면",29) 이는 미인이 요순처럼 사람을 알아보는 능력이 없기 때문인 것이다.

이처럼 김도수는 「총죽(叢竹)」에서 잡새가 침범치 못하게 하라고 했듯이 현실과 타협을 하지 않는다. 김도수의 이러한 의식을 잘 나타내는 시가 「야전학(野田鶴)」인데 다음은 「야전학(野田鶴)」의 4, 5련이다.

獨立無與群	홀로 서서 어울리는 무리 없으니
燕雀來相欺	제비와 참새가 멋대로 오네
燕雀縱不欺	제비와 참새가 비록 멋대로 오지 않더라도
忍與燕雀飛	차마 제비, 참새와 더불어 날손가

야전학이 홀로 서 있으니 제비와 참새가 야전학과 어울릴까 하여 허락도 받지 않고 멋대로 가까이 온다. 이 멋대로 온다는 것은 좋지 않은 의도를 지니고 와서 추근덕거리는 것으로, 다른 말로는 놀린다고 표현할 수도 있다. 곧, 뛰어나고 고고한 학이 평범한 제비나 참새로부터 함께 어울리자는 놀림을 받는 것이다. 그러므로 문맥상으로 볼 때 야전학은 분개하였고, 만약 이 작은 새들이 놀리지 않더라도, 곧 나쁜 짓을 하지 않는다 하더라도 그들과 더불어 날지는 않겠다고 했다. 범상하거나 약은 무리와는 섞이지 않겠다는 의미이다.30) 곧, 현재는 자신을 알아주

---

28) 「雜詩 5」, "唐虞邈已矣."
29) 「孤樹花」, "美人不汝好."
30) 이는 김도수의 다른 시에도 일관되게 드러난다. 천마는 비록 황금 굴레를 받을지언정 凡馬와 더불어 달리지는 않으리라고(「雜詩 3」, "縱受黃金羈 不與凡馬馳") 한다. 봉황은 琅玕을 쪼며 여러 새가 모인 곳에 모이지 않으며(「雜詩 5」, "鳳凰啄琅玕 不集群鳥叢") 또한 더불어 벼와 조를 다투지 않는다(「雜詩 3」, "不與爭稻粱") 老竹은 세월 저무니 마

는 사람도 없고 영락해 있을망정 범상한 무리와는 섞이지 않고 고고하게 사는 것을 추구한다. 그러므로 자신을 알아주는 사람이 영원히 나오지 않는다면 자신도 여기에 연연하지는 않을 것이라고 한다. "남은 향기 다만 스스로 가상히 여기리"라고 하거나[31] "吾道가 어찌 따를 바리오"라고 하며[32] 고고하게 살겠다는 것이다. 이를 통해 김도수는 자신을 지사(志士)나 은일자(隱逸者)에 비유하고 있다. 부연하면 야전학은 그 고고하며 임야(林野)에 사는 성품 때문에 예로부터 은사(隱士)에 비유되었다. 곧, 김도수는 고고한 대상물을 읊으며 거기에 자아를 투사하고 있는 것이다.

이상에서 살핀 것에 의하면 이세원은 젊은 날의 화려함을 겪고 지금은 마르고 외로운 형상이지만 지나오며 쌓인 세월의 무게로 인해 오히려 원숙하게 된 나무를 읊으며 언젠가는 자신을 알아줄 사람이 있으리라고 노래한다. 강백은 젊은 날의 신고를 겪고 난 늙은 매화의 이미지를 통해 알아주는 사람이나 부귀와 권세에는 관심이 없는 산림의 은일군자를 노래했다. 김도수는 사물을 통해 자신은 고고하며 잡새와는 함께 하지 않으면서 언젠가는 다가올 자신을 알아주는 사람을 기다리지만 만약 그런 사람이 없다면 스스로 고고하게 살 것이라고 하였다. 곧, 이세원이 낙척한 이미지를 통해 자신의 고고함을 읊으며 세상을 그리워하며 한 가닥 희망을 지녔던 것에 비하여, 강백은 세상에 대한 희망을 접어두었고, 김도수는 희망을 지녔지만 세상과 단절된 상황 때문에 잡새와는 더불지 않으리라는 신념을 더욱 내세웠다.

18세기 전반기 서얼문학의 이러한 양상과 유사한 점을 조선 전기 서얼 가운데 대표적인 인물인 손곡(蓀谷) 이달(李達, 1539~1612)의 시세계에서

디는 더욱 강해지고(「雜詩 3」, "歲晏節彌勁") 역양동은 世耳는 기뻐하지 않으며(「雜詩 4」, "世耳所不悅") 쌍룡검은 천지에 시험할 곳이 없다(「雜詩 4」, "天地無所試").
31) 「孤樹花」, "遺芳徒自嘉."
32) 「雜詩 5」, "吾道安所從."

찾을 수 있다. 삼당시인(三唐詩人)의 한 사람이었던 이달은 이계함(李季咸)의 서자로[33] 당대에 서얼이 된 인물이다. 이달의 「화매(畵梅)」[34]는 강백의 「매화(梅花)」, 김도수의 「총죽(叢竹)」·「고수화(孤樹花)」와 소재나 풍취가 비슷하다. 종기가 여기 저기 솟은 듯이 못생긴 오래된 나무가 있다고 하여 겉모습이 보잘것없음을 신분이 떳떳하지 못함에 비유하였다. 그러나 이 나무는 추운 향기를 내는 매화로 밤 사이의 서리와 눈보라 속에서도 오히려 꽃을 피우니 범상하지 않은 뛰어난 나무임을 알 수 있고 이달은 자신을 이에 비유하여 모진 시련이 있어도 능력만은 뛰어나다고 한 것이다.[35] 신분적 질곡에도 불구하고 뛰어나다는 이러한 인식은 18세기 전반기의 서얼들과 그 궤적을 같이 한다.

그러나 이달의 시에서는 더 이상의 진전이 없다. 언젠가는 뛰어난 능력을 사용하겠다는 희망이 보이지 않는다.[36] 이는 18세기 전반기 서얼들이 자신을 알아줄 사람이 언젠가는 있고 이로 인해 자신의 이상을 펼칠 수 있으리라고 기대했던 것과 다른 양상이다. 이달에게서는 이러한 의지가 보이지 않는다. 이는 이달이 살았던 16세기 중반부터 17세기 초반까지의 상황이 서얼들에게 어떠한 활로도 열어주지 않았던 데 기인한다고 보인다. 이 시기는 임란 이후 서얼들에게 납속부거가 허용되기 이

---

33) 안병학, 「三唐派 詩世界 硏究」, 고려대 박사논문, 1988, 20면.
34) 李達, 『蓀谷詩集』 권5(『한국문집총간』 61권, 28면), "擁腫古槎在 寒香知是梅 前宵 霜雪裏 尙有一枝開(못생긴 늙은 나무 있으니, 추운 향기에 매화인줄 아노라. 지난 밤 서리와 눈 속에서, 오히려 한 가지 피어났네)."
35) 이 시에 대해 윤주필은 "매화는 여러 가지 악조건을 이기고 '차가운 향기'를 통해 엄연한 자기 존재를 실현하였다는 점에서 방외인 문인의 문학하는 자세를 상징하고 있다"고 하여 이달의 시를 방외인 문학으로 설명하고 있다. 윤주필, 「朝鮮前期 方外人文學에 관한 當代人의 認識 硏究」, 한국정신문화연구원 박사논문, 1990, 159면; 안병학은 "위의 시는 전통적 심상에 근거하고는 있지만 아무도 찾지 않고 알아 주지도 않은 微賤한 自身 속에 감추어져 있는 탁월한 資質과 가치를 강조하고 있는 것"이라고 하였다. 안병학, 앞의 논문, 27면.
36) 『蓀谷詩集』 권3(『한국문집총간』 61권, 11면) 「詠金璽家牧丹」, "芳香空自守 絶艶更 誰看(꽃다운 향기 헛되이 홀로 지키나, 뛰어나게 고움을 누가 다시 보리)."

전 단계에 해당하며 통청운동이 본격화되기 시작한 숙종조보다도 백여 년 앞선 시기이다. 오히려 이 시기 서얼들은 '서양갑의 난'에서 보이듯이 문보다는 무력을 통해 자신들의 위상을 되찾고자 하는 시도를 했던 바는 있다. 그러니 만큼 이달에게는 신분적 질곡을 개선할 어떤 방법도 보이지 않고 희미했던 것으로 여겨진다.

이달은 「대방부에 이르러 부백에게 보임[到帶方府示府伯]」에서 자신이 일삼은 일을 '빈업(貧業)'이라 표현하고 이를 떠나 남쪽으로 원유(遠遊)하고자 하는 의지를 표명하기도 했다. 이는 18세기 전반기 서얼들이 보여주었던 '원유'의 의지와 같다. 그러나 18세기 전반기의 서얼들은 원유를 하거나 은거에 들면 마음만은 평화를 얻었으나, 이달은 남쪽으로 노닐어서도 마음이 어둡다. 세상에 태어났으니 입신을 하거나 세상을 제도하고 싶지만, 현실에는 자신이 하기 힘든 방법만 있고 삶에는 좋은 꾀가 없어 괴로이 살아가는 것이다. 시대 상황이 자신을 옭아매고 있고 자신은 아무것도 할 수 없음을 나타낸 것이다.[37] 이에 이달은 자신의 신분적 불운을 군주나 귀족과의 상대적 상황으로 인식 수용하지 않고 인생 일반의 운명적 상황으로 수용하였고, 그로써 시대적 저항의식과 비판 정신의 결여를 가져 왔으며 도리어 우세연군(憂世戀君)의 정을 빚었으니, 이는 사(士)로서의 자기정체(自己正體)의식을 갖고 사적(私的) 감정을 지적(知的)으로 통제하고 정신적으로 지적(知的) 자중(自重)을 지킴으로써 자신의 내적 갈등을 극복해 간 것이다.[38]

그러므로 18세기 전반기 서얼들의 현실 인식은 손곡 이달보다 한 단계 진보한 것이라고 할 수 있으며, 이는 이달이 살던 시대보다는, 과거

---

37) 『蓀谷詩集』 권3(『한국문집총간』 61권, 12면) 「到帶方府示府伯」, "東土辭貧業 南鄕作遠遊 春陰垂野樹 暮色上城樓 行世有難策 在生無善謀 誰能一斗酒 送我寫離愁(동토에서 가난한 업을 사양하고, 남쪽 땅으로 멀리 노니네. 봄 그늘은 들의 나무에 드리우고, 저녁빛은 성루로 오르네. 행동하려도 어려운 방법만 있고, 삶에는 좋은 꾀 없네. 누가 한 말 술을, 나에게 보내어 이별의 근심을 덜까)."

38) 송준호, 「蓀谷 李達 詩 硏究」, 『東方學志』 64집, 연세대 국학연구원, 1989.12 참조

를 보고 미관말직이나마 벼슬길에 나아가고 본격적으로 통신사행과 연행에 참여하는 등 서얼들 행보의 폭이 넓어졌던 데서 기인하는 것으로 보인다.

다음으로 중인문학과 비교해보자. 본고의 주 논의 대상인 이세원·신유한·강백·김도수 세대에 해당하는 중인으로는 석희박(石希璞)·홍세태·고시언(高時彦, 1671~1734)·정래교·정민교 등이 있다. 이들은 홍세태와 고시언이 중심이 된 낙사(洛社) 시기인 17세기 후반에서 18세기 초반의 중인들이다. 서얼이나 중인이나 모두 신분적인 굴레를 지니고 있기에 이들이 이에 대한 인식을 시로써 형상화했으리란 추론을 해 볼 수 있다. 이세원의 「고목(古木)」이나 김도수의 「총죽(叢竹)」 등과 소재면이나 풍취가 비슷한 석희박의 「천산발화가(天山鉢花歌)」나,[39] 낙사보다 앞선 시기인 16세기 말에서 17세기 초반의 『육가잡영(六家雜詠)』 시대의 남응침(南應琛, 1596~?)의 「고송(古松)」을[40] 보면 실제로 이들도 서얼과 비슷하게 자신들이 뛰어남을 말하거나 잡초와 섞일까 저어하는 점을 드러낸다. 그러나 "가련하구나 대궐 가는 길 멀어, 우리 임금께 꺾어 바칠 수 없으니, 빛나는 해를 우러러 보고 헛되이 슬퍼하네"(「天山鉢花歌」)라고 하거나, "다행히 도끼질 벗어났으나, 마룻대와 들보 되지는 못하네"(「古松」)라고 하면서 앞으로 쓰일 것에 대한 기대를 나타내지는 않았다. 이러한 점은 앞서 살핀 이달의 시와 닮아 있다. 그러나 18세기 전반기의 서얼들은 외롭지만 능력이 있다는 점을 강조하며 알아주는 사람이 나타나기를 참고 지내며 범인과 섞이지 않겠다고 하였다는 차이를 보인다.

---

39) 高時彦 等編, 『昭代風謠』 권8 「七言古詩」(『이조후기 여항문학총서』 권8), 여강출판사, 1991, 126면, "天山之南雲常集 中有奇花人不知 綠莖嫩葉好容姿 異香騰微飆 秀色媚春景 葉大花小擬桃杏 我欲移根植公府 惜其生與衆草伍 嗟爾何失所 獨芳不爲人所賞 窮山四節委風霜 可憐鳳闕去路遠 未得折獻于吾王 仰看白日空感傷."

40) 崔奇南 等, 『六家雜詠』(『이조후기 여항문학총서』 권8, 18면), "嗟爾凌雲姿 如何生路傍 托根未得所 幾年經風霜 病葉已凋殘 老幹有昂藏 幸免斧斤侵 顧非充棟樑."

2) 주어진 세계 속에서의 자족

　스스로 홀로 고결하다고 자부하였던 현실세계에서 그들이 보여준 삶은 어떠한 것이었는가를 살펴보고자 한다. 이에 대해서는 자신들이 직접 읊은 시도 있지만, 후대의 서얼이 전대 서얼에 대해 읊은 시문을 통해서도 알 수 있다. 후자를 먼저 살펴보도록 하자.
　다음은 김도수가 성몽량에게 봉증한 시이다.

湖甸枹鼓動官軍	湖中과 京畿에서 북을 치며 관군을 움직일 때
眼中兒子多對君	아는 아이들이 많이 그대를 대했어라
先生白髮不復黑	선생의 백발 다시 검어지지 않기에
拔劍悲歌徒殷勤	칼 빼들고 슬픈 노래 은근히 불러보네
妻孥呼飢空白屋	처자 배고픔을 부르짖는 가난한 집에서
丈夫無策營斗粟	장부는 한 말 곡식을 장만할 방책 없네
傍人往往笑其拙	곁 사람들은 왕왕 그 보잘것없음을 비웃으나
我獨憐子心如玉	나만은 그대의 마음 옥 같음을 어여쁘게 여기노라
文章以窮困	문장은 궁곤함으로써
實爲宰相羞	실로 재상의 부끄러움 되었네
時就觀物翁	때로 관물옹을 찾아가
斗酒銷百憂	말술로 온갖 근심 녹였네
淸詩與高談	맑은 시와 높은 말씀
俗物都悠悠	속물은 모두 멀고 멀어라
秋風葉落漢陽城	추풍에 이파리 떨어지는 한양성
昨夜夢在驪江樓	지난 밤 꿈에 려강 누대에 있었네
九天閶闔不可攀	하늘의 문은 더위잡고 오를 수 없으니
十畝之間桑者閒	십무의 사이에서 뽕 따는 이 한가하네
白雨正漲河伯宮	소나기 하백의 궁전에서 바로 불어나
汎濫欲動終南山	범람하여 종남산을 움직이려 하네
聞子此時乘浪廻	그대 이때 물결 타고 돌아옴 듣고

令我狂吟興悠哉　　나로 하여금 미친 듯 읊게 하니 흥이 한가하네
謝朓歸臥靑山宅　　사조는 청산의 집에 돌아와 누웠고
淵明自有黃花杯　　연명은 스스로 黃花의 술잔 가졌네
昔日歌鐘豪貴家　　지난날 歌鐘하던 豪貴家
今日成澤生蝦蟆　　오늘날 연못 이루어 두꺼비 생기네
文軒畫堂自驕色　　文軒 畫堂에 절로 교만한 빛 있더니
豈知行路興長嗟　　行路興 길이 탄식할 줄 어찌 알았겠는가
子今散髮掉小艇　　그대 지금 산발하여 작은 거룻배 노 저으며
萬里滄浪垂釣絲　　만리 창랑에 낚싯줄 드리우네
釣絲復釣絲　　　　낚싯줄 다시 낚싯줄
不關時人知不知　　時人이 知不知를 관계치 않네

—「奉贈嘯軒成主簿夢良歸驪湖舊居」

이 시는 벼슬을 마치고 돌아가는 성몽량을 생각하며 김도수가 쓴 것이다. 성몽량(1673~1735)은 김도수(1701~1733)보다 28세 연장자니 한 세대위의 사람이다. 성몽량은 제2장에서 살폈듯이 1702년 30세로 식년시에진사가 되었고 1719년 통신사 서기로 일본에 다녀왔다. 그 외의 행적은알려진 바 없는데 위 시를 보면 군사를 지휘하는 관직에 있었던 것으로보인다.

이 시의 1연과 2연은 같은 서얼로서 앞 세대 문사에 대한 통찰과 존경이 드러난다. 아는 아이들이란 단순히 안다는 의미보다는 같은 서얼의 아이들이란 의미가 있다. 성몽량이 관군을 지휘하는 벼슬을 살 때그를 바라보는 서얼들의 존경이 보인다. 그러나 성몽량은 늙었고 집은가난하여 처자는 배고픔을 부르짖지만 한 말 곡식도 경영할 방책이 없다고 했다. 이로 볼 때 낮은 벼슬을 살았고 처지도 크게 나아지지 않았음을 알 수 있다. 이미 살폈듯이 많은 서얼들이 문재(文才)를 통해 과거에 급제하기는 했어도 당상관은 차치하고 당하관에조차 거의 들지 못하고 말단 관리 생활을 해야 했다. 조선조에서 의식주의 영위는 관리가

되어야 해결할 수 있었으니, 성몽량이 부귀와 거리가 멀었음은 당연하다. 이는 서얼들이 전반적으로 처했던 상황으로 보인다.

성몽량은 문장을 하여 곤궁하게 되었지만 그 문장은 뛰어나 재상들이 부끄러워하는 바 된다 하였다. 이러한 능력과 현실의 괴리를 해소하는 방법이 관물옹을 찾아가 말술을 마시며 근심을 해소하는 것이다. 관물옹이 누구인지는 모르지만 성몽량이 찾아갔다는 점에서 그 당시 성몽량이 따르던 높은 선비였으리라 짐작할 수 있다. 이들은 근심을 녹이고 마음이 평안해져서 맑은 시와 높은 말씀을 일삼았으니 김도수가 보기에 속물과는 거리가 멀게 느껴졌다. 그런데 이렇듯 뛰어난 사람이었으나 하늘의 문에 오를 수 없다고 했으니 궁궐에 닿을 수 없다는 뜻이다. 그래서 십무의 사이에서 뽕 따는 사람이 한가한 것과 같다고 했다. 이는 『시경(詩經)』 「위풍(魏風)」 「십무지간(十畝之間)」장에 나오는 말로, 나라가 어지러워서 어진 이들이 즐겨 벼슬하지 않고 벗들과 함께 농포로 돌아간다는 의미이다.[41] 그러므로 김도수는 성몽량이 돌아옴을 듣고 그와 함께 지낼 수 있으니 기쁘다고 한 것이다.

그래서 11연에서는 성몽량을 사조(謝朓)와 도연명(陶淵明)에 비유한다. 사조는 오언시(五言詩)에 뛰어나고 태수로서 통치도 잘했으나 모함을 받아 죽임을 당하였고 도연명은 가난으로 말미암아 관직을 역임하였으나 귀거래에 들었다. 특히 '淵明自有黃花杯'란 도연명의 「음주(飮酒)」 가운데 '采菊東籬下 悠然見南山'을 염두에 둔 구절이다. 도연명이 귀거래에 든 것처럼 성몽량도 귀거래를 선택했다는 뜻이다. 곧, 김도수는 성몽량이 사조나 도연명처럼 능력은 뛰어났지만 뜻을 제대로 펴지 못하고 은일에 들게 되었음을 말한 것이다. 이에 대한 위안으로 혹은 명분으로 내세운 것이 12연이다. 울울하고 빈한한 자신들과는 달리 교만한 빛이

---

41) 『詩經』「魏風」「十畝之間」장. "十畝之間兮 桑者閑閑兮 行與子還兮."; 이에 대해서 "政亂國危 賢者不樂仕於其朝而思與其友歸於農圃 故其詞如此"라고 주가 되어 있다. 『詩經』, 富山房, 1975, 17면.

질던 호귀가(豪貴家)가 지금은 연못이 되어 두꺼비마저 생기는 처지가 되었다. 교만이 지나치다 자신들보다도 더 나쁜 상태로 떨어진 것이다. 그러니 지금 은일하게 된 것은 새옹지마(塞翁之馬)격으로 차라리 잘 된 것이다. 이는 자신들의 처지를 위로하는 역설일 뿐이지만 말년의 한적함을 받아들이기 위한 논리로도 충분하다. 만리 창랑에 낚싯줄 드리우며 고요히 살게 됨을, 풍파를 겪고 난 말년의 한적함으로 본 것이다.

다음으로 벼슬에 대한 열망을 드러내지 않아 후손들에게 존경받은 서얼들이 있었다. 현실의 장벽이 높기 때문에 벼슬길을 포기하고 주어진 현실에서 자족을 찾거나 벼슬을 해도 낮은 관직으로 안분하기도 했다. 이들은 신분적 열세를 극복하려는 노력과 그것이 빚는 고뇌를 포기하였을 때 평안하게 침잠할 수 있었던 것 같다. 이러한 예를 강백의 벗이었던 윤치와 이정언에게서 찾을 수 있다.

> 고인이 이른바 조용히 욕심 없이 생을 보태고 나이를 늘이기를 바라지 않는 자가 그 과연 참으로 그러한가. 그대의 형상은 중국 그림에서 본뜬 老道士와 異僧 같아서 덕이 높아 말이 능히 입에서 나오지 않으니 보면 한 심상하고 소눌한 사람이었다. 그러나 만일 수백 세 전의 솥이나 옛 그릇을 보면 예스럽고 질박하며 조각이 없어 세속의 냄새나고 썩는 쓰임에 합치되지 않으니 옛 것을 좋아하는 사람들로 하여금 보게 한다면 그 조각이 없이 쓰임에 합치 않음을 더욱 기이하다 하리라. 집이 심히 가난하여 집사람들이 쓸쓸히 굶는 빛이 있어도 그대는 조용하였다. 편안하였다. 손에 고서가 끊이지 않았고 (…중략…) 또 거문고 타기를 좋아했다 (…중략…) 그 깊고 높으면서도 쓸쓸한 뜻을 산수에 얻고 시에 발하고 거문고에 소리하여 온화하게 그 궁함을 잊었다. 아, 그 담박하고 검소하게 궁함에 있음은 陶淵明 같고 그 시는 孟浩然과 賈浪仙 같고 그 늙어 궁하여 죽음은 맹호연 같고 그 죽어 아들 없음은 孟貞曜 같고 그 거문고를 탐은 江貫道 같고 또 도연명 같고 그 산수를 좋아함은 또 宗少文 같으니 아아 현포자의 전을 세우고자 하는 사람은 이 여섯의 사이에 놓는다면 거의 가하리라.
>
> ―「祭尹玄圃 代家君作」42)

이 글은 이봉환이 부친인 이정언을 대신하여 윤치를 제(祭)한 글이다. 윤치는 말을 하지 않으면 심상하고 소눌한 사람 같아 보였다. 그러나 조용히 욕심 없이 생을 보내는 사람이었고 형상은 중국 그림에서 보이는 늙은 도사나 이승 같았고 덕이 높았다. 자신을 혹은 자신의 능력을 드러내고자 않았기에 편안할 수 있었다. 그러므로 세속과는 다른 이인(異人)이었다. 행적을 세상에 드러내지 않았다. 대신 서(書)와 금(琴)에 탐취하여 조예가 깊었고 산수에 노닐었다. 이봉환은 윤치가 조용하고 온화하며 뜻은 깊고 높으면서도 쓸쓸하고, 담박하며 검소하다고 하였다. 후대의 서얼인 성해응(成海應, 1760~1839)은 윤치의 시가 청고웅건(淸高雄建)하다고 했다.[43] 이봉환은 윤치의 행적을 도연명·맹호연·가도·맹정요·강관도·종병에 비유하였는데 이들은 예로부터 은일과 뛰어난 시금서화(詩琴書畵)로 추앙받는 중국 문인들이다. 결국 이봉환이나 성해응은 윤치가 뛰어난 능력을 숨기고 세상에 이름나기를 바라지 않고 평온하게 산 사람임을 높이 여긴 것이다.

이는 윤치와 강백의 벗이며 이봉환의 부친이었던 이정언의 경우에도 해당된다.

今晨風露冷	오늘 새벽 바람과 이슬 차더니
李老入重泉	이 어르신께서 돌아가셨네
沒世伶官簡	한평생 伶官의 단출함

---

42) 『雨念齋詩文鈔』 권9, “古人所謂澹然無欲補生而延年者, 其果眞然乎, 君形狀如唐畵所模老道士異僧, 而嶷嶷語不能出口, 見之一尋常疎訥人也, 然如見數百歲前鼎彝古器, 古樸無雕刻, 不合於世俗臭腐之用, 而使好古家見之, 尤奇其無雕刻而不合用也, 家甚貧, 家人蕭然有飢色, 而君泊如也, 恬如也, 手古書不輟, (…중략…) 又好彈琴, (…중략…) 其泓崢蕭瑟之意, 得之於山水, 發之於詩, 聲之於琴, 冲然而忘其窮也, 嗟乎, 其澹約處窮似陶淵明, 其詩似孟浩然賈浪仙, 其老而窮死又似孟浩然, 其死無子似孟貞曜, 其彈琴似江貫道, 又似陶淵明, 其好山水似宗少文, 嗟乎, 欲立玄圃子傳者, 置之此六人者間, 庶乎其可也.”

43) 成海應, 『蘭室詩話』(조종업 편, 『韓國詩話叢編』 10권, 703면), “尹玄圃治詩淸高雄建.”

和光米氏顚　　빛을 감춘 米芾의 미침
曾無微伎見　　일찍이 작은 재주 보임 없으니
誰許盛名傳　　누가 큰 명성 전하기를 허락하겠는가
樸野貌仍古　　순박하고 촌스러운 모습 예스럽고
沖夷性固全　　온화한 성품 진실로 완전하다
前潮煙水活　　앞 바다에 안개 낀 물 넘실대고
短砌菊花鮮　　작은 섬돌에 핀 국화 곱구나
釣艇眞容我　　고기잡이 배 나를 진실로 받아들이고
酒杯敢信天　　술잔은 감히 하늘을 믿게 하네
江山存薄俗　　강산에는 얕은 풍속 남아 있는데
貧賤賴前賢　　빈천은 전현에 의지했네
笑讀潛夫論　　웃으며 잠부론 읽고
傲吟乞食篇　　오만하게 걸식편 읊네
巧星宵有命　　교성으로 하늘이 임명하리니
窮鬼座相延　　궁귀들은 자리에서 서로 끌어당기네
學舍悲新面　　학사는 새로운 얼굴에 슬플 것이고
汾河戀薄田　　분하는 메마른 땅을 그리워하리
無人憐白髮　　백발을 가여워하는 사람 없으나
有子托靑氈　　청전을 맡길 아들이 있네
歌哭同歸盡　　같이 가는 것 다함을 곡하니
乾坤倍廓然　　천지는 더욱 텅 비었네
永言懷故老　　길이 어르신을 생각하니
誰復誌新阡　　누가 다시 새 무덤길을 기억하리
泣涕書丹旐　　울며 붉은 기에 쓰는
通家舊少年　　친척의 옛소년

—「李主簿廷彦挽」[44]

　이는 이인상(李麟祥)이 지은 이정언의 만시(輓詩)다. 이인상에 의하면 이정언 역시 자신을 드러내지 않고 산 사람이라 세상에 이름이 나지 않았

---

44) 『凌壺集』 권1.

▲ 미상, 「李麟詳 초상화」, 국립중앙박물관 소장. 이인상의 노년 초상이다. 온화한 모습 속에 초연함이 엿보인다. 아마 이인상이 본 이정언의 모습도 이러했을 것이다.

다. 그러나 겉으로 보이는 것과는 달리 고풍스런 모습과 완미한 성품을 지녔다. 그러므로 이인상은 이정언을 영관(伶官)과 미불(米芾, 1051~1107)에 비유하였다. 영관은 악관(樂官)을 말하는데 위(衛)의 현자(賢者)들이 영관을 맡았다고 한다. 미불은 송(宋)나라 사람인데 행동에 위세탈속(違世脫俗)함이 많아 사람들이 미전(米顚) 곧, 미광(米狂)이라 했다고 한다. 그러므로 이정언이 어진 사람이고 세속과는 다른 이인 같은 사람이었다 한 것이다. 벗이었던 윤치와 이정언은 모두 가난하게 살았다. 이정언의 경우는 종6품 주부(主簿) 벼슬을 지냈으나 윤치는 벼슬했다는 기록을 찾을 수 없다. 또한 이정언만이 소과(小科)에 급제했고 두 사람 모두 대과(大科)에 급제한 기록은 없다. 혁혁한 문벌도 아닌 처지에 대과에 급제도 안 했으니 그나마 벼슬길과는 인연이 없었는지도 모른다. 아니면 애초부터 벼슬에 대한 열망을 버렸을 수도 있다. 이인상은 이정언이 웃으며 『잠부론(潛夫論)』을 읽으며 오만히 「걸식편(乞食篇)」을 읊었다고 하였다. 『잠부론(潛夫論)』은 한(漢)나라 왕부(王符)가 뜻을 얻지 못하고 은거하며 당시 정치의 득실을 평론한 책이다. 걸식편을 오만하게 읊는다는 것은 걸식(乞食) 곧, 벼슬길을 구하는 것을 함부로 하지 않겠다는 것이다. 곧, 잠부를 호로 삼은 왕부처럼 뜻을 곧게 가지며 은거하기는 해도 벼슬을 구걸하지는 않았다는 것이다. 그러면서도 글 하는 능력은 뛰어났으니 죽어서는 글재주를 나타내는 별인 교성이 되라고 하늘이 임명할 것이라고 했다. 그래서 세상에는 알려지지 않았지만, 그들이 죽으니 건곤은 더욱 텅 빈 것 같다. 떠들썩하게 큰 명성을 이루지는 않았어도 뛰어나 후배들에게 영향을 끼쳤던 사람들이기 때문이다. 곧, 이봉환과 이인상에게 혹은 그들의 세대에게 있어서 '고로(故老)'인 두 사람은 초연하게 삶을 영위하는 현인이었다.

여기서 우리는 서얼이 서얼을 보는 시각을 알 수 있다. 윤치와 이정언은 친한 벗이었다. 이인상과 이봉환은 같은 완산(完山) 이씨(李氏)로 먼 친척이었고 친한 사이였다. 곧, 윤치와 이정언을 잘 알고 신분적으로도 같은 처지에 있던 이봉환과 이인상이 아버지 세대를 보고 느낀 것을 쓴 것이 위 글들이라 할 수 있다. 앞서 김도수가 성몽량에 대해 쓴 시도 마찬가지이다. 이봉환이 윤치를, 이인상이 이정언을 그리고 김도수가 성몽량을 묘사한 시문에는 일정한 공통점이 있다. 첫째, 서얼들은 자신보다 앞 세대의 서얼들을 존경하고 있다. 성몽량·윤치·이정언 → 김도수·이봉환·이인상으로 이어지는 서얼 세대에서 이들은 모두 앞 세대 서얼들에 대한 존경을 표시한다. 앞서 김도수가 쓴 「소헌 성주부몽량이 여호의 옛집으로 돌아가시므로 시를 받들어 드림[奉贈嘯軒成主簿夢良歸驪湖舊居]」의 10연과 11연이 좋은 예이다. 김도수는 소나기가 하백의 궁전에서 불어나 범람해 종남산을 움직이려 할 때 성몽량이 그 물결을 타고 돌아온다 하였다. 웅장하고 호탕한 기상이 넘친다. 성몽량이 돌아옴을 듣고 미친 듯 읊는다 했으니 성몽량을 만날 수 있음이 그만큼 기쁘다는 뜻이다. 가슴속에 맺힌 것을 한바탕 토로한다. 이인상과 이봉환의 글도 이정언과 윤치에 대한 존경과 애정이 넘친다. 둘째, 서얼들은 앞 세대 서얼들의 능력이 뛰어남을 강조한다. 그러나 그들이 쓰이지 못했음도 아울러 강조한다. 드러내고 말하지는 않아도 은연중에 능력 있는 사람들이 쓰이지 못하는 현실을 개탄하고 있는 것이다. 이인상은 강산에 가벼운 풍속 있고 빈천은 전현(前賢)에 의뢰한다고 하여 세상의 풍속이 가볍기에 참으로 뛰어난 현인들이 빈천하게 살아감을 개탄했다. 셋째, 능력 있는 서얼들이 세상과 영합하지 않고 초연하게 은일자로 살아가는 것을 높이 평가한다. 그래서 김도수는 성몽량을 도연명과 사조에 비교하였고 이봉환은 윤치를 도연명·맹호연·가도·맹정요·강관도·종병에 비교하였으며 이인상은 이정언을 영관과 미불에 비교하였다. 이들은 모두 뛰어난 능력이 있었고, 세력과 이익에 영합하지 않았던 것으로 인해 후대에 추앙받던 인물들이다. 이렇게 추앙받는 인물들에 선배 서얼들을 비교하여 그 가치를 더욱 높이고 있다.45)

이렇듯 고로(故老)들의 초연한 삶을 존경한 서얼들이었기에 그 자신들도 초연한 삶에 대해 높은 가치를 부여한다.

<blockquote>
人生貴適意　　인생에서 뜻이 맞음이 귀한데
天地隘如何　　천지는 좁으니 어이 하리
寧從屠狗樂　　차라리 개를 잡는 즐거움을 좇을지언정
不作飯牛歌　　飯牛歌를 짓지는 않으리
</blockquote>

— 「寄洞陰任使君瑢五言十絶」 1수46)

이 시는 신유한이 1739년경에 지었는데 이때 그의 나이 59세였다. 벼슬길에 들어선 지 20여 년이 지나 인생을 돌아보니 인생에서 가장 귀한 것은 뜻이 맞는 것이라 했다. 그러나 천지는 좁기에 뜻을 펼 수가 없었다. 그래서 도구(屠狗)하는 즐거움을 반우가(飯牛歌)보다 우위에 둔다고

---

45) 이렇듯이 후배 서얼이 선배 서얼을 존경하는 점은 18세기 후반으로도 이어지고 있다. 곧, 이덕무가 윤가기와 성대중에게 보낸 편지에는 유후와 원중거에 대한 존경이 드러난다. 예를 들면 다음과 같다. 『青莊館全書』 권16 「雅亭遺稿」 8 「尹曾若可基」, "醉雪翁奄脫觀化, 嗚呼, 九十窮餓, 潔身而歸, 可謂完人, 後生小子, 何處復見斯老哉, 玄川元丈, 暮年薄宦, 久而不調, 買山之錢, 去益難辨, 吾輩之窮, 胡至於斯, 大抵此丈溫厚清直, 堪爲後生標準, 但惜其知者甚鮮, 而鬢髮純白, 衰象日著也(醉雪翁이 갑작이 세상을 떠나셨습니다. 아, 90평생을 굶주리다 깨끗한 몸으로 돌아가셨으니, 온전한 사람이라고 할 만합니다. 後生 小子는 어디서 이런 노인을 다시 볼 수 있겠습니까? 玄川 元丈은 늘그막에 낮은 벼슬에 있으며 오래도록 나은 벼슬로 등용되지 못하니 買山錢을 마련하기가 갈수록 어렵게 되었습니다. 우리 무리의 곤궁이 어찌 이런 정도에까지 이르렀습니까? 대저 이 어른은 溫厚하고 청직하여 후생의 표준이 될 만한데, 그를 알아주는 사람이 극히 적을뿐더러 귀밑털과 수염이 전부 희어서 노쇠한 형상이 날로 나타나는 것이 애석할 뿐입니다)."

46) 『青泉集』 권2.

하였다. 도구배(屠狗輩)들은 문자 그대로 개를 잡는 이들로 백정이다. 반
우가(飯牛歌)는 영척이 세상에서 쓰이지 않을 때 지어 부른 노래로 환공
이 이를 듣고 영척을 발탁하였다. 곧, 도구배처럼 시속에 구애됨 없이
마음 편하게 사는 것이 벼슬길에 연연하고 시달리는 것보다 낫다는 것
이다. 또한 1711년 이후 몇 년 사이 곧 그의 나이 30대 초반일 때 지은
「추석 저녁에 사집과 함께 종남의 이상상댁에 모여 술 마시며[中秋夕與
士集會飮終南李上庠宅]」에서도 "의기(意氣)가 차라리 도구배(屠狗輩)와 같을
지언정 공명은 난양후(爛羊侯)와 함께 함을 부끄러워하네"라고 하였다.[47]
난양후는 양두(羊頭)와 같은 의미로 벼슬을 받은 군소(群小) 장사치, 요리
사, 부엌일 하는 사람을 이르는 말이니 자격이나 실력이 없는데도 벼슬
한 사람들이다. 곧, 젊은 시절에는 공명 혹은 벼슬에 대한 생각이 있으
면서도 난양후같이 되기보다는 도구배 같은 의기를 우위에 두었다면 노
년에 이르러서는 벼슬에 나아가려는 생각은 접어둔 채 도구배의 즐거움
을 우위에 두고 있다.

　이세원도 1735년에서 38년 사이의, 예순 넘어서 쓴 「즉사봉정목곡공(卽
事奉呈牧谷公)」에서 가히 나쁜 음식을 경영할 수는 있어도 진배(塵杯)를 닦
을 뜻은 없다고 하였다.[48] 역시 시속에 영합하여 벼슬길을 닦기보다는,
빈 뜰 가득히 눈 쌓이고 밤새도록 너무 추워 밤에 울어대는 삽살개마저
쥐죽은 듯 조용하고 얼어붙은 참새가 처마에 깃들이러 오는[49] 한적하다
못해 외로운 집에서 콩이나 물만으로 먹는 악식(惡食)을 먹고사는 삶이
더 낫다는 것이다. 굶주려도 훔친 음식 먹지 않고 목이 말라도 탐천(貪泉)
을 마시지 않는다는[50] 신유한의 말도 같은 맥락이다. 강백도 노년에 지
은 「유회(有懷)」에서 성기(聲氣)를 절로 서로 느끼며 원래 세력이나 이익과

---

47) 『靑泉集』 권2, "意氣寧同屠狗輩　功名羞與爛羊侯."
48) "可能營菽水　無意洗塵杯."
49) "虛庭盈積雪　蓬戶不曾開　竟夕寒尨靜　投簷凍雀來."
50) 「寄洞陰任使君璿五言十絶」 5수, "飢莫食盜粟　渴莫飮貪泉."

친하지 않는 마음속 제2아(第二我)인 세 사람이 밝은 영혼의 성품을 잃지
않고 오직 담박한 몸을 지녔다고 하였다.51) 여기서 마음속으로 제2의 나
처럼 생각하는 세 사람이란 이정언·윤치·심약로를 가리킨다. 같은 서
얼로 절친했던 이들이 세력이나 이익에 구애됨이 없이 살았음을 회상한
것이다.

곧, 이들은 도구배(屠狗輩)의 즐거움과 의기, 숙수(菽水)를 먹음, 기갈(飢
渴), 명령성(明靈性), 담박신(澹泊身) 등과 반우가(飯牛歌), 난양후(爛羊侯), 진
배(塵杯), 도속(盜粟), 탐천(貪泉) 등을 서로 반대의 위치에 놓았다. 빈한해
도 즐겁게 사는 삶이 벼슬과 연결되어 탐욕스럽게 사는 것보다 낫다는
것이다. 이러한 모습들은 "홍진에서 설라 옷을 물들이지 않네"라고52)
신유한이 말하였듯이 속세에서 일탈한 삶이다. 현세에서는 아무리 노력
해도 자신들의 능력을 인정받지 못하고 처지도 개선할 수 없었기에 은
일하는 삶으로 돌아가 자족하고 살아간 것이다. 김도수가 「소헌 성주부
몽량이 여호의 옛집으로 돌아가시므로 시를 받들어 드림[奉贈嘯軒成主簿
夢良歸驪湖舊居]」에서 결론지었듯이 세상 사람들이 알아주거나 말거나에
관계치 않고 살아가는 것이다.

---

51)『愚谷集』권3, "聲氣自相感 元非勢利親 心中第二我 天下只三人 不失明靈性 惟持
　　澹泊身 浮生成電露 邱壑剩烏巾."
52)「中秋夕與士集會飲終南李上庠宅」, "紅塵不染薛羅裁."

2. 이상세계로서의 산수와 전원

1) 비감한 산수일락의 핍진한 모상

이세원과 강백과 김도수는 산수 취향이 깊어, 산수 취향의 시를 많이
지었다. 이세원의 경우 『고암유고(顧庵遺稿)』 전체가 산수와 유람의 보고
라 할 수 있으리 만큼 많은 산수 취향의 시를 지었다. 이는 이세원이 고
향인 지금의 용인인 구성(駒城)에 살면서 은일하였고, 그 중간중간 이기
진을 따라 이기진의 유람지와 부임지에 함께 노닐었던 데 연유한다. 앞
서 살폈듯이 이세원은 이기진 및 그 동생 이규진과 긴밀한 친분 관계를
유지했는데, 『목곡집』을 보면 이기진은 시가 있는 여정에 이세원과 늘
함께 하고 싶어 했던 것으로 보인다.53) 이세원의 경우 명승지를 찾아가
는 유람을 하며 산수시를 짓기도 하였지만 이에 못지 않게 행로에서 만
나는 산수와 물색에 대해서도 많은 시를 지었다. 강백은 젊은 시절 윤
치·이정언·심약로 등과 함께 산수에 두루 유람하는 것을 즐겼다. 그가
귀양가기 이전에 쓴 54제의 시 가운데 40제의 제목이 「배를 타고 상류
로 거슬러 가며[舟泝上流]」·「가을날 주경과 율도에 가서[秋日與周卿往栗
島]」·「심약로와 윤자정치와 화악에 들어[與沈若魯尹子精治入華岳]」·「서
쪽으로 가다 저물어 전가에 투숙하여[西行迫曛投田家]」 등 산수에 노니는
것이다. 나머지 14제 가운데서도 「자정을 찾아가며[訪子精]」는 윤치를
찾아가는 것인데 내용은 윤치를 찾아가면서 한강의 물색을 즐기는 것이
다. 그러므로 41제가 산수에 주유하는 것을 소재로 삼고 있다. 강백은
벗들과 더불어 서울 근교와 강화도 지역을 두루 유람했던 것으로 보인

---

53) 예로 다음의 시제들을 들 수 있다. 『牧谷集』 권1 「翌日諸客俱散獨恭甫滯還以野人
載酒來農談日西夕分韻共賦」·「恭甫歸後又用前韻仍要再訪」·「暮春舟過梨巖招恭
甫共載泝上丹巖薄晚流下至東臺登覽觴詠乃還」.

다. 김도수 역시 유람을 즐겼다. 김도수는 금강산·마니산·지리산·무등산 등의 명산을 유람하거나 서울 근교의 산에 오르거나 춘주에 은거하면서 산수에 대한 관심을 나타내었다.

그렇다면 이들은 산수를 어떻게 형상화했으며 무슨 이유로 산수에 노닐었는지 살펴보겠다. 다음은 김창흡이 '사당(似唐)'이라고 평한 이세원의 「밤에 두뭇개에 정박하여[夜泊斗湄]」이다.

舟泊斗湄下	두뭇개 아래 배를 대니
夜凉楓樹前	밤이 서늘한 단풍나무 앞
天白風從處	하늘은 바람이 오는 곳에 흰하고
江明山影邊	강은 산 그림자 근처에 밝았네
寥寥尨吠閒	쓸쓸히 삽살개는 마을에서 짖는데
草草客辭船	허겁지겁 객은 배에서 내리네
幽人思曉月	그윽한 사람 새벽달에 생각하고 있으련데
獨伴沙鷗眠	혼자서 모랫벌의 갈매기를 짝하여 자네

이 시는 밤에 배가 정박한 강가에서 느끼는 정감을 묘사했다. 단풍나무가 눈에 띠는 가을밤 바람이 서늘할 정도로 불어오는데 달이 뜨자, 바람이 오는 곳으로 여겨지는 먼 하늘은 희뿌옇게 보이고, 어두운 산 그림자 곁의 강물도 검은 산 그림자와 비교되어 오히려 밝게 보인다. 눈앞에 펼쳐진 밤의 풍경을 명암의 대비를 통해 그려냈다. 이때 어딘지 모르는 마을에서 개 짖는 소리가 쓸쓸히 들려오고 잠 못 이룬 객은 배에서 내려 강가 모래벌로 간다. 행로에서 잠시 머문 사람의 비감(悲感)이 주변 경관의 색채와 더불어 혼융되어 있다. 이러한 비감은 이세원의 산수시 곳곳에서 드러나며54) 강백의 산수시에서도 구현되고 있는데 경물(景物)에 의해 촉발된 비감으로 정경이 일체를 이루게 된다. 그러므로 산수

---

54) 예로써 다음의 시구들을 들 수 있다.「再登邀月樓」, "晚風吹更急 蕭瑟助悲吟";「西行渡松坡津」, "臨風獨悵然 閑情摠輸汝."

▲ 沈師正, 「江上夜泊圖」, 국립중앙박물관 소장.
심사정(1707~1769)이 1747년에 그린 그림인데 놀라우리만치 「夜泊斗湄」와 심상이 통한다. 어두운 밤 강가에 정박한 외로운 배의 모습이 작가의 쓸쓸한 심정을 잘 나타내고 있다.

시는 경(景)을 묘사하면서도 경만이 존재하는 것이 아니라 경에 의해 촉발된 감정을 수반한다. 그런데 이세원과 강백은 당시를 좋아하고 잘했던 시인이라는 공통점이 있다. 이는 "가장 높은 평가를 받은 唐風의 한 시는 情景의 융합을 꾀한다. 경물 자체에 관심이 있는 것이 아니라 묘사된 경물을 통해 시인의 정감을 투영하고, 이를 통해 독자의 마음을 흥기시키는 것이다"라는[55] 평가와 상통한다. 다만 이세원에게서 드러나는 정경의 융합은 비감으로 드러난다는 특징을 지닌다.

나아가 이세원의 산수시는 이렇듯 정감을 중요시했을 뿐만 아니라 경물의 핍진한 묘사에도 관심을 기울였던 것으로 보인다. 다음은 산수시를 어떻게 형상화할 것인가에 대한 이세원의 글이다.

> 경치를 지은 시는 眞切을 구함에 힘쓰고 사물을 형용한 글은 오직 曲實을 취해야 한다. (…중략…) 내가 근세에 산수를 기록한 것을 보니 대체로 꾸밈을 높여 자랑의 바탕으로 삼는데, 造語는 비록 공고하지만 좋지 않음은 무엇 때문인가. 하물며 반드시 공고하지 않은 것이야? 내가 일찍이 이를 병으로 삼았는데 목곡공의 「단구록」을 읽음에 미쳐 공이 문장함은 남들이 공고함을 하는 것과 다름을 알았다. (…중략…) 지팡이와 가마를 명하고 배와 노를 갖춰 기이함을 찾고 들추며 그윽함을 찾지 않음이 없었으며 번번이 시를 이루고 글을 좇아 기록하는데 진절로 그쳤고 곡실로 그쳤으면서도 공고함이 그 가운데 있게 하였으니, 일찍이 노닐며 다니지 않은 사람들이 읽어도 그 진실된 기록임을 믿게 하니 하물며 일찍이 지나다닌 바의 사람들은 어슴프레하게 다시 참된 지경을 밟아 천암만학의 사이를 배회하여 보는 것 같으리라.[56]
>
> ―「謹題牧谷公丹丘錄後」

---

55) 周振甫,「唐宋絶詩藝術淺談」. 이종묵,「朝鮮 前期 漢詩의 唐風에 대하여」,『韓國漢文學研究』18집, 한국한문학회, 1995, 224면에서 재인용.

56)『顧菴遺稿』, "綴景之詩, 務求眞切, 狀物之文, 惟取曲實, 其體然也, (…중략…) 竊觀近世之記山水者, 率多崇飾, 以資衒耀, 造語雖工, 其於不類, 何哉, 而況未必工者耶, 不俟, 嘗以是病之, 曁讀牧谷公丹丘錄, 而知公之爲文章, 異乎人之爲工也, (…중략…) 命笻輿, 具楫, 搜奇抉異, 無幽不討, 輒爲詩若文, 以記之, 眞切而止焉, 曲實而止焉, 而工在其中, 使未曾遊歷者, 讀之, 信其爲實錄, 矧乎, 曾所經歷者之怳然, 若再涉眞境, 徘徊瞻矚, 於千巖萬壑之間也."

이 글은 1741년 4월 이기진의 동생인 이규진이 단구 지방으로 부임하자 이기진이 따라가 유람한 기록에 이세원이 쓴 글이다. 여기서 이세원은 경치를 지은 시 곧 산수시는 진절을 구함에 힘써야 하고 사물을 형용한 글은 곡실을 취해야 한다고 하였다. 즉, 경치와 사물에 대한 시문은 진실(眞實)을 그려야 한다는 것이다. 진(眞)과 실(實)이란 보이는 그대로를 꾸밈없이 묘사하는 것을 의미한다고 하겠다. 이세원은 산수를 기록한 많은 시문들이 수식과 조어만을 일삼고 진실을 나타내지 않았다고 비판한다. 그러면서 참된 시문은 진과 실을 나타내면서 공고함이 있다고 하였다. 이는 내용은 있는 그대로를 꾸밈없이 나타내면서도 묘사에 있어서도 노력하여 뛰어나야 할 것임을 주장한 것이다. 이는 조륜의 시를 평가하면서 조륜이 실제로 경험한 사실을 기이하고 뛰어난 표현으로

▲ 金弘道, 「島潭三峰圖」, 호암미술관 소장. 글로는 이기진의 「단구록」이 단양의 모습을 눈 앞에 보이듯이 묘사했다면, 그림으로는 김홍도의 이 「도담삼봉도」가 단양의 실경을 사진처럼 잘 나타냈다.

묘사했으며, 사실을 쓰면서도 세련되었다고 칭찬했던 점과 같은 맥락이다. 곧, '진절'과 '곡실'과 '기실'은 같은 의미로 실재를 써야 한다는 것이고 '조어가 공고함'과 '세련'도 같은 의미라 할 수 있다. 이로 볼 때 이세원은 진실을 담아내는 내용을 가장 중요하게 보았고 다음으로 이를 공고하게 묘사하는 방법을 중요하게 본 것이다.

그런데 여기서 이세원이 이기진의 「단구록(丹丘錄)」이 진과 실을 나타내면서도 표현은 공고하여 가보지 않은 사람들도 그 진실을 믿게 하고 가보았던 사람들은 다시금 간 듯하게 한다고 했음을 주목할 필요가 있다. 이기진 역시 진실을 나타내는 글을 썼다는 것이다. 산수시의 진실에 대한 이러한 논의는 18세기 전반에 이르러 풍미하였던 것으로 보인다. 김창흡(1653~1722) 역시 산수시에 대해 이와 유사한 주장을 하여, 사물의 물태와 인간의 정신이 겸비된 시가 가치 있다고 하여 '시는 모름지기 실질을 써야 하고 그림은 정신을 전한다'고 하였다. 김창흡은 기실(紀實)과 진정(眞情)의 결합을 지향하였는데, 그가 주장한 '逐境摸奇'의 '기'는 자신의 웅혼한 기상을 의미한다는 특징이 있다. 곧 김창흡은 산수시에서 형사(形似)보다는 신사(神似)를 중요하게 여겼다.[57] 그러면서도 이세원의 산수시에서 볼 수 있는 비감은 그다지 나타나지 않는다는 차이점이 있다. 또한 김창흡의 문인인 이하곤 역시 신사(神似)를 주장했다. 이하곤은 「남행집서(南行集序)」에서 "시는 성조(聲調)가 높고 낮은지, 자구(字句)가 교묘한지 서투른지 논할 것 없이 지경을 묘사함이 참되고 정(情)을 말함이 진실되면 이를 천하의 좋은 시라 할 수 있다"고 하였다.[58] '지경을 묘사하는 것이 참되다(眞)'는 것은 형사(形似)를 수단으로 한 전신이다. 그는 산수를 참되게 묘사하는 것과 정을 사실대로 나타내는 것을 중요하게 생각하고 문장이나 시구를 다듬는 것은 비교적 깊은 의미를 부여

---

57) 김남기, 「金昌翕의 山水詩 研究」, 서울대 석사논문, 1994, 6~53면 참조.
58) 李夏坤, 『頭陀草』 책17(『한국문집총간』 191권, 533면) 「南行集序」, "詩無論聲調高下字句工拙, 其寫境也眞, 道情也實, 斯可謂之天下之好詩也."

하지 않았다. 이에 비해 이세원은 산수시를 지을 때 진실을 담아내는 것과 더불어 이를 공교하게 묘사해야 한다고 하였으니, 이는 신사를 주장하면서도 형사에도 가치를 부여했다는 점에서 차이를 드러낸다.

실제로 이세원의 산수시는 보이는 그대로의 경치를 평이하게 묘사하였으니, 중국의 지명이나 인명, 혹은 용사를 사용함이 거의 없이 평이한 말로 눈앞에 펼쳐진 풍경을 묘사하고 있다.

奇峰面面馬頭生　　기이한 봉우리 면면마다 말머리에 생기고
行近雲巖境漸淸　　가는 길 운암 가까우니 지경 점점 맑아지네
人在夕陽山影裏　　사람은 석양 산 그림자 속에 있는데
晩風涼送一溪聲　　저녁 바람은 시냇물소리 시원하게 보내네
　　　　　　　─「翌日旣生魄陪牧谷公泝入丹丘轉向三仙巖在路口占」

위의 시에서 나타나듯이 이세원 산수시에는 멀리 바라보이는 원경(遠境)의 묘사가 빈번하다. 이는 어느 곳을 가다 갑자기 눈앞에 펼쳐진 멀리 보이는 새로운 지경에 대한 묘사인데 주로 말을 타고 가면서 갑자기 나타난 광경을 보이는 그대로 묘사한 것이다.59) 또한 빈번한 행로에서 한 풍경이 지나고 새로운 풍경이 펼쳐지는 순간을 놓치지 않고 묘사한 것이다. 곧, 자신이 실제로 겪은 경험의 순간을 묘사한 것이다.

이렇듯 순간적으로 눈앞에 펼쳐진 경치에 대한 묘사는 즉각적(卽刻的)인 인상(印象)의 묘사와 연결될 수 있다. 이에 대해서는

白雲冉冉中峰出　　흰구름 흘러가니 중봉이 나오고
紅葉蕭蕭一寺懸　　붉은 잎 지고 나니 절 하나 매달렸네60)

---

59) 예로써 다음의 시구들이 있다. 「過奈堤」, "絶峽愁人過 平原忽馬前 臨溪幾村靜 環野數峰圓(깊은 산골짜기에 근심스런 사람 지나고, 평원이 갑자기 말 앞에 나타나네. 시내에 임한 몇 마을 조용하고, 들을 두른 여러 봉우리 둥글다)"; 「新寧道中」, "行影忽然長 馬頭橫夕陽 前村定遠近 曠野何蒼茫(지나는 그림자 갑자기 기니, 말머리에 석양이 비꼈네. 앞 마을은 멀기만 하니, 광야는 얼마나 푸르고 먼가)."

秋陽下曝葦全白　　가을볕 내려쬐니 갈대꽃이 온통 하얗고
霜氣微生楓始丹　　서리 기운 조금 이니 단풍 붉기 시작하네[61]

風吹殘蕚墮池心　　바람이 남은 꽃술을 불어 연못 가운데 떨어뜨리고
靑入垂楊變鬱金　　푸른 빛 수양에 들어 울금빛을 변화시키네[62]

霾雲峽峀重重暗　　흙비 구름에 골짜기와 산봉우리 겹겹으로 어둡더니
出日川原杲杲明　　뜨는 해에 천원이 밝게 밝게 빛나네[63]

橋邊白水滿　　다리 가에 흰 물이 가득하고
橋下綠蒲齊　　다리 아래 푸른 부들 가지런하네[64]

便爲麥浪欺　　문득 보리 물결인가 싶더니
看作前江漲　　자세히 보니 앞 강이 불어났네[65]

등을 예로 들 수 있다. 처음의 예는 강백의 시인데, 최창대는 이를 문장의 奇才라 평가할 정도였다.[66] 나머지는 이세원의 시구들이다. 이들은 백(白)과 홍(紅), 백(白)과 단(丹), 암(暗)과 명(明), 백(白)과 록(綠) 등 색채와 명암의 대비를 통해 순간적이며 즉각적인 묘사를 하였다. 곧, 눈 앞에 펼쳐진 풍경의 가장 특징적이고 중요한 부분을 포착하여, 일상적이며 평범한 언어로써 시각적으로 구사하였다. 사물의 특징을 예민하게 포착하여 섬세한 색채 묘사를 한 것이다. 그래서 시를 읽으면서도 마치 그림을 보는 듯한 시각적인 효과를 극대화하고 있다. 이른바 '시중유화(詩

---

60) 『愚谷集』 권1 「與沈得甫若魯尹子精治入華岳」.
61) 『顧菴遺稿』 「過葛山」.
62) 『顧菴遺稿』 「四達亭次湖陰韻奉東閣」.
63) 『顧菴遺稿』 「次牧谷公東歸途中韻」.
64) 『顧菴遺稿』 「燕橋播稻」.
65) 『顧菴遺稿』 「柳田麥浪」.
66) 『愚谷集』, "崔崑崙先生昌大聞三四, 病中起坐曰文章奇才也."

中有畵)'의 경지를 구현한 것이다. 이렇듯 즉각적인 인상을 시각적인 효과로 극대화한 시구는 보이는 그대로의 묘사이면서 신기(新奇)함을 추구하고 있다. 눈 앞에 펼쳐진 풍경에 촉발되어 느낀 자신의 인상을, 평범한 언어를 이용하여 시각적으로 재구성하여 묘사했기 때문에 독창적이고 새롭고 가장 적절한 언어로 표현되었다는 느낌을 독자들에게 준다. 그런데 이렇듯 사물을 예민하게 바라보며 섬세하게 그림처럼 묘사하는 것은 당대의 일반 사대부들에게서는 찾아보기 힘든 경지로 보인다. 산수시를 많이 지었던 김창흡의 경우를 보더라도, 그의 시는 섬세하지는 않다. 호탕함과 신기함이 주조를 이룬다.[67] 예를 들자면, 금강산으로 떠나는 출발점에서 금강산을 바라보며 쓴 「망금강산(望金剛山)」은 흥분에 휩싸여 금강산 봉우리들에 어서 오르고자 하는 마음으로 미칠 지경을 표현하였고, 비로봉에 올라 쓴 「등비로봉정(登毘盧峯頂)」은 원활광대한 공간감을 통해 호탕한 즐거움을 표현하였다.[68]

또한 이세원은 그림 속에 소리를 첨가하여 시각적 심상과 청각적 심상이 조화된 묘사를 즐겨 사용하였다.

<blockquote>
黃雲晴日暎平郊　　개인 해가 들판의 벼 물결 비추고
岸上人家獨樹高　　언덕 위 인가에 외로운 나무 높네
籬落蕭然秋事晚　　농촌엔 쓸쓸하게 가을걷이 늦어가고
</blockquote>

---

67) 이승수, 「三淵 金昌翕 硏究」, 한양대 박사논문, 1997.
68) 고연희, 「18세기 전반기 산수기행문학」, 『우리 한문학사의 새로운 조명』(이혜순·박무영 외), 집문당, 1999, 49~50면 참조. 「망금강산」과 「등비로봉정」은 다음과 같은데 이는 앞의 고연희 논문에서 재인용한 것이다.
　「望金剛山」, "高飇寒晩霞 높고 거센 바람이 노을 구름 걷어가니, 半山出雲馳 산의 반이 구름에서 나와 치달린다. 觸嶸積玉標 높고 가파르기 옥을 쌓은 듯, 勢將逐風欹 산세는 바람 쫓아 기울려 하네. 臨當九渡水 저 곳에 이르려면 아홉 번 물을 건너야 하는데, 氣狂不自待 미친 기운을 다잡을 수 없구나."; 「登毘盧峯頂」, "吾遊於是始 내가 노닐기를 여기서 시작하여, 秋日上毘盧 가을날 비로봉에 올랐다. 廖廓天何有 휑하니 비었으니 하늘이 어디 있나, 崢嶸地已無 높고도 높아 땅이 이미 없구나. 圓歸黃鵠睹 둥글기는 황곡의 조망함이요, 闊入大鵬圖 넓기는 대붕이 도모함이라. 敢謂朝鮮小 조선이 작다고 감히 말하려니, 蜉蝣笑此軀 개미 같은 이 몸이 우습구나."

　　碧天無際鴈驚號　　가없는 푸른 하늘에 기러기 울며 가네
—「過回巖村口號」

　이 시 역시 원경으로 보이는 경치를 그린 한 편의 풍경화 같은 느낌을 주는데 소리가 첨가되어 있다. 구름이 개인 뒤 햇빛이 들판의 누런 벼에 내리쬐고 언덕 위 집 옆에는 한 그루 높은 나무가 서 있다. 누런 구름이란 누렇게 익은 벼 물결을 의미하니 이미 추수할 때가 지났음을 알 수 있다. 들판 위로 펼쳐진 하늘은 푸르고 푸르러 끝이 없어 보이는데 기러기 한 마리 울며 날아간다. 이는 가을날 농촌을 지나며 볼 수 있는 전형적인 풍경이다. 이렇듯 이세원은 시각적 심상과 조화된 청각적 심상을 묘사할 때 자신의 주관적 개입을 극도로 억제하고 있다. 시각적 심상 곧 원경과 조화를 이룬 청각적 심상 곧 소리는 그 자체가 객관적으로 존재하는 것이다.[69] 그러므로 이세원의 산수시는 진실을 표현한 정(情)과 더불어 진실한 경(景)의 묘사도 아우르고 있다. 곧, 앞서 '진절'이라고 표현한 것은 정뿐만 아니라 경의 경우에도 해당하는 것이다.

　다음으로 강백의 산수시를 살펴보겠다.

閉門書籍日埋頭　　문 걸고 날마다 서적에 머리를 묻다가
浩浩今成上水遊　　이제 호연하게 뱃놀이를 하노라
江舍鐘聲來小島　　강가 집의 종소리 작은 섬에 들려오고

---

69) 다음의 시구들도 이를 잘 드러내고 있다. 「久滯旅舍鬱鬱不可禦也聞大芚庵居山絶頂頗潔淨緇徒有可語者與朴上舍德載甫同往小坐而歸」, "無端水碓聲　不覺驚回顧(뜻밖의 물방아 소리, 깨닫지 못하고 놀라 돌아보네)"; 「宿雙橋」, "月色分人影　鷄聲落馬鞍(달빛은 사람 그림자 나누고, 닭소리 말 안장에 떨어지네)"; 「過道谷」, "東風吹盡杏花落　黃犢一聲春晝遲(동풍이 불어 살구꽃 떨어져 다하게 하고, 누런 소 한 소리에 봄낮이 더디다)"; 「白谷村舍曉吟」, "澗響凄凄風雨交　月沈山舍曙鷄號(산골물 소리 처량히 풍우와 섞이고, 달 가라앉은 산사에 새벽 닭이 소리친다)"; 「鷺谷店舍」, "山雪灑寒風動地　村鷄報曉月高天(山雪이 추운 바람 뿌리어 땅을 움직이고, 촌닭은 새벽달 하늘에 높음 알리네)"; 「泛波亭用三淵板上韻」, "畵意人憑檻　春聲鳥下沙(화의에 사람이 난간에 기대고, 봄 소리에 새가 모래로 내린다)."

楮村花氣覆扁舟　　닥나무 마을의 꽃 기운 거룻배 덮네
閑人有酒微微笑　　술 있으니 한가로운 사람 슬며시 웃고
春水無風澹澹波　　바람 없으니 봄 물결 고요하네
泛宅浮家眞快活　　집을 물에 띄워 참으로 쾌활하니
欲將吾道付滄洲　　내 도를 창주에 부치고자 하네

―「與沈得甫泝江」 2수[70]

　　강백의 이 시는 심약로와 함께 강을 거슬러 올라가는 것을 묘사하였는데, 벗들과 함께 산수에 노닐면서 쓴 시의 전형을 보여준다. 이 시는 전반적으로 화락한 분위기를 지닌다. 물아일치의 경지에서 감흥(興感)의 감정에 따라 산수도 편안하고 즐겁게 느껴진다. 강백은 문을 걸어 잠그고 날마다 서적에 머리를 묻었다고 했는데 이는 평소 독서를 일삼으며 출사(出仕)를 준비하고 있었음을 의미한다.[71] 강백이 이 시기에 쓴 시에서 벼슬에 대한 바람을 직접 나타낸 구절은 보이지 않지만, 독서를 한다는 자체가 앞으로의 출사를 염두에 둔 것이다. 그런데 자신을 한가로운 사람이라고 했다. 한가롭다는 것은 할 일이 없음을 의미한다. 독서를 하며 입신양명을 준비하기는 하지만 벼슬길에 나아가지 못하였고 앞으로의 전망도 그다지 밝지 못한 것이다. 그러므로 찾아주는 이가 그다지 없는 영락한 상황에서 문을 걸어 잠그고 가난한 집에 들어앉아 책을 읽으며 슬픈 회포를 다스리지 못하고 있었던 것이다.[72] 그 생활 속에서 강백이 찾은 즐거움이 벗들과 산수에 유람하는 것으로, 배를 타고 강을 유람하거나 산 속을 찾아가는 것이다.[73] 함련을 보면 멀리 강가에 있는

---

70) 『愚谷集』 권1.

71) 이는 다음의 시구들에서도 드러난다. 『愚谷集』 권1 「喜沈得甫若魯尹子精治至」, "一架詩書澹生涯(한 시렁의 詩書에 생애 넉넉하네)"; 『愚谷集』 권1 「與李美伯廷彦往白石」, "同君跋白石 半日罷看書(그대와 백석에 가, 반나절 책읽기 파했네)."

72) 『愚谷集』 권1 「耕漁庵」, "默坐不堪懷黯黯 故人春日臥衡門(묵묵히 앉아 회포가 슬프고 슬픔 감당 못하며, 벗은 봄날에 누추한 집에 누웠네)."

73) 이는 다음의 시구를 통해서도 드러난다. 「喜沈得甫若魯尹子精治至」, "得甫子精來起我 籠巖南畔刺船過(득보와 자정이 와서 나를 일으켜, 농암 남쪽 물가를 배 저어 지

▲ 沈師正, 「船遊圖」, 개인 소장. 뱃놀이를 하는 두 벗의 모습이 세상일에는 초탈한 듯 유유자적하여 보인다. 학과 붉은 매화는 이들이 고고하고 절개를 지닌 인물임을 알려준다. 책이 있고 술이 있고 지기(知己)마저 있으니 무엇을 더 바라겠는가.

집에서 울리는 종소리가 강 속에 있는 작은 섬까지 들리고, 그 곁을 지나는 거룻배는 강가의 마을에서 나오는 꽃향기로 덮여 있다. 벗들과 더불어 노닐며 바라보는 풍경은 정겹고 따뜻하며 한가롭다.[74] 그러므로 경련의 2구에서 바람이 불지 않아 물결이 고요하다는 것은 풍경의 묘사이기도 하지만 자신의 감정이 이입된 것이다. 입신을 위해 독서하고 세속과 어긋나는 생활에서 벗어나 자연과 동화되어 마음의 평화를 얻는 것이다. 그러므로 희미하게 웃는다고 할 수 있는 것인데 희미하게 웃는다는 것은 마음이 평화를 얻은 상태에서 미소짓는 것이다.

나가네)”;『愚谷集』권1「宿扶江寺」, “離家六十里 漸漸入雲中(집 떠나 육십 리, 점점 구름 속으로 들어가네).”

74) 「喜沈得甫若魯尹子精治至」, “氷開綠水初浮鴨 日暖紅桃漸發花(얼음 벌어져 푸른 물에 비로소 오리 뜨고, 날 따뜻하니 홍도는 점점 꽃을 피우네)”;『愚谷集』권1「漁家」, “盈船魚大足生涯 呀呷爭跳回棹時(배 가득한 고기 크니 생애가 족하고, 솟았다 뱉었다 다투어 솟구쳐 노를 돌릴 때이네)”도 같은 맥락을 보여준다.

이렇게 따뜻하고 한가롭고 넉넉하기까지 묘사된 풍경이기에 자신이 살던 곳과는 다른 별천지처럼 느껴지고, 여기서 살고 싶다는 마음이 생긴다. 위 시의 마지막 구절에서 나의 도를 창주에 부치고 싶다는 것이 그 예인데, 나의 도란 유교를 의미하는 것이며 창주란 푸른 물 곁의 모래톱이기도 하지만 창랑주(滄浪洲) 곧, 신선의 세계를 의미하기도 한다. 그러므로 나의 도를 창주에 부치겠다는 것은 유교를 신선세계에 맡기고 세속을 떠나 산수에 살겠다는 뜻이다. 이는 세속의 번뇌가 없는 산수가 바로 신선의 세계란 인식을 하고 있음을 보여준다. 그러므로 산수는 진세와 세상의 번잡함과 반대되는 곳으로 인식된다.[75] 곧, 이들에게 있어서 산수는 세상의 번뇌를 잊고 즐거움을 누릴 수 있는 곳이었다.

吾輩當時志尙駿	우리 무리가 당시에 뜻이 높아
鴨東天地視恢恢	압록강 동쪽 천지를 넓게 여기어
看書曬畵無非趣	책 보고 그림 볕에 쬠이 흥취 아님이 없었고
着屐撑篙不欲回	나막신 신고 배 저으며 돌아가고자 않았네
白石豈忘童子釣	백석 동자조를 어찌 잊으리
牛山長似故人來	우산은 늘 친구가 오는 것 같고
九原亦有花林好	구원은 또한 꽃숲 좋으니
他日相逢醉一杯	후일 만나 한 잔 술에 취하세

―「湖上有懷」[76]

이 시는 강백이 말년에 젊은 시절 벗들과 함께 노닐던 일을 회상하며 지은 것인데 젊은 시절에 대한 그리움이 절절히 묻어난다. 자신들이 젊

---

75) 이는 「與沈得甫泝江」 1수, "塵世平生身擾擾 愛看鷗鷺睡晴沙(티끌 세상에서 평생 몸이 어지럽다가, 갈매기와 백로가 맑은 모래에서 자는 것 봄이 좋아라)"; 『愚谷集』 권1 「宿海村」, "可喜樂生理 自然忘歲華(생리를 기쁘게 즐길 수 있으니, 절로 세상의 번잡함을 잊노라)"를 통해서도 드러나는데 번잡한 속세에서 근심스럽게 살다가 산수에 노니니 마음의 평화를 얻음을 의미한 것이다.

76) 『愚谷集』 권3.

은 시절 큰 뜻을 품고 우리나라를 크게 여기었다는 점에서 젊은 선비들
의 포부를 볼 수 있다. 그래서 자신들은 책을 보며 그림을 그리는 것을
흥취를 지니고 할 수 있었고 산수 유람을 하는 데도 한 번 떠나면 뒤로
돌아갈 생각을 하지 않고 앞으로 나아갔다고 했다. 곧, 모든 일이 희망
과 즐거운 분위기에서 이뤄지고 있었다고 추억한다. 이 시는 강백이 요
락한 말년에 젊은 시절을 회상하며 지은 것이기에 상대적으로 희망과
그리움이 나타난다는 사실도 염두에 두어야 하지만, 그럼에도 불구하고
실제로 강백의 초기 시들은 앞서 말했듯이 산수유람의 시가 대다수이며
이 당시 강백과 친구들은 백석·우산·구원 등 서울 근교와 경기도 그
리고 충청도까지 유람을 다녔던 것으로 보인다.77)

　　강백도 산수에 노니는 시를 지을 때 '시중유화(詩中有畵)'의 경지를 강
하게 드러낸다. 시중유화는 이세원에게서도 드러났는데 강백의 산수시
가 이세원의 그것과 구별되는 점은 '그림'이라는 시어를 시 속에 직접
구사하고 있다는 점이다.

瀰岸秋波漲釣臺	언덕에 가득한 가을 물결 낚시터에 넘치고
白鷗飛下蓼花開	여뀌꽃 핀 곳으로 흰 갈매기 날아 내리네
巴陵烟樹森如畵	파릉의 안개 긴 나무 무성하여 그림 같은데
蕩漾孤舟暝色來	물결 따라 외로운 배 흐린 빛으로 오네

―「江上」78)

　　이 시는 마치 한 폭의 산수화를 대하는 듯한 느낌을 주는데 우리가
중국이나 조선의 산수화에서 익히 보아왔던 풍경을 담고 있다. 그림의
한 편은 언덕이고 그 언덕은 강물에 이어져 있으며 낚시터에는 물결이
넘친다. 넘치는 물결은 고인 물과는 다르게 흰 빛으로 보이며, 흰 갈매

---

77) 귀양가기 이전에 쓴 『愚谷集』 권1을 보면, 泌洲, 滿月臺, 栗島, 白雲山, 朴淵, 圃隱
　　書院, 白馬江, 扶餘, 巴陵, 華岳山, 天摩山, 炭島 등에 노닐었음을 알 수 있다.
78) 『愚谷集』 권1.

기가 여뀌꽃 핀 곳으로 날아 내리는데 여뀌꽃의 색도 흰빛이고, 안개
낀 풍경이나 그 안개 속에서 흐릿하게 보이는 작은 배 한 척도 희뿌옇
다. 그러므로 이 시는 흰 빛과 푸른빛이 조화를 이룬 한 폭의 풍경화 같
은 느낌을 준다. 곧, 이 시는 강백이 강 이편에서 바라본 실경 산수화와
도 같다고 할 수 있다.

　이 시는 직접 강가에서 지은 시이지만, 실은 강백이 그 이전부터 보
아오던 전형적이고 완벽한 산수화의 구도가 그의 관념을 지배하고 있는
위에서, 풍경을 취사선택한 것이다. 그러므로 ‘그림 같다’는 표현은 아
름답다거나 실재 같지 않다는 의미도 되지만 그보다는 자신의 머리 속
에 인상된 그림과 같다는 뜻이라고 할 수 있다. 실제 강백은 자신이 바
라보는 원경이 ‘그림 같다’는 사실을 시 속에서 직접적으로 쓰고 있다.
위의 시에서는 ‘여화(如畵)’라 하였고, 「강가 고기잡이 집에서 자며[宿江
上漁家]」에서는 “어촌이 아득하고 가파른 곳에 숨었으니, 개개가 그림
속인가 의심되네”라고 하여,79) ‘화중(畵中)’의 경치를 바라보는 듯한 느
낌을 말하였으며, 「추일등고(秋日登高)」에서는 “추운 안개 대하려니 중국
그림이 있네”라고 하여80) 가을날 산에 올라 바라보는 경치를 중국 그림
이라고 은유하였다.

　이러한 사정으로 강백에게서는 시화일치(詩畵一致)의 면이 드러난다.

故園東望路迢迢	동쪽 고향을 바라보니 길은 먼데
關塞西來落葉飄	서쪽 변새로 와 낙엽처럼 나부끼네
漢帝亦應憐痛哭	가의가 통곡함을 한제도 가련히 여겼으리니
楚臣何獨賦離騷	초나라 신하만 이소를 지었겠는가
燈前雁下微霜岸	등불 앞 기러기는 살풋 서리 온 언덕으로 내려오고
畵裏僧歸獨木橋	그림 속 스님은 외나무다리로 돌아가네
惆悵人生不如水	슬프다 인생은 물만도 못하니

---

79) 『愚谷集』 권1, “漁村隱莽峭　箇箇畵中疑.”
80) 『愚谷集』 권2, “欲對寒烟唐畵在.”

漢陽城外上寒潮　　　한양성 밖에 찬 물결 거슬러 오르네

—「秋懷」5수81)

　이 시는 강백이 귀양살이를 하는 도중 지은 것으로 자신이 그린 산수
화를 시 속에 삽입하였다. 강백은 관서 지방인 철산으로 귀양을 와 낙
엽처럼 떠도는 신세가 되었음을 한탄하며 멀리 동남쪽에 위치한 고향
한양을 그리워한다. 이처럼 귀양살이 도중 강백은 외로움이나 무료함을
달래기 위해 근처의 산이나 들로 나가고 있다. 또한 등고(登高)·등전산
(登前山)·상동고(上東皐)·상원구(上圓邱)·추망(秋望)·만망(晩望)·춘망회
(春望懷)·향사(鄕思)·사향(思鄕) 등의 시제를 다수 써서, 높은 곳에 올라
가 멀리 떨어진 고향을 바라보고 그리워하며 자신의 심정을 나타냈다.
이러한 심정에서 자신을 장사에 귀양간 가의에 비유해, 가의가 통곡함
을 한제도 가련하게 여겼을 것이라고 하여 서한의 문제(文帝)가 가의를
아꼈음에도 불구하고 신하들의 불만 때문에 가의를 귀양보냈던 사실을
들어 귀양이 잘못된 사실임을 비추었고, 굴원이 「이소」를 지었듯이 가
의도 「조굴원부」를 지어 불행하게 유배를 간 심정을 굴원에 의탁했었음
을 언급하여 자신의 심정 역시 억울함을 지녔음을 말하였다. 그런데 가
의가 「조굴원부」를 지었다면 자신은 시를 지을 뿐만 아니라 그림도 그
렸다는 것이다. 곧, 경련은 자신이 그린 산수화를 묘사한 것이다. 저 멀
리 기러기는 언덕으로 날아 내리고 스님은 시내 위에 가로놓인 외나무
다리 위를 건너 어디론가 돌아간다. 그런데 스님이 돌아가고 있는 다리
밑의 시내도 흐르고 흘러 밀물처럼 한양으로 갈 것인데82) 자신은 물만
도 못한 인생이라는 것이다. 시냇물을 따라 고향에 돌아가고픈 심정을
그림을 통해 표현한 것이다. 전형적인 산수화의 구도에 자신의 비감을

---

81) 『愚谷集』 권2.
82) 寒潮는 皇甫冉이 「酬張繼」에서 "落日臨川問音信 寒潮惟帶夕陽還"이라고 하였듯
　　이 고향소식을 의미하는 말이다. 그런데 강백은 단지 고향소식을 그리는 것이 아니라
　　고향에 돌아가고픈 마음을 나타냈다.

녹여 담고 있다.

이처럼 강백은 귀양살이를 간 이후 특히 자신이 직접 그림을 그렸음을 시에서 언급하였고,[83] 그에게 있어 그림은 등고하여 사향하는 것과 같은 맥락이었던 것으로 보인다. 그림은 "나그네 시름 쏟고자 하나 슬픔은 머무를 곳이 없어, 때로 대나무 그리며 새끼 새를 희롱하네"처럼[84] 외로운 마음을 의지하기 위한 것이거나, "날 따뜻하니 노니는 벌 시끄럽고 창에 그늘져 그림 그르쳤네. 한가로이 세월을 끝내며 생애를 묻고자 않네"처럼[85] 생의 번뇌를 잊고 한가로움과 평안을 느낄 때 함께 하는 이미지로 나타난다. 그러므로 귀양살이 이후 그림을 그린다는 사실을 묘사한 시는 경치 묘사보다는 자신의 감정 상태의 서술에 더 치중하고 있다. 다시 말해 자신의 일상이나 감정을 서술하고 이에 대한 위안으로 그림에 몰입함을 암시한다. 이는 그림 같은 경치를 읊고 거기에 물아일체가 되어 자신의 감정을 서술하는 것과 다른 서술 태도이지만, 궁극적으로 자신의 감정 표현이 주가 된다는 점에서는 일치한다. 그러므로 이때의 산수시는 감흥(興感)보다는 비감(悲感)이 주조를 이루고 있다.

이러한 이유로 강백은 귀양을 다녀온 뒤 말년에 이르기까지 계속 그림을 감상하고 시서에 힘쓴다는 사실을 시에서 읊고 있다. 특히 그림에 깊은 의미를 부여한다. 곧, 거문고 듣고 그림 그리기를 이 세상에서 누구와 함께 하겠느냐고[86] 하여 거문고와 그림을 최상의 가치로 여겼고, 뽕과 마는 밭두둑의 말에 의지하고 서화를 사람과 더불어 평한다고[87]하

---

83) 『愚谷集』 권2 「醉後謾筆」 3수, "雲山欲畵拈銀管(구름 낀 산을 그리려 은 붓대를 집네)"; 『愚谷集』 권2 「醉後謾筆」 4수, "畵筆乞人閑束縛(화필을 남에게 빌려 한가로이 묶네)"; 『愚谷集』 권2 「醉後謾筆」 7수, "新畵雲山皺亦多(새로 그린 구름 낀 산에 주름 또한 많다)"; 『愚谷集』 권2 「登前山」, "擲畵排書上短岡(그림 던지고 책 밀치고 낮은 언덕에 오르네)" 등은 강백이 그림을 그린다는 사실을 나타낸 시구들이다.
84) 『愚谷集』 권2 「遣懷」, "羈愁欲瀉悲無處 時畵斑衣弄鳥雛."
85) 『愚谷集』 권2 「卽事」, "日暖遊蜂鬧 窓陰畵墨訛 悠悠終歲月 不欲問生涯."
86) 『愚谷集』 권3 「尋愚翁 1」, "聞琴與觀畵 今世與誰同."
87) 『愚谷集』 권3 「閑居 5」, "桑麻依壟語 書畵與人評."

여 글과 그림을 평하는 한가로움을 나타냈으며, 그림을 볕에 쪼이고 책을 봄은 자신의 일이라 십 년 긴 길에서 한가하지 못했다고 하여[88] 십년 동안 그림을 볕에 말리고 글을 보는 일에 몰입했음을 말하였다. 이러한 경지는 다음 시에서 절정에 이른다.

風蘆霜薄互因依	바람부는 갈대와 서리 내린 숲 서로 기대었고
獨木橋邊白鷺飛	외로운 나무 다리 옆에 백로가 나네
愛畵一生眞畵在	그림 아낀 일생에 참된 그림만 남았으니
畵中斜日一驢歸	그림 속 지는 해에 나귀 하나 타고 돌아가네

— 「廣州雜詠」[89]

이 시는 강백이 경기도 광주로 가면서 눈앞에 펼쳐진 풍경을 그림을 그리듯이 묘사한 것이다. 평원 저 편에 바람에 흔들리는 갈대와 그 뒤로 서리 내린 숲이 보이는데 이는 마치 서로 기대어 있는 듯이 보이고, 시내 위에 외롭게 놓여진 나무 다리 곁에 백로가 날아가니 나무는 더욱 외롭게 보인다. 이 역시 길을 가다가 자주 볼 수 있는 풍경으로 한 폭의 산수화라고 하여도 손색이 없어 보인다. 이에 대해 강백은 자신이 일생 동안 그림을 아꼈는데 그 일생에 참된 그림만 남았다고 했다. 기구와 승구에 나타난 풍경 곧 눈앞에 펼쳐진 실재하는 풍경을 참된 그림이라 본 것이다. 마치 장주가 꿈에 나비가 되었는데 장주가 나비가 된 것인지 나비가 장주가 된 것인지 모르겠다는 말처럼, 강백도 현실을 그림으로, 그림을 현실로 인식한다. 그래서 자신이 나귀를 타고 돌아가는데 그림 속에서 나귀가 돌아간다고 한 것이다. 이처럼 그림과 현실을 교차시키는 수법은 강백의 산수시에서 나타나는 독특함으로 보이는바, 이는 강백이 세속의 장애에 대한 위안을 산수 속에서 찾았기에 가능했던 것이다.[90] 결국 이 시는 현실의 풍경과 그림이라는 두 개의 이미지를 교

---

88) 『愚谷集』 권4 「宿葛院店」, "曬畵看書眞我事 十年長路未能閑."
89) 『愚谷集』 권3.

차시켜 시적 형상화의 높은 경지를 이루었다고 할 수 있다.

요컨대 이세원의 산수시는 보이는 그대로의 풍경을 사실적으로 묘사하면서 시인의 감정도 개입시켰고, 강백의 산수시는 시중유화의 경지를 구현하고 있으며 유배 시기 이후에는 그림을 그린다는 사실을 직접 읊으며, 산수화 같은 시를 쓰는데 관념이 주조가 되어 시인의 주관적인 비감의 정조를 표현하였다고 할 수 있다.91)

다음으로 김도수의 경우를 살펴보겠다. 아래 예문은 김도수가 1727년 경양에서 벼슬하던 것을 스스로 그만두고 남유(南遊)에 들면서 쓴 글의 일부분인데 산수유람에 대한 의식의 한 단면을 볼 수 있다.

> 내가 일찍이 동쪽으로는 설악 금강의 사이에 노닐고 또한 서쪽으로는 대양에 떠서 마니의 정상에 올랐고 요즈음 또 남쪽으로 내려가 무등을 밟고 월출을 넘었으니 대저 세상에서 반드시 일컫는 사마천의 유람이니 이것이 진실로 예로부터 글 하는 선비가 눈을 크게 뜨고 떠드는 장한 이야기들이다. 그러하니 노님에 또한 어찌 도움이 없겠는가?92)

곧 김도수는 설악산과 금강산, 마니산, 무등산과 월출산 등에 노닐었는데 이는 세상에서 말하는 사마천의 유람과 같은 것이라 노님에는 도움이 있다는 것이다. 김도수가 스승으로 모셨던 김창흡에 의하면 사마

---

90) 현실의 위안을 산수에서 찾는다거나 현실과 그림을 교차시키는 것은 다음 시에서도 드러난다.『愚谷集』권3「閑居 6」, "來往山顚與水濱 魚樵邂逅自相親 未除世路多生障 獨有花林現在身 隨俗那禁無味語 談詩惟待會心人 愚翁近惠恭齊畵 畵裏雲烟來襲巾."

91) 서얼들 가운데는 그림을 좋아하고 직접 그린 사람들이 다수 있었을 것으로 추정된다. 장응두 또한 그 예로 들 수 있는데 이병성은『順菴集』에「題弻文畵帖」을 남겼다. 화첩이란 그림들을 모아놓은 것이니 장응두가 그림을 잘 그렸음을 알 수 있다. 또한『순암집』에는 제화시가 오직 이 시밖에 없으니 이병상은 제화시에는 별다른 관심이 없었는데 자신과 친했던 장응두의 화첩이기에 제화하였던 것으로 보인다.

92)『春洲遺稿』권2「南遊記」, "余嘗東遊於雪嶽金剛之間, 而亦西浮大洋, 登摩尼之頂, 近又, 南下蹋無等, 跨月出, 夫世必稱子長遊者, 是固, 古來文士之張目壯談也, 然遊亦豈無助乎哉."

천의 유람은 이미 당대에 사대부들 사이에서 흠모되어 본받고자 하는
것이었다.93) 그 이유는 사마천이 약관부터 세상을 두루 유람을 하여 문
장은 질탕하고 기이한 기운이 있어 후세의 글 하는 사람들이 미칠 바
아니었으니 산천의 도움을 얻음이 깊었다고 할 수 있기 때문이라는 것
이다.94) 실제로 사마천은 약관에 여기저기를 돌아다니는 생활을 하여
남으로는 절강·호남 등지를, 동으로는 산동·하남 등지를 유람하였다.
후에 서남 지역으로 사신을 나갔고 무제(武帝)의 봉선(封禪)을 시종하기도
하여 그의 발자취는 전국에 두루 미쳤다. 사마천은 가는 곳마다 고적을
탐방하고 풍속을 관찰하며 전설을 채집하였다. 그러므로 김창흡은 사마
천의 문장이 질탕하고 기이한 기운을 지닌 것은 산수유람에서 나온 것
이라 본 것이다.

　사마천의 발분저서인 『사기(史記)』가 산수유람을 통한 넓은 문화 지식
과 풍부한 생활 경험에 기반한 것이라는 논의는 이미 중국에서부터 문
인들에게 폭넓게 받아들여졌고 사마천 이후 산수에 노님이 시문의 창작
과 깊은 관련을 가진다는 논리가 정착되었다. 우리나라의 경우도 산수
유람이 시문의 창작에 도움을 준다는 산수양기론이 문인들에 의해 간헐
적으로 피력되다가 17세기 이후 집단적으로 개진되었는데 그 대표적 집
단이 김창흡과 그의 문인들이다. 김창흡은 산수가 인간에게 주는 무한
한 즐거움과 기상의 함양을 높이 평가하였다.95) 김창흡과 그의 형인 김
창협은 산수기행 문학을 통해 외경이 주는 감각적 즐거움 자체를 추구

---

93) 金昌翕, 『三淵集』(『한국문집총간』 167권) 「拾遺」 권23 「溟岳錄後序」, "且岱宗之遊
　尙矣, 固無可擬者, 下此惟太史公, 以善遊特聞於世, 世之喜遊子弟, 亦頗欲慕而效之
　(태산에 노님이 뛰어남은 진실로 비길 것이 없습니다. 이 아래로는 오직 태사공이 있어
　잘 노닌 것으로 특별히 세상에 알려졌으니 세상의 노닐기 좋아하는 자제들이 또한 자
　못 사모하여 본받으려 합니다)."

94) 金昌翕, 『三淵集』 「拾遺」 권23 「送季達昌直之岳州序」, "昔龍門太史弱冠, 浮江淮
　涉沅湘, 歷燕趙齊魯之墟以歸, 故其文跌宕有奇氣, 非後世操觚者所及, 則其得山川之
　助可謂深矣."

95) 김남기, 「金昌翕의 山水詩 硏究」, 서울대 석사논문, 1994, 11~14면 참조

하였고, 대상에 대한 진실된 묘사와 글쓴이의 흥감을 기록해야 함을 주장하였다. 김창흡의 금강산 시가 주는 감동도 '흥'으로 말하여진다. 또한 이들의 문인 세대에서도 흥감의 추구가 심화되는 가운데 산수에 대한 탐미적 욕구가 노정되고 있다.96)

그렇다면 과연 김도수가 말한 도움의 실체는 무엇인지 살펴보겠다.

秋風弊盡季子裘	가을바람에 계자 갖옷이 해져 다하니
客路誰乞王孫飯	객로에 누가 왕손의 밥을 구하리
朝廷禮樂今何如	조정의 예악은 이제 어떠한가
下土風敎多齷齪	지방의 풍교는 몹시 악착스럽네
東西南北迷所向	동서남북 향할 바를 헤매고 있기에
令我苦憶桃源客	나로 하여 도원객을 몹시 생각케 하네

—「嶺行吟」

이는 14구로 된 7언 고시의 뒷부분이다. 이 시의 앞부분은 산봉우리를 넘어가는 행인과 말과 마부의 모습과 주변 경치에 대해 묘사하다가, 산일(山日)이 늦어 가는 시점에서 발상이 급격히 전환되었다. 자신을 계자(季子) 곧, 전국 시대 유세가였던 소진(蘇秦)에 비유하였다. 소진은 제·초·연·조·한·위에 유세하여 진에 대항해 합종케 하였으며 자신은 여섯 나라의 재상이 되어 진나라가 15년이나 넘보지 못하게 하였다. 이로 볼 때 김도수는 소진처럼 어지러운 시대에 나라와 왕을 위한 마음을 지녔음을 말한 것이다. 그러나 옷이 해져 다했다는 데서 자신의 능력을 사용하여 임금을 도울 수 없음을 말했다. 그렇다면 그 이유는 무엇인가. 조정의 예악과 지방의 풍교가 제자리를 잃고 악착같기 때문이다. 그래서 이 세상은 어디로 가야 할지를 모르도록 혼미하게 여겨지고 그 돌출구로 도원을 기억해낸 것이다.

---

96) 고연희, 「18세기 전반기 산수기행문학」, 『우리 한문학사의 새로운 조명』(이혜순·박무영 외), 집문당, 1999, 248~253면 참조

　　도원이란 난세의 백성들이 세상과 인연을 끊고 깊은 산 속으로 들어
가 건설한 이상향이니 김도수 또한 강백이나 이세원처럼 산수를 평화로
운 곳, 신선의 세계 같은 곳으로 인지하였음을 알 수 있다.

風塵無好策	풍진에는 좋은 방책이 없고
湖海有寬杯	湖海에는 너그러운 술잔 있네
萬事長吁罷	만사를 길이 근심함 끝내고
千峰匹馬廻	천봉을 필마로 도네

—「南遊途中」

　　이 시에서는 산수에 머물면 마음이 편안해지는 이유를 설명했다. 풍
진에는 좋은 방책이 없는데 산수에서는 취흥에 젖어 근심을 잊을 수 있
다고 하였다. 세상의 풍교가 악착같아 혼미한 것과 반대로 산수 사이에
서는 술을 마시고 흥에 겨워 산수와 어울릴 수 있었다. 그래서 혼미한
세상을 떠나 산수로 돌아가고 싶어했고, 굳이 이유를 붙인다면 도원을
찾아가는 길이기 때문이라고 할 수 있으리만큼 김도수는 한 곳에 은거
하기보다는 두루 유람하는 것을 선호하였다.

　　이로 볼 때 서얼인 김도수가 산수에 노닐면 도움이 있다고 한 것은
김창흡의 도움과는 차이가 난다. 김창흡과 그 문인들처럼 감각적 즐거
움이나 흥감을 중요시하기보다는 자신의 근심을 해소할 곳으로 산수를
선택하였던 것이다. 이는 김도수가 비록 김창흡의 문인이랄 수 있는 위
치에 있었지만 서얼이라는 신분적 차이로 인해 산수를 산수 자체로만
즐기지 못한 데서 온 것이라고 할 수 있다.

2) 전원한거의 자긍한 생활

　　서얼들의 시에는 낙향하여 사는 삶의 면모가 드러난다. 버슬을 하지

않았던 이세원은 구성(駒城) 곧 용인에 살았고, 강백은 귀양에서 풀려나
일단 서울로 돌아오지만 얼마 안 되어 낙향을 하였고, 김도수는 춘주(春
州) 곧 춘천으로의 낙향을 갈망하였다. 그렇다면 이들이 낙향을 한 이유
는 무엇이며 낙향을 한 뒤 삶의 면모는 어떠하였는지를 살펴보겠다.

　이세원의 경우를 먼저 살펴보면, 이세원 문학의 가장 큰 특징은 산수
유람과 전원한거의 삶을 추구한 것이라 할 수 있다. 이는 이세원이 소
과로 진사가 되었을 뿐 벼슬길에 나아가지는 않았다는 점과도 연관이
있다. 본고에서 주 대상으로 다룬 네 명의 서얼 가운데 이세원은 연배
가 가장 앞서는데 나머지 서얼들에 비해 그에게서만 벼슬길에 연연해함
이 나타나지 않고 산수 유람과 전원한거에 의미를 더욱 부여하고 있다
는 점은 의미가 있다.

出門望天涯	문을 나서 하늘 끝 바라보다가
入門意慽慽	문을 들어서니 뜻이 서글퍼라
知君亦已老	그대 또한 늙었음을 내 아는데
胡爲作遠客	어이하여 멀리 떠난 객이 되었나
生旣不得志	태어나 뜻을 얻지 못한 채
頭髮九分白	머리털은 거의 희어졌네
不可在人傍	사람 곁에 있지 못하니
日日仰鼻息	날마다 안색을 우러르네
相報非虛語	서로 아룀은 빈 말 아니고
經歷吾所識	경력은 내 아는 바네
陋巷卽蓬島	누항이 곧 봉도요
簞食是金液	대그릇의 밥이 금액이라 여겼네
古人愛吾廬	옛사람이 나의 오두막 아꼈다는 시
此言誠有得	이 말을 진실로 터득하였네
不如歸臥好	돌아가 누움이 좋음만 같지 않아라
滿山明月色	산 가득히 밝은 달빛이네

—「贈趙聖言」

　　이세원의 이 시는 먼 외지로 돌아다니는 조륜에게 준 것이다. 이세원은 조륜이 늙은 나이에 무엇을 위해 멀리 떠나 객이 되었느냐고 반문한다. 실제로 조륜은 함경도와 경상도의 변방에서 낮은 벼슬살이를 하였다. 조륜이 떠도는 것은 뜻을 세우기 위해서도 입신을 위해서도 아니고 호구를 위해서임을 제3장에서 본 바 있었다. 그러므로 이세원은 자신들이 이 세상에 태어나 뜻을 얻지 못하고 울울하게 살다가 이제 머리털이 다 희어진 노년이 되어서도 외지를 떠돌며 서로 곁에 있지 못하고 안부를 걱정하는 신세임을 안타까워하고 있다. 그리고 이에 대한 반론으로 이세원은 누항이 신선의 땅이고 대그릇의 밥이 신선이 되기 위해 먹는 음식이라고 했다. 누항 곧 백성들이 사는 누추한 거리가 바로 신선의 땅이라고 했으니 마음먹기에 따라서는 어디든 이상향이 될 수 있다는 뜻이다. 대그릇의 밥은 '일단사일표음(一簞食一瓢飮)'을 줄인 말로 악식을 의미하며 가난하지만 도를 유지하고 사는 것의 대명사로 쓰이고, 금액은 신선이 되기 위해 먹는 금단(金丹)과 경액(瓊液)을 의미하니, 나쁜 음식도 마음먹기에 따라서는 신선이 되는 금액과 마찬가지라는 것이다. 그러므로 자신은 '옛사람이 나의 오두막을 아꼈다'는 시구의 의미를 진실로 터득하였다고 했다. 결국 이세원은 마음을 편히 가지고 전원에 돌아가 단표누항을 즐기며 사는 것이 가장 좋으니 이제 와서 더 이상 무엇을 구하러 떠돌겠는가라고 역설한다. 전원한거를 이루어 마음을 편하게 살자는 것이다.

<table>
<tr><td>不堪需此世</td><td>이 세상의 수요를 감당할 수 없으나</td></tr>
<tr><td>唯合守東岡</td><td>동강을 지키는 건 합당하리</td></tr>
<tr><td>舊業纔三畝</td><td>재산은 세 이랑밖에 안 되지만</td></tr>
<tr><td>殘書잉一床</td><td>남은 책은 상 하나에 가득하네</td></tr>
<tr><td>生涯從落魄</td><td>생애는 영락함을 따라도</td></tr>
<tr><td>顏鬢惜滄浪</td><td>얼굴의 살쩍머리 창랑을 아끼네</td></tr>
</table>

獨寤衡門下　　누추한 문 아래서 홀로 깨어 있기에
無心走西方　　서울로 달려갈 생각 없네
　　　　—「閑中偶閱西湖處士詩 讀孤山小隱爲題者 欣然有會於心
　　　　　　輒逐篇依韻賦之 非敢希蹤古人 聊寓景仰之私云爾」4수

　　시제에서 이 시는 서호처사의 '고산소은'이란 시를 읽고 마음에 맞는
바 있어서 쓴 것이라 밝혔다. 서호처사는 소동파가 서호에 은거하는 송
(宋)의 임화정(林和靖)을 부른 명칭이다. 시제에서 비록 고인을 따르고자
바라지는 않는다고 했으나 이 시는 자신이 서호처사처럼 은거하고 있음
을 나타낸 것이다. 이 세상의 수요를 감당하지 못한다는 것은 세상의
필요에 맞게 살지 못한다는 것이니 벼슬할 생각이 없다는 의미이다.[97]
그 대안책이 동강이라는 지명으로 대표되는 산수를 지키고 사는 것으로
이는 다름 아닌 전원한거이다. 낙향을 하니 자신에게 남은 땅은 조상으
로부터 내려온 세 이랑뿐이라 부유하지는 않지만, 상 하나를 가득 채우
는 책이 있어 경제적 결핍에 대한 위안을 준다. 곧, 경제적으로는 영락
했지만 지적인 재산이 많다는 긍지를 내세운다. 그래서 자신의 삶은 영
락했지만 이에 번민하지 않고 창랑주 같은 산수를 아끼어 전원한거의
삶에 안주한다. 그러므로 누추한 집에 살아도 정신은 깨어 있어 서울로
가서 벼슬을 구할 생각이 없다고 했다.
　　이세원의 경우 전원한거의 삶을 구체적으로 보여주는 예가 다음의
시이다.

有此田家樂　　이 田家의 즐거움 있으니
脩然俗意微　　날 듯이 俗意가 없어지네

---

97) 같은 시 1수의 수련에서도 "身世眞成懶慢交 素心端不羨分茅(평생 참으로 게으른
　　사귐 이루니, 마음의 가장자리로도 벼슬함을 부러워 않았네)"라고 하였다. 분모는 分受
　　茅土를 의미하는데, 예전에 천자가 큰 제사를 지낼 때 오방에 해당하는 오색의 흙으로
　　단을 쌓고 제후들에게 白茅로 싸서 주었던 것으로, 제후를 봉한다는 의미이다. 그러므
　　로 벼슬함을 조금도 부러워하지 않는다는 뜻이다.

樹邊攜卷讀	나무 곁에서 책 들고 읽으며
溪上閱耕歸	시냇가에서 밭가는 것 살피고 돌아오네
未有垂綸待	낚싯줄 드리우고 때를 기다리는 일은 없으나
唯應飯犢肥	응당 송아지 먹여 살찌워야 하리
稍寬裘褐念	철따라 잇던 옷 걱정 덜 하게 된 것은
幼女弄殘機	딸이 베틀에서 베를 짜고 있어서네

—「閑中偶閱西湖處士詩 讀孤山小隱爲題者 欣然有會於心
輒逐篇依韻賦之 非敢希蹤古人 聊寓景仰之私云爾」2수

이 시의 전반적 분위기는 화락하고 평화롭다. 농촌 생활이 즐겁기에 속세에 대한 생각이 없다고 하였다. 즐거운 농촌 생활은 함련부터 이어지는데, 나무 그늘에서 한가롭게 책을 읽으며 밭가는 것을 살피고 돌아가는 것이다. 곧, 농사에 참여하는 것이 아니라 백성들이 농사일을 하는 농촌 풍경을 글 하는 유자로서 바라보는 것이다. 이러한 생활은 유자로서의 면모를 유지한 채 전원 생활을 즐기는 것이라 할 수 있다. 유자로서의 면모는 독서를 통해서도 드러나지만, 시작(詩作)을 통해서 궁극적으로 드러난다. 여러 해의 넘치는 흥에 시를 천 수나 지었는데 모두 초를 사용하지 않고 한가로운 정을 말했다거나,[98] 천 수의 시를 이루니 모두 자랑할 만하다거나,[99] 오언시에만 능한 것이 아니라고[100] 하였다. 시를 짓는 일을 최상의 가치로 여겼을 뿐만 아니라, 전원한거의 생활을 하면서 천 수나 되는 많은 시를 고심하지 않고 쓴 것을 긍지로 여겼음을 알 수 있다. 위 시의 경련에서는 낚싯줄 드리우고 때를 기다리는 일이 없다고 했는데 이는 강태공처럼 앞으로 환로에 진출하려고 기다리지는 않는다는 의미이다. 송아지 먹여 살찌워야 한다는 것은 의식주를 영위하기 위한 최소한의 일은 해야 한다는 뜻이다. 딸이 베를 짜고 있으니 계

---

98)「閑中偶閱西湖處士詩 讀孤山小隱爲題者 欣然有會於心 輒逐篇依韻賦之 非敢希
蹤古人 聊寓景仰之私云爾」1수 미련, "年來漫興詩千首 摠說閑情不用抄."
99)「次幽居偶題」미련, "十年經濟閒中事 千首詩成摠可誇."
100)「夜話次放翁韻」미련, "節物撩人詩自就 不須專意五言城."

▲ 李壽民, 「樹下讀書圖」, 국립중앙박물관 소장.
고뇌와 좌절로 얽힌 젊은 시절을 보내고 이제 세속의 욕망에서 벗어난 노년이 되어 나무 아래에서 한가롭게 독서를 하는 모습이다.

절 옷에 관한 걱정이 느슨해진다는 것도 현실적으로 살아가는 데 필요한 일들에 대한 사고를 하고 있다는 증표이다.

이렇듯 유자로서의 면모를 유지하면서도 현실적인 문제에 관심을 둠은 지속적으로 드러난다. 예로써 "이룸 없이 분주함 맡기니 선비 이름 매우 부끄럽네",101) "한번 비오자 서쪽 두둑에 농사일 일어나니 책상머리에서 신력(新曆)을 스스로 펼쳐보네",102) "오래 가물다 이제 비를 만나니 뭇 백성 거의 살아남 있어라"라고103) 하였다. 이룸 없이 분주함을 맡겼다는 것은 자신이 무엇인가 백성을 위해 해 준 것이 없는 지배층으로서 백성들이 바쁘게 농사일을 하는 것을 보자 자신의 도리를 다하지 못한 것이 부끄럽게 느껴진 것이고, 그 다음 시구는 비온 뒤 백성들은 농사일을 할 때 자신은 달력을 펼쳐본 것이니 글 하는 선비가 할 수 있는 관심의 표현이며, 마지막 시구는 가뭄 뒤에 비가 오자 이제 백성들이 살았구나라는 안도를 하며 기뻐하는 면모를 보이는 것이다. 백성을 근심하고 살피는 이러한 모습은 농사라는 현실적인 문제에 관심을 갖게 되었다는 뜻이다. 비록 백성의 농사일과 이를 바라보는 선비의 시선이 일정한 거리를 유지하고는 있으나 농촌에서의 삶의 모습에 관심을 가지게 된 것이다. 결국 이세원에게 있어 전원한거는 선비의식을 온전히 간직한 채 전원의 한가로움을 즐기며 현실의 문제에 눈을 뜨고 농사일에 분주한 백성들을 따뜻한 시선으로 바라보며 걱정하는 생활이었다고 할 수 있다.

나아가 다음 시를 볼 때 이세원은 전원의 한가로운 생활을 호귀인(豪貴人)의 삶과 비교하면서 그것보다 우위에 두는 의식을 보인다.

麥飯粗粗難食　　　보리밥 거칠고 거칠어 먹기 힘들어
一嚼牙齒澁　　　　한번 씹으니 이가 껄끄럽고

---

101) 「歸路偶成」, "無成任奔走　多慙以士名."
102) 「春事次明律韻」, "一雨西疇農務起　案頭新曆自披看."
103) 「奉次退漁公見示喜雨作」, "久旱今逢雨　群黎庶有生."

再嚼喉吻棘　　　　　두번 씹으니 목구멍과 입술을 찌르는데
喉吻棘呑有術　　　　목구멍과 입술 찔러도 삼키는 기술 있네
細葱靑軟　　　　　　가는 파 푸르고 연하며
萵苣葉大涼而滑　　　상추와 참깨잎 크고 얇으면서도 매끄러우니
左手承葉右手持鉢　　왼손으로 잎을 들고 오른손으로 밥그릇을 가지고
甘醬助滋味　　　　　감장으로 맛을 도와
包裹重重大如拳　　　싸기를 거듭거듭 주먹만하게 하여
扶護送下若塡壑　　　붙들고 삼키기를 해자 메우듯 하면
便便皤腹高如山　　　뚱뚱하게 부른 배가 산처럼 높으니
怡然一飽亦自足　　　기꺼이 한 번 먹고 스스로 만족하네
軟飯香羹飫生酸　　　연한 밥, 좋은 국도 배부르면 신맛 나지만
麥飯粗困且衡　　　　보리밥 거칠어도 곤궁하면
一嚼益人智　　　　　한번 먹으면 사람의 지혜를 돕고
再嚼益人明　　　　　두번 먹으면 사람의 총명을 돕나니
上下數千載　　　　　상하 수천 년에
歷歷虞與唐　　　　　뚜렷한 요순이라
上可佐皇王　　　　　위로는 황왕을 도울 수 있어
敬授人時播百穀　　　공경히 사람이 때에 맞쳐 백곡을 파종케 하고
下可阜吾民　　　　　아래로는 우리 백성을 잘 살게 할 수 있어
熙熙含哺鼓其腹　　　화락하게 배불리 먹고 그 배를 두드리게 하니
麥飯粗粗不粗　　　　보리밥 거칠다 거칠다 해도 거칠지 않네
看他豪貴人　　　　　다른 부자 귀인을 보라
囓肥持粱心鹵莽　　　기름진 것 깨물고 고량진미 지녀도 마음은 거칠어
尸位素餐誠可惡　　　일은 않고 먹는 것이 진실로 미우나니
人非鬼責寧不怖　　　사람의 비난과 귀신의 꾸짖음이 어찌 아니 두려우랴
歌成偃臥獨長吟　　　노래를 이루고 누워 홀로 길게 읊으니
天地悠悠日又暮　　　천지는 한가롭고 날은 또 저무네

—「麥飯粗歌」

　이 시의 앞부분은 거친 보리밥을 먹기가 힘들다면서 보리밥을 먹을

때의 고통을 사실적으로 묘사하고, 이어서 그 보리밥을 파나 상추와 깻잎 등으로 싸서 부드럽게 먹고 배부르게 될 수 있는 방법을 실감나고 세밀하게 묘사하였다. 보리밥은 거칠어 먹기 힘드니 한번 두번 먹으면 이가 껄끄럽고 목구멍과 입술을 찌른다. 그러나 이를 먹는 데 기술이 있어 푸르고 연한 파와 크고 얇으면서도 매끄러운 상추와 깻잎으로 싸서 먹는다고 했으니 이는 삶의 지혜이다. 그런데 보리밥은 단순히 보리밥 자체라기보다는 힘든 농촌 생활이라고 할 수 있다. 거친 보리밥을 기술적으로 먹는 것은 힘든 농촌 생활을 지혜를 통해 덜 힘들게 할 수 있다는 의미를 지닌다. 더구나 왼손 오른손에 채소와 밥그릇을 들고 장으로 맛을 도와 주먹만하게 하여 배가 불룩해지도록 먹는다는 것은 식사의 즐거움을 나타낼 뿐만 아니라 농촌 생활의 소박한 기쁨을 나타낸 것이다.

그러므로 농촌에서의 삶이 보리밥처럼 거친 음식에 채소밖에 없는 거칠고 누추한 생활이지만, 보리밥을 한입 두입 먹는 것에 익숙해지고 기쁘게 자족하는 것처럼, 소박한 농촌의 삶은 사람을 지혜롭고 총명하게 한다. 곧, 벼슬을 하지 않는 빈한한 삶이지만 요순처럼 시기에 맞춰 곡식을 파종하고 백성이 배부르게 먹어 배를 두드릴 수 있게끔 하는 지혜롭고 밝은 삶의 질서가 이루어진다는 것이다. 이에 비하여 부자 귀인들은 기름진 것을 먹고살지만 마음은 반대로 거칠어 일을 하지 않으면서도 먹거나 벼슬을 하면서도 일을 다하지 않고 녹봉만 타먹고 있어 미우니 다른 사람들의 비난과 귀신의 꾸짖음이 두렵지 않겠느냐고 하여, 보리밥을 먹는 생활과 정반대에 놓고 비판을 하고 있다. 그러므로 많이 먹으면 신맛이 나는 기름진 벼슬살이에 비해 거칠고 누추한 농촌 생활이 오히려 유가적 이상세계를 구현하고 있다고 할 수 있다. 이로 볼 때 속세에서 머뭇거리기 싫어서 떠나온 이세원에게 있어 농촌은 유자적 면모를 유지하면서 속세보다 더 우위에서 속세를 비판할 수 있게끔 해주는 삶의 터전이었다고 보인다.[104]

다음으로 강백의 경우를 살펴보겠다.

籬下紅桃花漸稀	울 아래 홍도화 점점 드물어지니
羈愁忽忽掩柴扉	나그네 시름에 슬피 사립문 닫네
半生黃卷生憔悴	반평생의 공부에 초췌함 생기었고
數月烏紗起是非	몇 달간의 벼슬에 시비 일었네
身閱刀山劍樹出	몸은 刀山과 劍樹를 겪었고
夢尋流水白雲歸	꿈은 흐르는 물과 흰 구름을 찾았네
功名已分眞蕭瑟	공명은 쓸쓸함을 이미 분간했으니
依舊西湖一布衣	예전대로 서호의 한 포의 되리라

—「醉後謾筆」105)

이 시는 강백이 이인좌의 난 뒤에 철산으로 귀양을 가서 쓴 것이다. 강백은 1728년 성환 찰방으로 부임하였으나 얼마 안 되어 이인좌의 난에 연루되어 귀양을 갔다. 벼슬다운 벼슬을 몇 달 해보지도 못하고 귀양길에 올라 그곳에서 5년을 보낸 것이다. 서울서 나고 자란 그가 황량한 북쪽 지방으로 귀양을 가 있으니 몸도 마음도 절로 서글프다. 더욱이 홍도화가 점점 떨어지는 것은 봄이 가고 여름이 온다는 뜻이니, 화창하다 못해 녹음이 우거져 가는 늦봄에서 초여름 사이 아무도 찾는 이 없고 아무 할 일 없는 귀양객의 시름은 오히려 더해간다. 그래서 반생 동안 일삼아 온 책으로 인해 초췌해졌고 몇 달 하지 않은 벼슬에서 시비가 일었음을 다시 한번 회상한다. 이때의 심정을 '刀山劍樹'로 표현했는데, 이는 불가(佛家)에서 말하는 지옥혹형(地獄酷刑)의 하나이다. 독서하여 벼슬을 했지만 결국은 귀양을 가 있는 신세가 마치 지옥에서 혹독

---

104) 이 시의 앞부분은 丁若鏞의 『與猶堂全書』(경인문화사, 1970) 1집 권4 「長鬐農歌十章」 제7수, "蒿葉團包麥飯吞 合同椒醬與葱根 今年比目猶難得 盡作乾鰽入縣門"보다 훨씬 섬세하며 사실적인 형상화를 이루고 있다. 그러나 비판적이며 직설적인 면에서는 정약용의 시가 앞선다고 할 수 있다.
105) 『愚谷集』 권2.

한 형벌을 받고 있는 것과 같은 처지라는 것이다. 글 하여 벼슬길에 나
아가 뜻을 펼치는 것이 목표였는데 벼슬은 그만두고라도 험악한 지경에
떨어져 있는 것이다. 그러므로 공명은 이미 나뉘어 자신의 것이 아님을
알았다고 했다. 이제 원하는 바는 꿈속에서처럼 흐르는 물과 흰 구름을
따라 서호 곧, 한강변의 고향으로 돌아가, 젊은 시절 벗들과 노닐던 때
처럼 포의로 살고 싶은 것이다.

君子樂天命	군자는 천명을 좋아하고
小人循利源	소인은 이득 원천 따르네
人生豈自逸	인생이 어찌 절로 편안할 수 있으리
世故徒相煩	세상일은 다만 서로 번거로울 뿐이네
苟不營衣食	진실로 의식을 경영하지 않는다면
何必離鄕園	어찌 반드시 향리를 떠나리오
況復與世違	하물며 다시 세상과 어긋나니
理宜休山樊	산마을에 쉼이 이치에 마땅하리
環宅蓺桑麻	집둘레에 뽕나무와 삼을 심고
居家敎子孫	집에서 자손을 가르치며
濯足淸溪水	맑은 물에 발 씻고
掛冠嘉木園	아름다운 나무 동산에 갓을 걸기도 하리
匪謂薄世榮	세상 영화 천박하게 여기는 것 아니나
聊以遺後昆	애오라지 후손에게 남겨주리니
玆事雖未諧	이 일이 이뤄지지 못한다 해도
我心那能諼	내 마음 어찌 잊을 수 있으리

—「溫陽道中」7〜14연[106]

　　이는 총 14연으로 된 「온양도중」의 7연에서 14연까지인데 전원에서
살고 싶은 마음과 그 생활 속에서 하고자 바라는 일들을 나타냈다. 강
백은 군자와 소인을 대비시켜 각각 천명과 이득의 원천을 중요시한다고

---

106) 『愚谷集』 권3.

하였다. 천명이란 하늘로부터 주어진 것이니 천명을 즐거워한다는 것은 하늘이 자신에게 부여한 운명을 거역함 없이 따른다는 뜻이다. 현달하게 되면 기뻐하고 고난이 오면 받아들이는 것이다. 이는 마음이 평화로운 경지 혹은 세속의 욕심을 초월한 경지에서나 가능하다. 그러나 소인이 하는 바는 달라서 이득을 위해 이리저리 옮겨 다니고 마음 고생을 한다. 그러므로 소인이 이득을 따르는 세태에서 인생은 편안하지 않으며 세상일은 번거로운 것이다. 강백에게 있어 이 모든 것은 일차적으로 의식을 경영하기 때문에 일어나는 것으로 보였다. 의식을 경영하는 것은 부귀영화를 누리고자 함이니 이득의 근원이다. 그러나 자신은 이를 뒤쫓고자 않기 때문에 번화한 속세로 나가기보다는 향리를 떠나지 않을 수 있다고 했다. 군자 같은 사람이라고 할 수 있는 것이다. 이러한 이유에 더하여 세상과 어긋나기까지 하니 향리에 쉬는 것이 마땅하다고 하였다. 쉰다는 것은 능력을 접어두고 은거에 들겠다는 의미를 지닌다. 이로 볼 때 강백이 향리로 들어가고 싶어하는 것은 세속의 이치를 따르고자 않는 자신의 자세가 세상과 어긋나기 때문이니, 이는 이상을 펼 수 없는 현실에서 벗어나고자 하는 어쩔 수 없는 선택인 것이다. 이는 강백의 인생 역정을 살펴볼 때 향리에의 은거를 결심하게 한 가장 근본적인 이유로 보인다.[107] 이에 강백은 돌아가서 사는 삶에 대한 설계를 하며 구체적인 희망을 제시하는데, 그것이 곧 농사와 훈육이다. 즉 농촌에서 은거하기로 하였기에 그 공간에 맞추어 해야 하는 일과 사대부로서 지녀온 관습으로서 이어지는 일이라는 두 개의 축이다. 그런데 일견 상충되어 보이는 두 일은 강백의 시에서 조화롭고 타당하게 서술되어 있

---

107) 이러한 의지는 『愚谷集』 권4 「偶書 3」을 통해서도 확인할 수 있다. 곧, "魚藏深穴那能釣 樹着危厓也自花(고기 숨은 깊은 구멍에 어찌 능히 낚시 드리우리, 나무는 위험한 벼랑에 붙어서도 스스로 꽃 피우네)"라고 했는데, 깊은 물 속에 숨은 고기를 억지로 잡으려 하지 않겠다는 것은 역시 억지로 세상의 부귀영화를 탐하지 않고 주어진 대로 살겠다는 뜻이며, 나무가 험한 벼랑에 있어도 꽃을 피운다는 것은 자연의 생명력을 말하는 동시에 어떤 상황에 처하더라도 살아갈 수 있음을 의미한 것이다.

다. 뽕나무와 삼을 심는 일이나 집에서 자손을 가르치는 일은 자발적이고 즐겁게 느껴진다. 자신이 하고 싶은 일을 자발적이고 흥겹게 하기 때문에 농촌의 일과 사대부의 일은 조화롭게 보이는 것이다.

12연에서 맑은 물에 발을 씻는다고 한 것은 굴원의 「어부사(漁父辭)」의 "滄浪之水淸兮 可以濯吾纓 滄浪之水濁兮 可以濯吾足"에서 온 것이다. 그런데 어부의 말은 세상이 제대로 되면 벼슬하고 세상이 잘못되면 물러나 시속에 따라 살겠다는 의미인 데 비해, 강백은 맑은 물에 발을 씻겠다고 했으니 아예 세상을 버리고 물러나겠다는 의미이다. 다음으로 나무에 갓을 걸어둔다고 했는데 이 역시 벼슬을 그만두고 세상을 떠나 은거하며 태평스럽게 살겠다는 뜻이다. 그러므로 세상이 혼탁하기 때문에 벼슬길에 나아가지 않고 맑은 물이 흐르는 산수에서 살고 싶다는 뜻이다. 이러한 마음의 상태에서 우러나는 생활은 "때를 다스림을 참으로 성취하고, 쇠한 나이에 일마다 한가하네"를[108] 통해 집약된다. 시속이 흐릴 때 물러날 줄 아는 것이 바로 때를 다스리는 것이며 이로 인해 세속에 연연하지 않고 마음의 평화를 통해 삶을 영위하기에 한가하다고 느낄 수 있는 것이다.[109] 그러므로 세상의 영화를 천박하게 여기는 것은 아니지만 뜻이 없다고 한다. 그보다는 전원에서 살면서 하고 싶어한 일들을 후손에게 남기고 싶다고 한다. 자손이 세상의 혼탁함에 휩싸이지 않고 산수에게 평화롭게 살기를 바란 것이다. 그래서 이 일을 당장은 이루지 못하더라도 잊지 않고 마음으로 그렇게 되도록 하겠다고 했다. 결국 앞으로 이룰 전원한거에 대해 설계를 한 시이기에 세상의 번거로움을 떠나 평화롭게 살면서 이를 자손에게도 물려주고자 하는 희망이 보인다.

---

108) 『愚谷集』 권3 「閑居 4」, "時宰眞成就 衰年事事閒."

109) 이는 마음을 비운 한가롭고 편안한 상황을 보여준 것이라 하겠는데 이러한 부류의 시구들이 강백의 후기 작품에 많이 등장한다. 예로써 『愚谷集』 권3 「閑居 3」, "衣冠免局束 魚鳥任浮沈", "苦熱脫衣帶 深深臥樹陰" 등은 의관이나 의대를 벗고 있다고 했는데 이는 표면적인 의미 그대로 받아들일 수도 있지만 그보다는 이제까지 속세에서 자신을 구속하던 것들을 떨쳐버리고 산수에 은거하여 마음의 평화를 찾았음을 암시한다.

看書未了枕書眠　　책 읽기를 끝내지 못하고 책 베고 잠들었다가
眠起槐陰聞衆蟬　　잠에서 일어나니 홰나무 그늘에서 매미소리 들리네
意到獨行平野外　　뜻이 이르러 홀로 평야로 나가
心聞悄坐亂峰前　　마음으로 들으며 어지러운 봉우리 앞에 조용히 앉네
彩虹飮澗濛濛雨　　자욱한 가랑비에 채색 무지개 산골물에 드리고
黃犢依林漠漠烟　　넓게 퍼진 안개에 누런 송아지 숲에 기대었네
除却飢寒與疾病　　기한과 질병을 제외시키니
一年通計半年仙　　일년 통틀어 반은 신선이었네

—「遣懷」110)

이는 강백 노년의 전원한거의 실제 생활을 묘사한 시인데, 한적하고 평화로운 분위기를 자아낸다. 한창 더운 여름날 책을 읽다가 잠이 들고 잠에서 깨어나 매미소리를 들으며 홀로 평야로 걸어가 여기저기 높이가 다르게 솟은 산봉우리들이 멀리 보이는 곳에 앉는다. 그야말로 고뇌라고는 찾아볼 수 없는 한적한 모습이다. 또한 강백의 눈앞에 펼쳐진 경치도 평화롭다. 자욱하게 내린 가랑비 뒤에 무지개가 떴는데 그 끝이 산골짜기 속에 이어진 것이 마치 무지개가 산골물을 먹는 것 같아 보이고, 넓게 안개가 퍼지어 사위가 흐릿하자 평야에 서있는 누런 송아지의 뒤로 숲도 엷게 보이는 것은 마치 송아지가 숲에 기댄 것처럼 보인다. 이는 한 폭의 풍경화를 보는 듯한 인상을 자아내니 풍경화 속에 펼쳐진 평화로운 전원을 묘사한 것이라 할 수 있다. 그러므로 기한과 질병을 제외하면 일년의 반은 신선이라고 했다. 이는 전원한거의 삶이 경제적으로 풍족하지 않고 일년의 반은 기한과 질병을 지녔더라도 나머지 반년은 한적한 풍경화처럼 평화롭게 사는데 이를 신선과 같다고 표현한 것이다. 부연하자면 의식주에 연연하지 않으며 근심 없이 평화롭게 사는 삶이 바로 신선이라는 뜻이다.

한편 전원에서 한거하였던 강백은 시골에 살면서 자신이 직접 농사

---

110)『愚谷集』권4.

일을 하였음을 여러 시에서 언급하고 있다.

<pre>
而我長京洛   내 서울서 자라
不省稼穡務   농사일을 살피지 않았는데
晩來入五谷   늙어서 五谷에 들어와
始欲治田圃   비로소 논밭을 다스리고자 하네
                    ―「新居五老谷 幷五絶 七首」1수111)
</pre>

이 시는 서울과 오곡이라는 지역을 상징성을 지닌 대립적 구도로 나타냈다. 서울서 태어나고 성장한 강백은 비록 서얼이긴 했어도 시문을 일삼았던 사대부 계층이었다. 그래서 그는 젊은 시절 시서에 몰입하고 환로에 진출하고자 하였으며 그 여가에 산수에 노닐었다. 그러므로 농사일에는 관심을 두지 않았다. 그러나 귀양살이를 통해 강백의 삶에는 변화가 생겼고, 5년 만에 돌아온 서울은 예전과 다르게 느껴져 잠시 머물다가 산수를 찾아가게 된다. 이후 정착한 오로곡에서 강백은 농사일을 시작하려고 한다. 이는 서울서 일삼던 일들과는 반대되는 것이다. 젊은 시절 산수는 진세를 잠시 떠나온 아름다운 위안처였고, 귀양살이 도중의 산수 역시 시름을 달래주는 대상이었다. 이에 비해 귀양살이 이후 산수는 강백의 생활 자체가 되었던 것이다. 「온양도중(溫陽道中)」이 어쩔 수 없이 낙향하여 마음의 평안을 찾게 되는 근거를 보여주었다면, 이 시는 실생활에 눈을 뜬 모습을 보여준 것이라 할 수 있다.

<pre>
西隣借健牛   서쪽 이웃에서 튼튼한 소 빌리고
南隣未耜具   남쪽 이웃에서 쟁기와 보습 갖추어
耕我籬下田   내 울 아래 밭을 갈며
搰搰遂至暮   저녁이 되도록 힘써 일하네
</pre>

---

111) 『愚谷集』 권3.

▲ 尹斗緖, 「밭 가는 풍경」, 해남 종가 소장. 깊은 산 속에 들어 소를 끌며 밭을 가는 저 농부의 모습이 마치 강백인 양 보인다.

이는 같은 시의 2수인데 농사일을 하였음을 구체적으로 묘사하였다. 처음 찾아간 농촌이기에 농사에 필요한 기구를 이웃들에게서 빌리고, 울 아래 있는 텃밭을 간다. 이웃들에게서 농기구를 빌렸다는 점은, 처음 찾아간 농촌이기에 농사지을 준비가 되어 있지 않다는 의미이기도 하지만 한편 강백이 이웃과 거리를 두지 않고 친화되려고 노력하였음을 보여준다. 텃밭을 간다는 것은 아직 농토를 제대로 장만하지 못하였다는 의미이지만 걸음마를 시작하듯 가까운 텃밭에서부터 농사일을 시작하는 모습을 보여준다. 그러므로 처음 시작한 농사일에 희망을 지니고 저녁까지 힘쓰며 일을 한다. 표면적으로 내세우지는 않았지만 농사일을 하는 기쁨이 배어난다.

이처럼 단지 바라보는 농어촌이 아니라 자신이 뿌리를 내리려고 찾아가 그 구성원으로 살아가는 곳이기에 강백이 그려내는 농어촌의 실상은 이전까지와는 다르다.

鋤人相喚赴如飛	호미 든 사람 서로 부르며 나는 듯이 달려가니
睡起房中倒着衣	자다 일어나 방 안에서 거꾸로 옷 입네
七月以前那暫息	7월 이전에 어찌 잠시라도 쉬리
聞鷄飯牛見星歸	닭 소리 들으며 소 먹이고 별 보며 돌아오네

—「田家 二首」 2수[112]

이는 봄부터 여름까지 농사일에 임하는 농부들의 모습을 그렸다. 호미를 들고 나는 듯이 달려간다거나 자다 일어나 거꾸로 옷을 입는다는 것은 직접적으로 농사일을 묘사한 것이 아니라 사람들의 태도를 묘사한 것임에도 농사일이 얼마나 바쁜가 하는 것을 손에 잡히듯이 사실적으로 그리고 있다. 또한 닭 소리 들으며 소를 먹이고 별을 보며 집에 돌아온다고 하여 새벽부터 밤늦게까지 잠시도 쉬지 못하고 일하는 농번기의 생활을 묘사했다. 이러한 내용은 농촌에서 살아본 사람만이 쓸 수 있는 사실적이고 경험적인 진술이다.[113] 결국 강백의 전원한거는 역경을 겪고난 뒤 벼슬길에 나아갈 희망이 전혀 없는 상황에서 이루어졌기에 체

---

112) 『愚谷集』 권3.
113) 이는 1수에서도 마찬가지인데 "農務不遑翻坐席 翁嗔稚子折花歸(농사 일은 나부껴 앉을 겨를도 없으니, 노인은 어린 아이 꽃 꺾어 돌아온다고 화내네)"라고 하여 잠시 시선을 돌리는 것조차 용납되지 않는 바쁜 현실을 묘사했다.

넘이 빨랐고 사대부적 면모와 유자적 면모를 조화시키면서 전원생활 자체에 안주하여 농사일을 직접 했다는 특징이 있다.

다음으로 김도수의 경우를 살펴보겠다. 김도수는 임금에 대한 기대가 컸는데 이는 벼슬에 대한 열망이 컸다는 의미이기도 하다. 벼슬길이 여의치 않았을 때 김도수의 일차적인 선택은 낙향이었다.

咄咄風塵中 쯧쯧 혀를 차며 풍진 속에서
日覺貌體瘦 날마다 몸이 여윔을 깨달으니
吾寧棄薄祿 내 차라리 박록을 버리고
養此丘壑壽 이 골짜기에서 목숨을 기르려네

—「遊華山」

이 시는 20구로 된 5언 고시의 1구에서 4구까지로 풍진에서 벗어나 은거하고픈 마음을 나타내고 있다. 풍진 속에서 자신이 날로 여위어 간다고 했으니 풍진의 삶이 김도수에게 맞지 않는 것인데, 풍진의 삶은 그에게 있어 벼슬살이와 연결되어 있다. 이미 살폈듯이 김도수는 임금의 외척이기에 젊은 나이에 음보로 벼슬길에 나섰다. 그런데 그의 벼슬은 '박록'이라고 했듯이 찰방이나 봉상시 하급직 정도의 낮은 지위였고, 이는 "오래 구복(口腹)의 그르침 되어, 골몰하여 정신이 피로하네"라거나[114] "골몰하여 호구(糊口)를 경영했다"고[115] 하듯이 호구지책(糊口之策) 이상이 되지 못하였던 것이다. 그래서 김도수는 풍진과 낮은 벼슬을 버리고 골짜기라 표현한 산수에서 살겠다고 한다.[116] 풍진은 몸을 여위게 하는 곳이지만 산수는 목숨을 기르는 곳으로 인식된 것이다. 이로 볼 때 김도수는 자신의 의지에 의해 벼슬을 버리고 낙향을 택하였던 것으

---

114)「歸山棲奉寄李汝亮洪雲章象漢」, "久爲口腹誤 役役神以疲."
115)「寓峽」, "役役營糊口."
116)「嘉陵」에서도 "何時謝薄宦 襏襫此中還(어느 때 낮은 벼슬 사양하고, 비옷 입고 이 가운데로 돌아오리)"라고 하여 역시 낮은 벼슬을 버리고 낙향하고 싶은 마음을 나타냈다.

로 보인다. 이는 「은거하는 서당을 찾아가[訪西堂隱居]」에서 "수레는 가
는 바에 따르고, 천하는 여러 공들께 맡기리"라고117) 한 데서도 드러난
다. 수레는 가는 바에 따르겠다는 것은 순리대로 편하게 살겠다는 뜻이
고 천하를 여러 공들께 맡기겠다는 것은 정치를 다른 사대부들에게나
맡기고 자신은 관직에서 벗어나 정치의 번뇌를 포함한 세상사에서 헤어
나겠다는 의미이다.

一脫烏紗帽　　한번 오사모를 벗고부터
高棲紅樹林　　붉은 나무 숲에 높이 사네
江湖日將暮　　강호에 날이 저물려 하니
天地意何深　　천지의 뜻은 얼마나 깊은가
境僻孤菴好　　지경이 궁벽하니 외로운 암자 좋고
山幽萬木吟　　산 그윽하니 모든 나무 소리내네
白雲長自在　　흰 구름은 늘 스스로 있어
來去本無心　　오고 감이 본래 무심하네

—「仙洞次杜詩韻」

　　이 시에는 전원으로 돌아간 뒤의 삶이 나타난다. 벼슬을 그만두고 숲
에서 높이 산다고 했는데 이는 속세를 떠나 조용히 산다는 의미이다.
전원 생활을 그리며 돌아온 강호에서 저물녘 경치를 바라보자, 날이 진
다는 곧 해가 떴다가 지는 순환의 원리를 느끼면서, 자신도 벼슬을 했
지만 그만둘 수도 있다는 것에 대비시켜 천지의 뜻을 깊게 여기는 것이
다. 김도수에게 있어 전원한거에 들기 적당한 곳은 지경이 편벽되고 산
이 그윽하며 나무가 숲을 이룬 곳이니, 이는 호구를 일삼아야 했던 번
잡한 서울과는 달리 사람이 드문 깊고 그윽한 곳이다.118) 이러한 곳에
있는 외로운 암자는 더 없이 좋게 느껴지니 김도수는 암자에 올라 저물

---

117)「訪西堂隱居」, "巾車隨所適 天下付群公."
118)「卜居用杜詩韻」에서는 "幽深可結家"라 하였다.

녘 바람에 흔들리는 나무 소리를 듣는다. 시비를 일으키던 사람들의 말소리 대신에 시원한 나무 소리를 들으며 흰 구름의 무심함에 동화되어 자연의 평화로움을 느끼니 속세의 번뇌는 모두 사라진다.[119] 곧, 김도수는 서울과 반대선상에 있는 궁벽하고 그윽한 산이라는 자신만의 공간에서 무심의 경지를 노래한 것이다. 이렇듯 무심한 경지에서 추구하는 삶은 결국 마음의 평화를 얻는 안빈낙도라 할 수 있다. 작은 집에서 굶주리나 마음은 어그러지지 않는다거나,[120] 빈 골짜기로 와서 사니 깨닫는 노래가 마음에 마땅하다라고[121] 읊은 데서도 알 수 있듯이 전원에서 한거를 하게 되자 가난한 가운데서도 마음이 즐겁게 된 것이다. 또한 전원한거의 삶 속에서 김도수는 강백처럼 농사일을 직접하기보다는 이세원처럼 그것을 바라보는 즐거움으로 여겼다. 예로 「살 만한 곳, 두시 운으로 씀[卜居用杜詩韻]」에서는 호구지책과는 긴밀하지 않은 약과 차를 심는 밭에 역시나 유사한 대나무와 외를 심는 즐거움과 설레임을 나타냈고[122] 「비온 뒤 야외로 나가 지음[雨後出野外作]」에서는 비온 뒤에 들에 나가 농부와 이야기하며 바람이 불고 싹이 돋아나는 것을 바라보는 즐거움을 나타냈다.[123]

그러나 김도수는 궁극적으로 안빈낙도에 침잠하지만은 못하였는데, 그 이유를 다음 시에서 밝히고 있다.

伏枕違京闕　　베개를 베고 서울과 멀리 있어도
懷君尙百憂　　임금을 생각하니 온갖 근심 이네
山河當日美　　산하는 오늘도 아름다우나
盜賊幾時休　　도적은 언제 그치려나

---

119) 「日暮」의 "京輦無聞話 江湖得穩眠"와 「幽居」의 "最愛淸溪洞 冷然洗垢氛 一來巖
　　穴臥 不與世間聞"도 같은 의미이다.
120) 「思春遠諸君」, "東郭數間屋 雖飢心不違."
121) 「歸山棲奉寄李汝亮洪雲章象漢」, "一來臥空谷 寤歌心所宜."
122) 「卜居用杜詩韻」, "藥圃傍添竹 茶畦半種瓜 卽今楓未老 春月正迷花."
123) 「雨後出野外作」, "携杖出野外 乃與農者言 南風吹遠疇 殘苗暗生魂."

貊國黃雲晚　　맥국에 누런 구름 깔린 저물녘
狼州白雨秋　　낭주에 소나기 내리는 가을
悲歌悄長夜　　슬픈 노래로 긴긴 밤을 근심하며
殘月在江樓　　새벽달 비추는 강루에 있네

—「伏枕」

이 시는 지금의 강원도 화천인 낭주에서 지낼 때 지었는데 서울에서 멀리 떨어져 지내면서도 서울을 잊지 못하는 마음을 표현하였다. 김도수가 바라던 은거에 따르자면 편안한 마음으로 안빈낙도를 즐겨야 하는데 그러지 못하고 온갖 근심을 더하고 있다. 이는 임금을 생각하고 나라를 걱정하기 때문이다. 산하는 아름다운데 도적이 그치지 않는다는 선명한 대비에서 알 수 있듯이 어지러운 나라의 상황 때문이다. 이미 17세기 초부터 천민들의 자위 결사인 살인계(殺人契)가 있었고 17세기 중엽에는 민란인 임경업란, 17세기 말의 미륵 신앙자들의 한성 침입 계획이나 의승과 장길산부대와 서류들이 결탁한 사건들이 이어졌고, 김도수가 활동한 경종 연간과 영조 초년에는 거의 해마다 흉년이었으므로 양민이 도적이 되는 것이 가속화될 수밖에 없었다.124) 그러므로 여기서 도적이란 일상을 유지할 수 없던 백성들이 모인 군도를 의미한다고 할 수 있다. 그러나 한 걸음 더 나아가 생각하면 이 도적을 단순히 도적 그 자체로만 보기는 어렵다. 김도수의 시들에서 나타난 이미지들로 볼 때 백성들이 도적이 되게끔 내몬 관리들 역시 도적이라고 할 수 있는 것이다. 그러므로 이 시는 누런 구름이 깔린 저물녘에 소나기 내리는 가을이라고 하여 어두운 분위기를 배경으로 선택하였다. 농작물이 익어야 하는 가을에 도적은 들끓는 데다 소나기까지 내리니 앞날이 어둡다. 이런 상황이기에 김도수는 긴 밤을 지새우고 슬피 노래하며 임금을 걱정하였던 것이다. 이는 자신은 조용한 곳에서 가난해도 거문고와 책을 즐

---

124) 정석종, 『조선 후기의 정치와 사상』, 한길사, 1995, 120~128면 참조

기며 살 수 있지만 자신이 꿈꾸는 순임금과 우임금 시대 같은 통치가 현재 이뤄지지 않기에 혹은 자신이 그 통치에 참여할 수 없기에 슬픈 것이다.125) 곧, 김도수에게 있어 안빈낙도와 현실참여라는 두 개의 상반된 축은 끊임없이 그를 끌어당기고 있었다. 이는 "군왕으로 하여금 사직을 근심케 하고, 차마 처자를 데리고 홀로 돌아오지 못하네"126)라는 말에서 확연히 드러나니, 여기서 그는 한 걸음 더 나아가 자신은 은거하고 싶지만 임금을 홀로 남겨두어 사직을 근심하게 할 수는 없다고 하여, 자신이 임금을 생각하는 마음과, 자신의 존재가 임금에게 도움이 된다는 점과, 나아가 임금의 곁에는 믿고 맡길 만한 신하가 없는 상황임을 은근히 묘사했다. 이처럼 자신만의 안빈낙도를 누리기에는 김도수가 지닌 현실지향의 요소는 강했던 것이다.

　　조선조의 사대부들은 명철보신(明哲保身)을 위해 자연을 찾아 자연의 외부에 서서 자연을 아름다운 것으로 관념화시켰다. 그들은 강호에 병이 깊어 죽림에 누웠다가도 정치적 진출의 기회가 오면 천석고황(泉石膏肓)이 금방 나아 성은의 망극함을 기리며 자연을 박차고 나갔다. 이들은 몸은 자연에 있으면서도 마음은 사회에 가 있었기 때문에 떠나온 현실을 철저히 부정한 것도 아니고, 자연을 철저히 이해한 것도 아니었다. 이들에게 현실은 긍정적인 대상이었기에 언젠가는 돌아가야겠다는 생각이 있었고, 자연은 그때까지 임시로 머무는 대피처요 안식처였다.127) 즉 사대부들에게 있어 자연은 일시적 도피처였는데 이는 다시 돌아갈 희망이 남아 있었기 때문이었다. 그러나 서얼들의 자연은 달랐다. 이세원과 강백의 경우 전원한거를 통해 읊은 자연은 세상과 반대선상에 서 있다. 세상에서 머뭇거리지 못하고 세상과 어긋나기에 대안처로 찾아간

---

125) 「華山雜吟」, "靜裏琴書貧亦樂 夢中虞夏意堪哀(조용한 속 거문고와 책 가난하나 또한 즐겁고, 꿈속 순임금과 우임금의 뜻은 슬픔을 참네)."
126) 「遣懷」, "却使君王憂社稷 忍將妻子獨歸來."
127) 송재소, 『茶山詩 硏究』, 창작과비평사, 1986, 99~104면 참조.

곳이다. 이들에게는 서울로 다시 가보아야 벼슬길에 나아갈 희망이 없었다. 그래서 이들은 서울로 가서 벼슬을 할 생각을 전혀 하지 않는다. 환로에 대한 체념 위에서 한가로운 전원생활에 안주할 수 있었던 것이다. 농사짓고 가난하게 사는 삶을 호귀인의 삶보다 우위에 두며 안빈낙도를 누릴 수 있었다. 이로 인해 이들이 보는 자연은 사대부들처럼 관념화된 자연이 아니라 인간 생활의 터전인 총체적인 자연이었다. 따뜻한 시선으로 바라본 농촌의 삶이 경험 속에서 우러나고 있다. 김도수의 경우는 환로에 대한 미련을 저버리지 않기에 일견 사대부들의 자연과 접맥되는 듯이 보인다. 그러나 사대부들처럼 천석고황을 표방하고 자연으로 돌아가 자연과 벗하여 유유자적하게 노는 일은128) 김도수에게 드러나지 않는다. 산수를 아름다움 그 자체만으로 묘사하거나, 자신이 한거하고 있는 전원이 뛰어난 경치라는 언급만을 하지는 않는다. 김도수에게 있어 자연은 풍진의 고달픔과 호구지책 이상이 되지 못하는 벼슬길의 참담함에서 벗어나게 해주는 곳이었다. 그러므로 사대부들과는 달리 전원생활을 하면서도 끊임없이 임금에 대한 걱정을 표명할 수 있었던 것이다.

　　결국 서얼들은 자연을 총체적인 인간 생활의 터전으로 바라보았다. 독서하며(『愚谷集』「閑居」) 시를 짓고(『顧菴遺稿』「次幽居偶題」) 그림을 그리며(『愚谷集』「宿葛院店」) 아이들을 가르치고(『愚谷集』「渡臨津」) 낚시를 하는(『春洲遺稿』「奉贈嘯軒成主簿夢良歸驪湖舊居」) 사대부적인 면모와, 백성의 기쁨을 기뻐하고(『顧菴遺稿』「奉次退漁公見示喜雨作」) 들에 나가 농부와 이야기하며(『春洲遺稿』「雨後出野外作」) 농사를 짓는(『愚谷集』「新居五老谷幷五絶」) 농촌 생활의 면모가 조화롭게 나타난다.

---

128) 송재소, 위의 책, 99면.

3. 도·불적 취향과 정서

서얼들의 문집에는 도·불적 취향의 시문이 적지 않게 보인다. 도가에 대한 관심은 그 이전 시기부터 지식인들 사이에 많았는데 그들은 신선을 동경하여 신선이 되는 방법을 연구하였고 어느 누군가 우연한 기회에 신선을 만났다거나 신선의 세계에 다녀왔다거나 신선이 되려다 말았다는 설화도 풍미하였다. 또한 우리나라가 도가에서 말하는 삼신산을 지닌 곳이라는 이야기도 끊임없이 되풀이되었다.

서얼들의 도가적 취향의 시문에는 불로장생의 신선이 되겠다는 생각을 나타낸 것은 없으며 아울러 신선이 되기 위해 수련을 하는 노력도 보이지 않는다. 또한 방외적 일탈의 흔적을 나타내지도 않는다. 곧, 조선 후기 유선시(遊仙詩)의 개념에[129] 들어맞는 시는 찾아보기 쉽지 않다. 이들의 시문에 나타나는 신선은 지리적으로 떨어져 있는 경우가 대부분이며 상상 속에서만 등장한다. 승경을 대했을 때 그곳을 신선세계에 비유하는 의례적인 표현이 많다. 신선을 만났다는 설화를 인용하지도 않는다. 다만 김도수만이 신선의 땅을 방문하겠다는 바람을 드러내면서 신선의 땅에 갔었다고 하였다. 서얼들의 시문에서 도가적 취향은 소재적인 측면이 많다. 특히 악부·가·행의 형식에서 나타난다. 이는 문학관에서 살펴보았듯이 신유한이 『장자』와 「이소」가 『시경』의 뜻을 계승했으며, 「이소」가 직설적이지 않고 가물(假物)한 표현법을 썼음을 높였던 것과 연관된다. 악부·가·행에서 가물의 표현법은 주로 도가적 상상력을 통해 발휘되고 있는 것이다. 도경에 드러나는 인물·용어·사건 등

---

129) "유선시란 신선전설을 제재로 仙界傲遊나 鍊丹服藥을 통해 불로장생의 염원을 노래하거나, 혹은 離塵去俗하는 선계에서의 노님을 통해 현실에서의 갈등과 질곡을 서정, 극복하려 한 시이다." 정민, 「16.7세기 遊仙詩의 자료개관과 출현동인」, 『韓國道敎思想의 理解』(한국도교연구회 편), 아세아문화사, 1990.

이 도가적 분위기를 느끼게 한다.

불교적 취향을 나타내는 시는 소재적인 면에서 두 경향으로 구별되는데, 하나는 승려들과 교류하면서 주고받은 시이고, 다른 하나는 산사(山寺)에 가서 산사에 관한 느낌이나 자신의 심정을 읊은 시이다. 전자는 이세원, 신유한, 그리고 김도수에게서 나타나는데 특히 신유한과 김도수의 경우가 많다. 후자는 이세원과 강백, 그리고 김도수에게서 나타난다. 특히 강백의 불교시는 모두 산사를 제목으로 삼고 있다. 더구나 강백의 경우는 여러 산사를 찾아다녔는데도 승려와 주고 받은 시는 단 한 편도 없이 「숙불주암(宿不住庵)」·「내원암(內院庵)」 등 산사의 명칭만을 시제(詩題)로 삼고 있다는 점이 매우 특이하다. 한편 신유한은 연초산인(演初山人)·국탄산인(國坦山人)·지문(智門)·눌상인(訥上人)·사안상인(師安上人)·영선사(英禪師)·비슬산인(毗瑟山人) 등과 시를 주고받았다. 특히 연초산인과는 친분이 깊어 그와 관련된 시문이 7편이고 그를 가리켜 "연초는 내 방외의 벗이다"[130]라고 하였다. 김도수도 호장로(浩長老)·지운상인(智雲上人)·매상인(梅上人)·우심상인(牛尋上人)·윤상인(允上人)·희특화상(希特和尙)·극념상인(剋念上人)·명상인(明上人) 등과 시를 주고 받거나 그들을 그리는 시를 썼다. 김도수 역시 극념상인과 친분이 있었는데, 김도수는 극념상인을 '군(君)'이라 호칭하였고 김도수가 1727년 남유(南遊)를 마치고 돌아온 다음날 극념상인은 이매(李梅)와 함께 김도수를 찾아올 정도로 친분이 깊었다.

조선 후기에 이르면 불가(佛家)들이 유가(儒家)들과의 문학적 교유를 중요시하면서 작품을 주고받는 것이 새로이 나타나는 현저한 특성이다.[131] 이는 불가의 입장에서 본 것인데 이를 뒤집어 유가 혹은 사대부

---

130) 『靑泉集』 권2 「山人國坦自通度寺來謂與雪松大師同棲雪松名演初余方外友因贈五言三篇兼示雪松」.

131) 이진오, 「朝鮮後期 佛家漢文學의 社會的 性格變化」, 『韓國漢文學과 佛敎文化』(安東漢文學會 論叢刊行委員會), 아세아문화사, 1991, 327~328 참조

의 입장에서 본다면 그 의미는 다소 달라질 것이다. 곧, 단순히 불가의 필요에 의해서 교유가 이루어지지만은 않았을 것이다. 불가 쪽의 필요와 사대부 쪽의 필요가 서로 맞아떨어져서 교유가 성립되었을 것이다. 실례를 들어보자면, 신유한의 「백운승 지문이 시축을 지니고 내방하여[白雲僧智門携詩軸來訪]」이나 「영남의 승려인 남붕이 그 조사인 송운의 사적을 지니고 서울에서 시를 구해 공경 대인에게 얻음이 많은데 나도 숙연이 있기에 시축에 차운하였네[嶺南僧南鵬携其祖師松雲事蹟乞詩都下得公卿大人題墨已多余於是有宿緣次軸中韻]」, 김도수의 「달밤에 극념이 내방하여[月夜尅念來訪]」 등은 승려들이 그들의 필요에 의하여 사대부를 찾아온 예이다. 반면 신유한의 「늦봄 해인사에 노닐어 눌상인에게 바침[暮春游海印寺贈訥上人]」이나 김도수의 「서석산 원효사에 머물며 명상인과 영은에서 예전에 노닐던 것을 이야기하고 그의 시축에 차운하였네[宿瑞石山元曉寺與明上人談靈隱舊遊仍次其軸中韻]」, 이세원의 「붕상인의 시축에 차운하여 쓰네[次韻題鵬上人軸]」 등을 보면 사대부가 산사에 가서 승려와 교류하고 있다. 곧, 불가들이 유가들과 시문을 주고받았던 것은 불가의 필요에 의한 것이었기도 하지만, 유가쪽에서 이를 받아들이면서 유가도 이에 대한 필요성이 있었기 때문일 것이다. 유가쪽의 입장에 대해서는 현재 구체적으로 밝혀진 연구가 없는데 본고가 이를 어느 정도 보여줄 수 있으리라고 여겨진다.

　신유한의 경우는 승려들이 찾아와 시문을 부탁한 예가 많다. 아마도 이는 당시 그의 문명(文名)이 크게 작용했던 것 같다. 또 이미 등제하기 전부터 승려와의 교류가 있었던 것에도 원인하는 것 같다. 「산인 연초에게 보내는 서[與山人演初書]」는[132] 연초를 위시한 운종·방주·팔공·혜인 등의 승려가 『촉암기』에 서(序)를 청하였고 「법광사 석가 사리탑 중수비[法廣寺釋迦舍利塔重修碑]」는[133] 법광사의 탑 속에서 석가의 사리

---

132) 『靑泉集先生續集』 권2.
133) 『靑泉集』 권5.

가 발견되자 승려들이 글을 부탁하였고 「신각 송운대사 분충 서난록 발
(新刻松雲大師奮忠紓難錄跋)」을[134] 보면 승려의 부탁을 받고 송운대사 충
서록에 발문을 써주었다. 또한 「낙암대사비명(洛巖大師碑銘)」이나 「운수
암기(雲水庵記)」·「염불계서(念佛契序)」 등이 모두 승려들의 부탁으로 이
루어진 것이다. 또한 승려와의 화답시(和答詩)의 경우도 직접 절을 찾아
가 화답한 시보다는[135] 사대부의 공간에서 읊은 시가[136] 더 많다. 승려
들은 문명도 있으면서 불교에 대한 이해도 깊은 신유한에게 글을 부탁
하거나 그와 시를 창수하여 자신들이 필요로 하는 글의 입지를 높이고
자 하였던 것으로 보인다.

김도수와 이세원은 주로 산과 산사를 찾아가서 시를 읊었다. 승려가
속세 공간으로 이들을 찾아와 쓴 시는 김도수의 경우는 「달밤에 극념이
내방하여[月夜剋念來訪]」 한 편이고 이세원에게는 없다. 대부분의 시는
산을 찾아가 산사를 방문해서 지었다. 또한 김도수의 「옥천암에서 홍생
에게 부치며[玉泉庵寄洪生]」·「상운사에서 여러분과 창화하며[祥雲寺與諸
君唱和]」·「부왕사 달밤에 송영수재복과 술마시며 차운함[扶旺寺月夜與宋
永受載福對飮次韻]」·「문수사에서 벗들의 시에 차운함[文殊寺次諸友韻]」 등
의 시나 이세원의 「순상을 모시고 대보름날 동화사에서 달 구경하며[陪
巡相上元日玩月桐華寺拈韻]」·「박인백만원과 이사장인상과 함께 해인사로
놀러 가다가 도중에서 '광'자로 읊다[與朴仁伯萬元李士長麟祥同作海印之遊途
中口占得光字]」 등을 볼 때 한 명이나 여러 명의 친밀한 문사(文士)들과 산

---

134) 『靑泉集』 권5.
135) 「暮春游海印寺贈訥上人」·「伽倻山贈演初上人」·「贈華山上人師安」·「磧川寺過
    方丈英禪師五絶」.
136) 「嶺南僧南鵬携其祖師松雲事蹟乞詩都下得公卿大人題墨已多余於是有宿緣次軸中
    韻」·「白雲僧智門携詩軸來訪」·「山人國坦自通度寺來謂與雪松大師同棲雪松名演
    初余方外友因贈五言三篇兼示雪松」·「雪松見余詩和寄余復和之倒用韻」·「金沙曲
    寄初上人四絶」·「道州城樓別演初上人」·「香樓遇演初山人自湖南楞伽寺來喜爲詩」
    ·「毗瑟山人慧澄訪余京中寓舍片語知非塵土間得與之約後會於頭流雲月漫筆俚詞以
    別」.

사를 찾아가서 함께 시를 지었다. 또한 김도수는 설악산(雪嶽山)·금강산
(金剛山)·마니산(摩尼山)·속리산(俗離山)·가야산(伽倻山) 등 여러 명산에
노닐기를 즐겨 자연 산사를 방문할 기회가 많았다. 이세원 역시 명승(名
勝)을 찾아다니면서 산사를 방문한다거나 어느 곳을 가는 도중에 혹은
어느 곳에 가서 산사에 들렀다. 서얼들이 산사로 승려들을 찾아가 지은
시들이 존재하는 이유 가운데 하나는 이들이 산사에서 독서하였기 때문
이다. 신유한은 젊은 시절 백련암(白蓮菴)에서 독서하였다. 신유한이 쓴
시제(詩題) 「죽림사에서 독서하는 황천용에게 시를 지어 생각을 보내네[黃
天用讀書竹林寺賦詩寄思]」를[137] 보면 신유한의 고향 친구인 황천용도 죽림
사에서 독서하였다. 김도수는 1720년에는 삼각산(三角山) 동령사(東嶺寺)에
살면서 『능엄경(楞嚴經)』 등을 읽었고[138] 1726년에는 화산(華山) 태고사(太
古寺)에서 독서하였다.[139] 물론 이는 서얼뿐만 아니라 서얼을 포함한 일
반 사대부들에게도 나타난 경향이다. 산사에서 독서하면서 자연스레 승
려들과 교분을 쌓을 기회가 되었던 것이다.

1) 정신적 위무처로서의 도불적 세계

　서얼들이 도가와 불교에 경도된 이유는 현실의 고해에서 벗어나기
위함이었다. 자신을 엄습하고 있는 현실의 고통 때문에 도가와 불교에
침잠하는 내용들이 형상화되었다. 곧, 왜 도가적 세계에, 그리고 불교
혹은 부처의 자비에 다가가게 되었는가 하는 이유를 역설한다.
　네 문사 가운데 이세원은 도·불적 취향을 그다지 드러내지 않는다.
도가적 풍취가 드러나는 시문을 살펴보면, 승경(勝景)에 노니는 시가 많

---

137) 『靑泉集』 권1.
138) 「東嶺寺與元菩薩詩」, “余年二十二庚子夏棲三角山東嶺寺 (…중략…) 讀楞嚴.”
139) 「南遊記」, “余讀書于華山太古寺.”

다. 승경을 단순한 승경으로 읊기도 하지만 승경에서 신선을 생각하는 시도 많다. 이런 시들은 대체로 자신이 찾은 곳이 뛰어난 경치를 지녔음을 읊고 그곳이 신선의 지경이라고 하는 경우가 많다. 곧, 일반적이고 의례적으로 신선의 경지를 대입한다. 예로써 1742년은 소식이 적벽부를 썼던 임술(壬戌)년과 같은 임술년이었다. 비록 오랜 세월이 흘렀으나 같은 임술년이라는 데에 이세원과 그 동류들은 고무되었다. 그리하여 1742년 7월 소식의 흉내를 내어 배를 타고 적벽에 이르러 화락하게 즐긴다. 또한 신선을 생각하는 시들 16제 가운데 12제가 이 시기에 집중적으로 창작되었다. 그러나 1742년 가을에 이르면 승경을 생각하면서도 우울한 기운을 지니는 시들을 쓴다. 예로써 그 해 10월에 지은 「단구 이사군규진이 10월 보름에 봉서정에 노닐다 보낸 시에 받들어 수창하며[奉酬丹丘李使君奎鎭十月之望遊鳳棲亭見寄詩]」를 보면 즐거운 가운데서도 우울한 기운을 어쩌지 못한다. 곧, 이 시의 앞부분은 소식의 적벽부를 이야기하며 그 자취를 따라 즐김을 노래하지만 중반에 이르면 자신의 시름과 질병 때문에 달 밝고 바람 맑은 경치도 쓸쓸히 여겨지고 신선의 땅을 슬피 바라볼 뿐이다.140) 이 경우 신선의 땅이란 특정 지역을 가리킨 말이라기보다는 비유적인 표현이다. 신선의 땅을 바라보지만 구름 낀 나무에 막혀 있다고 하여 그곳이 미지의 세계임을 알게 한다.

睡起候潮至	잠에서 일어나 조수 들기 기다리니
繁星尙滿天	많은 별 아직도 하늘에 가득해라
戒裝風在後	바람이 뒤에 있어 차림을 경계하고
鳴櫓月橫前	노를 저으니 달은 앞에 비껴 있네
浮世眞如客	뜬 세상은 참으로 나그네와 같으니
殘年欲問仙	남은 세월에 신선을 찾으려 하네

---

140) "飜愁襄疾苦無建 虛負寒江江月白 月白風淸可奈何 悵望仙區雲樹隔(나부끼는 시름 오르고 疾苦로 건강 없으며, 추운 강을 헛되이 등에 지니 강의 달이 밝네. 달 밝고 바람 맑으니 가히 어찌 하리, 슬피 仙區를 바라보니 雲樹에 막혔네)."

滄溟渺無際　　너른 바다 아득히 가이 없으니
何處可停舡　　어느 곳에 배를 멈출 수 있으리

―「金山寺」

이 시는 이세원이 1744년 봄에 쓴 것으로 보이는데, 이세원은 그 해 가을에 타계하였으니 타계하기 전 반년도 안 되는 시기에 씌어진 것이다. 1744년 봄 이세원은 이기진을 따라 현재의 충청남도 홍성(洪城)인 홍주(洪州)로 갔다.[141] 4월 소망(小望)에 배를 타고 충청남도 서산군(瑞山郡) 안면면(安眠面)에 있는 간월도(看月島)로 갔다. 금산사는 전라북도 김제군(金堤郡) 금산면(金山面)의 모악산(母岳山)에 있는 절인데, 이세원에 의하면 간월도에서 바라보인다.[142] 이 시는 간월도에 갔다가 금산사를 향해 가거나 금산사에 갔다가 쓴 것으로 보인다. 「금산사(金山寺)」는 새벽녘 잠에서 깨어나 보니 아직 하늘에는 별이 많고 바람은 배의 뒤에서 불며 달이 배의 앞에 낮게 떠서 지려 하는 것을 형상화했다. 옷깃을 여미고 바라보는 바다는 아득하고 틈조차 없어 보여 배를 멈출 만한 곳도 없는 듯하다. 어두운 바다 위에 떠 있는 한 척 배 위에서 멀리 바라보노라니 세상은 덧없고 어디고 머무를 곳이 없어 보인 것이다. 또한 자신이 울울하고 낙척하게 보내온 세월도 덧없어 보인다. 그래서 신선을 생각하는 것이다. 덧없는 세상에 막연히 신선을 노래하고 바라보기만 하다가 마침내는 신선을 찾아가리라 생각한 것이다.

다른 서얼들과 비교하여 불교에 대한 이해나 경도가 드러나지 않는다는 점이 이세원 문학의 가장 변별적인 양상이다. 이세원이 절을 찾아간 것은 승경을 유람하는 과정에서 경치 좋은 곳에 있는 절을 방문하는 의미가 컸다. 예로써 백련암(白蓮菴)은 경치가 절로 뛰어나더니 양진헌(養眞軒)도 그윽하고 적막하다고 하거나,[143] 해인사가 절승이기에 멀리서

---

141) 「發黃江」原註, "時隨牧谷公之洪州."
142) 「四月小望向看月島舟中次東坡韻」, "金山一點帆前生."

오는 나그네들이 멀다 하지 않는다고[144] 하였다.

寂廖方丈內　　조용한 방장실
跏趺老和尚　　가부좌한 노스님
蕭蕭古氣貌　　쓸쓸히 옛스런 운치
鬱鬱含精爽　　몹시 영혼을 머금었네
焉知幻塵劫　　어찌 알리, 헛된 영겁을
便欲問眞妄　　문득 참과 거짓 묻고자 하니
嗒然槁木形　　멍한 마른 목상
生死一希朗　　삶과 죽음이 한결같은 희랑 스님

—「希郎師木像」

　　위 시는 이세원이 해인사에 가서 고려 태조가 추증한 희랑국사의[145] 목상을 보고 쓴 것이다. 이 시는 이세원의『고암유고』가운데 비교적 종교적 색채를 지녔다고 할 만한 것이지만 다른 서얼들의 작품과 비교해 보면 종교적 색채가 짙지 않다. 이세원은 방장 노화상을 보면서 희랑사 목상과 이미지를 겹치고 있을 뿐이다. 삶과 죽음이 하나인 것처럼 참과 거짓도 결국은 하나라는 현실 초탈 내지는 체념적 사고를 보인다.

　　이세원 문학이 이상과 같은 특색을 지니게 된 원인을 살펴보면 다음과 같다. 이세원은 네 명의 서얼 문사 가운데 연배가 가장 앞서는바 이미 제2장에서 살폈듯이 서얼로서 벼슬길에 제대로 들어가기 시작한 것은 신유한부터라고 할 수 있다. 그러므로 이세원은 벼슬길에 대한 가능성이 희박한 상태에서 정신적인 면에 안주하게 되었던 것으로 보인다. 또한 이세원은 이기진, 조륜과 더불어 이식—이단하—이여로 계승되는 18세기 전반기 노론 산림의 학맥을 이어받아 이기진, 김진상과 더불어

---

143)「移搨養眞軒」수련, "蓮菴本自勝 養眞更幽寂."
144)「海印寺」미련, "更有紅流稱絶勝 每敎遊客不辭迂."
145)『春洲遺稿』「南遊記」, "僧出粧銅古櫃 示余 中有高麗太祖追贈希朗國師敎旨一通."

노닐면서 사대부 테두리 안에서 시를 지었기에 자신의 신분적 문제나 사회 비판을 직설적으로 드러내기는 어려웠고 유자로서의 면모는 불교를 용납할 기회를 가지지 못했던 것으로 보인다.

다음으로 신유한의 경우를 살펴보겠다.

> 돌아보건대 제가 진토에서 미친 소리 하였던 것은 불가에서 이른바 전생의 악업에서 나온 것으로 닦아 벗어나지도 못하고 회피도 못하여 그릇되게 시문을 거느리고 외람되이 과거에 장원을 하여, 시기하고 의심함이 많고 가시나무가 길에 퍼졌으며 능력이 아닌 일을 하고 이리가 제 살을 밟음과 양이 넘어짐처럼 진퇴양난이니 운명이 시킨 바 아님이 없습니다. 『금강경(金剛經)』에서 석가가 말씀하신 "모든 세간의 법됨은 꿈과 환상 같고 물거품과 그림자 같고 이슬 같고 또한 번개같아 응당 이와 같이 봄을 만든다"를 읽고, 이 말씀을 얻은 뒤 문득 좋아하고 싫어하는 마음, 번민하고 부러워하는 마음, 장점을 다투고 단점을 보호하는 마음을 잡은 것이 빠르게 소멸하여 구름이 오면 구름이고 번개가 지나가면 번개라 모두 자아의 관념을 용납하지 않으며, 수중에는 단지 평생 베낀 『역경』·『시경』·『서경』·도경·불경·『산해경(山海經)』 몇 권만이 있습니다.
>
> —「答悔軒鄭伯英僑書」146)

이 글은 신유한이 정준에게 보낸 편지의 일부분으로, 대략 52세에서 56세 경에 쓴 것이다. 신유한은 52세에 생모가 돌아가시자 칩복하고 지냈는데 이 당시 서울과의 연락이 거의 없는 상태였다.147) 또한 조용하고 실의하여 늙은 농부들과 더불어 밭 사이에서 팔배나무 술을 얻어 마심을 즐거움으로 삼으니 원하는 바 이미 족하다고148) 최성대에게 편지

---

146)『靑泉集』권3, "顧不佞所以竊狂聲於塵土者, 皆出於佛家所謂前生惡業, 刷脫不得, 回避不得, 謬將雕篆, 冒占科甲, 猜疑溢目, 荊棘布路, 牛呼馬使, 狼跋羊顚, 莫非命分所使, 及讀金剛經釋迦有言, 一切世間有爲法, 如夢幻泡影如露亦如電, 應作如是觀, 自得斯言, 便把好醜心懍羨心爭長護短心, 霍然消滅, 雲來是雲, 電過是電, 皆不容自我觀念, 而握中只有平生手寫易詩書靑牛白法山海經數卷."

147)『靑泉集』권3「答崔士集書」, "遭難以後, 洛中士大夫, 絶無一片紙相訊";『靑泉集』권3「答李參議宗城書」, "蟄伏以後, 洛中士大夫, 無一字問死生."

148)「答崔士集書」, "沈沈忽忽, 便與老農輩, 乞田間杜酒爲娛, 願已足矣."

하였듯이, 실의하였고 마땅히 할 일이 없었다. 이러한 상황에서 신유한은 자신의 삶을 돌아보게 되었던 것 같다. 자신이 세상에 태어나 글을 하고 과거를 통해 벼슬길에 나아가 문명을 얻으니, 남들이 시기를 하고 자신에 대해 이런 저런 평판을 하여 이리 치이고 저리 치이고 했던 것에 대해 회의를 하게 되었고, 자신의 삶이 기구하다고[149] 느꼈다. 이에 대한 위안으로 삼은 것이 도가와 불교였다. 이 당시 신유한은 도경과 불경에 탐닉하여 『금강경』을 읽었을 뿐만 아니라, 승려들과 더불어 불게(佛偈)를 읽는 것을[150] 즐겼다. 이로 인해 자신의 삶은 모두 불교에서 말하는 전생의 악업 때문이라고 생각하게 된 것이다. 나아가 『금강경』에서 나오듯이 세상의 모든 것이 헛된 것이라는 것을 깨달아, 일종의 어리석은 생각을 씻고,[151] 마음의 평안을 얻게 되어, 자신의 삶에 대한 모든 번민에서 헤어날 수 있게 되었다고 한다.

그런데 신유한을 위시한 서얼들은 불경을 읽는다는 사실을 자주 밝혔다. 신유한은 1720년경에는 "내 능가경(楞伽經)을 읽네"라고[152] 하였고, 1736년에 지은 「장연현재시축(長延縣齋詩軸)」에서는 『반야경(般若經)』을 읽는다고 하였고 「답 회헌 정백영준 서(答悔軒鄭伯英儁書)」를 보면 『금강경』을 읽었고, 「답 최사집 서(答崔士集書)」·「답 이참의종성 서(答李參議宗城書)」, 1741년경에 지은 「현재에서 서생들과 독서한 기[縣齋與諸生讀書記]」와 1750년에 쓴 「경운재게(景雲齋偈)」에 불경(佛經)을 읽는다는 사실을 강조하고 있다. 강백도 "『능엄경』에 묘체(妙諦) 있으니, 긴 밤 등불의 심지를 자르며 보네"[153]라 하였듯이 『능엄경』에 심취하였다. 김도수는 1720년 22세의 젊은 나이임에도 불구하고 동령사에서 『능엄경』을 읽었다.

---

149) 「答崔士集書」, "僕之崎嶇七尺, 已無所望於斯世".
150) 「答李參議宗城書」, "時時與山僧讀佛偈."
151) 「答李參儀宗城書」 "洗了一種癡想."
152) 「山人國坦自通度寺來謂與雪松大師同棲雪松名演初余方外友因贈五言三篇兼示雪松」 2수 기구, "我誦楞伽經."
153) 『愚谷集』 권3 「宿傳燈寺」, "楞嚴有妙諦 永夜剔燈看."

『능가경』은 부처님이 능가산에서 대혜보살(大慧菩薩)을 위하여 여래장(如來藏) 연기(緣起)의 이치를 설파한 것에 관한 책이다. 『반야경』은 만유는 우리가 실물처럼 보는 것과 같은 존재가 아니고 다 공(空)하여 모양이 없는 것이라는 내용을 담고 있다. 『금강경』은 일체법 무아(無我)의 경지를 말한 책이다. 『능엄경』은 『수능엄경(首楞嚴經)』을 말하는데 부처님이 보리(菩提)를 빨리 얻을 수 있는 삼매(三昧)를 말하고, 마경(魔境)을 물리치는 것을 증명하기 위해 마경을 나타내 물리친 것에 관한 책이다. 이 불교 경전들은 모두 일반인이나 불교에 처음 입문한 사람이 읽기에는 어렵고 불교에 대한 이해가 깊은 사람들이 읽을 수 있는 책들이다.

불경을 많이 읽어 불교에 조예가 깊었기에 이들은 일반인들이 알기 어려운 전문적인 불교 용어를 시에서 많이 쓰고 있다. 예로써 신유한의 경우는 무생(無生)·가리의(迦梨衣)·금사(金沙)·서래(西來)·무정(無情)·무법(無法)·반야(般若)·금강(金剛)·쌍수(雙樹)·화성(化城)·취령 등의 용어를, 강백은 육근(六根)·인천(人天)·가사(袈裟)·범패(梵唄)·나찰(羅刹)·변상(變相)·도산(刀山)·검수(劍樹) 등의 용어를 썼다.

六絃琴千卷書　　여섯 줄 거문고 천 권의 책
案頭硯燈下爐　　책상 머리에 벼루 등 아래에 화로
儒道釋經史俱　　유·불·도의 경전과 역사를 갖추니
周孔師屈賈徒　　주공과 공자는 스승이요 굴원과 가의는 동류이네
汲冢簡山海圖　　급총의 편지와 산해의 그림
朝暮讀心身娛　　아침저녁으로 읽으니 심신이 즐거워
…(중략)…

靑牛仙敎樸愚　　청우 타는 신선은 순박하고 어리석음을 가르치고
雪山佛談空虛　　설산에서 고행한 부처는 공허를 이야기하니
忘是非息毁譽　　시비를 잊고 비방과 칭찬을 그치네

— 「景雲齋偈」154)

---

154) 『靑泉集』 권2.

이 시는 신유한이 1750년에 지은 것인데, 서책을 가까이 하는 이유를 명확하게 밝히고 있다. 도가는 순박하고 어리석은 것을, 불교는 공허함을 일깨우기에 도·불의 서책을 읽으면 심신이 즐거워지고 세상일에 대한 시비를 잊고 비방과 칭찬을 그치니 모든 것에 초연할 수 있는 것이다. 여기서 신유한이 도·불을 동일선 상에서 이해하고 있음을 알 수 있다. 즉 도가와 불교는 신유한에게 종교적 의미는 아니었다. 자신의 능력을 발휘할 수 없게 만드는 어지러운 현실에서 마음을 비우도록 일깨워주는 인도자의 구실을 하고 있는 것이다. 더욱이 「경운재게(景雲齋偈)」에서 주공·공자·굴원·가의의 서책과 도·불의 서책이 모두 자신의 심신을 맑게 해주는 것으로 보고 있다. 또한 「답 회헌 정백영준 서(答悔軒鄭伯英儁書)」에서도 『역경』·『시경』·『서경』·도경·불경·『산해경(山海經)』 등에 동일한 가치를 부여하고 있다. 이로 미루어 기본적으로 유자였던 신유한에게 있어 도가와 불교는 정신적인 만족을 주는 철학이었다고 할 수 있다.

酌罷新醪浣客情	새로 빚은 막걸리를 마시기를 다하여 客情을 씻네
世間如此我何營	세간이 이와 같으니 내 무엇을 도모하리
身無逸翮孤飛去	몸에는 외롭게 날아 갈 수 있는 뛰어난 깃촉 없지만
心有靈丹九煎成	마음에는 靈丹 있어 九煎을 이루네
石室藏書天下事	石室에 藏書함은 천하의 일이요
金臺擊筑夢中聲	金臺에서 축을 침은 꿈속의 소리로다
黃庭一讀愆殃甚	황정을 한 번 읽으니 허물과 재앙이 깊어
滄海東頭繫薄名	푸른 바다 동쪽 끝에 낮은 이름을 묶었네

이는 신유한이 벼슬하기 전에 쓴 「외숙의 시에 받들어 화답하네[奉和舅氏]」이다.155) 그의 시에서는 초기부터 말기에 이르기까지 꾸준히 '술'의 이미지가 등장하는데 이때 술은 무엇인가 맺힌 것을 씻어주는 역할

---

155) 『靑泉集』 권2.

을 한다. 1연에서 객정을 씻는다는 것도 그러하다. 곧, 세상이 이와 같다는 것은 자신이 객정을 느끼며 떠돌아다니게 하는 현실을 의미한다. 그런데 비슷한 시기에 쓴 시에서 "서쪽으로 풍진을 보니 뜻에 맞지 않는다"156)고 했으니 세상과 뜻이 맞지 않아 떠돌아다니다 외숙을 찾아와 술로써 시름을 달래는 것이다.

뛰어난 깃촉이라는 것은 뛰어난 능력을 의미하는데 이는 외현적인 능력 곧 겉으로 보기에 뛰어난 것을 의미한다. 그런데 그것이 없다는 것은 자신에게는 내세울 능력이나 신분적 배경이 없다는 뜻이다. 그러나 곧이어 마음이 뛰어나다는 것을 역설한다. 영단이라는 것은 도사(道士)가 단조(丹竈)에서 굽는 단약(丹藥)인데 이것을 복용하면 10일만에 신선이 된다. 이는 신선술에서 말하는 외단법(外丹法)이기는 하지만 이것이 마음에 있다고 하여 정신 수양이 잘되고 있음을 말한 것이다. 그러므로 마음만은 신선과 같이 뛰어나다는 것이다. 신유한은 이와 유사하게 자신의 벗들이나 자신을 신선에 비유한 바 있다.157) 3연에서는 또 한번 자신의 좌절을 노래한다. 석실은 도서를 숨기는 곳인데, 일반적인 도서가 아니라 국가의 책을 숨기는 곳으로 사마천의 『사기』도 석실의 금궤에 모아 철하였다. 석실에 장서하는 것이 천하의 일이라는 것은 자신과는 거리가 있다는 것이다. 자신은 석실에 장서할 만한 위치에 있지 못함을 말한 것이다. 금대에서 축을 친다는 것은 앞서 살폈듯이 벼슬에 대한 열망을 나타낸다. 이것이 꿈속의 일이란 것은 단지 희망에 지나지 않고 이루어지기 힘들다는 것을 말한다. 그런데 도가의 중심 경전의 하나인 『황정경』을 읽고 나니 허물과 재앙에 대해 깨닫게 되었다. 자신과 벗들

---

156) 『靑泉集先生續集』 권1 「次李慶山韻」, "西望風塵不稱意."

157) 몇 가지 예를 들면, 「次李慶山韻」에서 "世外雙靑眼 山中四皓齋"라고 이경산을 칭찬하였다. 푸른 눈이란 예교에 얽매이지 않는다는 것을 나타내고 사호란 상산사호를 의미한다. 「又用前韻奉舅氏」에서는 "向來稱綺里"라고 하여 자신의 외숙을 상산사호 중의 한 명인 기리에 비유하였다. 「次黃天用見贈韻」에서는 "握手仙人鬢髮靑"이라고 하여 자신의 벗 황천용을 신선에 비유하였다.

의 희망과 좌절이 모두 부질없어 보인 것이다. 그래서 푸른 바다 동쪽 끝이라 표현한 자신의 고향에 낮은 이름을 묶어두었다고 하여, 요락함에 이제는 자신의 의지도 어느 정도 포함되었음을 밝혔다. 결국 자신의 요락한 처지를 도가의 사상과 접맥시켜 위로받고 있는 것이다.

元朝寥落戶猶扃　　새해 아침 쓸쓸하여 문이 아직 닫혔는데
鶴氅綸巾讀道經　　학창옷에 윤건 쓰고 도경을 읽는다
萬事雲山心有素　　만사는 구름 낀 산이나 마음에 하얌이 있고
七旬烟月鬢還靑　　칠순 안개낀 달에 머리털은 도리어 푸르다
瑤琴穩傍詩書座　　거문고 어루만지며 안온하게 시서를 곁에 하고 앉아
斗屋新瞻福壽星　　오두막에서 복수성을 새로 본다
好是東君饒養老　　좋구나 동군이 풍족하게 늙은이를 기르니
碧桃花下酒尊馨　　벽도화 아래서 술 향기 나네

—「庚午元日」158)

이 시는 신유한이 고향으로 돌아와 은거하던 말년인 1750년 새해 첫날에 또다시 새해를 맞이하는 감회를 잔잔하게 읊은 것으로 일흔이 넘은 나이에 세상을 사심 없이 바라보는 의식이 나타나 있다. 새해 첫날이면 찾아오는 사람이 응당 많아야 하는데 문이 닫힌 채 있으니 이는 찾아오는 사람이 없기 때문이다. 벼슬길에서 물러나 고향에 칩거하며 가난하게 살기에 설날이 쓸쓸한 것이다. 그래서 도사들이 입는 옷을 입고 은자들이 쓰는 윤건을 쓰고 도교의 경전을 읽는다. 이는 세속과 인연을 끊고 신선처럼 지낸다는 의미이다. 그러므로 모든 일은 구름 낀 산처럼 뿌옇지만 자신의 마음만은 깨끗하고, 칠순의 나이에 안개 끼어 흐릿한 달처럼 이룬 것은 없어도 머리털은 다시금 새로 난다고 했다. 구름 낀 산의 이미지는 희뿌옇기에 그에 대칭되는 마음도 회색빛으로 묘사되고 안개 낀 달도 흐릿하기에 그에 대칭되는 노인의 머리도 허옇

---

158)『靑泉集』권2.

다고 하는 것이 일반적인 표현법일 터이다. 그러나 신유한은 이를 뒤집어 마음은 하얗고 머리털은 푸르다고 하여 희고 푸른 색채를 통해 맑고 깨끗한 심상을 가져 왔다. 은거에 들어 도경을 읽으며 마음을 다스리자 세속의 번뇌가 마음을 어지럽히지 않는, 모든 것이 평화롭기만 한 정경을 표현한 것이다. 이에 거문고를 어루만지며 시서를 곁에 하는 한적한 생활을 하면서, 오두막에서 살지언정 새해 아침에 복수성을 새로 본다. 복수성이 자신에게 복과 수를 내리는 것으로 보이는 것이다. 나아가 동군이 자신을 풍족하게 기른다고 했으니, 자신의 생활이 동군의 덕분이라는 뜻이다. 동군은 도가에서 말하는 태양의 신이다. 굴원의 『초사(楚辭)』「구가(九歌)」 '동군(東君)'은 태양의 신을 제사하는 노래이다. 또는 봄을 맡은 신이라고도 하는데 태양이 있어야 봄이 오기에 서로 연관이 된다. 자신이 은거하며 세속의 번뇌에서 벗어나 마음을 평안하게 하며 한가롭게 지내는 것은 바로 신선의 생활과 같은 것이며, 이를 바로 태양신이 도와준다는 것이다. 신분적 질곡을 읊으며 운명론을 말하였듯이, 말년의 한가로움을 읊으면서도 자신의 삶에 관여하는 초월적인 존재를 도가를 통해 생각한 것이다.

다음으로 강백의 경우를 살펴보겠다. 강백이 귀양 가서 쓴 시 「여순양 그림에 씀[題呂純陽畵]」를 보면 도가에 호의적이었음을 알 수 있지만[159] 강백은 도가적 취향의 시를 그다지 쓰지는 않았다.

依依身若別神仙	연연해하는 몸은 마치 신선과 헤어진 듯
回首桃坪意惘然	도평으로 머리 돌리니 생각이 망연하네

---

159) 이 시는 여순양을 그린 인물화에 대한 제화시로, 화면 가득 원기 넘쳐 보이는 여순양의 도사다운 모습을 표현하였다. 『愚谷集』권2 「제여순양화」, "貌出純陽子 淋漓滿幅 濃 綠風長潤髮 紅帶不凋容 白氣身邊劍 淸風背後松 奇形如古蘗 應是柳行從"; 그런데 여순양은 당나라 때의 인물인 呂洞賓으로 도교 全眞教의 다섯 도사 중 한 사람이다. 영락궁에 있는 純陽殿은 여동빈을 모시는 곳이었다. 上海古籍出版社 편, 『古代藝術三百題』(1989), 300~301면 참조

匹馬人歸山雨後　　　산비 내린 뒤 사람은 필마로 돌아가는데
幅巾君坐菊花前　　　그대는 폭건 쓰고 국화 앞에 앉았으리
濛濛灘月明魚筍　　　흐릿한 여울의 달은 통발에 비치고
颯颯秋風起粟田　　　쌀쌀한 가을 바람은 조밭에 이네
安得此中一邱壑　　　어찌 하면 이 언덕과 골짜기에서
筆床茶竈送餘年　　　筆床과 茶竈로 남은 세월을 보내리

―「示堯叟 2」 6수160)

　　강백의 이 시는 말년에 "도봉산 빛이 멀리 사람을 따라오는"161) 경기
도 포천의 도평리에 사는 요수를 찾아갔다가 쓴 것으로, 6수 가운데 마
지막 수이다. 요수가 누구인지는 알 수 없으나 강백이 예전부터 알던
친지로 보인다. 강백은 요수를 방문했다가 이별한 것이 마치 신선과 이
별한 것과 같고, 도평으로 머리를 돌리니 생각이 망연하다고 했다. 도평
은 실제 지명이지만 그 말이 품고 있는 뜻은 '복숭아 들판'으로서 신선
이 사는 곳을 의미하니 요수가 사는 도평을 신선의 땅으로 여긴 것이다.
젊은 시절에도 강백은 도평을 방문하여 도평이 세상을 피하기 좋은 곳
이라고162) 했었던 바 있다. 그에게 도평은 속세를 벗어난 곳으로 여겨
졌던 것이다. 그러한 곳을 방문했다가 강백은 산비가 내린 뒤 필마를
타고 돌아갔고, 자신이 생각하기에 요수는 국화를 바라보며 강백을 생
각하는 그리움을 달래고 있을 것이라고 했다. 있고자 바라지만 있을 수
없는 곳을 떠나는 마음의 서글픔과 보내는 정의 애처로움을 알 수 있다.
그래서 강백은 차라리 이곳에서 땅을 얻어서 말년을 편안하게 보내고
싶어한다. 그동안의 생활이 고통스러웠기 때문이다.163) 4연의 필상은 붓

---

160) 『愚谷集』 권3.
161) 「示堯叟」 2수, 결구, "道峰山色遠隨人."
162) 『愚谷集』 권1 「入白雲」 수련, "桃坪堪避世 一宿李生家."
163) 위의 시보다 바로 앞선 시기에 쓴 『愚谷集』 권3 「離家向廣州果川口拈」에서 "過去
　　山川皆逆旅 經來歲月孰神仙"라고 읊었듯이 이리저리 떠돌며 고생하며 살아온 삶에서
　　신선의 생활은 없던 것이다. 또한 귀양살이 도중에 쓴 『愚谷集』 권2 「寄示諸子」에서

을 올려놓는 책상이니 책을 보며 시를 쓰겠다는 생각을 나타낸 것이며 다조는 차를 끓이는 부엌인데 마치 신선이 단조(丹竈)에서 연단하듯이 다조에서 차를 끓여 마시며 마음의 평안을 유지하며 살고 싶다는 것이다. 곧, 세상의 풍파에 의해 요락한 현실에서 초연하게 사는 삶을 통해 신선처럼 살고 싶다는 것이다. 이는 미지의 신선계를 갈구하는 것과는 다른 것이다. 강백에게 있어서 도가는 종교도 철학도 아니라 현실이 고통스러운 것을 대비시키는 의례적인 수사법의 한 요소로 차용되었던 것이다.

이에 비해 그는 불교에 의지하였는데 특히 이인좌(李麟佐)의 난(亂)에 연루되어 귀양을 간 1728년 이후에 집중적으로 불교 취향의 시를 창작하였다. 예로써 그의 불교시(佛敎詩) 가운데 사(寺)나 암(菴)을 표제(表題)로 삼고 있는 것은 모두 25제인데 귀양가기 이전의 작품은 5제이고 귀양 도중에 쓴 작품은 8제이며 귀양에서 풀려난 뒤의 작품은 12제이다. 또한 귀양살이 이후 제목에는 나타나지 않지만 불교적인 내용을 지닌 시를 다수 썼다. 귀양간 뒤부터 불교 취향의 시 대부분을 창작한 것이다.

醺醺一任角巾斜	취하여 두건이 기울게 내버려두고
纔到山巓復水涯	겨우 산머리에 이르니 다시 물가네
風岸凄淸獨立木	바람 부는 언덕에 쓸쓸히 맑게 홀로 선 나무
陽坡蘊藉早開花	양지바른 비탈 따뜻한 곳에 일찍 핀 꽃
驚人每怯潮聲怒	사람에게 놀랐으니 매번 潮水의 성냄이 두렵고
怕世猶嫌鳥舌多	세상이 두려우니 鳥舌 많음을 혐오하네
從此杜門休出入	이제부터 문 닫고 출입 않으며
少林面壁學禪家	절에서 면벽하고 선가를 배우리

—「醉後謾筆」 2수[164]

는 "凄凄獨對桃源畵"라고 하여 도원을 그린 그림을 보며 현실의 위로로 삼았다.
164)『愚谷集』 권2;「취후만필」은 모두 8수인데, 3수에서는 "三年蹤跡寄長沙"라고 하였고 5수에서는 "五年蹤跡寄漁歌"라고 한 점으로 미루어 한 시기에 쓴 것이 아니라 오랜 세월 동안 같은 시제 아래 쓴 시들을 모아놓은 것으로 보인다.

　이 시는 강백이 귀양을 간 지 3년 정도 되었을 때 쓴 시 가운데 하나이다. 강백은 귀양간 뒤 고향을 그리는 마음,[165] 입신하지 못한 것에 대한 회한,[166] 변방에서 맞닥뜨린 역사적 현실의 암담함[167] 등을 달래려 술을 마셨고, 산과 시냇가 그리고 바닷가 등을 돌아다녔던 것으로 보인다. 이 시에서도 강백은 술에 취한 채 산에 올랐다가, 산머리와 물가에서, 바람 부는 언덕에 홀로 서 있는 나무와 양지 바른 비탈에 일찍 핀 꽃을 본다. 나무는 풍파에도 굴하지 않는 의연한 모습이고 꽃은 계절을 앞선 모습이다. 그런데 사람에게 놀랐기에 조수의 성냄이 두렵고 세상이 두려우니 조설이 많음을 혐오한다고 했다. 사람에게 놀랐고 세상이 두렵다는 데서 이들이 세상 사람들로부터 해를 당했음을 알 수 있으니 사람들이 나무를 자르고 꽃을 꺾은 것을 비유한 것이다. 조수가 성낸다는 것은 아침 저녁 주기적으로 들고나는 밀물과 썰물이 그 주기를 잃고 급격하게 몰아닥치거나 빠져나가는 것이고, 조설이 많다는 것은 새들이 시끄럽게 지저귀는 것이니, 조수의 변화와 새들이 모여드는 것조차도 바깥 세상의 사람들이 다가오는 것으로 여겨진 것이다. 이로 볼 때 강백은 나무와 꽃에 자신을 대입시키고 있음을 알 수 있다. 서얼로 태어나 젊은 시절 최창대의 문하에 들어 문명을 크게 떨쳤고, 통신사 서기로 일본에서도 시문을 날렸던 그이다. 대과에 급제한 다음 해 성환 찰방으로 부임하여 늦은 나이이기는 했으나 막 환로가 펼쳐지려고 하였다. 그러나 같은 해에 일어난 이인좌의 난에 연루되어 기나긴 귀양길을 떠났다. 꽃처럼 꺾여버린 것이다. 「행장(行狀)」에 의하면 강백은 이인좌와 내통하지 않았고 오히려 반란군들과 대적해 싸웠다고 주장한다. 그

---

165) 『愚谷集』 권2 「登高 1」 1수, “何處京華是　寒林試一攀　山靑眺望裏　髮白是非間　兒心猶寬死　親心只望還　樽前垂血淚　昨夢拜親顔.”
166) 『愚谷集』 권2 「夜坐」, “黃昏鼓角動邊愁　一止危樓堪白頭　夷夏山川限鴨水　東西文物隔熊州　天邊漠漠牛羊野　夢裡蕭蕭橘柚秋　醉後長歌仍欲發　男兒少日未封侯.”
167) 『愚谷集』 권2 「龍灣」, “龍灣俠小雁門豪　七尺長身佩寶刀　漢將休妨靑海寒　胡兒已着絳紗袍　氈車軋軋飛塵暗　獵狗騰騰蹴雪高　聞道瀋陽閭左盡　樽前慷慨泣霜毛.”

러나 이인좌의 난 이후 남인(南人)들에 대한 대대적인 숙청이 있었고 강백도 남인 집안 출신이라 축출되었던 것이다. 결국 서얼이라는 신분적 이유에서 차별을 받던 강백은 겨우 환로에 들어서자 남인이라는 당파적 이유로 내몰린 것이다. 그러므로 조수가 성낸다는 것이나 조설이 많다는 것은, 당쟁이 일어나 풍파가 일고 기득권층이 세력을 지키기 위해 말을 만들어내는 것을 비유한 것이다. 그래서 강백은 이 모든 것이 두렵고 혐오스러워 문을 닫아 잠그고 출입을 않으며 절에서 면벽하고 선가를 배우겠다고 한다. 속세를 잊겠다는 의미이다.

瓶鉢蕭然歲月過	승려 되어 조용히 세월을 보내니
孤庵每羨老頭陀	외로운 암자에서 매번 늙은 스님 부러워하네
浮沈苦海閑時少	고해에 부침하니 한가한 때 적고
來往空門悟處多	불문에 오고 가니 깨달음 많아라
心上誰能除衆障	누가 능히 마음속 많은 장애를 제거하리
世間終是逐群魔	세간은 끝내 마귀들을 뒤쫓네
禪家簡妙眞知見	선가의 신묘함을 참으로 알고 보게 되면
陳陸源頭自達摩	오래된 길의 근원은 스스로 달마일 것이네

—「宿文殊庵」[168]

이 시에는 강백이 절에서 배우겠다고 한 선가의 구체적 모습이 드러난다. 강백은 외로운 암자에서 조용히 살아가는 늙은 스님이 부럽다고 했다. 파도나 조설이 들이치지 않는 외떨어진 공간에서 조용히 사는 것이 부러운 것이다. 강백은 이렇듯 늙은 스님이 조용히 사는 것을 부러워하는 이유를 다음과 같이 말한다. 자신이 예전에 고해 같은 세상에 살 때에는 한가하지 못하였다. 고해에 사는 사람들이 마음에 많은 장애를 지니고 살기에[169] 세상이 마귀를 뒤쫓는 것처럼 위태롭기 때문이다. 곧, 한가하지 못한 것은 마음에 기인했던 것이다. 강백의 경우를 예로 들자면 서

---

168) 『愚谷集』 권3.
169) 『愚谷集』 권2 「得禪字」에서는 "世路多生嶂"라고도 하였다.

얼이라는 신분적 열등감, 벼슬길에 나아가야 한다는 강박감 등이 모두 마음속 장애였던 것이다. 또한 이 장애를 지니고 입신양명을 위해 한가하지 못하게 살다가 귀양을 오게 되었으니 좌절감은 더욱 깊었을 것이다. 이처럼 그에게 세상은 고해였기에 벗어나고 싶어했고 고통에서 벗어나지 못하더라도 적어도 위안을 삼을 것이 필요했다. 이때 강백이 찾은 위안거리 가운데 하나가 절을 찾는 것이었으니 그곳은 고해와 상반된 위치에 있었던 것이다. 그래서 불문을 오고 가니 깨달음이 많이 생겼다고 했다. 이 깨달음이란 선가의 신묘함을 참으로 알고 보게 된다면 자신도 달마처럼 될 수 있다는 것이다. 선가의 신묘함이란 이 시에서 쓰인 용어로는 조용하고 한가하며 마음에서 장애를 제거하는 것이고, 그렇게 되면 늙은 스님처럼 조용히 세월을 보내며 살 수 있는 것이다. 결국 자신이 세속에서 고통을 겪고 그에 대해 번뇌한 것이 선가의 시각으로 보자면 마음에서 기인한 것인바, 마음을 다스린다면 깨달음을 얻게 되어 자신도 늙은 스님처럼 조용히 살 수 있으리라 생각한 것이다.170)

그리하여 강백은 귀양을 간 뒤로 절을 자주 찾아갔으니 다음 시에는 절을 절실하게 찾는 모습이 형상화되어 있다.

中峰脚力盡　　　중봉에서 다리 힘 다하였지만
抵死上房尋　　　죽기를 작정하고 산사를 찾아 왔네
雁塔依秋樹　　　안탑은 가을 나무에 기대었고
龍堂逗夕陰　　　용당에는 저녁 어둠이 깃들었네
慈悲群佛相　　　자비로운 여러 불상들
讚嘆衆生心　　　중생의 마음을 찬탄케 하는구나
安得住瓶錫　　　어찌 하면 항아리와 지팡이를 머물러
蕭然老祇林　　　조용히 절에서 늙어갈 수 있으리

―「尋寺」171)

---

170)『愚谷集』권2「宿文殊庵」, "顚沛方知懺悔深"을 보면 자신이 삶에서 좌절을 했었기에 참회가 깊음을 알게 된다고 했다.

▲ 金弘道, 「念佛西昇圖」, 간송미술관 소장. 강백이 바란 것은 이 그림의 스님처럼 마음의 해탈을 얻는 것이었으리라.

중도에 다리 힘이 다하였어도 죽기를 작정하고 산사를 찾아갔고, 또한 이윽고 다다른 산사에 저녁 어둠이 머물렀다고 했으니, 하루종일 죽을 힘을 다하여 걸어간 것이다. 이를 통해 산 위의 절이 산 아래의 속세와는 다른 이미지로 절실하게 와 닿았음을 알 수 있다. 그런데 산사에 이르니 탑은 가을 나무에 의지해 있고 용당에는 저녁 어둠이 깃들었다. 가을과 저물녘은 일년이 다해가는 시간, 하루가 끝나가는 시간이니, 그 자신이 가을이나 저물녘 같은 인생의 시기에 절을 찾았음을 의미한다. 지칠 대로 지쳐 겨우 산사에 이르자 불상들만이 어둠 속에서 자비로운 모습으로 반겨준다. 이에 부처의 자비로운 모습을 보고 마음으로 찬탄하고 또한 부처의 자비를 바라게 된다. 강백이 바라는 자비란 다시금 벼슬길로 진출하거나 세속에 돌아가 명성을 구하는 것이 아니다. 다만

---

171)『愚谷集』권3.

부처에 의지하여 노년을 절에서 한적히 보내고자 하는 것이다. 그러므로 죽기를 작정하고 산사를 찾아갔던 것이다. 그래서

> 不住住仍宿　　머물지 않고 머물러 사니
> 招提卽我家　　절은 곧 내 집[172]

이라고 하게 되니 이는 불교에의 귀의를 이룬 것이라 할 수 있다. 절이 자신의 집이라고 선언하는 일은 다른 사대부들에게서는 찾아보기 힘든 경지이고, 다른 서얼들도 직접적으로 토로하지 못한 말이다.[173]

그만큼 강백에게 불교 또는 절은 절실한 의미로 와 닿은 것이다. 외물의 번화함을 벗어버리고 담박한 마음으로 살 수 있게 해주는 곳이었기 때문이다. 이는 첫째, 자신이 벼슬에 뜻을 두었으며 벼슬길에 나아갔고 이로 인해 고통을 받아 번민했던 일을 부끄럽게 여기었기에 가능하다. 둘째, 자신이 일본에 다녀오고 벼슬길에 올랐다 떨어져 귀양을 온 것이 운명이라 하였듯이 불교에 귀의한 것 역시 운명으로 받아들였기에 가능했다.[174] 셋째, '절이 내 집이다'라고 했을 때 권력층으로부터 받을 탄핵이 이미 두렵지 않았음을 의미한다. 만약 강백의 이 말이 권력층에 의해 사문난적(斯文亂賊)으로 몰릴 위치에 있었다면 혹은 이 말로 인해 자신의 후손이 불이익을 당할 위험이 있었다면 그리고 그 자신이 이를 염려했다면 차마 이 말을 토로하지는 못했을 것이다. 그러나 강백은 권력에서 소외된 남인이었고 서얼이었으며 귀양을 다녀온 뒤 다시는 벼슬

---

172) 『愚谷集』 권3 「往內院庵」, "不住住仍宿 招提卽我家 中心受淡泊 外物厭繁華 病眼洗流水 蹇驢行落花 緇流莫尊我 中歲揷烏紗(머물지 않고 머물러 사니, 절은 곧 내 집이네. 중심에 담박함 받아드리고, 외물의 번화함 싫어하네. 병든 눈 흐르는 물에 씻고, 쓸모 없는 사람 꽃이 지는데 가네. 스님들 나를 높이지 마오, 중년에 벼슬을 살았다오)."

173) 또한 강백은 말년의 자신을 늙은 스님에 비유한 바 있다. 『愚谷集』 권5 「李美白廷彦挽」 7수 수련 1구, "靑山甁錫老頭陀"; 『愚谷集』 권5 「李美白廷彦挽」 37수 승구, "晚年身世老頭陀."

174) 『愚谷集』 권2 「偶書」, "詩讖已兆日東槎 畵出窮途事事訛 蹤跡五年留雁塞 功名數月載烏紗 金剛夢裏緣猶在 秋水燈前圈獨多 可笑人間知己少 山妻亦罵我長歌."

길에 나아갈 희망이 없었다. 그러므로 자신의 허허로운 마음을 의지하는 한 방법으로 불교에 귀의할 수 있었던 것이다. 강백은 다른 서얼들이나 사대부들에 비해 불교에의 경도를 강하게 보여준다. 이는 강백의 문학에서 나타나는 가장 큰 특징으로 보인다. 강백은 고해에서 장애를 제거하기 위해 불교에 의지하여 노년을 절에서 한가로이 보내기를 원했다. 곧, 불교를 종교로 받아들인 단계로 접근했던 것으로 보인다. 그러므로 도가적 취향의 시문이 들어설 자리가 좁았다고 할 수 있다.

다음으로 김도수의 경우를 살펴보겠다.

> 청평산에 들어 더욱 『능엄경』 『남화진경』의 무리에 미혹되어 밤낮으로 침잠하며 스스로 말하기를 이들은 정(情)을 보내고 성(性)을 보호하는 학문이라 하였고 오래 되니 세상의 괴로움이 점점 맑아져 얻음이 있다고 스스로 기뻐하였다.[175]

김도수는 20대 초반에 청평산에 들어가서 『능엄경』·『남화진경』 등을 읽으며 더욱 좋아하였다고 했는데, 이로 보면 그전부터도 불교와 도가의 서적들에 매료되었던 것으로 보인다. 그 이유는 이 경전들이 정을 보내고 성을 보호하는 학문이기 때문이라고 하였다. 정을 보낸다는 것은 정에 연연하지 않는다는 것으로 삶의 번뇌에서 벗어날 수 있다는 뜻이니, 사람의 성을 보호하여 안전하게 할 수 있는 것이다. 또한 이를 학문이라 하였으니 이러한 지경은 배움을 통해 터득할 수 있다는 의미이다. 그러므로 오래 읽으니 몸을 얽매는 세상의 괴로움에 대한 번민에서 벗어날 수 있었다고 하였다. 김도수에게 있어 도가와 불교는 신유한처럼 정신적 위안을 위한 철학이었다고 할 수 있다.

김도수의 경우 도가적 상상력은 승경(勝景)을 대했을 때 왕성히 발휘되어 신선을 생각하고 선계(仙界)를 시문에 끌어들인다. 뛰어난 경치를

---

175) 『春洲遺稿』 권2 「刪定諸家文粹說」, "入淸平山, 尤惑於楞嚴南華之屬, 沈潛晝夜, 自言爲遣情保性之學, 而久之, 若物累稍澄, 自喜有得."

보고 이곳이 바로 선계라고 읊는 것은 의례적인 표현으로 이는 이세원·신유한·강백에게서도 드러날뿐더러 서얼이 아니라 누구라도 좋은 경치를 보면 신선의 지경이라고 생각할 수 있는 보편적인 사고이다. 그런데 김도수가 다른 서얼들과 구분되는 점은 선계를 방문하겠다는 바람을 표시하였다는 점이다. 또한 김도수나 신유한은 좋은 경치를 보고 선계를 생각하는데 그치는 것이 아니라 여기서 한 걸음 나아가 백성을 걱정하고 현실에 대한 우려를 나타낸다.

月出山頭月出時	월출산 머리에 달이 뜰 때
群島滄茫秋毫末	여러 섬들은 푸르고 아득함의 아주 작은 끝에
長鯨奮鬐駭龍螭	큰 고래 지느러미 떨치며 용을 놀래키고
大鵬搏翼洶溟渤	대붕은 날개를 치며 날아 큰 바다 용솟음치네
若無漢拏天末橫	만약 한라산이 하늘 끝을 가로지르지 않았다면
可望南極老人星	남극 노인성을 볼 수 있었으리
九井滾滾千折流	구정은 세차게 흐르고 흘러 천으로 꺾여 흐르고
三石搖搖萬古傾	삼석은 흔들리고 흔들려 만고에 기울었네
孤鶴長鳴月中去	외로운 학 길게 울며 달 속에 가고 있으니
側身欲喚三淸侶	몸을 기우려 삼청려를 부르고자 하네
瑤池八馬來不來	요지의 여덟 말은 오는가 아니 오는가
秦皇漢武在何處	진시황과 한무제는 어느 곳에 있는지
吾民旣庶土不足	우리 백성 이미 많아 땅 부족하니
鋤犁往往到窮谷	호미 쟁기 들고 가고 가서 궁곡까지 이르네
安得掃平千萬山	어찌 하면 천만 산을 평평하게 쓸어
塡却南海可種穀	남해를 메워 곡식을 심을 수 있으리오

—「月出山歌」

이 시는 김도수가 전라남도 강진 근방의 명승 월출산에 올라 쓴 것으로 도교적 상상력이 가득하다. 달이 뜨는 저녁 산 정상에서 아득하고 희미한 바다를 바라보며 썼기에 시인은 신비한 분위기를 느꼈을 것이

다. 장경, 용리, 대붕, 남극 노인성, 구정, 삼석, 고학, 삼청려, 요지, 진시
황, 한무제 등은 모두 신선과 관련이 있는 용어들인데 이 시의 거의 모
든 구절에 빠지지 않고 쓰였다. 이를 통해 김도수가 서 있는 월출산의
정상은 인간계와 신선계의 경계로 설정되었다. 이 경계를 이어주는 매
개가 달과 그 달을 지나 날아가는 학이다. 김도수는 삼청려를 부르고자
하는데 삼청이란 옥청(玉淸) · 태청(太淸) · 상청(上淸) 등 선경(仙境)을 의미
하니 삼청려란 이 선경에 사는 벗 곧 신선인 것이다. 신선을 벗이라 하
였으니 이 시를 쓸 때 신선에 몰입해 있었음을 알 수 있다. 신선을 불러
서 신선과 함께 하고자 하였던 것이다. 신선과 함께 노닐고자 한다거나
신선의 세계를 방문하고자 하는 것은 김도수에게서 나타나는 특성이다.
다른 서얼들은 이러한 의지를 표현하지 않았다. 「서석산에 노닐며[遊瑞
石山]」에서는 서석산의 장관을 노래한 뒤에 "천제의 거처 응당 멀지 않
으리니, 어찌 하면 더위 잡고 오를까"라고[176] 하여 천상에 오르고자 하
는 바람을 표현했다. 「청평산에서 술회하며 극념상인에게 주다[淸平山述懷
與剋念上人]」에서는 "봉래에 시험삼아 나를 방문하오"라고[177] 하여 자신
이 언젠가는 봉래에 들 것임을 말하였다. 「잡시(雜詩)」에서는 "지난 밤
기이한 생각 안고, 호탕히 노래하며 봉도에 들었네"라고[178] 하여 봉도
에 갔었다고 했다. 「잡가(雜歌)」에서는 "내가 서왕모를 보니"라고[179] 하
여 자신이 직접 서왕모를 보았다고 했으니 이는 서왕모가 있는 곳에 자
신도 갔다는 뜻이 된다. 자신이 봉도에 갔다거나 안기생이나 서왕모를
만났다는 것은 비유적이며 상상을 펼친 것이다. 그런데 이 비유와 상상
은 신선의 세계를 긍정적으로 보고 그리워하기에 가능한 것이다. 그러
나 그렇다고 하여 김도수에게 신선의 세계가 현실보다 큰 비중을 차지하는

---

176) "帝居應不遠 何由得躋攀."
177) "蓬萊試訪余."
178) "宿昔抱奇思 浩歌入蓬島."
179) "我見西王母."

것은 아니다. 「월출산가(月出山歌)」를 보면 김도수는 월출산 정상에서 느끼는 아득하고 신비로움을 그 자체로 즐기고 마는 것이 아니라 다시금 현실로 돌아온다. 너른 바다를 바라보니 우리나라에 땅이 부족하다는 사실이 생각난 것이다. 백성은 많은데 땅이 부족하니 백성들이 호미와 쟁기를 들고 심산 궁곡으로 들어간다. 곧, 화전민이 되는 것이다. 그래서 김도수는 많은 산들을 평평하게 하고 남해를 흙으로 메워서 논밭으로 만들었으면 하는 바람을 나타낸다. 그런데 이 바람은 김도수 개인이 이루기에는 현실적으로 불가능하다. 도가적 상상력이 있었기에 꿈꾸어 본 것이다. 인간의 힘으로는 가능하지 않은 것이기에 신선의 술법을 빌리면 성취할 수 있지 않을까 하는 생각에서 나온 바람이었다고 할 수 있다.

다음으로 김도수에게서 드러나는 불교적 취향의 면모를 살펴보겠다.

細雨東嶺寺	동령사에 가는 비 내리는
浴佛前一日	4월 초파일 전 날
忽有女冠來	갑자기 女冠이 와서
自道元菩薩	스스로 원보살이라 말하고
下立千丈瀑	천 길 폭포 아래에 서서
纖手沐雲髮	검은 머리를 가냘픈 손으로 감고
黃昏執香燭	황혼에 향촉을 가져가
龍堂法筵設	용당에 법연을 설치했네
背面啼數聲	얼굴을 돌리고 몇 번을 울더니
垂淚向金佛	눈물 흘리며 금불을 향하네
年年當此夜	"해마다 이 밤이 되면
心事訴已竭	심사 호소 이미 다했소
惡業長纏縛	악업이 길이 얽혀 있으니
苦海何時脫	고해를 어느 때 벗어나리
願佛速濟度	원컨대 부처께서 빨리 제도하시어
視法破悲鬱	법을 보여 슬프고 막힘을 없애주소서

至道如莫聞　　지극한 도를 듣지 못한다면
何用長苟活　　어찌 오래 구차하게 살겠소”
時余讀楞嚴　　이때에 내가 능엄경 읽고
把僧談開骨　　스님을 잡고 개골산 얘기를 하다가
聞之愀正襟　　원보살 얘기에 근심하며 옷깃 여미고
呼來重喞喞　　불러 와서 거듭 안타까워했네
暗恨紛如雲　　남몰래 품은 한은 구름처럼 어지럽고
雙鬢欲成雪　　살쩍머리는 희끗희끗하려네
何處是家鄉　　“어느 곳이 고향이신가”
京山非我窟　　“서울은 나의 터가 아니라오
今年上元夜　　올해 정월 대보름 밤에
楡岾拜新月　　유점사에서 새 달 보며 절했다오
來日又來日　　내일 또 내일
復向金剛發　　다시 금강산으로 떠날 것이라오
一生雲水鄉　　일생 구름과 물처럼 떠도니
其樂無與匹　　그 즐거움 더불어 짝함이 없다오”
何事恨身世　　“무슨 일로 신세를 한하시는가”
天地長悽咽　　“천지는 길이 슬프고 막혔고
人生極悲咤　　인생은 몹시 슬프고 슬프니
兒女又冤屈　　아녀자는 더욱 원통하고 굽었다오
苦樂聽丈夫　　고락이 장부를 따라 생기어
生涯堪咄咄　　생애는 기가 막힘을 감내한다오
少小學紡績　　어려서 방적을 조금 배웠으니
絲絲怨情結　　실마다 원한의 정이 맺혔다오
中間識文字　　중간에 문자를 알아
意思飛天末　　생각이 하늘 끝으로 날았다오
釋氏掌輪廻　　釋氏는 윤회를 맡았으니
他生落何物　　후생에 어떤 존재로 만드시려나
發源握念珠　　발원하며 염주 잡고
焚香坐虛室　　분향하며 빈 방에 앉았다오

悲來頌歸依　슬픔이 와서 귀의를 기원하니
六塵淸如祓　육진의 맑기가 재액을 떨치듯 하구려
平生山千疊　평생의 인생 산은 수천 겹이니
杜鵑共啼血　두견이도 피를 토하며 울어주는구려
飄冷似秋葉　가을잎 같이 나부끼며 떠도니
隨處鳴蕭瑟　가는 곳마다 쓸쓸히 운다오”

—「東嶺寺與元菩薩詩」

　이 작품은 김도수가 1720년 여름 삼각삼(三角山) 동령사(東嶺寺)에서 원보살이란 여관을 만나 지은 것으로, 원보살의 삶의 슬프고 원통함과 불교에 귀의함을 목격자의 입장에서 다루고 있다. 특히 이 시는 문답형식(問答形式)을 취했다. 1구에서 10구까지는 김도수의 설명이고 11구에서 18구는 원보살이 부처를 향해 기원하는 말이다. 19구에서 24구까지는 다시 김도수의 설명이고 25구, 33구는 김도수가 원보살에게 한 질문이다. 26에서 32구까지와, 34에서 52구까지는 원보살의 대답이다. 김도수가 원보살을 묘사한 부분은 길다. 이 부분은 원보살의 당시 행동과 모습이 묘사되어 있고 그로 인해 김도수가 근심하여 불러 보게 되었다는 설명이 곁들여 있다. 다음으로 김도수가 원보살에게 질문한 부분은 1구씩으로 매우 짧다. 짧고 간명하게 질문을 하여 원보살이 토로할 수 있는 계기를 제공한다. 대신 원보살이 대답한 부분은 긴데, 직설적이며 사실적이다. 원보살이 자신의 처지와 심정을 직접 이야기함으로써 이 시를 읽는 사람은 원보살에게서 직접 이야기를 듣는 듯한 사실감을 느끼게 된다. 문답 형식으로써 원보살이 직접 자신의 심정을 토로하게 하여 구체적 핍진성을 높인 것이다. 더불어 자신은 관찰자의 입장에서 원보살의 입을 빌려 자신이 하고자 하는 말을 함으로써 자신에게 닥칠지도 모르는 비난을 미연에 방지했다고 할 수도 있다.

　1에서 10구까지의 설명 부분을 보면, 4월 초파일 전날 원보살이라는 여인이 천 길 폭포 아래에서 머리를 감고 황혼에 향촉을 들고 법연을 설치한다. 4월 초파일은 부처님 오신 날로 불교에서 가장 중요한 날이다. 그 전날에 왔다는 것은 그리고 천 길 폭포 아래서 머리를 감고 깨끗이 했다는 것은 그만큼 바라는 바가 절실했다는 뜻이다. 원보살은 해마다 초파일 전날이면 동령사에 들려 악업에서 벗어나기를 부처의 자비에 호소하였다. 고향이 어디냐는 김도수의 질문에 원보살은 서울이 자신의 고향이 아니라 일생 구름처럼 물처럼 이곳 저곳 절을 찾아다닌다 했다. 원래 고향은 서울이지만 떠돌아다니는 것이다. 이에 김도수는 신세를 한하는 이유를 묻는다. 원보살은 인생은 슬프고 슬픈데 아녀자의 인생은 더욱 원통하고 굽었고 고락이 장부로 인하며 삶은 고생함을 감내해야 했다고 대답한다. 어려서 방적을 배웠는데 실마다 원한이 맺혔다 했으니 그 방적이 자신에게 소용됨이 없었음을 알 수 있다. 그러다 문자를 알게 되어 생각이 하늘 끝으로 날았다고 했으니 불경을 읽게 되어 윤회를 믿게 됨을 말한 것이다. 그래서 다음 생에서는 여인이 아니라 다른 존재로 태어나 고해에서 벗어나기를 간절히 기원하는 것이다. 이러한 고난은 여성이기에 겪는 것이다. 여자로 태어났기에 더욱 고통을 받는 것이다.

이에 대해서 김도수는 「청련암기(青蓮菴記)」에서도 말한다.

부인 여자들은 삶에서 가장 고통스러운 것이 남에게 제재를 받는 점이다. 그러하니 하물며 궁중에서 헛되이 지내는 여인으로 우울히 원한을 안고 사는 사람이야 어떠하겠는가. 내가 경자(庚子, 1720)년 겨울에 보개의 영주동에 살았는데, 산등성이를 격해 청련암(青蓮菴)이 있었으니 이는 나인으로 성은 김(金)인 사람의 거처였다. 매일밤 달이 밝으면 김녀는 『법화경』을 읊었는데 그 소리가 맑고 곡진하며 슬프고 간절하여 내가 들으며 번번이 슬퍼했다. 그때 스님들에게 들으니 그 거처 음식이 모두 사람이 가히 감내할 바가 아니었다. 아! 김녀는 궁희라 화려한 얼굴과 아름다운 눈으로 사람들이 모두 절대가인이라 칭했으며 고기를 입에 실컷 먹고 비단을 몸에 물렸으니 또한 시골 궁벽한 곳의 가난한 여인네로 지아비 있고 자식이 있으면서 의식을 잇지 못하는 사람이 부러워하는 바

족히 되었다. 이제 모든 것을 벗어버리고 궁산 구석진 수풀 사이에서 홀로 마르며 담박하여 스스로 후회하지 않으니 이는 그 마음에 반드시 크게 슬픈 것이 있음이라. 비록 비단으로 감싸고 침대에서 자더라도 그 바라는 바 아니요 크게 바라는 바는 내세에 여자 되어 남에게서 제재를 받음을 면함에 지나지 않는다.[180]

원보살이 일반 백성의 여인이었다면 김나인은 궁녀였다. 절대가인이라 일컬어지는 아름다운 얼굴에 궁중에서 좋은 음식 좋은 옷을 실컷 먹고 입었다. 화려한 생활을 했으며 몸이 안락하였다. 김도수는 남편과 자식은 있지만 의식을 잇지 못하는 가난한 여인네가 김나인을 부러워한다고 하였다. 그러나 김나인에게는 이 모든 것이 다 소용없었다. 김나인은 모든 것을 버리고 산으로 들어와 사람이 차마 감내할 수 없는 거처와 음식으로 살면서 밤마다 『법화경』을 읽었다. 이는 슬픔이 있고 바라는 바가 있기 때문이다. 곧, 원보살처럼 윤회를 바란 것이다. 현생에서 여자로 태어나 고통을 받았기 때문에 내세에는 여자로 태어나지 않아 남에게서 제재를 받지 않기를 발원한 것이다. 내세의 행복을 기원하여 불교에 귀의하게 된 것이다. 그러므로 김도수는 이들이 불교에 귀의하게 된 것은 피를 토할 듯한 현세의 고통을 내세에는 벗어나고자 하는 바람 때문인 것으로 풀이했다. 곧, 윤회를 믿기 때문인 것이다. 김도수는 보통 사람의 방자한 바람은 쾌락을 취하기에 오늘만을 알고 내일을 모르니 범인으로 하여금 현생을 고통스럽게 하고 후생의 즐거움을 도모하게 하는 것은 이치가 맞지 않은 것으로 보았다.[181] 또한 왕공귀인들이 지위가 높고 귀한

---

180)『春洲遺稿』권2「靑蓮菴記」, "若乃婦人女子, 則其爲生最苦受制於人, 而況宮中曠女之幽鬱而抱怨者乎, 余庚子冬, 棲寶盖之靈珠洞, 隔岡有靑蓮菴, 卽內人姓金者之所居也, 每夜月明, 金女誦法華經, 其聲淸婉哀切, 余聞之輒悲, 時因僧徒聞, 其居處飮食, 皆非人之所可堪也, 噫金女宮姬也, 靡顔曼睩, 人皆稱絶代佳人, 而其篘蔘之飮於九綺穀之厭於體, 亦足爲村巷寒女之有夫有子而不繼衣食者之所艶羨也, 今乃一切脫棄, 孤枯淡泊於窮山幽藪之間, 而不自悔焉, 此其心必有大悲者存, 雖裹之藻繡, 寢以匡牀, 非其所願, 而所大願者, 不過來世之免爲女子而受制於人而已."
181)「靑蓮菴記」, "凡人之肆欲取快者, 只知有今日而不知有來日也, 夫欲使之, 自苦其今生, 而圖樂於後生者, 其爲法, 豈不疎且迂乎."

몸으로서 후생을 바라는 것이나, 파리한 몸으로 몸을 멸하면서 건강하고 편하며 장수함을 기원하는 것도 틀리다고 보았다.[182] 그러나 고통받는 여인들이 부처를 믿는 것은 '마음에 부족함이 있어' 윤회를 바라는 것이기에 타당하다는 것이다. 여인들이 "情困疎隘하여 마음을 의탁할 바 없으면 부득이"[183] 부처의 윤회에 의지하는 것이기 때문이다. 현세의 고통에서 벗어나기를 바라는 마음이 내세를 기원하는 것을 수긍한 것이다.

김도수 자신이 불교를 종교로 받아들이지는 않았지만 부녀자들이 불교에 귀의하는 것을 수긍하였던 이유는 그의 신분적 열세 때문으로 보인다. 이미 언급했듯이 김도수에게 있어서 몸을 얽매는 세상의 괴로움은 무엇보다도 신분적 굴레였다. 그런데 조선 후기 사회에서 서얼이 천생적인 신분적 굴레로 인해 고통받는 것처럼 부녀자들도 천생적인 성별적 이유로 인해 고통을 받았다. 어떤 신분과 성으로 태어나는가는 개인이 선택할 수 없는 문제이다. 그러나 집권층은 봉건사회의 구조와 기득권 유지를 위해, 신분적 차별과 성적인 억압을 제도 속에 가두고 이념으로 포장하여 개인의 삶을 구속했다. 그러므로 자신들의 의지와는 상관없이 차별과 고통이 주어졌다는 점에서 김도수는 부녀자들의 고통을 이해할 수 있었고 이를 매개한 것이 불교였던 것이다.[184]

이상에서 볼 때 서얼들에게 있어 현실은 진수(塵愁)·진금(塵襟)·포구(泡漚)·부운(浮雲)·망상(妄想)·탐진(貪嗔)·속물(俗物)·오사(烏紗)·박록(薄

---

182) 「青蓮菴記」, "王公貴人往往有戕身滅體迷死而不悔者, 彼其所圖樂於後生者, 未知其果慕何事也, 若慕其崇達顯大則莫過於王公貴人, 若慕其康寧壽考則其戕身滅體之不自悲矣, 又何康寧壽考之足喜乎, 此不過汪溺妄動而不知天命故也."

183) 「青蓮菴記」, "情困疎隘無所托心不得已而爲此也."

184) 김도수가 자신의 신분적 열세 때문에 부녀자들의 고통을 이해한 점은,『三韓拾遺』의 작자로 역시 서얼이었던 金紹行(1765~1859)이 자신의 신분적 한계로 말미암아 역시 봉건제의 희생물이던 여성 인물에 대한 편향을 보인 것과도 연결지을 수 있다(조혜란, 「『三韓拾遺』研究」, 이화여대 박사논문, 1994, 180~186면 참조). 김도수는 외척인 청풍 김씨의 서얼이었고 김소행 역시 문벌인 안동 김씨 집안의 서얼이었기에 이들이 감당해야 하는 고통은 더 컸을 것이다. 또한 김도수가『倡善感義錄』의 작자 혹은 한역자일 가능성은 서얼들이 소설에 관심이 많았으리란 추측도 가능하게 한다.

祿)・고해(苦海)・육근진(六根塵)・부생(浮生)・풍진(風塵)・진속(塵俗) 등으로
다가왔다. 곧, 인생은 세간을 지나며 홀연 뜬 거품 같아[185] 단풍 뿌리의
깊음에도 미치지 못하니[186] 뜬 인생은 일대몽(一大夢)에 지나지 않는 것
으로[187] 느껴졌던 것이다. 그러므로 이를 정신적으로 극복할 철학 내지
는 종교를 도가와 불교에서 찾은 것이다. 그런데 신유한과 김도수가
도・불적인 취향을 함께 드러내는 것에 비해 이세원에게서는 불교적인
취향은 거의 드러나지 않으며, 강백에게서는 도가적인 취향이 드러나지
않는다는 특징이 있다. 이세원은 다른 서얼들과는 달리 도가와 불교의
경전을 읽지 않았으며 그의 시문에서 도가적 풍취가 의례적이 아니게
되는 것은 말년에 해당한다. 즉 이세원은 유자적 면모가 깊었고 자신의
처지를 도・불에 의지하려는 경향은 없었다고 보인다. 이는 앞서 이세
원이 산수를 통해 자신의 울울함을 해소하려 했던 사정을 생각해보면
이해가 가능하다. 곧, 이세원은 종교나 철학이 아니라 산수 속에서 현실
의 갈등을 해소하려 했던 것이다. 이에 비해 강백은 불교를 종교적 측
면으로까지 받아들였다. 이는 노년으로 갈수록 더 심화된 경지로 보이
는바, 내세에 대한 열망이 깊었고, 이로 인해 종교적인 측면에서 도가를
받아들이지 못했던 것으로 보인다. 이에 비해 신유한과 김도수는 자신
들의 처지로 인해 불교와 도가 서적을 많이 읽고 불교에 경도되고 도가
적 취향을 나타냈으나, 이를 종교라기보다는 인생 철학으로 받아들였다.
서얼들은 자신들의 삶이 부운 같고 낙척하였다는 생각에 대한 반대급부
로서 신선을 생각하였다. 이 경우 신선의 지경에 노니는 유선(遊仙)이나
신선이 되기 위한 수련을 희망하는 것이 아니라 현실이 기대치에 미치
지 못하기 때문에 신선을 떠올리거나 도가 경전을 탐독했던 것이다.
　서얼들이 불교에 호의적이며 깊이 의지하고 부녀자들이 성별적 열세

---

185) 『春洲遺稿』 권1 「贈牛尋上人」, "人生過世間 忽然若浮漚."
186) 『愚谷集』 권4 「大興寺感舊」, "不及楓根固."
187) 『春洲遺稿』 권1 「伽倻山行」, "浮生不過一大夢."

로 인해 불교에 귀의하는 점을 이해한 면과 같은 현상은, 당대 사대부
들에게서는 드러나지 않는다. 신유한의 경우 승려 남붕이 찾아와 송운
대사의 사적에 대한 시를 구할 때 오랜 인연이 있다고 흔쾌히 응하는
데 비해, 어유봉(魚有鳳, 1672~1744)은 남붕이 여러 번 찾아와 시를 구했는
데 자신은 본래 승축에는 시를 쓰는 것을 좋아하지는 않지만 송운대사
가 난리 때 보여준 충성 때문에 이교라고 보지 않고 시를 적는다고 하
였다.188) 곧, 이 시기 승려와의 교류에 흔쾌하였던 것은 서얼이었을 가
능성이 많고, 사대부들은 승려의 시축에 시를 짓는 것을 꺼려하는 경향
이 있었는데, 이는 불교를 이교라고 여겼기 때문이다. 그러나 서얼들의
경우 문집 어디에서도 불교를 이교라고 배척하는 점은 발견되지 않았
다. 김창흡은 산사에서 독서를 하거나 휴식하는 경우가 많았고 이에 따
라 승려들과의 친분을 보여주는 시를 많이 남겼다.189) 김창흡 역시 불
교에 대한 이해가 깊었을 것으로 보이는데 「쌍계에서 간감우사에게[雙
溪贈侃甘雨師]」를 보면 "마음에 집착이 없다면, 도(道)가 같지 않음을 어
찌 거리끼리오"라고190) 하여 승려나 유자나 마음에 집착이 없이 도를
추구한다면 서로 추구하는 도가 불교와 유교로 다르더라도 상관이 없다
고 하여 불교와 승려에 대해 호의적이었다. 또한 「암자에 음식을 끊은
스님 한 분이 밤새 앉아있으니, 깨우침을 받네[菴有絶粒僧一人終夜打坐有
足警省]」나191) 「원순상인께[贈元順上人]」를192) 보면 특히 승려들이 도(道)

---

188) 魚有鳳, 『杞園集』 권8(『한국문집총간』 183권) 「松雲大師法孫南鵬 爲其師 屢踵門乞
    詩 余雅不喜題詩僧軸 窃感師當亂奮忠 義烈炳然 有不可以異敎視者 遂次軸中韻以
    贈云」.
189) 이승수, 「三淵 金昌翕 硏究」, 한양대 박사논문, 1997, 336~346면 참조.
190) 『三淵集』 「拾遺」 권7(『한국문집총간』 166권, 337면), "可是心無着 何妨道不同."
191) 『三淵集』 「拾遺」 권7(『한국문집총간』 166권, 346면) 「菴有絶粒僧一人終夜打坐有足
    警省」, "客有蒲團借 僧方栢樹參 摩尼臨濁水 孤月照圓龕 炯炯徂淸夜 廖廖了軟談
    求詩步庭院 看妄也堪慙."
192) 『三淵集』 「拾遺」 권10 「贈元順上人」(『한국문집총간』 166권, 408면), "仍問日用何事,
    頗念佛否, 曰非無西方之念, 而聲發淚落, 未卒業者累矣, 問奚爲而悲, 曰少懶不用心,
    今老矣, 六道在面前, 恐晩功難圓, 不免阿鼻之墮, 是以悲耳, 夫佛氏與吾儒, 所論死

를 구하려 정진하거나 도를 체득하지 못해 슬퍼하는 것에 공감을 표시
했다. 그런데 서얼들의 경우는 자신들과 부녀자들이 신분적 질곡과 천
생적인 성별의 차이로 말미암아 현세에서 고통받는 것 때문에, 불교에
귀의하거나 내세에 극락왕생하거나 여자로 태어나지 않아 제재를 받지
않기를 바랐다. 원순이 현세의 고통에 대한 언급이나 인식이 없이 내세
에 지옥으로 떨어질 것을 저어하는 것과는193) 차이가 있다. 그러므로
김창흡의 의론은 서얼들처럼 현실의 고통에서 기인하는 것이라기보다
는 불교에 대한 이해와 승려와의 친밀한 교류를 통해 나온 것이라고 보
인다. 또한 동계(東溪) 조귀명(趙龜命, 1693~1737)은 승려들과 교유하면서
선교 불전을 깊이 이해하였으면서도, 유교의 귀착점은 명백하지만 불교
는 알 수 없다고 하며 불교의 법신불멸(法身不滅)을 비판하는 견해를 장
문으로 나타냈다.194) 황경원은 불교를 이단이라고 배척하며, 고려시대

生, 故自不同, 然其愛惜此生, 必欲有聞於未死之前, 意則一般, 今之學孔子者, 能服朝
聞夕死之訓, 以不聞爲可悲者有幾人哉(인하여 묻기를 "매일 무슨 일로 자못 염불을
않는지요?"라고 하니 가로대 "서방의 염원이 없는 것은 아니지만 소리가 나오면 눈물
이 떨어져 끝내지 못함이 여러 번입니다" 하였다. 묻기를 "무엇 때문에 슬픈지요?" 하
니 가로대 "젊어서는 게을러 마음을 쓰지 않았는데 이제 늙어 육도가 눈앞에 있으니
만공이 원만하기 어려워 아비지옥에 떨어질까 저어되어 슬픈 것입니다"라고 하였다.
대저 저 불씨와 우리 유가는 사생을 논함이 본디 같지 않지만 그러나 이승을 아끼고
아껴 죽기 전에 반드시 도를 들음이 있고자 함은 뜻인즉 같다. 지금 공자를 배우는 사
람 가운데 아침에 도를 들으면 저녁에 죽어도 가하다는 가르침을 능히 따라, 도를 듣지
못하는 것을 가히 슬프게 여기는 사람이 얼마나 있겠는가)."
193) 앞의 주에서 풀이한 「贈元順上人」은 김창흡이 원순상인과 나눈 대화의 일부분이다.
김창흡이 원순상인에게 염불을 않는 이유를 물었더니 젊어서는 마음을 쓰지 않다가 늙
어 죽음의 앞에 이르자 만공이 이루어지지 않아 아비지옥에 떨어질까 저어되어 슬퍼서
염불을 못한다고 대답했다. 이에 대해 김창흡은 불가와 유가가 사생을 논함은 본래 같
지 않지만 이승을 아껴 죽기 전에 도를 듣고자 함은 마찬가지라고 하였다. 그러나 김창
흡의 이 말은 불교와 유교의 聞道의 차이점을 간과한 것이라고 보인다. 공자가 아침에
도를 들으면 저녁에 죽어도 좋다는 것은 도를 이루는 것을 높이 산 것이지만, 위의 글
에서 원순이 만공을 이루지 못할 것을 슬퍼하는 것은 윤회를 믿기 때문에 내세를 걱정
하는 것으로 보인다. 곧, 육도가 눈앞에 있다고 했는데 육도란 地獄, 餓鬼, 畜生, 修羅,
人間, 天上의 여섯 세계를 인간의 선악에 따라 윤회하는 것을 의미한다. 그러므로 원
순의 슬픔은 이 윤회에서 지옥으로 떨어질 것을 저어하는 것이니 단지 이승에서 도를
얻고자 하는 것과는 다르다. 내세에 서방 극락으로 가고자 하는 마음이 더 큰 것이다.

이후 조선조까지 숭앙을 받아온 소동파에 대해서도 불교에 물들었다는 이유로 따르지 않았고, 조귀명에 대해서도 노·불과 유교를 합한 학설을 내어 유교의 도를 어지럽힌다고 비판하였다.[195] 18세기 전반기까지는 사대부들은 승려와 교유하거나 불경에 대한 이해를 가지고 있었어도 불교를 비판했다. 이해 비해 서얼들은 불교를 이해했고 호의적이었다. 사대부들이 불교에 대한 이해와 호의를 보이는 것은 순조대 이후이다. 다산 정약용은 승려들과 교분을 가졌으며 연담(蓮潭, 1720~1799)의 고승다운 면을 높이 평가하는 글을 남기고 유불을 견주어 이해하였고, 추사는 심도 깊은 불교 이해를 보여준다.[196] 그러므로 서얼들의 불교 이해는 다산이나 추사보다 반 세기 앞서 이루어졌다는 의의를 지닌다.

2) '없음'과 '비었음'의 경지 추구

현실을 고해로 보았던 서얼들은 마음의 평안을 얻는 방법으로 선적(禪的) 세계를 동경하였는데 이는 '없음'과 '비었음'의 경지를 추구하는 모습으로 주로 나타난다.

<blockquote>

掃石臨流水　　흐르는 물가에서 돌을 치우고
問師何處來　　스님에게 어디서 오시느냐 물으니
師言無所住　　스님이 말하길 머무는 곳이 없어
偶與白雲回　　우연히 흰 구름과 돌아온다 하네
</blockquote>

—「磧川寺過方丈英禪師五絶」 1수[197]

---

194) 정병삼, 「眞景時代 佛敎의 振興」, 『澗松文華』 50, 韓國民族美術硏究所, 1996, 77~78면 참조.

195) 임유경, 「英祖朝 四家의 文學論 硏究」, 이화여대 박사논문, 1990, 105면 참조.

196) 정병삼, 「眞景時代 佛敎의 振興」, 『澗松文華』 50, 韓國民族美術硏究所, 1996, 78면.

197) 『靑泉集』 권1.

이 시는 신유한이 적천사로 방장인 영선사를 찾아가 지은 것이다. 적천사 근처의 흐르는 물가에 이르러 돌을 쓸고 있는데 스님이 다가왔다. 흐르는 물이란 정처 없이 흘러가는 것이고 돌은 한 자리에 박혀 있는 것이다. 그러므로 흐르는 물가에서 돌을 치움으로써 신유한은 매인 데 없는 자신의 모습을 표현한 것이다. 또한 스님에게 어디서 오시느냐 물으니 영선사는 사는 곳이 없고 우연히 흰 구름과 돌아오노라 대답했다. 사는 곳이 없다는 말이나 흰 구름은 모두 흐르는 물처럼 정처 없음, 구속이 없음을 의미한다. '무(無)'의 심상을 지닌 신유한의 질문에 영선사 역시 '무'의 경지로 대답한 것이니 가히 선문답이라 할 수 있다.

이러한 '무'는 시적 화자 혹은 자아의 입장에서 지나가는 승려를 보거나 시인이 승려와 문답을 하는 과정에서 지속적으로 나타난다.[198] 승려를 표현할 때 우연히 구름과 더불어 돌아온다거나 산봉우리 밖에서 온다거나 다리 위를 지나간다고 하였다. 이는 승려가 어느 한 곳에 매인 사람이 아니라 '무소주(無所住)·무소유(無所有)'의 경지에 있는 사람임을 나타낸다. 그런데 이는 오고 가는 승려를 저만치 떨어진 거리에서 바라본 것이기에, 화자와 승려 사이의 공간적이며 물리적인 거리가 나타난다. 곧, 시인이 바라보니 승려는 무의 경지에 있다. 그러나 이러한 거리감은 공간적이고 물리적이며 속세의 잣대로 본 것일 뿐이다. 승려가 무의 경지에 있음을 읊었다는 것 자체에서 화자가 이를 인식할 능력이 있었음을 알 수 있다. 처음에 화자가 산사나 승려를 찾아가거나 승려가 화자를 찾아올 때 조금 떨어진 위치에서 바라보나 결국은 거리가 좁혀진다. 이때 좁혀지는 거리는 물리적인 것이기도 하지만 궁극적으로는 마음이 일치하는 것을 의미한다. 곧, 속세를 떠나 심산의 사찰을 찾

---

198) 『靑泉集』 권2 「山人國坦自通度寺來謂與雪松大師同棲雪松名演初余方外友因贈五言三篇兼示雪松」, "僧來山鳥集 僧去山雲舒"; 『靑泉集』 권2 「磧川寺過方丈英禪師五絶」 3수, "來從雲起時 行到雲空處"; 『靑泉集』 권2 「雪松見余詩和寄余復和之倒用韻」, "僧從嶺外至"; 『靑泉集』 권1 「伽倻山贈演初上人」, "伴鶴僧從雲際宿"; 『愚谷集』 권2 「獨坐」, "夕陽僧過覆松橋"; 『春洲遺稿』 권1 「月夜剋念來訪」, "明月滿天時獨來.

아가고 승려를 벗삼기도 한 화자에게 공간적 거리보다는 마음의 일치가
중요하였던 것이다.

한편 마음을 엮어주는 매개물은 구름·산봉우리·바람·명월·연
못·샘물·유수(流水)·학·새·꽃·나무 등으로, 학과 새를 제외하면 모
두가 무생물이다. 학과 새도 하늘을 날거나 깊은 산에 그윽하게 깃들인
다는 점에서 무념(無念)의 무생물과 같은 선 위에 있다. 곧, 청산에 다함
이 없는 시내 흐르고[199] 종소리 밖 맑고 맑은 취백풍(翠栢風)이 불고[200]
녹음에 주인 없으니 노승이 한가하다는[201] 데서 알 수 있듯이 인생무상
을 느끼게 하는 매개물들이다. 이는 무욕의 경지에 있음을 나타낸다. 시
인들은 무심(無心)·무정(無情)·무법(無法)·무주(無主)·무의(無意)·무지(無
知)·무유상(無有想) 등 '없음'을 나타내는 단어와, 공산(空山)·공문(空門)·
선공(船空)·담공(潭空)·고전허(古殿虛) 등의 '비었음'을 나타내는 단어들
을 사용하여 자신들의 뜻을 나타낸다. 그럼으로써 그들이 갈구하는 것
은, 자신들도 무심(無心)하게 되는 것이다.

<blockquote>

人閑松子落　　사람이 한적하니 솔방울 떨어지고
鳥宿靑山曠　　새가 잠드니 청산이 비었구나
無情卽無法　　무정이면 무법이니
正是如來藏　　바로 이것이 如來藏이네
</blockquote>

—「磧川寺過方丈英禪師五絶」 4수

이 시는 한적한 시공간을 담아냈다. 사람의 발길이 없으며 새도 잠들
어, 솔방울 떨어지는 소리마저 들리고 청산은 비어 있는 듯이 느껴진다.
사위가 조용해졌고 저물어 가는 것이다. 이렇듯 서얼들의 불교 취향의
시에서 시간은 저물녘이나 밤으로, 공간은 심산유처로 설정되는 적이

---

199) 『靑泉集』 권1 「道州城樓別演初上人」, "靑山無盡一溪流.
200) 『春洲遺稿』 권1 「伽倻山行」, "鍾外泠泠翠柏風.
201) 『顧菴遺稿』 「弭棄白蓮菴」 함련 2구, "綠陰無主老僧閒.

많다.202) 종소리 은은히 울려 퍼지거나 먼 산에 석양이 물 드는 저물녁 혹은 사방이 어두운 밤, 깊고 높은 곳에 위치한 산사, 여기서 시인은 자신을 비워낼 수 있는 자성(自省)의 시공간을 마련한다. 그리고 시인은 무정이면 무법이라 하여 다시 한번 '없음'의 경지를 깨닫는다. 무정은 정신의 작용이 없는 것이고203) 무법은 물(物)이 존재 않는 것, 나타나지 아니한 것이니, 저물녁 조용한 산사에서 그 시공간에 동화되어 정신을 고요히 침잠시키고 자신이 지닌 것, 지니고자 하는 것에 대한 애착을 끊는 것이다.204) 이를 여래장(如來藏) 곧, 여래를 간직한 것이라 하였다. 여래란 부처님네와 같은 길을 걸어 이 세상에 나타난 사람, 또는 여실한 진리를 보여주는 사람으로,205) 중생(迷界, 번뇌)에 간직되어 있다. 곧, 진여(眞如)가 중생이 되면 그 본성인 여래의 덕이 번뇌와 망상에 덮여 있는데, 이는 없어진 것이 아니라 간직된 것이기에 '여래장'이라 하는 것이다. 그러므로 여래장은 중생의 본성이 청정함을 의미한다.206) 이로 볼 때 일체의 망상과 탐욕으로 정신을 수고롭히던 것에서 벗어나 무심(無心)의 경지로 드는207) 것이 바로 여래장인 것이다. 신유한은 이처럼 생멸의 번뇌를 깨뜨리는 '무생(無生)'을208) 가능하게 하고209) '무유상(無有想)'의 경지를 지녔기에 불교가 좋다고 말하기도 한다.210) 그러므로 신

---

202)『靑泉集』권1「贈華山上人師安」, "芝草晚山登 落日騎驢客";『靑泉集』권1「道州城樓別演初上人」, "不堪留繫夕陽僧";『春洲遺稿』권1「文殊寺次諸友韻」, "空山起暮鐘";『顧菴遺稿』「僧軸次吳學士韻贈壽上人」, "禪樓展席晚風微";『愚谷集』권3「尋寺」, "龍堂逗夕陰."

203) 한국불교대사전편찬위원회,『韓國佛敎大辭典』, 寶蓮閣, 1982, 貳 255면.

204) 이는 이미 얻은 법에 애착 않고 더욱 나아가 法性에 들어가는 無法愛의 경지(『한국불교대사전』 204면)라 할 수 있다.

205) 운허 용하,『불교사전』, 동국역경원, 1961.

206)『한국불교대사전』, 509~511면;『불교사전』, 576~577면 참조.

207)「磧川寺過方丈英禪師五絶」5수 전·결구, "獨唱西來曲 無心對月明."

208) 涅槃의 진리는 생멸이 없으므로 無生이라 한다. 인하여 무생의 이치를 觀하여 생멸의 번뇌를 깨뜨리는 것이다.『한국불교대사전』, 221면.

209)『靑泉集』권1「金沙曲寄初上人四絶」, "彈我無生曲."

210)『靑泉集』권2「山人國坦自通度寺來謂與雪松大師同棲雪松名演初余方外友因贈五

유한이 세속의 번뇌에서 벗어나 무념무상으로, 무생의 경지로 나아가 마음의 평안을 찾고자 하는 갈망을 내포하고 있었음을 알 수 있다.211)

강백의 경우를 살펴보면 강백이 절에서 살면서 구체적으로 얻고자 하는 것 역시 마음의 평안이다. 이는 강백이 초기에 지은 불교 취향의 시에서도 드러난다.

色色非眞相	色色은 참된 모습 아니고
空空是幻身	空空은 허깨비 몸이네
沈淪如欲免	고통에 빠짐을 면하려면
除去六根塵	육근진을 제거하라

—「山寺」 2수 경·미련212)

색(色)은 눈에 보이는 모든 물질을 총칭하는 말이고, 공(空)은 없다는 뜻이다. 그러므로 '색색비진상(色色非眞相)'은 눈에 보이는 모든 물질이 참된 것이 아니라는 뜻이고, '공공시환신(空空是幻身)'은 없다는 것 자체도 허깨비 같은 것이라는 뜻이다. 『반야심경』에서는 '색즉시공(色卽是空)'이라 하여 색에 의해 표현된 온갖 현상은 공한 것이어서 아무 것도 없는 것이라고 했다. 그러므로 사람이 눈으로 보고 인식하는 것은 객관적인 것을 인식하는 것이 아니라 '없는 것'을 자신의 주관에 따라 인식하는 것이다. 곧, 모든 것이 사람의 주관 내지는 마음에 따른 것이라는 뜻이 된다. 이로 볼 때 사람들이 고통에 빠지는 것은 자신의 마음에 의해서이다. 그러므로 고통에 빠지지 않으려면 마음을 다스려야 하는데, 강백은 그 방법으로 육근진(六根塵)을 제거할 것을 들었다. 육진(六塵)이란 색(色)

言三篇兼示雪松」 2수, "我誦棱伽經 能言西敎好 本來無有想 隨地生春草."
211) 無는 단순히 없음만을 뜻하는 것이 아니라 道의 성품, 또는 궁극적으로 추구하는 마음의 상태로서 무한함, 차 있음, 있음과 없음을 초월한 절대성을 의미하기도 한다. 이와 같이 無의 심층적 의미는 역설성을 내포하고 있는 것이다. 박재금, 「無衣子 慧諶의 詩 硏究」, 이화여대 박사논문, 1997, 136면.
212) 『愚谷集』 권1.

· 성(聲) · 향(香) · 미(味) · 촉(觸) · 법(法)의 육경(六境)을 말하고 육근(六根)은 이 육경을 알게 하는 안근(眼根) · 이근(耳根) · 비근(鼻根) · 설근(舌根) · 신근(身根) · 의근(意根)을 의미한다. 곧, 육진을 안식(眼識) · 이식(耳識) · 비식(鼻識) · 설식(舌識) · 신식(身識) · 의식(意識)이라는 인식 작용을 통해 보고 듣고 맡고 맛보고 닿고 알게 하는 근원이 육근이다. 예를 들면 안식(眼識)을 내어 색경(色境)을 인식하는 것이 안근(眼根)이다.213) 그러므로 육근은 사람의 주관적 인식 작용이라 할 수 있는데, 강백은 이를 제거한다면 욕망이 없어져 마음이 평안하게 될 것임을 역설한 것이다.

<blockquote>

妄想無因起　　망상이 일어남 없으니
吾心到處安　　내 마음 어디서나 편안하네
幻花空外見　　환상의 꽃은 허공 밖에 보이고
明月水中觀　　명월은 물 속에 보이네

—「宿傳燈寺」 기 · 함련

</blockquote>

　망령된 생각이 일어나지 않으니 자신의 마음 도처가 편안해진다고 했다. 이는 육근진을 제거해 마음을 다스려 고통에서 벗어났음을 의미한다. 이 상태를, 환화(幻花)는 하늘 밖에서 보이고 명월은 물 속에 바라보인다고 표현했다. 환화는 실재하지 않는 허깨비 같은 꽃으로 사람의 인식에 의해 눈앞에 어른거리는 것이고, 공(空)은 비어 있다는 뜻이니 사람의 마음이 텅 비었다는 의미이다. 그러므로 환화가 공외에 보인다는 것은 헛된 인식이 마음 밖으로 사라졌다는 뜻이다. 명월은 환히 빛나는 것, 이지러짐 없이 둥근 것을 의미한다.214) 수(水)는 일반적으로 맑음을 뜻하는데 여기서는 사물을 담을 수 있다는 점에서 고요하고 맑고 비어

---

213) 『불교사전』, 677면과 882면 참조

214) 禪詩에서 달이란 원만성과 청정성, 그리고 보편성과 평등성으로 인해 佛, 혹은 佛性을 상징하며 불변의 진리를 상징하고, 慧諶은 佛의 化現을 물 속의 달에 비유하였다. 박재금, 「無衣子 慧諶의 詩 硏究」, 이화여대 박사논문, 1997, 97~98면 참조

있은 것을 의미한다. 물결을 일으키거나 요란히 흘러가거나 다른 사물의 그림자가 드리운 것이 아니라, "연못 비었으니 불심이 보이는"215) 물인 것이다. 곧, 물은 사람의 마음이 맑고 비어 있음을 의미한다. 그러므로 밝은 달이 물 속에 보인다는 것은 맑고 잔잔한 마음에 원만한 불성이 드러남을 가리킨다. 마음이 번뇌 없이 충족된 상태가 되어, 망상과 탐욕과 성냄이 모두 헛되게 여겨지고216) 마음속에 속물(俗物)이 없어진217) 것이다.218)

이렇듯 마음을 비운 '무'의 경지를 통해 평안을 추구하였던 서얼들은, 또한 마음의 평안을 얻은 사람들에 대한 자신들의 입장을 글로 남기었다.

내가 열자 장자의 글을 읽으니 그 말이 육경과 다르고 사면으로 돌아보아도 넓어서 어디서 연유했는지 알 수 없었다. 그들은 바람을 거느리고 가며 바람을 타고 돌아간다고 말하고, 큰물이 하늘에 이르러도 빠지지 않고 쇠와 돌이 땅에 흘러 산이 타는데도 뜨겁지 않다고 말했다. 저들은 몸의 뼈와 움직이고 고요함이 사람과 더불어 같은데 어찌 진실로 이러함이 있겠는가? 내 생각하건대 저 전국시대에 지혜와 능력과 학술이 있고 기개가 크며 비상하였던 인재들은 발자취가 서로 닮았다. 책사나 변사를 논함에 이르러서는 공명이 있고 국사에 실린 사람들은 모두 황금으로 멸족됨을 샀고, 여섯 재상의 도장으로 다섯 수레로 찢김을 도박하고 천호의 제후로 다섯 솥에 삶아짐을 취함이 있어 모이고 모인 사람들이 천하에 가득하였다. 이에 공명과 부귀가 물과 불보다도 혹독함을 알면서도 그 사람이 일찍 보지 못함은 금을 움켜쥐면 사람을 보지 않는 것과 같다. 이에 비로소 믿게 되었다. 두 군자의 가슴속에 진실로 능히 빠뜨릴 수 없는 물

---

215) 『愚谷集』 권4 「宿不住庵」, "潭空見佛心."
216) 『愚谷集』 권3 「山寺」, "妄想貪嗔一切空."
217) 『愚谷集』 권3 「有懷」, "心中無俗物."
218) 이로 볼 때 신유한과 강백에게서 나타나는 마음의 평안은 禪을 추구하는 것이라 할 수 있다. 禪이란 '진정한 이치를 사유하고 생각을 고요히 하여 산란치 않게 하는 것. 마음을 한 곳에 모아 고요한 경지에 드는 일. 조용히 앉아 선악을 생각지 않고 시비에 관계하지 않고 有無에 간섭하지 않아서 마음을 안락 자재한 경계에 소요하는 것'(『불교 사전』)이다.

과 태울 수 없는 불이 있으며, 그 삶이 천지와 더불어 함께 하고 그 모습은 만물과 더불어 함께 하며 그 정신은 조화와 더불어 노닐며 그 발자취는 풍운과 더불어 가며 그 말은 쇠와 돌이 오래 되어 울림과 같으며 그 글은 초목이 널리 꽃핌과 같음을. 이와 같다면 세상의 물과 불이 말미암아 이르름이 없으니 어지러운 나라에 살면서 문을 나서지 않으며 육합의 밖에 거니는 사람이 아아 또한 진짜 선인이 아니겠는가.

— 「鄭蒙仙書序」[219]

　　신유한에 의하면 열자나 장자는 모두 가슴속에 범인과 다른 생각을 품고 있는 사람들이었다. 곧,『장자』에 나오는, 바람을 부린다거나 큰물이 나서 하늘에 이르렀는데도 빠지지 않는다거나 하는 것은 일반 사람으로서는 가능하지 않는 것이다. 장자나 열자 또한 사람이었기에 이는 가능하지 않았을 것이니 이는 비유라 할 수 있는 것이다. 전국 시대에 사람들이 명리를 위해 이리 뛰고 저리 뛰며, 거의 도박에 가깝게 정치를 하여 잘 되면 재상이나 제후가 되지만 잘못하면 수레에 묶여 찢겨죽거나 삶아 죽임을 당하였다. 그런데도 무서운 공명과 부귀에 대한 열망에서 벗어나지 못하였던 것은 금을 움켜쥔 것과 같은 욕심에 눈이 멀었기 때문이었다. 그러나 장자와 열자는 여기서 벗어났다. 그래서 가슴속에 능히 빠뜨릴 수 없는 물과 익힐 수 없는 불이 있어 천지자연의 조화와 더불어 정신이 노닐었던 것이다. 곧,『장자』와『열자』에 나오는 이야기들은 정신의 노닒을 비유한 것이다. 그러므로 정신을 올바르게 하고 어지러운 나라에서 출문하여 부귀공명을 다투지 않고 정신이 육합의 밖

---

219)『靑泉集』권4, “余讀列子莊子書, 其言與六經異, 四顧茫洋, 不識何所從來, 其曰御風而行, 乘風而歸, 其曰大浸稽天而不溺, 金石流土山焦而不熱, 彼其百骸動靜與人同, 夫豈眞有是哉, 吾思夫七雄之世, 智能學術倜儻非常之材, 踵相磨也, 至論策士辨士有功名載國史者, 皆以黃金市赤族, 有以六相印而賭五車裂, 千戶侯而取五鼎烹, 滔滔者滿天下, 乃知功名富貴, 慘於水火, 而其人之不早睹, 如攫金而不見人, 於斯而始信二君子胸中, 眞有水不能溺火不能熱, 其生與天地並, 其形與萬物俱, 其神與造化游, 其跡與風雲逝, 其言如金石之考而鳴, 其文如草木之敷而花, 若是者世之水火無由而至, 居亂邦不出門, 而日逍遙乎六合之外, 嗚呼, 是不亦眞仙人哉.”

에서 노니는 사람이 바로 신선이라는 것이다.

　이러한 신유한의 사고는 이제까지 살펴본 서얼들의 시에서 지속적으로 드러난 것이었다. 도교적 상상력을 십분 발휘한 시거나 다만 아주 일상적 개념으로 신선이라는 단어를 사용한 시이거나에 상관없이 이들은 자신들이 살고 있는 바로 그곳에서 신선의 경지를 이루기를 희망하였다. 그렇다면 신선은 어디에 있는 것인가? 김도수의 다음 시에서 이에 대한 해답을 찾을 수 있다.

匹夫幸無辜	필부는 허물없기를 바라는데
坐口招紛紜	구설수에 올라 비난 부르네
役智喪天眞	지혜를 부리면 천진을 잃고
豐言侈身文	말을 많이 하면 몸 꾸밈 사치스럽네
便舌鸚見縶	앵무새는 말을 잘해 사로잡히고
賄齒象悲焚	코끼리는 상아를 지녀 불태워짐이 슬프다
賢智猶如此	어질고 지혜로운 사람도 이와 같거늘
愚昧復何云	우매한 사람이야 다시 무엇을 이르리
達人審其機	달인은 그 기미를 살펴
與世無相聞	세상과 서로 들림이 없고
韜藏畏漏輝	빛이 샐까 두려워 감춰 숨기고
獨往絶塵群	홀로 가서 진세의 무리를 끊었네
如何齷齪子	어찌 악착같은 사람이
慷慨辨蕕薰	강개하여 선악을 구분하리
上帝所不矜	상제가 돌보지 않는 바이거늘
癡者莫謾忻	어리석은 사람 부질없이 기뻐하지 말라

—「諷俗」

　김도수는 세속을 풍자한다면서 필부와 달인을 등장시켰다. 필부는 허물이 없기를 바라지만 남의 구설수에 올라 비난을 받게 된다. 자신의 지혜를 써서 이런저런 일을 하다보면 천진함을 잃게 마련이고, 말을 많이 하다보면 자신을 자랑하거나 변호하면서 자신을 꾸미는 데 힘쓰게 된다. 그러나 지혜를 부리고 말을 많이 하면 세상에 알려지게 되니, 앵무새가 말을 잘하기 때문에 사로잡히고 코끼리는 상아를 지니고 있기 때문에 불태워 죽임을 당하는 것처럼 된다. 자신의 함정에 빠지는 것이다. 어질고 지혜롭다는 사람들조차 이러하니 어리석은 사람들이야 오죽하겠느냐고 했다. 반면에 달인은 자신이 천진을 잃게 될 기미, 혹은 천지조화의 비밀을 살피고 세상에 나오지 않는다. 자신의 능력을 숨기고 혹여 자신이 세상에 알려질까 저어하며 존재를 감추고 세상 사람들과 소식을 끊어버린다. 그러나 악착같은 사람인 소인들은 악취 나는 풀과 향기 나는 풀, 곧 선악을 구분하지 않는다. 이를 구분할 만한 비분강개한 마음을 지니지 못한 것이다. 그러므로 세상의 보통 사람들은 선악의 구분 없이 천진을 잃으면서 살아가는 것이다. 이렇듯 어리석은 사람들은 상제가 돌보지 않으니 부질없이 기뻐하지 말라고 하였다. 그렇다면 지고한 존재인 상제는 달인의 존재를 알고 있다는 의미도 된다. 이는 정신적이고 이상적인 측면에서의 궁극적 위안이며 승리라 할 수 있다. 또한 일종의 선민의식이라고 할 수도 있다. 현세에서는 꽃 피지 못한 능력을 숨기고 지금 은일하면서 내 마음이 편하게 사는 것이 중요하며 이러한 삶은 인정을 받게 된다는 것이다. 정신적인 수양을 높이 본 것이다. 결국, 김도수에 의하면 세상의 필부들은 선악의 구분을 못하고 자신들을 꾸미는 데 힘써 천진을 잃고 얽매이게 되나 상제는 이런 사람들을 돌보지 않는다는 것이다. 반면에 달인들은 강개한 마음을 지녔기에 기미를 살펴 세상에 나서지 않으며 정신적인 만족을 누리며 살아간다.

신유한도 비슷한 말을 했다. 곧, 안기(安期)는 지사(智士)로 항우에게 쓰이지 못해 세상을 피해 가고 노오(盧敖)는 뛰어난 유학자로 진시황 때 인물이었다고 하면서 예로부터 능력이 있으나 세상을 못 만난 이들이 세상에 쓰이지 못하여 정신을 육합의 밖에 노닐며 금강산에 갔을 것이라고 하였다.[220] 이어서

　　요즘도 뜻은 빙설처럼 깨끗하고 재주는 옥처럼 아름다우며 가슴속에 금강산
처럼 우뚝함이 있는 사람들이 있어 백정에 숨고 승려에 가라앉고 문지기나 악
공으로 늙어가지만 이목구비와 언어 동작과 앉고 눕는 것이 보통 사람과 같으
니 만약 안기생, 노오, 동방의 아름다운 사람들이 아침 저녁으로 곁에 있다 하
더라도 세상에서 어찌 능히 알겠는가.[221]

라고 하였다. 곧, 당시도 뜻이 깨끗하고 재주는 뛰어나고 웅장한 기상을
지닌 달인들이 있었지만, 이들은 백정·승려·문지기·악공 등으로 살
아간다. 능력이 범상치 않은 사람들이 범상치 못해서 천대받는 낮은 계
층 낮은 직역의 사람들 속에 숨어 지내는 것이다. 범상한 사람들에게 무
시당하고 천대받던 계층에 범상치 않은 사람들이 숨어 산 이유는 자신
들의 존재를 감추기가 용이했기 때문이다. 이들의 겉모습은 보통 사람
과 다름이 없으니 이들이 옆에 있어도 보통 사람들은 이들이 누구인지
알 수 없다. 더구나 낮은 계층의 모습을 하고 있으니 주의를 끌 염려가
없다. 이들은 자신들의 능력이 뛰어나도 현세에서는 쓰일 수 없음을 잘
알았던 것이다. 그래서 정신을 중요하게 생각하고 부귀와 공명을 멀리
하며 살아갔으니, 천진을 잃지 않았다고 할 수 있다. 결국 서얼들은 맥
상에서 여러 사람 속에 섞여 스쳐 지나가며 흔히 만날 수 있는 범상한
모습으로 정신을 편히 가지며 살아가는 사람들을 신선이라 본 것이다.
　　서얼들이 현실선상에서 신선을 인식한 것은 그전의 사대부들과는 매
우 차이가 있다. 이를 기존의 연구들을 통해 알아보면, 조선중기에 한무
외(韓無畏)가 쓰고 이식이 세상에 유포한『해동전도록(海東傳道錄)』·『청학

---

220)『靑泉集』권4「送李子循達中游金剛山序」, “安期智士也, 以策干項羽, 羽不用, 辟
　　世去, 盧敖碩儒也, 譏議始皇, 色難去, 自古智能俊傑英偉之徒, 遭世之屯, 而出不能經
　　濟天下, 絶粒癯形, 雲行霞擧, 以觀於六合之外者, 卽大易蠱之上九, 不事王侯, 高尙其
　　事, 不如是, 彼且奚以之蓬萊山爲居.”
221)「送李子循達中游金剛山序」, “今之世, 亦有志之潔若氷雪, 材之美若瓊球, 胸中硉兀
　　如金剛山者, 隱於屠販, 沈於浮屠, 老於晨門籧舞之位, 其人耳目口鼻言動坐臥, 與凡
　　人齒, 浸假安期生盧敖東方曼倩朝暮在傍, 世惡能知之.”

집(靑鶴集)』, 그리고 숙종 때 홍만종(洪萬宗)의 『해동이적(海東異蹟)』은 금단
을 제조하기보다는 인간의 내적인 생명력을 수련하는 내단법(內丹法)을
중시하여 신선이 된다는 초시대적인 개인 구원의 문제에 집중되어 있
다.222) 이는 서얼들이 마음의 평화를 얻어 신선처럼 살고 싶다고는 했지
만 직접 신선이 되겠다고는 하지 않았으며 신선을 이야기하면서도 백성
의 생활을 걱정하였던 점과 비교된다. 어우(於于) 유몽인(柳夢寅, 1559~1623)
의 경우는 득선(得仙)하면 인간세계 자체를 초월하는 데서 비로소 무한한
즐거움을 알게 되고 인간 생활은 무의미한 것이 되어버린다고 생각하였
다. 그래서 복이수련(服餌修鍊)과 연단화후지법(煉丹火候之法) 등의 실제 선
법(仙法)을 통해 신선이 되는 것을 추구하였다.223) 그러나 서얼들은 인간
세계를 초월한 신선의 경지를 추구하지는 않았다. 권필(權韠, 1569~ 1612)
의 경우는 주로 젊은 시절에 도가적 방일을 보여주는데 이는 허유, 소부
같은 초세적 은일이 아니라 현실에서의 좌절에 대한 반대급부의 몸짓으
로, 대결로 치닫던 현실과 자아가 무위와 방일의 태도를 지향하여 현실
이탈을 시도한다. 그러면서도 병서를 읽는 것을 통해 현실에 뛰어들 의
지를 보인다.224) 그런데 서얼들은 신선을 이야기하고 도가적 취향을 보
이면서도 현실에서의 일탈을 이야기하지는 않았고 노년의 한가로움을
즐겼지 석주처럼 도가를 버리고 다시 유가적 세계로 돌아가지는 않았다.
정두경(鄭斗卿, 1597~1673)의 경우는 병자란 이후 말년에 벼슬을 그만둔
뒤, 도교가 천하를 다스리는 데 도움이 될 수 있다고 하였으나, 외단술에
대해서는 부정적이었으며 신선이란 허탄하여 법 삼기에 부족하다고 하
였다. 그러면서도 문학 속에서는 도가적 상상력과 표현, 이상향을 추구

---

222) 김낙필, 「『海東傳道錄』에 나타난 道敎思想」, 『道敎와 韓國思想』(韓國道敎思想硏
　　究會 편), 범양사 출판부, 1987, 135~168면 참조.
223) 조석래, 「於于 柳夢寅의 문학에 나타난 神仙思想」, 『道敎와 韓國思想』(韓國道敎思
　　想硏究會 편), 범양사 출판부, 1987, 319~337면 참조.
224) 정민, 「石洲詩의 道家的 放逸과 變貌의 意味」, 『道敎와 韓國文化』(한국도교사상연
　　구회 편), 아세아문화사, 1988, 259~290면.

하며 정신적 자유를 구가했다. 또한 평범하게 살다가 하늘과 통하여 신선이 된 도안공을 거론하며 신선이 진세에서 성시 가운데를 출입한다고 하였고, 자신이 선재의 기량을 가진 인물이라고 하였다.[225] 정두경이 도교를 통치 수단으로 보았다면 서얼들은 도가적 상상력을 통해 세상이 바르게 되기를 원했다는 점이 다르고, 서얼들은 정두경처럼 외단술이 허탄하다고 직접 언급한 것은 없다. 정두경이 진세에 살던 도안공이 하늘과 통해 신선이 된 것을 말한 것에 비해 서얼들은 시정에 사는 범상한 무리가 바로 신선이라고 한 차이점도 있다. 또한 정두경이 자신을 선재를 지닌 깨끗한 인물이라고 자부한 것에 비해 서얼들은 자신들의 능력이 뛰어나면서도 한적하게 사는 점을 신선에 비유하였다. 이러한 점으로 볼 때 17세기 전반기까지의 사대부들이 대체로 직접 신선이 된다고 하거나 신선세계로의 일탈을 보여주었고, 17세기 중·후반까지 살았던 정두경이 신선세계로의 일탈은 없으나 하늘과 통하는 신선을 생각했음에 비해, 18세기 전반 서얼들은 도가적 취향을 보이면서도 현실의 모순을 걱정하고 현실 선상에서 신선을 생각하였다.

서얼문학과 유사한 점을 추사(秋史) 김정희(金正喜, 1786~1856)에게서 발견할 수 있다. 곧, 서얼문학의 특징 가운데 불교와 산수에 관한 점이 김정희에게서도 유사하게 발견된다. 김정희는 불교 특히 선에 대해 깊은 이해를 지녔는데, 그의 문집에는 승려와 주고받은 시라든가 산사를 읊은 시가 많다. 곧, 그의 불교시는 "승려에 관한 것, 자신이 직접 절을 방문하여 주변의 경물을 읊은 것, 그리고 불교를 소재로 놓고 읊은 시로 대략 구분된다."[226] 이는 서얼들의 불교 취향의 시가 승려들과 교류한 시와 산사에 관한 느낌이나 자신의 심정을 읊은 시가 있는 점과 유사하다. 그리고 강백이 시화일치를 주장했었는데, 추사 역시 시서화선의 일

---

225) 남은경, 「東溟 鄭斗卿 文學의 硏究」, 이화여대 박사논문, 1988, 21~28면, 87~96면 참조

226) 호승희, 「秋史 金正喜의 文學硏究」, 이화여대 석사논문, 1983, 157면.

치를 주장했다. 추사가 주장한 시서화선의 일치는 "시를 포함한 예술의 창작이 추구해야 할 가장 고도의 경지는 불교, 특히 선종의 그것과 일치한다고 보는 것으로, 세속적 욕망과 번뇌를 초탈한 선적인 깨달음의 경지에 비견된다. 그러한 최상의 예술적 심미 경계는 왕유(王維)의 전원 산수시에서 보이는 것과 같이 평범한 일상적 삶의 공간에 투영된 시인 내면의 넉넉하고 자유로운 정신 경계와 일치한다"227) 그런데 김정희의 이러한 면모는 강백의 불교취향의 시에서 이미 구현되고 있다. 김정희가 강백에게서 영향을 받았는지는 현재로서 검증할 수 없지만 18세기 전반을 살았던 서얼과 18세기 말에 태어나 19세기 전반에 활약했던 노론에게서 몇몇 공통점이 발견된다. 우선 이들은 모두 인생의 중반기에서 유배생활을 했다. 강백의 경우는 앞서 고찰했듯이 경남으로서 이인좌의 난에 연루되었고 김정희는 노론으로 세도정치의 와중에서 제주도와 북청에서 55세인 1840년 이후 각각 9년과 2년 동안 유배생활을 했다. 서얼들이 기득권층에서 소외되고 유배를 떠나면서 불교에 심취하였던 점이, 비록 노론 명문가 출신이기는 했지만 역시 유배생활로 말년을 쓸쓸히 보내야 했던 김정희에게서 드러나며, 이는 단순히 유배라는 공통점뿐만 아니라 김정희가 서얼과의 교류를 그 이전부터 하였던 점에서도 연유하는 것이다. 더욱이 서얼들이 현세 고통에서 벗어나기 위해 불교에 귀의하는 백성과 자신들의 삶을 형상화하여 현실의 번뇌에서 벗어나기를 희구하며 철저히 현실에 바탕을 한 신선을 추구하였다는 점 또한 김정희에게서 유사하게 발견된다. 곧, 자연은 불교 혹은 선(仙)의 심상과 깊이 연관되어 있지만 수련에 의해 신선이 된다거나 불도를 닦아 서천에 귀의하는 것을 배격하고, 진정한 도교나 불교의 종지는 만민의 일상적 삶을 보장하기 위한 실천철학이라고 보았다.228)

---

227) 정우봉, 「19세기 詩論 硏究」, 고려대 박사논문, 1992, 208면.
228) 김혜숙, 「秋史 金正喜의 詩文學 硏究」, 서울대 박사논문, 1989, 115면 참조.

제6장 18세기 전반 서얼문학의 문학사적 의의

1. 서얼문학의 고유성 정립과 문학 담당층 확대

지금껏 17세기 말에서 18세기 전반기에 활약했던 네 서얼 문사를 중심으로 서얼문학의 세계를 살펴보았다. 지금까지의 논의를 바탕으로 하여 이들 18세기 전반 서얼문학이 갖는 문학사적 의의를 몇 가지 항목으로 나누어 정리해 보고자 한다.

먼저 서얼들의 역사적 양상이라는 측면에서 이 시기가 갖고 있는 뚜렷하고도 독특한 성격에 주목해야 할 것으로 보인다. 이 시기는 숙종에서 영조의 통치 기간에 해당하는데, 이때에 이르러 서얼들은 명확하게 자각적인 집단으로 역사 전면에 주체로서 등장하게 된다. 숙종 21년 (1695)에 있었던 남극정의 통청 요구 상소가 상징하는 이 흐름은 이후 본격적이고 지속적으로 전개된 서얼 자신들에 의한 허통 요구를 말한다. 서얼이 사회적으로 영향력 있는 집단으로, 사회적인 세력으로 등장하게 된 데는 여러 가지 변인이 작용하고 있지만 그 가장 큰 요인은 서얼들의 수가 엄청나게 증가하였다는 데 있다. 사대부 다섯 가운데 한 명은 서얼이라는 말이 나올 정도였던 것이다. 서얼을 불우한 신분 계층으로 만들면서 그들의 수족을 얽매었던 것이 태종에서 명종대에 걸쳐 법적으로 완성된 서얼금고법이란 것을 생각한다면, 이는 실로 역사의 아이러니라 할 만한 것이다. 서얼들의 수를 그토록 불려 놓은 것이, 자자손손 서얼을 양산토록 정한 서얼금고법이었으니 말이다. 말하자면 자신들 신분 계층을 산출한 모태를 없애 달라는 기막힌 역사적 역설이 이 시기에 통청운동의 이름으로 존재했던 것이고, 서얼금고법을 폐기하는 데 가장 크게 공헌한 것이 서얼금고법이란 희한한 논리가 성립하는 것이다. 어쨌든 임진왜란을 전후하여 점진적 개선을 이루어 온 서얼금고는 영조 48년(1772)에 이르러 명목상으로는 마침내 통청이 이루어지게 된다. 물론 통청은 제도적인 면에서의 개선이어서 실질적이고 인습적인 차별을 없애지는 못했지만, 그 의의를 결코 무시할 수는 없는 것이다. 이 역사적 맥락, 즉 서얼 자신들에 의한, 자신들에 대한 부당한 억압을 해체하려고 하는 사회적 조류와 투쟁을 고스란히 담고 있는 시기가 바로 본고가 다루고 있는 시기인 것이다.

한편 서얼의 수적 증대는, 충분히 예상할 수 있는 것이지만, 서얼들 내부의 유대와 결속을 이루어내게 된다. 서얼 사이의 사제 관계의 성립과 서얼 가문의 형성이 그것이다. 물론 여기에는 당시 지배층이었던 사대부 일반의 사회적 관계망으로부터 이들 서얼이 배제될 수밖에 없었기에 나타난 불수의적 측면도 있지만, 하나의 신분 계층으로서의 서얼이 생활과 의식의 독자적 지반을 확보하게 할 가능성을 높여준다는 점에서 결코 경시할 수 없는 현상이라고 생각한다. 서얼 사이의 사제 관계가 이루어지기 시작한 것은 중종 시기부터였고, 서얼 가문이 형성된 것은 명종 이후였다. 학맥과 가문이라는, 조선사회를 이면에서 이끌고 지탱해 갔던 지반을 다짐으로써 재능 있는 서얼의 배출 및 양성과 서얼문사 집단의 조성이 한층 용이해졌고, 또 그 역의 작용도 이루어졌던 것이다. 그리고 이 교호의 과정을 거듭하며 서얼의 사회적·지적 수준은 계속 상승하였을 것이다.

18세기 전반을 전후하여 활약한 재능 있는 서얼들의 면모를 세대별로 구분해 본다면 다음과 같다. 17세기 후반부터 18세기 초반까지에는 이현·성몽량·남극정·유일상·정진교 등이 있다. 다음 세대로는 18세기 전반에 활약했던 이세원·조륜·신유한·강백·이정언·윤치·심약로·유후·김도수 등이 있다. 여기에 이들의 아들 세대로서 18세기 초에 태어나 18세기 중후반까지 활약했던 이봉환·이명계·이인상·이희관·원중거·최익남·남옥 등을 이을 수 있다. 그 후 이들보다 한 세대 뒤라고 할 수 있는 시기인 18세기 중반에 태어나 18세기 후반에 활약했던 서얼 집단이 바로 이덕무를 중심으로 한 백탑시파이다.

한편 서얼이 문사 집단을 이루어 활동하게 된 것은 18세기 전반기부터라고 할 수 있다. 특히 이는 서울을 중심으로 활동한 서얼들에게서 발견할 수 있는 현상으로, 강백과 이정언을 중심으로 한 집단을 대표적인 예로 들 수 있다. 이들 서얼문사 집단은 문학 활동과 산수 유람을 함께 하면서 문학적 역량을 길렀을 뿐 아니라 신분적인 울분을 같이 토로하였다. 이들의 행적은 또한 자손들에게도 깊은 영향을 끼쳐 후대에도 서얼 집단을 조성하고 또 사승 관계로까지 발전하였다. 예로써 강백-심약로-윤치-이정언 등의 집단, 이세원-조륜-심약로의 친분, 조륜-심약로-윤치의 친분, 김도수-박사유-심약로-홍서기의 친분은 다음 세대에도 영향을 주어, 이봉환과 이명계를 중심으로 한 초림팔재사라든가, 이봉환-이인상의 친분 등으로 이어졌다. 그리고 이봉환은 아버지인 이정언과 그 집단을 존경하였을 뿐 아니라, 이봉환과 그 벗들은 신유한과 김도수를 추앙했다.[1]

---

1) 본고에서 이들의 교류나 사승 관계의 일단을 추적한 바 있으나, 출발점 정도의 의미를 갖는 것이라고 생각한다. 좀더 본격적이고 심층적인 탐구가 요구되는 부분이라 하

　문재 있는 서얼들의 거듭된 족출과 그들의 집단화는 그들 나름의 동류의식을 조성하게 된다. 더구나 뛰어난 재능을 갖고 있으면서도 여전한 사회적 차별 대우를 감내할 수밖에 없었던 서얼들에게는 더욱 그러하였을 것이다. 실제 그들은 '오배(吾輩)'라는 말로 표상되는 강렬한 동류의식을 지니고 있었다. 그들은 자신과 다른 서얼들을 지칭할 때만 오배(吾輩)라는 용어를 썼는데, 이는 이세원·강백·이봉환·이인상·이덕무의 시문을 통해 확인할 수 있었다.

　이처럼 18세기 전반기에 들어서 서얼들은 자신들의 고유한 문학세계를 창출할 만한 충분한 여건들을 조성하고 있었다. 사회적 세력화, 계층 내부의 유대와 결속, 재능 있는 서얼문사의 배출, 서얼문사 집단의 형성, 그리고 독자적인 계층의식 등, 거의 모든 면에서 독자적인 문학세계를 만들어낼 자리 깔기를 마치고 있었던 것이다. 그리고 이 지점에서 바로 본고가 주 대상으로 삼은 이세원·신유한·강백·김도수의 문학세계가 펼쳐진 것이다. 물론 여기서 우리는 다음과 같은 반문들을 미리 던져볼 수 있다. 주지하다시피 조선조 사회는 양반 사대부라는 신분 계층이 막강한 장악력으로써 사회를 지배하고 이끌어나갔던 사회다. 이는 문화나 문학의 영역에서도 마찬가지다. 그렇다고 한다면 서얼들이 당시의 지배적인 문화나 이데올로기로부터 얼마나 자유로울 수 있을 것인가? 더구나 서얼이라는 계층은 근원적으로 사대부들에 의해 형성되었고 그들 곁에 지류와 같이 존재하였던 계층이 아닌가? 그와 같은 그들이 사대부적인 것과 분리되는, 독자적인 문화나 문학을 창조하는 것이 과연 가능할 것인가? 또한 서얼통청이 활발하던 시기는 한국사의 전개에서 이른바 중인 계층이 새롭게 역사의 지평으로 솟아오르고 있던 시점인데, 사회적인 처우라는 점에서 여러 가지로 서얼과 흡사한 중인들의 문화나 문학과, 서얼들의 그것은 얼마나 큰 차이를 드러내는가? 또 이 시기에 급

겠다. 단순한 호사가 아니라 서얼들의 의식세계를 천착해 나가는 데 긴요한 작업이라 여겨지기 때문이다.

속히 분화하고 있던 양반 계층 중 특히나 몰락 양반들과 서얼들 사이의 거리는 얼마나 되는가? 본고는 이 같은 질문들에 제대로 답하기 어렵다. 다만 앞의 여러 장들에서 펼쳤던 논의들에 기반하여 다소 예단적으로 미리 답을 내보인다면 다음과 같다.

18세기 전반기 서얼문학의 세계는 그들 나름대로의 의식적·문학적 특징을 갖고 있다. 이 답변에는 몇 가지 부연과 단서가 필요할 듯하다. 첫째, 이 진술은, 이 시기 서얼들이 조선조라는 사대부 중심의 사회에서 사대부와 떨어져 오롯이 자신들 서얼만의 문학을 창출하는 데까지 이르지는 못하고 있다는 뜻을 지니고 있다. 본고는 이를, 다소의 어폐를 무릅쓰고, 이 시기 서얼문학이 자신의 '독자적'인 세계를 구축하는 데는 이르지 못했지만, 자신들의 '고유한' 세계는 충분히 만들어내고 있다고 표현하고 싶다. 둘째, 위 답변은 현재로서는 18세기 전반기에만 유효하다는 점을 밝혀둔다. 그 이후 시기에도 여전히 위 응답이 들어맞을지 어떨지는 필자로서는 아직 답할 형편이 되지 못한다. 셋째, 사대부와의 관계에서는 그렇다 하더라도, 이 시기 서얼들은 중인들과의 관계에서는, 적어도 의식의 측면에서는 명료히 구분되는 면모를 보여준다는 것이다.

18세기 전반 서얼문학이 '고유한' 세계를 만들어내는 데는 성공하고 있다는 판단의 근거들을, 우선 사대부 문학과의 관계라는 측면에서, 들어보면 다음과 같다. 첫째, 이들의 문학이 손색없음을 넘어서 매우 뛰어난 수준에 이르고 있다는 점이다. 문집을 남기고 있다거나 당대인들과 후대인들에게 많은 찬탄을 얻고 있다. 높은 수준의 문학적 '방법'이 새로운 의식을 형성해 나가는 데, 중요한 하나의 경로임을 상기한다면, 18세기 전반기 서얼문학의 높은 수준은 이들의 '고유성'을 예고해 주는 매우 중요한 징표가 되는 셈이다. 둘째, 이들의 문학관과 문학세계를 살피는 도처에서 드러났던 바이지만, 이들은 여러 점에서 당대 사대부들과 구별되는 특징적인, 곧 '고유한' 문학론과 작품세계의 면모를 보여주고 있다. 서얼들이 자신들의 문학론을 당당하게 밝히고 있다는 사실은, 그것이 사대부의 문학론과 얼마나 구별되는가 하는 문제는 차치하더라도, 그 자체가 중요한 의의를 지닌다. 후일 가능하다면, 자신들의 독자적인 행보를 해 나갈 이론적인 토대를 갖추고 있다는 것이 되기 때문이다. 한편 이 시기 서얼들의 문학론과 작품세계에서 드러나는 '고유함'은 문학 내적으로 설명하여야 할 부분도 있고, 문학 외적으로 설명되는 부분도 있다. 이 중 문학외적으로 설명되는 부분의 대부분이, 이들의 사회적 처우와 개인적 능력 간의 괴리에서 발생하였음은 충분히 보아온 바다. 그때 이 괴리감을 가장 절실하고도 크게 감당할 수밖에 없었던 계층이 서얼이었음은 췌언의 여지가 없다. 그렇다고 한다면 서얼문학의 '고유성'은 부분적이나마 인정할 수 있다고 하겠다. 이 점에서 이덕무의 다음 글은 자못 흥미롭다.

> "이것(『열하일기』―인용자)은 잠꼬대 같은 책입니다"하니 (연암이) 괴이히 여겨 무엇을 말하느냐 물었다. 말하기를 "풍윤인을 대하여 이덕무와 박제가는 모두 나의 문도라고 한 것이 있으니 이는 어찌 공자와 노자의 무리가 서로 제자라 일컫는 것과 다르겠으며 이것이 어찌 잠꼬대가 아닙니까"라고 하였더니, 연옹이 손을 흔들며 "많이 말하지 마시게. 남이 들을까 저어되네"라고 말하였다.[2]

연암이 자신의 『열하일기』에서 이덕무와 박제가가 자신의 문생이라고 중국인에게 말한 것을 보고 이덕무가 잠꼬대 같은 책이라고 연암에게 말하자 연암이 아무 말도 못하였다는 것이다. 곧, 이덕무와 박제가는 연암의 문생은 아니며 이덕무와 연암도 이를 인정하고 있는 것이다. 이 증언은 우선 18세기 전반기의 다음 세대 인물인 이덕무의 것이라는 점에서 다소 문제가 있고, 보다 근본적으로는 연암과 이덕무, 박제가를 가

---

2) 『靑莊館全書』 권16 「雅亭遺稿」 8 「書」 2 「成士執大中」, "此一部譫書也, 怪問何謂, 曰其對豊潤人, 有曰炯菴楚亭皆吾門徒, 此何異孔老之徒互稱弟子, 兹豈非譫書耶, 燕翁搖手曰, 毋多言, 恐使外人知."

르는 선을 사대부—서얼의 관계로만 읽어야 하는가라는 이의를 완전히 배제하기는 어렵지만, 본고는 이 대목을 18세기 전반기 서얼문학의 세계가 획득한 '고유성'이 잠재적으로 노정되는 증언으로 읽고 있다. 서얼들이 자신들의 뛰어난 자질을 바탕으로 하여 사승 관계를 통해 자신들의 집단을 발전시키고 계승시켜 나간 것을 보여주는 한 증표라 보는 것이다.

한편 서얼들의 계층의식이 중인들과 뚜렷하게 구별되었음은 아래 여러 사실로 충분히 방증된다. 우선 『육가잡영』을 서두로 간행된 18세기의 『해동유주』·『소대풍요』·『풍요속선』, 19세기의 『풍요삼선』·『호산외기』·『이향견문록』·『희조질사』·『일사유사』 등 중인의 시문집과 전기집 어디에도 서얼은 한 사람도 들어 있지 않다는 점을 들 수 있다. 그리고 숙종을 위시한 사대부들도 서얼과 중인은 다르게 보았다. 또한, 문을 업으로 살아갈 형편이 안 되는 서얼들이 장교나, 역관 등의 중인 직역에 뛰어들어 중인이 되어 서얼 문사를 질시했음도 이미 본 바다. 그리고 무엇보다도 친분 관계를 유지하고 있는 서얼과 중인이 서로 다른 계층임을 각각 밝히고 있었다. 서얼이 중인과 사귄 것은 지배층으로부터 차별받는 존재라는 공통점과 문학적·음악적 공감대가 있었기 때문이다. 그리하여 서얼들은 중인 문사라 할 만한 중인들과 사귀었다. 그러나 자신들은 중인과 구별되는 사대부라는 의식이 있었다. 그들은 사대부의 입장에서 능력이 뛰어난 중인을 아낄 만하니 아낀다고 하여 사대부의 위치에서 중인들과 교류함을 밝혔던 것이다.

이상을 종합하자면, 18세기 전반 서얼문학은 사대부나 중인의 문학과는 나름대로 구별되는 '고유한' 면모를 갖고 있었다고 잠정적인 결론을 내릴 수 있다. 이들이 '독자성'을 확보하는 수준에까지 이르지는 못 했고, 또한 이들의 '고유성'을 입증하는 추론 과정에도 미비함이 있었겠지만, 이들의 문학론과 작품세계를 가능한 한 전체적으로 살핀 본고로서는 이 시기 서얼문학이 '고유성'을 갖고 있다고 충분히 판단할 수 있다.

그런데 18세기 전반 서얼문학의 '고유성'은 문학사적으로 또 다른 의미를 갖는다. 다름 아닌 문학 담당층의 확대라는 측면이다. 사대부와도 구별되고, 중인과도 구별되는 '고유성'을 이들의 문학이 갖고 있다는 사실은 이들을 또 하나의 새로운 문학 담당층으로 획정하는 데 충분한 근거가 된다고 생각한다. 그런데 기존의 연구에서는 조선 후기 "한문학에서의 큰 특징으로 중인층의 창작활동이 활발하여지면서 詩社를 통한 하나의 운동적 성격을 지니게 된 점을"[3] 들어 창작층이 확대되었다는 의의를 평가했다. 이러한 이유로 중인 문학에 대한 연구가 활성화되었고 조선 후기 한문학의 담당층을 사대부, 중인으로 나누는 경향이 지배적이었다. 그러나 본고가 보기에는, 적어도 새로운 문학 담당층으로서의 위상이라는 측면에서는 오히려 서얼들이 더욱 무게가 있지 않나 싶다.[4] 판단의 근거는 다음과 같다. 첫째, 중인층이 대두한 그 시기에 서얼도 이미 계층적 진출을 보이고 있다. 아니 오히려 서얼들의 진출이 더 앞선다고 해야 할 것이다. 둘째, 계층적 자각에 기초하여 신분적 장벽을 철폐하려는 통청운동의 면에서도 도리어 중인들은 서얼들에게 훨씬 뒤진다. 중인들의 통청운동은 철종 2년(1851)에야 벌어진다. 이는 중인들이 수적으로 열세하여 세력을 형성하지 못하고, 잡과 합격이 용이하였기에 스스로 세습에 안주한 경향이 강했기 때문이다. 셋째, 문학에 대한 의식을 보여주는 바로메터라 할 수 있는 문학론의 측면에서도 서얼들 쪽이 훨씬 더 깊이 있는 전개를 보여준 바 있다. 중인의 문학론은 주로 중인층의 시선집 등의 서, 발에 나타난 문학론, 문학 사상이 천기론을 중심으로 밝혀졌고, 조선 후기 천기론의 전개 과정 속에서 중인층의 천기론과 성령론이 다루어졌을 뿐이다. 이는 중인문학 성과의 대부분이 시 작품으로 이루어져 있기 때문이다.[5] 사정이 이와 같다면, 서얼을 새로운

---

3) 임유경, 「英祖朝 四家의 文學論 硏究」, 이화여대 박사논문, 1990, 19면.
4) 물론 여기서 문학사적 가치 평가, 문학사적 주류의 획정 문제 등은 논외로 한다.
5) 윤재민, 「朝鮮後期 中人層 漢文學의 硏究」, 고려대 박사논문, 1990, 13면.

문학 담당층의 하나로 꼽는 데 주저할 이유가 없다. 그 결과 18세기에 이르면 한문학의 담당층은 사대부, 서얼, 중인으로 구분되게 된다.

이처럼 18세기 전반에 문학사의 전면에 부각된 서얼문학은 그 '고유성'을 나름대로 확보하면서 문학 담당층의 확대를 가져 왔다는 의의를 지닌다. 그 위에서 서얼문학은, 일반적으로 사대부문학과 위항문학으로 나뉘는 조선 후기 문학사를 사대부문학, 서얼문학, 중인문학으로 재편성해야 할 가능성을 열어주게 된다.

2. 당대 및 후대 문사들에게 끼친 문학과 사상적 영향

18세기 전반 서얼문학이 갖는 문학사적 의의의 두 번째 항목으로 우리는 그것이 당대 및 후대의 문학과 사상에 끼친 영향을 들 수 있다.

신유한은 당대에 문명을 떨쳤던 이유로 인해 사대부들과 많은 교류를 하였고 다수의 문인을 배출하였다. 곧 최창대·김창흡·윤순·이병연·최성대·남태량·임정·임세택(李世澤)·김하구·조명정(趙明鼎) 등과 사귀었고, 이조참판(吏曹參判) 정원시(鄭元始), 정란(鄭瀾), 박이곤(朴履坤), 이회근(李晦根) 등 일대의 명류들을 가르쳤다.6) 신유한의 만사를 쓴 문인(門人), 후학(後學), 문열(門列), 양생(養生)의 수도 상당하다.7) 한편 강백은 남인 학파의 맥락 중 경남에 속하는데, 재종숙인 강석빈(姜碩賓)에게 가학(家學)을 사숙하였고, 이로 인해 함께 이름이 난 사람으로는 재종형 강석(姜檡), 강해(姜楷), 재종제 강빈(姜彬), 사종형 강박(姜樸)이 있다.8) 그런데 강박은 남

---

6) 『靑泉集先生續集』 권11 「墓地銘」.

7) 『靑泉集先生續集』 권12 참조

8) 『愚谷集』 「行狀」, “公私淑家學, 齊名同譽者, 再從兄寓軒檡, 再從弟玄玄子彬, 再從

인 시맥에서 채팽윤(蔡彭胤)을 이은 중요한 인물로 강박의 문하에서 이헌경(李獻慶, 1719~1791)·신광수(申光洙, 1712~1775)·채제공(蔡濟恭, 1720~1799)·정범조(丁範祖, 1723~1801)가 나왔고 이들의 작품 경향은 다시 정약용·이학규(李學逵, 1770~?)·윤정기(尹廷琦, 1810~?) 등으로 이어진다.[9] 또한 강백의 『우곡집』을 볼 때 신광수는 강백과 매우 친밀하였던 것으로 보이며, 1732년 강백의 유배지로 찾아가기도 하였다.[10] 강백에게서 수업한 사람 가운데 신광수·홍정휴(洪鼎休)·계덕해·김득필 등이 문장으로 이름이 났다.[11] 이처럼 신유한과 강백 등의 서얼은 시문의 능력으로 인해 당대에 이름을 떨쳤고, 서얼뿐만 아니라 일반 사대부들도 이들을 흠모하여 이들의 문에 노닐었음을 알 수 있다.

한편 조선 후기 실학 특히 북학파의 실학에 해외 체험이 영향을 끼쳤음은 주지의 사실인바 이들보다 한두 세대 앞선 시기의 서얼들의 일본 사행과 연행의 체험과 기록이 이들에게 세계를 보는 눈을 넓혀주었음을 부인할 수는 없으리라 여겨진다. 특히 서얼들의 해외체험과 인식은 18세기에 들어와 선두에 서 있다. 서얼들은 자신들의 처지로 인해 해외를 동경했고 자신들의 능력만으로 대우를 받는 것을 통해 어느 정도 울분을 삭일 수 있었다. 그런데 이들이 해외에 나가 경험한 발달된 문명과 자국의 고유성에 대한 인식은 이들 계층만에 국한되지 않은 귀중한 것이었다. 곧, 야만시하던 오랑캐의 발달된 문명에 대한 관심은 조선 사대부들의 과학적 사고에 영향을 끼쳤으며, 당시 동아시아에서 동시적으로 일어난 자국의 고유성에 대한 인식은 조선사대부들이 중화주의적 사고

兄寄軒楷, 四從兄晋陵君菊圃樸, 再從叔晉善君諱碩賓, 日聚講論經義諸子百家."
 9) 姜樸, 『菊圃集』「해제」; 심경호, 「菊圃 姜樸論」, 『조선 후기 한시 작가론』 I, 483~484면 참조. 그런데 채제공은 오광운과 강박에게서 이헌경, 정범조, 채제공만을 언급할 뿐 신광수는 거론하지 않았다.
10)『愚谷集』 권2 「別申生聖淵光洙」; 「見姜子靑別申石北詩不覺下淚用次原韻」(尹士賓東興次韻).
11)『愚谷集』 권6 「行狀」.

를 떨칠 수 있게 하는 한 매개가 되었다.

실제로 이익은『성호새설』에서 신유한의『해유록』을 인용하였고, 통신사행을 통한 서적 입수와 견문을 통해 일본을 이해하였다.[12] 또한 인삼 무역에 관한 이익의 견해는 원중거의『승사록』의 기록과 유사한 점이 있다.[13] 이익·안정복·박지원·정약용은 일본 학계와 문단에 관심이 많았는데,[14] 일본에 다녀온 적이 없는 이들의 관심은 서얼 문사들의 일본 기록과 영향에 의한 것으로 보인다.[15] 이긍익의『연려실기술』에도『해유록』을 인용하고『통문관지(通文館志)』의 기록을『해유록』과 대조하기도 했으며, 정약용은「발해사문견록(跋海槎聞見錄)」·「제신청천문견록(題申靑泉聞見錄)」·「신청천문견록평(申靑泉聞見錄評)」 등을 남겼다.[16]

또한 18세기 전반 서얼들의 문학은 이봉환의 다음 세대인 연암 그룹에 속하는 서얼들에게도 영향을 끼쳤다. 제4장 3절에서 고찰했듯이 성완과 성몽량의 후손인 성대중은 연암 그룹의 일원인데 원중거와 지속적인 친분 관계를 유지했고, 성대중의『일본록』권2의「청천해유록초(靑泉海遊錄鈔)」는 신유한의『해유록』의「문견잡록(聞見雜錄)」을 그대로 옮긴

---

12) 하우봉,『朝鮮 後期 實學者의 日本觀 硏究』, 일지사, 1989, 59면 참조.

13) 李瀷,『星湖僿說』권14「人事門」「參商」; 元重擧,『乘槎錄』권2 3월 10일 이후의 총괄편.

14) 하우봉, 앞의 책, 101~268면 참조.

15) 18세기 사대부 문인 가운데 성호 이익에게서 신유한과의 유사점을 발견할 수 있다. 신유한(1681~1752)과 이익(1681~1763)은 태어난 해가 똑같으며 한 사람은 영남 서얼이며 한 사람은 기호 남인이라 남인이라는 공통점을 갖는다. 물론 영남인과 기호 남인은 여러 면에서 같을 수는 없으나 최소한 남인이라는 공통점은 있다. 그런데 신유한과 이익은『청천집』과『청천선생속집』을 볼 때 평생 만난 적이 없다. 그러면서도 문학과 사회에 대한 의식에서 두 사람은 공통점을 지닌다. 문학론에서 살폈듯이 이익도 신유한처럼 초사를 문학 비평에 수용하였다. 조선에서 16세기 후반에서 17세기 후반 사이에 정착된 주희의 '上以風化下'의 시경론과는 달리 신유한의 시경론은 '下以風刺上' 시경론을 펼쳤는데, 이익도 시경론에 이견을 제출하였다. 또한 이익에게서도 문화적 자존 의식이 나타나며, 서얼 차별에 대한 비판도 보인다. 두 사람의 공통점과 차이점은 앞으로 고찰해야 할 과제의 하나라고 여겨진다.

16) 이혜순,『조선 통신사의 문학』, 이화여대 출판부, 1996, 419면 참조.

것으로 성대중이 신유한의 영향을 받았음을 알 수 있다. 이덕무는 유후와 원중거를 존경했고, 이덕무의 벗이였던 윤가기는 동자시절에 유후를 스승으로 모셨다. 이덕무와 홍대용과 박제가의 일본 기록은 유후·원중거·성대중의 일본 기록을 참고하였다. 또한 한치윤은 유득공과 친분이 있고 이덕무의 영향을 받았으며『해동역사(海東繹史)』에서 원중거의『승사록』을 인용하였으며 신유한, 강백, 장응두와 일본인들의 창화시에도 관심을 가졌다. 신유한과 김도수에게서 보이는 문화적 자존의식은 이덕무에게서도 드러난다. 정조(正祖) 2년(1778) 연행을 기록한『입연기(入燕記)』를 보면 청조에 대한 강한 비판 정신을 보여준다. 곧, 묘, 서원의 제도, 복제, 의례서적 등의 과거 유교문화의 지속성 여부에 관심과 비판을 부여하고 있다. 청이 중화 민족이 쌓아 올린 정신문명을 실추시킨 것으로 보고 조선이 오히려 중화의 문화를 지속시켰고 앞으로도 그 임무를 떠맡는 일을 할 수 있다는 자부심을 가졌다.17) 한치윤에게서 나타나는 '문화주의적 화이관'18) 역시 이러한 맥락의 연장선이라고 할 수 있다.

아울러 백탑시파에게서 나타나는 문학적 특징들도 이미 이세원과 강백과 김도수의 문학적 특징에서 발견된다. 곧, 백탑시파의 문학적 특징이 창신을 주장하고, 자신들의 개성적인 문체를 확립하는 것이며, 사실성과 회화성을 통한 조선풍을 추구하였다는19) 점은 18세기 전반의 서얼들에게서도 정도의 차이는 있지만 이미 드러나고 있었다. 이덕무가 「9일 마포에서 박재선과 함께 박치선상홍의 물가집에 자면서[九日麻浦同朴在先宿朴穉川相洪水舍]」 등 여러 시에서 섬세하고 청신한 시청감각으로 탐색, 집약된 한 폭의 생동화(生動畵)를 이루었다는20) 점도 이세원의 시

---

17) 이혜순, 「李德懋의 入燕記 小考」,『朝鮮朝 後期 文學과 實學 思想』(최철 외), 정음사, 1987, 참조
18) 하우봉,『朝鮮 後期 實學者의 日本觀 研究』, 일지사, 1989, 282면 참조
19) 안대회, 「白塔詩派의 研究」, 연세대 석사논문, 1987, 41~72면 참조
20) 송준호, 「朝鮮朝 後期四家詩에 있어서 實學思想의 檢討」,『朝鮮朝 後期文學과 實學思想』, 97면 참조

청각이 조화된 한 폭의 풍경화 같은 시와 맥이 닿아 있다.

불교적 취향과 산수시의 측면에서 서얼문학과의 유사점을 보인 김정희가 한치윤과 친분이 있었고,[21] 박제가에게 배우고[22] 성대중·성해응 부자, 유득공·유본예(柳本藝) 부자와 교유하였고, 풍양조씨 세도의 핵심 인물인 조인영(趙寅永)이 성해응에게 지도를 받아, 후에 북학이 조선에 풍미하게 하였다는 점[23]도 서얼문학의 영향 관계의 한 항목으로 꼽을 수 있다.

3. 현실의식 및 문학의 양면성

끝으로 이 시기 서얼들이 지니고 있었던 의식의 이중성 혹은 양면성에 관해 생각해 보도록 하자. 서얼은 그 속성상 사대부로부터 떨어져 나온 반쪽 사대부이기에 기본적으로 사대부로의 편입을 시도한다. 이는 자신들도 사대부와 똑같이 임금의 적자라는 주장이나, 통청운동 이후에는 자신들을 사대부라고 호칭하는 데서 알 수 있었다. 그러므로 이들이 완전한 사대부로의 상층 지향을 보이는 것은 당연한 순서이다. 더욱이 신분제사회에서 상층으로 편입해야만 의식주가 해결되며 자신들의 존재가 소멸하지 않을 수 있었기 때문이다. 또한 이들은 통청운동 이전이나 이후나 사대부와 똑같이 문학을 업으로 삼고 이를 통해 입신하려고 했는데 이는 과거제사회에서 이들이 살기 위해서 피할 수 없는 숙명이

---

21) 한영우, 「海東繹史의 연구」, 『한국학보』 38집, 일지사, 1985, 137~138면 참조
22) 박제가와 김정희의 직접적인 사승관계는 불분명하지만 『貞蕤集』(국사편찬위원회, 단기 4294년) 「答金大雅正喜」를 볼 때 박제가가 김정희에게 영향을 끼쳤음은 분명하다.
23) 유봉학, 『燕巖一派 北學思想 研究』, 일지사, 1995, 156면 참조

었다. 그러나 이들은 완전한 사대부로 받아들여지지는 않았고 환로에서 좌절을 겪게 된다. 특히 당쟁의 와중에서 정권을 잡은 당파는 서얼들의 허통 문제를 지원하면서 서얼의 힘을 이용하였다. 물론 여기에는 17세기 중엽부터 18세기 전반기에 이르기까지 당쟁과 당파의 명암에 따라 그 당파에 속한 서얼들의 입지도 달라진다는 세부적인 면이 있기는 하지만, 서얼의 집단화된 힘을 집권자들이 이용하고 서얼도 그에 대한 대가를 바랐다. 그러나 사대부와 서얼은 동등하게 인식되지도 대우되지도 않아 서얼들의 불만은 깊어갔다.

이러한 과정에서 서얼들은 사회에 대한 비판의 강도를 더해갔던 것으로 보인다. 이들은 사회의 제반 요소에 대한 비판을 가하였는데 신분제도로 인한 자신들의 처지, 삼정의 문란, 관리들에 의한 학정, 백성들의 피폐상 등을 관료로서 야인으로서 다루었다. 여기서 한 걸음 더 나아가 집권층에 대한 비판을 가하였다. 곧, 이들에 의하면 왕—집권층—서얼이라는 조선조 사회의 상층 신분 구조가 있었는데, 자신들은 집권층과는 어긋나기 때문에 이들을 통하지 않고 왕에게 직접 호소하고자 하였다. 김도수나 신유한이 요순 같은 임금의 필요성을 역설하고 임금 주변의 신하들을 해를 가리는 구름으로 묘사한 것은 서얼들 일반이 품고 있던 사고의 표출로 보이는바, 이러한 의식은 왕권 강화에 도움이 되었을 것이다.

이러한 점은 정조를 통해 일부 받아들여지지 않았나 조심스럽게 유추해볼 수 있다. 곧, 정조는 "老論 중심의 朝鮮性理學과 南人實學派의 復古的인 六經中心의 學風, 나아가 老論子弟들이 중심이 되어 추진하던 北學運動의 와중에서 민감하게 반응하면서 자신의 지대한 關心事였던 王權强化와 王朝復興에 연관시키어 奎章閣을 구심점으로 여러 가지 대응책을 마련하기에 이른다."[24] 곧, 정조는 외척과 권신을 축출하고

---

24) 정옥자, 「文學史的 側面에서 본 貞蕤集」, 『震檀學報』 52, 진단학회, 1981, 167~168면.

해이해진 명절을 바로잡아 정치질서를 재정비하고 의리와 청명(淸名)을 주장하는 사대부를 등용하여 의리의 탕평을 강화하려는 개혁 정치의 보조 기관으로 규장각을 두었다. 또한 규장각 검서관이라는 직책을 신설하고 여기에 이덕무·유득공·박제가·서리수(徐理修) 등의 서얼을 임명하여 자신을 돕도록 하였다.[25) 곧 서얼들이 집권층의 그늘에서 벗어나 직접 왕과 연결되고자 한 필요성과, 왕권 강화를 위해 외척과 권신을 축출하고자 한 정조의 이해 관계가 어느 정도 맞아 서얼 등용의 길이 열린 것이다.

서얼들은 사대부 가문에서 태어나 사대부가 아니라고 인식되고 대우받았다. 곧, 지배층(권력층)으로부터 소외된 계층이었다. 그러나 서얼들의 의식은 사대부 지향적이었을 뿐만 아니라 자신들의 신분 자체가 사대부라는 의식을 갖고 있었다. 조선 초까지 아무런 문제가 없던 어머니 쪽의 신분이 태종 이후 금고의 족쇄로 된 것은 몇몇 권신들의 농간에 의한 것이었고, 오직 조선에만 있는 법이니 마땅히 없애야 한다고 주장했다. 그러므로 서얼들은 자신들도 사대부이기에 일반 사대부와 똑같이 대접받고 벼슬길에 오르기를 주장했다. 이들은 지배층에 편입되고자 하는 끊임없는 욕망을 지녔던 것이다. 18세기를 전후하여 지속적이며 치열하게 전개되었던 서얼 통청운동은 이 욕망을 사회적·집단적으로 분출한 예라고 할 수 있다. 이러한 점에서 이들의 의식은 일차적으로는 상층지향적이라고 할 수 있다.

서얼들의 통청운동과 당쟁의 미묘한 역학 관계 속에서 숙종·영조대를 거치면서 서얼 금고에 대한 제도적인 개선이 상당히 이루어져, 이들의 상층지향성은 어느 정도 성과를 가져 왔다고 할 수도 있다. 그러나 인습적인 개선은 이루어지기 힘들어, 이들에게 주어지는 관직은 다

만 미관말직이었고 그나마도 숙종 시기에 이미 나라의 반을 차지하는 그들의 숫자에 비하면 너무도 적은 수였다. 또한 관직에 나아가도 이들은 자신들의 이상과 현실이 너무도 차이남을 깨닫는데 그리 오래 걸리지 않아 이상과 현실의 괴리에 시달리게 되었다. 게다가 벼슬을 하지 않은 서얼들은 신분적인 질곡 위에 가난까지 겹쳐 고민을 하게 되었다. 또한 신분적으로 열세에 놓인 서얼들은 시문, 특히 시에 대한 문예적 우수성으로 승부를 걸 수밖에 없었다. 사실 이현·신유한·강백 등의 서얼이 인정을 받은 것은 오로지 시를 잘 지었기 때문이었다. 그러나 이들이 아무리 사대부와 견주어도 뒤지지 않을 뿐만 아니라 혹은 더 뛰어난 문예적 우수성을 지녔었다고 하더라도 이것만으로는 신분적 열세를 바꿀 수 없었던 것이다.

이러한 점에서 서얼들의 의식은 상층지향성과 상층비판성을 동시에 지니게 되었던 것으로 보인다. 또한 이로 인해 서얼은 일반 사대부들과 구분될 뿐만 아니라, 몰락양반이나 중인들과도 갈라진다. 권력을 지녔던 혹은 권력권에 있었던 일반 사대부야 설명이 필요 없지만, 몰락 양반의 경우는 서얼처럼 지배층으로부터 소외된 계층이었으나 그들이 아무리 경제적으로 가난한 상태로 떨어져 자신이 사대부인가에 대한 정체성마저 흔들리는 위치에 있다 하더라도, 최소한 서얼들처럼 신분적 열등감으로 시달리는 일은 없었다. 몰반들은 자신들이 노력을 한다면 언젠가는 상층으로 재차 편입될 가능성을 지니고 있었던 것이다. 중인들의 경우는 비록 자신들이 중인의 직역을 담당하던 처음에는 양반 출신이었으나 인조 이후 직업이 세습되면서 차별대우를 받게 되었다고[26] 주장하지만, 이제는 사대부 아래의 중인이라는 신분적 열세를 잘 알고 있었다. 그러므로 서얼들이 자신들을 사대부라고 인식하여 환로에 들어 입신하고자 하는 기대감이 있었던 것에 비하여, 중인들에게서는 자신들이 사

---

26) 한영우, 「조선 후기 「中人」에 대하여」, 『韓國學報』 45집, 일지사, 1986년 겨울, 66~
71면 참조

대부라는 인식을 찾아보기 힘들다. 곧, 입신의 의지가 처음부터 서얼과
는 달라 앞으로 쓰일 것이라는 기대를 하지 않았다. 예로써 18세기 전반
의 정래교가 "공명이 어찌 우리 일이랴, 이렇게 남은 생을 그저 마칠
뿐"27)이라고 하거나, 18세기 후반의 임광택(林光澤)이28) "지체가 천하여
궁궐에 아뢸 수 없네"29)라고 할 뿐이었듯이, 신분적 벽을 넘으리라는
기대를 하지 못했다.

  다음으로, 18세기 전반기만을 비교할 때, 낙사를 이끌었던 여항문학
의 실세들은 기술직 중인의 계층분화 과정에서 실세한 가문 출신들이
주류를 이루었고, 역관무역으로 치부했던 역관 대족들은 여항시선집에
전혀 등장하지 않는다.30) 역관대족들은 신분적 열세를 받아들이고 신분
적 성취보다는 오히려 경제적인 가치를 중요하게 생각했던 것으로 보인
다. 경제력이 사회적 위상에 영향을 미치는 한 가치로 작용하게 되었던
조선 후기에 이들은 경제력을 기반으로 사회적 입지를 이루었기에 신분
에 연연하지 않고 자신들만의 의식의 독자성을 확보할 기반을 마련할
수 있었다고 보인다.31)

  그러므로 서얼들에게는 잘못된 현실을 바로잡고자 하는 의지가 나타
나지만 중인들에게서는 찾아 볼 수 없다. 다시 말해 현실의 부조리를
직시하고 그 원인에 대해 생각하는 점에서는 서얼과 중인은 닮아 있다.
곧, 신유한이 외읍에서 조세와 부역에 시달리는 백성의 괴로움이 서울

---

27) 『浣巖集』 권2 「奉次主人自翁韻」 1수 미련, "功名豈我事 持此了餘生"; 『한국여항문
   학총서』 1권, 427면.
28) 임광택을 18세기 후반의 인물로 보는 것은 그의 작품이 1857년에 나온 『풍요삼선』에
   다수 실렸기 때문이다. 곧, 『소대풍요』는 1737년, 『풍요속선』은 1797년에 나왔는데, 강
   명관에 의하면 임광택은 18세기 여항 시인이라(강명관, 『조선 후기 여항문학 연구』, 창
   작과비평사, 1997, 274면)고 하니 18세기 후반의 시인으로 보인다.
29) 林光澤, 『雙柏堂遺稿』 권1 「讀書志懷」, "地賤無由達九閽."(『여항문학총서』 6권, 252면)
30) 강명관, 『조선 후기 여항문학 연구』, 창작과비평사, 1997, 146~149면 참조.
31) 이들의 의식이나 문학세계가 과연 독자성을 확보했느냐는 앞으로 고구할 문제라고
   생각한다.

관리들의 횡포 때문이라고 한 것이나, 김도수가 지방관들이 선치를 못한다고 한 것과, 정래교가 "현실정치는 힘의 논리에 의해 구현되며 이기적 욕망으로 충만한 지배층의 피지배층에 대한 끊임없는 착취로서 현상화된다"[32]고 한 것은 지배와 피지배의 문제에서 핵심을 이해하고 있다는 점에서 동일하다.

그러나 서얼들이 현실의 부조리, 특히 조세와 부역의 문제점과 농촌현실의 피폐함을 사실적이고 경험적으로 묘사하면서, 이에 대한 대안책을 선비의 도를 구현하는 관장과 군왕의 바른 통치라는 해결점을 통해 내세우는 것과는 달리, 중인들은 "부정적 현실에 맞서 울분과 不平之氣를 보다 농도짙게 표출하기도 하고 사회의 현실생활의 제 모순을 예리하게 관찰 묘사하는 데까지"[33] 나아가기는 했어도 그 해결책을 제시하지는 못했던 것으로 보인다. 곧, 정래교, 『풍요속선』에 실린 송규빈(宋奎斌, 백윤구(白胤耉)의 사회인식의 시들이 "민에 대한 인식과 사회현실에 대한 관심을 적극 형상화하기 시작하고",[34] 『풍요삼선』의 임광택의 "작품은 주로 조선 후기의 경제적 변화와 관련하여 체제의 위기 국면을 통찰하고, 나아가 체제의 부패, 민중생활의 파산 등 넓은 영역을 형상화하며, 때로는 위기 국면의 극복을 모색하는 진보적 의식까지 담보"하지만[35] 서얼들처럼 직접적이고 실천적인 방법을 제시하지는 못했던 것으로 보인다. 그러므로 서얼들은 자신들의 이상을 실현하려다 결국은 좌절하여, 자신들이 노력을 하려고 해도 백성을 돕지 못하는 무능한 신세라는 속수무책의 자괴감을 보이지만, 중인들에게는 이러한 점이 드러나지 않는다.

이에 반해 본고에서 다룬 서얼들은 그들의 출신이 지역적·당파적

---

32) 강명관, 『조선 후기 여항문학 연구』, 창작과비평사, 1997, 262면.
33) 윤재민, 「朝鮮後期 中人層 漢文學의 硏究」, 고려대 박사논문, 1990, 83면.
34) 강명관, 앞의 책, 274면.
35) 강명관, 위의 책, 276면.

으로 차이가 나지만, 모두 빈한하였다. 곧, 그들이 오랜 조상대부터 서얼이 되었건 아버지나 할아버지대에 서얼이 되었건, 명망 있는 서얼 가문 출신이건 한미한 서얼 가문의 출신이건에 상관없이, 이들은 모두 빈한한 생활을 하였고 문을 업으로 삼고 있었다. 곧, 서얼들은 출신 배경에서 차이를 보여 개개인의 특성이 다르기는 해도 '서얼'이라는 공통점으로 묶여 있었고, 중인처럼 경제적인 면에서 차별이 이루어지거나, 벼슬길에 나아갔다고 하여 그렇지 않은 서얼과 큰 차별화를 이루지는 않았다.

그러므로 서얼들의 문학세계는 지배층이었던 사대부, 사대부로부터 떨어져 나온 몰락양반 그리고 중인과 같을 수가 없다. 특히 서얼들이 아무리 상층 지향적인 성향이 컸다고 하더라도 사대부와 동일한 의식과 문학세계를 지닐 수는 없었던 것이다. 사대부로 인정받고자 하는 의식과, 그를 받아들이지 않는 사회의 편견이 충돌했기에, 서얼들은 현실에 대한 양면적인 대응 양상을 보일 수밖에 없었다. 이는 그들의 문학세계에서도 그대로 드러난다. 곧, 현실의 문제를 직시하고 비판하며 이를 개선하려는 측면과, 현실의 문제를 인식하지만 이를 고칠 수 없기에 정신세계에 안주하려는 측면을 보이는 것이다.

이러한 양면성을 본고에서는 문학관과 문학세계의 측면에서 살펴보았다. 문학관의 경우 신유한과 이세원이 다른 입장을 표명하였는바, 신유한은 사회적인 면을 중시하고 이세원은 개인적 경험을 중시하였다. 그런데 이들의 문학관은 당대 문학론의 두 축이었던 진한고문과 당송고문에의 경도를 보여준다. 진한고문파와 당송고문파는 조선조에서 그 문학적 지향점의 차이로 인해 상호 비판하고 번갈아 시대적 우위를 점유하는 과정을 반복하였다. 18세기 전반기에도 당송고문파에 의한 진한고문파 비판이 우세하기는 하지만 진한고문파도 상당수 있었는바[36] 이 같

---

36) 예로써 소론의 영수인 남구만의 손자인 南克寬(1689~1715)은 김창협이 비판하는 왕세정·이반룡 등의 복고적 문학에 대해 긍정적인 면을 재평가하였다. 안대회, 『朝鮮後

은 양상은 당시 서얼들에게서도 고스란히 나타난다.

  서얼들의 문학세계 역시 양면성을 보이는 바 본고에서는 이를 비판적 현실 대응과 낭만적 현실 초월이라고 하였다. 이러한 양면성은 어느 쪽의 비중이 더 큰가의 차이는 있지만 서얼들에게 모두 나타난다. 그런데 비판적 현실 대응 양상이 강한가, 낭만적 현실 초월이 강한가의 여부, 더 나아가 세부 하위 항목 가운데 어떤 면을 더 지니고 있고 어떤 면은 약하거나 없는가는 각 개인에 따라 다르다. 이는 그들의 당파적 출신, 벼슬살이 여부 등에 의해서 차이가 난다. 당파적으로 살피면 신유한과 강백, 이세원과 김도수로 나눌 수 있다. 신유한은 영남 서얼로 특별한 당파를 이루지는 않았으나 대부분의 영남서얼들처럼 소론·소북과 친분을 유지했으며, 강백은 경남이었다. 그런데 당시 소론·소북과 남인은 당쟁의 큰 흐름에서 실세를 한 시기가 많았고 서로 연합했기에 소외된 당파로 볼 수 있다. 이세원과 김도수는 노론 계열로 구분된다. 벼슬은 신유한과 김도수가 비교적 벼슬살이를 하였고 이세원과 강백은 그렇지 않았다는 차이를 드러낸다. 당파적인 차이점에서 보자면 신유한과 강백이 나머지 두 문사에 비해 사회제도와 세태의 모순에 대한 비판을 강하게 나타낸다. 신유한이 외읍에서의 벼슬살이를 통해 느낀 현실의 모순과, 강백이 귀양과 전원한거를 통해 느낀 현실의 모순은, 상당히 다른 처지에서 씌어진 것이라는 차이점이 있다. 그럼에도 불구하고 신유한과 강백은 자신들의 체험을 바탕으로 하였기에 사실적이고 통렬한 묘사로써 백성들의 고통을 이해하고 있다. 한편 이세원과 김도수의 경우를 살펴보면 이세원은 사회제도와 세태에 대해 애써 피한 듯한 인상을 주며 김도수는 백성들의 참담함보다는 권력자들의 횡포에 더욱 관심을 쏟았다. 벼슬살이 여부에서 드러나는 차이점을 살펴보자면, 신유한과 김도수는 현실에서 무엇인가 이루려고 노력하였다. 신유한은 벼슬을 하

期 詩話史 研究』, 국학자료원, 1995, 132~133면 참조; 남은경, 「東溟 鄭斗卿 文學의 研究」, 이화여대 박사논문, 1988, 234~235면 참조.

고픈 열망을 강하게 드러냈고 김도수는 벼슬살이를 하면서 해야 할 일에 대해 고민하였다. 두 문사는 환로에 들어선 뒤로는 사회제도와 세태의 모순을 바로잡을 대안책에 대해 부심하였다. 신유한이 독서를 통한 선비들의 바른 도리와 이에 바탕한 관리들의 공정한 통치를 주장해 지배층의 양식에 호소한 반면, 김도수는 군왕이 백성을 자식처럼 사랑할 것을 주장했다. 나아가 이러한 자신들의 이상이 여의치 않고 자신들이 백성들을 위해 할 수 있는 일이 아무 것도 없음을 깨닫자 속수무책의 자괴감을 나타냈다. 그러나 벼슬살이에 대한 희망이 없던 이세원과 벼슬살이를 거의 하지 못했던 강백에게서는 이러한 면이 거의 드러나지 않는다.

　서얼들의 이러한 신분·의식의 양면성과 이들이 지닌 지식인으로서의 개인적 교양이 결합되면서 조선현실에 대한 관심이 이루어졌다고 보인다. 이들은 자신들을 옭아맨 사회제도, 자신들처럼 소외된 계층들의 고통, 이에 대한 극복의지와 좌절 등을 자신들의 문학세계 속에서 복합적이고 조화롭게 형상화하였던 것이다. 이러한 과정에서 이들은 현실반영의 문학론을 펼쳐 자신들의 처지를 반영하는 비분의 정조와 강개함, 감정의 솔직한 표현, 그리고 현실 비유를 주로 주장하였다. 비분과 강개 지사라는 측면에서 초사를 수용하였고, 현실반영이 깊은 악부론에 접맥되는 악부론을 주장하고 악부가행을 선호하여 이를 통해 내면의 울분을 토로하고 사회현실을 비판하였다. 악부에서 이어진 풍요에 깊은 관심을 가져 민간의 풍속이나 백성의 정감을 표현하고자 하였고, 조선의 고유성에 대한 자각에서 남의 나라의 것을 모방하지 않고 고귀하고 독립적인 우리의 고유한 삶을 고유한 언어로 표현한 것이 참되다는 조선시 선언을 하게 된다. 조선 후기에 조선시 선언은 박지원과 이옥을 거쳐 정약용에 의해 최고점에 이른다. 정약용은 '나는 조선인이므로 즐겨 조선시를 쓴다'고 하고 토속적 방언을 자신의 시에 대량 수용하여 실천하였다.37) 신유한의 '조선시 선언'은 이들보다 훨씬 앞선다는 의의를 지닌다. 그러므로 이들은 우리나라의 지명을 사용한 시제를 많이 창작한 점이 특이하고, 자신이 경험한 사실을 백성의 시각으로 접근하여 평이한 말로 썼으며 백성의 가난한 현실에 대해 토로하였다. 특히 신유한의 「조강행(祖江行)」이나 강백의 「전가 십삼수(田家十三首)」·「철산에서 기악을 펼치는 것을 듣고[聞鐵山張妓樂]」, 김도수의 「동령사여원보살시(東嶺寺與元菩薩詩)」 등은 당대 사회의 모순을 자신이 직접 목도한 것과 경험한 것을 사실적으로 써서 사회비판시의 한 모범을 보여주었다.38)

그러므로 18세기 전반 서얼들에게서 나타남직했으나 의식과 문학세계의 양면성으로 인해 이루어지지 못했던 새로운 의식지평은, 이들의 삶과 문학세계에 대한 존경을 하였고 이들의 해외체험의 기록에 영향을 받았으며, 자신들 또한 해외체험을 하여 세계를 보는 시각을 좀더 확대시켰던 18세기 후반의 서얼들을 통해 실학에의 경도라는 양상으로 나타난다.

서얼들은 조선조라는 신분사회에서 사대부출신이면서 사대부라 단정할 수 없는 모호한 계층으로 태어났다. 이익(李瀷)이 지적했듯이 한정된 관직에 대한 수요는 사대부 내에서도 치열한 다툼을 일게 했으므로 서얼들에게 기회가 오기란 힘들었다. 17세기 말에서 18세기 전반에 이르자 세력화된 서얼들은 자신들도 사대부가 되기 위해 부단히 노력했다. 그러나 모든 서얼들에게 가능한 상황이 아니어서 문을 업으로 삼

---

37) 송재소, 『茶山詩 研究』, 창작과비평사, 1986, 39~43면 참조.
38) 또한 「祖江行」이나 「東嶺寺與元菩薩詩」는 시인과 주인공의 대화라는 문답형식을 통해 시인이 백성으로부터 들은 이야기에 깊이 감동되어 그들의 삶을 걱정하는 서사시의 구조를 지닌다. 이들은 조선 후기 서사시가 발전해나아가는 초기 단계에 해당하는 의의를 지닌다고 할 수 있다. 곧, 임형택, 『李朝時代 敍事詩』上(창작과비평사, 1992)을 보면 조선 후기 서사시의 맥락에서 체제 모순과 삶의 갈등을 다룬 시인들이 홍세태에서 출발하여 林象德(1683~1719)·李炳淵(1671~1751)·鄭敏僑·宋奎斌(1696~1778?)·宋明欽(1705~1768)·申光洙(1712~1775)·權攄(1713~1770)·金圭·洪愼猷(1722~?)·洪良浩(1724~1802)·申光河(1729~1796)·魏伯珪(1727~1798)·李肇源(1758~1832)·成海應(1760~1839)·丁若鏞으로 이어진다.

는 서얼, 무를 업으로 삼는 서얼, 중인의 직역에 종사하는 서얼들로 구분되어 갔다.

이런 상황에서 문을 업으로 삼은 서얼들은 과거를 통해 벼슬길에 오르거나, 가문의 배경에 힘입어 음보로 관직에 나아갔다. 통청운동이나 과거를 통한 입신양명은 그 출발은 상층 지향적이라 할 수 있지만, 계급사회에서 벽을 허무는 작업이기도 하였다. 이들은 끊임없이 기대와 좌절을 겪었는바 서얼문학이 사대부문학과는 다른 면모를 지니게 된 바탕이 되었다. 이들의 경험에서 우러나온 문학세계는 자신들만의 세계를 구축하게 하고 사회의 모순에 대해 비판적 안목을 기르게 하였다. 특히 남인 계열의 서얼이 보여준 비판적 세계관은 이들 이후 서얼들의 궤적을 예시한다. 이러한 과정을 거치고 나서 서얼들은 사대부 지향의 성격을 어느 정도 고치게 되었던 것으로 보인다. 환로에 연연해하지 않았고 자신보다 하위 신분에 대한 이해를 하게 되었다. 그러므로 서얼들의 독특한 문학세계는 중세해체기 사회가 근대로 이행해 가는 데 한 도움이 되었으리라 보인다.

제 **7** 장

결론

서얼과 서얼문학은 조선조라는 신분제사회가 만들어낸 특수한 산물이다. 양반과 중인과 상민과 천민이라는 기본 골격을 통해 유지되어 가던 신분제사회에서 양반들이 자신들의 기득권을 지키기 위해 만들어낸 또 하나의 특이한 신분 계층인 것이다. 자신들의 의지와는 상관없이 양반 곧 사대부와의 혈연 관계로 인해 사대부들에 의해 생성된 서얼들은 태종 이후 금고되어 조선왕조 전 기간을 걸쳐 제도적·인습적 차별을 받았으며, 사대부 가문에 한 사람의 서얼이 탄생하면 그의 자손은 영원히 서얼의 굴레를 벗어날 수 없었고 서얼들은 서얼들끼리 인맥을 형성해 나갔다. 이러한 이유로 서얼의 수는 시대가 내려올수록 증가하였고, 다만 서출이라는 이유만으로 능력을 발휘할 기회조차 주어지지 않는 현실에 깊은 회의와 반감을 갖게 되었음은 당연한 바였다.

주지하다시피 조선조는 임진왜란을 고비로 하여 해체기로 들어서는 조짐을 나타내게 된다. 봉건사회에서 근대사회로 나아가는 이행기의 특성이 임란 이후 점차적으로 나타나 18·19세기에 이르면 근대이행기사회가 된다. 이러한 사회적 성격에 발맞추어 조선조 후기에 이르면 신분제사회의 동요를 보여주는 여러 조짐들이 사회 전반에 걸쳐 나타났는데, 서얼들이 자신들의 권익을 주장하고 사대부와 똑같이 대우받을 것을 주장한 통청운동 또한 그 한 예이다. 앞서 살폈듯이 서얼들이 과거를 보고 벼슬길에 나아가며 사대부와 똑같은 호칭을 얻게 된 것은 임란 이후 재정적 곤란에 빠진 지배층의 필요성에 의해서였기도 하지만 그만큼 서얼들이 자신들의 세력을 키우고 단합시켜 자신들의 목소리를 낼 수 있게 되었기 때문이기도 하였다.

본고는 서얼들이 자신들의 위상을 정립해 가기 시작하던 18세기 전반기의 서얼들에 대해 규명할 필요성에 착안하여 시작되었다. 18세기 전반에 이르면 서얼들은 수적인 증가와 더불어 집단화를 이루며 문학적 능력을 키워 이를 인정받고 시문의 전문가 집단으로 인지되었다. 또한 통청운동을 적극적으로 펼쳐 사대부와 동등하게 과거에 응시하고, 벼슬길의 가능성을 열었다. 18세기 전반은 사회적·문학적·문화적인 면에서 그 이전이나 18세기 후반 이후와 구별된다. 그러므로 이 시기 서얼문학을 살피는 것은 충분한 의의가 있다고 할 수 있다.

제2장에서는 서얼 문사들이 조선조에서 차지한 위상과 18세기 전반의 세력화에 대해 다루고, 18세기 전반에 활동한 서얼들을 여러 문헌에서 찾아내고 면면을 살펴보았다. 다음으로 이들과 후대 서얼들의 과거 급제와 벼슬에 대해 살폈다. 이들은 소과에는 대부분 급제했으나 대과에는 이현·신유한·강백·남옥·성대중·계덕해·이명계만이 급제했다. 이들에게 제수된 관직은 대체로 종9품에서 종4품까지로 주로 봉상시나 외직에 임명되었을 뿐, 당상관에 든 서얼은 전혀 없었으며 대과에 급제했던 인물들이 당하관에 들었다. 곧, 서얼들은 대과에 급제해야만 그나마 조금이라도 나은 벼슬길에 나아갈 기회를 얻게 되었던 것이다. 조선조 사회가 벼슬에 들어 녹을 받아야 경제적인 결여를 해소할 수 있었다는 점에 비추어 이는 서얼 일반의 생활상을 짐작하게 해준다.

    본고에서 중점적으로 다룬 네 서얼 문사들은 서얼이라는 공통점을 지
니면서도 각각 뚜렷한 개성을 지닌다. 가장 연배가 앞선 이세원은 고향인
경기도 용인을 중심으로 활동하였으며 소과에만 급제했을 뿐 대과에 오
르거나 벼슬길에 나아가지 못하고 평생 포의로 살았다. 이세원은 이식으
로부터 이어진 18세기 전반 노론 산림의 학맥을 이어받았다. 신유한은 영
남 서얼 출신으로 특별한 사승 관계없이 오로지 시문에 뛰어난 능력만으
로 벼슬길에 나아갔던 입지전적 인물이다. 서얼로서 벼슬길에 제대로 들
어서기 시작한 것과, 오랜 세월 부침을 계속하면서도 벼슬길에 있었던 것
은 신유한부터라는 점은 주목할 만하다. 대부분의 영남 서얼들처럼 신유
한도 소론과 친분을 유지했다. 강백은 서울서 나고 자란 경남(京南) 서얼
출신으로 뜻이 맞는 서울의 서얼들과 교유하면서 시문에 정진해 문명을
얻었다. 대과에 급제한 후 벼슬길에의 기대가 실현되는 듯 했지만 영남
반란으로 규정된 무신란에 연루되어 귀양을 간 뒤 몰락하였다. 김도수는
외척으로 노론 명문인 청풍김씨 출신의 서얼로 일찌감치 벼슬길에 나아
갔으나 경종·영조 초 노론의 실세와 더불어 벼슬길에서 물러났다. 이러
한 차이점에서 볼 때 서얼을 단순히 한 집단으로 보기보다는, 전체 서얼
집단 속에 내면화되어 있는 복합성을 이해하고 고찰할 필요성이 있다.

    그럼에도 불구하고 서얼은 그 명칭 아래서 공통분모적 의식을 지닌 계
층으로 규정할 수 있다. 서얼들은 집단을 이루어 서로 친하게 지냈는바,
그들은 '오배(吾輩)'라는 동류의식을 보인다. 서얼들은 자신과 다른 서얼들
을 지칭할 때만 오배(吾輩)라는 용어를 썼는데, 이는 이세원·강백·이봉
환·이인상·이덕무의 시문을 통해 확인할 수 있었다. 이로 볼 때 서얼들
은 계층의식과 유대감이 강했다고 할 수 있다. 이들이 느끼는 자신들의
계층이란, 영락하고 궁하게 아래에 있어 실의하고 근심하여 분개함을 평
정하지 못하는 사람들이다. 그렇지만, 몸을 맑게 하고 성인의 도를 밝게
하며, 스승을 찾아다니어 자신들의 울분을 삭이며 시문과 도에 힘써 미래
를 기약했으니, 이는 서로 뜻이 맞았기 때문이며, 이러한 모습에 서글프

다고 했다.

서얼의 계층의식은 중인과의 관계에서 선명히 드러난다. 서얼과 중인은 친분 관계를 유지하기는 했어도 서로 다른 계층임을 각각 밝히고 있다. 서얼이 중인과 사귄 것은 지배층으로부터 차별받는 존재라는 공통점과 문학적 음악적 공감대가 있었기 때문이다. 곧, 서얼들은 중인 문사라할 만한 중인들과 사귀었다. 그러나 자신들은 중인과 구별되는 사대부라는 의식이 있었고 집권 사대부들도 중인과 서얼을 다르게 보았다. 서얼들은 사대부의 입장에서 능력이 뛰어난 중인을 아낄 만하니 아낀다고하여 사대부의 위치에서 중인들과 교류함을 밝혔다. 서얼들은 자신들을중인보다 한층 더 높은 계층으로 의식하고 그대로 행동하였으니, 이는특히 중인의 직역에 종사하는 무관·역관 등과의 관계에서 나타난다. 그러나 조선 후기 사회의 변모와 더불어 드러난 중인의 실력화가 서얼들이 중인들을 무시하게끔 놓아두지만은 않아서 두 계층 사이의 갈등도나타났다. 이러한 갈등은 서얼들이 자신들의 위상을 돌아보게 하는 계기가 되었을 것이고 18세기 후반이후 조선 후기 사회의 변모상에 영향을끼쳤을 것이다.

제3장에서는 신유한과 이세원을 중심으로 하여 서얼들의 문학관을 살폈는바, 신유한은 시경 전통을 계승 확대시킨 문학론을 이세원은 당·송시풍을 추구하는 문학론을 펼쳤다. 또한 이들은 당대 문학론의 두 축이었던 진한고문과 당·송고문에의 경도를 보여준다. 진한고문파와 당송고문파는 조선조에서 그 문학적 지향점의 차이로 인해 상호 비판하고 번갈아시대적 우위를 점유하는 과정을 반복하였다. 18세기 전반기에도 당송고문파에 의한 진한고문파 비판이 우세하기는 하지만 진한고문파도 상당수있었으니 서얼들의 문학관은 시대를 여실히 반영한다고 하겠다.

이세원의 문학론은 해동강서시파의 한 사람인 이행으로부터 시작하여이식을 거쳐 지속되고 발전된 당송시문 중시의 문학론을 보여준다. 앞서살폈듯이 이세원, 조류과 이기진은 이식에서 이단하, 이여와 권상하로 이

어지는 학맥을 전수받았다. 더욱이 이식을 계승한 기호 지방의 송시열의 학풍이 낙론과 호론으로 분열되기 직전의 노론 산림의 학풍을 보여준다. 그러면서도 이식의 문학론을 그대로 따르지 않고 이를 나름대로 재정립 시켰다는 의의가 있다. 신유한의 시문이 명대 전후칠자의 풍취를 강하게 지닌 점은 이미 당대에도 인식되었던 바다. 이로 인해 당시 문단에 영향 력을 행사하던 최창대·김창흡·윤순 등 당송고문파로부터 비판을 받으 며 진한고문적 시풍을 고치고 당송고문으로 돌아올 것을 종용당하였다. 영남 출신의 한 서얼 문사에게 당대 최고의 지성들이 지속적으로 시문을 고치라고 하였던 것은 당시 당송고문파가 주도적인 위치를 점하기는 했 어도 여전히 진한고문파의 세력도 만만치 않았다는 추정을 하게 한다. 또 한 신유한의 문명이 높아 이미 당대에 문사들에게 영향력을 행사했다는 반증도 된다. 이처럼 이세원과 신유한의 문학론은 일차적으로 18세기 전 반기 문단의 복합적 양상을 보여준다는 의의를 지닌다.

신유한의 문학관은 '감흥에의 충실과 '풍자' 개념 중시', '탁의 수법 애 호와 수사 선호', '기속에 대한 관심과 조선시 선언'으로 분류하여 살펴보 았다. 시란 마음의 소리로, 정감의 근원에 통하여 발흥되는 시가 중요하 니, 지금 이 순간의 감정에 충실한 시를 쓰는 것이 진실된 시를 쓰는 것이 라고 하였다. 이로 인해 시란 백성들의 생활로부터 나오는 것이라 간주하 였다.『시경』을 시의 전범으로 보고「이소」와 악부가『시경』의 사회 반영 과 고발의 전통을 계승하여 애군과 우국의 주제를 측달의 정조와 탁의를 통해 표현하였다고 높이 샀는데, 이는 '하이풍자상(下以風刺上)'의 개념이 다. 탁의를 통해 아름다운 성구로 진실된 내용을 표현할 수 있다는 점에 서 화려한 수사법을 선호했고 이는 명대 전후칠자의 시문을 선호하는 것 으로 연결되었다. 나아가 명대 전후칠자의 현실반영이 깊은 악부론에 접 맥되는 악부론을 주장하였을 뿐 아니라 실제로 다수의 악부를 창작하였 다. 기속악부랄 수 있는 풍요에 관심을 가져 민간의 풍속이나 백성의 정 감을 표현하고자 하였고, 조선의 고유성에 대한 자각에서 남의 나라의 것을 모방하지 않고 고귀하고 독립적인 우리의 고유한 삶을 고유한 언어로 표현한 것이 참되다는 조선시 선언을 하게 된다. 이는 정약용보다 한 세기나 앞선다는 의미를 지닌다. 또한 고려 이래로 초사에 관한 글들은 많지 않은데 신유한의 초사 수용은 18세기 문인 가운데 가장 연배가 앞서며 개인이 불평한 처지에 처했을 때 초사를 수용할 가능성이 크다는 것을 보여준 한 전형을 열었다.

이세원은 절친한 벗이었던 조륜의 『솔암유고』를 비선하며 문집에 직접 시를 평가하는 실례를 남겼다. 조선시대의 문집 가운데 문집 전체에 비평을 행한 것이 드물다는 점에서, 또한 이것이 당송고문파의 문학관을 보여주는 자료라는 점에서 문학사적으로 중요하다. 이세원은 두보와 진여의의 시를 중심으로, 성당의 변새종군 및 현실풍유의 시와 두보를 추종한 강서시파의 시를 비평의 전범으로 삼았다. 조륜의 시가 직접 경험한 타향살이와 행로의 서글픔과 변새의 풍광을 슬프고 쓸쓸한 정조로 뛰어나게 묘사하여 독자의 감정 이입을 이끌어냈다고 평했다. 조어력에 대해서도 중요하게 생각하여 글자 하나 단어 하나를 새롭게 쓰는 것을 높이 평가했는데 이는 관습적인 표현을 떠나 시인이 자신만의 언어로 자신의 생각을 표현하는 것으로 창신이라 할 수 있다. 그런데 새롭고 기이한 표현은 시인의 우연하고도 기이한 경험을 바탕으로 한 것이기에, 위험하고도 괴이한 길로 빠지는 병폐에서 벗어날 수 있었다고 하였다. 곧, 이세원 문학론은 그의 용어로 '기실이세련(紀實而洗鍊)'인데, 17세기 이래 지속적으로 전개된 창신의 흐름을 발전시켰다고 할 수 있다.

본고에서는 서얼들이 사대부의 핏줄로 태어났으면서도 사대부로서 정당히 살아가지 못했고, 사대부라는 의식이 있었으면서도 사대부로서 인정받기를 바랐으며, 과거와 환로에서 어려움을 겪었던 점에 비추어 그들의 문학세계가 지닌 양면성을 고찰하였다. 이를 제4장과 제5장에서 '비판적 현실 대응 양상'과 '낭만적 현실 초월 양상'으로 나누어 고찰하였다.

제4장은 서얼문학의 비판적 현실 대응 양상을 신분적 질곡의 형상화,

사회제도와 세태 비판, 해외 체험의 표출로 하위 분류하여 살폈다. 이세원은 능력을 펼칠 기회와 알아주는 사람이 없는 현실을 개탄하고, 시문을 일삼아 동정과 요행을 바라며 사대부적인 명목을 유지하는 삶을 비판했다. 신유한은 능력이 있는 자신이 신분적 굴레와, 기득권층의 방해로 인해 벼슬을 하지 못하여 궁한 시름만 쌓여가고 형제처자가 굶주리는 상황을 한탄하며 시문을 일삼은 일에 대한 후회를 나타냈다. 김도수는 시문의 능력을 인정받자 자신의 의지와는 상관없이 사대부들에 의해 비방을 당하는 처지를 말했다.

네 명의 서얼 가운데 젊은 시절 벼슬에의 의지를 가장 강하게 내보인 사람은 신유한이다. 그의 의식은 벼슬에 대한 끊임없는 갈망과 좌절로 점철되어 있다. 언젠가는 능력을 알아주는 임금을 만나 벼슬길에 나아가리란 희망과 갑중검의 이미지를 지속적으로 드러내는데, 이는 벼슬길에 들어간 뒤로는 나타나지 않는다. 김도수는 음보로 20대 초에 관직에 진출했었기에 벼슬에 대한 갈망을 드러내지는 않고, 대신 벼슬을 살면서 해야 할 일에 대해 고심하였다. 이세원은 벼슬에 대한 갈망이 없는데, 이는 가장 연배가 앞서 서얼들에게 벼슬의 가능성이 없는 현실을 익히 보아왔기 때문으로 보인다. 강백은 벼슬에 대한 갈망을 직접적으로 드러내기보다는 독서에 열중함을 내비추었으니 이는 입신을 위한 것이었다.

서얼들은 현실에서 고난을 겪는 이유를 운명론에서 찾았다. 이세원, 신유한, 강백은 자신들이 혹여 입신하거나 부귀해져도 다시 험한 일을 당하리라고 하거나, 모든 일은 조화옹이 한다거나, 개인이 기지로 능력을 적절히 사용하거나 자격이 없는 사람들이 입신하는 것조차도 운명이라는 체념론을 보였다. 이에 비해 노론 명문가의 외척 출신인 김도수는 서얼임에도 불구하고 운명론적 모습을 보이지 않았다.

사회 제도와 세태 비판을 살펴보면, 이세원은 자신이 우연히 목격한 사회 현실의 부조리를 바라보고 한탄한다. 영남 서얼이었던 신유한과 남인계 서얼이었던 강백이 행한 비판은 매우 통렬한데 이는 사회의 모순을 직접 체험한 뒤에야 나올 수 있는 수준이다. 신유한은 서울에 살면서 목격한 과거와 시문과 벗의 사귐 등이 명리를 추구해 어그러진 세태를 비판하였다. 그러나 무엇보다도 30여 년 간 벼슬살이를 하면서, 특히 낙후된 외읍의 관장으로서 체험한 사회 문제의 본질을 직시하였다. 신유한은 조세와 부역의 과중이 백성들에게 가장 고통을 주는 요소로 보았고 이는 서울에 있는 관리들 때문이라고 하였다. 강백은 유배 이후 현실의 부조리를 목격하고 비판하며 역사의식을 갖게 되었다. 체험과 관찰을 통해 관리와 아전의 부패와 농촌사회의 암담한 실상, 그리고 변방의 실생활을 여실히 보여주었다. 김도수는 백성들이 부역으로 고통받는 점을 가슴아파했지만 백성에게 고통을 주는 권력층의 횡포에 더욱 비중을 두었다.

강백과 김도수는 남인과 노론이라는 차이점에도 불구하고 당쟁의 폐해를 피해자의 입장에서 비판했다. 이는 김도수가 경종 이후 소론이 정권을 잡은 뒤 실세하였고, 강백은 무신란(戊申亂)으로 치명적인 피해를 입었기 때문이다. 김도수는 숙종과 그 시절의 풍요를 그리워하며, 당쟁으로 인한 시비를 일으킨 권력자들을 비판하고 죄 없는 사람이 벌을 받는다고 하며 송상기 등이 귀양을 간 것을 예로 든다. 강백은 간신들이 당화를 일으켜 인심은 위축되고 유도(儒道)는 상하여 스승의 도를 지킬 만한 사람이 없는 현실을 슬퍼하며 당쟁이 없어지기를 기원했다.

서얼들은 이같이 잘못된 세태를 바로잡을 대안책으로 광정(匡正)에 대해 부심하였다. 신유한은 선비가 독서를 통해 바른 도리를 닦아, 관리가 되어 청빈과 근면과 성실로 백성들을 구휼할 것을 주장하여 지배층의 양식에 호소하였다. 김도수는 요순 같이 어진 임금이 나타나서 백성들을 자식처럼 아끼어 현실의 모순을 타개하기를 바랐다. 왕을 정점으로 하는 사회에서 왕의 바른 도리를 간언하는 것은 일반적인 현상이기는 하지만 그 정도가 일반적 수준을 넘어서 직설적으로 왕도정치의 구현을 부르짖고 있다. 신유한이 어진 임금을 만나 벼슬길에 오르고자 기대한 것도 같은 맥락에서 이해할 수 있다. 이들이 따뜻한 시선으로 바라보는 대상은 일반 백성들이었다. 물론 자신은 백성과는 또 다른 존재, 백성보다는 처지가 나은 존재라는 인식을 바탕으로 한 시선이었지만 백성들에 대한 태도는 따뜻했다. 그러므로 서얼들은 조선 후기 사회 문제와 그 원인을 직시하였다 할 수 있고 이들의 이러한 의식은 신분제가 붕괴해 나가는 데 한 키 구실을 했을 것이다.

광정에 부심하였던 신유한과 김도수는 구조적으로 얽혀 있는 현실의 모순 속에서 자신들이 백성들을 위해 할 수 있는 일이 아무 것도 없음을 깨닫자 속수무책의 자괴감을 표현하고 벼슬길에서 물러나고자 한다.

한편 서얼들은 능력이 뛰어난데도 불구하고 신분적 차별로 쓰이지 못하는 현실을 개탄하여 해외를 동경하였는데, 현실에서 이를 가능하게 한 것이 통신사와 연행사였다. 서얼들이 사행을 통해 문명을 날리고 울울한 심사를 풀고 오는 것은 당시에 서얼뿐만 아니라 사대부들 사이에서도 보편적이고 암묵적으로 받아들여진 현상이었다. 서얼들은 통신사행에 참여하기를 몹시 바랐고 일본에서 문명을 날렸음을 자타가 높이 샀다. 이는 조선 안에서의 해결점을 찾지 않았다는 점에서는 한계라 해야겠지만, 그 안에서는 해결점이 찾아지지 않았던 조선이라는 지역적 한계를 돌파할 수 있는 불가피하고도 유일한 현실적 통로로 이해해야 할 것이다. 곧, 대안 현실이었던 것이다.

서얼들은 해외 동경에 대한 방패로 문화적 자존의식을 선택하였다. 서얼들이 해외에서 시문의 역량을 인정받는 것은 문화적 능력이었다. 그러므로 청이나 일본이 물질적인 면에서 발달했을지라도 중화의 정통을 이어가는 조선에 미치지 못한다는 사고는 서얼들의 자기방어적 의미로 해석할 수 있다. 그러나 실제 사행에서 오랑캐로 알고 있던 나라들의 사회적·경제적 발전상에 부딪힌 뒤 서얼들은 인식의 변화를 일으키기도 하였고, 이미 조선에서도 일고 있었지만 당시 동아시아에서 동시다발적으로 일어난 국가의 고유성에 대해서도 좀더 생각하게 되었다. 이러한 것은 후대에 빈발하는 조선적인 것의 인식과 선언에 영향을 끼쳤다고 보인다.

제5장에서는 서얼들의 낭만적 현실 초월 양상을 고고한 정신세계 지향, 이상세계로서의 산수와 전원, 도·불에의 취향과 정서라는 측면에서 살펴보았다. 이세원·강백·김도수는 정신적 만족을 추구하여 자신들은 일반인들이나 속세의 무리와는 달리 고고하다는 인식 아래서, 높은 곳을 지향하였다. 자신들을 삭막한 공간에 사는 외롭고 늙은 꽃, 나무, 학, 봉황 등에 비유하며 알아주는 사람이 없지만 능력은 뛰어나다고 하였다. 강백이 알아주는 사람이나 권세에는 관심이 없는 산림의 은일군자를 노래한 반면, 이세원은 자신의 고고함이 영원히 전해질 것을 기대했고, 김도수는 언젠가는 알아줄 사람이 오기를 기대하며 범상한 무리와 섞이지 않을 것을 다짐한다. 18세기 전반의 서얼들과 그 아들들은 전대 서얼들이 빈한해도 탐욕스럽지 않은 삶을 통해 남들이 알아주거나 않거나에 상관없이 은일자의 삶을 추구했던 점을 존경하였다.

이들이 현실의 위안처로 삼은 곳은 산수였으니, 산수는, 벼슬길에 나아가기 전에는 잠시의 위로처였지만, 현세의 질곡을 겪고 난 뒤에는 궁극적으로 찾아가 몸을 쉬게 하고자 하는 공간으로 작용한다. 벼슬을 하지 않았던 이세원과 벼슬을 포기해야 했던 강백은 산수 유람을 통해 번뇌를 잊고자 했다. 이세원이 이를 문맥에 드러내기를 아긴 반면 강백은 비감을 나타냈다. 이에 비해 김도수도 울분을 해소하기 위해 산수 유람을 즐겼으나 사마천이나 소진처럼 도움이 있다는 점을 강조했다는 차이를 보인다. 이세원, 강백과 김도수의 산수유람은 차이를 보이기는 해도 당대 성행했던 김창협 형제와 그 문인들의 유락적이며 감각적인 산수 기행과는 변별된다는 공통점을 지닌다.

이세원은 경물을 형용한 시문은 진실을 나타내면서도 뛰어난 묘사를 할 것을 주장했다. 산수 유람을 하면서 지은 시들은 평이하면서도 신기한 언어를 통해, 멀리 보이는 원경을 즉각적인 인상의 묘사와 시청각의 조화를 통해 진실되게 표현하여 산수화의 경지를 이루면서도, 자신의 감정과 융화시키고 있어, 시중유화를 구현하고 있다. 강백은 산수화 같은 시 속

에서 '그림'이란 단어를 구사하고 시화일치를 이루었으며, 귀양살이 이후
에는 산수화를 직접 그리며 위안을 삼고, 이러한 사실을 시 속에 낙척의
비감으로 구현해, 자신의 삶을 그림이라고 표현했다. 곧, 비감한 산수일락
을 핍진하게 모사한 것이다.

아울러 이들은 농촌으로 낙향해 전원한거의 생활을 한다. 이세원은 세
상의 수요를 감당할 수 없으니 속세에서 머뭇거리기보다는 전원에서 단
표누항을 이루고 사는 것이 낫다고 하였고, 강백은 소인이 이해를 따르는
세태에서 이를 따르지 않는 자신의 자세가 세상과 어긋나 인생역정이 편
안할 수 없어서 전원으로 돌아간다고 하였고, 김도수는 호구지책 이상이
되지 못하는 벼슬살이를 견딜 수가 없어 낙향을 선택한다고 하였다. 이세
원과 강백은 서울로 가서 벼슬할 희망이 전혀 없었기에 희망을 접어두고
벼슬에 대한 미련을 버렸기에 안빈낙도를 누릴 수 있었다. 사대부로서의
면모를 유지하고 백성들과 거리를 두기는 하지만 농사짓고 가난하게 사
는 삶을 호귀인의 삶보다 우위에 두었고 강백의 경우 직접 농사도 지었기
에, 이들은 자연을 관념화시키지 않고 총체적인 터전으로 바라보았다. 사
대부로서의 면모와 농자로서의 면모는 자발적이기에 즐겁고 조화롭다.
벼슬을 살았던 김도수는 낙향을 단행하여 서울과 반대의 공간에서 안빈
낙도를 추구한다. 그러나 간신에게 둘러싸인 임금에 대한 끊임없는 걱정
때문에 곧, 현실 참여 의지가 강했기에 자신만의 안빈낙도를 누리지는 못
했다. 벼슬을 지속적으로 살았던 신유한에게는 산수유람과 전원한거가
큰 비중을 차지하지 않았다. 서얼들에게 나타나는 귀거래는 사대부들의
명철보신의 자연과는 차이를 보인다. 죽림에 누웠다가도 기회가 오면 다
시금 환로에 진출하는 임시적이며 명분적인 도피처로서의 자연이 아니라,
선비로서의 면모를 지탱하며 삶을 영위할 수 있는 마지막 공간으로서의
자연 속에서 전원한거의 자긍한 생활을 이룬 것이다.

신유한, 강백, 김도수는 도·불적 취향과 정서가 깊었다. 신유한과 김
도수의 경우는 종교적이라기보다는 철학적인 면으로 정신적 안정을 추구

하기 위한 것이었지만, 강백의 경우는 전부터 지니고 있던 불교적 취향을 유배를 통해 더욱 심화시켜 불교에 귀의하게 된다. 신유한은 부침하며 살아온 삶의 낙척과 허탈함 속에서 불교에서 말하는 대로 모든 것이 덧없음을 깨달아 도경과 불경을 탐닉하면서 위로로 삼는다. 김도수는 도경과 불경이 정을 보내고 성을 보호하는 학문이라 여겼고, 여인들이 현세의 고통으로 불교에 의지하여 내세를 기원하는 것을 목격하고 이에 대한 수긍을 나타냈는바, 이는 여인들이 천생적인 성별로 인해 고통받는 것이나 자신이 천생적인 신분적 굴레로 고통받는 것이 모두 자신들의 의지와는 상관없이 주어진 것이라는 인식을 하였기 때문이고, 윤회가 일말의 도움이 되리라 여겼기 때문이다. 강백은 자신의 처지 때문에 불교에 의지하였으니, 고해에서 고통을 겪고 번뇌한 것에서 벗어나 마음의 안정을 얻고자, 죽을 힘을 다해 절을 찾아 부처의 자비에 의지하려 하며 ‘절은 곧 내집’이라고 한다. 이러한 경지는 사대부들에게는 찾아보기 힘든 것으로 서얼이었기에 가능했다. 강백은 도가에 호의적이기는 하였으나 도가적 취향의 시를 그다지 쓰지는 않았으니 이는 불교에 귀의한 때문에 도가에 의지할 필요가 없었던 것으로 보인다.

현실을 고해로 보았던 서얼들은 ‘없음’과 ‘비었음’을 나타내는 시를 통해 세속의 번뇌에서 벗어나 무심하게 되어 마음의 평안을 찾고자 하였으니, 이는 무념무상의 선(禪)세계라 할 수 있다. 서얼들은 이러한 경지를 도가의 신선과 연결시켜 생각하였다. 곧, 시정에서 여러 사람 속에 섞여 스쳐 지나가며 흔히 만날 수 있는 범상한 모습으로 정신을 올바르고 편히 가지며 살아가는 사람들을 신선이라고 보았다. 그러므로 서얼들은 도가에 깊은 관심을 보이지만, 신선이 되겠다고 소망하거나 신선이 되기 위해 수련하거나 하는 노력을 보이지는 않는다. 다만 현실이 기대치에 미치지 못하기 때문에 신선을 떠올리거나 도가 경전을 탐미할 뿐이다.

제6장에서는 18세기 전반기의 서얼문학의 문학사적 의의를 살폈다. 숙종과 영조 중반기인 18세기 전반기에 이르면 서얼들은 세력을 모으고 통

청을 위해 자신들의 조직적인 목소리를 내며 권리를 주장했다. 그리하여 세력화된 집단이 되어, 사대부와 어깨를 견주는 새로운 문학 담당층이 되었다는 의의를 갖는다. 그리고 흡사한 처지에 놓여 있던 중인 및 중인문학과의 관계 속에서 자신들의 위상을 돌아보게 하는 계기를 갖게 된다. 서얼은 그 속성상 사대부로의 편입을 시도하지만 완전히 사대부로 받아들여지지는 않았고 환로에서 좌절을 겪게 된다. 이러한 과정에서 서얼들은 사회와 집권층에 대한 비판의 강도를 더해갔던 것으로 보이며 이러한 의식은 왕권 강화에 도움이 되었을 것이다. 서얼들이 집권층의 그늘에서 벗어나 직접 왕과 연결되고자 한 필요성과, 왕권 강화를 위해 외척과 권신을 축출하고자 한 정조의 이해 관계가 어느 정도 맞아 서얼 등용의 길이 열렸다고 할 수 있다. 또한 중인층이 대두한 시기에 이미 서얼이 새로운 담당층으로 형성되어 있었고 중인문학과는 달리 서얼문학은 문학에 대한 자세한 관점을 보여준다는 차이점이 있다. 그 결과 18세기 전반에 문학사의 전면에 부각된 서얼 집단은 문학 담당층의 확대를 가져 왔고, 일반적으로 사대부문학과 위항문학으로 나뉘는 조선 후기 문학사를 사대부문학, 서얼문학, 중인문학으로 재편성해야 할 가능성을 열어준다는 의의가 있다.

다음으로 서얼문학이 후대에 끼친 영향을 문학사적인 의의로 살펴보았다. 신유한은 당대에 문명을 떨쳤던 이유로 인해 사대부들과 많은 교류를 하였고 다수의 문인을 배출하였다. 경남의 학맥인 강백은 재종숙인 강석빈에게 사종형 강박과 함께 사숙하였고 신광수·홍정휴·계덕해·김득필 등에게 영향을 주었다. 이들은 시문의 능력으로 인해 당대에 이름을 떨쳤고, 서얼뿐만 아니라 일반 사대부들도 이들을 흠모하여 이들의 문에 노닐었음을 알 수 있다.

서얼들의 해외체험과 인식은 18세기에 들어와 선두에 서 있다. 이들이 해외에 나가 경험한 발달된 문명과 자국의 고유성에 대한 인식은 이들 계층만에 국한되지 않은 귀중한 것이었다. 이들의 경험과 견문록은 조선 사대부들의 과학적 사고에 영향을 끼쳤으며, 당시 동아시아에서 동시적으로 일어난 자국의 고유성에 대한 인식은 조선사대부들이 중화주의적 사고를 떨칠 수 있게 하는 한 매개가 되었다. 이는 서얼뿐 아니라 일반 사대부들에게도 영향을 끼쳤으니, 한두 세대 뒤의 북학파를 그 예로 들 수 있다.

백탑시파에게서 나타나는 문학적 특징들이 이미 이세원과 강백과 김도수의 문학적 특징에서 발견되며, 김정희는 불교적 취향과 산수시의 측면에서 서얼문학과의 유사점을 보이는데 한치윤, 박제가, 성대중·성해응 부자, 유득공·유본예 부자와 교유하였고, 풍양조씨 세도의 핵심인물인 조인영이 성해응에게 지도를 받아, 후에 북학이 조선에 풍미하게 하였다는 점도 서얼문학이 후대에 끼친 영향이다.

서얼들은 사대부 가문에서 태어났으나 사대부로서 떳떳하게 살아갈 수 없는 소외된 계층이었다. 그러나 자신들은 사대부라고 생각하였고 그 의식은 사대부지향적이었다. 그러므로 지배층에 편입되고자 하는 끊임없는 욕망을 지니었다. 이를 구체적으로 분출한 서얼허통운동과 당시 사회적 여건으로 인해 제도적인 개선은 상당히 이루어졌다. 그러나 인습적인 개선은 이루어지지 않았고 관직에 나아가서도 이상과 현실의 괴리를 깨닫게 되었다. 그러므로 서얼들은 지배층에의 지향성과 비판의식을 동시에 지니게 된 것으로 보인다. 이러한 양면성은 정도의 차이는 있으나 서얼들에게서 모두 나타난다. 그런데 비판의식과 당시로서는 선진적인 해외체험을 통해 이들은 의식의 새로운 지평을 열 가능성이 많았으나 이를 성취하지는 못했다. 그럼에도 불구하고 서얼들은 신분·의식의 양면성과 그들이 양심적 지식인으로서 지닌 개인적 교양을 결합시켜 조선현실에 대한 관심을 보였고, 이 모든 점은 다음 세대에 영향을 미쳐 실학에의 경도라는 새로운 의식으로 나타나게 되었다.

이상에서 18세기 전반기 서얼문학의 특징을 살펴보았다. 앞으로 남는 과제는, 우선 본고가 대상으로 한 18세기 전반기의 서얼뿐만 아니라 그들의 아들 세대인 이봉환·이인상 등을 중심으로 한 서얼들과, 그 후대인 백탑시파를 통시적으로 살펴서 그 흐름과 특색을 파악해야 한다는 점을 꼽을 수 있겠다. 또한 서울이 아닌 지방에서 활약한 서얼들은 어떠하였는 지도 살펴봐야 한다. 예로써 신유한이 서울서 벼슬살이를 시작하기 전에 교유하였던 사람들 가운데 영남 서얼이 다수 존재했으리란 유추를 할 수 있다. 또한 강백이 귀양을 갔던 철산 지방에서 만난 계덕해 등의 관서 서 얼에 대해서도 고구해야 한다. 주지하다시피 관서 지방은 조선조 내내 지 역적인 차별을 받았고 결국 이러한 응어리가 터져 홍경래의 난으로 분출 되었다. 강백의 문집을 보면 관서 지방에도 많은 서얼들이 존재했음을 알 수 있는데 관서 지역이라는 지역적 차별에 서얼이라는 신분적 차별을 겹 쳐 받은 이들이 어떻게 대처했는가 하는 점은 중요한 문제라고 여겨진다. 한편 19세기로 시선을 돌리면 우리는 이 시기에 서얼이 어떻게 존재했었 는지 다시 자세히 알지 못한다. 영·정조대와는 또 다른 분위기의 세도정 치사회에서 서얼들이 어떤 활동을 하고 어떠한 문학의식을 가졌는지를 살펴보는 것은 서얼문학의 흐름을 살펴보는데 도움이 될 것이다. 신분제 사회에서 신분의 굴레를 쓰고 태어나 자신의 능력을 펼칠 수 없었던 서얼 들이 자신들이 일체화되고자 했던 사대부와, 자신들이 구별짓고자 했던 중인과 어떻게 다른 의식의 행로를 보여주었는지는 이 모든 연구가 이루 어진 뒤에야 확실히 할 수 있다고 생각된다.

결국 봉건사회가 서서히 해체되어 가던 시기에 이 사회구조의 희생물 이었던 서얼은 자신들의 권익을 주장하면서 봉건사회 해체에 한 몫을 하 였고, 완전하지는 않지만 자신들 계층만의 의식을 지니고 있었다. 그러나 이미 수 차례 언급했듯이 사대부의 반을 차지하게끔 된 이들이 세도정치 기, 개항의 시기와 일제 강점기에 어떤 행보를 보여주었는지 우리는 알지 못한다. 그러나 이들이 상층으로의 편입만을 고수하여 자신들의 이익만 을 추구하지는 않았으리라고 생각한다.

2부

서얼문학의 발화(發華)

제1장 외척(外戚)과 서얼(庶孽)의 이중적 자아
: 김도수(金道洙)의 시문학

제2장 초림집단(椒林集團) 한시에 나타난 창신풍(創新風)

제3장 조선통신사 제술관 및 서기(書記)의 문학세계

외척(外戚)과 서얼(庶孼)의 이중적 자아

김도수(金道洙)의 시문학

1. 머리말

김도수(金道洙, 1701~1733, 호 春洲, 자 士源)는 18세기 전반기에 활약했던 서얼 문사인데 그의 신분은 특수해서 노론(老論) 명문인 청풍(淸風) 김씨(金氏) 외척 출신이다. 현종(顯宗)시절 국구(國舅)로서 권력을 잡은 바 있는 김우명(金佑明)이 그의 조부였고 현종의 왕비는 그의 큰 고모였으니 촌수로만 보자면 그는 숙종과는 사촌이고 영조에게는 당숙이 된다. 그러나 부친인 김석순(金錫順)이 서자였기에 그 역시 서얼이 되어, 가문으로는 외척이지만 가계로는 서얼인, 평범하지 않은 신분을 지니게 된 것이다.

조선 후기 신분제사회에서 외척과 서얼이란 신분은 거의 극단적인 위치에 놓여 있었다. 외척은 권력의 중심부에 쉽게 다가갈 수 있는 집단이었고, 서얼은 신분적 멸시, 벼슬길의 막힘 그리고 의식주의 궁핍에 시달려야 하는 계층이었다. 김도수는 외척이란 이유로 음보(蔭補)로 20세부터 벼슬길에 나아갔으니 가문의 힘을 입은 셈이었고, 다른 서얼들보다는 처지가 나아 보였다. 그러나 관직이나마 얻을 수 있었던 서얼들이 일반적으로 걸어가던 길대로, 그 역시 봉상시에 재직하거나 찰방을 지내는 등 미관말직을 전전했고 그 벼슬길마저도 그리 오래 지속되지 않았다.1) 서얼이란 신분은 족쇄였던 것이다.

문학적인 면에 있어서도 김도수는 당대에 이미 시문의 능력을 인정받았고, 김창흡(金昌翕)이나 이하곤(李夏坤) 등 문단을 주도했던 노론계 문사들과 각별히 지냈다. 또한 이봉환(李鳳煥) 등의 후대 서얼들도 신유한(申維翰)과 더불어 김도수의 시문이 서얼들 중에서 가장 뛰어난 것으로 보았다.2) 소설사적인 측면에서도 김도수는 연구되어야 할 대상이니, 그는 『창선감의록(倡善感義錄)』의 작자로 거론되기도 했는데 현재는 조성기(趙聖期)가 창작한 소설을 김도수가 한역했을 것으로 의론이 좁혀져있다.3) 이로 볼 때 그는 시와 문에 있어서 모두 뛰어났고 문학사적으로도 중요한 인물이다. 당시 서얼들이 사대부로부터 인정을 받는 것은 오직 그 문학적 역량이 뛰어난 경우에 한해서였다는 점을 상기할 때, 이는 시사하는 바가 크다. 그러나 이러한 점 역시 김도수가 서얼이라는 굴레를 벗어나게 할 수는 없었고 오히려 그를 더 압박했던 것으로 보인다.

이상의 이유로 인해, 본고는 김도수의 문학세계를 살피고자 하는데, 이는 그가 외척이면서 서얼 혹은 서얼이면서 외척인 자신의 정체성을 어떻게 받아들이고 확립했을까 하는 의문을 출발점으로 하여 진행될 것이다. 서얼로서의 그와 외척으로서의 그를 이분법적으로 구분하고자 하는

---

1) 김경숙, 「18世紀 前半 庶孽 文學 硏究」, 이화여대 박사논문, 1999, 9~10면 참조
2) 李鳳煥, 『雨念齋詩文鈔』(국립중앙도서관 소장본) 권8 「與子文」, "我愛足下者也, 又嘗勉之以學古文者也, 安得不仰喜必須明着眼力, 以足下才智將來成就, 豈在申周伯金士源下也."
3) 임형택, 「倡善感義錄」, 『韓國古典小說作品論』, 집문당, 1990; 진경환, 「『倡善感義錄』의 作者 再論」, 『語文論集』31집, 고려대 국어국문학연구회, 1992.

것은 아니며 이는 불가능하다. 다만 상반된 개념이 그의 의식을 통해 어떻게 갈등하고 조화를 이루었는지, 궁극적으로는 어떠한 문학세계를 이루어냈는지 살피고자 하는 것이다. 이는 서얼들에게서 보편적으로 나타나는 것도 있겠고, 그의 특수한 신분적 상황에서 나온 것도 있을 수 있다. 그러므로 그의 문학세계를 고찰하는 일은 의의가 있다고 생각한다.

2. 생애와 교유관계

김도수의 젊은 시절 행적을 살펴보면, 13살에 시 짓기를 배웠고,[4] 18·19살에는 제자잡가(諸子雜家) 특히 패가(稗家)에 심취하여 『제가문수(諸家文粹)』를 편찬하였으며 청평산에 들어가서는 '정을 보내고 성품을 보호하는 학문(遣情保性之學)'이라 하며 불교와 도교에 심취하였다.[5] 그 후 20세인 1720년 겨울에는 보개산에 들어가 『논어(論語)』를 공부했다.[6] 이로 볼 때 청년 김도수는 정신적 편력을 하였던 것이니 이는 서얼들에게서 공통적으로 나타나는 특징으로, 자신을 압박하는 현실의 무게에서 벗어나고자 하는 몸부림이었다고 보인다.[7]

그런데 우연의 일치인지는 몰라도 그가 유학에 뜻을 두게 된 직후, 음

---

4) 『春洲遺稿』(국립중앙도서관 소장본) 권2 「答李伯春書」, "僕生十三學爲詩"; 『春洲遺稿』는 권1이 시로, 권2가 문으로 구성되었다. 그러므로 앞으로는 특별한 경우가 아니면 출전을 밝히지 않겠다.

5) 「刪定諸家文粹說」, "余年十八九時, 鶩志虛遠, 遂誤入稗家 (…중략…) 旣乃採摭其微言, 編以爲書曰諸家文粹, 三年而書成, 入靑平山, 尤惑於楞嚴南華之屬, 沈潛晝夜, 自言爲遣情保性之學."

6) 「刪定諸家文粹說」, "其後讀魯論數百遍于寶盖山.";「靑蓮菴記」, "庚子冬, 棲寶盖之靈珠洞."

7) 김경숙, 앞의 논문, 215~249면 참조

보로 벼슬길에 나아가게 되어 20세 이후 8년 간 벼슬살이를 하게 된다. 김도수의 집안은 청풍김씨 가문이며 외척이었으니, 정권에 연줄이 없는 다른 서얼보다야 나은 처지였던 것이다. 당시 서얼들이 과거에 급제해야 만 벼슬길에 나아갈 희망이라도 품을 수 있었던 것에 비하면 과거에 급 제하기도 전에 벼슬길에 나아갔으니 가문의 음덕을 입은 셈이다. 그러나

> 도수는 집이 가난하고 어버이가 늙으셨으며 나쁜 음식도 잇지 못했습니다. 임금의 외척임을 삼가 두려워하며 科名을 구하려 하지 않았고 남은 벼슬 얼마 안 되는 녹봉도 남이 버리고 남은 것을 취했습니다. 그러나 그 얻은 것 또한 힘 을 낭비한 것이라 일찍이 몇 달도 아니 되어 헤진 신처럼 벗었습니다.[8]

라고 한 것처럼, 그의 벼슬길은 평탄하지 않았다. 위의 글이 경양찰방(景 陽察訪)을 그만 두고 남유(南遊)를 끝낸 뒤 서울로 돌아와 변명을 겸해 쓴 글이란 점을 감안하더라도, 그가 각각의 관직에 그다지 오래 머물지 못 했음을 알 수 있다. 더구나 서얼이었기에 봉상시에 재직하거나 찰방정도 의 벼슬을 살았다. 그러므로 벼슬살이를 시작한 지 얼마 안 되는 1722년 에는 화산(華山)에 들어갔으며, 1723년에는 금강산(金剛山) 유람을 하였고 다시 벼슬살이를 하다가 1727년 경양찰방을 그만두고 남유(南遊)를 하였 고 그 뒤에는 춘주(春洲)로 내려가 은거하였던 것으로 보인다. 외척이라 는 뒷배경도 서얼이라는 계층적 열세 앞에서는 어쩔 수 없었던 것이다.
　이러한 삶을 살았던 김도수에게서 특징적으로 나타나는 것이 교유관 계의 다양성이라 할 수 있다. 김도수의 교유관계를 살펴보면 노론 외척 명문가 출신 서얼로서의 특징이 여지없이 드러난다. 김도수 자신이 김 창흡(金昌翕, 1653~1722)의 제자였고,[9] 송시열의 문인인 송상기(宋相琦, 1657 ~1723)와 그 손자들인 송재복(宋載福)·송재희(宋載禧)와 친밀하였으며, 유

---

8)「上巡察使李公瑜書」, “道洙家貧親老, 菽水不繼, 戚里謹畏, 不求科名, 殘官冷廩, 取人棄餘, 然其得之亦頗費力, 曾未數朔脫若弊屣, 自人觀之, 誠似太果.”
9)「谷雲弔三淵」, “斷魂風煙動 殘經弟子傳.”

척기(兪拓基, 1691~1767)・이유(李瑜)・홍상한(洪象漢, 1701~1769)・홍봉한(洪鳳漢, 1713~1778) 등과 친분이 깊었다. 또한 김창흡의 문인인 이하곤(李夏坤, 1667~1724)・이덕수(李德壽, 1673~1744)와 친분이 깊었고, 이하곤의 아들인 이석표(李錫杓, 1704~?)와 김창협(金昌協)의 문인 신정하(申靖夏, 1680~1715)의 아들인 신명빈(申明賓)과 사귀었다. 이러한 관계 속에서 김도수는 스승 세대인 김창흡・송상기・이하곤에 대한 각별한 정을 나타내었다.

憶昔終南李君宅	전에 終南 李君宅에서
我陪三淵話數夕	삼연을 모시고 여러 날 대화했지
把我形骸化金剛	내 몸을 잡아 금강이 되게 하셨고
拔我精神置雪嶽	내 정신을 뽑아 설악에 놓으셨네
金剛雪嶽俱豪壯	금강과 설악이 모두 호탕하고 웅장하니
談席奇氣忽萬丈	대화하는 자리에 기이한 기운이 홀연 만 길을 뻗었지

이 시는 삼연을 그리며 쓴 「삼연을 그리며(憶三淵)」로 삼연에 대한 깊은 존경심을 드러내고 있다. 김도수가 예전에 삼연과 대화했을 때 그 대화의 깊이로 인해 자신의 몸과 마음이 금강과 설악이 되고 그 대화하는 자리는 호탕함과 웅장함으로 인해 기이한 기운이 넘쳤다고 했다. 이는 삼연의 학식과 그 호사(豪士)임에 대한 존경이 없고서는 가능하지 않은 생각이다. 실제로 김도수는 삼연과 자주 자리를 같이 했고, 함께 대화를 하거나 꽃을 감상하거나 불경을 외웠는데 이러한 만남을 통해 삼연에 대한 존경심을 더해갔던 것으로 보인다.

또한 김도수는 이하곤을 존경하여 따랐고 그의 문장이 뛰어남과 박식함을 언급하였다. 더불어 김창협의 문인이었던 신정하에 대해, 이하곤으로부터 그가 위기(偉器)였음을 전해듣고 만나지 못했음을 애석히 여겼으며, 신정하의 아들인 신명빈과 사귀었다.10) 또한 이하곤이 사망했다

---

10) 「綠槐檻銘」, “恕菴申學士, 以文章才學早立名, 未大爲死, 余幼未及見公, 而沙潭李副率, 余所從遊者, 雄於文博識高論, 開口則人服, 其當與學士公, 少時皆農巖文人也,

는 소식을 전해듣고는 심골(心骨)이 상한다고 하였다.[11] 송상기에 대해서도 악착같은 세상에서 옥 같은 군자였다고[12] 하였고, 더욱이 그 손자인 송재복, 송재희와는 흉금을 터놓는 사이였다. 이로 볼 때 김도수는 노론 명문가 문사들의 테두리 안에서 그들과 사귀었다. 그런데 김도수가 노론명문가의 이름난 문사들과 교유한 것은, 다시 말해 그가 삼연을 가까이 모실 수 있었고 이하곤으로부터 노론 문사들에 대한 일화를 들을 수 있었던 것은, 그들이 그를 용납했기에 가능했던 것이다. 이는 그가 노론 명문가의 일원이라는 자격에 의한 것이었을 가능성이 크다.

그러나 김도수의 교유관계에서 보다 비중을 차지하는 인물들은 역시 같은 서얼문사들이었던 것으로 보인다. 김도수는 이매(李梅, 1703~?), 홍서기(洪叙箕), 그리고 인척인 박사유(朴師游, 1697~?) 등과 절친하여, 이들과 함께 모여 시를 지으며 울분을 토로하고, 홍서기의 퉁소 소리를 듣거나, 술을 마시며 지냈다.[13] 김도수가 이들에게 보낸 시나 이들을 생각하며 쓴 시에는 자신들의 신세를 한하는 정서와 비감함이 가득하다. 또한 신유한(申維翰)이나 성몽량(成夢良) 등 연배가 높은 서얼들과도 긴밀한 관계를 유지했는데 그들에게는 존경과 더불어 비감함이 묻어나는 시를 보냈다.[14]

近與親舊絶　　요즘 친구들과 끊기었어도
緣病未暇尋　　병으로 찾아갈 틈을 못 버네
伯春時獨來　　백춘만이 때때로 홀로 와서는
平昔照孤襟　　전과 같이 외로운 심정 비추네
相將吐奇語　　서로 기이한 말을 토하여

嘗對余悼學士公之亡曰, 吾友在者未可量也, 余以此, 信學士公之爲偉器, 而益惜其早
世也, 近與學士公之胤晧明賓相識."
11) 「挽澹軒李夏坤」, "華岳山中聞公死 使我慘然傷心骨."
12) 「悼玉吾齋宋相琦」, "昔拜宋尙書 言笑一何雅 齷齪斯世上 如玉君子者."
13) 「七月十五日 與洪序卿叙箕李伯春 登東山放吟」, 「秋夜聞序卿洞簫」.
14) 「寄茂長申使君周伯維翰」, 「奉贈嘯軒成主簿夢良歸驪湖舊居」.

發此千古心　이 영원한 마음 꺼내게 되면
我琴掛之壁　내 거문고 벽에 걸려있어도
虛籟生五音　허망한 소리 五音을 내고
我劍匣而藏　내 검을 상자에 넣어두어도
夜夜有龍吟　밤마다 용의 울음이 있네
爲君解此物　그대 위해 이것들을 풀어
有酒且復斟　술 마시고 또 따르면
幽憂一以散　어두운 근심 한번에 흩어지니
移席就綠陰　자리를 옮겨 녹음으로 나아가
我歌君和之　내 노래하면 그대 화답하노니
明日亦如今　내일 또한 오늘과 같이 하세

—「與李伯春梅飮話」

　김도수는 이 시에서 자신이 외롭고 병든 처지임을 말한다. 찾아오는 친구들도 없고 병이 든 자신도 찾아갈 겨를이 없다고 하니 알아주는 사람이 없고 처지도 영락해 있다고 할 수 있다. 이매(李梅)만이 그를 방문하는데 두 사람 모두 기이한 말과 영원한 마음을 지녀 서로를 알아보기 때문이다. 김도수는 이러한 자신들의 처지를 거문고와 검에 비유하였다. 거문고는 연주되어야 하는데 벽에 걸려 있고 검은 빛을 발하며 움직여야 하는데 상자 속에 놓여 있다. 능력을 제대로 발휘하지 못하고 있는 것이다. 그래서 거문고는 허망하게 오음을 소리내고 검은 밤마다 용의 울음을 토해낸다. 용의 울음을 낸다는 것은 화영검(畵影劍)과 등공검(騰空劍)에서 유래한 것으로 이 검들은 전쟁이 일어나면 날고 달려서 군대가 있는 방향을 가리켜주어 이기게 했으나 쓰이지 못할 때는 상자 속에서 용호(龍虎)의 울음을 토했다고 한다. 이로 볼 때 김도수의 검은 뛰어난 보검이지만 쓰이지 못하는 검이고, 자신들도 그 검 같은 존재인 것이다. 이러한 상황에서 그들이 할 수 있는 일이란 자신들끼리 검과 거문고를 풀어 술 마시고 노래하며 즐기면서 근심을 없애는 일이다. 알아주는 사람들이 없는 세상에서 서로만이 진가를 알고 위로해주는 것이다.

또한 김도수는 홍세태(洪世泰, 1653~1725)·정래교(鄭來僑, 1681~1757)·정민교(鄭敏僑) 등의 중인과 친분이 두터웠고, 송재복·송재희·이언형(李彦衡)·홍봉한 등 사대부와 함께 그들과 어울려 시를 짓고 노래를 부르며 벗처럼 지냈다. 이때 그가 홍세태·정래교·정민교 등 중인에게 보낸 시에서는 비감함이 보인다.

我有千古心	내게 천고의 마음 있어도
不見千古人	천고의 사람 만나지 못하네
鳴琴掛在壁	우는 거문고 벽에 걸어두니
金徽生素塵	거문고 줄에 먼지만 생기네
幽思澹淸夜	맑은 밤 그윽한 생각 담박하니
明月照我茵	밝은 달 내 자리에 비추네
浪吟淵明詩	도연명의 시를 맘대로 읽으니
髣髴通精神	정신이 통한 듯하네
時有北窓風	이때 북창에 바람 불어와
吹我頭上巾	내 머리 수건을 날리네
忽憶柳下翁	갑자기 유하옹이 생각나니
悲歌臥西隣	슬픈 노래 부르며 서쪽 이웃에 누웠구려
玉貌無所求	옥 같은 모습 구할 바 없어졌고
憐子多淸貧	그대 몹시 청빈함 가련해라
無人貴大雅	아름다운 덕 지닌 그대 귀히 여기는 이 없어
門巷絶車輪	문 앞에 찾아오는 발길 끊기었네
我有一樽酒	내게 한 잔 술 있으니
何由叙情眞	어찌 하면 심정을 펼 수 있으리

—「夜坐有懷寄滄浪子」

김도수 자신은 영원한 마음을 지녔지만 그러한 사람을 만나지 못했으니 벽에 걸려 있는 거문고에 허연 먼지만 쌓이는 것 같은 처지이다. 이처럼 한을 품은 신세로서 할 수 있는 일이란 달 비치는 맑은 밤 그윽한 생각을 하며 도연명의 시를 이리 저리 읽는 것인데, 도연명의 시를 읽다보면 도연명을 만난 듯이 정신이 통한다. 그때 바람이 불어와 머리를 스치니, 문득 홍세태가 떠오른다. 천고의 마음을 지닌 사람이 없다고 생각했는데 홍세태가 있었던 것이다. 홍세태도 도연명처럼 자신과 마음이 통하니 김도수 도연명 홍세태가 같은 위상에 놓이게 된다. 그러면서 늙은 홍세태의 처지를 생각하니 가련하여 가슴이 쓰린다. 예전에 시로 이름이 높았으나 지금은 늙어 옛모습도 잃었고 가난하기 때문이다. 대아(大雅)를 귀히 여기는 사람이 없어 찾아오는 발길도 끊기었다고 했는데, 대아란 『시경』의 편명이기도 하지만 여기서는 시에는 『시경』이 있듯이 '대아지재(大雅之才)'가 있는 사람, '정이미덕(正而美德)'한 사람을 의미한다. 그러므로 대아지재(大雅之才)를 지닌 홍세태를 알아주는 사람이 없고, 더불어 자신을 알아주는 이도 없다는 뜻이다. 서얼과 중인이라는 신분적 열세에 놓인 처지이기에 동병상련을 느끼어 아픔을 함께 나눌 수 있었던 것이다.

그러나 홍봉한 등 사대부들과 섞여 어울릴 때는 흥취를 주로 나타냈다. 이들은 비 온 뒤 김도수의 집에 모여 시를 지으며 함께 술을 마시고 즐거워하거나,[15] 이언형의 집에 모여 술을 마시며 풍운이 넘치는 정래교의 맑고 맑은 상서(尙書) 노래 소리를 들으며 흥취를 돋우었다.[16]

이상으로 볼 때 김도수는 노론 외척 출신으로서의 교유도 가졌고, 서얼집단 내에서의 교유도 가졌고 중인들과도 친분을 유지했다. 이때 각각의 집단과 나눈 정서는 다를 수밖에 없었고, 또한 모두 진실이었다. 그럼에도 불구하고 서얼과 중인들과 나눈 시에 가슴 속내가 더 깊이 드러나는 것은 그가 그들에게서 동질감을 더 느꼈던 때문이라 생각된다.

---

15) 「雨後李平叔彦衡宋永受洪翼汝鳳漢鄭潤卿來訪對菊呼韻」.

16) 「松峴夜集序」, "辛亥九月九日, 宋百順兄弟約余同會于松峴李平叔第, 平叔雅士喜歌詩, 邀玄窩鄭潤卿, 潤卿少也遊長者間, 雖老衰多風韻, 夜主人設小酌, 酒行六七巡, 潤卿擧筯拍盤誦尙書五子之歌, 其聲瀏亮悲壯, 時月影在葡萄架細菊疎竹微霜, 皓然一座閒寂, 但聽潤卿誦書聲, 聲罷泠泠然, 若有餘音在乎耳."

3. 외척과 서얼의 이중적 세계

1) 기다림과 고고(孤高)함의 형상화

김도수가 벼슬하기 전에 쓴 것으로 보이는 시에는 자신을 알아줄 사람에 대한 기다림이 간절하다.

蓮生野池中	연꽃이 들못에 피었는데
花葉一何鮮	꽃과 잎 몹시도 곱구나
世人不知採	세상 사람들 캘 줄 모르니
芳意誰與宣	꽃다운 생각 뉘와 함께 펼치리
幸因微風度	행여 미풍이 헤아려
時得暗香傳	때로 그윽한 향기 전하려나
白露中夜降	흰이슬 한밤에 내리고
秋水日冷然	가을물 날로 차가워지네
朱華坐零落	붉은 꽃 앉은 자리에서 말라 떨어지니
歎息衰柳前	노쇠한 버드나무 앞에서 탄식하네

―「雜詩 1」

김도수는 이 시에서 들못에 핀 연꽃을 노래했다. 연꽃이 핀 못은 궁궐의 뜰도 사대부의 정원도 아닌 들에 있는데 들은 비어 있는 공간, 아무 것도 없는 황량한 이미지를 지닌다. 이러한 곳에 피었을망정 연은 꽃과 잎이 곱고, 꽃다운 생각을 지니고 있다. 사람으로 치자면 처지는 안 좋으나 능력이 뛰어나고 인품이 고매한 것이다. 그러나 세상 사람들은 연꽃을 캐서 자신들의 공간으로 데려갈 줄을 모르니 그 존재의 가치를 알아주는 사람이 없는 것이다.

그래도 시인은 희망을 버리지 않아, 약하게 부는 바람에라도 실려 연꽃의 그윽한 향기를 세상으로 실어 보냈으면 하는 기대를 한다. 연꽃을 알아주는 사람이 있기를 간절히 바라는 것이다. 이는 시인의 기대이자 연꽃의 기대이니 김도수 자신의 기대라 할 수 있다. 그러나 세상은 뜻대로 되지 않아 한밤에 이슬이 내리고 물은 점점 차가워지는 가을이 되었다. 연꽃으로 말하면 꽃을 활짝 피우는 여름이 지나고 가을이 깊어 가는 것이니, 사람으로 치면 한창 때가 지나가는 것이다. 그래서 결국은 탐스럽던 붉은 꽃은 피었던 바로 그 자리서 한 발자국도 옮겨보지 못하고 말라죽어 간다. 김도수는 들못 속에 갇혀 있는 연꽃을 보면서 주어진 신분적 질곡에서 한 발자국도 벗어나지 못하는 자신의 신세를 떠올린 것이다. 그러므로 이미 노쇠한 버드나무를 바라보며 자신도 곧 저렇게 되리란 탄식을 자아냈다.

寂寂看何物	적적할 때는 무엇을 보아야 하는가
蕭蕭叢竹林	시원한 총죽림이네
淸光兼鬱翠	맑은 빛에 울창한 비취빛을 겸했고
苦節復哀音	괴로운 절개에다 서글픈 소리 있네
自有幽人訪	幽人의 방문 절로 있으리니
無令雜鳥侵	잡새의 침범이 없도록 하라
秋蘭在空谷	秋蘭이 빈골짜기에 있어
與爾共悲心	너와 더불어 슬픈 마음 함께 하노라

—「叢竹」

　김도수는 적적하다고 토로하는데 이는 홀로 있는 상황을 전제로 하며 그의 시에서 지속적으로 나타나는 이미지이다. 이처럼 적적할 때 대숲을 바라보는 것은 대숲이 일으키는 시원한 바람이 가슴속의 쓸쓸함을 쓸어내리기를 기대하기 때문이다. 그런데 그가 위안으로 삼은 대나무는 맑은 빛과 푸르름을 겸한 뛰어난 존재이지만 대숲에서 이는 시원한 바람 소리는 어느새 서글픈 소리로 들리고 대나무의 꿋꿋함은 괴롭게 보인다. 뛰어난 능력이 있으나 영락하여 괴롭고 슬픈 자신의 심사가 대나무에 투사된 것이다.

여기서 그는 좌절하기보다는 유인(幽人)의 방문이 절로 있으리라면서 자신을 찾아올 사람에 대한 기대를 한다. 김도수가 기다림을 노래한 시들의 특징은 희망을 멈추지 않는다는 점인데, 「잡시(雜詩) 1」에서 미풍의 힘을 빌려 자신의 능력을 세상 사람에게 알리고자 했다면, 「총죽」에서는 자신을 알아볼 사람에 대한 기대를 내비친 것이다. 자신의 능력에 대한 확신이 좀더 깊어졌고 이를 알아줄 사람이 있으리란 기대도 더욱 확실해진 것이다. 그러므로 잡새의 침범이 없도록 하라고 했으니, 자신의 능력과 의지를 훼손시키지 않으면서 유인이 찾아올 날을 기다리겠다는 의지이다. 이처럼 기약 없는 기다림을 감내할 수 있게 하는 힘은 추란의 존재에서 온다. 빈 골짜기에 살면서 슬픈 마음을 함께 하는 추란처럼 자신과 비슷한 처지의 사람들이 자신처럼 살아가고 있다는 위안이며 동류의식이다. 동료들이 있기에 언젠가는 찾아올 유인에 대한 희망을 품고 슬픈 현실 속에서도 꿋꿋하게 살아갈 수 있는 것이다.

김도수가 기다리는 유인은 다음 시에서 좀더 구체화된 이미지를 보인다.

偶然適于野	우연히 들에 갔다
躊躇玩物華	머뭇거리며 사물을 구경하네
韶光日以去	화창한 빛이 날로 가니
我心吁復嗟	내 마음 탄식하고 또 탄식하네
不惜韶光去	화창한 빛 감은 안타깝지 않으나
憐彼孤樹花	저 고수화 가련하여라
陽春無私德	따뜻한 봄은 사사로이 아낌이 없으니
開花在荒涯	꽃 피어 거친 물가에 있네
衆卉凌孤芳	여러 풀들 외로운 꽃 없신 여기어도
幽香不敢誇	그윽한 향기 자랑하지 못하며
貞靜抱苦心	곧고 맑은 마음 괴로움을 품고

零落委泥沙　　영락하여 진흙 모래에 맡겨 있네
我欲將此花　　내 이 꽃을 데리고
歸種美人家　　돌아가 미인의 집에 심었으면
美人不汝好　　미인이 너를 좋아하지 않는다면
遺芳徒自嘉　　남은 향기 다만 절로 아름다우리

—「孤樹花」

　　3구에서 말하는 화창한 빛 곧, 소광(韶光)은 봄빛을 의미한다. 그런데 '소(韶)'는 순(舜)임금이 지은 음악이기도 하므로 화창한 빛이란 단순히 봄빛이라기보다는 임금의 은혜라고 할 수 있다. 그러므로 화창한 빛이 간다는 것은 임금의 은혜가 멀어진다는 뜻이다. 이에 화자는 탄식하는데 화창한 빛이 가는 것은 안타깝지 않으나 홀로 있어야 하는 꽃이 가련하기 때문이다. 이는 임금의 은혜는 사덕(私德)이 없기 때문인데 사덕이란 '사인지은혜(私人之恩惠)'니 임금이 가신(家臣)이나 친척(親戚)이나 개인을 사사로이 아끼지 않는 것이다. 곧, 임금은 사사로이 아낌이 없기에 거친 물가에 핀 꽃을 그대로 내버려둘 뿐 다른 곳으로 옮기지 않는 것이고 이에 꽃은 따뜻한 봄 햇살을 받아볼 기회조차 얻을 수 없다. 김도수의 처지에 비유하면 자신은 능력이 있지만 임금은 사사로운 은혜를 베풀어서는 안 되기에 친척인 자신을 돌보아 주지 못한다는 뜻이다. 이에 남들에게는 따뜻한 시절에 자신은 서얼로 태어났다는 고통은 더욱 배가되었을 것이다.

　　그러므로 고수화는 여러 풀들이 자신을 업수이 여겨도 그윽한 향기를 자랑하지 못하고, 괴로운 마음을 품고 지내며 진흙 모래에 있음을 감내한다. 그러나 진흙 모래 속은 고수화가 있을 곳이 아니니 이에 화자는 고수화를 미인의 집에 옮겨 심고 싶어한다. 미인의 집은 고수화가 있기에 합당한 곳이니, 미인은 그윽한 향기를 지닌 꽃을 곁에 둘 능력이 있는 사람, 전통적인 의미대로 임금으로 읽힌다. 곧, 임금에게는 사덕이 없고 사대부들은 자신을 업신여기는 상황이지만 그래도 임금의 곁으로 가고자 하는 바람을 나타낸 것이다. 임금의 정원에 들어서야만 자신의 처지가 바뀔 수 있다고 생각했던 것이다.

그러나 미인이 고수화를 좋아하지 않을 수도 있다. 그윽한 향기를 지닌 꽃을 좋아하지 않는다면 이는 꽃이 아니라 미인에게 문제가 있는 것이다. 미인이 가치 있는 꽃을 알아보지 못하는 것이니 사람으로 치자면 요순처럼 인재를 알아보는 능력이 임금에게 없다고 할 수 있다.

미인이 사람을 알아볼 능력이 없을 때 나타나는 상황에 대한 김도수의 생각은 다음과 같다.

玉階梧桐樹	옥계의 오동나무는
本欲棲鳳凰	본래 봉황이 깃들도록 함인데
胡爲群鳥萃	어찌 뭇새들 모여
啾喞當朝陽	지저귀며 아침 해를 마주 대했는가
丹山有高巢	단산에 높은 둥지 있어
琅玕生其傍	그 곁에 낭간 생기네
歸歟千仞飛	돌아가 천 길을 날지언정
不與爭稻粱	더불어 곡식을 다투지 않으리

—「雜詩 3」 1수

김도수는 이 시에서 옥계의 오동나무에는 봉황이 깃들어야 하는데 보잘것없는 여러 새들이 모여 아침해를 대했다고 했다. 옥계란 대궐의 섬돌이니 옥계의 오동나무란 대궐 혹은 대궐에서 관리들이 정사를 보는 곳이라 하겠다. 이로 볼 때 김도수는 봉황 같이 뛰어난 신하가 아침해 같은 임금을 보좌해야 하는데 범조(凡鳥)나 잡조(雜鳥)처럼 능력 없는 신하들이 임금의 곁에 있음을 비유한 것이다.

그렇다면 이제 어떻게 해야 하는가? 봉황은 단산에 있는 높은 둥지를 선택한다. 그곳에는 낭간이라 불리는 대나무가 있어 그 열매를 먹을 수 있다. 그곳은 옥계보다 더 높은 곳이며 범조는 감히 범접할 수 없는 곳이니 속세를 벗어난 곳이다. 그러므로 그곳에 가 천 길을 날아오르는 수고를 할지언정 뭇새들과 더불어 곡식을 다투지는 않겠다고 했다. 곡식이란 속세의 산물이라 일반적으로는 의식주를 뜻하지만 보다 궁극적으로는 벼슬을 의미한다. 자신을 알아줄 임금이 없는 상황에서 더 이상 벼슬에 연연하며 뭇관리들과 다투지는 않겠다는 선언으로, 이는 현실이 여의치 않자 현실에 대한 집착을 버리고 정신적 세계를 갈구한 것이다.

獨立無與群　　홀로 서서 어울리는 무리 없으니
燕雀來相欺　　제비와 참새가 멋대로 오네
燕雀縱不欺　　제비와 참새가 비록 멋대로 오지 않더라도
忍與燕雀飛　　차마 제비, 참새와 더불어 날손가

—「野田鶴」7~10구

　이 시에서는 뭇새들의 이미지가 더욱 구체화되었다. 야전학이 홀로서 있으니 제비와 참새가 멋대로 가까이 온다. 멋대로 온다는 것은 좋지 않은 의도를 지니고 와서 추근덕거리며 놀리는 것이다. 곧, 기이한 깃털을 지니고 훨훨 날아다니는 학이[17] 평범하다 못해 작은 새들로부터 함께 어울리자는 놀림을 받는 것이다. 이에 야전학은 분개하고 작은 새들이 놀리지 않는다 하더라도 그들과 더불어 날지는 않겠다고 한다. 김도수에게 있어 관직을 다투는 사대부들이란 작은 곡식을 다투는 제비나 참새 같은 존재로 여겨졌던 것이다. 그러므로 자신을 알아주는 사람도 없고 영락해 있을망정 '곡식을 다투는' 소인배들과는 섞이지 않고 고고하게 살겠다는 것이다.

　이상으로 볼 때 김도수는 자신을 알아줄 사람에 대한 기다림과 그 기다림에 지쳐 고고히 멀리 떠나고자 하는 의지를 토로했다. 그러면서 자

---

17)「野田鶴」1~2구, "翩翩野田鶴 羽毛一何奇."

신을 봉황과 학에 비유했는데 이들은 천품이 뛰어나며 저 하늘 높이 날아가는 새이다. 남다른 존재인 것이다. 이는 자신은 뛰어난 능력을 지녔고 더불어 외척 명문가 출신이라는 자의식에서 나온 듯하며, 다른 서얼들이나 사대부들에게서는 찾아보기 힘들다. 일반적으로 서얼들은 자신을 매화 등에 비유해 고고한 은일자임을 내세우기는 했어도 그처럼 뭇새들 가운데 뛰어난 봉황임을 자처하지는 않았고, 사대부들이야 신분적 억압이 없으니 굳이 고고함을 주장할 필요성이 없었다. 결국 서얼로서 김도수의 자아는 자신은 능력이 뛰어나고 근본도 훌륭한 존재이지만, 신분적 굴레 때문에 빈한(寒貧)한 삶을 살아갈 수밖에 없다면, 세상과 타협하지 않고 고고하게 살아가겠노라 토로한 것이다.

2) 원망(怨望)의 표출(表出)과 여성에 대한 동병상련

김도수는 자신의 신세에 대한 원망을 직접적으로 표현하기보다는 자신을 버림받은 여인에 비유하면서 표출하였다.

飛燕昭陽入	비연이 소양궁에 들었으니
東宮夜雨悲	동궁에 밤비 슬피 내리네
君恩未云薄	임금의 은혜 적지 않으니
妾命只如斯	내 운명이 이 정도일 뿐
七夕看星淚	칠석에 별의·눈물 보고
秋風詠扇詩	가을 바람에 부채시 읊네
古來多棄德	예로부터 버림받은 어진 이 많으니
惻惻怨阿誰	슬퍼하며 누구를 원망하리

—「古怨」

이 시는 버려진 여인이 비 오는 밤 자신의 신세를 한탄하는 내용을 담고 있다. 비연(飛燕)은 전한(前漢) 효성제(孝成帝) 조황후(趙皇后)의 호(號)로 원래 궁인이었던 그녀는 가벼운 몸동작으로 가무를 잘하여 비연이라 불렸고 효성제의 눈에 들어 황후가 되었다. 소양은 연소전(燕昭殿) 혹은 연소궁(燕昭宮)으로 효성제가 조황후 또는 조황후의 동생을 위해 지은 궁전으로 후궁(後宮)을 의미하고 동궁은 한(漢)대 황(太)후의 거처를 의미한다. 그러므로 궁인 출신으로 아리땁고 가무에 능한 비연이 황후가 되었으니, 그전에 효성제로부터 사랑 받던 정실은 동궁에서 슬피 울 수밖에 없는 것이다.

함련에서 화자는 자신이 버려진 신세가 된 것은 임금의 은혜가 적기 때문이라 말하지는 않겠다고 했다. 오히려 자신의 운명이 그만큼밖에 안 된다고 했다. 이는 자신을 버린 임금에게 잘못이 있거나 임금이 은혜를 박하게 준 것이 아니라, 자신은 버려질 운명이기에 버려졌다는 체념적 사고이다. 김도수에게 비추어 본다면 임금이 김도수를 아끼지 않은 것은 아니지만, 자신은 서얼이란 운명을 타고났기에 어쩔 수 없이 내쳐진 것이라 할 수 있다. 다음으로 경련에서는 버려진 신세로 살아가는 화자의 행동이 서술되었다. 칠석은 주지하다시피 견우직녀가 만나는 날로, 이날 견우직녀가 만났다 헤어지며 흘리는 눈물이 비가 되어 내린다고 한다. 화자는 별이 된 견우와 직녀가 흘리는 눈물을 보며, 자신도 임금을 그리며 하염없는 눈물을 흘리는 것이다. 또한 가을은 선선한 계절로 부채가 필요 없는데도 부채시를 읊는다고 했으니, 여인이 님으로부터 총애를 잃어 가슴에 원한이 사무쳐 그 원한의 열을 식혀줄 부채가 필요한 것이다. 버려진 것이 운명이지만, 그 운명을 그대로 수긍하지만은 못하고 있는 것이다.

그런데 미련에서 예로부터 기덕(棄德)이 많다고 했는데, 기덕이란 '어진 이를 버리고 도적을 따르는 것[棄德從賊]' 혹은 '선을 버리고 악을 행하는 것[去善爲惡]'을 의미하니, 어진 이를 버렸다는 뜻이다. 어질기에 임금을 보필할 만하지만 내쳐진 사람이 많았고 그가 있어야 할 자리를 대신 차지한 사람도 있었던 것이다. 화자의 시각에서 보자면 임금의 총애를 덕이 있는 자신이 아니라 가무를 잘하는 비연이 차지한 것이다. 김도수의 시각에서 본다면 자신이 어진 이라는 호언장담이며, 자신의 자리를 적(賊) 혹은 악(惡)으로 비견할 수 있는 다른 이들이 차지하고 있다는 의미이다. 또한 '있어야 할 자리에 있지 못하다'는 인식은 김도수가 자신의 신세를 바라보는 기본 시각이었다. 이것이 운명 때문이라면 누구를 원망할 수 있겠는가?

華堂奏瓊瑟	화당에 옥비파 울리고
美人發淸歌	미인이 맑은 노래 부르네
淸歌未終曲	맑은 노래 곡이 끝나지 않았는데
紅淚雙滂沱	두 줄기 피눈물을 쏟네
結髮事君子	머리 올리고 군자를 섬겨
平生感恩多	평생 은혜에 감격함 많더니
奈何彼衆女	어찌 저 여자들
讒言巧相加	헐뜯는 말 교묘히 더하여
昔時懷中玉	지난날 품안의 옥이
今日糞上花	오늘은 똥 위의 꽃 되었나

—「古風」

이는 악부체의 시로 규방 여인의 원망을 담고 있다. 미인은 예전에는 머리를 올리고 군자를 섬겨 사랑을 받던 존재이나 이제는 홀로 지내며 피눈물을 쏟는다. 미인은 '군자의 품 안'과 '똥 위'를 반대로 보아 군자의 품을 벗어난 자신의 신세는 똥 위에 있는 것이나 마찬가지라 말하니 군자의 품안만이 미인의 지향점이고 그 외의 것은 의미가 없음을 알 수 있다. 김도수의 처지로 본다면 벼슬을 하며 임금을 모시다가 이제는 내쳐진 가련한 신세가 된 것이다.

그런데 미인이 군자의 은혜를 받지 못하는 원인은 미인에게 있지 않

다. 미인에게 잘못이 없음은 똥 위의 꽃이 되었다는 데서 알 수 있으니
비록 똥 위에 있긴 하지만 아직도 향내나는 꽃 같은 존재이기 때문이다.
이는 내쳐지긴 했어도 자신은 여전히 꽃을 피울 만한 존재, 곧, 결점이
없는 존재라는 의미이다. 또한 미인은 군자가 잘못했다거나, 군자를 원
망한다는 말을 하지 않는다. 미인이 군자의 은혜를 받지 못하는 이유는
'저 여인들'이 헐뜯는 말을 교묘히 했기 때문이다. 이 상황을 은유로 본
다면 미인은 김도수로, '저 여인들'은 김도수를 모함한 관리들로 볼 수
있다. 실제로 김도수는 숙종 시절에 벼슬을 하다가, 경종 이후 노론과
남인·소론의 당쟁의 와중에서, 노론의 실세와 더불어 벼슬에서 물러나
곤 했다. 그러므로 '저 여인들'은 반대파의 관리들이라고 볼 수 있다.

　　그렇다면 김도수가 '버림받은 여인'과 같은 신세가 된 원인은 서얼이
라는 자신의 운명이나 다른 관리들 때문일 뿐인가? 이에 대한 그의 생
각을 다음 시 「소군원(昭君怨)」에서 미약하게나마 찾을 수 있다.

昭君辭漢闕	소군이 한나라 궁궐을 떠나니
哀怨動秋旻	서러운 원망 가을 하늘을 움직이네
君王創按圖	임금이 여인들 살피려 고안한 그림
遂令妾誤身	마침내 내 몸을 그르치게 했네
萬殺毛延壽	모연수를 만번 죽인다해도
難破此婚姻	이 혼인을 깨기 어려워라
妾貌妾自憐	내 모습 내 스스로 불쌍히 여기니
君心豈不仁	임금 마음에 어찌 가련하지 않으리만
不察宮中怨	궁 안의 원한을 살피지 못했으니
而況宮外人	하물며 궐 밖 사람이야

　　이는 예로부터 많은 시인들이 노래한 왕소군(王昭君)의 고사를 의고한
시이다. 김도수는 왕소군이 흉노의 땅으로 가게 된 까닭은 여인들의 모
습을 알아보기 위해 원제(元帝)가 초상화를 생각해낸 때문이라고 보았으

니 왕소군의 신세가 처량해진 일차적 원인은 임금에게 있다는 의미이다. 모연수를 만번 죽인다 해도 혼인을 깰 수 없다는 말 역시 왕소군의 초상화를 엉터리로 그린 모연수보다는 왕소군을 흉노에게 혼인시키기로 한 임금에게 책임이 더 크다는 의미를 담고 있다. 이는 모연수 같은 인물이 생길 수 있게 한 책임도 임금에게 있음을 알게 해준다. 그러므로, 비록 임금이 왕소군을 가련하게 생각하는 마음을 지녔더라도, 그것으로 그만인 것이다. 오히려 화자는 평소 임금이 자신이 사는 궁궐 안 여인의 원한도 살피지 못했으니 하물며 궁궐 밖에 사는 사람에 대해서는 어떠하겠느냐고 끝을 맺는다. 궁 안의 사람조차 살피지 못했으니 궁 밖의 사람들은 더더욱 돌보지 못하리라 한탄한 것이다. 이로 볼 때 김도수는 임금의 은혜가 널리 퍼지지 못함을 원망하고, 그 원인이 임금에게도 있음을 말한 것이다.

그런데 김도수가 자신의 신세를 비유하는 소재로 '버림받은 여인'을 선택한 이유는 무엇인가. 이는 다음 시를 통해서 알 수 있다.

何事恨身世	"무슨 일로 신세를 한하시는가"
天地長悽咽	"천지는 길이 슬프고 막혔고
人生極悲咤	인생은 몹시 슬프고 슬프니
兒女又寃屈	아녀자는 더욱 원통하고 굽었다오
苦樂聽丈夫	고락이 장부를 따라 생기어
生涯堪咄咄	생애는 기가 막힘을 견딘다오
少小學紡績	어려서 방적을 조금 배웠으니
絲絲怨情結	실마다 원한의 정이 맺혔다오
中間識文字	중간에 문자를 알아
意思飛天末	생각이 하늘 끝으로 날았다오
釋氏掌輪廻	부처님은 윤회를 맡았으니
他生落何物	후생에 어떤 존재로 만드시려나
發源握念珠	발원하며 염주 잡고

焚香坐虛室　　분향하며 빈 방에 앉았다오"

─「東嶺寺與元菩薩詩」 33~46구

　이 작품은 김도수가 1720년 여름 삼각산(三角山) 동령사(東嶺寺)에서 원보살이란 여관을 만나 지은 것으로, 그녀가 슬프고 고통스런 삶에서 벗어나기 위해 부처님께 호소함을 목격자의 입장에서 다루고 있다. 4월 초파일 전날 원보살이라는 여인이 천 길 폭포 아래에서 머리를 감고 황혼에 향촉을 들고 법연을 설치한다. 4월 초파일은 부처님 오신 날로 불교에서 가장 중요한 날이다. 그 전날에 왔다는 데서 그리고 천 길 폭포 아래에서 머리를 감고 깨끗이 했다는 점에서 그만큼 바라는 바가 절실했음을 알 수 있다. 원보살은 해마다 초파일 전날이면 동령사에 들려 악업에서 벗어나기를 부처의 자비에 호소하였고 정월 대보름에는 금강산 유점사에서 소원을 빌었다고 한다. 어느 한 곳에 머무르는 것이 아니라 구름처럼 물처럼 이곳 저곳 절을 찾아 떠돌아다니며 소원을 빌고 또 비는 것이다.

　이에 숙연해진 김도수가 신세를 한하는 이유를 묻자 원보살은 인생은 슬프고 슬픈데 아녀자의 인생은 더욱 원통하고 굽었으니 이는 고락이 장부로 인하여 생기어 그에 따라 여인의 삶은 탄식하며 기가 막힘을 견뎌야 하기 때문이라고 한다. 여성이 고통을 받는 원인이 여성 자신에게 있는 것이 아니라 그 여성이 의지해야 하게끔 되어 있는 남성에게 있는 것이다. 이 남성은 궁궐의 임금일 수도 일반 사대부일 수도 아니면 피지배층 백성일 수도 있으나 상대방 여성의 고락을 쥐고 있다는 점에서 권력자라는 공통점을 지닌다. 곧, '권력을 지닌 남성'과 '그 남성에게 묶여 있는 혹은 지배당하는 여성'이라는 구도 속에서 여성의 삶이 괴롭게 되는 것이다. 이는 제도적인 차원의 문제로 봉건제사회에서 신분제도는 각각의 신분에 해당하는 구성원들에게 위계질서를 부여했다. 그러나 이는 남성들로 대표되었고 그 각각의 신분 내에서 다시 남성들에 의한 여성들의 구속이 있었던 것이다. 그러므로 김도수는 "부인여자들이 살아가면서 가장 고통스러워하는 것은 다른 사람들로부터 제재를 받는다는 사실"이라고[18] 인식하였다.

그렇다면 서얼인 김도수가 '권력을 지닌 사대부'와 '서얼'이라는 계층 구도 속에서 서얼인 자신이 고통을 받는 것은 사대부들이 서얼을 허통하지 않는 점 때문이라고 생각했을 때, 여성과 서얼은 다같이 사대부들로부터 억압받는 존재라는 공통점을 지니게 된다. 곧, 남에게서 제재를 받는다는 점에서 서얼과 여성은 공통점을 지닌다. 이미 언급했듯이 김도수에게 있어서 몸을 얽매는 세상의 괴로움은 무엇보다도 신분적 굴레였다. 조선 후기 사회에서 서얼이 천생적인 신분적 굴레로 인해 고통받는 것처럼 부녀자들도 천생적인 성별적 이유로 인해 고통을 받았다. 어떤 신분과 성으로 태어나는가는 개인이 선택할 수 없는 문제이다. 그러나 집권층은 봉건사회의 구조와 기득권 유지를 위해, 신분적 차별과 성적인 억압을 제도 속에 가두고 이념으로 포장하여 개인의 삶을 구속했다. 그러므로 자신들의 의지와는 상관없이 차별과 고통이 주어졌다는 점에서 김도수는 부녀자들의 고통을 이해할 수 있었던 것이다. 결국 봉건제사회에서 서얼인 자신이나 여성들이나 모두 기득권을 지닌 사대부 남성들로부터 소외되고 억압받는 존재라는 인식이 있었기에 김도수는 여성들의 삶에 관심을 가졌고 그들의 고통에 수긍할 수 있었으며, 나아가 버림받은 여성을 소재로 자신의 신세를 형상화할 수 있었다.

그래서 원보살이 다음 생에서는 여인이 아니라 다른 존재로 태어나 고해에서 벗어나기를 간절히 기원하는 것처럼, 김나인이 "크게 바라는 바는 내세에는 여자로 다른 사람들에게서 제재를 받음을 면함에 지나지 않는"[19] 것처럼, 김도수도 다음 생에서는 신분차별이 없는 세상에서 살고 싶어했으리라 생각한다.

---

18) 「靑蓮菴記」, "若乃婦人女子, 則其爲生最苦受制於人."
19) 「靑蓮菴記」, "而所大願者, 不過來世之免爲女子而受制於人而已."

3) 관리(官吏) 비판과 임금에 대한 기대(企待)

김도수는 자신 앞에 펼쳐진 현실의 문제점을 비판하기도 했는데 이때 직설적인 화법보다는 비유적인 표현을 사용하였다.

無等山前水	무등산 앞 물
滔滔四橫流	사방으로 거세게 넘쳐흐르네
寄語南遊人	말을 전하노니 남으로 노니는 사람
勿復踏光州	다시는 광주를 밟지 마오
山頭猛虎行	산머리에 맹호 다니고
水上長蛇遊	물 위에 긴 뱀 노닐며
麥黃委疇壟	보리 익었어도 밭 두둑에 버려져
難爲農者秋	농자의 추수되기 어렵네
民有父不養	백성은 어버이 있으나 돌보지 못하고
民有子不收	백성은 자식 있어도 거두지 못하지만
天澤周萬物	하늘의 은혜는 만물에 두루하니
於爾豈盡劉	너희를 어찌 다 죽이기야 하리오
聖主剖符意	성주가 부절을 나누어주신 뜻은
本欲分民憂	백성의 근심 나누고자 함이거늘
君門遠萬里	임금 계신 대궐은 만리나 머니
何以達玉旒	어찌하면 상감께 알릴 수 있으리

이 시는 김도수가 경양에서 찰방 벼슬을 살던 중 무등산에 유람갔다가 쓴 「광주잡시(光州雜詩)」인데 무등산 앞에 물이 넘쳐흐르고 호랑이와 뱀이 노닌다는 것은 실제라기보다는 은유로 보인다. 말단 관리인 그가 목도한 사실은 백성들이 보리를 거두어들이지 못하고 어버이와 자식을 돌보지 못하는 상황이니 이는 호랑이와 뱀 같은 관의 횡포 때문인 것이다. 하늘의 은혜 곧, 임금의 은혜는 만물에게 두루 미치니 백성들이 다 죽도록 내버려두지는 않는다. 이를 위해 임금은 백성의 근

심을 살피라고 관리들을 임명한 것이다. 그러나 관리들은 임금의 뜻을 저버렸고, 대궐은 너무나 멀기에 이 사실을 알릴 수 없다. 김도수가 보기에 부조리한 현실은 '주구지정(誅求之政)'을 일삼는 관리들로부터 비롯되었던 것이다.

또한 김도수가 1727년 9월 남유(南遊)를 하던 중 지리산 쌍계사(雙溪寺)에 들렀을 때 노승이 하소연한 고충도 의미심장하다. 전해에는 곰이 포악해져 사람들에게 상해를 입히더니 그 해에는 호랑이가 많아져 사람들이 왕래할 수 없었고 초여름부터 9월까지 날이 가물어 나무들이 말라 죽고 꿩과 토끼 등이 거침없이 오가며 사람을 피하지 않는데, 거기다가 삼영(三營)의 지역(紙役)이 번거롭고 무거워 스님들이 편안히 살지 못한다고 했다. 천재(天災)에 설상가상으로 인재(人災)까지 겹친 형국이다. 이에 대해 김도수는 하늘이 은택을 내리지 않으니 하늘 아래의 사람들이 그 노여움을 풀고 은택을 내리도록 해야 하는데도, 오히려 관리라는 자들이 백성에게 잔인(殘忍)하고 독포(毒暴)한 정사를 펼치니 하늘이 노여움을 풀지 못하도록 하는 것이라 하였다. 성대(聖代)는 관리들의 좋은 평판과 어질다는 소문이 많은 법인데, 관리들이 횡포를 부린다는 호소만이 들리는 것이다. 그러므로 가난하고 의지할 곳 없으며 아뢸 곳 없는 백성들이 그 목숨을 감내하지 못하리라 탄식하였다.[20]

그런데 김도수는 관리들이 백성들에게 행하는 횡포를 구체적으로 언급하지는 않았다. 신유한 등 다른 서얼 문사들이 군정이나 전정의 폐해를 비판하고 그 사례를 언급했던 것에 비해, 그는 쌍계사의 승들이 지역(紙役)으로 고통받고 법주사의 승들이 관의 채찍 때문에 도망간다는 언급 외에는 백성들에게 가해진 실제적 사건을 다루지 않았다. 오히려

---

20) 「南遊記」, "夜有老僧說, 前年熊羆暴多, 人之相觸者輒被傷害, 今年又多虎, 人不能往來, 自初夏至今, 天旱水涸, 林木枯死, 雉兎縱橫不避人, 又以三營之役繁重, 僧不能聊生. 余惻然長吁曰, 聖代多德音仁聞而天之閟澤此甚, 至令山中禽獸不安其居, 豈下之人有殘忍毒暴之政, 而使天怒不解耶? 且雲水生涯之類猶不能堪其命, 況吾民之顚連而無告者乎?"

그의 비판은 관리들이 저지른 비리 사례보다는 '관리(官吏)들이 비리(非理)를 저지른다는 사실(事實)'에 초점이 맞춰져 있다. 백성들이 고통을 받고, 선비들은 앞날을 기약할 수 없으며,21) 조정의 예악이 변질되고 지방의 풍교가 몹시 악착스러워진 것은22) 무소불위(無所不爲)의 행위를 일삼는 관리들 때문인 것이다. 그러므로 그는 비유적 표현을 통해 관리들이 불의(不義)하다는 사실을 지적하였다. 관리에 대한 비판은 그의 시에 일관적으로 나타나는 의식인바, 서얼로서 그의 자아가 지닌 또 하나의 특징이다.

김도수는 이러한 모든 문제를 해결하기 위한 방법으로 임금의 바른 정치를 기대했다.

『주역』의 「坤四」는 "천지가 변화하면 초목이 우거지고 천지가 닫히면 현인이 숨는다" 하였으니 아아 임금의 정치와 만물이 정을 통한다면 비록 궁하고 멀며 끊어지고 구석진 곳에 있는 생물로 기린·봉황·거북·용 같은 것들도 모두 장차 자발적으로 나오리니 하물며 사람이야. (…중략…) 나는 비록 도원이 과연 있는지는 모르지만 난세에 숨은 백성이 도원과 같은 곳에 있음은 괴이하지 않다. 아아 임금되는 자가 「坤四」의 뜻을 밝히고 「碩鼠의 시」를 슬피 여겨 백성을 사랑하기를 애태우듯 하고 백성을 가까이 하기를 자식처럼 하여 곤충과 초목에 이르기까지 모두 은택을 입게 하다면, 장차 도원의 백성들이 넓은 길로 업고 지고 몸을 굽혀 공경하여 나오리니, 비록 기린·봉황·거북·용으로 궁하고 멀며 끊어지고 구석진 곳에 있는 자들이라도 절로 이르지 않음이 없으리니, 이를 이르러 천지가 변화하여 초목이 또한 우거지는 것이라고 하는 것이다.23)

---

21) 「有諷」, "矜矜世上士 前頭難預期."
22) 「嶺行吟」, "朝廷禮樂今何如 下土風敎多齷齪."
23) 「題桃源圖後」, "易之坤四曰, 天地變化, 草木蕃, 天地閉, 賢人隱, 嗟乎! 王者之政, 與庶物, 通其情, 則雖窮遠絶幽之物, 如麟鳳龜龍者, 皆將自出, 而況人乎哉 (…중략…) 吾雖不知桃源之果有無, 而亂世隱民, 無怪有如桃源者矣. 嗚呼! 王者有能深明坤四之義, 而悲碩鼠之詩, 愛民如傷, 親民如子, 以至昆蟲草木, 咸被恩澤, 則將見桃源之民, 褓負傴僂, 於康莊之衢, 而雖如麟鳳龜龍之窮遠絶幽者, 無不自至, 此所謂, 天地變化, 草木亦蕃者也."

그는 난세가 되었을 때 백성이 도원 같은 곳으로 숨어드는 것은 전혀
이상한 일이 아니라고 한다. 백성이 도원으로 떠나지 않아도 되는 화평
한 세상을 이루면 문제는 저절로 해결되는데 그 실마리는 임금에게 달
려있으니 임금이 『주역』「곤사」와 『시경』「석서의 시」가 지닌 뜻을 깨
달으면 된다. 『주역』의 「곤사」란 천지가 번화하면 초목이 우거지고 천
지가 닫히면 현인이 숨으니 주머니를 여미듯이 하면 허물도 없고 칭찬
도 없으니 삼가라고 한 부분이다.[24] 이는 언행을 신중히 하라는 의미를
품고 있으니, 임금이 말과 행동을 신중히 하면 바른 정치를 할 수 있게
되고, 바른 정치를 하게 되면 만물과 정을 통하게 되니, 정치가 백성의
사정을 살펴 올바르게 되는 것이다. 「석서의 시」란 『시경』「위풍」의 편
명으로 "큰 쥐여 큰 쥐여, 내 조를 먹지 마오 오래 너를 모시었는데, 나
를 즐겨 돌보지 않으니, 가서 장차 너를 떠나, 저 樂土로 가려니, 樂土
여 樂土여, 이에 내 곳을 얻으리라"고[25] 한 부분이다. 탐욕스럽고 남을
두려워하는 큰 쥐 석서(碩鼠)는 백성에게서 지나치게 거두고 정치를 제
대로 하지 않는 임금을 비유한 것이니, 이 시는 가렴주구를 하는 임금
때문에 백성이 견디지 못하고 떠나가는 것을 풍자한 것이다. 그러므로
김도수는 「곤사」와 「석서의 시」를 인용하여 임금이 백성을 애태우듯 사
랑하고 자식처럼 가까이한다면 속세와 소식이 끊긴 도원의 백성들이나
멀고 깊은 곳에 있는 기린이나 봉황 같은 은자들도 모두 나타날 것이라
하면서, 임금이 바른 통치를 할 것을 주장한 것이다.

　이처럼 김도수는 임금의 바른 통치를 기대했는데, 바른 통치란 곤충
초목으로부터 사람에 이르기까지 만물이 모두 평안해지는 것이다. 김도
수 입장에서 본다면 자신이 평안해지는 것은, "흘러가는 골짜기의 구름

---

24) 『周易』「文言傳」第二 坤卦 六四, "天地變化, 草木蕃, 天地閉, 賢人隱, 易曰, 括囊,
　　无咎无譽, 蓋言謹."
25) 『詩傳』「魏風」, "碩鼠碩鼠, 無食我黍. 三歲貫女, 莫我肯顧. 逝將去女, 適彼樂土.
　　樂土樂土. 爰得我所."

어느 곳에 비를 뿌리려나. 응당 신령스런 기운을 모아 두루 천지에 쏟았으면"이라고[26] 했듯이 자신도 일반 사대부들과 균등하게 임금의 은혜를 입는 것이리라. 곧, 김도수는 자신의 처지를 개선하기 위해서는 임금의 힘이 필요하다고 생각했다. 이처럼 임금에 대한 기대를 남달리 나타낸 것은 아마도 외척이라는 특수한 신분에서 비롯했을 것이다.

그러므로 김도수의 시에는 임금에 대한 그리움이 절절하게 배어 나온다. 춘주에 은거하면서 지은 「밤에 앞강에 배 띄워[夜泛前江]」에서는 젊은 시절 벼슬을 하며 궁궐에서 임금을 가까이 모셨으나, 이제는 임금의 곁을 멀리 떠나 뇌락한 신세가 되었음을 한하면서 임금이 계신 한양을 바라보며 마음 상해 눈물을 흘린다.[27] 역시 한양을 떠나 있던 시절에 지은 「등석음(燈夕吟)」에서는 한 걸음 더 나아가 숙종(肅宗) 시절은 한양이 번성했다고 하면서 자신과 사촌이었던 숙종에 대한 그리움을 노골적으로 드러낸다. 어두운 밤 궁벽진 골짜기에서 나무에 걸고 쓸쓸히 바라보는 등불은 숙종을 생각하게 하는데 김도수에게 숙종은 등불과 같은 존재였던 것이다. 숙종에 대한 그리움은 자신의 신세가 처량하다고 느끼면 느낄수록 더욱 커지는 것이니, 김도수는 숙종을 생각하며 울 수밖에 없었다.[28]

4) 좌절(挫折)과 대안처(代案處)로서의 산수(山水)

김도수는 그리 길지 않은 벼슬살이에서의 좌절을 고통스럽게 읊었고, 말년으로 올수록 산수를 찾아가고자 하는 바람을 노래했다.

---

26) 「山棲和李伯春」, "溶溶谷中雲 欲雨何所施 惟應蓄靈氣 一霈周天地."
27) "少時宮闕侍金輿 葛冠藤杖今牢落 北望傷神沾兩裾."
28) "肅宗年間漢陽盛 四月八日燈如星 吾家兄弟携美酒 每上終南之山亭 家家懸燈三
    四五 燈光三萬八千戶 都民無事樂太平 醉飽但自爲歌舞 今夜蕭條臥窮峽 一燈自掛
    庭樹立 樹枝有鵲驚飛去 燈前獨思先王泣."

欲送春風去　　봄바람을 보내버리려 하니
其如花鳥何　　꽃과 새는 어쩌리
東風不解意　　동풍이 내 뜻을 알지 못하니
遊子空悲歌　　나그네 공연히 슬피 노래하네
醉裏英雄在　　취한 속 영웅 있고
閒中日月多　　한가하니 시간 많네
自從學干祿　　녹을 구함을 배운 뒤로
萬事一蹉跎　　만사가 한결같이 어그러졌네

—「送春」

　이 시는 봄을 보내는 감상에서 발상하여 자신이 봄을 보내려는데 봄바람에 의지하던 꽃과 새는 어찌 하느냐고 했다. 봄이 가고 계절이 바뀌면 꽃잎은 떨어지고 꽃에 노닐던 새도 있을 바를 잃어버리게 되기 때문이다. 나그네는 헛되이 슬프다고 했으니 나그네의 심상이 꽃과 새를 남다르게 보지 않음을 알 수 있다. 꽃과 나그네의 심상이 접맥됨으로써 이 시는 단순히 봄을 보내는 감상에 머물고 있지만은 않은데 특히 경련에서 발상의 전환을 가져와 시점은 꽃의 것에서 시인의 것으로 바뀐다. 이로 볼 때 꽃·새와 동풍의 관계도 단순히 자연물이 아니라 인간 사회의 관계로 대치된다. 특히 김도수가 임금에 대한 기대를 깊이 했다는 점에서 동풍은 사라진 군주 혹은 마음이 바뀌어 정권을 옮겨간 군주이고 꽃과 새는 그 군주에 의지하던 신하들이라 할 수 있다. 그러므로 자신은 술에 취해야만 영웅처럼 느껴지고, 할 일도 없다. 이는 자신은 무엇인가 하고 싶은데 하지 못하는 것이니, 구체적으로는 벼슬길에서 물러났음을 의미한다. 미련에서 자신의 이러한 처지는 녹을 구하는 것을 배웠기 때문이라고 하였다. 벼슬길에 대한 가치를 두었으나, 봄처럼 떠나간 임금을 붙잡을 도리가 없으니, 좌절을 하게 되고 만사가 어그러졌다는 것이다.

　김도수에게 있어 벼슬길에서 입은 상처도 그를 좌절시키는 원인이었

다. 그는 앞 절에서 살핀 것처럼 임금의 은혜를 빌려 모든 백성이 평안
해지기를 바랐으나 자신이 할 수 있는 일이란 아무 것도 없었다. 백성
들이 굶주림을 호소해도 자신에게는 그들을 구할 능력이 없었으니[29] 외
척이기에 음보로 벼슬길에 나섰지만, 그의 낮은 지위는 이상을 펴는 데
전혀 도움이 되지 않았던 것이다. 다만 "오래 口腹의 그르침 되어, 골몰
하여 정신이 피로하네"라거나[30] "골몰하여 糊口를 경영했다"고[31] 하듯
이 호구지책(糊口之策) 이상이 되지 못하였다. 그러므로 풍진 세상에서
'박록'에 얽매어 몸이 날로 야위어만 간다고 한탄하게 되었다.[32]
　김도수를 좌절시키는 또 다른 상황은 사대부들과의 관계였다.

　　족하가 나로 하여금 많이 사람을 접하고 수창하여 명예를 구하게 하고자 하지
　만 이는 나의 바람이 아닙니다. 나는 본래 시에 능하지 않은데도 외람되이 헛된
　명성을 얻어 비록 일찍이 한 번도 세상의 시인들과 교유하거나 담론하지 않았는
　데도 시기하며 좋지 않게 보는 사람들이 진실로 이미 세상에 가득합니다.[33]

이는 김도수가 이매의 편지에 답한 글의 일부인데, 내용으로 보아 이
매는 김도수에게 여러 사람을 만나 시를 지어서 이름을 알리라고 권유
했던 것으로 보인다. 이미 그의 교유관계에서 살폈듯이 그는 당대의 이
름난 문사들과 교유했으나 다만 그 범위가 노론 출신 사대부나 다른 서
얼, 중인들에게 편향되어 있었고, 이는 명성이나 출세를 위한 것이 아니
었다. 그러므로 이매는 좀더 넓은 사교를 권유했던 것 같다. 이에 대해
김도수는 자신이 시를 잘하지 않는데도 명성이 생기고 다른 시인들을
접하지 않았는데도 자신을 시기하는 사람들이 늘어만 갔다고 했다. 그

---

29) 「伽倻山行」, "誰言馬官一事無　不堪窮民庚癸呼　嗚呼吾無救汝策."
30) 「歸山棲奉寄李汝亮洪雲章象漢」, "久爲口腹誤　役役神以疲."
31) 「寓峽」, "役役營糊口."
32) 「遊華山」, "咄咄風塵中　日覺貌體瘦."
33) 「答李伯春書」, "然足下意欲令僕多接人酬唱益求聲譽, 此非僕之願也. 僕本不能詩,
　猥竊虛名, 雖曾無一番與世之詩人交遊談論, 而側目不好視者, 固已滿世矣."

가 겸손한 표현을 쓰고 있지만 김창흡이나 이하곤 등과 교유했던 그의 이름이 세상의 여러 사람들에게 알려지는 것은 당연한 일이었던 것이다. 그렇다면 김도수에게 비방이 인 까닭은 무엇인가. 이는 그의 신분에서 원인을 찾을 수 있으니 적서차별이 엄연한 사회에서 신분적 우위와 기득권을 지니고 있던 일반 사대부들이, 자신들의 기득권을 침범할 가능성을 지닌, 능력이 뛰어난 서얼을 질시하고 비방하는 것은 다반사였다. 더욱이 김도수는 외척출신의 서얼이면서 이미 당대에 문명을 얻고 있었으므로 사대부들로부터 질시와 경계의 대상이 되기란 아주 용이했을 것이다. 이에 김도수는 어쩔 도리가 없다는 인식을 하게 되고,[34] 결국은 사람들과 교유하는 것을 저어하게 된 것이다.

이렇게 여러모로 좌절을 겪은 김도수는 풍진을 버리게 되고 그 대안책으로 산수유람과 은일이라는 방법을 선택하였다.

風塵無好策	풍진에는 좋은 방책이 없고
湖海有寬杯	湖海에는 너그러운 술잔 있네
萬事長吁罷	만사를 길이 근심함 끝내고
千峰匹馬廻	수많은 봉우리를 필마로 도네

—「南遊途中」

이 시에서는 산수에 머물면 마음이 편안해지는 이유를 설명했다. 풍진에는 좋은 방책이 없으니 떠났고, 호수와 바다는 너그러운 술잔처럼 자신을 포용해주니 찾아간다고 했다. 산수의 너그러움에 젖어 세상 모든 근심을 잊을 수 있다는 것이니, 벼슬을 그만두고 그 벼슬에 얽혀 일던 고뇌도 잊어버리는 것이다. 그러므로 김도수는 한 곳에 은거하기보다는 두루 유람하는 것을 선호하였다. 일찍부터 산수유람을 즐겨 서울 근교나 춘주의 산들에 노닐었고 벼슬살이를 시작한 지 몇 년 되지 않는 1723년

---

34)「謾成」, "吾名亦已濫 浮謗詎非宜."

이후로는 설악산(雪嶽山) · 금강산(金剛山) · 마니산(摩尼山)을 유람하였고, 경양찰방이 된 뒤로는 무등산(無等山) · 월출산(月出山)에 유람을 하였으며, 경양찰방을 그만 둔 1727년에는 남유(南遊)에 들어 지리산(智異山) · 진주(晉州) · 합천(陜川) · 속리산(俗離山) · 낙영산(落影山) 등을 두루 유람하였다. 곧, 그는 명산들을 포함한 많은 봉우리들을 돌아다녔는데, 이는 굳이 이유를 붙인다면 도원을 찾아가는 길이기 때문이었다고 할 수 있다.35)

그렇다면 유람을 끝낸 다음에 할 수 있는 일이란 무엇인가? 이는 자신의 마음에 가장 드는 곳에서 은일하는 것, 곧, 「유거(幽居)」하는 일이었다.

<pre>
最愛淸溪洞   청계동 가장 좋으니
冷然洗垢氛   먼지 기운을 말끔히 씻어주네
一來巖穴臥   바위굴에 와서 누우면
不與世間聞   세상과 서로 들리지 않네
終日山中雨   종일토록 산비 내리고
無時枕上雲   무시로 구름은 베개 위를 지나가네
微吟俯仰處   내 사는 곳 나지막히 읊으니
獨有古人文   오직 옛사람의 글 있어라
</pre>

춘주 근처에 있는 청계동이 가장 좋은 이유는 '맑은 시내가 흐르는 동네'라는 말처럼, 그곳이 세속의 먼지를 깨끗이 씻어줄 수 있기 때문이다. 바위굴에 눕는다는 것은, 자신이 암혈지사(巖穴之士) 곧, 은일하는 선비라는 뜻이다. 그러므로 세간에서는 자신의 소식을 모르게 되고 자신도 세간의 소식을 모르게 된다. 다만 산에 비 내리며 구름이 머리 위로 흘러가는 한적하고 유유자적한 자연에 동화되어 부앙처(俯仰處)를 나지막히 읊게 된다. 부앙이란 고개를 숙임과 쳐듦인데, 이는 기거동작(起居動作)을 의미한다. 또한 『맹자』 「진심」장에서는 '우러러 하늘에 부끄러움이 없고 고개 숙여 땅에 부끄러움이 없네[仰不愧於天 俯不愧於地]'라 했

---

35) 「嶺行吟」, "東西南北迷所向 令我苦憶桃源客."

으니 이 세상에 살면서 부끄러움이 없는 것이다. 그러므로 부앙처(俯仰處)란 김도수 자신이 한점 부끄러움 없이 사는 곳, 바로 지금 은일하는 곳이다. 속세의 먼지를 떨구고 부끄러움 없이 사는 자신의 생활을 노래한 것이다. 이때 그에게 남은 것은 오직 고인의 글이라고 했다. 산수에서 속세와 소식을 끊고 자연과 동화되어 고인의 글을 읽으며 은일의 생활을 하는 것이다.

그렇다면 김도수는 속세를 떠나 은일하는 생활에 만족할 수 있었던가? 이에 대한 답을 「복침(伏枕)」에서 찾을 수 있다.

伏枕違京闕	베개를 베고 서울과 멀리 있어도
懷君尚百憂	임금을 생각하니 온갖 근심이네
山河當日美	산하는 오늘도 아름다우나
盜賊幾時休	도적은 언제 그치려나
貊國黃雲晚	맥국에 누런 구름 깔린 저물녘
狼州白雨秋	낭주에 소나기 내리는 가을
悲歌悄長夜	슬픈 노래로 긴긴 밤을 근심하며
殘月在江樓	새벽달 비추는 강루에 있네

김도수가 지금의 강원도 화천인 낭주에서 지낼 때 지은 시인데 서울에서 멀리 떨어져 지내면서도 서울을 잊지 못하는 마음을 표현하였다. 은일하는 생활을 편안히 즐기지 못하고 온갖 근심을 더하고 있으니 이는 임금을 생각하기 때문이다. 임금에 대한 기대가 남달리 컸던 그는 그 기대를 채울 수 없어 떠나왔어도 여전히 임금을 생각하여 한양에서 오는 나그네만 있어도 임금 주변의 소식을 들을 수 있으리라 기대하곤 했다.36) 이는 자연스럽게 나라 걱정으로 이어지니 도적이 그치지 않는다고 표현한 어지러운 나라의 상황 때문이다. 나라를 어지럽게 만드는 도적이란 일견 일상을 유지할 수 없던 백성들이 모인 군도(群盜)일 수도

---

36) 「春洲曲」, "孤舟認是漢陽客 應帶日邊消息來."

있으나 한 걸음 더 나아가 생각하면 이 도적을 단순히 도적 그 자체로만 보기는 어렵다. 김도수의 시들에서 나타난 이미지들로 볼 때 백성들을 돌보지 않은 관리들이 진짜 도적이라 할 수 있다. 그러므로 김도수의 마음은 우울하고 그가 바라보는 경치도 어둡다. 농작물이 익어야 하는 가을에 도적은 들끓는 데다 소나기까지 내리니 앞날은 암울하기만 하고 이런 상황이기에 임금 걱정을 하느라 긴 밤을 슬피 지새웠던 것이다. 자신은 은일하는 선비가 되어 부끄러움 없는 생활을 하며 책을 벗하고 살지만, 자신이 버리고 떠나온 현실의 암울함 때문에, 현실에 대한 생각을 완전히 떨쳐버리지 못한 것이다. 그러므로 그는 비슷한 시기에 지은 시에서 "군왕으로 하여금 사직을 근심케 하고, 차마 처자를 데리고 홀로 돌아오지 못할 일이었네"[37]라고 후회한다. 이는 현실에 대한 연연함이다. 자신만의 은일에 안주하기에는 김도수가 지닌 현실지향의 요소와 임금에 대한 기대가 너무도 강했던 것이다.

4. 맺음말

　본고는 김도수가 노론 명문가 외척 출신 서얼이라는 특수한 신분 속에서 자신의 정체성을 어떻게 찾았을까 하는 궁금점을 풀어보고자 하였다. 그의 의식의 흐름은 '외척으로서의 자아'와 '서얼로서의 자아'라는 두 극단성이 부단히 충돌하면서 이어졌던 것으로 보인다. 외척으로서의 자아는 임금에 대한 기대를 깊이 하여 어진 임금의 바른 통치를 통해 자신의 이상을 실현할 수 있기를 바랐다. 그러나 여의치 않자 자신을

---

37) 「遣懷」, "却使君王憂社稷　忍將妻子獨歸來."

버림받은 여인에 비유하면서 피눈물을 쏟았고, 홀로 있을 임금과 자신이 떠나온 현실에 대한 연연함을 끝끝내 떨쳐버리지 못했다. 서얼로서의 자아는 너무도 높고 단단한 현실의 벽 앞에 좌절하면서 오히려 그 반대급부로 고고(孤高)해지고자 하였다. 또한 자신을 신분으로 얽어매고 백성들이 제 명을 다하지 못하게 하는 부조리한 현실은 무소불위의 관리들로부터 비롯되었다고 생각했고, 서얼이나 여성이나 천생의 굴레로 인해 고통받는다는 점에서 여성에 대한 동병상련을 느꼈다. 그는 결코 어느 하나도 벗어버리지 못했다. 다만 젊은 나이에 음보로 관직에 진출할 수 있었기에 외척으로서의 자아에 잠시 기울었을 수도 있다. 그러나 이는 헛된 바람이었고, 그 역시 다른 서얼들처럼 좌절을 하게 되었다. 그러므로 희망 뒤의 절망은 더욱 쓰라리게 다가왔을 것이다. 이에 김도수는 서얼로서의 자아로 자신의 정체성을 확립해 나갈 수밖에 없었다, 노론 외척이라는 줄을 놓아버리지 못한 채로.

본고는 현재까지 우리문학사에서 밝혀진 단 한 사람의 외척출신 서얼문사인 김도수의 문학을 그가 세계를 마주 대하는 의식과 연관하여 살폈다는 의의를 지닌다. 임금에 대한 깊은 기대, 고통이 깊을수록 더욱 고고해진 점, 자신을 버림받은 여성에 비유한 점, 여성에 대한 동병상련 등은 다른 서얼이나 사대부의 문학세계와는 구분되는 그만의 특성이라 생각한다. 나아가 김도수의 문학은 그가 속했던 서얼 계층 문학세계의 일부이기도 하므로 앞으로 서얼문학의 전모를 파악해 가는 데 도움이 되리라 기대한다.

초림집단(椒林集團) 한시에 나타난 창신풍(創新風)

1. 머리말

조선 후기 특히 18세기 이후 시단(詩壇)의 흐름은 매우 다양하다. 임란 이후 불안했던 사회도 안정을 되찾아가고 경화 사족(京華士族)이 등장했는가 하면, 그전까지 소외되었던 서얼(庶孽)과 중인(中人)이 차츰 제 목소리를 내기 시작했다. 김창흡(金昌翕, 1653~1722)·이병연(李秉淵) 등 걸출한 사대부 시인의 등장과 이세원(李世愿, 1674~1744)·신유한(申維翰, 1681~1752) 등 뛰어난 서얼 문사의 등장 그리고 홍세태(洪世泰)·정래교(鄭來僑) 등을 위시한 중인 문사의 등장은 조선 후기 시단의 위상을 한층 격상시켰을 뿐 아니라 그 흐름도 다양하게 하였다.

이러한 흐름 속에서 돌출한 시풍이 18세기 전반부터 대두하기 시작한 창신풍(創新風)이라 할 수 있다. 창신이란 옛사람이 즐겨 썼거나 관습적으로 상용하는 표현을 떠나 자신만의 언어로 자신의 생각을 표현하는 방법이다. 창신풍은 이세원에 의하여 그 이론적 기반이 세워졌고,[1] 이봉환(李鳳煥, 1710~1770)을 위시한 초림 집단을 거쳐 백탑시파로 이어져 있다.[2] 곧, 이세원 집단→이봉환을 위시한 초림 집단→백탑시파에 이르기까지 서얼들은 시에서 기이하고 새로운 것을 추구했다고 할 수 있다.[3] 특히 이봉환·이명계(李命啓, 1715~?) 등 초림 집단이 백탑시파의 시문에 존경하는 선배 서얼 문사로 자주 등장하고, 이명계의 아들 이진(李瑼, 1736~?)은 이봉환과 이명계가 창시한 초림체를 융성시켰는데, 백탑시파인 이덕무(李德懋)·박제가(朴齊家)·윤가기(尹可基) 등은 모두 이진의 시법을 본받았다. 그러므로 초림 집단과 백탑시파는 연결되어 있다고 할 수 있다.

초림집단은 18세기 중후반경 서울 서쪽에 살고 있던 이봉환과 이명계를 중심으로 모였던 것으로 보인다. 이규상(李圭象, 1727~1799)의 『일몽고(一夢稿)』를 보면 "李命啓 一隊人 善文者 稱椒林八才士"라[4] 하면서, 이명계에 이어 서얼 최익남(崔益男, 1720~1770), 이봉환, 남옥(南玉, 1722~1770), 남중(南重), 남토(南土)를 열거하고 그 뒤에 서얼 여부가 정확하지 않은 노긍(盧兢),[5] 심익운(沈翼雲), 심상운(沈翔雲), 여항인 안우(安祐)를 들

---

1) 서얼문학적 측면에서 창신풍은 이세원에 의해 그 이론적 기반이 마련되었다는 점에서 중요하다. 그는 趙綸(?~1738)의 『率庵遺稿』를 비선하며 직접 시를 평가하는 실례를 남겼으며 '紀實而洗鍊'이라는 문학론을 펼쳤다. 김경숙, 「18世紀 前半 庶孼 文學 硏究」, 이화여대 박사논문, 1999, 73~90면 참조.
2) 기존의 연구에서는 백탑시파 시의 특징을 '尖新'으로 칭하고 있지만, 백탑시파보다 앞서 살았던 이세원이 '창신'이라는 용어를 사용한 것을 따라 본고에서는 이를 그대로 받아들이기로 하였다.
3) 백탑시파의 문학적 성과는 조선 후기 시단에 많은 영향을 미쳤으며, 이들은 현재도 가장 뛰어난 문학집단으로 인정받고 있다. 이들 역시 첨신의 시풍을 추구했으며, 최고 수준의 독창적 예술을 창작하기 위해 필요한 조건으로 '奇'와 '癖'을 들었다. 또한 그들의 시는 작은 사물이나 사소한 삶도 의미화하여 都會小景을 정교하고 깔끔하게 묘사하는데 주력했다. 안대회, 『18세기 한국한시사 연구』, 소명출판, 1999, 298~340면 참조.
4) 李奎象, 『一夢稿』(국립중앙도서관본 『韓山世稿』) 「幷世才彦錄」, 41면.
5) 노긍이 서얼이라는 증거는 현재까지 찾지 못했다. 다만 그의 부친 盧命欽이 서얼 남옥이나 중인 정래교처럼 洪鳳漢家에서 塾師로 있었다는 점에서 그의 신분이 서얼보다

었다. 문제는 초림팔재사 구성원의 이름을 구체적으로 거론하지 않았다는 점이다. 이들 가운데 이명계·이봉환·남옥·최익남은 확실하지만 나머지 네 명은 정확하지 않다. 만약 남옥의 형제인 남중, 남토도 여기에 들고 안우도 든다면 일곱 명이 되긴 하지만 그렇다고 단정을 내릴 근거는 없다. 그러므로 초림팔재사의 구성원을 파악하기 위해서는 좀더 고찰해야 하는데, 이봉환의 문집이 이에 많은 보탬이 된다. 『우념재시문초(雨念齋詩文鈔)』를 살펴보면, 이봉환은 이명계·남옥·최익남·이희관(李喜觀, 1709~?)·이인상(李麟祥, 1710~1760)·채희범(蔡希範)·박경행(朴敬行)·정습량(鄭習良)·원계손(元繼孫) 등과 친밀한 관계를 유지했다. 그러므로 이들 가운데 초림팔재사의 나머지 구성원이 있을 가능성이 가장 크다. 그런데 초림팔재사라 하여 처음에는 여덟 명을 지칭했겠지만, 이들이 이봉환과 이명계를 중심으로 그 친분관계를 유지하고 넓히면서 이들과 뜻을 같이하는 여러 서얼들이 함께 했다면, 그들 모두가 초림팔재사의 특징을 지녔다고 할 수 있다. 그러므로 이들을 '초림집단'이라 부르는 것이 타당하다고 생각한다.

초림집단의 시쓰기는 봉환체(鳳煥體) 혹은 초림체(椒林體)라고 불리며 사대부들 사이에서 주목을 받았던 것으로 보인다. 이규상에 의하면, 초림체의 시적 특성은 무엇보다도 기미가 애타고 빠르며 산초나무 알맹이가 맵고 시듯이 톡 쏘는 느낌을 주는 데 있다. 곧, 초림체는 중화를 본뜬 것이라 할 수 없고, 초림 일대의 시는 음울하고 괴이하며 외롭고 어그러져 귀신이 울고 도깨비가 웃는 듯했다는 것이다. 이는 현실에 대한 비판이나 자신의 사고를 질질 끌며 나타낸 것이 아니라 간결하고 메마른 듯하면서도 맵게 했다는 뜻이다. 초림일대의 시적 특성이 이렇게 된 원인을 이규상은 가시나무가 쌓이듯이 서얼들에 대해 가해진 차별에서 찾았다.[6] 곧, 신분적 불평등에 대한 불만이 날카로운 시체를 창안한 것

나을 것이 없는 처지였음을 알 수 있다. 임형택, 「東稗洛誦 硏究」, 『한국한문학연구』 23집, 한국한문학회, 1999, 317~321면 참조.

이다. 그러므로 본고는 18세기 후반 창신풍의 한 모습인 '초림체'에 대해 고찰하도록 하겠다.[7]

2. 초림집단의 문학론

1) '창신(創新)'의 내용과 근거

이봉환은 문학에 대한 견해를 피력한 글들을 남기었는데, 이를 통해 창신풍의 이론적 근거를 살펴보도록 하겠다.

> 文辭의 아름다움은 사람의 心根을 해쳐 세차게 타오르기 시작해 널리 활활 타니 어느 곳인들 이르지 않겠는가.[8]

---

6) 李奎象, 『一夢稿』(국립중앙도서관본 『韓山世稿』) 「幷世才彦錄」, 41~42면, "李鳳煥 …… 詩之七律精刻, 入裏一語不苟措, 近世絶調, 然氣味焦殺, 風韻繁促, 巧思銳鋒, 手段則高强, 而巧流於刻銳, 轉爲急口, 則椒粒辣舌, 遮眼則酸風射眸, 決非中和之陶寫, 鳳煥創是體, 惟己能之, 他人則畵虎不成, 所謂椒林一隊, 莫景從於鳳煥體, 材富者僅藏拙, 力弱者枯槁彳亍, 語不成理, 幽怪孤詭, 如鬼哭魅笑, 無乃積枳之氣 騰其光怪邪."

7) 초림체에 대한 기존의 논문으로는 신익철의 「이봉환의 초림체와 '낙화시'에 대하여」, 『한국한문학연구』 24집(한국한문학회, 1999)과 「18세기 중반 椒林體 漢詩의 형성과 특징」, 『고전문학연구』 19집(한국고전문학회, 2001)이 있다. 이 논문들은 초림체의 의의와 그 특징인 낙화시에 대해 살폈고, 초림체 작가들의 교유와 활동을 살피고 시를 통해 그 시관과 시적 특징을 살폈다는 성과를 지닌다. 본고는 한 걸음 더 나아가 文을 통해 초림집단의 문학론을 살피고 시문을 통해 창신풍의 문학적 전개와 초림집단의 현실초월의식을 살피고자 한다.

8) 李鳳煥, 『雨念齋詩文鈔』(국립중앙도서관본) 권10, 10면, "文辭之美, 害人心根, 焰焰旁爍, 何所不至."(이봉환의 문학론이 피력된 권10의 글들은 제목이 없다. 그러므로 권10의 경우 글의 제목이 없이 면수만을 밝히겠다. 또한 앞으로 『우념재시문초』의 인용은 책 이름을 생략하고 권수와 면수만을 밝히도록 하겠다.)

이 글을 보면 문사는 아름다운 것이고, 그 아름다움은 사람의 심근을
해쳐 마음의 밑바닥에서부터 타오르기 시작해 결국은 활활 타오르고 이
르지 않는 곳이 없다고 했다. 이는 사람이 문사의 아름다움에 빠지고,
좋은 글을 짓기 위해 나아가 읽기 위해 가슴 태우고 고뇌하며 오직 문
사에 대한 생각 외에는 아무 것도 할 수 없는 심정을 표현한 것이다. 곧,
문사에 대해 어쩔 수 없는 사람의 끌림을 나타냈다.

그렇다면 이토록 가슴을 태우게 하는 글을 잘 짓기 위해서는 어떻게
해야 할 것인가.

文章은 모름지기 簡古하여서는 안 되나, 간고함을 절로 이룬 뒤에는 바야흐
로 極工하여야 한다. 그러나 첫머리에 그 법도를 整齊하지 않고 지름길로 가면
필경은 어렵게 된다. 이처럼 初學에 반드시 語句가 쓸데없이 길지 말고 意脈
은 서로 관통하는 것이 주장이 되어야 한다. 세간의 몇몇 거짓 글들을 얼핏 보
면 高古하여 즐거운 것이 아님이 없으나, 그러나 그 錯節·落脚·無機軸·沒
神氣한 것은 具眼者로부터 도망하기 어렵다. 定評하면 이 어찌 해파리나 나무
인형과 다르겠는가.9)

문장은 精魄을 먼저 필요로 하고 다음은 골격이고 다음은 기력이고, 차례를
폄을 필요로 하고 자물쇠를 잠금을 필요하고 整齊하여 섞이지 않음이 필요하
고 이어져 끊이지 않음이 필요하고 姿態가 숨었다 드러났다 함이 필요하고 句
法은 수식을 잘 함이 필요하고 筆端에 有舌하면서 천한 아름다움과 여린 습속
을 짓지 말아야함을 필요로 하고 古法이 우뚝하면서도 조각나 껄끄럽거나 표
절하지 않음을 요구한다.10)

---

9) 권10, 7~8면, "文章不須簡古, 而自成簡古然後, 方是極工, 然初頭若不整齊其法度
   則畢竟似難, 如此初學必以語句無冗長而意脉相貫通爲主, 世間多少贗文, 驟看非不
   高古可喜, 而其錯節落脚無機軸沒神氣者, 難逃於具眼者, 定評此何異於水母木偶也."
10) 권10, 8면, "文章先要精魄, 次骨格, 次氣力, 要鋪叙, 要關鎖, 要整齊不雜, 要接續不
   斷, 要姿態隱現, 要句法雅馴, 要筆端有舌而不作卑媚軟俗, 要古法森然而不作斷澁剽
   竊."

첫 번째 인용문을 보면, 처음 시를 배우는 사람은 어구를 길지 않게 쓰도록 노력하면서 뜻도 통해야 한다고 했다. 처음부터 기초를 배우지 않고 지름길을 택한다면 어렵게 되리라 했다. 그러면서 간고함을 저절로 이룬 뒤에 궁극적으로는 극공(極工)해야 한다고 했다. 이래야만 세상의 거짓 글이 안 된다는 것이다. 두 번째 인용문을 보면, 문장은 정신이 중요하고 그 다음부터 차례로 골격, 기력, 정제, 이어져 끊어지지 않음, 자태가 숨었다 드러났다 함, 구법은 수식을 잘 함, 붓끝에 뜻하는 바가 있으면서도 비천한 아름다움이나 여린 습속을 짓지 않음을 필요로 하고, 마지막으로 고법을 잘 배워 그 고법이 글에 드러날 때 조각나 껄끄럽거나 표절이 되어서는 안 된다고 했다. 이로 볼 때 시의 정신이 중요하면서도 창작 기교에 힘써야 하는데 이때 모방을 해서는 안 되며 독창성이 필요하다는 뜻이다. 혼백이 담긴 듯한 내용을 담고 있으면서도, 기교에 힘써 간결하며 우아하고 속되지 않으며, 독창성이 나타나는 것, 이러한 문장을 초림집단은 문장의 전범으로 본 것이고 이를 실천하는 가운데 시에서도 창신풍이 나타난 것이다.

초림집단의 새로움에 대한 추구는 다음의 예문을 통해서도 알 수 있다.

시에 이르러서는 반드시 앞 사람들이 말하지 않은 바를 말하고자 하며 절로 기쁨으로 삼았는데 끝내 이루지 못하면 슬퍼했다. 대저 士說과 우리 무리는 매 봄 가을이면 겨를을 내어 觴詠之樂을 가졌는데, 우리 무리가 종이를 펼치고 글을 쓰면 사설은 번번이 미소지었고 이미 軸이 이루어지면 가져다 한 번 읽고는 버리며 말하기를 "新語가 없다"라 하였으니, 그 구차하지 않음이 이와 같았다.11)

이는 정습량(鄭習良)의 시고(詩稿)에 이봉환이 쓴 발문인데, 정습량은

---

11) 권8 「鄭士說詩稿跋」, "至於詩, 必欲道前人所不道語以自喜, 而竟未之成悲, 夫士說 與吾輩, 每春秋暇日, 有觴詠之樂, 吾輩伸紙操觚, 士說輒微笑, 而已軸成, 取而一讀而 去之曰, 無新語, 其不苟如此."

시를 쓸 때 '앞 사람들이 말하지 않은 바'를 말하고자 하였다고 했으니 모방과 답습이 아닌 새로움을 추구했음을 알 수 있다. 또한 이들은 술을 마시며 시를 짓는 모임을 자주 가졌는데 이때 정습량은 다른 이들이 지은 시에 대해 신어(新語)가 없다는 평가를 하였으니, 이는 그들 무리에게도 받아들여진 비평의 기준이었다고 보인다. 곧, '앞 사람이 말하지 않은 바'는 다른 말로 '신어'이고, 이로 볼 때 이들은 새로움을 추구했던 것이다.

그렇다면 이들이 '앞사람이 말하지 않은 바'를 추구했던 이유는 무엇인가.

> 古今 人才가 서로 미치지 못함은 아니나, 風氣가 침노하여 물들인 바에 여러 층이나 떨어져 자유롭지 못한 것이다. 그러므로 진실로 여러 세대를 통해 드문 몹시 뛰어난 재주를 지닌 사람이 아니면 밀어 넘어뜨릴 수 없다. 그러나 비록 뛰어난 사람이라도 필경은 성취한 일에 무게와 범위가 달아남이 있으니, 마땅하지 않음은 물이 더욱 아래로 흐름과 같다.[12]

고금의 인재가 서로 미칠 수 있지만 그렇지 못함은 풍기 때문이라고 보았다. 그렇다면 풍기란 무엇인가. 이는 바람과 공기이며 다른 말로는 풍속(風俗) 혹은 풍속에 나타난 민정(民情)이라고 할 수 있다. 그러므로 인재의 능력은 서로 비슷하지만, 그들이 사는 시대가 떨어져 있고 시대의 풍속이 다르므로, 다른 글을 쓸 수밖에 없는 것이다. 그런데 여러 세대를 통해 드물게 나타나는 뛰어난 재주를 지닌 사람이라면 이 시간과 풍속의 차이를 무너뜨릴 수 있을지도 모른다. 능력이 뛰어나기에 옛날 사람의 글에 필적할 만한 글을 지을 수도 있는 것이다. 그러나 그런 사람이라도 자신이 성취한 일에는 자신이 살고 있는 시대의 무게와 범위를 담게 되기 마련이고, 그 무게와 범위는 옛 시대의 무게와 범위에서

---

12) 권10, 11면, "古今人才非不相及, 風氣之所浸染, 墮落幾層而不自由也, 苟非間世絶特之才不能推倒, 雖間世者畢竟成就事有斤, 兩範圍之逃遁, 不得宜, 其如水益下也."

멀리 도망치듯이 다른 것이 있다. 곧, 아무리 뛰어난 재주를 지닌 사람
이라도 그 사람이 쓴 글에는 자신이 사는 시대의 삶이 반영되기 때문에
그 글이 시대가 다른 사람의 글과 같을 수는 없다. 그러므로 고금 인재
의 글이 서로 미친다는 것 다시 말해 서로 비슷하다는 것은 당연할 수
없는 일이며, 이 당연하지 않다는 사실은 마치 물이 아래로 흘러간다는
사실처럼 변할 수 없는 진실이라는 것이다. 이로 볼 때 이봉환은 고금
은 풍기가 다르기에 고금의 사람들이 성취한 글도 다를 수밖에 없다고
본 것이다.

2) 명말청초(明末淸初) 사조의 비판적 수용

초림집단은 당송팔대가(唐宋八大家)를 작문가의 전범으로 보았다. 곧,

> 팔대가는 글 짓는 사람의 繩尺이라 이는 한때 읽고 지나갈 것이 아니니 반드
> 시 아침 저녁으로 손에 두고 그 펼침과 닫음과 曲折과 중심축과 가지가지와 잎
> 새잎새를 눈 속에 나열하고 마음속에 싫도록 먹은 뒤에야 글을 지음에 바야흐
> 로 伸縮과 변화가 있으리라.[13]

라고 하여 당송팔대가를 높이 보고 그들의 글을 깊이 섭렵하면 글을 잘
할 수 있으리라 여겼다. 나아가 수학(修學)하는 사람이 정주(程朱)를 배우
는 것처럼 글 하는 사람도 구양수(歐陽修)와 소식(蘇軾)에 의거할 수 있음
을 다행이라 하였다.[14] 그러므로 이봉환은 "당송을 조화시켜 임금을 보
좌하네",[15] "파초는 다만 당구(唐句)를 제하는 데 합하네"[16]라 하듯이 자

---

13) 권10, 8면, "八大家作文者之繩尺, 此非一時讀過者, 必朝夕在手, 令其鋪敍曲折機軸
　　枝枝葉葉臚列眼中, 厭飫心內, 然後作文方有伸縮變化."
14) 권10, 3면, "幸而生程朱之後, 欲修學有路脉之可尋, 幸而生歐蘇之後, 欲作文者有體
　　裁之可据."

신이 당송문을 좋아했을뿐더러, 이명계와 이희관이 고문(古文)에 힘쓴다
고 칭찬하였다.[17]

이러한 그의 태도는 그대로 명문(明文)에 대한 비평으로 이어지는 바

> 明文에는 다섯 正脉이 있으니 손지·양명·준암·형천·진천이고, 다섯 邪路가
> 있으니 창명·공동·엄주·중랑·목재인데 절대로 모름지기 삼가해 봐야 한다.[18]

라고 하였다. 이봉환이 정맥으로 본 인물들은 방효유(方孝孺, 1357~1402)·
왕수인(王守仁, 1472~1528)·당순지(唐順之, 1507~1560)·왕신중(王愼中, 1509~
1559)·귀유광(歸有光, 1506~1571)이다. 방효유는 명나라 초기의 당송학자이
고 왕수인은 왕양명(王陽明)으로 '심즉리(心卽理)'를 주장하여 마음속의 부
정을 없애고 양심을 발휘하자고 했다. 다음으로 당순지·왕신중·귀유광
은 당송파(唐宋派)로 당·송 고문 작가들을 존중하였으며 청신한 문장으
로 명대의 '고문 삼대가(古文 三大家)'로 일컬어진다. 이들은 칠자파(七子派)
가 진한(秦漢)을 추숭하여 진한파라고 불린 점에 대조되어 당송파로 불린
것으로, 당송을 통하여 진한에 이르고 육경(六經)에 이르고자 하였다. 또
한 양명학의 내심(內心)에의 체회(體會) 및 본성(本性)에의 탐구에 공감하여
이를 문학에 반영하였다.

이봉환이 사로라고 표현한 인물들은 이반룡(李攀龍, 1514~1570)·이몽양
(李夢陽, 1472~1529)·왕세정(王世貞, 1526~1590)·원굉도(袁宏道, 1568~1610)·
전겸익(錢謙益, 1582~1664)이다. 이몽양은 전칠자(前七子)이고 이반룡과 왕
세정은 후칠자(後七子)로 이들은 진(秦)·한(漢)의 문장과 성당(盛唐)의 시
를 내세워 복고의 기치를 들었으나 결국은 의고(擬古)의 경향으로 흘렀

---

15) 권5 「晩春子承宅」, "調和唐宋用鹽梅."
16) 권4 「旣夕」, "芭蕉只合題唐句."
17) 권8 「與子文」, "我愛足下者也, 又嘗勉之以學古文者也, (…중략…) 近日頻見士賓否,
　　其人才力固不短, 且於古文頗用心者也."
18) 권10, 9면, "明文有五正脉, 遜志陽明遵巖荊川震川, 有五邪路, 滄溟空同弇州中郎牧
　　齋, 切須愼看."

고, 원굉도는 공안파(公安派)로 의고주의적 문학풍조를 반대하고 독창성과 자유를 구하는 급진적인 문학운동을 전개하였으나 공안파의 문학은 참신하나 무게가 없고 향락적인 면을 가지게 되었다. 전겸익은 종송파(宗宋派)를 연 인물로 당송파와 공안파의 영향을 받아 칠자(七子)들을 비판하고 나름대로 시의 국면을 전개시켰다.[19]

이를 정리하면 이봉환은 구양수·소식 등 당송팔대가와, 이들을 계승한 방효유·왕수인 그리고 당송파를 정맥으로 보았으며, 전후칠자와 원굉도 그리고 전겸익을 사로로 보았는데, 이는 '의고'보다는 '창신'을, '가볍고 향락'적인 면보다는 '생각'이 있는 글을 선호했던 때문이라고 추론할 수 있다.

조선 후기 문단에 17세기 말에서 18세기에 이르러 명말청초의 문학이 수용되어 당시 문인들에게 영향을 끼친 것은 주지의 사실이다. 그러므로 초림집단도 이 문학사조를 자연스레 접하게 되었을 것이다. 초림집단보다 앞선 세대인 김창협(金昌協, 1651~1708) 김창흡 형제와 백악사단(白岳詞壇)도 이에 많은 관심을 보였다. 그런데 이봉환이 삼당파를 높인 것과 김창협이 방효유·왕수인·왕신중·당순지 등을 구양수와 소식의 유파라고 높인 것, 또한 이봉환이 원굉도를 사로로 지목한 것과 김창협이 원굉도의 문집을 읽고 불만을 토로한 것은 맥이 닿아 있다고 할 수 있으나, 이봉환이 전겸익을 사로로 본 점과 김창협이 전겸익을 애호한 점에서 두 사람의 의견이 다름을 알 수 있다.[20]

그렇다면 이봉환이 전후칠자와 원굉도·전겸익 등을 사로로 지목한 이유는 무엇인지 살펴보도록 하겠다.

---

19) 명대 문인들에 대한 평가는 다음 글들을 참조하였다. 金學主,『中國文學史』, 新雅社, 1989; 劉明今 袁震宇,『明淸文學批評史』, 上海古籍出版社, 1992; 고연희, 「17C말 18C초 白岳詞壇의 明淸文學 受容樣相」,『東方學』1집, 동양고전연구소, 1996.

20) 김창협·김창흡 형제와 백악사단에 관해서는 다음 글들을 참조하였다. 고연희, 위의 글, 93면, 99면; 안대회,『18세기 한국한시사 연구』, 소명출판, 1999, 30~33면.

엄산이 잘못 門戶에 들어 대개 재주가 많고 氣가 거칢을 숭상하게 되니 애석하도다 애석하도다, 목재는 오로지 王李를 공격하는 것으로 論을 삼았으나 그 지은 바는 오히려 엄주와 준엄의 喜에 미치지 못하는데 超脫自在하여 엄주의 捆縛함과 같지 않다 하니, 또한 지극히 정해진 論은 아니다.[21]

엄산이 말하기를 북지는 古하나 疎하고 제남은 古하나 棘하고 진강과 비릉은 暢하나 今하다 했으니, 대개 모두 불만의 뜻이 있다. 북지와 제남은 才가 높지 않은 것은 아니지만 애석하게도 협소하여, 당송은 필경 성취함이 구양수와 소식보다 몇 십 층 아래이다. 이는 불가하며, 다만 疎와 棘으로 論斷할따름이다. 진강과 비릉은 門路가 이미 바르고 체재는 조금 좋으나, 그 의론이 너무 많고 지리하며 열고 닫음이 너무 분명함으로 인해 古人의 蒼然한 빛을 모두 없앴으니, 이는 眉山과 南豊의 兒孫이 엄산처럼 넓게 재주를 행하는 것이다. 엄산 같다면 가벼이 봄이 마땅할 것이다. 그러나 兩家 문집을 취해 『四部稿』 『續藁』와 비교해 보면 그 虛實과 眞贗이 멀어 같지 않으니 애석하도다 弇園의 일생 정신과 기력이 다만 土偶로 象龍을 만들었으니 진실로 이른바 비록 많으나 또한 무엇을 이루었는가.[22]

첫 번째 인용문을 통해 이봉환은 왕세정이 잘못 문호에 들어와 그로 인해 문단은 재주가 많고 기가 거칢을 숭상하게 되었다고 비판하고, 전겸익은 왕세정과 이반룡을 공격하는 것으로 논(論)을 삼았으나 그 지은 바는 오히려 왕세정이나 왕신중의 희(喜)에도 미치지 못하는데도, 초탈한 듯이 절로 있어 왕세정의 곤박(捆縛)함과는 비슷하지 않다고 생각했다고 비판했다. 이로 볼 때 이봉환은 무엇보다도 후칠자의 한 사람인

---

21) 권10, 9면, "弇山枉入門戶, 蓋以材多氣麤之爲崇, 可惜可惜, 牧齋則專以攻王李爲論, 而其所作反不及於弇州遵巖之喜, 超脫自在, 不似弇州之捆縛, 亦非至定之論也."
22) 권10, 9면, "弇山曰, 北地古而疎, 濟南古而棘, 晉江毗陵暢而今, 蓋俱有不滿意, 北地濟南非不才高, 惜乎, 狹小, 唐宋畢竟成就落下歐蘇幾十層, 此則不可, 但以疎與棘論斷而已, 晉江毗陵則門路旣定體裁儘好, 而以其議論太繁絮, 開闔太分明, 全沒古人蒼然之色, 要是眉山南豊之兒孫行才如弇山博, 如弇山則宜乎薄視之, 而取兩家文集, 比觀四部稿及續藁, 其虛實眞贗迥然不同, 惜乎, 弇園一生精力只做得土偶象龍, 眞所謂多亦奚以爲."

왕세정 때문에 시문의 전범이 잘못되었다고 보았고, 전겸익은 왕세정과 이반룡을 공격하기는 했어도 오히려 왕세정이나 왕신중에게도 미치지 못한다고 본 것이다.

두 번째 인용문을 보면, 왕세정은 이몽양과 이반룡에 대해 두 사람 다 고(古)한 것은 긍정적으로 여기면서 이몽양은 소(疎)하고 이반룡은 극(棘)다고 비판하고, 이지(李贄, 1527~1602)와 독고급(獨孤及, 725~777)은 창(暢)한 것은 좋으나 금(今)하다고 비판했다. 이에 대해 이봉환은 이몽양과 이반룡이 재주가 높지 않은 것은 아니나, 협소하며, 당송 시문과 비교하면 구양수나 소식보다 몇 십층 아래로 떨어졌으니, 고(古)하다고 하는 것은 불가하며 다만 소(疎)·극(棘)으로 논단할 뿐이고, 이지와 독고급은 문로가 바르고 체재는 좋으나 의론이 너무 많고 지리하며 열고 닫음이 너무 분명하여 고인의 창연한 빛을 없앴으니 이는 구양수나 증공(曾鞏, 1019~1083)의 아이나 손자가 왕세정처럼 넓게 재주를 행하는 것이라고 비판한다. 이봉환은 왕세정에 대한 비판도 늦추지 않아 왕세정 같다면 가벼이 보는 것이 마땅하기는 하지만, 구양수와 증공의 문집과, 왕세정의 『사부고(四部稿)』와 『속고(續藁)』를 비교해보면, 그 참과 거짓이 너무도 동떨어져 있으니, 왕세정이 일생 동안 한 것은 흙인형으로 코끼리와 용을 만든 것과 마찬가지라 이룬 것이 없다고 비판한다. 이로 볼 때, 이봉환은 기(氣)가 거침, 소(疎)하거나 극(棘)함, 의론이 많고 지리함, 진실에서 멀어짐 등을 지양하고자 했고 이 때문에 전후칠자와 원굉도를 사로로 지목했음을 알 수 있다.

그런데 이봉환이 명문을 정맥과 사로로 구분하였다는 점은 그가 명문에 대해 관심을 가지고 섭렵하였음을 시사한다. 앞 예문에서 왕세정의 『사부고』와 『속고』를 구양수와 증공의 문집과 비교해보아야 한다고 했는데, 이는 이봉환이 이 문집들을 읽었다는 것을 시사하며 나아가 『사부고』는 174권이고 『속고』는 207권의 방대한 분량임을 고려할 때 그가 이 책들을 섭렵했다는 점은 명말청초 사조에 대한 그의 깊은 관심과 이해를 나타낸다. 실제로 그는 이들에 대한 세심한 평을 하고 있는데, 다음은 이들에 대한 긍정적인 평이라 할 수 있다.

> 明文集 가운데, 방정학·왕신건 등은 진실로 많이 읽을 만하고, 비릉·진강· 진천같은 三家는 구양수와 증공의 정맥에 바로 닿았으니 마땅히 여러 번 깊이 보아야 할 것이다. 이몽량의 老健함과 왕세정의 瑰博과 이반룡의 簡奧는 模擬 함에 잃음이 너무 지나치지만, 정맥이 아닌 문장가 중에서는 뛰어나기에 찾지 않을 수 없다. 원굉도의 遊山記와 편지글은 怪石奇花같지만 또한 없어서는 안 되며, 목재의 宏肆·昌大·爛燁·鼓舞는 진실로 헌길 이하 여러 사람이 가히 비할 수 없으니 장차 반드시 추려 한 권의 책으로 만들어 그 好處를 배워야 한 다. 그러나 소동파가 황정견의 시를 평하여 조개도 많이 먹으면 지라에 병이 드는 것과 같다 했으니 목재의 글도 또한 그렇다.[23]

이봉환이 방효유·왕수인과 독고급·이지·귀유광의 글을 많이 읽어 야 한다고 한 것은 그가 이들을 정맥으로 보았기에 당연하다. 그런데 여기서 나아가 그는 자신이 사로로 본 인물들에 대해 긍정적인 평가도 하였다. 곧, 전후칠자인 이몽량·왕세정·이반룡은 각각 노건·귀박· 간오가 장점이라고 보았다. 다만 이 장점이 모의 때문에 지나치게 잘못 되었지만, 그렇다하더라도 이들은 정맥이 아닌 문장가 가운데서는 뛰어 나기에 읽어야 한다는 것이다. 공안파인 원굉도의 경우는 유산기와 편 지글이 괴석기화처럼 기이하나 뛰어나기에 접해야 하며, 전겸익의 굉 사·창대·난화·고무함은 전후칠자가 비할 수 없는 것이라고 칭찬하 였다. 그러므로 이들의 글을 모아 한 권의 책을 만들어 그 장점을 배워 야 한다고 했으니, 이들의 문학을 인정했던 것으로 보인다. 다만 소동파

---

23) 권10, 9면, "明文集中, 若方正學王新建, 固多可讀者, 若毗陵晉江震川三家, 直接歐 曾正脈, 宜熟覽屢遍, 若獻吉之老健, 元美之瑰博, 于鱗之簡奧, 失之模擬太過, 然要是 文章家偏閩傑特, 不可不旁搜, 若中郞之遊山記尺牘如怪石奇花, 亦不可無者, 若牧齋 之宏肆昌大爛燁鼓舞, 固非獻吉以下諸人可得比, 將必須抄作一冊, 學其好處, 然東坡 評魯直詩, 如江瑤柱多食則病風脾, 牧齋文亦然."

가 황정견의 시를 평가해 조개도 많이 먹으면 지라에 병이 드는 것과 같다고 한 것처럼 전겸익의 글도 또한 너무 빠져들면 해롭다는 경계의 말을 늦추지는 않았다. 결국, '모의(模擬)함이 없다'는 큰 전제 아래, 노건(老健)·귀박(瑰博)·간오(簡奧)를 받아들일 수 있고, 괴(怪)와 기(奇)도 뛰어나면 받아들일 수 있고, 굉사(宏肆)·창대(昌大)·난화(爛燁)·고무(鼓舞)함도 받아들일 수 있는 것이다.

지금까지 초림집단의 문학론을 살펴보았는데 그들의 문학론에는 다음과 같은 용어들이 나타나고 있다. 첫째, 혼백, 풍기, 진실, 둘째, 신어, 독창성, 모의함이 없음, 앞사람이 말하지 않은바, 굉사, 셋째, 기교에 힘씀, 간결, 간오, 우아, 노건, 속되지 않음, 난엽, 고무, 귀박, 기괴 등이다. 이를 추려 말해 보자면, 혼백이 담기고 풍기를 지닌 진실한 글을, 앞사람이 말하지 않은, 기교를 통해 표현하는 것이라 할 수 있다. 결국, 초림집단은 창신한 시문을 짓고자 노력했는데, 이 창신풍은 '생각'과 '풍기'를 담은 '진실'을 바탕으로 하여 기교에 힘쓴 문풍이며 시풍임을 알 수 있다. 또한 그 당시 수용된 명말청초 사조를 어느 정도 받아들였으니, 이는 창신풍의 발전에 작용을 했으리라 보인다.

3. 창신풍의 문학적 전개

1) 공교(工巧)로운 사고의 창신한 표현

다음은 초림집단의 공교로운 사고가 창신하게 드러난 예로, 처음은 최익남의 작품이고 나머지는 이봉환의 작품이다.

松疎月出蕭森外　　소나무 성글어 쓸쓸한 밖으로 달이 떠오르고
花落春歸窈窕中[24]　꽃 떨어져 고요한 가운데 봄이 돌아가네

皎如氷玉山將墮　　氷玉처럼 하이야니 산은 장차 떨어지려 하고
揷在藤蘿寺可尋　　등라 꽂혀 있으니 절을 찾을 수 있겠네

鐘析寒聲燈欲盡　　종이 갈라지는 듯한 차가운 소리에 등불도 다하려 하고
星河遠影雪同流　　은하수 먼 그림자에 눈도 함께 흐르네

燭跋頻添詩滿紙　　초 밑둥을 여러 번 더해 시가 종이에 가득한데
松濤浮出屋如舟　　솔바람 소리 물결처럼 떠오니 집이 배 같구려

　첫 번째 작품은 늦봄의 정취를 나타낸 것으로 최익남의 작시의 공교성을 잘 드러내고 있다. 소나무 성글게 있어 쓸쓸한 숲 위로 달이 떠오르니 달빛에 비추는 소나무 숲은 그 성긴 모습이 드러나 더욱 처량한 분위기를 자아내고 그 위에 떠오른 달 역시 더욱 쓸쓸하게 보일 수밖에 없다. 또한 이를 위해 시어도 '소송'·'소삼' 등 'ㅅ'의 조합을 선택해 청각적으로도 소슬한 느낌을 갖게 하였다. 2구에서는 달이 떠올라 더욱 쓸쓸한 밤에 꽃조차 소리 없이 떨어져 땅으로 돌아가 바랜 꽃잎을 누이니 더욱 처량한 기운을 느끼게 한다. 또한 꽃이 떨어져 땅으로 돌아가는 심상은 봄이 돌아간다는 심상으로 그대로 연결되어 꽃은 봄이 되고 봄은 꽃이 되는 관계임을 알게 해준다. 그러므로 이 시에 대해 이규상은 '경심(警甚)' 곧, 몹시 기발(奇拔)하다고 평하였다.

　두 번째 시는 「봄에 찾은 도봉에 사빈이 동행하지 않았기에 시냇가에서 쓴 초솔한 시를 보이네[春往道峯士賓未偕溪上潦草寄示]」[25] 5수의 함련인바, 도봉산 기슭 시냇가에서 바라보는 산의 풍광을 그렸다. 빙옥처

---

24) 李奎象, 『一夢稿』(국립중앙도서관본 『韓山世稿』) 「幷世才彦錄」, 42면.
25) 권1.

럼 하얗다는 것은, 도봉산 전체가 커다란 바위로 이루어져 특히 산 정
상은 바위만이 있는데, 계곡에서 산 정상을 올려다보면 멀리 바위산이
하얗게 보이는 것을 형상화한 것이다. 산이 장차 떨어지려고 한다는 것
은 산기슭에서 올려다보니 숲 위로 솟아 있는 커다란 하얀 바위가 마
치 뚝 떨어져 내릴 것만 같이 아슬아슬하게 느껴진다는 뜻이다. 보통은
산이 우뚝 솟아 있다고 하기 쉬운데 여기에 '타(墮)'를 써서 빛나던 구
슬이 땅으로 떨어져 내리는 심상을 일으키게 한 점이 새롭다. 또한 등
라가 꽂혀 있으니 절을 찾을 수 있겠다고 하였는데, 등라는 야생이기도
하지만 주로 절에 심었기에, 이 역시 멀리 등라가 보이는 것을 보고 유
추한 것이다. 특히 멀리 산 위로 등라가 '보인다'고 하지 않고 '꽂혀 있
다'고 한 것은 등라를 사람이 절에 심었기 때문이며, 또한 계곡에서 멀
리 보이는 산 중턱에 등라가 우거진 것이 마치 산에 등라가 꽂혀 있은
것처럼 보이기 때문이다. 결국, 이 시는 실제로 도봉산 기슭에서 산을
올려다보아야만 지을 수 있는 풍광으로, '타(墮)'와 '삽(揷)'을 써서 기교
를 부리고 있다.

　　세 번째는 「밤에 국동에 모여 홍대유낙인과 함께 읊네[國衕夜會與洪
大有樂仁共賦]」[26)의 함련인 바 겨울밤 지인과 함께 하여 자신의 감회를
나타냈다. 소리가 차갑게 들린다는 것은 용례가 있는 심상이지만 종소
리가 갈라진다는 '석(拆)'은 일반적으로 쓰지 않는 심상이다. 눈 쌓인
겨울밤 들리는 종소리는 마치 종이 갈라지며 나는 듯이 차갑고 날카롭
게 느껴지고 이에 등불마저 다하려한다는 것이다. 전구가 청각의 심상
으로 전개되었다면 후구는 시각의 심상으로 전개되었다. 곧, 눈 쌓인
밤하늘을 올려다보니 은하수가 길게 펼쳐져 있고, 그 은하수를 따라
시선을 멀리 옮기니 은하수가 끝나는 곳에 눈 쌓인 들판의 끝자락 지
평선이 맞닿아 마치 은하수를 따라 눈도 움직이는 듯이 느껴진 것이

---

26) 권3.

다. 하늘의 은하수와 땅 위의 눈을 같은 이미지로 본 것은 특이하기는
하나 비슷한 이미지라는 점에서 수긍이 쉽게 가지만 은하수를 따라 눈
도 움직인다는 발상은 좀처럼 생각하기 힘든 형상이다.

　네 번째는 「직하 사겸 댁을 찾아가[過稷下士謙宅]」의[27] 경련으로, 최익
남의 집을 찾아가 밤을 지새우며 시를 짓는 풍취를 나타내었다. '촉발(燭
跋)'은 초의 밑둥으로 보통은 '촉불견발(燭不見跋)'이라 하여 초가 다 타
지 않았음을 나타내는데 이봉환은 초가 다 타서 초를 여러 번 더한다는
의미로 쓰고 있으니 발상의 전환이다. 이렇듯 초를 여러 번 더해 밤을
새우며 시를 지으니 시가 종이에 가득하다. 이때 문득 방 밖에서 솔바
람 소리가 나는데, 어두운 밤 시각적 정보가 제한되어 있을 때 들려오
는 소나무 흔들리는 소리는 마치 파도가 쏴아쏴아 밀려오는 듯이 느껴
진다. 이에 그 소리가 '들린다'기보다는 파도처럼 '떠서 나온다'고 하였
고, 자신들은 그 물결에 흔들리는 배를 타고 있는 듯이 느껴진다고 했
으니 역시 기묘하다.

　다음은 남옥의 「세 벗과 당운으로[共三益用唐韻]」으로[28] 시어의 공교
성에 대한 대표적인 예가 된다.

寥落邊村久息勞	쓸쓸한 변방 마을 오랜 동안 편안했는데
永嘉臺下列仙艘	영가대 아래 신선의 배들 늘어섰네
霜深廢壘黃花病	서리 깊은 낡은 성루에 누런 국화 시들었고
葉盡疏林晚柿高	낙엽 다해 빈 숲엔 붉은 감 높이 달렸네
蠻子喜言微曉雨	왜놈 아이는 가늘어지는 새벽 비에 기뻐하는데
美人愁思極層濤	미인은 거세게 겹쳐 오는 파도를 근심하네
一波南北須頻見	한 물결에 남북으로 갈리니 자주 돌아봐야
可耐床蟲獨夜號	외로운 밤 침상의 벌레 울음 참을 수 있으리

---

27) 권3.
28) 李奎象, 『一夢稿』(국립중앙도서관본 『韓山世稿』) 「幷世才彦錄」, 42면.

　　이 시는 일본으로 가는 통신사행의 여정 도중 우리나라의 마지막 행로인 부산에서 지은 것으로 매우 섬세하다. 수련에서는 쓸쓸한 변방 마을과, 영가대와 그 아래 늘어선 화려한 배들이 비교된다. 영가대는 부산진성 앞에 솟아 있는 언덕으로 통신사들이 일본으로 떠나기 전 해신제를 드리던 곳이니 떠나는 자를 설레이게 하는 곳인데, 그 아래에는 사신을 실어 나를 배들이 신선의 배처럼 화려하게 늘어서 있다. 이와 대비되어 부산진성 밖이자 영가대 뒤편에 위치한 마을은 그야말로 육지의 끝부분에 위치한 작은 마을로 쓸쓸하게 퇴락한 모습을 보인다. 떠나서 갈 곳에 대한 기대와 남겨 두는 곳에 대한 애잔함이 대비되었다. 함련에서는 서리가 깊게 내린 낡은 성루와 낙엽이 다 져서 비어버린 듯한 숲이 비교된다. 서리와 낙엽은 모두 늦가을을 나타내는 것이지만, 같은 시간대 같은 눈에 들어오는 풍광을 하나는 깊음으로 하나는 빈 것으로 표현했다. 또한 누런 국화와 붉은 감은 색채적인 면에서도 선명하게 비교되고, 국화는 시들어 고개를 수그렸는데 감은 나무 위에 높이 매달려 있다는 점에서도 비교가 된다. 경련에서도 왜놈 아이는 사신을 인도할 사람이고 미인은 사신을 떠나보내는 사람이다. 그러므로 떠날 사람은 비가 가늘어진다고 기뻐하지만 보내는 사람은 거세게 겹쳐 오는 파도를 보며 근심한다. 여기서도 가늘어지는 비와 거세게 겹쳐 오는 파도, 기쁨과 근심은 극명한 대조를 보인다. 미련을 보면, 1구는 이제 배를 타고 바다로 나가 저 동쪽 일본 특히 첫 번째 기착지인 대마도로 떠나는 심정을 나타내, 배를 타고 떠나기 전 자신이 보는 마지막 조선 땅인 부산성을 뒤돌아보아 머릿속에 담아두려는 연연함을 나타냈다. 그래야만 2구에서 말하기를, 앞으로 일본에 도착한 다음 외로운 밤 방안에서 조선 땅을 떠올리며 그리움을 참아낼 수 있다는 것이다. 이 역시 성궐과 방이, 뒤돌아 볼 수 있음과 더 이상 뒤돌아보지 못하고 벌레 울음소리만 들어야 함이 대조되었다. 그러므로 이 시는 수련에서 미련에 이르기까지 각각의 구절을 극명하게 대조 비교하면서 멀리 떠나는 심정을 잘 드

러낸 섬세한 시다. 다시 말해, 글자 하나하나 시상 하나하나를 모두 정
밀하게 생각하여 쓴 시다.

2) 원통(圓通)하는 경물(景物)에 대한 관심

이봉환은 경물에 대한 지대한 관심을 나타냈다. 그는

조용히 앉아서 꽃이 피고 물이 흐름을 보면 절로 무한한 천기가 있다.[29]

섬돌 사이에 약간 화훼를 씨뿌리고 북돋아 심고 灌漑하여 천기를 완상한다.[30]

과일 나무에서 꽃이 진 곳에 열매를 맺음을 보면, 문득 깨닫는다 一身의 浮
華 客態가 점차 老成에 듦을.[31]

이라고 했다. 이봉환에게 있어 주변에서 보이는 꽃·나무 등은 보는 것
자체만으로도 삶의 지혜를 깨닫게 해주는 매개체이도 했는데, 이는 천
기 그 자체로 표현되었다. 그렇다면 이봉환이 경물에 관심을 가진 이유
는 무엇인가?

畫看花影暮松聲　　낮에는 꽃 그림자 저녁에는 솔바람
耳目都詩不爲名　　耳目이 詩에 모임은 명성을 위함 아니네
深夜又將明月過　　깊은 밤 밝은 달 거느리고 들르니
此樓終憶舊梅淸　　이 다락에서 옛매화의 맑음 기억나네
圓通物性須平等　　圓通하는 物性은 모름지기 평등하니
狼藉天機任遞行　　낭자한 天機는 갈마들어 가네

---

29) 권10, 4면, "默坐觀花開水流, 則自有無限天機."
30) 권10, 5면, "階塢間, 種若干花卉培植灌漑, 以玩天機."
31) 권10, 5면, "觀得果木落花成實處, 便覺一身上浮華客態漸入老成."

餘萼可支三四日　　남은 꽃받침 삼사일 견디려니
幾何鶯囀綠陰生32)　얼마나 꾀꼬리 지저귀어야 녹음 생기려나

　낮에는 꽃 그림자를 보고 밤에는 솔바람 소리를 들으며 눈과 귀를 온통 시를 짓는 데 집중시키는 것은 명성을 위해서가 아니라고 했으니 꽃과 나무를 보고 그 소리를 듣는 것 자체가 즐겁기 때문이다. 이에 달 밝은 깊은 밤이면 누대에 올라 달빛을 맞으며 예전에 피었던 매화 내음까지 떠올리면서 마음의 평안을 누릴 수 있다. 이를 가능하게 하는 것은 두루두루 통하는 사물의 속성이 평등하기 때문이다. 곧, 사물은 인간처럼 신분의 귀천이나 부귀의 차례 때문에 앞서거니 뒤서거니 함이 없고 낮이 지나면 저녁이 되고 다시 밤이 되고 매화가 지면 다른 꽃이 피고 꽃잎이 지면 잎이 나고 하는 것처럼, 그 천기를 갈마들어 나타내기 때문이다. 그러므로 신분적 불평등을 감내해야 했던 초림집단은 평등하게 천기를 드러내는 경물에 지대한 관심을 보였던 것이다.

　경물에 대한 관심은 이를 그대로 묘사해내는 데로 자연스럽게 옮겨가게 되는데, 일단 경물이 우리 눈에 보인다는 점에서 이봉환은 이를 그림으로 연결하여 설명하였다.

　생각이 고요할 때는 마땅히 산수를 그려야 하고, 정신이 생동할 때는 마땅히 인물을 그려야 하고, 情態가 아름답고 고울 때는 花鳥를 그려야 하며, 氣格이 거침없을 때는 대나무와 돌을 그려야 한다. 내게 그림 그릴 뜻은 있으나 그림 그리는 재주가 없어, 마음과 손이 서로 응하지 않아 흥을 만나도 그에 이르지 못함을 한한다. 그러나 연명의 거문고는 높고 넓음을 함축했으니, 무릇 모든 일은 귀하고 뜻이 있다.33)

---

32) 권4 「夜過柳景昌」.
33) 권10, 4면, "意思幽澹時, 宜畵山水, 精神生動時, 宜畵人物, 情態明媚時, 宜畵花鳥, 氣格疎放時, 宜畵竹石, 恨余有畵意而無畵才, 心手不相應, 未能遇興寄致, 然淵明之琴含蓄莪洋, 凡事貴有趣耳."

▲ 沈師正, 「괴석과 풀벌레」, 서울대학교 박물관 소장.
이봉환이 아낀 경물도 이 그림의 돌과 꽃과 풀벌레처럼 친숙한 것이었으리라.

사람의 정신 상태를 생각이 고요할 때, 정신이 생동할 때, 정태가 아름답고 고울 때, 기격이 거침없을 때로 구분하여 이에 각각 대응하여 산수·인물·화조·대나무와 돌을 그려야 한다고 했다. 이는 경물이 시인의 정신과 만나 융합됨을 말한 것이다. 자신의 정신 혹은 마음이 움직이는 그대로를 따르다 보면 각각의 정신 상태에 따라 마음에 와닿는 경물이 있기 때문이다. 그렇다면 이 경물을 어떻게 인식해야 하는지는 다음 글을 통해 엿볼 수 있다.

> 花라는 글자는 草를 따르고 化를 따른 것이다. 천지의 조화를 볼 수 있는 것이 하나가 아니지만 그 奇幻의 지극함은 초목의 조화만함이 없다. 비유하자면 至人이 때로 奇語를 지으니 찬연하며, 至幻한 글은 꽃봉우리가 활짝 피는 사이에 보이다 말다 하여 비록 그렇게 하지 않고자 하여도 자유롭지 않은 것 같다. 천지에 처음에 꽃이 없다가 꽃 한송이를 처음으로 나오게 하면 보는 사람들이 이상한 물건 괴이한 일로 여기고 듣는 사람들은 거짓이라 여기고 믿지 않을 것이니, 造化의 戲劇은 꽃에 이르러 가장 심할 것이다. 이로써 알 수 있다. 사람이 눈과 귀로 항상 대하는 것은 그 지극한 조화가 있는 바를 깊이 구하지 않음이 많다. 나는 畵家가 한 말을 깊이 아낀다. "꽃을 그리는 사람이 나무에 나아가 보면 다만 그 한 쪽 옆면만을 보게 되니, 전체를 보려면 깊은 구덩이를 파서 그 속에 꽃을 두고 위로부터 내려다본다면 그 전체를 보지 못함이 없을 것이다." 그 말이 매우 현묘하다. 이제 조화의 全跡을 보고자 하는 사람은 이 한 말이면 족하리라.[34]

꽃 화(花)자는 '초(草)+화(化)'로 이루어졌다. 곧, 풀의 조화인 것이다. 그런데 세상천지의 많은 조화 중에서 꽃의 조화만함이 없다고 했다. 그래서 만

---

34) 권8 「觀花」, "花之爲字從草從化, 天地之化可見者非一而其奇幻之極莫如草木之化, 比如至人時作奇語粲然, 至幻之文隱現于蓓蕾離披之間, 雖欲不爲不自由也, 使天地初無花, 而一花始出, 則見之者以爲異物怪事, 聞之者以爲誕而不信也, 造化之戲劇至於花而極矣, 以此知, 人之於耳目之所常者不深求其至化之所寓者多矣, 余甚愛畵家之語有曰, 畵花者就樹而見之, 只見其一邊偏仄, 欲觀其全, 則鑿深坎置花于中, 從上臨之, 其全無不見矣, 其言妙甚, 今之欲觀造化之全跡者, 此一語足矣."

약 이 세상에 꽃이 없다가 꽃 한송이가 생긴다면, 그 꽃을 보고 사람들은 이상한 물건 괴이한 일로 여기고, 꽃을 보지 못하고 이야기를 듣는 사람들은 거짓이라 할 것이니, 조화로 인한 희극은 꽃이 가장 심하리라 했다. 그러니 사람이 눈으로 보고 귀로 듣는 것은, 사실은 제대로 알지 못하는 것이므로 전체를 보아야 한다. 이는 사물의 진면목을 알기 위해서는, 사물의 모든 면을 관찰해야 한다는 의미로도 받아들일 수 있다.

이렇듯 경물에 대한 지대한 관심을 나타냈던 이봉환이 특히 관심을 가졌던 화초는 매화였다.

微紅兩暈似羞塵	옅은 붉은 빛 달무리는 진세를 부끄러워하는데
噀水催芳奈主人	물을 뿜으며 향기를 재촉하니 주인을 어쩌리
明月虧盈期已過	밝은 달 이지러졌다 차 기약 이미 지났으니
小龕開闔悵何頻	작은 감실 열었다 닫으며 실망 얼마나 잦았던가
珠璣近土猶凝彩	구슬은 흙 가까이서 오히려 맑게 빛나더니
菩薩憑空始現身	보살이 공중에 비로소 나타난 듯
寒士方知花苦節	한미한 선비는 꽃의 괴로운 절개 아는데
侯家煖藥十分春35)	제후가의 따듯한 꽃술은 넉넉히 봄이로다

이는 홍매화 한 송이가 피어나는 과정을 보며 쓴 시이다. 수련에서는 홍매화 꽃망울이 맺힌 상태를 묘사했는데, 달무리진 밤 붉은 빛을 띤 꽃망울을 달무리로 표현하여 이중의 의미를 지니게 했고 꽃망울이 아래로 향하는 점을 진세를 부끄러워하여 고개를 숙이고 있다고 했다. 물을 뿜으며 향기를 재촉한다는 것은, 달무리가 지면 비가 오기에 비가 내려 매화가 빨리 피기를 재촉한다는 의미이다. 주인은 꽃이 빨리 피어 향기 나기를 애타게 기다리나 함련을 보면 달이 이지러졌다가 차도록 꽃봉오리가 터지지 않으니 매화가 있는 작은 감실을 열었다 닫았다 하며 실망하기를 반복한다. 언제 한 송이 꽃을 볼 수 있으려나 초조해 하는 심정

---

35) 권4 「景昌宅賦紅梅一花始開」.

을 담고 있다. 또한 감실은 신불을 안치하는 곳이므로 그 감실 속에 있
는 분매(盆梅)는 부처처럼 오묘하다는 암시를 지닌다. 경련에서는 꽃봉오
리를 구슬에 비유해 이 구슬이 땅 가까이에서 더욱 맑게 빛나 보인다고
하였으니 이는 꽃이 피기 직전의 모습을 표현한 것이다. 결국 꽃은 피
는데 시인은 꽃을 피운 홍매화 모습을 마치 보살과 같다 하였다. 그 부
드러운 붉은 꽃잎을 활짝 벌리고 노란 꽃술을 알알이 맺혀놓은 우아한
모습에서 보살을 유추한 것이며 또한 함련의 감실에 있던 꽃봉오리에서
보살이 밖으로 나왔다고 본 것이다.

그런데 이봉환은 매화가 화화(化花)하는 것은 처음 토해내는 것, 조짐
이 반쯤 터지는 것, 모습이 모두 열리는 것, 쇠하여 가는 것, 꽃이 모두
떨어지는 것 등 다섯이라 했는데,[36] 수련에서 경련까지의 묘사는 앞의
세 가지에 해당한다. 매화의 일생 중 아름다운 시기만을 나타냈다. 그러
나 미련을 보면, 오랜 시기 동안 기다리는 사람을 애타게 하면서 피어
나는 매화이기에 시인은 이를 고절(苦節)이라 표현하였고 이를 자신처럼
한미한 선비들이 안다고 하며, 제후가에서 피는 꽃과 대비를 하였다. 그
렇다면 이봉환이 매화를 좋아하는 이유는 자신과 통하는 고절에 있다고
할 수 있는바, 그는 「매사오영발(梅社五詠跋)」에서도 매화는 궁함이 쌓인
뒤에 꽃이 핀다고[37] 하였으니, 매화와 자신의 처지에서 공통점을 찾았
던 것이다. 특히 위 시에서 매화의 이미지를 달무리, 감실, 구슬, 보살,
한미한 선비 등으로 표현하고 그와 반대되는 위치에 진세·흙·제후가
를 놓았던 점에서, 고고한 정신을 추구하는 이봉환의 괴로운 심정을 읽
을 수 있다.

    蜘蛛出屋角　　거미가 집 모퉁이에서 나와

---

36) 권8 「梅社五詠跋」, "始吐觀, 其兆半坼觀, 其象全開觀, 其時向衰觀, 其勢盡落觀, 其
　　化花之事凡五."
37) "窮積而達."

結網何經營　　거미줄 엮어 어찌 경영하나
宛轉圓機設　　완전한 둥근 기틀을 설치하니
幽陰殺勢生　　그늘에 죽이는 기운 생기네
決圍蜂賴勇　　용기 있는 벌 거미줄 벗어나고
罹禍蝶緣輕　　가벼운 나비 화를 당했네
亭毒因何氣　　무슨 기운으로 길러지나
狼蛇罪與幷38)　　이리나 뱀과 죄를 같이 하네

　이 시는 거미가 거미줄을 설치하여 곤충을 잡는 것을 묘사하면서 궁극적으로는 거미의 속성에 대해 말하고 있다. 집 모퉁이에서 나온 거미가 그늘에 완전히 둥근 거미줄을 설치하니 살기가 생긴다. 이 거미줄에 벌과 나비가 걸리는데 용맹스런 벌은 거미줄을 뚫고 빠져나가 살아나지만 몸이 가벼운 나비는 벗어나지 못한다. 이를 보고 시인은 힘이 없어 거미줄에서 벗어나지 못한 나비에 대한 동정심을 보이고 거미를 비난한다. 거미는 무슨 기운에 의해 길러지나 반문하는데, 여기서 '정독(亭毒)'은 '화육(化育)'의 의미이지만 굳이 이봉환이 이 단어를 선택한 것은 거미가 자라는 것은 독이 자라는 것과 마찬가지라는 뜻을 나타내기 위해서이다. 동시에 이는 거미가 독을 기른다는 이중의 의미로도 받아들일 수 있다. 이에 작은 곤충에 대한 거미의 죄는 비교적 큰 짐승이나 사람에 대한 이리나 뱀의 죄와 같다고 한 것이다. 곧, 이봉환은 이를 통해 거미와, 벌과 나비의 성격을 잘 보여주었고, 이는 그대로 인간 삶의 유형으로 대치될 수 있다. 그러므로 경물에 대한 이봉환의 관심은, 천기를 아는 것이면서 동시에 그 천기에 영향을 받는 인간 삶의 모습을 제대로 알아 가는 방법이었다.

---

38) 권1 「蜘蛛」.

4. 창신풍과 초림집단의 현실 초월의식

초림집단은 문학동인이라 할 수 있는 모임으로 활동하였으니 『우념재시문초』를 보면 이봉환·최익남·남옥·이명계·정습량·이희관·채희범 등은 자주 모이고 시를 지었다. 이들은 서로의 집을 방문하거나 경치 좋은 곳을 찾아다니며 함께 시를 지었으며, 사정이 있어 참여하지 못한 사람은 나중에 벗들이 지은 시에 차운하여 유대를 돈독히 하였고, 명문가나 선배들의 문집을 읽고 토론하였다. 그러므로 이봉환은 정습량의 제문에서 자신들이 하루 회심(會心)하는 즐거움도 천고(千古)에 이르는데 15년 동안 사귀었다고 하였으니,[39] 그들의 유대가 어떠하였는지 짐작할 수 있다. 또한 다른 구성원에게 자신의 벗을 소개하기도 하는데, 그 예로 젊은 시절 이봉환이 이명계에게 이희관을 소개하면서 자신들의 무리에 안주했는데 재주가 뛰어나다고 하였던 것을 들 수 있다.[40] 그리하여 이들은 서로를 독려하면서 함께 하였던 것으로 보인다.

이들의 행적 가운데 특이한 점은 소론 명문 출신들과 교유하며 시사(詩社)를 결성한 일이다. 이봉환은 1737년 농곡(農谷) 조재호(趙載浩, 1702~1762)로부터 그 조카인 조의진(趙宜鎭)·조유진(趙維鎭) 형제를 소개받아 친분을 유지하는데,[41] 이로 볼 때 조재호와 이봉환 집단의 인연은 그보다 거슬러 올라간다. 1738년에 이봉환은 조재호·조유진과 함께 매화사(梅花社)를 결성했고, 1755년에는 채희범과 남옥도 참여하여 두 번째 매

---

39) 권9 「祭士說文」, "然一日會心樂底千古, 十五年會心亦已久矣."
40) 권8 「與子文」, "士賓姑安吾黨中, 此人極有可望, 其才調固自超卓, 弟閱人雖不廣, 亦嘗斟酌於當世所謂名下人矣 (…중략…) 近日頻見士賓否 (…중략…) 請足下頻頻往叩其所存, 未必無所益矣."
41) 권9 「趙義卿哀辭」, "丙辰損齋住玄浦, 余往見之, 一日遇義卿兄弟於座, 損齋指示余曰, 此宗姪也, 家于三洲, 與子居相近, 而業相同, 可與交也, 自是交甚驩, 日相往來, 有詩文未嘗不評質, 遇奇書法畫未嘗不鑑定, 而湖山遊賞之樂, 亦未嘗不同焉."

화사를 결성했다. 매화는 연꽃이나 국화처럼 풀의 무리가 아니라 나무
니 굳건하다 할 수 있고, 궁함이 쌓인 뒤 꽃을 피운다는 점에서 더욱 마
음에 맞았다고 했는데[42] 특히 소론 대신인 조재호가 환로에서 성공을
이루기 이전에 이봉환과 시사를 결성했고 그 명칭을 매화로 정했다는
점은 시사하는 바가 크다.

> 반드시 모름지기 열심히 공부하면 족하의 재주와 지혜로써 장래 성취하리니
> 어찌 申周伯과 金士源의 아래에 있겠습니까. 힘쓰고 힘쓰시오 (…중략…) 뿌리
> 를 북돋우고 기름을 윤택하게 하면 가지와 잎이 생기고 꽃이 활짝 핌은 다만
> 안으로 닦을 일일뿐입니다. 북돋우고 기름지게 하지 않아 전날 과거에 떨어졌
> 던 것입니다. 모든 일을 빨리 하고자 하면 이루지 못하고, 끝을 구하는 자는 비
> 록 절실하더라도 얻게 되는 功은 적습니다. 이 두 말은 吾輩를 위하여 증세를
> 치료하는 약이 됩니다.[43]

이는 이봉환이 이명계에게 보낸 편지의 일부분인데 이미 그전에 이
명계는 과거에 응시했다가 소원하는 바를 이루지 못한 것으로 보이는
바, 이봉환은 이명계의 능력이 뛰어나기에 열심히 노력하면 과거에 급
제할 수 있다고 하였다. 특히 신유한과 김도수를 예로 들었는데 이 두
문사는 서얼이라는 신분적 열세에도 불구하고 18세기 전반에 그 문학적
역량을 인정받았으며 벼슬도 다른 서얼들에 비해 비교적 높았고 그 기
간도 상대적으로 길었기에, 후대 서얼들에 의해 귀감으로 여겨졌던 것
으로 보인다. 그러므로 이들이 젊은 시절 과거를 통해 벼슬길에 나아가
고자 하는 열망을 지니고 있었음을 알 수 있다.

서얼들이 신분적 차별의 고통에서 벗어나고자 택할 수밖에 없던 길

---

42) 권8「梅社五詠跋」, "梅之爲花, 世以蓮菊爭其品, 蓮與菊亦豈不明淑高遠, 而不離於
　　草屬, 至於梅木, 氣淸嚴眞香透切, 窮積而達."
43) 권8「與子文」, "必須明着眼力, 以足下才智將來成就, 豈在申周伯金士源下也. 勉之
　　勉之 (…중략…) 培其根沃其膏, 則枝葉也光華也, 特內事耳, 不培不沃, 向日之敗於科
　　目也, 凡事欲速則不達, 救其末者, 雖若切至而取功少, 此兩言爲吾輩對症藥也."

은, 통청이 이뤄지지 않는 한, 과거를 통해 벼슬길에 진출하여 사대부의
자리를 나눠받는 미온적 방법뿐이었다. 숙종 이후 서얼들의 통청운동이
지속되기는 했지만, 초림집단이 활약하던 18세기 후반에도 획기적인 성
과는 없었다. 벼슬길에 나아가도 당상관에는 이를 수 없었고 주로 종8
품에서 종6품의 벼슬을 살았으며,44) 그 문학적 역량은 일본 통신사나
중국 사신의 제술관이나 서기로 따라간 먼 이국에서 한번쯤 마음껏 발
휘하고 가슴에 맺힌 한을 풀 수 있었다. 신분적 족쇄는 그들을 놓아주
지 않았다.

　이러한 신분적 문제 위에,

　　사대부가 진실로 淸平敦厚한 運을 만나 대개 이것으로써 家國을 아름답게
　꾸미면 名祿이 다 길하겠지만, 세상은 이미 쇠하여 모두 서로 반대되니, 이를
　업삼는 사람 궁하거나 요절하니, 소위 福祿 利澤은 모두 이것과 다른 데로 돌
　아갔다. 내가 보니 근세에 사대부는 이것에 다름이 됨이 많다 이를 만하고 文
　章翰墨은 상서롭지 못한 物이 된 지 오래이다.45)

라고 하듯이, 문(文)을 통해 원하는 바를 이루기는 어려운 세상이 되었
고, 특히나 이를 업 삼는 사람은 궁하거나 요절하니, 이에 사대부들은
나라를 아름답게 꾸미기보다는 자신들의 안위를 위해 곧, 궁하거나 요
절하지 않기 위해 정도를 벗어나게 되고, 결국은 문장한묵은 상서롭지
못하게 되었다. 그러므로 초림집단은 과거를 통해 벼슬길에 나아가도
자신들이 원하는 바를 이루기는 어려우며 당시 문단도 희망적이지 않은
상황임을 깨닫지 않을 수 없었다.

　　世路杈枒百念疎　世路에 가장 귀졌으니 온갖 생각 성기고

---

44) 김경숙, 「18世紀 前半 庶孽 文學 硏究」, 이화여대 박사논문, 1999, 21~30면 참조.
45) 권9 「趙義卿哀辭」, "士大夫苟遇淸平敦厚之運, 而率皆以此賁飾家國 ,名祿俱吉, 世
　　既衰末一切相反, 爲是業者非窮則夭, 所謂福祿利澤率皆歸之乎異于是者, 以余觀于
　　近世士大夫異于是者可謂多, 而文章翰墨爲不祥之物久矣."

蕭條知縣巷分居　쓸쓸히 縣巷에 나누어 삶 아네
隣梅苦問平安信　이웃한 매화에게 평안한 소식 괴로이 묻고
庭雀多憐篆籀書　정원의 참새를 보며 篆籀 안타까워하네
仙佛一班氷雪際　仙佛은 氷雪의 사이와 한가지이고
文章徑窄宋明餘　문장은 宋明의 나머지에 곧바로 다다랐네
西瀋北塞遊如夢　서쪽 오랑캐 북쪽 변방에 노닒이 꿈 같으니
城裏題詩淡返初[46]　성 안에서 시를 지음 담박하게 처음으로 돌아가네

　수련을 보면 이봉환과 남옥 그리고 유성지(柳聖趾) 등은 가장 귀진 신세이다. 이는 "신분이 가볍기"[47] 때문이며 "예나 지금이나 뜬 이름 비방으로 돌아가기"[48] 때문이기도 하다. 서얼이라는 신분 때문에 귀진 나뭇가지 같은 삶을 살게 되고 시문으로 명성이 나면 비방을 받게 되는 것이다. 그러므로 이들은 현항에서 쓸쓸히 살고 있다. 이에 함련에서 언급한 매화(梅花)와 대전(大篆)은 이들을 소외시키는 세로(世路)에서 위안을 주는 대상이다. 실제로 이봉환·남옥·채희범 등은 매화사를 결성하고 매화시(梅花詩)를 다수 지었을뿐더러, "대전을 연습한 오래된 붓 끝이 닳길 얼마던고"라[49] 할 정도로 대전에 몹시 힘썼다. 이는 앞서 살핀 대로 원통하는 물성은 모름지기 평등하기 때문이다. 경련에서는[50] 송명(宋明)의 문장에 힘썼다고 하였으니, 이들이 기이한 표현을 추구할 수밖에 없었던 것 역시 그 신분적 한계에 큰 원인이 있음을 알 수 있고, 미련을 보면 일본과 중국에 서기로 다녀온 점을 꿈처럼 아련한 추억으로 간직하고 있다. 결국 이 모든 점들이, 자신을 압박하는 세로에서 위안을 주는 것이기에, 시를 지음이 담박하게 처음으로 돌아간다 하였으니, 궁극

---

46) 권3 「時轀宅同柳景昌賦」.
47) 권3 「柳景昌聖趾宅會時轀塞後初見」 수련 1구, "身輕豈足說升沈."
48) 권3 「國衕小集」 함련 1구. "浮名今古終歸謗."
49) 권4 「雨後」 1수 함련 2구, "習篆霜毫禿幾枝."
50) 경련 1구에서 선도나 불교는 얼음과 눈이 겉모습만 다르듯이 한가지라고 하여 도·불적 취향을 나타내고 있는데, 이는 따로 자세히 다루어야 할 사항이다.

적으로 이들을 지탱해주는 것은 시였다. 그러므로 초림집단은 정신을 희롱하는 것은 오직 시문이기에 시문에 첨삭함을 힘쓴다고[51] 하였다.

이로 볼 때 초림집단은 실의한 처지를 잊어버리는 방법으로 시를 선택했고 이는 다른 무리들은 흉내낼 수 없는 고도의 창신풍 곧, 초림체의 창안으로 이어진 것이다. 신유한이나 김도수 등 18세기 전반 서얼들은 시문에서 현실의 불합리성을 꾸준히 심도 있게 비판하면서도 신분적 고통으로 괴로워하며 자괴감마저 내보였는데[52] 초림집단에 이르면 그 양상이 달라져, 자신들이 신분적 차별로 인해 받는 고통을 시문에 강하게 표현하지 않는다. 이는 그들이 현실의 모순을 앞 시기 서얼들보다 적게 느꼈기 때문이 아니다. 더욱 연구를 필요로 하는 부분이지만, 18세기 후반에 들어서자 서얼들은 현실의 모순이 고쳐지리란 희망을 가질 수 없었을는지도 모른다. 자신들의 노력으로 통청운동이 어느 정도 성과를 거두어 희망을 지닐 수 있었지만, 결국 서얼들에게 허용된 범위란 미미하기 그지없다는 사실을 깨닫는 데 반 세기도 걸리지 않았던 것은 않을까? 현실에 대한 지속적인 비판이란 그 모순이 고쳐질 희망을 내포하고 있을 때에야 힘이 솟는 것이다.

그러므로 초림집단은 신세에 대한 괴로움이나 한숨 등을 노래하기보다는 오히려 이를 딛고 일어서, 사회적 불평등을 표면에 표출하기보다는, 거기서 한 단계 위로 벗어나, 사회의 모순 자체를 냉소하였다고 할 수 있다. 그들은 모여 시를 짓고 경물을 감상하고 서예를 하고 선인들의 시를 감상하고 비평하며 문인의 삶을 살아갔고 자신들 외에는 그 어느 집단도 따라할 수 없는 지극히 정밀하고 세련된 시를 지었던 것이다. 이는 현실의 모순에 침잠하기보다는 꿋꿋하게 살며 자신의 문학적 재능을 발휘하고자 했던 것이 아닌가 한다. 곧, 그들이 걸어간 길은 참담한 늪에서 허우적거리기를 그만둔 비판적 지성인의 고고한 삶이었으리라.

---

51) 권4 「北里」 3수 함련, "弄我精神惟副墨 忘人名姓敢雌黃."
52) 김경숙, 「18世紀 前半 庶孼 文學 研究」, 이화여대 박사논문, 1999, 91~142면 참조

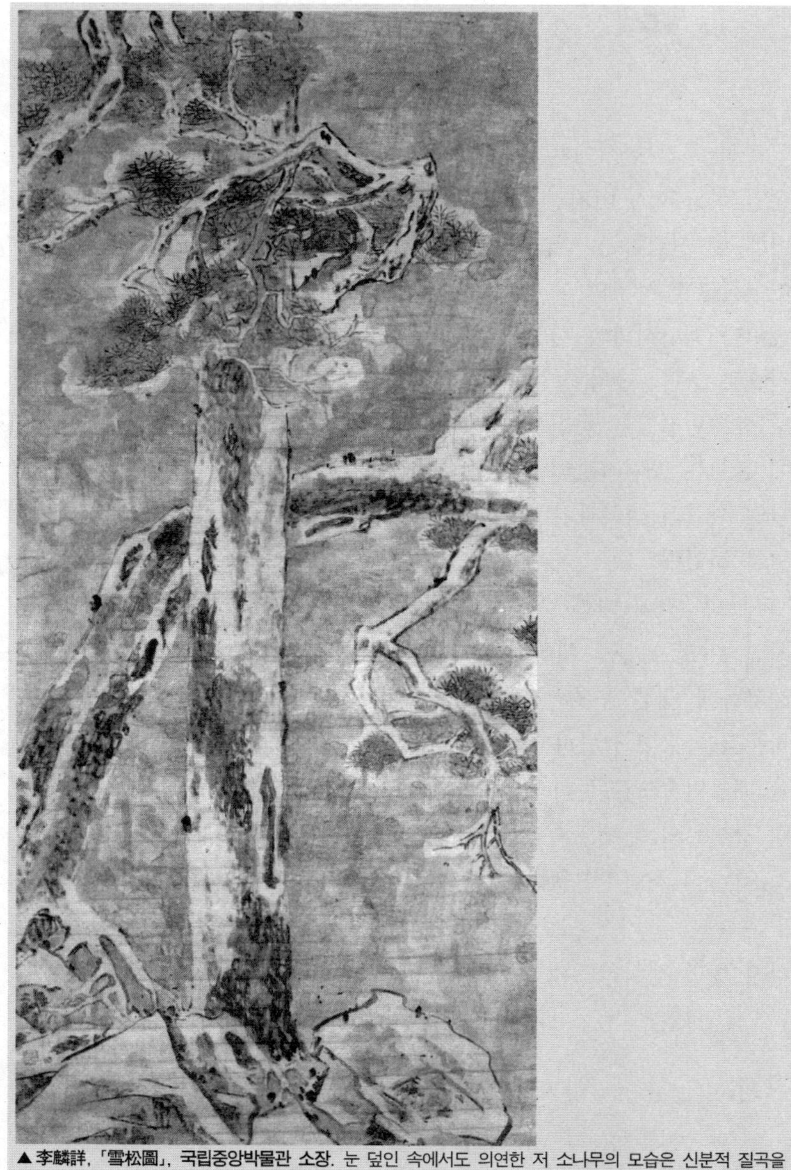

▲ 李麟詳, 「雪松圖」, 국립중앙박물관 소장. 눈 덮인 속에서도 의연한 저 소나무의 모습은 신분적 질곡을 딛고 꿋꿋하게 살아간 서얼들을 연상시킨다.

5. 맺음말

　　조선 후기 한시에 나타난 창신풍의 흐름은 택당(澤堂) 이식(李植)의 증손인 목곡(牧谷) 이기진(李箕鎭)과 절친했고 1739년 목곡이 택당의 『두시비해』를 신간하는 사업에 참여했던 고암 이세원을 거쳐 초림집단으로 이어졌고 다시 백탑시파로 이어졌다는 점에서 중요하다. 이세원의 문학론이나 백탑시파의 시풍에 대해서는 그 모습이 갖추어져 있으나, 상대적으로 초림집단의 창신풍에 대해서는 그 연구가 미비하다는 점에서 본고는 초림집단을 중심으로 조선 후기 창신풍을 연구하고자 하였다. 이에 본고는 초림집단의 문학론, 창신풍의 문학적 전개, 창신풍과 초림집단의 사회적 의식과의 관계 등을 고찰하면서 그 모습에 한발 더 다가서고자 하였다.

　　새로운 것에 대한 추구는 어느 시대 어느 곳에서도 일어나게 마련이지만, 이를 어떻게 체화시키느냐에 따라 그 성패가 나뉜다. 초림집단은 새로움에 대한 무조건적인 추구가 아니라, 우리나라와 중국의 뛰어난 작품들을 두루 섭렵하고 자신들 속에 녹아내리게 한 뒤에 '창신'한 작품을 내놓았으므로 문학적 성취를 이룰 수 있었다. 그러므로 그들이 이룩한 창신풍의 문학은 우리 문학사에서 소중하다. 또한, 조선 후기 창신풍의 흐름이 서얼 집단에게서만 나타난 것은 아니지만, 유독 서얼집단이 깊은 관심을 가졌다는 점은 문학과 사회, 문학과 계층의 관계에 대해 다시 한번 생각하도록 한다.

제 **3** 장

조선통신사 제술관 및 서기(書記)의 문학세계

1. 서론

　본고는 18세기 일본 통신사행(通信使行)에 제술관(製述官) 및 서기(書記)로 참석했던 문사(文士)들의 저술을 살펴보고 그들이 우리 문학사 내에서 가져야 할 위치를 고찰하고자 한다. 임란 이후에 재개된 일본 사행에서 제술관이란 명칭은 1682년 임술사행(壬戌使行)부터 자리잡게 되었다. 1607년에는 학관(學官)이라 하였고 1617년과 1624년에는 아예 없었으며 1636년에는 이문학관(吏文學官)이라 하여 권칙(權伏)이 참여했고 1643년과 1655년에는 박안기(朴安期)와 이명빈(李明彬)이 각각 독축관(讀祝官)이란 명칭으로 참여했다. 신유한(申維翰)의 『해유록(海遊錄)』에 의하면 선조(宣祖) 때부터 통신사를 보낼 때에는 국가에서 일광산(日光山)에 제(祭)를 올리는 전례가 있어 문신(文臣)인 독축관을 두어 그 뒤 백여 년 간은 독축관겸 제술관을 두었는데 1682년부터 일광산에 제를 올리는 것을 폐지하여 제술관이라 하였다. 서기의 경우는 1636년 2명, 1655년 3명 1682년 2명이던 것이 18세기에 이르러 3명으로 고정되었는데 이는 각각 통신정사(正使)·부사(副使)·종사관(從事官)의 서기였다. 그리하여 18세기 이후에는 제술관 1명과 서기 3명으로 한 번의 사행에 4명의 문사가 참여하게 되었다. 또한 통신사행에서 제술관과 서기의 역할이 본격적으로 부각된 것은 17세기 후반부터이다. 일본인들의 조선 문화 특히 시문(詩文)에 대한 욕구는 대단하여 '부러워하고 사모하여 떼지어 다니며, 학사대인이라 부르면서 시문을 청하노라 거리가 메이고 문이 막'힐 지경이었다. 이에 응할 수 있는 문사의 필요가 절실히 요청되었고 이 요구에 부응하여 시문에 능한 문사를 제술관 및 서기로 선발한 것이다.[1]

18세기에 조선통신사는 1711년 신묘(辛卯), 1719년 기해(己亥), 1748년 무진(戊辰) 그리고 1763년 계미(癸未) 등 네 차례에 걸쳐 일본에 파견되었다. 한번의 사행에 네 명씩이고 네 번의 사행이므로 모두 16명의 문사들이 있었다. 그들이 통신사에 뽑힌 이유는 문재(文才)가 있다는 이유 때문이었다. 당대에 이미 시문으로 이름을 날려 천거되었던 것이다. 일본에서 이들의 활약은 대단하였고 일본인들의 이들에 대한 예우도 굉장하였다. 네 문사들에게 자신들이 지은 시문을 보이고 네 문사들이 창화(唱和)한 작품을 얻고자 열광하였고 자신들의 문집에 서(序)나 발(跋)을 써주기를 간청하기도 했다. 그러나 모든 이들이 조선 문사들을 만날 수 있었던 것도 아니고 조선 문사를 수행하는 일본인에 의해 뽑힌 혹은 허락받은 일본인들만이 조선 문사를 만날 수 있었다. 조선 문사와 일본인들이 창화한 시문 심지어는 대화조차도 즉시로 출간(出刊)되어 강호(江戶)로 가는 도중 대판(大阪)에서 창화한 작품들이 강호에서 돌아오다 대판에 이르면 이미 책으로 나와 있곤 했다. 조선 문사들은 밥 먹을 시간, 잠을 잘 시간도 없이 밀물처럼 밀려드는 일본인들과 창화를 해야 했는데 한

---

1) 申維翰, 『海遊錄』, 조선연구회, 1915, 1~2면과 李元植, 『朝鮮通信使』, 민음사, 1991, 39~41면 참조

사람이 수천 수(首)의 시(詩)를 쓰곤 했다. 결국 이 분량은 엄청난 것이며 조선 문사들이 일본에 끼친 영향도 크다. 또한 일본이라는 이국(異國)의 문물(文物)을 접하고 돌아온 문사들의 경험, 특히 그들의 사행기록(使行記錄)은 외국과의 접촉이 활발하지 않았던 조선의 다른 문사들에게 많은 영향을 주었다.

또한 18세기는 우리 문학사 넓게는 우리 역사에서 매우 중요한 시기였다. 정치·사회·경제적인 면에서 여러 모로 변동이 일어났고, 일본이나 서양의 제국들이 아직은 조선에 표면적인 야심을 보내지는 않았던 때이다. 이러한 때에 일본에 파견되어 일본의 문물을 접하고 일본인의 동태를 파악하는 통신사의 임무는 중요한 것이었다. 일본인들을 직접 접할 기회가 세 사신보다 많았던 네 문사들의 역할도 큰 것이었다.

그런데 우리 문학사나 문인사전(文人辭典) 혹은 인명사전(人名辭典) 등을 살펴보면, 이들에 대한 자료를 거의 찾아볼 수 없다. 신유한이나 김인겸(金仁謙), 성대중(成大中) 정도이고 최근에 이르러 원중거(元重擧)에 대한 연구가 있었다. 예로써 일본인들이 최고의 문장으로 꼽는 이현(李礥)은 『규사현인록(葵史賢人錄)』에서나 이름을 겨우 찾아 볼 수 있었다. 한 시대에 한 전문 집단으로 형성되었던 이들이 우리 문학사에서 미미한 위치를 점하고 있는 것이다. 아니 아예 찾아 볼 수도 없는 것이다.

이러한 이유로 본고는 이들에 대한 가치평가를 하고자 하여 시도되었다. 이들이 남긴 문집, 일본에서의 창화기록, 일본 사행기록을 살펴보고 이들의 문학적 위치를 규명하고자 한다. 이를 위해 우선적으로 이들의 신분과 문학관을 고찰하고자 한다.

2. 제술관 및 서기의 신분과 신분인식

1) 신분적 특성

먼저 제술관과 서기를 지낸 문인들을 살펴보면 다음과 같다. 신묘(辛卯) 사행 때 제술관은 동곽(東郭) 이현(李礥, 1653~1718)이며 서기는 경호(鏡湖) 홍순연(洪舜衍), 용호(龍湖) 엄한중(嚴漢重), 범수(泛叟) 남성중(南聖重)이다. 기해(己亥) 때는 청천(青泉) 신유한(申維翰, 1681~1752), 국계(菊溪) 장응두(張應斗), 장소헌(長嘯軒) 성몽량(成夢良, 1673~1735), 경목자(耕牧子) 강백(姜栢, 1690~1777)이 있다. 무진(戊辰) 때는 구헌(矩軒) 박경행(朴敬行, 1709~?), 제암(濟菴) 이봉환(李鳳煥, 1710~1770), 취설(醉雪) 유후(柳逅, 1692~1780), 해고(海皐) 이명계(李命啓)가 참여했다. 계미(癸未) 때는 추월(秋月) 남옥(南玉, 1722~1770), 용연(龍淵) 성대중(成大中, 1732~1812), 현천(玄川) 원중거(元重擧, 1719~1790), 퇴석(退石) 김인겸(金仁謙, 1707~1772)이 참가했다.

이현은 『규사현인록』에 나타나기에 서얼임을 쉽게 알 수 있다.[2] 이현은 1675년에 진사급제(進士及第), 1693년에 문과장원, 1697년에 중시급제(重試及第)를 하고 1699년 황해도 안악군수(安岳郡守)를 역임했다. 외가(外家)는 목은(牧隱) 이색(李穡)의 가문이며 임진란 때의 영의정 이산해(李山海)가 외고조부(外高祖父)이고 외증조(外曾祖)인 이경전(李慶全)은 호당(湖堂)에 선발되었던 학자로 인조(仁祖) 때 일광산의 동조묘(東照廟)에 기제(寄題)의 시를 지었다. 처가(妻家)로는 처조부(妻祖父)가 사계(沙溪) 김장생(金長生)이고 장인은 신독재(愼獨齋) 김집(金集)이다.[3] 홍순연은 1705년 증광시(增廣試) 병과(丙科)에 급제했고 사행 당시는 종5품인 봉상판관(奉常判官)이었다. 1719년 통신사 정사(正使)였던 홍치중(洪致中, 1667~1732)과 함께 남양

---

2) 『癸史賢人錄』(李離和 편, 『朝鮮庶孼關係資料集』, 여강출판사, 1985, 262면).
3) 松田甲, 『韓日關係史』, 朝鮮總督府 發行, 1929, 安岳 李氏 世譜, 108~111면.

(南陽) 홍씨(洪氏) 당홍계(唐洪系)로 혈연관계가 있을 것으로 추정된다.[4] 엄한중은 1706년 정시(庭試) 병과(丙科)에 급제했고 비서성박사(秘書省博士)·고창태수(高敞太守)·첨정(僉正) 등을 지냈다.[5] 남성중은 사행 당시 오위(五衛)에 속한 종6품의 부사과(副司果)였는데[6] 이는 서기로 삼기 위해 내린 명목상의 벼슬인 듯하다. 신유한 역시 서얼로[7] 1705년 진사시에 갑방으로 뽑히고 1713년 증광시(增廣試) 갑과(甲科)에 장원 1717년 비서저작랑(秘書著作郎), 1719년 제술관겸전한(製述官兼典翰)으로 일본에 갔다가 1720년 귀국하여 승문원(承文院) 부정자(副正字)에 임명되고 다시 성균관 전적(成均館典籍)에 임명되고, 1721년 봉상시판관(奉常寺判官) 1722년 무장현감(茂長縣監) 1726년 첨정(僉正) 1727년 평해군수(平海郡守) 1739년 연천현감(漣川縣監) 1744년 봉상시첨정 1745년 영일현감(迎日縣監) 1748년 경주공도회고시지임(慶州公都會考試之任)을 맡았다.[8] 문집으로는 『청천집』과 『청천선생속집』이 국립도서관에 있고 통신사행록으로는 『해유록』이 전한다. 장응두는 진사(進士)로 1719년 당시 50세였다.[9] 성몽량은 창녕(昌寧) 성씨(成氏)로 진사(進士)였고 1682년 임술사행 때 제술관이었던 성완(成琬)의 조카이다.[10] 강백은 1714년에 진사 1등을 하였고 1719년 통신사행을 다녀온 뒤 1720년에 홍치중의 막부(幕府)에 진사백의(進士白衣)로 종사(從事)했다. 1727년 정시 장원을 하고 교위(校尉) 성균박사(成均博士) 전적(典籍) 충무위부사맹(忠武尉副司猛)을 거쳐 1728년 종6품의 성환찰방(成歡察訪)

---

4) 任守幹, 『東槎日記』乾 신묘 통신사 좌목, 민족문화추진회 刊; 『해행총재』 9; 중앙일보사 편, 『성씨의 고향』, 중앙일보사, 1989, 2200면.

5) 任守幹, 『東槎日記』; 중앙일보사 편, 『姓氏의 故鄕』 1154~1156면; 『兩東唱和錄』卷下, 浪速 日新堂藏版, 1712.

6) 任守幹, 『東槎日記』.

7) 『葵史賢人錄』, "字周伯 號靑泉 文章名世 有文集."

8) 『靑泉先生續集』 권10「年譜」, 『靑泉先生續集』 권11「行狀」.

9) 松田甲, 『韓日關係史』; 『桑韓唱酬集』, 1719, 浪華 河閒正胤 校閱.

10) 吳世昌, 『大東詩選』 권6; 『昌寧成氏桑谷公派系譜』 권2, 49~50면; 申維翰, 『海遊錄』 61면; 『桑韓塤篪集』, 京華書坊圭文館 發行, 1719; 『蓬島遺珠』 後篇, 吳下 玄洲朝文淵 著, 1719, 10면.

에 부임했다. 이인좌(李麟佐)의 난(亂) 때 공을 세웠으나 모함을 받아 철산(鐵山)에서 5년 간 유배생활을 하고 홍치중의 노력으로 풀려나와 정산현감(定山縣監)이 되었으나 곧 그만두고 벼슬길에 나아가지 않았다. 1769년 80세의 나이에 우로(優老)로 통정대부(通政大夫), 가선대부한성부우윤겸동지의금부사오위도총부부총관(嘉善大夫漢城府右尹兼同知義禁府事五衛都摠府副摠管)의 관직이 내렸으나 사양했다. 증조(曾祖)인 강홍중(姜弘重)도 인조 2년 1624년 통신부사로 일본에 다녀왔다. 강백이 지은『해사록(海槎錄)』이 있었다 하나 현재 전하지 않는다.[11) 문집인『우곡집(愚谷集)』이 국립도서관에 있다. 박경행은 1733년 진사, 1742년 정시에 합격하고 성균관전적을 지냈다.[12) 이봉환은 1733년 진사가 되었고 사행 당시는 종8품 봉사(奉事)였으며 홍봉한의 천거로 관직에 나가 양지현감(陽智縣監)을 지냈고 1770년 최익남옥(崔益男獄)에 연루되어 옥사했다. 그의 문집인『우념재시문초(雨念齋詩文鈔)』에 연행(燕行) 길을 왕복하면서 쓴 시가 70여제(題) 전하는 것으로 미루어 볼 때 1749년에서 1770년 사이에 연행에도 다녀왔음을 알 수 있다. 그의 아들인 이명오(李明五)도 1811년 통신사행에 부사서기로 다녀왔다.[13) 문집으로는『우념재시문초』외에도 규장각에『우념재시고(雨念齋詩藁)』가 전한다. 이명계는 1741년 진사로 사행 때 나이는 34세 였다.[14) 유후도 서얼로 진사에 급제하고 사행 당시의 벼슬은 봉사(奉事)였으며, 북부참봉, 안기(安奇)찰방을 지냈다.[15) 남옥은 유후의 손자며느리의 아버지이다. 1753년 문과급제하고 현감을 역임했으며 계미 사행 후에도 군수를 지냈으나 최익남옥(崔益男獄)에 연루되어 죽었

---

11)『桑韓唱酬集』;『愚谷集』권6 行狀.
12)『和韓唱和錄』卷上(浪華書林, 1748), 3면, 32면.
13)『大東詩選』권6, 74면;『和韓唱和錄』卷上, 3면, 32면; 이원식,『朝鮮通信使』, 민음사, 1991, 39면에 보면 1811년 부사서기가 이명오로 되어 있는데 이는『雨念齋詩文鈔』에 이봉환의 아들로 나오는 이명오와 동일인물로 보인다.
14)『和韓唱和錄』卷上, 3면, 33면.
15) 오수경,「18세기 서울 文人知識層의 性向」, 성균관대 박사논문, 1990, 125면 참조;『和韓唱和錄』卷上, 3면; 이원식,『朝鮮通信使』, 민음사, 1991, 193면.

다.[16] 본관은 의령(宜寧) 남씨(南氏)로 1655년 통신사 종사관이었던 남용익(南龍翼)과 1748년 부사였던 남태기(南泰耆)와 더불어 조선개국공신(朝鮮開國功臣)인 남재(南在)의 후손이다.[17] 사행기록으로 『일관기(日觀記)』가 국사편찬위원회(國史編纂委員會)에 소장되어 있다. 성대중 또한 서얼로 1711년 서기 성몽량(成夢良)의 동생인 성몽규(成夢奎)의 후손이다. 1753년 생원시 합격, 1756년 정시문과에 별과로 급제하였다. 1784년 흥해군수(興海郡守)를 지냈고 뒤에 북청부사(北靑府使)가 되었다.[18] 문집으로는 『청성집(靑城集)』과 『청성잡기(靑城雜記)』가 있고 일본기록으로는 『일본록(日本錄)』이 고려대학교 도서관에 소장되어 있다. 원중거도 서얼인데 그의 집안은 원래 문반의 명문이었지만 9대조 때부터 무반의 길로 들어서 몰락하게 되었다. 1750년 사마시에 급제한 후 10여 년 간 관직을 얻지 못하다가 40세가 넘어서야 종8품인 장흥고 봉사(長興庫 奉使)를 맡는다. 1771년 송라(松羅) 찰방, 1776년 장원서 주부(掌苑署 主簿), 1790년 목천(木川) 현감 등의 종6품 관직을 전전했다. 1789년에는 규장각(奎章閣)에서 벌인 『해동읍지』 편찬에 이덕무·성대중·박제가·이만수·윤행임 등과 참여했다. 아들인 원유진(元有鎭)이 이덕무의 계매서(季妹胥)이다.[19] 일본사행 기록으로 『승사록(乘槎錄)』이 고려대학교 도서관에 있고 『화국지(和國志)』가 영인본으로 간행되어 있다. 김인겸 역시 서얼인데 대단한 가문 출신으로 문정공(文正公) 김상헌(金尙憲)의 현손이며 몽와(夢窩) 김창집(金昌集)의 오촌조카이다. 그러나 47세에야 사마시에 합격했고 벼슬은 사행을 다녀온 뒤에 지평(砥平) 현감을 지냈다.[20] 일본사행 기록으로는 국문시

---

16) 『大東詩選』 권6, 63면.

17) 『宜寧南氏承旨公派譜』 一卷(국립중앙도서관 소장본), 44면~47면 참조.

18) 『大東詩選』 권6, 57면; 成大中, 『靑城集』 해제, 여강출판사, 1982; 『昌寧成氏桑谷公派系譜』 권2, 49~50면.

19) 오수경, 「18세기 서울 文人知識層의 性向」, 성균관대 박사논문, 1990, 105~110면.

20) 이민수 校註, 金仁謙, 『日東壯遊歌』, 탐구당, 1981, 18~19면; 서정규, 「使行歌辭 硏究」, 경북대 교육대학원, 1986, 7~9면 참조.

가인 『일동장유가(日東長遊歌)』가 있다.

　이로 알 수 있듯이 이현·신유한·박경행·남옥 등 제술관은 모두 문과(文科)의 대과(大科)에 장원을 했고, 서기는 대부분 소과(小科)에 급제한 진사(進士)였다. 제술관과 서기의 선발에 문재(文才)를 중요하게 여겼고, 특히 제술관의 경우는 대과(大科)에 장원을 했는냐의 여부가 객관적이고 공정한 기준으로 작용했던 것이다. 그런데 이들 제술관과 서기들이 이미 대과(大科)나 소과(小科)에 급제를 한 상태였어도 사행에 뽑혔을 당시는 낮은 벼슬을 하고 있거나 벼슬이 없어서 종6품이나 종8품 정도의 벼슬을 임시로 받았다. 사행에 다녀 온 뒤로도 현감이나 찰방 등의 종6품 정도의 벼슬살이를 전전했다. 더 이상 높이 올라가지 못하고 비슷한 위치에 머물렀다. 또한 이현·홍순연·강백·성몽량·이봉환·유후·남옥·성대중의 예에서 알 수 있듯이 한번 사행에 다녀온 집안에서 다시 사행에 나가 그 방면에 대한 전문 집단으로 인식되었던 것으로 보인다. 그렇다면 이 전문 집단은 어떠한 집단을 말하는가? 이는 사대부서얼(士大夫庶孽)로 보인다. 위에서 살펴보았을 때 이현·신유한·유후·남옥·성대중·원중거·김인겸 등이 서얼임이 확실하다. 특히 제술관이었던 이현·신유한·남옥이 서얼이기에 그들보다 아래에 처한 서기들도 서얼이었으리란 점은 의심할 여지가 없다. 또 벼슬이 엇비슷하다는 점에서도 같은 계층이었을 것이다. 결국 통신사행의 제술관과 서기는 서얼(庶孽) 계층(階層)에서 문재(文才)로 유명했던 이들이 맡았던 것이다.

2) 신분적 위치와 인식

　서얼이 조선 후기 신분사회에서 지닌 계층적 위치는 어떠하였는지 살펴보겠다. 계층적인 면에서 볼 때 서얼의 위로는 사대부(士大夫)가 있었고 아래로는 중인(中人)이 있었다. 사대부도 벼슬과 관직에 따라 천차

만별이긴 했지만 여기서 의미하는 사대부는 신분적 제약없이 조정의 청현직(淸顯職)에 나아갈 수 있는 사대부이다. 중인의 경우는 대체로 기술직(技術職) 중인(中人)을 의미하는 것인데, 기존의 연구들은 통칭 중서(中庶)라 하여 서얼과 중인을 함께 묶어서 부르는 경향이 많았다. 같은 중인계층으로 보기도 했으며, 문헌에 의거하여 넓은 의미의 중인으로 기술직 중인과 서얼을 함께 보기도 했다.21)

　서얼들은 신분적 문제 때문에 문(文)이나 무(武)에 종사하기도 하고, 기술직 중인의 역(役)을 하기도 했다. 문무(文武)에 특히 문(文)에 종사한 경우는 그래도 서얼로서 양반이란 신분을 유지하려던 것이었고 기술직 중인의 일을 한 것은 신분적으로나 계층적으로나 중인의 위치로 내려간 것이다. 이 뒤의 경우라면 중서(中庶)라 하여 함께 부르는 것이 무리가 없겠지만, 앞의 경우 특히 시문(詩文)에 종사한 경우는 불가하다. 시문에 종사한 예는 본고가 대상으로 하고 있는 통신사 제술관 및 서기가 대표적이다. 그들은 글을 읽고 과거를 보아 생원(生員)이나 진사(進士)가 되고, 나아가 문과(文科)에 급제하기도 하고 미관말직이기는 하지만 벼슬살이도 하였다. 곧, 적자(嫡子)들과 함께 적자들이 보는 과거를 보고 벼슬길에 나아갔던 것이다. 의역(醫譯) 중인(中人)이 보는 과거를 보았거나 그 일에 종사했을 서얼들과는 차이가 난다. 곧, 서얼 내에서도 계층적(階層的) 분화(分化)가 일어난 것이다. 그러므로 서얼 내의 분화를 인정하고 시문에 종사한 서얼과 기술직 중인을 구별해야 한다.

　필자가 살펴 본 바에 의하면 당대에 서얼과 기술직 중인들은 서로 다른 계층이라는 의식이 있었다. 기존 연구에서 밝혀졌듯이 중인문학은 17세기 말부터 시작하여 18세기에 이르러 융성을 보았다. 1668년『육가잡영(六家雜詠)』이 나타났고 1712년『해동유주(海東遺珠)』를 필두로 하여

---

21) 정옥자,『朝鮮後期文化運動史』, 일조각, 1988; 윤재민,「朝鮮後期 中人層 漢文學의 研究」, 고려대 박사논문, 1990; 황재문,「朝鮮後期 中人文學研究의 問題點 解決을 위한 試論」, 서울대 석사논문, 1993 참조.

1737년에 『소대풍요(昭代風謠)』 1797년에 『풍요속선(風謠續選)』이 나왔다. 또한 19세기에 이르러서는 1857년에는 『풍요삼선(風謠三選)』이 나왔고, 중인에 대한 산문기록으로는 조희룡(趙熙龍)과 유재건(劉在建)이 1844년과 62년에 중인전기인 『호산외기(壺山外記)』와 『이향견문록(里鄕見聞錄)』을 내놓았고 이경민(李慶民)이 1866년에 『희조질사(熙朝軼事)』를 썼고 1917년에는 장지연(張志淵)이 『일사유사(逸士遺事)』를 내놓았다. 그런데 이렇듯 풍성한 18·9세기의 중인 관련 자료에 18세기 일본사행의 제술관 및 서기는 한 사람도 들어 있지 않다. 이는 우연은 아닌 듯하다. 시문을 통해 일본인들을 교린하여 무력(武力)을 약화시켜 다시는 전쟁을 일으키지 않도록 하기 위해 뽑아 보낸 명문장(名文章)들이 중인의 시선집(詩選集)이나 전기집(傳記集)에 모두 들어 있지 않은 것은 편찬자들의 취향만으로 볼 수는 없다. 서얼과 중인은 구별되었던 것이다. 특히 문(文)에 종사한 서얼과 기술직 중인은 당대에 이미 서로 다른 계층이라는 의식이 있었던 것이다. 그러므로 중인과 서얼을 함께 다루는 것은 문제가 있다.

그렇다면 이렇듯 중인과는 자타가 구별하는 '서얼'이라는 신분으로 오로지 문재(文才)로 선발된 통신사행에서 이들의 위치는 어떠한 것이었는지 살펴보도록 하겠다. 이에 대한 실마리를 풀 수 있는 하나의 사례를 1763년 서기였던 원중거의 『승사록』에서 찾을 수 있다. 1763년 조선통신사 일행은 8월 3일에 한양을 출발하여 대략 20일 정도의 노정(路程)으로 양재(良才)·용인(龍仁)·죽산(竹山)·충주(忠州)·풍산(豊産)·안동(安東)·경주(慶州)·울산(蔚山) 등을 위시한 여러 고을을 거쳐 8월 22일 부산(釜山)에 이르렀고, 부산에서는 날씨 때문에 대략 한 달 반 정도를 머문 뒤 10월 6일에야 배를 타고 일본으로 떠났다. 한양을 출발하여 일본으로 떠나기 전까지의 이 두 달 동안 서얼들은 세 사신(使臣)이나 지공(支供)을 하러 온 고을 원 등 사대부와는 무리 없이 지냈지만 중인 계층과는 심심하지 않게 반목을 하였다.

이 날 들에 자리를 펼칠 때 우리 무리가 먼저 앉아 있었고 합천 고을 원이 후에 이르러서 인해서 더불어 허물없이 앉았더니, 한 군관이 이로 인해 두 벗을 질책하며 배우지 못한 양반이라고 했다고 한다.[22]

1763년 9월 3일 제술관과 서기들은 정사인 조엄(趙曮)과 종사관인 김상익(金相翊)을 따라 해운대(海雲臺)로 유람을 갔는데, 들에다 자리를 펼칠 때 제술관인 남옥과 서기인 성대중이 먼저 자리에 앉아 있었고 뒤에 합천 군수 심용(沈鏞)이 와서 서로 허물없이 앉아 있었다. 합천 고을 원과 이들은 전부터 알고 지내던 사이였기 때문이었다.[23] 그런데 중인인 군관이 이를 보고 남옥과 성대중을 가리켜 배우지 못한 양반이라고 욕을 보였던 것이다. 비록 합천 고을 원과 서얼들이 잘 알고 있었고 친밀한 관계였다고 하더라도 중인들이 보기에는 서얼이라는 신분은 사대부의 아래였던 것이다. 그런데 정작 심용(沈鏞)은 원중거 일행에 대해 호의적이었다. 곧, 바로 다음날 밤에 이들을 즐겁게 해주기 위해 음식을 장만해 와서 밤늦게까지 기생들의 노래를 듣고 놀다가 갔다.[24] 사대부 쪽에서는 서얼들을 어느 정도로는 자신들과 동등하게 대우하고 있었음을 알 수 있다. 서얼을 둘러싼 중인과 사대부의 이러한 미묘한 갈등의 관계는 다음의 예에서도 드러난다.

부방(副房)과 삼방(三房)이 함께 몰운대(沒雲臺)로 나가, 나와 시온과 사집이 먼저 몰운대에 도착했다. 나와 사집이 눈을 보호하려고 장막 뒤에서 잠깐 쉬다가, 역관 이명화로부터 능멸을 당했다. 흰 머리로 고달프고 힘이 없으니 가히 서럽다. 부방과 삼방에게 아뢰고 돌아가서는 또한 상방에게 아뢰었다. 이에 앞

---

22) 元重擧, 『乘槎錄』 권1 9월 3일, "是日, 野席, 吾輩先坐, 陜川倅後至, 因與狎坐, 有一軍官因此叱責兩友, 謂之不學兩班云."
23) 元重擧, 『乘槎錄』 권1 9월 1일, "丹城倅李趾光, 陜川倅沈鏞, 俱以支站來, 皆舊識也."
24) 元重擧, 『乘槎錄』 권1 9월 4일, "沈陜川鏞, 爲吾輩一歡, 命饌而至, 意甚殷勤, 聽歌至三更而罷."

서 차기(箚記)가 있어 올리려고 하였으나 두 벗이 억지로 말리어 소매 속에 두고 꺼내지 않았다가, 밤에 바치려고 하였더니 사상(使相)이 따뜻한 말로 말리시기에 하는 수 없이 근심스럽고 번민하는 뜻을 간략히 아뢰었다.

　　해운대로부터 돌아온 뒤로 한 구절의 시도 짓지 못했으니 무릇 여드레나 되었다. 중구절(重九節)에 경치 좋은 곳에서 구절을 찾아 시를 쓰려는 흥이 또한 없구나.[25]

　　이 역시 앞의 사건과 거의 비슷한 구도에서 일어난 사건으로 중인 쪽에서 먼저 문제를 일으키고 있다. 여기서는 부사인 이인배(李仁培)와 종사관인 김상익이 몰운대로 놀러가자 제술관과 서기들도 따라 갔는데 원중거와 성대중이 눈이 아파서 잠시 쉬자 이에 대해 역관인 이명화가 능멸을 하였다. 아무리 반쪽이라도 명색이 사대부이고 나이도 마흔 다섯이나 되었는데 중인인 역관에게서 능멸을 당하자, 자신들의 신세가 힘이 없고 고달프기 때문에 그런 수모를 당하는 것이라는 생각이 들게 되고 이에 따라 몹시 서러워졌다. 이 때 원중거가 할 수 있는 일이란 것은 사대부인 세 사신에게 알리어 역관에 대한 처분을 기대하거나 조정에 아뢰어 서기를 그만두는 것뿐이었다. 그러나 세 사신이 역관을 벌했다는 기록은 없으니, 세 사신의 입장에서도 서얼들을 위로했을 뿐 실제적으로 통신사행에서 통역이라는 실무를 담당한 역관을 벌주려고 하지는 않았던 것이다. 원중거도 더 이상 문제를 일으키지는 않았다. 다만 9월 3일 해운대에서 일이 있었던 이후 시를 짓지 못하고 있었다는 데서 원중거의 상심이 컸다는 것을 알 수 있는데 얼마 안 있어 9월 9일에 몰운대에서의 사건이 연속적으로 일어났으니 신분에 대한 번민이 더욱 커질 수밖에 없었던 것이다.

---

25) 元重擧, 『乘槎錄』 권1 9월 9일, "副三房俱出沒雲臺, 余與士執韞執兩友先至臺, 余與士執爲護眼, 少憩于帳後, 忽被譯官李命和侵侮, 白首困頓可悲也, 告于副三房, 歸亦告于上房, 先此有箚記欲呈, 而爲兩友挽止, 留袖中不發夜欲納之, 使相以溫言止之, 不得已略告愁悶之意, 自海雲歸後, 不作一句詩, 凡八日矣, 重九勝地, 亦無探句之興矣."

서얼과 중인 사이의 이러한 긴장관계는 마침내 토교(土校)인 선장(船長)
김귀영(金貴榮)과 원중거와의 싸움으로 폭발을 한다. 원중거는『승사록』
에 아예 이에 대한 기록을 싣지 않고 다만 다음처럼 짧게 김귀영이 벌
을 받았다는 사실만을 기록하였다.

> 김귀영(金貴榮)이 부백(府伯)으로부터 엄하게 곤장 17대를 맞았다고 한다. 조
> 정의 체(體)를 중하게 하는 것은 진변(鎭邊)의 풍속이다. 귀영은 본래 부의 장교
> 인데, 전에 일개 선장으로서 교만하고 방자하며 거리낌이 없어 나에게 패악을
> 떨고 오만하게 굴었다. 상상이 처음에는 곤장 세 대를 때렸고, 뒤에 다시 엄하
> 게 곤장 15대를 때렸는데, 그 임무에 흐릿하여 이에 이르러 또 중죄를 받은 것
> 이다.26)

이는 9월 20일에 일어난 사건으로, 원중거가 부산 첨사를 만나러 갔
을 때, 정사 조엄이 동래부사(東萊府使) 시절부터 아끼던 김귀영이 마루
에 앉아 원중거에게 인사를 하지 않는지라 원중거가 자기 처소에서 김
귀영을 불렀으나 오지 않고 다섯 번을 부르자 겨우 와서 무례하게 굴었
는데, 이를 조엄에게 아뢰었으나 조엄은 그저 두 사람을 화해시키려 하
였고 김귀영은 조엄을 믿고 원중거의 소매를 잡고 욕을 하였다. 이에
다시 조엄에게 아뢰니 조엄이 원중거와 김귀영의 하인들을 곤장 다섯
대씩 때리도록 하였다. 이는 원중거와 김귀영이 모두 잘못했다는 뜻이
며 두 사람을 모두 벌 준 것과 같은 것이었다. 이에 원중거는 마침내 화
가 나서 서기를 그만두겠다고 떠나 버린다.27)

---

26) 元重擧,『乘槎錄』권1 9월 28일, "金貴榮逢十七嚴堀於俯伯云, 所以重朝體鎭邊俗
  也, 貴榮本以俯校, 前此爲一船將驕恣無憚, 至有悖慢於余, 上相初施三棍, 後更嚴棍
  十五, 而汰其任至, 是又受重罪."
27) 金仁謙,『日東長遊歌』, 탐구당, 1981, 72~73면, "일기선장 김구영이, 안연(安然) 부
  동(不動)하고, 마루에 높이 앉아, 무례하기 심한지라, 원자재 하처에 가, 사령으로 부르
  라니, 거역하고 아니오고, 다섯 번째 겨우 와서, 청죄도 아니하고, 장에 들어 앉으려니,
  분함을 못 이기어, "돌아가라" 호령하니, 구영이 발악하고, 불공한 말 많이 하니, 하인
  불러 분에(忿恚)하고, 정사상께 아뢰오니, 선장 불러 화해하니, 할 일 없어 나올 적에,

이에 남옥과 성대중이 함께 뒤쫓아가서 동래부 앞 반형(班荊)에 이르러 작별했고, 돌아 와서는 모두 돌아가자고 하였다.[28] 일이 이렇게 되자 조엄이 심부름꾼을 통해 편지를 계속 보내다가 자제 군관을 보내니 원중거가 30리를 갔다가 돌아 왔다.[29] 조엄이 이를 무마하고자 김귀영을 다스렸으나 서얼들은 그래도 속이 풀리지가 않았으므로 이에 김인겸이 돌아갈 것을 청하면서,[30] "자재 설치 못한 것은, 아니 감이 옳"다며 나서서 조엄과 담판을 짓는다. 또한 서기와 제술관은 "일대의 문장이요, 하물며 서기 노릇, 일시의 극선(極選)"[31]이고 "제 집에 있을 제는, 장교 하나 두루기를, 남의 일을 아니"[32]빌었는데 이번 행로에 이미 군관과 비장 역관들이 서기들에게 거만하게 굴고 업신여긴 것은 여러 번 있던 일로, 자신들이 비록 처지는 한미하지만 독서하고 자호(字號)하는 선비인데 배를 탄 뒤에 또 욕을 당하면 하늘로도 바다로도 갈 수 없기에 서기를 그만두겠다고 한다.[33] 이처럼 제술관 서기 네 사람을 구차히 다르게 대우할 수 없다는 뜻을 인용하니 조엄이 김귀영을 엄하게 곤장 때려서 내치고 바로잡고,[34] 사건을 마무리하게 된다.

그런데 이렇게 며칠에 걸쳐 일어났던 사건에 대해 원중거가 위의 인용문처럼 짧게 쓰면서 김귀영이 조엄과 부백(府伯)으로부터 곤장을 맞았다는 사실만을 쓴 것은, 이 사건에 대해서는 언급도 하기 싫다는 자존

선장이 중로에서, 자재의 소매 잡고, 노기가 발발하여, 무수히 후욕(詬辱)하니, 사방(使房)에 고쳐뵈고, 욕본 말 다 아뢰니, 선장과 자재 종을, 오도(五度)씩 결곤하니, 자재가 절분(切忿)하여, 삯말타고 올라갈ʹ제."

28) 南玉, 『日觀記』 夏 9월 20일, "與成友追到東萊府前班荊作別, 還並請歸."

29) 南玉, 『日觀記』 夏 9월 21일, "使相伻書相續, 至送子弟軍官, 元友行三十里而還."

30) 南玉, 『日觀記』 夏 9월 22일, "使相治船將, 猶未快, 金士安亦請歸."

31) 金仁謙, 『日東長遊歌』, 탐구당, 1981, 83면

32) 金仁謙, 위의 책, 84면

33) 金仁謙, 위의 책, 78면, "서기 노릇하는 양반, 비록 심히 세미(細微)하나, 임하(林下)에 독서하고, 자호(字號)하는 선비로서, 욕본 땅에 앉았다가, 배 탄 후 또 욕 보면, 하늘로 못 오르고, 바다로 못 들지라, 뒷발 디딜 평지에서, 하직하고 가나이다."

34) 南玉, 『日觀記』 夏 9월 22일, "引四人不可苟異之義, 使相迺嚴棍船將汰去改定."

심의 표현이며 나아가 김귀영이 잘못을 했기에 벌을 받았다는 사실만은 남기고 싶었던 것이라고 보인다.

이 사건을 함께 겪은 남옥은 제술관과 서기는 본래 백의(白衣)로 따라가므로 이름이 빈좌(賓佐)에 있으니, 처음부터 문법(文法)으로 구애할 수 없고 또한 군법으로도 속박할 수 없고, 여유 있고 편안하니, 문물을 장식하고 남다른 풍속을 드러낼 수가 있었는데 사람의 재능이 점점 낮아지고 세상의 수준이 점점 떨어져서 혹은 문법으로 구애하고 군법으로 속박하여, 역관이 능멸하고 명목이 혼란스러워지게 된 것이라고 하였다. 그리고 비록 선장을 바꾼다는 것은 난처함이 있지만, 의리상 김귀영과는 같은 배에 탈 수가 없다고 한다. 조엄이 이러한 뜻을 알면서도 김귀영을 삭탈하지 못하다가 단연히 마음을 돌려 처리하여 마땅함을 얻었으며 자신들도 마땅히 무작정 고집을 세울 수가 없는지라 더욱 스스로 조심하여 지극한 뜻을 저버리지 않겠다고 조엄에게 대답하고, 서로 격려하며 자신들은 큰 절개를 주선함이 옳고 작은 절개를 다투는 것은 입을 다무는 것이 옳다고 결론을 내린다.[35]

김인겸은 1711년 신묘 사행 때에는 제술관이던 동곽 이현이

> 수역(首譯)을 꾀어들여 / 무수히 둘렀으되
> 그때의 사람들이 / 그르다 아니 하고
> 이현의 데려온 종 / 결곤(決棍)한 일 없아오니
> 국의(國儀)에 선비들은 / 사행에 가는 장교
> 못 처치하려니와 / 행중에 가는 서기

---

35) 南玉, 『日觀記』 夏 9월 23일, "盖製述書記, 本白衣從行, 名在賓佐, 初不可文法拘, 亦不可以師律束, 尊俎祭器紳紳 委蛇舒泰, 有足以賁飾文物, 揚顯殊俗者, 人才漸下, 世級漸夷, 或拘之以文法, 束之以師律, 而象胥陵侮, 名目混淆, 今行自海雲臺遊後, 不賦一字詩以示志, 卒至一友之徑歸, 三益之請去, 而事莫可遏矣, 開洋以後, 便是已發之船, 船將之改易, 誠有難處者, 然義不可與此校同船, 使相知志, 不可奪斷, 然回心處置得宜, 吾輩又不宜一向硬持, 以益自小心, 無負至意爲答, 出而交勉曰, 使相旣開示赤心, 吾輩當奉以周旋大節可, 爭小節則循嘿可也."

라고 한다. 여기서 알 수 있는 것은 사대부서얼과 중인들 그리고 하급 장교는 엄연한 계층적 구별이 존재한다는 것이다. 또한 그럼에도 불구하고 그들의 관계가 이미 상하수직적일 수만은 없는 관계가 되었던 것이다. 문을 우위에 두던 조선조 사회에서 서얼 출신인 문사와 무관인 하급장교 사이의 반목이 팽팽하게 전개되고, 사대부 관료는 개인적 친분이 더 많은 하급장교를 감싸주고 있다. 또한 중인들도 명분상으로는 서얼들과 수직의 구별이 있지만 권력 없고 재력 없는 서얼 문사들에 대해 복종적이지만은 않았다. 1711년에는 동곽 이현이 수역을 혼내어도 아무도 틀렸다고 하지 않았는데 1763년에 이르러서는 반목이 일어난 것이니, 상하수직의 관계가 도전을 받고 있는 것이다. 특히 이러한 반목이 모두 중인층으로부터 시작되고 있다는 것은 시사하는 점이 크다. 미관 말직의 문신이었던 제술관과 서기는 조선후기에 이르면 위로는 고관들에게 치이고 아래로는 하급무관과 기술직 중인들에게 도전받는 위치에 있었던 것이다. 이는 조선후기 신분변동의 상황을 보여주는 또 하나의 예이다.

　이러한 상황에서 떠나간 통신사행이지만, 일본의 문사들과 일반 백성들은 제술관과 서기의 시문을 얻거나 말 한 마디라도 나누고자 문전성시를 이루었다. 그러나 통신사행을 주관하는 대마도인(對馬島人)들의 대우는 이러한 상황 그리고 조선의 신분적 위상과 어긋나 있었다. 시문(詩文)의 창화(唱和)에 있어 주도적인 위치를 차지하고 일본인들의 숭앙을 받았지만 거처하는 곳의 대우에서 이들은 중인들과 함께 취급되어, 대마도인들의 사주를 받은 일본인들이 세 사신(使臣) 외에는 세 수역(首譯)과 상판사(上判事)를 높이고 그 다음으로는 양의(良醫)와 제술관(製述官)을

---

36) 金仁謙, 앞의 책, 84~85면.

높이고 서기(書記)는 사원(寫員)·화원(畵員)과 같이 하여 서기는 매번 사원·화원과 같은 처소를 배정받았다. 그래서 제술관과 서기 네 사람은 떨어지지 않고 혹은 제술관의 처소에 함께 들거나 혹은 서기의 처소에 함께 들었다는[37] 것이니 이들이 단결하고 뭉치고자 한 심리적 기저를 이해할 수 있다.

그런데 이러한 처우에 대해서 일본의 승려들도 의문을 품고 원중거에게 질문을 하였다.

"듣기에 귀국(貴國)은 문교(文敎)를 중시한다는데 네 분은 어찌 의원과 역관의 뒤에 처하십니까?"
라고 하였다. 이에 내가
"네 사람이 비록 혹은 본직이 있다 해도 사행에서는 막빈(幕賓)이라 직책이 없고 의관과 역관이라는 명칭의 원역(員役)은 사신의 일행에 속했기 때문에 귀국(貴國)이 대하기를 이와 같이 하는 것입니다. 본국에 있어서는 제술관(製述官)과 서기(書記)가 강하니 대개 지나며 호창하는 주현의 공급 또한 삼사신의 다음입니다."
라고 하였다. 그랬더니
"그렇다면 사신(使臣)도 또한 네 분을 빈례로 대우합니까?"
라고 물었다. 이에
"사신의 몸에는 임금의 명령이 있습니다. 또 조정(朝廷) 청현(淸顯)의 관리이니 우리 무리가 감히 공경하지 않을 수 없습니다. 그러나 사신이 우리들을 대우하기는 원역(員役)들과 매우 다릅니다. 그대들은 응당 들은 것이 있을 것입니다."
라고 하였다. 그러자
"일찍이 보니 네 분은 사신과 더불어 함께 앉았고 원역(員役)은 서 있었고 네 분이 인사를 할 때 사신이 몸을 굽혀 사례하였으니, 이것인즉 그러한 것이군요 다만 육지에 가거나 성에 올라갈 때에 혼잡하여 구별이 없으니 이상합니다."

---

37) 元重擧, 『乘槎錄』 권2 2월 16일, "蓋彼人, 三使臣外, 尊三首譯上判事, 其次良醫製述官, 而書記比寫員畵員, 故書記寫員畵員每每同其舍次, 自前站皆然, 而吾四人未嘗一站 相離, 或同入製述官所, 或同入書記所."

라고 하였다. 이에 내가

"산에 나무가 있으면 목공장이 알아서 합니다. 귀국이 예로 대우하기가 이와 같은데 객이 어찌 스스로 받들어 하겠습니까? 그러나 이미 원역(員役)의 가운데에 들지 않았는데 뒤에 가도 가하고 앞에 가도 가하고 왼쪽으로 가도 가하고 오른쪽으로 가도 가합니다. 높음과 낮음과 후하고 박함과 짧고 긺과 많고 적음을 어찌 족히 비교하겠습니까?"

라고 대답을 하였다.38)

    일본 승려의 눈에도 제술관과 서기들이 역관이나 의관의 뒤에 서 있는 것은 이상하게 보였던 것이다. 이는 역관들과 결탁한 대마도인들의 농간이기도 하였으나39) 당시 조선 측은 문장을 통한 교화와 우월감을 중요하게 생각했지만 일본측은 조선사신의 행차를 통해 막부(幕府)의 위상을 높이려했으며, 유학(儒學)이나 시문(詩文)이 큰 위치를 점하고 있지 못했기에 더욱 그러하였을 가능성도 있다. 이에 대한 원중거의 대답은 마지막 자존심을 지키고 있다. 곧 조정의 청현의 직에 올라있는 사대부인 사신(使臣), 서얼로 미관말직이며 선비로 자타가 인정하던 제술관과 서기 그리고 역관·화원·사원 등의 기술직 중인의 구별은 엄격했다. 그러나 통신사행의 목적이 국서(國書) 전달(傳達)에 있는 만큼 이 일의 중심적 역할을 수행하는 세 사신과 그들의 통역으로 필요 불가결한 역관은 대마도인과 막부로부터 높은 대우를 받고, 일반 문사들과 백성들의 열렬

---

38) 元重擧,『乘槎錄』권2 3월 10일 江戶를 떠난 이후의 총괄편, "曰, 聞貴國重文敎, 四公何爲處醫譯之後乎, 余曰, 四人雖或有本職, 在使行中則是幕賓無職責, 醫譯名稱員役而屬於使行, 故貴國待之如此耳, 在本國則製述書記皆張, 盖行呼唱州縣供給亦亞於三使, 曰, 然則使臣亦待四公以貧禮乎, 曰, 使臣之身, 君命在焉, 且是朝廷淸顯之官, 吾輩不敢不敬, 而使臣之待吾輩則與員役殊異, 君輩無應有聞矣, 曰, 曾見, 四公與使臣同坐, 而員役則立, 四公拜時使臣俯身而謝, 此則然矣, 但陸行與登城時混雜無別可怪也, 曰, 山有木工則度之, 貴國相禮如此, 客如何自捧耶, 然旣不入員役之中, 則後亦可前亦可, 左亦可右亦可, 尊卑厚薄短長多少顧何足較耶."

39) 원중거는『승사록』을 통해, 역관과 대마도인들이 서로의 이익을 위해 '야합'을 한 것에 대해, 끊임없이 비판을 하고 그 타결책을 모색하였다. 이에 대해서는 따로 후고를 기약한다.

한 환영을 받았으나 통신사행에서 부수적인 위치였던 제술관과 서기들은 그 다음의 대우를 받았다는 것이다. 이에 대해 자신들은 직책이 없는 막빈(幕賓)이기에 사신의 일행인 원역(員役)과 뒤섞이거나 차별을 받아도 마음을 쓰지 않는다고 대답을 하였다. 조선과 일본과 일본 내 또 다른 섬인 대마도와 조선의 여러 계층이 얽히고설킨 정치적 상황에서 기대치와 어긋난 신분적 위상에 대한 인식은 쓸쓸하기만 했을 것이다.

그렇다면 서얼들에게 있어서 현실은 어떠한 위상으로 다가왔을까? 사대부가문에서 태어나 어려서부터 학문에 정진하고, 시문을 잘한다는 명성을 얻었으며, 과거에 급제하여 진사도 되고 혹은 관직에 오르기도 했지만 "세 사신은 조정에서 내려오고, 네 선비는 시골 오두막에서 기용했다오"라는[40] 성대중의 시처럼 벼슬살이의 꿈은 애초부터 뜬구름과 같은 것이었으며 가난에서 벗어나기도 힘들었다. 신유한이 1719년 12월 29일 일본에서 돌아오는 배 안에서 쓴 시는 이를 더욱 애절하게 나타낸다.

憶親復憶親	어버이를 생각하고 다시 생각하니
淚若秋波隕	눈물이 가을 물결처럼 떨어지네
孤燈與寸腸	외로운 등잔과 한 치의 간장이
此夜俱消盡	이 밤에 함께 녹아 다하네
有弟不讀書	동생이 있어 독서하지 않고
奉親在農舍	어버이 모시고 농가에 있네
應言博望槎	응당 말하기를, 사신의 배는
何處經今夜	어느 곳에서 오늘밤을 지내리 하리
妻貧冬不暖	아내는 가난해 겨울이 따뜻하지 않고
廚凍炊麥飯	부엌은 얼었는데 보리밥을 하리[41]

라 하여 동생은 독서도 하지 못하며 농사를 짓고 아내는 추운 겨울 추

---

40) 趙曮, 『海槎日記』, 372면, "三价下雲霄, 四士起圭蓽."
41) 申維翰, 『海遊錄』 기해 12월 29일.

▲ 李麟詳, 「劍偍圖」, 국립중앙박물관 소장. 소나무 아래에 검을 옆에 세워둔 인물을 그린 그림이다. 그림에는 "중국 사람의 劍偍圖를 모방하여 醉雪翁에게 바친다"라고 하였다. 취설은 柳逅(1692~1780)의 호인데, 이인상·이봉환·이덕무 등 후대 서얼들은 유후를 몹시 존경했다. 이 그림을 보면 소나무처럼 곧은 절개를 지닌 유후가 검처럼 날카로운 기상을 지닌 채 세속에 연연해하지 않고 신선처럼 살아갔음을 알 수 있다.

운 부엌에서 보리밥을 지어야 하는 현실을 세모(歲暮)의 정을 따라 읊었던 것이다. 김인겸은 사행의 경비로 쓰라고 "나라에서 주신 것이, 반 남아 모자라니, 예 빚내고 저기 얻어, 간신히 차려"[42]낼 수 있었다. 곧 집이 가난하여 사행의 비용을 조달하기 위해 빚을 얻어야 했다.

　이러한 가난은 사행을 다녀온 뒤에도 지속되었다. 곧,

> 　醉雪翁이 갑작이 세상을 떠나셨습니다. 아, 90평생을 굶주리며 깨끗한 몸으로 돌아가셨으니, 온전한 사람이라고 할 만합니다. 後生 小子는 어디서 이런 노인을 다시 볼 수 있겠습니까? 玄川 元丈은 늘그막에 낮은 벼슬에 있으며 오래도록 나은 벼슬로 등용되지 못하니 買山錢을 마련하기가 갈수록 어렵게 되었습니다. 우리 무리의 곤궁이 어찌 이런 정도에까지 이르렀습니까? 대저 이 어른은 溫厚하고 청직하여 후생의 표준이 될 만한데, 그를 알아주는 사람이 극히 적을뿐더러 귀밑털과 수염이 전부 희어서 쇠로의 형상이 날로 나타나는 것이 애석할 뿐입니다.[43]

라는 이덕무의 편지글은 유후와 원중거가 평생을 깨끗하고 온후하게 살았는데도 낮은 벼슬길 속에 굶주리며 살다가 유후는 세상을 떠나고 원중거는 은거를 하며 거처할 곳을 마련하지 못하고 있다는 것이다. 이는 「현천이 더위를 무릅쓰고 성에 오셨는데 늙으신 누이가 그의 옷이 헤진 것을 근심하여 포의를 지어서 보내시었네[玄川侵暑入城 老姉氏憫其衣弊 爲製一布衣 以送之]」라는[44] 시 제목을 통해서도 형상화되어 있다. 결국 '우리 무리의 곤궁이 어찌 이런 정도에까지 이르렀습니까?'라는 이덕무의 말은 서얼 전반의 처지를 대변하는 한탄인 것이다.

　이러한 가난은 조선 후기 특히 18, 19세기에 적자(嫡子) 가계(家系)로 이어진 사대부가문의 인물이 몰락양반(沒落兩班)이 되어 겪어야 했던 것

---

42) 金仁謙, 앞의 책, 16면.

43) 李德懋, 『靑莊館全書』 권16 「雅亭遺稿」 8. 尹曾若 可基에게(民族文化推進會, 『國譯靑莊館全書』 3권, 180면).

44) 成大中, 『靑城集』 권3.

과는 근본적으로 다른 것이다. 몰반은 말 그대로 몰락하였기에 다시 올라갈 수도 있는 자신의 고유계층이 저 위에 희망적으로 존재했었고, 노력여하에 따라서는 그 희망을 이룰 가능성도 있었다. 그러나 서얼은 생래적으로 제도로 인해 서얼로 규정된 것이기에 더 이상 올라갈 희망이 없었던 것이다. 더불어 가난도 벗어나기 힘들었다. 그럼에도 불구하고 서얼은 사대부의 테두리 안에서 생활을 하였기에 좌절은 더욱 컸을 것이다. 문을 업으로 삼아 이상과 이념은 있었지만 벼슬길을 통한 입신양명은 불가능했기에 이상을 펼칠 기회도 적었다. 시문의 재주 또한 인정은 받았더라도, 마음껏 펼쳐볼 기회가 없었고 국가에서 필요한 경우에나 겨우 능력을 발휘해볼 수 있었다. 이와 비교해 중인의 경우는 아예 사대부라는 인연의 끈이 없었기에 신분적 질곡에 서얼보다 덜 연연할 수 있었고, 그렇기에 사행역관들처럼 부(富)의 축적(蓄積)을 통한 사회적 지위 상승을 꾀할 수 있었다고 보인다.

3) 선비의식

제술관 및 서기들에게는 '선비'라는 의식이 굳건히 있었음을 알 수 있다. 서얼이긴 했어도 사대부가문에서 태어나고 그 규범 속에서 생활을 했으며 글을 읽었던 것이다. 그러므로 앞서 살폈듯이 일대의 문장이고, 임하에 독서하고 자호하는 선비이며, "아무리 서기오나, 비장과 다르옵고, 글 읽는 선비오니, 잡아오든 못하오리"라는[45] 선비인 것이다. 그리하여 자존(自尊)의식도 또한 강했다. 신유한은 1706년 반궁(泮宮)에 유학했을 때 "서울의 고관(高官)과 유학자들이 추천 칭송하며 한번 사귀고자 하였으나 더불어 사귀는 사람은 모두 문장덕망(文章德望)이고 발길

---

45) 金仁謙, 앞의 책, 72면.

이 일찍이 권귀(權貴)의 문(門)에 미치지 않고 비록 강제로 맞이하려 하여도 구차하게 속하면서 구합(求合)하려 않았다"고[46] 한다. 그렇기에 『해유록』 기해 6월 30일자를 보면 신유한의 강직함을 드러내는 일화가 있다. 구례(舊例)대로 대마도(對馬島) 도주(島主)의 초청에 응하게 되었는데, 이때 제술관이 앞에 가서 절을 하면 대마도주가 앉아서 읍한다는 것이었다. 이에 신유한은 대마도는 조선의 한 고을과 같은 것에 지나지 않으며, 대마도주는 도장(圖章)을 받고 조정의 녹을 먹으며 명령을 받으니 우리나라에 대하여 번신(藩臣)의 의리가 있고, 나라 법에 경관(京官)으로 밖에 나가는 사람은 존비를 물론하고 번신과 더불어 한자리에 앉아 서로 경의를 표하는데, 끝내 도주는 앉고 자신은 서서 절한다면 이는 조선 임금이 보낸 제술관으로서 번신에게 체모를 잃는 것이라고 하였다. 이에 대해 역관과 일인들이 난색을 표하며 말리자

　　지금 듣건데 그는 눈으로 정(丁) 자(字) 하나도 못 보는 사람인데 한갓 벼슬이 높고 뇌물이 후한 것을 빙자하여 나로 하여금 굽실굽실 제 앞에서 절하며 시를 말하고 문을 말하며 글을 급히 떠벌려 과장하고 상품을 받아가게 한다면 태수이면서 나라 임금만큼이나 높아지고, 조정의 문관으로서 오랑캐의 관원에게 총애를 사는 것이니, 내 한 몸의 비루한 짓으로 수치가 조정에 미치는 것이다. 또한 나의 뱃속에 든 시서가 백금(白金) 한 봉지에 팔려가야 하겠는가[47]

라고 하였다. 여기서 그의 선비로서의 꿋꿋한 자존의식(自尊意識)을 알 수 있다.

　원중거의 경우는 이미 김귀영과의 싸움에서 비분강개의 모습도 보여주었거니와 『승사록』을 통해서는 덕행(德行)을 통한 교화를 중시하고 있

---

46) 申維翰, 『靑泉先生續集』(國立圖書館本) 권10 「年譜」, "縉紳章甫, 推薦稱誦, 願得一識, 所與交懽, 盡是文章德望, 足跡未嘗及權貴門, 雖强邀之不肯苟屬以求合."
47) "今聞, 彼目中無一丁字耳, 徒籍尊官厚賄, 俾我僕僕前拜, 曰詩曰文, 而文汲汲然衒耀誇張, 得賞賜以歸, 則太守而比尊於邦君, 朝士而市寵於蠻官, 一身之陋而羞及朝廷矣, 且吾腹中詩書乃爲白金一裏所賣耶."

어 주목할 만하다. 1764년 3월 9일의 일기에는 일본인들과 조선의 네 문
사들이 선물을 주고받는 모습이 적혀 있다. 원중거와 다른 세 사람이
아무리 사양을 해도 일본인들이 선물을 가져오기에 부득이 하여 받고는
그 답례로 붓과 먹과 종이를 주고 부족하면 조엄에게 고해 넉넉히 얻어
서 주고 또 종이와 부채가 부족하면 호도와 잣 등을 주니 받아가는 자
들이 몹시 기뻐하며 신선의 물건을 얻은 듯이 하였다 한다. 그 가운데
부모가 있고 나이가 어리면서 재기(才氣)가 있는 사람들은 선물을 하지
않아도 원중거가 반드시 물건을 주니, 일본인들이 원중거를 가리켜 재
물을 기울여 남에게 베푸니 어진 사람이요, 재물을 멀리하니 의(義)를 중
시하는 사람이라는 칭찬을 했고 마음에 새기어 잊지 않는 뜻이 말과 얼
굴에 넘쳤다고 한다.48) 그렇기 때문에

　　우리 무리가 사람을 접하면서 가장 힘쓰는 것은 그 마음을 위로하고 기쁘게
　하는 것이니 (…중략…) 대개 행중에 꾀할 만한 붓과 종이와 과일과 황촉(黃燭)
　과 약과(藥果) 따위가 없어서는 안 되니 더욱 마땅히 많이 가져가야 한다.49)

고 하여 자신들은 시문창화와 더불어 인의(仁義)를 보이는 행동을 통해
일인들을 교화해야 할 것임을 말했다.
　그렇다면 이렇듯이 인의(仁義)를 보이는 행동은 어디에서 근원하는 것
인가? 원중거에 의하면 이는 정주학(程朱學)이다. "이는 곧 천지에서 바
꾸지 않을 도(道)"라는50) 박경행의 말처럼 조선조 사대부들에게 있어 정

---

48) 元重擧,『乘槎錄』권2, "依前辭之, 輒有懇辭, 甚至欲泣曰, 聞諸公不受禮幣, 故不敢
　如前具禮, 只持數筆數扇, 以表寸忱, 諸公又不受, 自媿誠薄欲死欲死云云, 不得已畧
　受之, 傾橐出筆墨紙簡, 以倍償之, 不足則又告使相, 優得以給, 紙扇不足, 添以胡桃房
　栢子之屬, 受去者懽欣頂禮, 如得天仙異物, 其有父母, 惑沖年才氣者, 彼雖無物, 吾必
　有給, 座間輒有傾財施人及物疏財重義等稱讚之語, 因頂手作拜, 不啻屢十回, 盖其人
　軟婉委曲, 有婦人女子之情, 凡有得非直爲物也, 其銘鏤結之意, 溢於辭色."
49) "吾輩接人, 最多務在慰悅其心, (…중략…) 盖行中, 不可無權筆紙果物黃燭藥果之
　屬, 尤當多齎矣."
50)『和韓唱和錄』卷上 20면, "此直天地不易之道."

주학은 불변의 이념이었는데, 특히 원중거에게 있어 정주학은 신념이며 생활의 밑거름이었던 것으로 보인다. 원중거는 정주의 학문을 믿고 따랐을 뿐만 아니라 일본에 가서는 일본인들과의 대화에 화제로 많이 올렸다. 『승사록』에 나오는 다음의 기록은 이를 잘 말해준다.

처음 부산에 도착해서 나는 두 벗에게 "일본인은 정주가 있다는 것을 모르니 나는 정주를 인용하여 그들을 접하려 하니 형들의 뜻은 어떠합니까?"라고 하니 두 벗이 어렵게 여기며 말하길 "어찌 좋지 않겠습니까만 그들이 모르는 바이니 홀로 이야기한다면 반드시 저어하여 서로 합하지 못하는 폐단이 있을 것입니다. 그러니 『좌전』 『세설』에 의거하여 농담을 섞어 배우로써 기른다면 간편할 것입니다"라고 하였다. 내가 말하였다. "정주의 도를 내 어찌 능히 알겠습니까마는 다만 이것이 아니면 내게는 손을 의뢰하고 입을 의뢰할 말이 없으니, 둔열한 내가 설령 농지거리하고 웃으며 놀려고 해도 원기가 넘치게 이야기하는 것은 평생 능하지 못한 것이니, 생각컨데 어찌 억지로 능하겠습니까? 또 충신독경(忠信篤敬)은 오랑캐들에게 베푸는 지름길이니, 가령 가벼이 조금 겁게 재담을 섞어 그들에게 다른 풍속의 웃음과 즐거움을 베푼다고 해도 내 마음에 홀로 창피하지 않겠습니까? 옛날에 이른바 나라를 빛낸다는 일컬음이 이에 있지 않다고 나는 여깁니다. 우리 예의(禮義) 조선이 장엄하고 공경함을 스스로 지니고 관복(官服)을 단정히 하며 행동과 위엄 있는 거동의 법칙을 잃지 않고, 정주가 아니면 말하지 않고 경서(經書)가 아니면 인용하지 않는다면 생각컨대 좋지 않겠습니까? 시문(詩文)에 이르러서는 재주가 이미 미치지 못하니 반드시 간략히 하고자 합니다."[51]

---

51) 『乘槎錄』 권2 1764년 2월 16일에서 3월 10일까지 江戶에서 지낸 후의 총괄편, "初到釜山, 余謂兩友曰, 日本之人不知有程朱, 吾欲動引程朱以接之, 兄意如何, 兩友難之曰, 豈不好耶, 但彼所不知已獨言之, 必有岨峿不相合之弊矣, 不若依左傳世說, 雜詼諧以俳優蓄之之爲簡便矣, 余曰, 程朱之道, 吾安能知之耶, 但非此則吾無藉手藉口之語, 以吾鈍劣縱欲謔浪笑傲, 淋漓談譃平生所不能者, 顧何可强而能之耶, 且忠信篤敬委行蠻貊之要道, 藉使翩翩毫墨雜以才談以傳彼殊俗之笑嬉, 於吾心獨不愧乎, 吾以爲古所謂華國之稱不在於此矣, 以吾禮義朝鮮, 莊敬自持, 修飭官服, 不失動作威儀之則, 非程朱不語非經書不引, 顧不好耶, 至於詩文, 則才旣不逮, 必欲畧之."

위의 인용문을 통해 볼 때 원중거에게 있어 정주학은 신념이며 생활의 밑바탕이었던 것이다. 자신이 정주의 도를 어찌 능히 알겠느냐고 겸손하게 말하긴 해도 이것이 아니면 의지해 말할 것이 없다는 것이다. 예의 조선에서 태어난 선비답게 장엄하고 공경함을 스스로 지니고 관복을 단정히 하며 행동과 위엄있는 거동의 법칙을 잃지 않고 정주학과 경서에 의지하여, 단아(端雅)한 삶을 누리는 것이다.

원중거는 정주학을 통해 오랑캐를 교화하겠다는 생각을, 일본에 가서 그대로 실행에 옮긴다. "필담과 시문에 반드시 정주를 칭하고 반드시 『소학(小學)』을 거론했다"고[52] 한다. 그 한 예로, 1764년 일본에서 간행된 『장문계갑문사(長門癸甲問槎)』에는 원중거와 일본인 농학대(瀧鶴臺) 사이에 있었던 정주학에 관한 필담(筆談)이 기록되어 있다. 정주학에 관한 대화 부분은 역시 원중거가 먼저 화두(話頭)를 시작한 것이다. 원중거는 일본에도 성리학(性理學)이 있을 것이니 과연 정주를 종주(宗主)로 삼고 있느냐고 묻는다. 이에 대해 학대가 일본에도 성리학이 있지만 정주를 배척하고 고경(古經)을 종주로 하고 주해(註解)에 의거하지 않는다고[53] 대답하자 원중거는 다음과 같이 말한다.

주해(註解)를 버리고 경서(經書)를 읽는 것은 안내자 없는 장님과 같습니다. 정주의 학문은 하늘 가운데의 해와 같으니 정주를 돈독히 믿지 않는 자는 모두 이단입니다.[54]

---

52) 『乘槎錄』 권2 2월 16일 이후의 총괄편, "於筆談, 於詩文, 必稱程朱, 必擧小學."

53) 『長門癸甲問槎』 권1, 7면, "玄川 : 此處亦宜有性理之學, 果宗主程朱否. 鶴臺 : 此方亦有性理之學, 滕惺窩林羅山唱首, 爾來傳其統者不少, 近歲東都有徂徠先生者, 大唱復古之學, 風靡海內, 所著有辨道辨名論語徵等, 其詳非一席話所能盡也. 玄川 : 此皆宗主程朱否. 鶴臺 : 排程朱而爲禪儒不取, 其學宗古經, 而不據註解, 以古言證古經, 似可信據."

54) 『長門癸甲問槎』 권1, 8면, "捨註解而讀經, 猶無相之瞽, 程朱之學如日中天, 不欲篤信程朱者, 皆異端也."

이로 볼 때 원중거는 일본사행길에 시문을 통해 일본인들을 교화한다는 제술관과 서기들의 본래의 목적 외에도 정주학을 통한 교화를 주장하고 시도했던 것이다. 독서하는 선비로서 정주의 학을 익히고 신념으로 삼아 몸가짐을 바르게 하고 이를 실생활에 베풀고자 했던 것이다.

결국 조선 후기의 신분사회 속에서 전부터 내려오는 서얼로서의 질곡, 거기에다 조선 후기에 나타난 신분제의 동요 속에서 삶의 수단 혹은 목표로 문(文)을 택한 서얼들은 선비의식과 자존의식을 굳게 지니고 있었고, 이러한 의식은 고달픈 인생여정을 그들 나름대로 이겨나가는 밑거름이 되었다고 보인다.

3. 제술관 및 서기의 문학관

1) 탈중화(脫中華)와 천기론(天機論)—1711년 동곽(東郭) 이현(李礥)

이상과 현실의 괴리는 서얼에게 많은 점을 생각하게 했을 것이고 그 결과의 하나로 나온 것이 문학관이 아닌가 한다. 곧, 동곽 이현은 1711년 대마도에 이르렀을 때 우삼방주(雨森芳洲)가 신정백석(新井白石)의 시집을 보여주고 서발(序跋)을 구하자 서문(序文)을 써주었는데 그 가운데 주목할 만한 내용이 있다.

세상에서 사람을 논하기를 內外로 하고 시를 평하기를 古今으로 하는 자들은 모두 한 변두리에 낙척한 것이지 달론이 아니다. 땅으로서야 外가 內에 고루하지만 外로 內를 보면 內 또한 外이다. 세상으로서야 지금이 진실로 옛날에 미치지 못하지만 뒤에 지금을 본다면 지금도 또한 옛날이다. 어찌 內가 귀하고

外가 천하고 옛날이 영화롭고 지금이 더럽겠는가?[55]

이는 물론 조선을 내(內)로 보고 일본을 외(外)로 봐서 동방의 변두리에 처한 일본 문사들에게 용기를 주기 위한 것이라 할 수 있다. 그러나 이를 한번 더 생각해본다면 중국과 조선의 관계에서도 같은 맥락이 된다. 중국이 안이고 중심이라는 생각에서 벗어날 수 있는 단서를 준 것이다. 이는 1719년 서기인 강백을 통해서 구체적으로 드러난다. 『봉도유주(蓬島遺珠)』「권전(卷前)」편에는 1919년 9월 16일 명호옥(名護屋)에서 일본인 현주(玄洲)와 조선 사신들 사이에 있었던 문답(問答)이 기록되어 있다. 그 가운데 현주와 강백이 행한 다음의 문답은 시선을 끈다.

현주: 공들은 중국의 땅에 들어가 본 적이 있습니까?
강백: 우리나라의 연하수석(煙霞水石)의 모습과 예악문물(禮樂文物)의 성(盛)함
　　　이 중국에 양보하지 않는데 하필이면 멀리 중국에 들어가겠습니까?[56]

곧, 중국에 가보았느냐는 현주의 물음에 강백이 조선의 경치와 예악문물이 중국의 것보다 못하지 않은데 가볼 필요가 있느냐고 대답한 것이다. 기회가 없어서 못 가보았는데 가보고 싶다는 식의 대답이 아니다. 조선이 중국보다 못하지 않으니 갈 필요가 없다는 것이다. 경치와 예악문물이 중국보다 뒤지지 않다는 것은 조선의 독자성과 자주성을 역설한 것이다. 중화적 사고에서 벗어난 것이다.

그러므로 일본에서 지은 창화시에는 이런 생각이 많이 나타난다. 특히 이현의 경우 이런 시를 많이 지었다. 예로 「차봉감의소년(次奉勘宜少年)」에서

---

55) 松田甲,『韓日關係史』「白石詩集序」, 113면, "世之論人以內外評詩以古今者, 皆落於一邊, 非達論也, 以地則外固於內, 而以外視內則內亦外也, 以世則今固不逮於古, 而以後視今則今亦古也, 何內之貴而外之賤也."

56) 『蓬島遺珠』卷前篇, 11면, "稟, 玄洲: 公等有入中朝之地耶. 復, 耕牧子: 弊國煙霞水石之觀, 禮樂文物之盛, 不讓中國, 何必遠入中邦也."

休言千里不同風	천리에 바람이 같지 않다고 말하지 마오
文敎何曾限日東	文敎가 어찌 일찍이 日東에 경계를 지었으리요
持贈淸詩知有意	맑은 시를 가져와 주니 뜻 있음을 알아
老夫肝膽自相通	老夫의 肝膽이 절로 相通하네[57]

라고 하여 왜(倭)에도 중국이나 조선과 같은 바람이 불고 있음을 말했는
데 이는 독자성 혹은 주체성을 강조한 것이다. 여기서 나아가 『양동창
화록(兩東唱和錄)』에 나오는 이현의 창화시(唱和詩)의 특성 가운데 하나는
노부(老夫)로서 일본인들을 포용하고 있다는 점이다. 『양동창화록(兩東唱
和錄)』·『상한창수집(桑韓唱酬集)』·『상한훈지집(桑韓塤篪集)』·『봉도유주
(蓬島遺珠)』·『선린풍아후편(善隣風雅後篇)』·『화한창화록(和韓唱和錄)』·『장
문계갑문사(長門癸甲問槎)』 등의 창화집에 나타난 다른 제술관과 서기의
시들에 비해 『양동창화록』에서 이현은 일본인들의 시재(詩才)를 인정해
주는 시를 매우 많이 짓고 있다. 『양동창화록』은 상·하권으로 되어 있
는데 상권만 하더라도 이현의 시 28제(題) 가운데 10제의 시가 그러하다.
예로써,

| 看君麗藻鏗金石 | 그대의 아름다운 시가 쨍그렁 울림을 보니 |
| 赤幟天東認大鳴 | 적치가 하늘 동쪽에서 크게 울음 알겠네[58] |

海邦多俊傑	바다 나라에 준걸이 많아
家塾闡文章	글방에서 문장을 밝히네
氣奪松篁秀	氣는 소나무와 대의 빼어남을 뺏었고
詩偸橘柚香	시는 귤과 유자의 향기를 뛰어 넘었네[59]

| 詩仙秀句鏗金玉 | 詩仙의 빼어난 구절은 땡그랑 소리나니 |

<hr>

57) 『兩東唱和錄』 권上.
58) 『兩東唱和錄』 권上 「奉次由己詞伯韻」.
59) 『兩東唱和錄』 권上 「奉次近信辱視韻」.

認是天東拔萃才　　하늘 동쪽의 뛰어난 재주임을 알겠네[60]

麗藻翻驚寄我來　　화려한 문장이 날아 놀랍게도 내게 부쳐오니
客懷還似對君開　　나그네 마음 그대를 대하여 열린 듯 하네[61]

淸詩遙寄病夫來　　맑은 시 멀리 病夫에게 부쳐 오니
珍重琅函手自開　　진중한 편지를 손으로 스스로 여네
最感新知多厚義　　새로 사귄 이가 厚義 많음이 가장 잘 느껴지니
不徒詞翰有奇才　　다만 詞翰에 奇才 있는 것뿐만이 아니네[62]

라고 하였는데 이는 58세란 결코 적지 않은 나이에서 허심탄회한 마음으로 일인들을 포용하려는 생각이 있었기에 가능했으리라. 또한 이는 내외(內外), 신분(身分)의 상하(上下) 그리고 중화(中華)·소중화(小中華)·변방왜국(邊方倭國)이 모두 중요하다는 생각에서 가능했을 것인데 이 바탕에는 자신이 고국에서 겪는 신분적 질곡에 대한 갈등이 놓여 있을 것이다. 그러므로 이현은 일본인들의 시재를 인정해 줄 수 있었던 것이다.

또한 동곽은 같은 해 12월 하순에 지원남해(祇園南海)의 시집인 『백옥시고(伯玉詩稿)』에 써준 서(序)에서는

시를 말하는 사람은 반드시 天機를 말한다. 천기란 才를 이름이 아닌가? 나누어 말한다면 才는 나로부터 나오고 천기는 詩上에 나아가 얻으니 갈려서 둘인 것과 같다. 반드시 才가 있은 후에 천기에 능하니 천기는 시에 있는 것이 아니고 才에 있을진저. 이른바 才는 시에서 구할 필요가 없고 반드시 용모 언어 기거 동작의 사이에서 발동하여 스스로 숨기지 않으니 어찌 嘲風詠月을 기다린 후에야 알겠는가?[63]

---

60) 『兩東唱和錄』 권下 「奉次醉蓮詞伯韻」.
61) 『兩東唱和錄』 권下 「遙次醉蓮詞伯寄詩韻」 10首 가운데 1首.
62) 『兩東唱和錄』 권下 「遙次醉蓮詞伯寄詩韻」 10首 가운데 2首.
63) 松田甲, 『韓日關係史』, 122면, "譚詩者必曰天機, 天機非才之謂乎, 分而言之, 則才自我出, 天機就詩上得若岐而二者, 必有才而後能天機, 天機者不在於詩而在才乎, 所

라 하여 사람 자체의 품성에서 자연적으로 우러나오는 시를 강조하고 있다. 그렇기 때문에 절차탁마를 거치지 않고 사람이 자연발생적으로 읊는 시를 중요하게 본 것인데, 이는 1712년 홍세태(洪世泰)가 주장한 천기론(天機論)보다 1년 앞선 것이다. 또한 이현은

> 吾行不是耽遊賞　　내가 온 것은 명승유람 즐기려는 것이 아니라
> 採得風謠奏聖朝　　風謠를 채집해다 聖朝에 아뢰려는 것이네[64]

라고 하여 민간의 노래에 대한 관심도 나타내고 있다. 동곽이 풍요를 얼마나 채집했는지는 혹은 이러한 생각이 그의 시에서 어떻게 반영되었는지는 현재 그의 문집이 전하지 않아 알 수 없다. 그러나 동곽이 풍요에 관심을 두었다는 데 일차적 의의를 둘 수 있겠고 58세란 고령으로 볼 때 일본에 가기 전 조선에서도 이미 이러한 생각이 있었으리라 추정해본다.

2) 풍요(風謠)에 대한 관심과 조선시(朝鮮詩) 선언
−1719년 청천(靑泉) 신유한(申維翰)

　풍요에 대한 관심은 1719년 제술관인 신유한에게도 나타나 통신사행 중에 「새신곡(賽神曲)」 10수와 「낭화여아곡(浪華女兒曲)」 30수 그리고 「남창사(男娼詞)」 10수를 지었다. 「새신곡」은 백중날에 속어(俗語)를 듣고 지었는데 남녀의 정과 대마도의 풍습을 잘 묘사하고 있으며 화자(話者)를 여성으로 설정하고 있다. 「낭화여아곡」은 대판의 기생에 관한 노래인데 역시 화자를 여성으로 설정했고 「남창사」는 말 그대로 일본에서 몹시 성행했던 남창에 관한 노래이다. 세 노래 모두 내용이 진솔하고 사대부

謂才不必求之於詩, 必發動於容貌言語起居動作之間而不自掩, 何待嘲風咏月而後知之哉".
　64)『兩東唱和錄』 권下 「奉次彦岑大師惠韻」 3首.

들이 평소 읊기에 힘들었던 것이다. 청천은 이에 대해 「낭화여아곡소서(浪華女兒曲小序)」에서 다음과 같이 말한다.

> 공자께서 나라를 위해 교화하여 말씀하시기를 '鄭聲을 내치라' 하셨으나, 시경을 편찬할 때는 정풍과 위풍을 채택하여 후세의 경계로 삼았었다. 육조와 삼당의 韻士의 여인네를 생각하는 노래와 가사가 요염한 시편들은 모두 소리가 곱고 아름다워 음란한 소리로 亡傷하였으나, 또한 각각 世敎를 밝힘이 오래이다. 나는 비록 詞에 익숙하지 못하나 자못 통역의 말을 취하여 운을 붙여서 왜인의 신악부로 만든 것이 무릇 30장이 되었다. 다른 날 돌아가 조정에 고하여 바라건대 풍요를 채집하는 군자로 하여금 이것을 보고 이것을 징계하게 하리라.[65]

세교라는 명분적인 말로 풍요에 대한 관심을 감싸고 있긴 하지만 풍요의 아름다움과 필요성을 보여주는 글이다.

풍요에 대한 이러한 관심은 통신사행 이전부터 있었다. 통신사행보다 7년 앞선 1712년에 신유한은 서울에 노닐어 두기(杜機) 최성대(崔成大)와 사귀었다.[66] 그런데 이덕무(李德懋)에 의하면 신유한이 "두기(杜機)의 산유화시(山有花詩)를 보고 흔연히 일어나 춤추고 가서 두기(杜機)를 만나 제금지우(題襟之友)를 맺었다"[67]고 한다. 또한 신유한은 최성대의 「산유화녀가(山有花女歌)」를 읽고 한(漢)나라의 악부(樂府) 형식의 「산유화곡(山有花曲)」 9장(章)을 지었다. 최성대와 신유한의 우정은 이후 평생을 지속되며 서로 주고받은 시 역시 많은데, 그들의 우정이 조선의 풍속을 다루고 여성화자(女性話者)를 내세운 악부시(樂府詩)로부터 촉발되었음은 시사하는 바가 크다.

신유한은 통신사행을 통해 풍요에 관심을 두었을 뿐 아니라, 나아가

---

65) 『海遊錄』, 63면, "夫子敎爲邦曰, 放鄭聲, 刪詩則采鄭衛, 以存監戒稽之, 六朝三唐韻士思婦謠辭冶篇靡靡, 皆桑濮之音亡傷也, 亦各徵其世敎已矣, 余雖不閑于詞, 頗取譯舌而韻之, 以備蠻荒新樂府凡三十章, 異日歸告朝廷, 庶幾令采風之君子是膺是懲云."
66) 『靑泉先生續集』 권10 「年譜」, "遊京師, 與杜機, 崔公士集交."
67) 李德懋, 『淸脾錄』, "見杜機山有花詩, 欣然起舞, 仍往見杜機, 結爲題襟之友."

한 국가(國家)의 고유성(固有性)에도 눈을 돌리고 있다. 그래서 『해유록』
1719년 9월 27일 기록에

> 일본인은 반드시 조선의 문자를 사모하지만 風氣가 각각 달라서 배워서 능히
> 할 수 없는 것이 있으니 스스로 일본의 글을 하는 것만 못하다 (…중략…) 聲技
> 에 있어서는 각각 國俗이 있으니 다른 나라의 음악이 어찌 그 귀를 즐겁게 하겠
> 는가[68]

라고 관백(關白) 길종(吉宗)이 했다는 말을 적고 있다. 곧, 일본과 조선은
풍기가 서로 다르므로 일본인은 일본의 글을 하고 일본의 풍속을 지켜
야 한다는 것이다. 이를 확대하면 바꾸어 조선도 조선의 고유성을 지키
는 것이 좋다는 의미이다. 신유한이 그전부터 이러한 사고를 가졌기에
일본에 가서도 이와 같은 점에 관심을 기우렸고, 일본사행은 남의 현실
에 나의 현실을 비추어 볼 계기가 되었기에, 이러한 사고를 더욱 발전
시킬 수 있었다. 이는 다음의 서술을 통해서도 알 수 있다.

> 일본의 시문 가운데 그 땅과 산수를 곧바로 읊은 것이 말하기를 秦山 楚水
> 洛陽 長安 吳越 燕蜀 등의 말을 하였으니, 읽어보면 일본이 됨을 알 수 없다.
> 그것은 그 지명과 사람의 호칭이 모두 이상하고 괴상하여 문장을 만들기 힘들
> 기에 중국의 것을 빌려 써서 문장이 조악한 것이다. 또 나라에 꾀꼬리와 까치
> 가 나지 않는데도 경치를 묘사하면서 꾀꼬리가 울고 까치가 떠든다라 하고 음
> 악에는 거문고와 비파를 쓰지 않는데도 敍事하면서 거문고를 타고 비파를 두
> 들긴다고 하며 冠이 없는데도 머리싸개를 벗고 수건을 기울인다는 말을 쓰고
> 띠가 없는데도 비단 띠니 옥패니 하니, 모두 헛된 이름을 쓰고 능히 실정에 맞
> 는 글을 짓지 못함이다. 이는 곧 우리나라 사람도 또한 왕왕 범하는 것이다.[69]

---

68) 『海遊錄』, 85면, "日本人必慕朝鮮文字, 而風氣各各殊, 有不可學而能者, 不若自爲
　　日本之文也, (…중략…) 至於聲技, 各有國俗, 異方之樂寧有悅其耳者."
69) 成大中, 『日本錄』 권2 「靑泉海遊錄鈔」 文學, "日本詩文中, 直賦其地山水者曰, 秦
　　山楚水洛陽長安吳越燕蜀等語, 讀之而不爲日本也, 彼其地名人號皆殊怪, 難以爲文,
　　故假用中華, 以文其陋, 又如國不産鶯鵲而寫景, 曰鶯啼鵲噪, 樂不用琴瑟而敍事, 曰

이는 중국의 글을 빌려 시문을 할 때 나타나는 한 병폐를 비판한 것
이다. 꾀꼬리와 까치 등 일본에 없는 것을 시문에 사용하는 것은 실정
에 맞지 않는 것으로 시를 허망하고 관념적이게 한다. 그러나 일본의
경우는 그 지명과 사람의 호칭이 특이하다는 이유로 인해 변명이 되고
이로 인해 길종 관백의 말을 통해 나타났듯이 일본 고유어와 그를 통한
고유문학에 대한 관심과 사용이 점점 늘어났다. 그러나 조선의 경우는
지명과 인명이 일본에 비해 중국의 그것들과 많이 차이가 나지 않는데
도 불구하고 중국의 지명과 인명을 자연스럽게 시문에 올리고 있었다.
이러한 점에 대해 신유한은 반성을 하게 되고 그 후 조선시(朝鮮詩)의 고
유적(固有的) 특성(特性)에 대한 관심을 넓혀나간 것으로 보인다. 그리하
여 여기서 한걸음 더 발전하여 신유한은 1741년 간행된 『두기시집(杜機
詩集)』에 쓴 서(敍)에서 다음과 같이 언명한다.

　내가 어려서 시골 선생님에게 시짓기를 배우고자 청했다. 선생님이 말씀하시
길, "아아, 자네는 고생하지 말게. 우리나라에는 원래 시가 없어 모두 중국사람
의 소리와 입을 빌리니 龜玆 나라 왕의 수레와 말이 되네. 杜甫를 새긴 것은
이루어지지 않아 꼭두각시가 되고, 王維와 孟浩然을 그린 것은 비슷하지 않아
조롱박이 되고, 漢・魏・六朝에는 여뀌풀의 벌레가 해바라기와 제비꽃을 피하
는 것과 같으니 어찌 그 才가 그렇게 시켰겠는가? 土風과 우리나라 말 때문이
네"라 하셨다. (…중략…) (최사집 자네가 : 필자) 짓고 읊은 산천, 도시와 시골,
백성과 사물 그리고 풍속은 또 진나라 서울과 한나라 궁전, 연나라와 조나라의
佳人, 초나라 월나라의 名品을 따르지 않았고 홀로 갈라진 나루터, 거칠게 흙
비 내리는 산모퉁이의 땅, 오랑캐 소리의 상말, 벌레와 새의 화사함, 이 백성 저
백성을 망라하여 精粹를 모으는 데 이바지했으니 이는 단군 기자 이래의 혼돈
을 여는 수단이네. (…중략…) 이것은 무엇이 그렇게 시켰는가? 곧, 중국 해외
변방의 들녘의 정자와 누대, 풀에 파묻힌 무덤, 覇者의 자취, 제후의 遺業, 고

彈琴鼓瑟, 無冠而曰岸幘欹巾, 無帶而曰錦帶玉佩, 皆用虛名而不能作稱情之詞, 此則
我國人亦往往犯矣."

운 머리털의 여인과 몽치 머리의 아이가 길에서 부르는 노래 거리에서 부르는 속요가 모두 하늘이 만들어낸 꽃, 비, 이슬, 향기와 다름이 아니니, 이것은 참됨을 가리어서 노닒인져. 대저 중국을 빌려서 시를 짓는 것은 꿈같고 요술같아 하루 아침에 다하여 없어질 것임을 나는 알고 있네. 오호라! 압록강 동쪽에서 古今에 글을 써온 사람들이 이 뜻을 알고 있는가? 이 길을 말미암았던가?[70]

청천이 어려서 시골의 선생님께 시짓는 법을 배우고자 청했더니 선생님이 말씀하시기를 우리나라에는 본래 시가 없어서 중국인의 소리와 입을 빌리니 시를 지어도 제대로 되지 않고 힘들기만 한데, 이는 토풍과 말 때문이라고 하셨다. 곧, 땅이 다르고 풍속이 다르고 말이 다르기 때문인 것이다. 후에 청천이 서울에 노닐어 최사집을 만나 그가 지은 시들을 보았는데, 중국의 것을 따르지 않고, 갈라진 나루터, 흙비 내리는 산모퉁이, 우리말, 백성들의 삶의 모습 같은 우리 것을 읊었으니 이것이 시의 정수를 모은 것이라는 것이다. 또한 우리 산천의 모든 모습과 옛선조들의 발자취 그리고 여항에서 부녀자와 아이들이 부르는 노래가 바로 하늘이 만들어낸 꽃이나 향기와 같으니 이를 말미암아 시를 지어야 한다는 것이다. 결국 우리 고유의 것이 꽃같이 아름답고 향기롭다는 조선시 선언인 것이다.

---

70) 申維翰, 『靑泉集』 권4 「杜機詩選叙」, "余幼從鄕先生請學爲詩, 先生曰嗒女毋苦 箕邦雅無詩, 悉假中國人聲口, 爲龜玆王車馬, 所以刻杜不成而僞, 畵王孟不似而葫蘆, 於漢魏六朝, 蓼蟲避葵董, 豈才使然, 土風與方譯以也, (…중략…) 所賦咏山川都鄙民物謠俗, 又不襲秦京漢殿趙佳人楚越名品, 獨網羅析津之墟荒霾嵎壤侏離諺蟲鳥史甲黔乙黎, 以供薈蕞, 已是檀箕以來闢混沌手段, (…중략…) 是誰之使, 卽海外天荒之埜, 亭臺虛墓覇, 跡侯塵, 鬈女魋竪, 塗歌巷俚, 莫非天生花雨露香, 其斯爲采眞之遊乎, 彼夫中國而爲詩者, 如夢如幻, 吾知其一朝澌滅矣, 於戲, 鴨綠以東古今操觚家識此意乎, 由此塗乎."

3) 우리 산수(山水) 예찬(禮讚)―1748년 서기(書記)들

신유한이 그리고 그를 비롯한 다른 제술관과 서기들이 가졌을 위와 같은 사고는 1748년 사행 때의 창화시(唱和詩)를 통해 분출된다. 1748년 조선사신들과 일본인 승려인 취암(翠嚴) 사이의 창화(唱和) 내용이 1748년 일본에서 간행된 『선린풍아후편(善隣風雅後編)』에 기록되어 있다. 이때 참여한 조선사신들은 제술관 박경행과 서기 이봉환, 유후, 이명계를 비롯해 정사 홍계희(洪啓禧), 부사 남태기(南泰耆), 종사 조명채(曹命采) 그리고 군관(軍官) 이사적(李士迪), 사자관(寫字官) 김천수(金天壽) 등이었다. 그런데 『선린풍아후편』에는 부사산(富士山)과 금강산(金剛山)의 우위를 둘러싼 논쟁적 시가 있어 주목할 만하다.

곧, 취암과 박경행, 유후, 이명계, 이봉환은 부사산과 금강산의 우열을 둘러싸고 모두 17수의 시를 지었다. 취암이 지은 시에 네 문사가 각각 화답하고, 다시 네 문사가 각자 지은 시에 취암이 화답한 것이다. 이 논쟁적 창화는 취암이 「부사산 시를 구헌학사 및 세 서기께 올리네[富士山詩贈矩軒學士及三記室詞榻]」라는 제목의 시를 쓰면서 시작된다. 곧,

莫是金鰲擎出來	금오가 들고 온 것이 아닐까
海東名嶽勢雄哉	해동 명악의 형세가 웅장하구려
千秋雪色朝陽耀	천추의 눈빛은 아침해에 빛나고
八葉蓮華晴靄開	여덟 잎 연꽃은 개인 노을에 열리네
更指何山論秀絶	다시 어느 산을 가리켜 빼어남을 논하리
誰凌彼漢極層嵬	누가 저 은하수를 능멸해 층층으로 높은 곳에 이를까
曾言徐福求靈草	일찍이 말하길, 서복이 영초를 구하려고
到此長年終不回	이곳에 도착해 오래도록 돌아가지 않았다 하네

라 하여 부사산 정상의 눈이 아침해에 빛나는 모습과 연꽃 같은 부사산의 모습이 가장 빼어났다고 자랑하면서 서복을 등장시켜 신선 의미를

▲ 鄭敾, 「金剛全圖」, 호암미술관 소장. 정선이 그린 금강산 그림으로 유후가 읊은 것처럼 겹겹 봉우리와 골짜기의 기이한 모습을 묘사했다. 두 사람이 같은 시각으로 금강산을 바라보았거나 유후가 정선의 그림을 염두에 두고 시를 쓴 것은 아닐까!

첨가한다. 이 시에 대한 창화시에서 이에 대해 가장 강력하게 반박한 사람은 유후인데 그는 "풍악(楓嶽)은 오래된 금강(金剛)의 한 이름인데 장로(長老)의 시 가운데 부사산의 아름다움을 성하게 칭찬하였기에 이것으로서 대답하고자 합니다"[71]라면서 다음과 같이 쓴다.

我昔東觀楓岳來　　내가 전에 동에서 풍악을 보고 왔는데
重重峯壑儘奇哉　　겹겹한 봉우리와 골짜기가 다 기이했네
毗盧頂出埃氛형　　비로봉 정상은 먼지 기운에서 나와 멀리 있고
元化天隨日月開　　조화로운 하늘은 해와 달을 따라 열렸네
碧玉珪璋瞻簇簇　　벽옥으로 된 규장은 무리지어 보이고
紫雲笙鶴聽嵬嵬　　자주 구름 속 신선의 학 소리 높이 들리네
富士定知下楓拜　　부사산은 한수 아래임을 알고 절해야 하리니
爭敎甁錫一遊回　　스님으로 하여금 한번 놀아보게 하였으면

　취암이 부사산을 눈 덮이고 연꽃 같은 하나의 봉우리로 묘사했다면 유후는 금강산을 겹겹한 봉우리와 골짜기를 지닌 모습으로 묘사해 그 규모에서부터 차이가 난다. 또한 비로봉 정상이 먼지기운에서 나와 멀리 솟아 있기에 조화로운 하늘은 해와 달을 따라 열려있는 것이기에, 단순히 은하수를 능멸하는 것은 비교가 되지 않는다. 벽옥으로 된 규장이 무리지어 있고 자주 구름 속에서 신선의 학이 울기에 신선이 금강산에 있는 것으로 보인다. 서복이 왔다는 것만으로 신선 이미지를 형상화한 부사산은 대적할 수가 없는 것이다. 그렇기에 부사산은 한수 아래임을 알고 절을 해야 하고, 취암이 금강산에 한번 노닌다면 다시는 부사산을 자랑하지 못할 것이라는 긍지를 나타낸다.

　취암의 시에 대한 네 문사들의 화답시가 끝나고, 다시 네 문사가 부사산 시를 짓고 취암이 화답한다. 이때 박경행은 좌중의 분위기 때문인지 제술관이라는 위치 때문인지 온건하게 시를 짓는데 취암은 화답시에서

---

71) "楓嶽古金剛之一名, 而長老詩中盛道士岳之勝, 故欲以此對之."

▲ 葛飾北齋, 「凱風快晴」, (富嶽三十六景), 東京국립박물관 소장. 가츠시카 호쿠사이의 판화로 후지산의 모습을 불타는 빛으로 묘사했다. 일본인들에게 후지산은 일본의 상징이며 마음의 지주였으니, 후지산이 빼어나다고 말하고 싶었을 것이다.

> 金剛三角可幷看　　금강산과 삼각산은 가히 함께 볼 수 있으리
> 六十州中第一山　　60주 가운데 제일산을

이라면서 부사산이 뛰어남을 다시 한번 강조하고

> 萬里東遊殊域客　　만리 동으로 노니는 외국의 손은
> 凝眸雲際聳鳥冠　　눈동자를 구름 사이 모으고 조관은 솟구치리

라 하여 조선의 사신들은 부사산을 보고 눈동자를 모으고 조관은 두려움으로 솟구칠 것이라 하였다. 이쯤 되면 감정 싸움이라 할 수도 있는데, 이에 대해 이봉환은

> 乾坤漏洩氣漫漫　　건곤에 누설된 기가 흩어져

海國爲山儘覺難　　바다 나라에서 산이 되니 다 어려움을 깨닫네
獨自高明基博厚　　홀로 스스로 높고 밝아 넓고 두터움을 기틀로 하고
絶無鄰比作援攀　　이웃이 끌어당김이 절대 없네
排空坐見東溟細　　허공을 밀치고 앉아서 동쪽 바다를 작게 보고
冒雪身知太古寒　　눈을 머리에 써 몸은 태고의 추위를 아네
北顧應存謙挹勢　　북으로 돌아보며 겸읍하는 자세를 가짐이 마땅하니
金剛奇拔白頭蟠　　금강산은 기이하게 빼어나고 백두산은 서리었네

라 하여 부사산이 섬에 홀로 있기에 혼자 뛰어난 듯 하지만 금강산과 백두산이 있으니 겸손히 읍해야 한다고 한다. 이에 대해 취암은

峥嶸突出乾坤外　　가파르게 건곤 밖에 돌출하니
雄勝何唯五岳云　　뛰어난 곳이 어찌 오악뿐이라 하겠는가

라 하여 부사산의 뛰어남을 오악에 비교하며 그렇기에 부사산이 금강산이나 백두산보다 더 낫다고 역설한다. 이에 대해 유후는 부사산의 눈 덮인 아름다움을 백련화(白蓮花)에 비교해 주고 나서

東來光景斯爲最　　동으로 와서 광경은 부사산이 최고이지만
遺恨回頭上上巓　　섭섭하여 머리를 위에 위에 있는 산꼭대기로 돌리네

라면서 부사산이 아무리 아름다워도 금강산은 더더욱 훌륭하다고 말한다. 취암도 지지 않고 다시

請君休說金剛勝　　청하니 그대는 금강산이 뛰어났다고 말하지 마오
名實分明不二巓　　名實이 분명하니 두 개의 산꼭대기는 없네

라 하여 부사산이 있는데 금강산이 뛰어날 수 없다고 말한다. 이에 대해 이명계는

仙掌芙蓉照日翻　　신선 손바닥의 연꽃이 해에 비쳐 나부끼니
分明初見小田原　　처음 본 작은 전원임이 분명하구나
靈根飮海蟠無際　　신령한 뿌리는 바다를 마시어 닿는 곳 없이 서리었고
爽氣排空白有痕　　상쾌한 기운은 허공을 밀치어 하얗게 흔적이 있네
勢凜未能容草木　　형세가 차서 초목을 용납하지 못하고
身孤祇合信乾坤　　몸은 외로우니 건곤을 믿음이 공경스레 합당하네
毘盧萬丈重瀛隔　　비로봉 만장이 바다에 막히어
南紀千年任獨尊　　남쪽 세월 천년 동안 홀로 높았구나

라 하였다. 형세는 차서 초목을 용납하지 못하고 홀로 외로우니 건곤을
믿어야 한다는 것은 나 이외의 남을 특히 세상을 공경하고 믿어야 한다
는 것이다. 또한 부사산이 이렇듯이 홀로 있으며 세상에 더 빼어난 산
이 있는 것을 모르는 것은 금강산이 바다에 막히어 있기 때문이라는 것
이다. 이에 대한 화답시이자, 이 논쟁적 시의 마지막 시에서 취암은 여
전히 부사산의 뛰어남을 강조하며 부사산이 홀로 높음을 말하지만 더이
상 금강산에 대한 언급은 않는다. 앞서 이미 부사산을 오악에 비교했기
에 이번에는 부사산이 천축에도 알려졌다거나 신이 보호한다거나 하는
이유를 든다. 더불어, 부사산을 한번 보면 가슴이 넓어져서 오랜 여정을
위로 할 것이라 하여 조선 사신들을 위로하는 뜻을 담는 듯하면서도 실
제로는 부사산의 뛰어남을 자랑한다. 그래도 이 이중의 의미는 이 논쟁
을 끝낼 수 있게 해주었던 것이 아닌가 한다.

　이상에서 『선린풍아후편』에 나온 일본인 취암과 조선 문사들 사이의
부사산과 금강산 우열 논쟁적 창화시들을 살펴보았다. 비록 창화시를
통해 표출된 것이긴 하지만 조선 문사들은 조선의 산 특히, 금강산과
백두산에 대한 애정을 나타내고 있었다. 선린(善隣)의 성격을 띤 창화 자
리였기에 취암이 부사산을 자랑할 때 그저 칭찬을 해주어도 되었을 것
이다. 그러나 그들은 그러지 않았고 굳이 조선에도 금강산과 백두산이
훌륭하게 자리하고 있고 부사산은 이에 견줄 만하지 못함을 역설하였

다. 이는 조선의 산수 나아가 조선 자체에 대한 애정에서 기인했다고
보인다. 물론 이러한 애정은 비단 당대에만 있었던 것은 아닐 것이나
조선 후기 특히 18세기 중반으로 가면서 강렬해졌다. 이에 대한 근거로
1719년 서기인 장응두의 예와 앞서 인용했던 유후의 시를 들 수 있다.
　『상한훈지집(桑韓塤篪集)』 권9에는 일본인 관재(寬齋)와 장응두 사이의
필담이 있다. 장응두가 관재에게 조선에 올 것인가를 묻자 관재는 갈
수 없을 것이라 답한다. 이에 장응두가 "우리나라 산천도 또한 한번 볼
만하다"[72]며 아쉬움을 표하자 관재가 금강산과 부사산 가운데 어느 것
이 뛰어나냐고 묻는다. 장응두는 "금강산의 백색(白色)은 부사산과 서로
비슷하지만 부사산은 홀로 섰고 금강산은 만이천봉이 나열하여 단정히
선 것이 흡사 많은 가지의 연꽃이 공중에 깎여 나온 것 같다"면서[73] 그
가운데 가장 뛰어난 곳의 명칭을 만폭동(萬瀑洞)부터 구연(枸淵)까지 30
개를 열거한다. 이는 평소부터 금강산에 대한 관심이 많았거나 실제로
금강산을 다녀왔어야만 가능한 것이라 보인다. 앞서 유후는 "내가 전에
동에서 풍악을 보고 왔는데, 겹겹한 봉우리와 골짜기가 다 기이했네"라
하여 자신이 직접 금강산에 다녀왔음을 말했다. 금강산에 대한 묘사도
사실적(寫實的)이어서 비로봉 정상이 멀리 보이는 모습이라든가 벽옥으
로 된 규장이 무리지어 있는 듯이 보이는 겹겹한 병풍 같은 모습을 눈
에 보이 듯이 나타냈다. 이는 그 전의 창화시에서는 찾아볼 수 없었던
현상이다. 곧, 금강산과 부사산 우열 논쟁을 한 예전의 창화시에서는 금
강산의 실경에 대한 일본인들의 물음에 전혀 대답을 하지 못했거나, 단
순하고 상식적이며 소문에 의한 묘사를 하고 있다.[74] 이에 비해 장응두
가 금강산 명승지의 이름을 30개나 열거한 것이라든지 유후가 전에 금

---

72) "我國山川亦可一觀."
73) "金剛之白色與富士相似, 而富士則獨立, 金剛則一萬二千峯羅列儼立, 宛如萬朶芙
　　蓉削出半天."
74) 이혜순, 「18세기 한일문사의 금강산－부사산의 우열논쟁과 그 의미」, 『한국한문학 연
　　구』 14집, 한국한문학회, 1991 참조.

강산에 다녀왔다고 당당히 말한 것은 매우 의미가 있다. 그전의 문사들처럼 이론만 지닌 것이 아니라 이론과 실재를 겸비해 실전에 잘 대처할 수 있었던 것이다. 곧, 실제로 보았던 것을 시로써 눈앞에 그려낸 것으로 이는 진경산수시(眞景山水詩)라 할 만하다.

4) 실사구시적(實事求是的) 사고—1763년 현천(玄川) 원중거(元重擧)

이미 앞에서 원중거가 글 하는 선비로서 정주학을 신념으로 삼고 일본인들을 교화하고자 했음을 알아보았다. 그런데 원중거에게는 이러한 교화 외에도 일본사행길에 주력했던 것이 또 하나 있다. 그의 일본사행 기록인 『승사록』은 3권 4책으로 된 방대한 분량의 책이다. 원중거는 1763년 8월 3일 발행에서부터 1764년 7월 8일 서울에 도착할 때까지 거의 빠지지 않고 일기를 쓰고 있다. 특히 일본에서의 기록은 매우 자세하고 열의를 가지고 쓴 것이다. "종일 손님을 접대하고 필담(筆談)을 하는데 (…중략…) 그 수가 80여 인이나 되었다"는[75] 예처럼 바쁜 일정 속에서도 거르지 않고 자세히 일기를 기록했다. 이로 볼 때 원중거에게는 일본에서 보고들은 사실들을 기록해야 한다는 의식이랄까 사명감(使命感)이 있었다고 보인다. 한 예로 1764년 4월 16일의 기록을 살펴보겠다.

위아래 오십 리 사이 양쪽 언덕에 모두 人家와 樓閣이 있는데 집집마다 모두 장사를 했다. 언덕에서는 모두 배를 만들었는데 큰 배에는 깍는 사람, 배의 판목을 읽어 만드는 사람, 닦고 꾸미는 사람, 간간이 나무로 된 물품을 끌어올리는 사람, 떼를 타고 올라가고 내려가고 하는 사람, 땔나무를 파는 사람, 큰 되를 파는 사람, 나무를 버티고 볕에 쬐는 사람이, 사람의 눈을 어지럽게 했다. 배는 새로 만드는 것은 매우 드물고 옛재목을 고쳐 만드는 것이 많아 이미 있던 架板

---

75) 『乘槎錄』 권2 1764년 1월 22일, "終日接客多筆談 (…중략…) 盖八十餘人."

으로 배를 만들었다. 또 넓은 판자를 조각으로 나누어 못을 치는데 금으로 싼 못은 모두 숨겨서 못질하되 흔적이 없어 기름처럼 반드르하게 섞였다. 일을 마친 사람은 배 아래를 따라 불을 살라 구우니 벌레를 없애는 방법이었고 또 기름이 응고하여 습기가 배지 않는다고 했다. 그 재목은 모두 건조한 것이고 黃腸이었다. 떼는 모두 철못으로 연결해 얽었는데 못은 크기가 엄지발가락만 했다. 떼의 크고 작음에 따라 혹은 서너 명, 한두 명이 상앗대를 맡았다. 땔나무를 파는 사람은 나무를 얽어서 저울추를 내려 가볍고 무거움을 달아 그 가격을 판단했다. 큰 배는 모양이 식칼과 같았는데 비록 큰 나무도 반드시 한 명이 끌었고 혹은 두 명이 끌었다. 혹은 여인이 큰 도끼를 대하면 나무 손잡이를 곧게 하고 그 끝의 굽은 데를 펴서 칼날을 대었다. 우리나라의 괭이처럼 나무를 햇볕에 말리는 사람은 반드시 네 개를 펼쳐 두고 사방을 바르게 하여 서로 괴어 놓고 시렁을 오륙 丈 일으켜 세웠다. 올라갔다 내려갔다 하는 배는 모두 작은 거룻배인데, 곧고 길어서 짐바리를 싣는 사람이 편했다. 대부분의 짐은 소금, 물고기, 땔나무, 석탄 따위였다. 대개 큰 배는 모두 짐을 강 어귀에 풀고 작은 거룻배를 이용해 옮겨오기 때문이다. 쌀을 실은 배가 많은데 대개 상류로부터 아래로 떠내려온다. 두엄도 또한 많아 배에 싣고 지나가면 냄새를 견디기 힘들었다.76)

이는 강의 양쪽에 펼쳐진 저자에서 배를 만들고 물건을 사고 팔고 배들이 왔다갔다하는 모습을 기록한 것으로 4월 16일 일기의 한 부분이다. 이 앞부분에는 관소를 나섰을 때 펼쳐진 도시의 모습이 있고 이 뒤로도 돌을 깎는 모습, 기름을 짜는 일, 시체를 버리는 습속, 고문하는 방법, 아란타(阿難陀) 뱃사람의 형상이 자세히 서술되어 있다. 위의 인용문만

---

76)『乘槎錄』권3, "上下十五里之間兩岸, 皆人家樓閣而家皆興販, 岸皆造舟, 鉅者, 斲者, 架船板者, 修裝船閣者, 間有木物曳上者, 筏而上下者, 買燒木者, 買大升者, 撑木而曬者, 令人繢眼, 船則新造者絶少, 舊材改造者多, 而旣架板爲船, 又以薄板片切着釘, 而全裹之釘皆隱縫無痕渾如脂滑, 而其訖功者則從船底爇火以灼之, 所以去虫又脂凝不滲濕云, 其材皆乾燥皆黃腸, 其筏則以鐵釘連綴, 釘大如足拇, 隨筏之大小, 或三四人一二人篙撑之, 買燒木者架木垂稱錘, 量輕重而折其價, 鉅則制如食刀, 雖大木必一人或兩人引之, 或女人對鉅斤則直木柄直屈其末而旋刃, 如我國廣耳曬木者必四介布置, 方正相枕, 架起五六丈, 船之上下者皆所艇而直而長以便載卜者, 居多其卜則鹽漁柴炭之屬, 盖大船解卜於河口用所艇而輸來故也, 米船則多自上流浮下, 糞壤亦多船載行過臭不堪."

보아도 매우 실증적(實證的)이고 객관적(客觀的)인 서술임을 알 수 있는데,
이를 읽으면 마치 대판(大阪)의 시장이 눈 앞에 전개되듯이 선명히 그려
진다. 이렇듯이 자세하게 기록하는 것은 이를 기록해야 한다는 의식이
없으면 불가능하다. 특히 이때는 최천종(崔天宗)이 대마도 사람에게 피살
되어 일본인들이 살인자를 잡아 처형하는 것을 보기 위해 거의 한달을
대판에 머물던 때로 사행원들은 관소 밖으로 출입이 자유롭지 못했고
원중거를 위시한 네 문사들은 시문의 창화를 삼가고 있었다. 그럼에도
불구하고 원중거는 출입허가를 받아 대판 시내 구경을 나서고 이를 기
록한 것이니, 이는 일본을 좀더 알고 이를 조선에 알리고자 하는 의식
때문이었다고 보인다. 또한 연암(燕巖)의 『열하일기(熱河日記)』 이전에도
이미 이렇듯이 의식을 지니고 쓴 자세하고 사실적인 기록이 이미 존재
했다는 의의도 있다.

　원중거의 객관적 사물에 대한 실증적 자세는 경제적(經濟的)인 면에
대한 관심과도 연결된다. 앞서 살폈던 대판 저자의 모습이 이미 사람들
의 경제활동을 보여주고 있거니와 원중거는 여기서 한 걸음 더 나아가
다음과 같은 기록을 남기고 있다.

　　통신사를 접대하기 위해 武州로부터 작년 여름에 馬州에 황금 십만 냥을 내
　어주어 馬州로 하여금 책임져 응접하는 범절을 전례대로 하게 했다고 한다. 육
　로 후에는 아주 좋은 말과 보통의 말을 각 州의 제후 가문에서 내오되 힘에 따
　라 혹은 많고 혹은 적었다. 하치의 말과 사람은 족히 황금 구만칠천 냥의 가치
　였기에 전부터 내어 공급하는 책임을 그들에게 담당하게 했다. 금번에는 馬州
　에서 담당을 자원하였는데 말은 나쁘고 사람은 부족하였으니 대마도 사람들이
　책응을 잘하지 않은 것이다. 길을 따라하는 支供은 모두 각 州들이 스스로 담
　당했는데 혹 녹봉이 십만 석에 미치지 못하는 곳은 또한 武州에서 그 반을 보
　태어 주었다.77)

---

77) 『乘槎錄』 권2 1764년 2월 25일, "爲信使接待, 自武州昨年夏出給黃金十萬兩於馬州,
　　使之責應凡節前例也, 陸路後上中馬, 自各州侯家立之, 隨力或多或寡, 下馬及人足價

▲ 미상, 「朝鮮船入津之圖」, 慶應義塾大學도서관 소장. 조선통신사의 배가 항구로 들어가는 모습이다. 대체로 이런 배 6척에 480명 정도가 나눠 타고 갔으니 일본이 사신들을 접대하느라 힘을 다 쓸 만했다.

비록 사신을 청하고 싶어도 이번에 사신을 접대하는데 公私 財力이 다했기에 오륙 년 안에는 실로 다시 사신을 부를 힘이 없다고 하였다.[78]

이는 일본이 조선에서 통신사를 초청하여 쓰는 공식적 경비의 표면적 골격을 보여준다. 통신사행을 치르기 위해 일본 전국의 경제력이 동원되었고 400명이 넘는[79] 통신사 일행의 일일(日日) 지공(支供)만 해도 엄청났을 것이다. 그렇기에 공사(公私) 재력(財力)이 다했다고 한다. 이는 원중거가 일본인들과의 문답을 통해 알아낸 것이다. 이러한 경제적 문제에 대한 관심은 현실적이고 실용적인 것이라 할 수 있다. 곧, 일본이나

<hr>

黃金九萬七天兩, 自前出給任掌使之擔當, 今番則馬州自願擔當, 馬惡而人不足者, 馬人之不善責應也, 沿路支供皆自各州自當, 而其或祿不及十萬石者, 亦自武州助給其半."

78) 『乘槎錄』 권2 1764년 2월 26일, "雖欲請使, 今經信使, 公私財力殫竭, 五六年內, 實無更請之力云."

79) 趙曮의 『海槎日記』에 의하면 계미년 통신사행의 員役은 모두 477명이었다.

조선이나 이념적인 목적으로 통신사행을 감행했다. 일본은 주로 관백이 새로 등극했을 때 조선사신을 초청해, 조선에서 저런 규모의 사신을 보내 조공(朝貢)을 한다고 백성들에게 자신의 힘을 과시하려 했고 조선은 일본이 청한 사신을 거절을 하지 않고 보내줌으로써 또 이를 통해 문화적인 우월성을 통해 일본인들을 교화해 다시는 임진왜란과 같은 불상사가 없기를 바랐다. 그러나 현실적인 면에서 이 통신사행은 양국에게 경제적인 부담을 주었던 것이다. 원중거는 이러한 이념과 현실이 상충되는 문제를 잘 간파한 것이라 보인다. 선박이라든가 궁궐, 집, 거리, 사람들의 생활 모습 등은 그전의 사신들도 관심을 지니고 기록을 했었다. 그러나 이렇듯이 이면에 감춰진 그러나 매우 절실하고 실질적인 부분에까지 관심을 두었다는 점에서 원중거의 특징을 찾을 수 있다.

또한 원중거는 경제 문제에 대한 유연(柔軟)한 사고를 지니고 있다. 예로써 인삼(人蔘) 무역에 대한 원중거의 생각은 주목할 만하다. 일본에는 의술이 별로 발달하지 않아 중병이 들면 의원들이 인삼을 먹을 것을 권한다. 인삼이 온갖 병을 통치(通治)하는 신약(神藥)으로 여겨지는 것이다. 그래서 일본인들이 인삼의 종자(種子)와 종생(種生)의 방법을 비싼 값으로 사려고 셀 수 없을 만큼 많은 시도를 해왔으나 진짜 종자와 방법을 얻지 못했다고 한다. 그런데 밀매를 통해 종자가 전해지면 왜인들은 성품이 교묘해 그 키우는 방법을 반드시 알아내 수요가 폭등하여, 일본뿐 아니라 해외의 여러 나라에서도 인삼을 사가려 할 것이니 인삼값이 뛰게 될 것이고 이 영향은 조선에도 미쳐 우리 백성들은 인삼을 사용하지도 못할 것이다.[80) 그러므로

---

80) 『乘槎錄』 권2 2월 16일 이후의 총괄편, "人蔘旣爲國中百病通治之神藥, 而且聞我人爲言有種可蒔, 國中人多用厚價, 托馬人買種子, 又買種生之方, 前後不可勝數, 而終不得眞種眞方 (…중략…) 盖倭人性巧, 若與之眞種眞方, 其能傳種必矣, 若能傳種, 則不但渠國億萬人命賴之, 我國參料必不至日就翔貴, 考見物茂卿集中, 論與我國通和事而有曰, 人蔘係海內生靈之命云云, 彼旣視此, 爲人命則, 其勢不得不厚價求買, 彼旣厚價求買則, 我人不得不冒萬死賣之, 此不獨倭國, 海外諸國皆來轉買於倭國, 我國

　　국가에서 인삼 종자를 보내고 그 키우는 법을 상세히 하여 書契를 만들어 강호
에 보내어 다행히 종자를 전하면 저 나라에 있어서는 백성들의 목숨을 살릴 수
있는 것이고 우리나라에 있어서는 날로 비싸지지 않아 가난한 사람들도 약용으로
사용할 수 있고 인삼 상인이 법을 범하는 폐단도 점차 제거될 것이리라.[81]

고 하였다. 곧, 일본인들이 인삼을 신약으로 여기기에 인삼에 대한 수요
는 더욱 급등하고 밀무역은 더욱 극성인 것이다. 여기다 인삼의 종자와
그 키우는 법이 몰래 일본에 전해진다면 그 폐단은 더 말할 수도 없고
그 피해가 바로 우리 백성들에게 미칠 것이다. 그러므로 나라에서 일본
에 인삼의 종자와 그 키우는 법을 공식적으로 계약으로 알려주어 지금
까지의 폐단을 막고 앞으로 다가올 폐단을 방지하자는 것이다. 이는 밀
무역의 폐단에 대한 지적이기도 하지만 그보다는 그 밀무역된 것을 비
싼 값을 주고 사야 하는 일본 백성 나아가서는 그러한 폐단 때문에 비
싼 인삼을 먹어야 하고 또 먹지도 못하는 우리 백성들에 대한 배려이다.
또한 어떤 물품이 점점 수요가 급등하고 품귀가 되거나 독과점이 되지
않도록 물가를 안정시키고자 하는 의도인 것이다.

　　결국 현천 원중거는 정주학을 신봉하고 삶의 밑바탕으로 삼은 단아
한 선비였는데, 단지 이념에만 고루하게 몰입한 것이 아니라 그 이념을
바탕으로 하여 실생활에 도움을 줄 것을 모색하였다. 그리하여 경제 제
반의 문제에 관심을 가졌고 백성들이 편안하게 살 수 있는 경제활동 특
히 물가 안정에 관심을 두고 그 방안을 모색했던 것이다.

　雖日殺百人而禁其買賣, 億萬人所大欲, 顧何可法網而禁之乎."
81) "國歌齊人蔘種子, 詳其種養之譜, 作爲書契而送之江戶, 幸而得傳種, 則在渠國眞獲
　　生靈之命, 在我國亦不至日漸翔貴, 而貧人得以藥用, 而蔘商犯法之弊可以漸除."

4. 문학사적 의의

신분적 질곡으로 인해 벼슬길이 막혀 있던 서얼들에게 일본사행은 견문을 넓히고 울울한 가슴을 일시적으로나마 트이게 하는 기회였을 것이다. 그들은 일본에 가서 시문의 재주를 마음껏 발휘하여 조선에서 펼수 없었던 능력을 인정받았던 것이다. 이는 일본인을 시문을 통해 교화한다는 대외적 명분이 있긴 했어도 내실은 자신들이 처한 질곡을 잊어볼 수 있는 일생일대의 기회였을 것이다.

서얼들은 그들에게 부여된 신분적 모순 때문에 좌절도 많이 했고 그에 따라 이를 개선하겠다는 생각이 은연중에 있었을 것이다. 그러므로 예로써 동곽이나 청천이 가진 사고들 특히 탈중화와 조선시 선언 등은, 자아 혹은 자존을 중시하는 것으로 볼 수 있는데, 중국에 대한 것이기도 하지만 신분적 모순에 대항하는 의식적·무의식적 의도로 성립된 것이다. 일본사행은 이들이 진취적인 사고를 굳히는 계기가 되었고 촉진제가 되었을 것이다.

제술관 및 서기들은 일본의 문물에 대한 지대한 관심을 나타내고 있는데 이는 단순한 호기심의 차원을 넘어선 것으로 실증적으로 기록하고 있었다. 이미 앞서 원중거의 예를 살펴보았는데, 이들은 사람들의 모습, 집의 구조, 성곽의 생김새, 거리의 모습, 곡식과 나무, 음식에 이르기까지 세심한 관심을 나타낸다.

놀랍게도 1711년부터 1763년에 이르기까지 서얼들이 보여준 문학관이나 의식세계는 시대가 내려올 수록 점진적으로 발전한 듯한 인상을 준다. 1711년 이현은 내(內)가 귀하고 외(外)가 천하지 않으며 지금도 다시 옛날이 될 수 있다고 하여, 일본과 조선의 관계, 조선과 중국의 관계에서 어느 한 쪽이 중심이고 다른 쪽은 밖이라 할 수 없음을 말했다. 이는 적서(嫡庶)의 관계에서도 마찬가지로 적용할 수 있다. 또한 이현은 사람 자체의 품성에서 자연적으로 우러나오는 시를 강조했다. 1719년 신유한은 풍요에 관심을 나타냈고 각자 자기 나라의 풍기(風氣)에 맞는 시를 지을 것을 주장했다. 곧, 중국의 것을 빌려서 시를 지으면 꿈같고 요술같아 사라져버릴 것이니 우리 말, 지명, 풍속 등을 통해 진실한 시를 지어야 한다는 것이다. 더불어 여인네와 아이들이 길에서 부르는 속요가 참된 것이라 했다. 이러한 문학관은 1748년의 서기들에게도 그대로 이어져 일본 문사들과 창화하면서 우리 산수의 아름다움을 극렬히 주장했고, 더욱이 유후는 그전과는 다르게 자신이 직접 보고온 진경산수시를 썼다. 1763년 원중거에 이르면 여느 사대부들처럼 정주학을 생활의 신조로 하고 있는데, 그는 이념에만 빠지지 않고 이념과 실재를 잘 조화시켰다. 일본에서 보고 듣는 모든 것들을 기록의식(記錄意識)을 지니고 세세히 정성껏 기록하였다. 경제적인 면에도 지대한 관심을 보여 통신사행에 따른 일본 재정의 피폐도 지적하였다. 더욱이 밀무역의 폐해를 고치고자 의견을 제시했는데 이는 무역을 공정하게 하자는 뜻뿐만이 아니라 백성들이 물건을 싼값에 구입할 수 있도록 하자는 배려에서이기도 했다.

이러한 의식과 실증적인 기록은 조선 후기 사회 변화와 무관하지 않을 것이다. 곧, 변모하는 사회 속에서 신분적 질곡 그리고 그에 부수하는 경제적 어려움을 누구보다도 잘 알고 있었기에 진취적인 사고를 할 수 있었던 것이다. 사회에 변화의 여건이 만들어져 갔기에 이에 따라 의식의 변모도 있었을 것이고, 이러한 의식의 변모가 있었기에 사회의 변모도 촉진되었을 것이다.

더불어 이들의 의식과 기록은 조선의 문사들에게 많은 영향을 끼쳤을 것이다. 특히 18·19세기에 빛을 발한 실학(實學)에 큰 영향을 주었다고 보인다. 인물들 간의 혈연과 친분 관계로 볼 때 이는 더욱 명백해진다. 학계에서 연암(燕巖) 그룹이라 칭하는 일원 가운데 한 명인 성대중은 1763년 서기였는데 이미 앞서 살폈듯이 1719년 서기인 성몽량의 후손이고 성몽량은 1682년 제술관인 성완의 후손이다. 성대중과 원중거는 지속적인 친분 관계를 유지했음이 『청성집』에 나오는 시들을 통해 알 수 있다. 또한 『일본록』 권2에는 「청천해유록초(靑泉海遊錄鈔)」가 있는데 이는 신유한의 『해유록』의 「문견잡록(聞見雜錄)」을 그대로 옮긴 것이니 성대중이 신유한에게서 영향을 받았음을 알 수 있다. 1748년 서기인 이봉환의 『우념재시문초』를 보면, 같은 해 제술관인 박경행과 서기인 이명계와 친하게 지냈으며 특히 1763년 제술관인 남옥과는 매우 친하게 지내 주고받은 시가 많다. 남옥은 1748년 서기인 유후의 손자며느리의 아버지인데, 오수경에 의하면 역시 연암 그룹인 이덕무는 유후와 원중거를 가장 존경했고, 이덕무와 홍대용(洪大用) 그리고 박제가(朴齊家)의 일본 기록은 유후와 원중거와 성대중의 일본 기록을, 특히 원중거의 기록을 참고하였다 한다.82) 결국 연암을 위시한 실학파(實學派)의 문사들이 그들의 사상을 다져나가는데, 그들보다 대체로 한 세대 앞선 시기까지의 연배인 제술관과 서기의 업적이 유야무야 크게 작용했다고 할 수 있다.

　마지막으로 제술관과 서기의 업적이 조선에서 제대로 빛을 보지 못한 아쉬움이 있다. 통신사행을 다룬 기록을 시기 순서대로 읽다보면 일본인들이 조선사신을 접대하는 태도에 갈수록 성의가 없어지는 것을 발견할 수 있다. 예로 1711년에는 좋던 일공(日供)도 1763년에 이르면 형편이 없어지고 우물은 더럽기 그지없어진다. 1748년의 부사산과 금강산 우열논쟁과 1763년의 최천종(崔天宗) 피살(被殺) 사건은 이를 단적으로 나타내는 증거이다. 또한 조선사신들은 정주학을 신봉했고 이를 일본인들에게 강요했지만 일본에는 이미 조래(徂徠) 물쌍백(物雙栢, 1666~1728)이 자신들의 학문을 일으켰고 자주의식이 강했다. 문물도 서양과의 교역을 통해 많은 발전을 하고 있었다. 이렇듯이 변화하는 일본의 모습이 통신사행의 기록에 그대로 드러나 있다. 그러나 조정에서는 일본의 환대와

---

82) 오수경, 「18세기 서울 文人知識層의 性向」, 성균관대 박사논문, 1990 참조.

조선보다 못한 야만적인 모습에만 신경을 쓰고 그들을 교화하려는 목적만을 중시했다. 정작 중요한 변화하는 일본의 모습을 보지 못했다. 이를 간파하여 조정에 간언하기에는 서얼이란 혹은 미관말직이란 제약이 컸고, 사회 전반의 분위기도, 임란을 겪었음에도 불구하고, 일본을 폄하하고 있었다. 사회경제적 변동과 당쟁과 란(亂)으로 변모하고 얼룩지던 조선 후기에, 임란이후 200년도 채 안 되는 시기에 또다시 야심의 발톱을 키우고 있던 일본 사회를 제대로 간파했더라면 조선 후기 사회는 좀더 나은 모습으로 다가왔을지도 모른다.

5. 앞으로의 과제

　본고는 18세기 일본 통신사행에 참여했던 문사들이 우리 문학사에서 점하는 위치를 찾아보고자 시도되었다. 사대부서얼들은 이제까지 중서라 하여 기술직 중인과 함께 취급되었고 개별적인 연구가 거의 없었다. 그러나 그들은 당대에 자타가 인정하는 한 계층을 형성하고 있었다. 그들은 시문을 업으로 삼고 명성을 날렸고 통신사행에 제술관과 서기로 뽑힌 것도 능문(能文)의 능력 때문이었다. 그들은 서얼이라는 신분적 제약으로 미관말직에 전전하였고 그로 인한 좌절도 컸으리라 여겨진다. 그러나 그들은 통신사행을 통해 업적을 남겼으며 국내에서도 한 집단으로서 많은 영향을 남겼다. 다만 현재까지 그들에 관한 자료가 거의 발표되지 않은 상태이기 때문에 그들은 신유한과 김인겸 정도를 제외하고는 우리 문학사에서 도외시되어 왔다. 우리는 도서관과 국사편찬회 등의 기관에 묻혀 있는 자료를 발굴하여 지금까지 어둠 속에 묻혀 있던 우리문학사의 한 부분을 밝혀내야 할 것이다.

　　본고는 조선통신사 제술관 및 서기의 신분적 특성과 인식, 문학관 등을 시론적으로 살펴봤다. 그러나 18세기에 행해졌던 네 번의 사행의 각각의 특성이나 16명 개개인이 개인적으로 혹은 각각의 집단적으로 가졌을 특성에 관해서는 고찰하지 못했다. 실례로 1719년의 신유한에게서는 선경(仙境)에의 몰입이 많이 나타나고 1748년 박경행의 창화시에는 청아(淸雅)한 산수시(山水詩)가 많아 그가 객관적 현실 인식을 하고 있음을 알 수 있고, 역시 같은 해의 유후는 일인들과 부사산과 금강산의 우월성을 다투는데 이는 그전까지는 볼 수 없던 점으로 조선 후기에 태동한 실학 정신에 영향을 미쳤으리란 예상을 할 수 있다. 그러므로 남은 과제는 제술관과 서기들의 문집과 창화시 그리고 사행기록을 자세히 고구하여 이들이 우리 문학사에서 갖는 위치를 올바르게 규명하는 일이다.

1. 자료

姜　栢, 『愚谷集』(국립중앙도서관본).

桂德海, 『鳳谷桂察訪遺集』(규장각본).

高時彦 외편, 『昭代風謠』(『이조후기 여항문학총서』 8권), 여강출판사, 1991.

金道洙, 『春洲遺稿』(국립중앙도서관본).

金富軾, 『三國史記』.

金仁謙, 李民樹 역, 『日東壯遊歌』, 탐구당, 1981.

金昌翕, 『三淵集』(『한국문집총간』 166권).

南龍翼, 『箕雅』, 아세아문화사, 1980.

朴齊家, 『貞蕤集』, 국사편찬위원회, 1961.

成大中, 『日本錄』(고려대 육당문고 소장본).

＿＿＿, 『靑城集』, 여강출판사, 1982.

成海應, 『蘭室詩話』.

申維翰, 『靑泉集』 1~2권, 3~6권(국립중앙도서관본), 3권(규장각본).

＿＿＿, 『靑泉先生續輯』(국립도서관본).

＿＿＿, 『海遊錄』, 조선연구회, 1915.

沈師周, 『寒松齋集』(규장각본).

沈翼雲, 『百一集』(규장각본).

魚有鳳, 『杞園集』(『한국문집총간』 183권).

吳　瑗, 『月谷集』(이화여대 도서관 소장본).

元景夏, 『蒼霞集』(국립중앙도서관본).

元重擧, 『乘槎錄』(고려대 육당문고 소장본).

劉在建 외편, 『風謠三選』, 아세아문화사, 1980.

李奎象, 『一夢稿』(국립중앙도서관본).

李箕鎭, 『牧谷集』(규장각본).

李　達, 『蓀谷詩集』(『한국문집총간』 61권).

李德懋, 『靑莊館全書』.

李秉成, 『順菴集』(규장각본).

李秉淵, 『槎川詩鈔』(규장각본).

李鳳煥, 『雨念齋詩文鈔』(국립중앙도서관본).

______, 『雨念齋集』.

李世愿, 『顧庵遺稿』(국립중앙도서관본).

李　植, 『澤堂集 別集』(『한국문집총간』88권).

李　畬, 『睡谷集』(『한국문집총간』153권).

李離和, 『朝鮮庶孼關係資料集』, 여강출판사, 1985.

李麟祥, 『凌壺集』(규장각본).

李天輔, 『晋菴先生文集』, 경인문화사, 1994.

李夏坤, 『頭陀草』(『한국문집총간』191권).

任　廉 편, 『暘葩談苑』, 아세아문화사, 1981.

任　璟, 『玄湖瑣談』, 『暘葩談苑』(任廉 편), 아세아문화사, 1981.

林光澤, 『雙栢堂遺稿』(『이조후기 여항문학총서』6권), 1991.

任守幹, 『東槎日記』(『국역 해행총재』IX).

林熒澤, 『이조시대 서사시』, 창작과비평사, 1992.

張志淵, 『大東詩選』, 曺龍承 발행, 1978.

鄭來僑, 『浣巖集』(『이조후기 여항문학총서』1권), 1986.

丁若鏞, 『增補 與猶堂全書』, 경인문화사, 1970.

趙　綸, 『率菴遺稿』(규장각본).

曹命采, 『奉使日本時見聞錄』(『국역 해행총재』X).

趙聖期, 『拙修齋集』, 여강출판사, 1984.

趙　曮, 『海槎日記』(『국역 해행총재』VII).

趙鐘業 편, 『韓國詩話叢編』, 동서문화원, 1989.

千壽慶 외편, 『風謠續選』(『이조후기 여항문학총서』8권).

崔奇南 외, 『六家雜詠』(『이조후기 여항문학총서』8권).

崔昌大, 『崑崙集』(『한국문집총간』183권).

洪世泰, 『柳下集』(『이조후기 여항문학총서』1권).

京華書坊圭文館 發行 『桑韓塤篪集』(국립중앙도서관소장본).

浪速 日新堂藏版『兩東唱和錄』(국립중앙도서관소장본).
浪華書林『和韓唱和錄』(국립중앙도서관소장본).
浪華 河閒正胤 校閱『桑韓唱酬集』(국립중앙도서관소장본).
吳下 玄洲朝文淵『蓬島遺珠 後篇』(국립중앙도서관소장본).
平安書肆 弘書軒梓行『善隣風雅 後篇』(국립중앙도서관소장본).

국사편찬위원회 편,『朝鮮王朝實錄』, 탐구당, 1973.
『조선왕조실록』 CD-ROM, 서울시스템.
『사마방목』 CD-ROM, 서울시스템.
이성무·최진옥·김희복 편,『朝鮮時代雜科合格者總攬』, 정신문화연구원, 1990.

『務安朴氏世譜』(국립중앙도서관 소장).
『安岳李氏世譜』(국립중앙도서관 소장).
『昌寧成氏桑谷公派系譜』(국립중앙도서관 소장).
『淸風金氏世譜 利』(국립중앙도서관 소장).

2. 단행본

강명관,『조선 후기 여항문학 연구』, 창작과비평사, 1997.
구자균,『朝鮮平民文學史』, 文潮社, 1948.
김흥규,『朝鮮後期 詩經論과 詩意識』, 고려대 민족문화연구소, 1982.
김태준 외편,『한일문화교류사』, 민족문화문고, 1991.
김태준·소재영 공편,『여행과 체험의 문학 : 일본편』, 민족문화문고, 1985.
_________________,『여행과 체험의 문학 : 중국편』, 민족문화문고, 1985.
김학주,『中國文學史』, 新雅社, 1989.
민족문학사연구소 한문분과,『18세기 조선인물지』, 창작과비평사, 1997.
박혜숙,『形成期의 韓國樂府詩 硏究』, 한길사, 1991.
송재소,『茶山詩 硏究』, 창작과비평사, 1986.
안대회,『朝鮮後期 詩話史 硏究』, 국학자료원, 1995.
_____,『18세기 한국한시사 연구』, 소명출판, 1999.

유봉학,『燕巖一派 北學思想 研究』, 일지사, 1995.

이가원,『韓國漢文學史』, 普成文化社, 1984.

이병주 편,『한국의 漢文學』, 민음사, 1991.

이원식,『朝鮮通信使』, 민음사, 1991.

이이화,『조선 후기의 정치사상과 사회변동』, 한길사, 1994.

이종묵,『海東江西詩派研究』, 태학사, 1995.

이준구,『朝鮮後期身分職役運動研究』, 일조각, 1993.

이혜순,『조선 통신사의 문학』, 이화여대 출판부, 1996.

이혜순·박무영 외,『우리 한문학사의 새로운 조명』, 집문당, 1999.

정양완 외,『朝鮮後期漢文學作家論』, 집문당, 1994.

정석종,『조선 후기의 정치와 사상』, 한길사, 1995.

조동일,『人物傳說의 의미와 기능』, 영남대 민족문화연구소, 1979.

하우봉,『朝鮮 後期 實學者의 日本觀 研究』, 일지사, 1989.

한국도교사상연구회 편,『道敎와 韓國文化』, 아세아문화사, 1988.

한국사상연구회 편,『조선유학의 학파들』, 예문서원, 1996.

운허 용하,『불교사전』, 동국역경원, 1961.

중앙일보사 편,『성씨의 고향』, 중앙일보사, 1989.

한국불교대사전편찬위원회,『韓國佛敎大辭典』, 寶蓮閣, 1982.

『국역 신증동국여지승람』, 민족문화추진회, 1985.

『한국민족문화대백과사전』, 정신문화연구원, 1991.

周勳初, 중국문학연구회 고대문학분과 역,『중국문학비평사』, 이론과실천사, 1992.

楊海明, 이종진 역,『唐宋詞風格論』, 新雅社, 1994.

袁行霈, 七人 공역,『中國詩歌藝術研究』, 아세아문화사, 1990.

袁行霈, 朴種赫外 공역,『中國詩歌藝術研究』下, 아세아문화사, 1994.

劉 勰, 최동호 역,『文心雕龍』, 민음사, 1994.

高 棅,『唐詩品彙』, 上海古籍出版社, 1982.

古典研究會 발행,『漢書』, 汲古書院, 1973.

屈　原, 『楚辭』, 富山房, 1975.

方　瑜, 『唐詩形成的研究』, 牧童出版社, 中華民國 64(1975).

范　曄, 『後漢書』, 경인문화사 영인본.

上海古籍出版社 편, 『古代藝術三百題』, 1989.

松田甲, 『韓日關係史』, 朝鮮總督府 發行, 1929.

楊家駱 주편, 『楚辭注六種』, 世界書局印行, 1978.

梁　崑, 『宋詩派別論』, 商務印書館, 1938.

劉明今 袁震宇, 『明淸文學批評史』, 上海古籍出版社, 1992

周振甫, 『詩詞例話』, 中國靑年出版社, 1962.

胡雲翼, 『宋詩硏究』, 商務印書館, 1959.

中國大百科全書出版社 편집부 편, 『中國大百科全書 中國文學』(전2권), 中國大百
　　　　科全書出版社, 1986.

3. 논문

강명관, 「16세기 말 17세기 초 擬古文派의 수용과 秦漢古文派의 성립」, 『韓國漢
　　　　文學硏究』 18집, 한국한문학회, 1995.

고연희, 「17C말 18C초 白岳詞壇의 明淸文學 受容樣相」, 『東方學』 1집, 동양고전
　　　　연구소, 1996.

김경숙, 「18세기 朝鮮通信使 製述官 및 書記의 文學世界」, 『溫知論叢』 1집, 溫知
　　　　學會, 1995.

______, 「18세기 서얼문사 신유한의 의식세계」, 『우리 한문학사의 새로운 조명』
　　　　(이혜순·박무영 외), 집문당, 1999.

______, 「18世紀 前半 庶孼 文學 硏究」, 이화여대 박사논문, 1999.

김교빈, 「실심으로 살아간 양명학자들 / 강화학파」, 『조선 유학의 학파들』(한국사
　　　　상사연구회 편), 예문서원, 1996.

김낙필, 「『海東傳道錄』에 나타난 道敎思想」, 『道敎와 韓國思想』(韓國道敎思想
　　　　硏究會 편), 범양사 출판부, 1987.

김남기, 「金昌翕의 山水詩 硏究」, 서울대 석사논문, 1994.

김도련, 「古文의 성격과 전개양상」, 『韓國文學硏究入門』(黃浿江 외편), 지식산업

사, 1982.

_____, 「古文의 源流와 性格」, 『한국의 漢文學』(李丙疇 편), 민음사, 1991.

김성진, 「南玉의 生涯와 日本에서의 筆談唱和」, 『한국한문학연구』 19집, 한국한문학회, 1996.

김영숙, 「申維翰 한시 연구」, 영남대 석사논문, 1981.

_____, 「青泉 申維翰論」, 『조선 후기 한시 작가론』 1(소석이종찬교수취임기념논총간행위원회), 이회출판사, 1998.

김윤조, 「冷齋 柳得恭 詩研究」, 성균관대 석사논문, 1985.

김태준, 「동아시아 문학의 自國主義와 中華主義의 위기」, 『日本學』 6집, 동국대 일본학연구소, 1987.

_____, 「儒敎的 文明性과 文學的 敎養―申維翰의 日本日記『海游錄』을 중심으로」, 『비교 문학산고』, 민족문화문고간행회, 1985.

김태준·소재영·이혜순, 「18세기 일본 체험과 한일 문학의 교류 양상」, 『인문과학논문집』 18집, 숭실대, 1988.

김혜숙, 「秋史 金正喜의 詩文學 硏究」, 서울대 박사논문, 1989.

남은경, 「東溟 鄭斗卿 文學의 硏究」, 이화여대 박사논문, 1988.

박수천, 「國朝詩刪의 選詩觀 硏究」, 서울대 석사논문, 1986.

박재금, 「無衣子 慧諶의 詩 硏究」, 이화여대 박사논문, 1997.

배재홍, 「조선 후기 서얼허통」, 경북대 대학원, 1984.

서정규, 「使行歌辭 硏究」, 경북대 교육대학원, 1986.

설석규, 「奎章閣과 正祖의 改革政治」, 경북대 석사논문, 1984.

송준호, 「雅亭 李德懋 詩의 抒情樣式」, 『새국어교육』 29·30합집, 한국국어교육학회, 1979.

_____, 「朝鮮朝 後期四家詩에 있어서 實學思想의 檢討」, 『朝鮮朝 後期文學과 實學思想』(최철 외편), 정음사, 1987.

_____, 「蓀谷 李達 詩 硏究」, 『東方學志』 64집, 연세대 국학연구원, 1989.12.

신익철, 「이봉환의 초림체와 '낙화시'에 대하여」, 『한국한문학연구』 24집, 한국한문학회, 1999.

_____, 「18세기 중반 椒林體 漢詩의 형성과 특징」, 『고전문학연구』 19집, 한국고전문학회, 2001.

심경호, 「조선조의 杜詩集 간행에 관하여」, 『한국학보』 38, 일지사, 1985.

______, 「菊圃 姜樸論」, 『조선 후기 한시 작가론』 1(소석이종찬교수취임기념논총 간행위원회), 이회출판사, 1998.

안대회, 「白塔詩派의 硏究」, 연세대 석사논문, 1987.

______, 「서얼시인의 계보와 시의 사적 전개」, 『문학과 사회집단』, 집문당, 1995.

안병학, 「三唐派 詩世界 硏究」, 고려대 박사논문, 1988년.

오수경, 「18세기 서울 文人知識層의 性向」, 성균관대 박사논문, 1990.

우응순, 「李植의 古文論 연구」, 『韓國漢文學硏究』 12집, 한국한문학회, 1989.

원종례, 「明代前後七子의 詩論 硏究」, 서울대 박사논문, 1989.

유봉학, 「北學思想의 形成과 그 性格」, 『한국사론』, 서울대 인문대 국사학과, 1982.

______, 「18세기 南人 분열과 畿湖南人 學統의 성립」, 『한신대학 논문집』 1집, 1983.

윤재민, 「朝鮮後期 中人層 漢文學의 硏究」, 고려대 박사논문, 1990.

윤주필, 「朝鮮前期 方外人文學에 관한 當代人의 認識 硏究」, 한국정신문화연구원 박사논문, 1990.

______, 「楚辭收容의 문학적 전개와 비판적 역사의식」, 『韓國漢文學硏究』 9·10 합집, 한국한문학회, 1987.

이동환, 「朝鮮後期 漢詩에 있어서 民謠趣向의 擡頭」, 『한국한문학연구』 3·4집 한국한문학회, 1974.

이상주, 「澹軒 李夏坤 文學의 硏究」, 성균관대 박사논문, 1994.

이성규, 「中華思想과 民族主義」, 『哲學』 37집, 한국철학회, 1992년 봄.

이승수, 「三淵 金昌翕 硏究」, 한양대 박사논문, 1997.

이영춘, 「尤菴 宋時烈의 尊周思想」, 『淸溪史學』 2, 한국정신문화연구원 청계사학회, 1985.

이종묵, 「朝鮮 前期 漢詩의 唐風에 대하여」, 『韓國漢文學硏究』 18집, 한국한문학회, 1995.

이종호, 「靑泉의 現實認識과 思惟方式」, 『논문집』 11집, 안동대학, 1989.

______, 「18세기 초 사대부층의 새로운 문예 의식」, 『한국근대문학사의 쟁점』, 창작과비평사, 1990.

______,「三淵 金昌翕의 詩論에 關한 硏究」, 성균관대 박사논문, 1991.

이진오,「朝鮮後期 佛家漢文學의 社會的 性格變化」,『韓國漢文學과 佛敎文化』
　　　(安東漢文學會 論叢刊行委員會), 아세아문화사, 1991.

이혜순,「李德懋의 入燕記 小考」『朝鮮朝 後期 文學과 實學 思想』(최철 외), 정음
　　　사, 1987.

______,「신유한의 해유록 연구」,『인문과학논문집』18집, 숭실대, 1988.

______,「18세기 조선 통신사의 일본 인식」,『동방고전문학연구』, 1990.

______,「18세기 한일문사의 교류 양상」,『대동문화연구』26집, 성균관대 대동문
　　　화연구원, 1991.

______,「18세기 한·일문사의 창화시 연구」,『한국한시연구』2, 한국한시학회,
　　　1994.

임유경,「英祖朝 四家의 文學論 硏究」, 이화여대 박사논문, 1990.

______,「조선 후기 천기론의 발달과 전개」,『우리 한문학사의 새로운 조명』(이혜
　　　순·박무영 외), 집문당, 1999.

임형택,「17世紀 閨房小說의 成立과『倡善感義錄』」,『東方學志』57집, 연세대국
　　　학연구원, 1988.

______,「倡善感義錄」,『韓國古典小說作品論』, 집문당, 1990.

______,「東稗洛誦 硏究」,『한국한문학연구』23집, 한국한문학회, 1999.

정　민,「石洲詩의 道家的 放逸과 變貌의 意味」,『道敎와 韓國文化』(韓國道敎思
　　　想硏究會 편), 아세아문화사, 1988.

정병삼,「眞景時代 佛敎의 振興」,『澗松文華』50, 韓國民族美術硏究所, 1996.

정옥자,「文學史的 側面에서 본 貞蕤集」,『震檀學報』52, 1981.

정우봉,「19세기 詩論 硏究」, 고려대 박사논문, 1992.

______,「金昌協 詩論의 批評史的 意義」,『어문논집』31집, 고려대 국어국문학과,
　　　1992.

정창열,「實學의 歷史觀」,『茶山의 政治經濟 思想』, 창작과비평사, 1990.

조석래,「於于 柳夢寅의 문학에 나타난 神仙思想」,『道敎와 韓國思想』(韓國道敎
　　　思想硏究會 편), 범양사 출판부, 1987.

조영록,「17~18세기 尊我的華夷觀의 한 視覺」,『東國史學』17, 東國史學會,
　　　1982.

조혜란, 「『三韓拾遺』 硏究」, 이화여대 박사논문, 1994.

진경환, 「『倡善感義錄』의 作者 再論」, 『語文論集』 31집, 고려대 국어국문학연구
　　　　회, 1992.

진옥경, 「李白 樂府詩 硏究」, 서울대 박사논문, 1991.

최박광, 「青泉 申維翰과 日本」, 『논문집』 6집, 건국대 교육연구소, 1982.

_____, 「18세기 韓日 간의 漢文學 교류 : 青泉 申維翰과 新井白石」, 『전통문화연
　　　　구』 1집, 명지대 한국전통문화연구소, 1983.

최숙인, 「연암그룹 시문학의 문예특성」, 『우리 한문학사의 새로운 조명』(이혜순 ·
　　　　박무영 외), 집문당, 1999.

최태림, 「澤堂 李植의 詩世界」, 단국대 박사논문, 1989.

한영우, 「조선 후기 「中人」에 대하여」, 『韓國學報』 45집, 일지사, 1986년 겨울.

한태문, 「朝鮮後期 通信使 使行文學 硏究」, 부산대 박사논문, 1995.

호승희, 「秋史 金正喜의 文學硏究」, 이화여대 석사논문, 1983.

황재문, 「朝鮮後期 中人文學硏究의 問題點 解決을 위한 試論」, 서울대 석사논문,
　　　　1993.